高玉 主编

中国现当代
文学史教程

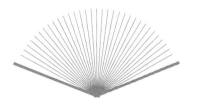

上海人民出版社

目　录

序

美国作家马克·吐温曾经说过，五分钟的演讲我要半个小时准备，半个小时的演讲，我要五分钟准备，一个小时的演讲，根本就不用准备。

现当代文学史变厚其实是很容易的，但变薄并不是很容易。

新文学发展至今已经整整 100 年，相应地也产生了各种各样的文学史，包括现代文学史、当代文学史，合起来的中国现当代文学史，还有各种专题史比如现当代通俗文学史、儿童文学史、民间文学史、港台文学史、中国现当代散文史、中国现当代戏剧史、中国现当代诗歌史、中国现当代文学社团流派史等，至今各种文学史不管是"专著"性质的还是"通史"性质的，不管是"研究"性质的还是"教材"性质的，都比较"厚"，最早的具有学科开创性质的王瑶的《中国新文学史稿》2 册，比较早的、权威的也是通行的唐弢主编的《中国现代文学史》3 册，另有王庆生主编的《中国当代文学》3 册。相应的，作为教材配套的"作品选"，就更厚。目前的各种文学史还只包含中国现当代文学的"主体"，绝大多数文学史都不包括通俗文学、儿童文学、民间文学、台港文学、旧体文学、少数民族文学等，假如把这些内容都包容进去，编写完整的、内容全面的中国现当代文学史，那会更厚。新文学史教材自产生以来至今，总体趋势是变厚，是在做"加法"而不是做"减法"。

但中国现当代文学史不能无限地增加内容。新文学还在发展和向前延伸，随着时间的推移，新文学的内容会大大增加，相反，20 世纪中国文学会从过去的中国现当代文学史的"全部"变成"部分"，新的文学史要给新的"部分"留位置。假设未来的中国语言文学学科继续沿用现在的模式，文学史继续维持现在的格局，那么可以肯定，时间越久远，20 世纪这段时间的文学在文学史上就会越少。有人甚至设想 500 年之后的文学史，认为那时 20 世纪中国文学恐怕只有鲁迅等少数几个作家会被书写。这可能有点夸张，但 500 年的新文学史，如果总篇幅不变，20世纪中国文学就只能占薄薄的不足100页的篇幅。在这一意义上，"压缩"现有的内容又是新文学史的必然趋势。

本书就是把新文学史变"薄"的一种尝试。本书追求三个特色：

一是强调"时段"性。本书把近百年中国文学分为九个"时段"，分别是："五四文学""30年代文学""40年代文学""'十七年'文学""'文革'文学""新时期文学""80年代文学""90年代文学""新世纪文学"。这里，我有意淡化"现代文学""当代文学"的划分，我认为，"'十七年'文学""'文革'文学"等已经越来越不具有"当代"的意义，与"当代"的"当下"含义相去甚远。

二是尽量全面。本书除了按照历史发展的脉络叙述新文学的主体以外，还涉及"旧体文学""少数民族文学""台港文学""通俗文学""儿童文学"等影响大、流行广，在社会生活中普及程度非常高的"类型"文学，我认为它们是中国现当代文学的重要组成部分，虽然其中的某些"类型"比如旧体诗词在性质上未必属于"新文学"。对于一般性地希望对中国现当代文学有所了解的初学者来说，我们认为这种了解也是非常必要的。

三是尽量简单。本书虽然时间跨度上自"五四"下至"当下"，内容上也非常庞杂，涉及各种"类型"文学，但整书篇幅却并不大，文学史内容不到20万字。作品选读不再另列，而是附于正文之后，也是方便阅读和了解。

本书的对象主要是非中文专业的大学本科学生，或者中文专业的专科学生。特别适合作高职高专学校相关专业的教材。

我认为，中国现当代文学史教材应该有层次的区分。今天的大学已经和民国时期的大学、50年代的大学、80年代的大学有了巨大的不同，今天的大学越来越提倡普及教育，强调人文素养。高考制度、大学的普及、教育体制等各种因素决定了大学事实上被区分为很多层次，大学的差距和性质不同，目标和定位不同，是客观存在，不可否认的事实。相应地，大学生内部也存在着很大的差异性，这种差异性就决定了大学的教学目标、教学方式、教学内容、教材等各方面也应该具体情况具体对待，不能采用固定的模式、固定的教材、统一的方法等。

就中国现当代文学史来说，不承认大学之间的差异和大学生之间的差异，显然不是实事求是的。不根据不同的情况进行分类、分层教学，是不科学的。比如钱理群、温儒敏、吴福辉主编的《中国现代文学三十年》，陈思和主编的《中国当代文学史教程》，专业性很强，我们在教学中曾经使用过这两部教材，但效果反而并不是很好。

大学中的非中文专业比如对外汉语专业，也开设现当代文学史课程，其性质和中文专业的课程有很大的差异，主要目的是有所了解，所以课时少，通常是将中国现当代文学史作为一门课开设一学期，每周2学时，在性质上也是"通识课"或者"选修课"，主要是满足大学生在知识层面上的需求，以提高文学素质为目的，这和中国现当代文学作为"专业必修课"在课时、教学目标、学习要求等各方面都是不同的，其教材也应该有所差异。此外，还有大量的高职、高专学校，他们也开设中国现当代文学课程，而且很难定义是专业课还是非专业课，开设的时间或长或短，但共同的特点是比较浅显、基础。目前，中国大学教育非常缺乏这种比较浅显的，具有普及性的教材。

本书就是属于这类教材。对于非中文专业的学生来说，对于高职高专的学生来说，由于各方面的原因，中国现当代文学史教材完全没有必要那么专门。中国现当代文学史学习，对于他们来说，不是专业训练，主要是知识的了解，提高文学素质，只要简明扼要，提供常识和共识即可。当然，这并不是说本书没有编者自己的看法和观念，就是照抄照搬前人，事实上，面对复杂的中国现当代文学史，选择书写什么和不书写什么以及如何书写，选哪些作品和不选哪些作品以及如何解读，这本身就是一种观念的体现，没有个人观念的文学史是不可能的。

去年春节期间，袁枚的小诗《苔》突然红起来，我感觉很奇怪，我并不觉得这首诗有什么特别的好。四句中，我仅觉得第三句"苔花如米小"尚可。对于中国现当代文学史教材，在目前的状态下，我觉得很难有大的突破，编一种学术上大家公认，又适合所有的学校、所有的学生使用的统一的教材，我认为没有可能性。但我们愿作"如米小"的"苔花"，虽不"学牡丹"，但希望它开放。

高玉　2018年3月1日于浙江师范大学

第一章　"五四"文学

第一节　文学革命与新文学社团

辛亥革命之后,无论是政治还是社会民生皆越来越糟糕,袁世凯的统治让国人越来越失望,因此,中国文坛陷入了一股失望加绝望的情绪之中,晚清以来的文学改革失去了方向,商业化文学大擅其场,愁情小说、苦情小说、惨情小说、悲情小说、艳情小说等通俗类言情小说一时风起云涌,占据了民国文坛的主流。在企图借文学之力促进中国现代化革新的知识分子们看来,这种类型的文学颇有亡国之音的色彩,这注定了日后"五四"文学革命的必然到来。

1915 年,袁世凯的称帝野心日益显露,陈独秀等打算从文化上着手推动中国来一场新的革命,于是在上海创办了《青年杂志》(1916 年改名为《新青年》)。陈独秀等人认为,辛亥革命是一场不彻底的革命,虽然民主共和体制已经建立,但是,中国封建专制心理和奴性心理等陈渣烂滓并没有被革除掉,这是导致袁世凯复辟专制的国民思想基础。出于这种考虑,陈独秀等人认为,西洋的"新"与中国的"旧"之间势不两立,于是他提出:"吾宁忍过去国粹之消亡,而不忍现在及将来民族不适世界生存而归削灭也。"并指出:"忠、孝、节、义,奴隶之道德也。"[1]从而走上了彻底以西方为法,抛弃中国封建传统的文化革新道路。1917 年初,陈独秀受北京大学校长蔡元培之聘,进入北京大学任文科学长,《新青年》杂志迁入北京,新文化运动开始进入盛期。

1917 年 1 月,《新青年》杂志发表了留美学生胡适的《文学改良刍议》一文,文章针对中国旧文学的种种弊端,主张从文学语言着手进行改革,文中提

---

[1]　陈独秀:《敬告青年》,《青年杂志》1 卷 1 号,1915 年。

出改良文学应从"八事"入手，即：需言之有物、不模仿古人、须讲求文法、不作无病呻吟、务去滥调套语、不用典、不讲对仗、不避俗字俗语。其核心的观点，是认为白话代替文言，是世界文学的历史大趋势。1917年2月，陈独秀发表《文学革命论》一文呼应，提出了文学领域的"三大革命"主张："曰推倒雕琢的阿谀的贵族文学，建设平易的抒情的国民文学；曰推倒陈腐的铺张的古典文学，建设新鲜的立诚的写实文学；曰推倒迂晦的艰涩的山林文学，建设明了的通俗的社会文学。"其核心主张是文学应该放下其身段，走入社会民众，同时，其内容必须有助于推动中国的社会改革。其后，钱玄同、刘半农等人相继撰文参与"文学革命"的讨论。1917年底，应陈独秀之邀，胡适提前回国并到北京大学任教。1918年春，《新青年》编辑部扩大，李大钊、钱玄同、刘半农、沈尹默、高一涵、胡适等人先后参加了编辑工作，其后，周作人、鲁迅也加入了文学革命的阵营。至此，一场以提倡新文学、反对旧文学，提倡白话文、反对文言文的新文学革命，以《新青年》杂志为主要阵地轰轰烈烈地开展起来了，并很快在青年学生中引起了巨大的反响和赞同。

纵观"五四"新文学革命，其革命主张主要集中在文学的形式改革——白话文运动，与文学的内容改革——思想革命，反对封建礼教传统与提倡"人的文学"。

胡适认为，纵观世界各国的发展趋势，简单、明晰的白话替代复杂、晦涩的文言，是历史进化的大趋势。他的所谓"八事"，基本上是针对古文的晦涩、多歧义、陈词滥调、无病呻吟而发的。在《中国新文学大系》第一集《导言》中，胡适回顾了晚清以来的文学改革，认为自桐城派廓清古文使之变成通顺明白的文体后，古文还勉强挣扎了几十年，但是，时代变得太快了，新的事物太多了，新的知识太复杂，新的思想太广博了，那种简单的古文体，无论怎样变化，终不能应付这个新时代的要求，终于失败了[1]。确实，胡适说古文不大能适应时代的需求，是有相当道理的，因为晚清以来，大量西方科学著作的翻译，用古文是很难适应的，一方面是古文缺少对应的语词；另一方面，古文表意上存在一字多义、一词多义现象，单音字又多，很容易引起歧义，这在讲求精确的科学著作中，是一个大忌。因此，白话文的兴起，确实与时代需求有关。但是，白话文自近代以来得到垂青，更主要的是因为启蒙的需要。胡适这样描述道："当时也有一班远见的人，眼见国家危亡，必须唤起那最大多数的民众来共同负担这个救国责任。他们知道民众不能不教育，而中国的古文古字是

---

[1]《中国新文学大系》第一集《导言》，引自《胡适文集》，北京大学出版社1998年版，第106—109页。

不配做教育民众的利器的。"[1]确实,晚清以来,白话文运动,注音字运动,就已经盛行,白话报纸曾一度盛行。但是,"五四"新文学革命,并非是晚清白话文运动的简单重复。首先,中国的白话小说,宋元时期就有了,一直流传至清代,一直是小说的正宗文体。但是,在宋以后的中国文学传统中,白话与文言是并行的,白话可用于小说,却不用于诗歌创作。周作人曾经指出,以前的人,创作中是抱两种态度的,写给下里巴人看的东西,可以用白话,但写给上层人看的东西,却必须用古文。也就是说,白话,在以前只在"通俗文学"中使用。但"五四"新文学革命提出的目标,是用白话取代古文,同时,将白话的地位,提升到精英文学系统当中,作为唯一合法的文学语言,可以用于作诗。胡适从事白话文学革命的试验,就是从诗歌开始的。

其次,更为重要的是,"五四"的白话文学革命,是以思想革命为目标的。白话取代古文的目的,就是要用西方的价值观来代替中国传统的价值观,以符合现代化的历史大潮流。钱玄同的观点和态度,颇具有代表性。钱玄同早年受章太炎的影响,认为古文汉字包含着中华民族的"种性",是中国得于不亡的系根,因此提出:"我国文字发生最早,组织最优,效用亦最完备,确足以冠他国而无愧色。"[2]早年针对有人批评汉字太难应该改革时,钱玄同反驳道:"中西文之难易实相等,未必西文较易于中文。"[3]但随着辛亥革命之后到"五四文学革命"前后,康有为等人提出"立孔教为国教",袁世凯、张勋的帝制复辟等一系列丑剧的发生,使钱玄同的语言文字观发生了一百八十度大转弯,他认为中国之所以政治、社会不上轨道,都是国民思想腐朽惹的祸。他提出:"欲使中国不亡,欲使中国民族为二十世纪文明之民族,必以废孔学,灭道教为根本之解决,而废记载孔门学说及道教妖言之汉文,尤为根本解决之根本解决",有了这样的想法,再倒过来看中国文字,于是就有了如下的看法:"中国文字论其字形,则非拼音而为象形文字之末流,不便于识,不便于写;论其字义,则意义含糊,文法极不精密;论其在今日学问上之应用,则新理新事新物之名词,一无所有;论其过去之历史,则千分之九百九十九为记载孔门学说及道教妖言之记号。此种文字,断断不能适用于二十世纪之新时代。"[4]也就是说,为什么要实行文学的语言革命,不仅在于古文的难懂,更重要的,

3

---

[1]《中国新文学大系》第一集《导言》,引自《胡适文集》,北京大学出版社1998年版,第111页。

[2] 钱玄同:《刊行〈教育今语杂志〉之缘起》,《钱玄同文集》第2卷,中国人民大学出版社1999年版,第313页。

[3] 钱玄同:《钱玄同日记》第1册,福建教育出版社2002年版,第102页。

[4] 钱玄同:《中国今后之文字问题》,《新青年》4卷4号"通信栏",1918年。

是因为古文背后所包含的中国传统思想和传统价值观，被认为是腐朽的，钱玄同从"语言即思想"的角度，对被认为要对中国的民族危亡负主要责任的中国传统思想给予了致命的一击。

胡适、陈独秀、钱玄同等"五四"新文学革命的倡导者，在倡导白话语言革命的同时，一直在寻找"新"文学的价值观的支点，这个支点，于1918年12月刊于《新青年》第5卷第6号上的周作人的《人的文学》一文，最终得到了明确和一致的赞同。周作人指出，人的文学"是用这人道主义为本，对于人生诸问题，加以记录研究"的文学，但是这人道主义"并非世间所谓'悲天悯人'或'博施济众'的慈善主义，乃是一种个人主义的人间本位主义"。他还进一步地指出个人与人类（群体）的关系，应以个人为本。这是因为：一、个人与群体的关系，犹如树木与森林的关系，要森林茂盛，"非靠各树各自茂盛不可"；二、"爱人类，就只为人类中有了我，与我有关的缘故"，因此"讲人道，爱人类，便必须使自己有人的资格，占得人的位置"。在"人的文学"观念中，核心有两条：一、"个人"的地位的确立，也就是所谓的个性解放；二、"人道"法则的确立，反对封建礼教的"神道主义"和"兽道主义"，主张尊重生命的价值，把人当人看，而不是"当人为兽"和"当人为奴"。随后，周作人又发表了《平民文学》（1919年），要求新文学"以普通的文体，写普通的思想和事实"，"不必记英雄豪杰的事业，才子佳人的幸福，只应记载世间普通男女的悲欢成败"，体现"专为下等社会写照"的近代写实主义精神。

"五四"新文化派提出的以白话替代古文并全面取消古文的倡导，也引来了一些反对的声音。作为"五四"白话文学革命的"始作俑者"，胡适的白话新诗试验，其最早的反对派并不是来自中国国内的封建老顽固，而是来自当时与胡适同在美国留学的中国留学生。1915年，留美学生成立了一个"文学科学研究部"，胡适得到的研究题目是《如何可使吾国文言易于教授》，胡适开始有了这样的看法：白话是活的语言，文言是半死的语言。因此，他开始尝试用白话来作诗。胡适的白话诗，首先遇到了同为留美学生的梅光迪等人的反对，胡适主张作诗如作文，固认为诗歌可以用白话；而梅光迪则认为，"诗之文字"和"文之文字"自有诗文之分以来就已经分道而驰。后来，梅光迪、吴宓等对白话替代古文持有异议的一批留学生回国后成立了"学衡派"，继续持反对态度。同时，在1918年3月15号的《新青年》4卷3号上，支持白话文学革命的健将钱玄同和刘半农合演了一出"双簧戏"，钱玄同扮演成他自己所痛骂的"选学妖孽，桐城谬种"，以一副封建文化的卫道士口吻，写了一篇《王敬轩君来信》，刘半农则以"记者"的名义写了一篇《复王敬轩书》。王敬轩这篇古文来信,故意点出了视文学革命为"不值一驳"的严复和林纾的名字,但其行文却故意弄得四处出错,文法不通,结果给《新青年》"记者"驳得体无完肤。钱玄同与刘半农二人演的"双簧戏",引出了"反对派"林纾的反驳,并在《新申报》上接连发表了《荆生》和《妖梦》两篇影射小说,含沙射影地痛骂陈独秀、胡适、钱玄同、蔡元培等人。但这些"反对派"的声音,在"五四"白话文革命派的集体反击之下,很快就溃不成军了。

1920 年,教育部下令小学一、二年级的教科书改古文为白话国语,1922年小学全部用国语为教材,1923 年延至高中。教育部的这一纸命令,实际已经给古文存在的基础来了个釜底抽薪。其后,虽然有章士钊借《甲寅》来提倡"读经"和反对白话、提倡文言,但经鲁迅轻轻一驳,这最后的"反对派"即宣告终结。胡适在回顾"五四"白话新文学革命的成功时,曾比较公允地指出,白话新文学革命的胜利完全是时代潮流所致,而不是三五个提倡新文化的人的功劳。这是有相当道理的。

乘着白话文学革命全面取得胜利的东风,自 1921 年起,新文学社团风起云涌,白话新文学刊物如雨后春笋,据茅盾在《中国新文学大系·小说一集导言》中的统计,从 1922 年到 1925 年间,全国各地成立的文学团体及刊物已不下 100 余种。其中,文学研究会、创造社、语丝社与新月社等是影响最大的,也是最有代表性的新文学社团。

一、文学研究会

文学研究会是"五四"新文学界出现的第一个纯文学社团。它于 1921 年1 月 4 日在北京成立,由周作人、郑振铎、沈雁冰、郭绍虞、朱希祖、瞿世瑛、蒋百里、孙伏园、耿济之、王统照、叶绍钧、许地山等 12 人发起,会员先后有 170多人。其宗旨是"研究介绍世界文学,整理中国旧文学,创造新文学"。1921年 1 月起,为商务印书馆所办原先由通俗派文人掌领的《小说月报》转到文学研究会手上,进行全新改版,全用白话,只发新文学作品,并成为文学研究会的代用刊物,这是新文学取得决定性胜利的重大标志性事件。沈雁冰(茅盾)、郑振铎、叶圣陶先后任《小说月报》的主编,这一刊物一直存续到了 1931年底。1921 年 5 月,文学研究会的会刊《文学旬刊》创刊,这份刊物主要发表文学理论与批评文章。其后,还创办过刊物《诗》。

文学研究会十分重视外国文学的研究介绍。他们的目的一半是为了介绍外国的文艺以促进中国新文学的发展;一半是为了介绍世界的现代思想

（茅盾《新文学研究者的责任与努力》）。在创作上，文学研究会奉行的原则是："反对把文学作为消遣品，也反对把文学作为个人发泄牢骚的工具，主张文学为人生。"从"为人生"出发，他们主张"文学应该反映社会的现象，表现并且讨论一些有关人生一般的问题"，产出了一批"问题小说"。因此被称为"人生派"或"为人生"的文学。主张以写实的态度，揭露社会现实的黑暗，提倡有为而作的"血"和"泪"的文学，提倡人道之爱，是文学研究会的主要倾向。1921—1924 年，文学研究会的小说创作，在揭露和探讨社会"问题"的同时，比较集中体现了"爱"与"美"的特色，具有浓厚的人道之爱的色彩；1925 年"五卅"惨案之后，由于民族危机的再次激发，再加上无产阶级文学理论的引入，文学研究会的创作，更加侧重于揭露社会黑暗，揭露阶级压迫和阶级剥削，以激起被压迫人群的抗争，从而推动中国社会的改造。

二、创造社

创造社于 1921 年 6 月成立于日本东京。其成员是当时的留日学生，以郭沫若、郁达夫、成仿吾"三驾马车"为核心，包括张资平、田汉、郑伯奇等骨干。创办的文学刊物有《创造》季刊、《创造周报》《创造日》等。

在文学翻译上，创造社比较注重翻译西方名家名作中主观色彩、理想色彩、抒情色彩较浓的作品，如歌德、惠特曼、拜伦、雪莱等人的作品。同时也很注意介绍西方的各种现代派的文学潮流和主义。

在文学创作上，无论是郭沫若的诗歌、戏剧，郁达夫、成仿吾的小说，田汉的戏剧，都具有较为浓烈的个性化抒情色彩，主观性较强，情绪无论是高昂或低落皆极浓烈，擅长呐喊内心的苦闷，注重以情绪的节律来驾驭文学作品的结构，具有较明显的浪漫色彩和抒情色彩。因为创造社的作品非常符合"五四"之后青年读者的苦闷心境，因此，在青年学生中大受欢迎，风靡一时，引发了诸多效仿者，对现代文学产生了较深远的影响。

1924 年起，郭沫若在翻译日本社会学家河上肇的《社会组织与社会革命》之后，开始倾心于马克思主义理论，从而带领创造社向无产阶级革命文学进军。1925 年"五卅"以后，随着民族危机的再次升级，创造社整体转向了革命文学的倡导，创办了《洪水》《创造月刊》《文化批判》等刊物。创造社中的一批年轻骨干叶灵凤、潘汉年等还办了《幻洲》。1927 年冬，成仿吾从日本带回李初梨、冯乃超、朱镜我等一批年轻学生后，提倡无产阶级革命文艺的声浪迅速占据了创造社的中心，并带动着郭沫若等创造社元老日益"左转"和激进。

三、语丝社

语丝社因编辑出版《语丝》周刊得名,该刊于 1924 年 11 月 17 日在北京创刊。由孙伏园、周作人先后主编。主要成员有鲁迅、周作人、川岛、钱玄同、刘半农、章衣萍、林语堂、钱玄同、江绍原等。该刊多发表针砭时弊的杂感小品。1927 年 10 月,《语丝》被奉系军阀张作霖查封。同年 12 月在上海复刊,为第 4 卷第 1 期。先后由鲁迅、柔石、李小峰主编。主要撰稿人为鲁迅、周作人、章衣萍、韩侍桁、杨骚、陈学昭等。1930 年 3 月 10 日出至第 5 卷第 52 期停刊,语丝社无形中解散。

《语丝》在《发刊词》中说:"我们个人的思想尽自不同,但对于一切专断与卑鄙之反抗则没有差异。我们这个周刊的主张是提供自由思想,独立判断,和美的生活。"语丝社倡导"文明批评"与"社会批评",实际上继承了《新青年·随感录》批判旧思想、旧文化、旧道德和鞭挞社会丑恶与黑暗的精神传统。语丝社作家的散文创作形成了独具风格的"语丝文体",这种文体在思想内容上任意而谈,斥旧促新,在艺术上以文艺性短论和随笔为主要形式,泼辣幽默,讽刺强烈,文字中"富于俏皮的语言和讽刺的意味",特色是"任意而谈,无所顾忌,要催促新的产生,对于有害于新的旧物,则极力加以排击,——但应该产生怎样的'新',却并无明白的表示,而一到觉得有些危机之际,也还是故意隐约其词"[1]。以鲁迅为代表的尖锐泼辣的杂文和以周作人、林语堂代表的幽雅的小品(美文)形成了该社散文创作两大类,对中国现代散文发展有重要影响。

四、新月社

新月社于 1923 年成立于北京,是"五四"以来最大的以探索新诗理论与新诗创作为主的文学社团。主要成员有胡适、徐志摩、闻一多、梁实秋、余上沅、丁西林、林徽因等。该社于 1927 年春迁往上海,1933 年结束。前期他们把《晨报副刊》作为阵地,后期创办《新月》月刊(1928 年 3 月 10 日创刊)、《诗刊》周刊(1931 年)。新月社成员大多具有英美留学背景,因此具有较强的自由主义倾向。

---

[1] 鲁迅:《我和〈语丝〉的始终》,《鲁迅论创作》,上海文艺出版社 1983 年版,第 177 页。

新月派倡导"新格律诗",闻一多提出了著名的诗歌"三美"说,即音乐美、绘画美和建筑美。所谓音乐美,是指音节的协和与节奏,因而要求每行的音节数大致相等。所谓绘画美,是指诗歌语言词藻修辞的美,也就是对语言的"艺术化"。建筑的美则是指诗歌外在形式所达到的"节的匀称和句的均齐"所产生的视觉美。

在艺术倾向上,新月社以个性、自由、爱、美为主要追求,反对"五四"以来新文学情绪过分泛滥的"呐喊苦闷"的倾向,主要持宽容的态度,以理性节制情感,以艺术化的方式来反映社会现实和个人的内心情感。强调艺术选择和艺术加工,反对"天才"式的散漫抒写作风。这对于提高新文学的艺术水平,纠正"五四"后过于浮躁的文风,有相当的意义。

在翻译上,新月社译介了莎士比亚、哈代、布朗宁夫人、豪斯曼、曼斯菲尔德、易卜生、奥尼尔、波德莱尔、魏尔兰、勃莱克等西方各种流派作家及西方现代诗人,介绍了他们的艺术活动及创作实践,对于新文学的艺术发展有一定的历史贡献。

五、具有较大影响的其他文学社团

除以上四大著名社团外,"五四"后还出现了相当多的具有较大影响的文学社团。

湖畔诗社,1922 年 3 月在浙江杭州成立。成员为冯雪峰、应修人、潘漠华、汪静之四人。稍后,有魏金枝、谢旦如(澹如)、楼建南(适夷)等人加入。诗社成员绝大多数是浙江第一师范学校的学生。他们曾先后出版冯、应、潘、汪的诗合集《湖畔》(1922 年),冯、应、潘的诗合集《春的歌集》(1923 年),汪静之诗集《蕙的风》(1922 年)。他们的作品以抒情短诗为主,表现了新文学运动初期刚刚挣脱封建礼教束缚的天真烂漫的青少年对美好自然的向往和对幸福爱情的憧憬,独具一种单纯、清新、质朴的美。因为湖畔诗社的爱情诗很符合"五四"后青年学生追求恋爱婚姻自由的需求,因此,一时之间引起了诸多青年的效仿,影响较大。

浅草社,于 1922 年初在上海成立。其主要成员是林如稷、陈翔鹤、陈炜谟、冯至等。1923 年 5 月创办《浅草》季刊,后又有《文艺旬刊》等。浅草社在诗歌创作上取得了较好的成绩,对于象征诗的创作起到了较好的推动作用。沉钟社,于 1925 年 10 月成立于北京,主要成员是原浅草社的冯至、陈炜谟、陈翔鹤,另有杨晦等。"沉钟"的名称来源于德国戏剧家霍普特曼的童话象征剧《沉钟》。同时他们也先后创办了《沉钟》周刊（出 10 期，因自费印刷困难而停刊）、《沉钟》半月刊（1926 年 8 月—1927 年 1 月），还编辑出版过《沉钟丛刊》。沉钟社也没有提出具体的文学主张，忠诚于艺术，忠诚于内心，努力进行文学技艺的锻造，是其主要特点。

狂飙社，因创办《狂飙周刊》（1924 年 9 月）而得名。其主要成员有向培良、高长虹、黄鹏基、尚钺、高歌等。狂飙社受尼采的"超人"思想和未来主义的激进思想影响，追求文学的"强力"。主张用自我和内心的狂热的能动性，来改造文化思想，具有激烈的反抗精神，其创作情绪上带有一定的狂躁色彩，代表了"五四"后急于找到个人和社会出路的青年一代的苦闷呐喊。

未名社，1925 年 8 月成立于北京，主要成员有曹靖华、韦素园、台静农、李霁野、韦丛芜等，主要编印了《未名丛刊》（收 24 种书籍）和《未名新集》（收 6 种书籍），1931 年解体。莽原社，1925 年 4 月成立于北京，其主要成员有向培良、高长虹、尚钺、黄鹏基等，以《莽原》为主要阵地，至 1927 年解体。这两个团体，都是团结在鲁迅周围的一批文学青年在鲁迅的指导之下成立的，因此其文学倾向受到了鲁迅的较大影响，一方面以创作来揭露社会黑暗，企图通过文学的批判功能来促进社会改革；另一方面也注重翻译反抗色彩较强的俄欧文学作品。

据不完全统计，从 1921 年至 1927 年左右，中国现代文坛共出现过大大小小上百个文学团体，出版过的存续时间长短不一的文学刊物，共有 150 种以上。对于促进现代文学的迅猛发展起到过重要作用。

第二节　"五四"时期的诗歌、小说、戏剧、散文发展

一、"五四"白话新诗

"五四"文学革命在创作实践上以新诗为突破口，而新诗运动是从诗体解放的形式上入手的。胡适、刘半农、沈尹默、俞平伯、康白情等最早在《新青年》《新潮》《少年中国》《星期评论》等报刊上发表新诗。李大钊、陈独秀、鲁迅等并不是诗人，他们也写了一些新诗，主要是为了推动新诗改革。在"五四"时代影响最大的白话诗人是郭沫若。

胡适是第一个"尝试"白话新诗创作的人，1920 年他的白话新诗集《尝试集》出版。《尝试集》破除了旧诗格律和形式束缚，灵活地使用白话，创造了新的诗歌形式。如《鸽子》："云淡天高，好一片晚秋天气！/有一群鸽子，在空中

游戏。/看他们三三两两/回环来往,/夷犹如意,——忽地里,翻身映日,白羽衬青天,十分鲜丽!"胡适的白话新诗创作成就不高,诗味不浓,它的功绩却很大——开创了白话新诗这一新时代。

"五四"早期出版的白话新诗集,有文学研究会系列的俞平伯的《冬夜》(1922年)、康白情的《草儿》(1922年)、文学研究会成员的白话新诗结集《雪朝》(1922年)、冰心的《繁星》(1923年)、《春水》(1923年),其中冰心的诗歌创作成就较为突出,其诗学泰戈尔风格,格调清新,词句优美,以爱和美的抒写为主题,在"五四"诗坛具有较大影响。其次,湖畔诗社及其成员出版了《湖畔》(1922年)、《春的歌集》(1923年)和汪静之的《蕙的风》(1922年),这些诗以爱情诗为主,抒情直白大胆,情感真挚,为"五四"青年所热爱,也具有较大影响。再次,李金发出版有《微雨》(1925年),这是象征诗的结集,开创了现代白话诗歌的象征主义创作流派。但影响最大的还是郭沫若于1921年8月出版的白话新诗集《女神》,内中收集了《女神之再生》《凤凰涅槃》《天狗》《晨安》《炉中煤》《匪徒颂》等代表性诗篇,这些诗激情澎湃,具有浓郁的浪漫主义风格,切合了"五四"狂飙突进的新时代精神,因此在中国青年中引起了巨大的反响,对白话新诗的推动起到了革命性的贡献。

与此同时,徐志摩、闻一多等一批新诗成就较为突出的诗人陆续涌现,闻一多于1923年出版了诗集《红烛》,开启了白话新诗的新格律创作之风,其后,1926年徐志摩主编的《晨报》副刊《诗镌》创刊,集结了闻一多等一批有志于白话新诗格律化的诗人,为过于散漫和散文化的白话新诗起到了较好的纠偏作用,推动了白话新诗的规范化发展。

二、"五四"现代小说

"五四"现代小说,取法西洋近现代小说,在思想上和文体上学习西洋小说的写法,却植根于中国现实生活的土壤,既不同于中国历来的文言小说,也迥异于传统的白话小说。一般认为,现代小说开始的标志是鲁迅1918年在《新青年》上发表的《狂人日记》。现代小说一开始就密切关心现实人生问题。最早成立的新文学团体文学研究会,既反对封建的"载道"文学,也反对鸳鸯蝴蝶派的游戏文学,主张"文学应该反映社会的现象,表现并且讨论一些有关人生一般的问题"[1],故称之为"为人生派"小说。稍后,带有浓重的主观抒

---

[1] 茅盾:《中国新文学大系·小说一集·导言》,上海文艺出版社2003年版。

情色彩的创造社作家"异军突起",以创作"自我抒情小说"著称。而在鲁迅带领下的"乡土小说"创作流派也取得了令人瞩目的成就。

文学研究会作家的创作遵循着"文学为人生"的原则,重视文学与人生的关系和文学改造社会的功能。叶圣陶出版有《隔膜》(1922年,短篇小说集)、《火灾》(1923年,短篇小说集)、《稻草人》(1923年,童话集)、《线下》(1925年,短篇小说集)、《城中》(1926年,短篇小说集)等,冰心出版有《超人》(1923年,小说、散文集),王统照出版有《春雨之夜》(1924年)、他发表于1922年的《一叶》和发表于1923年的《黄昏》,是"五四"文学革命后最先出现的长篇小说,庐隐出版有小说集《海滨故人》(1925年),许地山出版有《缀网劳蛛》(1925年,短篇小说集)、《商人妇》(1925年,短篇小说集)等,文学研究会作家在创作中立足现实,关注民生疾苦,揭露社会黑暗,同情被侮辱被损害的下层劳动者,呼吁改造社会,倡导以爱和美来改造中国的国民性。文学研究会的创作一般被视为现实主义作品。

创造社作家的小说,注重内心的感受,侧重于抒发个体情绪,充斥着时代苦闷的呐喊。郁达夫于1921年出版了现代文学史上的第一部小说集《沉沦》,内收《银灰色的死》《沉沦》《南迁》等作品,1923年出版小说、散文合集《茑萝集》,其中短篇《采石矶》《茑萝行》《春风沉醉的晚上》《薄奠》《过去》《迟桂花》和中篇《她是一个弱女子》《迷羊》等都是现代小说史上的重要收获。"生的苦闷"和"性的苦闷",是郁达夫早期创作的两大主题。在艺术上,则侧重于表现自我,带有较浓重的"自叙传"色彩,既有表现对旧社会的抗争与愤激的直抒胸臆,也有坦率的自我暴露、病态的心理描写、悒郁感伤的心灵倾诉,形成感情意味浓厚的浪漫主义倾向。在郁达夫的带动下,创作社的不少成员创作了相当一批类似的小说,如郭沫若的《漂流三部曲》:《歧路》《炼狱》和《十字架》,冯沅君的《隔绝》《隔绝之后》《旅行》《慈母》,倪贻德的《玄武湖之秋》《东海之滨》等,周全平的《烦恼的网》《梦里的微笑》《苦笑》《楼头的烦恼》等,要么写生活的漂泊之苦闷,要么写婚恋的不幸之苦闷,要么写灵魂的无以自适之苦闷,艺术上均侧重于自我抒情。创造社的张资平、叶灵凤也以擅长写恋爱小说而闻名,爱之苦与生之苦,常常是其主题。创造社的小说,因为抒情性、主观性强,一般被视为浪漫主义作品。

在鲁迅的带动下,"五四"时期乡土小说相当盛行,许钦文、许杰、王鲁彦、彭家煌、台静农、蹇先艾等,都是这一时期较为著名的乡土小说作家。鲁迅的《阿Q正传》《风波》等,许钦文的《故乡》《毛线袜及其它》《鼻涕阿二》等,许杰的《惨雾》《赌徒吉顺》等,王鲁彦的《柚子》《黄金》《童年的悲哀》等,彭家煌的

《怂惠》《平淡的事》《厄运》《阿四爹的牛》等,台静农的《地之子》《拜堂》等,蹇先艾的《在贵州道上》《水葬》等,或侧重写中国乡间的愚昧,或侧重写中国底层社会的生活黑暗,或侧重写军阀混战下乡村的民不聊生,或侧重写中国乡土社会的沉重压迫,乡土气息浓厚,具有强烈的批判现实主义色彩。另外,"五四"中后期还涌现了沈从文和废名这一类的乡土抒情小说,他们笔下的乡土社会,虽然时见愚昧,但却具有浓厚的田园牧歌色彩,乡间的人性、人情之美,时时闪耀于其作品之中。

三、"五四"时期的话剧

中国的传统戏剧,均是以唱为主的"歌剧"类型,而中国现代戏剧,则是舶来的话剧。在"五四"新文化运动期间新文学派猛烈抨击中国传统旧戏之后,现代戏剧——话剧在中国文坛迅猛发展。

"五四"时期的话剧,现实主义话剧,浪漫主义话剧,现代主义话剧,都有不少作家创作。

胡适的《终身大事》,欧阳予倩的《泼妇》《回家以后》,陈大悲的《幽兰女士》,熊佛西的《青春底悲哀》等话剧,都是"五四"时期反对封建婚姻,追求自由和妇女解放的作品,写实性强,有着强烈的现实批判意味,是"五四"时期现实主义话剧的代表性作品。

而浪漫主义话剧的影响更大,田汉和郭沫若是"五四"时期浪漫主义话剧的代表性作家。田汉的《获虎之夜》《咖啡店之一夜》《午饭之前》《乡愁》,郭沫若的《棠棣之花》《湘累》《广寒宫》《卓文君》《王昭君》《聂嫈》,是这一时期浪漫主义话剧的代表性作品,这些作品在思想内容上侧重于反封建、反强权、反压迫,追求个性自由和社会解放,在艺术上,则以抒情特色浓烈而著称,主要靠情绪的起伏、变换来带动剧情的发展,充满了反叛与狂飙气息,和"五四"时代的氛围非常合拍,因此深得"五四"青年的喜爱,影响巨大。

除了现实主义话剧和浪漫主义话剧外,"五四"时期的话剧剧坛也开始了现代主义戏剧的尝试,并出现了一些"现代派"剧本,如高成钧的《病人与医生》、陶晶孙的《黑衣人》、李霁野的《夜谈》、韦丛芜的《我和我的魂》等。即使像洪深、田汉等曾以做"中国的易卜生"自勉的,也都同时广泛借鉴和吸收斯特林堡、梅特林克、王尔德、奥尼尔等为代表的表现主义、唯美主义、象征主义等手法为自己所用。如洪深的《赵阎王》,就是一部典型的具有现代派倾向的戏剧,剧中大量运用独白、幻觉等表现主义手法,表现赵阎王过度紧张的心理和强烈的内心斗争,这部戏剧直接借鉴了美国表现主义剧作家奥尼尔的《琼斯皇》的现代派手法,洪深自己也承认,他的《赵阎王》受奥尼尔《琼斯皇》的影响很大。其他如白薇的《琳丽》,有着象征主义和表现主义的色彩;向培良的《暗嫩》,是典型的唯美派之作;余上沅的《塑像》带有神秘主义的倾向。再如田汉的《灵光》《颤栗》中,也可以找到瑞典表现主义剧作家斯特林堡的某些艺术特征。

另外,丁西林的轻喜剧《一只马蜂》《压迫》,也是"五四"话剧领域中艺术成就比较突出的作品,作品格调轻松,俏皮幽默,以轻喜剧的方式反映社会生活中的各种冲突。

四、"五四"时期的白话散文

现代白话散文,起始于《新青年》的《随感录》,陈独秀、鲁迅、钱玄同、周作人等共同开创了这种针砭时弊,以社会批评和文明批评为导向的,在文风上泼辣,在艺术上以嬉笑怒骂为特色的现代白话散文品种之一的杂文。

在"五四"新文坛上影响较大的散文,有文学研究会成员的"人生派"散文,创造社郁达夫、郭沫若与新月社徐志摩的浪漫抒情散文,以及语丝派的以鲁迅为代表的杂文和以周作人为代表的艺术散文。

文学研究会散文方面取得突出成就的有朱自清与冰心、许地山。朱自清擅长写漂亮精致、具有诗情画意的抒情散文,如《桨声灯影里的秦淮河》就被誉为"白话美文的模范"。冰心这一时期主要的是回忆性散文《往事》和书信体散文《寄小读者》,两者都表现了自然、母爱和童真的主题,文字较清丽,风格较哀婉。此外还有满富哲理、有浓厚宗教情感的许地山散文如《空山灵雨》,和细致谨严、朴素隽永的叶圣陶散文。总体而言,文学研究会的散文强调有感而发,注重散文的改造社会的功能,擅长探讨人生哲理,具有一定的写实色彩。

郁达夫的散文率真、坦诚,文笔恣肆,明丽晓畅,具有浓烈的抒情性,如《还乡记》《还乡后记》《立秋之夜》等。郁达夫散文也如其小说那般有着坦率的自我剖析和内心独白,表达了作家内心的苦闷愤慨和近乎病态的敏感等。郭沫若的散文与小说实在很难严格地区分,如《月蚀》《卖书》,都是通过个人贫困的遭际,向社会发出悲愤呼叫的;《路畔的蔷薇》等六章小品,牧歌式地抒发青春的欢悦与离乡去国的孤寂。总体而言,创造社作家的散文如其小说一样,侧重于抒发个人情感,情绪浓烈,笔调奔放,浪漫气息较浓,与之相近的还有新月派的徐志摩的散文,他的散文多属冥想型的小品,即使记述事物,也常抓住刹那的灵感,让感情之流自由地奔放。《北戴河海滨的幻想》《翡冷翠山居闲话》《我所知道的康桥》《"浓得化不开"》,都是他有名的篇章。介于写实与抒情之间的,成就较突出的"五四"散文作家是梁遇春,他的散文多谈人生哲理,博学多思,主题上和写实派散文有点相似,但在艺术风格上,又注重情绪的抒发,其怀疑、彷徨、恣肆的格调又与浪漫派散文有点类似,他的代表作有《春醪集》和《泪与笑》。

　　而在"五四"散文中成就最为突出的是鲁迅和周作人兄弟。鲁迅的散文以杂文为主,笔锋犀利,语言热辣,具有强烈的讽刺与批判色彩,主题上以批评中国传统文化造就的劣陋国民性为主,同时也针砭时弊,在艺术上,形象性强,情感浓烈,诗性色彩浓郁,代表了中国现代散文的最高成就,如其《春末闲谈》《从胡须说到牙齿》《灯下漫笔》《论"费厄泼赖"应该缓行》《寡妇主义》《论"他妈的!"》《论照相之类》《论睁了眼看》,笔墨老辣,嬉笑怒骂,既有强烈的批判性又充满了诗趣。鲁迅一生创作了16本杂文集,在其影响下,引起了大量中国作家的效仿,在中国文坛于20世纪30年代形成了"鲁迅风"杂文的繁盛局面。周作人的散文,早期受鲁迅影响较大,也侧重于社会批评和文明批评,这类杂文收在《谈虎集》中,但周作人在另一方面还形成了属于他个人风格的和平冲淡的艺术散文——美文,其散文集《自己的园地》《雨天的书》则属于这后一路风格的作品。周作人后一种风格的散文,文字多不事藻饰,却确有他一向追慕的含蓄耐读的"简单味",简素与平淡显得十分和谐。周作人的艺术散文在语言上还有一个特点,即"涩味"。无论是叙事还是抒情,他都力避繁冗和堆砌,而追求文气的畅达自然,情调的单纯明净,给人以冲淡平和、质朴丰腴之感。他的散文叙写所见所闻,所思所感,笔触所至,旁征博引,草木虫鱼、衣食住行、历史文化、风土人情等无事不可言,无事不可入文。如《苍蝇》《菱角》《喝茶》,都是围绕一件很小的事物,古今中外,上下左右,写出种种有关知识,这种散谈式的写法就像拉家常那样,看似散漫,却写出了浓郁的生活味。"五四"时期和周作人类似的散文作家还有林语堂,既写批判性强的杂文,也写人情味、文化味、趣味性强的艺术散文。

第三节　鲁迅:现代小说的奠基人

鲁迅(1881—1936),浙江绍兴人,原名周樟寿,字豫才,后改名树人。

1902 年,鲁迅从南京的矿路学堂毕业,并以官费生的资格赴日留学,在东京弘文学院补习日文。1904 年,他改入仙台医学专门学校;1906 年,因日俄战争的"幻灯片"事件,决定"弃医从文",选择了以文艺改造国民精神的道路,在东京从事文学译著活动,主要致力于译介东欧和俄国富于反抗精神的作品,辑为《域外小说集》。1918 年 5 月,鲁迅在《新青年》上发表第一篇白话短篇小说《狂人日记》,揭露出中国历史的"吃人"本质,成为中国现代小说乃至新文学的奠基之作。随后,鲁迅一发而不可收,陆续发表了以其"表现的深切和格式的特别"的小说:《孔乙己》《药》《故乡》《阿 Q 正传》等十几篇小说,后收入小说集《呐喊》。同时,鲁迅应当时思想启蒙、社会批评和文化批判的需要开始他的杂文写作,后收入杂文集《坟》和《热风》等集子当中。鲁迅一生共创作有小说集《呐喊》《彷徨》《故事新编》,散文诗集《野草》,散文集《朝花夕拾》,外加 16 本杂文集。

鲁迅的《呐喊》《彷徨》,代表了"五四"现代小说的最高成就。《呐喊》出版于 1923 年,是鲁迅 1918—1922 年所作的短篇小说结集,其中包含了《狂人日记》《药》《明天》等 14 篇小说;《彷徨》出版于 1926 年,是鲁迅 1924—1925 年所写的短篇小说结集,其中包含了《伤逝》《祝福》《祥林嫂》等 11 篇短篇小说。

《狂人日记》是率先觉醒者的呐喊,作品中的狂人,率先发现了中国历史是"吃人"的历史,并在铁屋子一般的黑暗中,爆发出这样的呐喊:

> "你们可以改了,从真心改起! 要晓得将来容不得吃人的人,活在世上。"
>
> "没有吃过人的孩子,或者还有?"
>
> "救救孩子……"

鲁迅的呐喊在随后的小说如《药》《明天》《风波》《故乡》以至《社戏》中……依然响亮,但也不免渲染上了"寂寞"之色。在小说《药》中,有着鲁迅浓厚的寂寞之感,于此,他将呐喊寄予寂寞之中。小说通过华老栓夫妇买人血馒头为儿子治病的故事,揭露了封建迷信文化愚弄百姓的罪行,同时也颂扬了夏瑜不屈的革命精神,惋惜辛亥革命缺少群众基础的局限性。鲁迅朝向国人灵魂的呐喊在《阿 Q 正传》中达到了极致和巅峰,"精神胜利法"的阿 Q,是中国国民灵魂的画像,鲁迅借小说传达出这样的意蕴:如果不进行思想启蒙,如果国民的灵魂不觉醒,如果中国国民性中的愚昧、麻木、奴性不根除,那么,中国革命就只能是阿 Q 式的革命。

鲁迅在阿Q那宣告了"呐喊"的终结,由此他开始创作《彷徨》短篇小说集。而将《祝福》放在小说集《彷徨》的首页篇,也意味着从"呐喊"到"彷徨"的思想转折。在《彷徨》中,鲁迅开始质疑"呐喊"对于现代社会是否有意义。他决定不再充当冷眼旁观的历史叙述者,他要走出阴冷的叙述,去直面这惨淡的人生。这促使他在小说《祝福》中,塑造了国人女性的典型——祥林嫂。小说中的"我"直面的是祥林嫂半生遭遇以及精神悲剧。祥林嫂只是一个普通人家的女孩,早年守寡的她听说婆婆要将她转卖他人,便连夜跑到鲁镇,成为鲁四老爷家的帮佣。哪知后来,又被婆婆掳走,被迫再嫁;与贺老六成亲后,过了一段相对安稳的日子,随后贺老六重病身亡,儿子也被狼吞吃了,于是她又回到了鲁家,终至在众人的冷眼中于新年的爆竹声中清冷地死去。我们可以用最简单的话语来讲述祥林嫂一生的波折,但却无法用言语来完全阐释其人生的悲剧。"我"是祥林嫂这部有关生存轮回的精神悲剧的目击者、见证者以及感受者。"我"与她曾经对于灵魂的有无展开过对话,这是生发于民族历史转折之际启蒙先驱与被蹂躏者之间的对话。祥林嫂连发三问:一个人死了之后究竟有没有灵魂?到底有没有地狱?死掉的一家人能不能见面?面对被蹂躏者的一再追问,"我"作为处在历史轮回的终结处的启蒙者,却只得支吾闪烁其词,答非所问,落荒而逃。至此,鲁迅由呐喊转而显示出他的彷徨,同时这也代表着鲁迅对"人"的更深思考,这显示了鲁迅的困惑及至绝望,但是,却并不沉沦,鲁迅选择的是与绝望抗战——那就是"揭出病苦,以引起疗救的注意"。

在《彷徨》中,鲁迅关注的不仅是底层百姓的生存境遇,同时也将思考引申到了知识者本身。诚然,鲁迅在《呐喊》中思索过知识分子如"孔乙己(《孔乙己》)""陈士成(《白光》)",但他们只是古老生存的不幸者。孔乙己因为古典文言的隔阂而成为世人嘲弄的对象,这一切使他难以生存,最终悲惨地死去。而就陈士成而言,他完全受制于数千年来统治者所宣扬的"升官发财"的人生欲望,默默然地走向死亡,自沉湖底。他们的死宣告了古老生存在现代社会的不适应性。

《彷徨》中的《高老夫子》,主人公高老夫子"留心新学问,新艺术",因仰慕俄国大文豪高尔基而改名"高尔础",以为换了"名号"就成为了现代新型的知识分子。但他道貌岸然的外衣却被自我的不学无术,以及无意识的性冲动所撕毁。他想钻到里面去看女学生,不仅没看到东西,反而被"可怕的眼睛和鼻孔联合的流动而深邃的海",骇得"草木皆兵"。为此,他感到"无端的愤怒",最终用道学来平复自我受挫的意识,最终在牌桌上找到了缺失的半个灵魂。

《在酒楼上》的"我"是一个从大雪纷飞的北方回来南方的游子。"我"独自坐在酒楼里,深深地感到阵阵的孤独之感从背后袭来,内心期待会有消除寂寞和孤独的对话者的到来,"但又不愿有别的酒客上来"。而出现在文中的对话者就是吕纬甫。他不再是当年意气风发的青年,而今只见他行动缓慢,"我"与他的命运极其相似,曾有"同到城隍庙里去拔掉神像的胡子的时候,连日议论些改革中国的方法以至于打起来的时候",但而今"敷敷衍衍,模模糊糊"地过日子,谈的,做的也是些"无聊的事情":他为死去的小兄弟迁葬;为曾所中意的女孩买"剪绒花"……"他"做得极为认真,全然没有当初的样子。难道他们也像"蜂子或绳子……飞了一个小圈子,便又回来停在原地点",陷入了轮回,可笑又可怜。吕纬甫说:"你看我们那时预想的事可有一件如意? 我现在什么也不知道,连明天怎样也不知道,连后一天……",可见,这位孤独启蒙先驱的落寞之感。在他们走出酒楼分别时,他们见到了"屋宇和街道都织在密雪的纯白而不定的罗网里",这张"不定的罗网"是否是他们愿意或能挣破的?

《孤独者》中的"我"与魏连殳相识于送殓,也终止于送殓。由此,也有了"我"所经历的"二次死亡"。小说对第一次死亡描述的是关于魏连殳老祖母去世。那时,"我"与全村人都赶去观看,只见魏连殳从容镇静,"穿衣也穿得真好,井井有条,仿佛是一个大殓的专家,使旁人不觉叹服"。同时也目睹了他"只坐在草荐上,两眼在黑气里闪闪地发光","像一匹受伤的狼,当深夜在旷野中嗥叫,惨伤里夹杂着愤怒和悲哀"。之所以会发出声嘶力竭的哭声,是因为魏连殳有两位祖母,一位是他的嫡亲祖母,在家境尚好时离逝,因而只能当作"盛装的画像","盛大地供养"在祖宗的灵堂。她的死象征着一个民族辉煌过去的消失;而现今要送殓的这位祖母,是一直养育他的善良勤劳的祖母。魏连殳从嫡亲祖母那里分享了血脉,在这位祖母那里继承了命运,两位的消逝,意味着一切都将荡然无存。他这是在唱末日哀歌,于"大殓""长嚎"中送走我们民族最后的挽歌。

鲁迅的小说,意蕴深沉,主旨常在于批判和揭露中国传统伦理的虚伪及其积重难返,剖析中国国民性的愚昧、麻木、奴性,同时也不断地思考着怎样更为合理的人生。正如他本人所言,他的小说"意在启蒙"。在众多的现代小说作家中,鲁迅对于启蒙的思考是最为深刻的,从而在思想上铸造了中国现代小说史上的丰碑。

同时,鲁迅的小说,在艺术性上也达到了现代小说的顶峰。鲁迅的小说,几乎是一篇一种"格式",叙述方式多变,实现了中国小说在叙事模式上的现代转型。如果说中国传统小说是以全知全能的视角来处理作者和作品的关系的话，那么鲁迅总是从本己的生存体验去创作他的小说世界，小说的叙述是作者如何走进他的小说世界的过程，因而在叙述视角上呈现的是多重复杂的叙述视角。在《狂人日记》中，有两个第一人称叙述："我"叙述狂人，也是狂人的自述。但"我"与狂人相类似却并不同一。"我"的叙述规定了小说的时间视域，然后由"狂人"自述去展现中国传统历史的"吃人"本质，以及现代启蒙的艰难性。在《故乡》和《社戏》中，作者献身小说中，以第一人称的叙事角度，通过对现今的"我"与童年的"我"对故乡人情与风貌的切身体验的对比，欲通过展现童年的美好，来驱除现今的寂寞，寻求未来的希望。而在《明天》《风波》《药》以至《阿Q正传》中，作者选取第三人称的叙述视角，揭示在现代社会中仍深陷古老生存法则的世人们的生存情态。同样以第三人称叙述的小说《高老夫子》《肥皂》，也可见寂寞孤独之情，但更多的是沉思另类新型知识者的现代生存。

鲁迅小说的整体结构，貌似简单，但却具有无比丰厚的内涵。它架构于轮回的古代史和生成的现代史之间，这一架构存在于他现代生存寂寞的情态中，具体表现为从呐喊、彷徨到孤独的精神转变过程。鲁迅通过自身的生存体验去直面一个民族在历史转折时的命运。从先见于未来，求助曾经，终而归到现今，是鲁迅小说惯用的结构方式，因此，其小说结构貌似简单，却富含着深厚的历史意蕴和存在主义式的思考。

在创作方法上，《呐喊》和《彷徨》"虽然很有象征印象气息，而仍不失其现实性的"[1]，是象征主义和现实主义的结合。这主要是因为鲁迅曾受安特莱夫创作的影响，他曾说"安特莱夫的创作里，都含有严肃的现实性以及深刻和纤细，使象征主义与写实主义相调和"。如《药》中的华老栓既是当今的一个现实性很强的普通中国人，同时也是古老中国的象征。华小栓的"病人"形象，既是当下现实中常见的一个病小孩的形象，同时，其隐喻意义也是一个"被拯救者"；以康大叔的眼见展示出来的夏瑜，既是一个普通的牢犯，但是，在隐喻意义上，夏瑜又是一个"拯救者""革命者"的形象；革命者以自我的生命和鲜血去拯救民族，因而，他们的鲜血就是治疗社会的"药"，"药"也就赋予了"革命"的含义……诸如此类。但这些隐喻意义最终指向的意义是："被拯救者"吃了"拯救者"的生命。没有了"拯救者"，死亡是"被拯救者"的必然结局。这就是买药故事所要展现的深厚的象征意义、历史意义与现实意义。鲁

---

[1] 鲁迅：《〈黯澹的烟霭里〉译者附记》，《译文序跋集》，人民文学出版社2006年版。

迅的大多数小说,都能完美结合现实主义和象征主义,从而被批评家们称之为"复调小说"。这使得鲁迅的小说意蕴无比丰富,思之弥深,回味弥深。

在人物形象的塑造上,鲁迅主要采取两种艺术手法:一是"杂取种种,合成一个"的塑造文学典型人物的手法;二是"画眼睛"。这正如鲁迅所言:"要极省俭的画出一个人的特点,最好是画他的眼睛。"[1]就其"杂取种种,合成一个"的艺术手法而言,在鲁迅笔下的小说人物,"往往嘴在浙江,脸在北京,衣服在山西,是一个拼凑起来的脚色。"[2]如孔乙己,鲁迅通过其满口"之乎者也"的细节以及穷困迂腐的性格特征,成功刻画了贫困潦倒的旧知识者的形象;如祥林嫂,鲁迅通过对其眼神和面部表情的深刻变化,来展现其悲惨的人生命运,就连象征着国人灵魂的阿Q,他也是以阿桂、阿有、桐少爷等真实人物为的综合体……

在语言风格上,鲁迅曾言:"我力避行文的唠叨,只要能够将意思传给别人了,就宁可什么陪衬也没有,……对话也决不说到一大篇。"因而凝练与含蓄是鲁迅小说语言的主要风格。在《故乡》中,鲁迅只展现了"我"与杨二嫂子见面时的一段对话,就将其尖刻泼辣的小市民性格描绘得淋漓尽致;同样在《祝福》中,一句"我真傻,真的……",便充分展现了祥林嫂失去阿毛后的悲惨情状与围观的看客之无情冷漠……《孔乙己》中"排"出九文大钱与"摸"出九文大钱的精到白描和对比,只需一字,就穷形尽相地写尽了孔乙己的内心。惜墨如金的同时,又能写尽人物内心的丰富情态,彰显了鲁迅小说高超的艺术水准。以至于后来的中国小说作家很难有人能望其项背。

总之,鲁迅既是中国现代小说的奠基人,也是中国现代小说最高成就的代表。

第四节　郭沫若:"五四"新诗的代表性诗人

郭沫若(1892—1978),原名郭开贞,又名郭鼎堂,号尚武,笔名沫若。1892年出生于四川省乐山县沙湾镇的一个地主商人家庭,从小古典文学对他的影响就非常大。1914年他赴日留学,此时,在思想上,他受到托尔斯泰、契诃夫等作家,泰戈尔、惠特曼等十人的影响较大。1919年"五四"运动爆发,这一时期的郭沫若进入了诗歌创作爆发期。1921年6月,在他和成仿吾、

---

[1][2]　鲁迅:《我怎么做起小说来》,《南腔北调集》,人民文学出版社1980年版。

郁达夫、田寿昌等人的努力下，创造社在日本成立。同年8月《女神》结集出版，确定了他在中国现代文学史上的地位，并且为新诗在现代文学法中开辟了新的时代。1923年郭沫若从日本九州帝国大学医科毕业，回国后弃医从文，1924年，他回到日本翻译了日本经济学家河上肇的《社会组织与社会革命》，从而系统地接触和学习了马克思主义，促进了自身思想的飞跃。1926年，郭沫若参加了北伐战争。大革命失败后，参加了南昌起义，他以无产阶级先锋战士的姿态出版了中国第一部无产阶级诗歌集《恢复》。

《女神》是1921年8月由上海泰东图书局初版印行的，是"创造社丛书"的第一种。郭沫若的第一部诗集《女神》，其发表虽略迟于胡适的《尝试集》，却是我国新诗史上第一部具有杰出成就产生巨大影响的新诗集。诗集共分三辑，第一、二辑是诗集的主体部分，是"五四"以后的诗作，代表作有《女神之再生》《棠棣之花》《凤凰涅槃》《天狗》《立在地球边上放号》等；第三辑主要是郭沫若早期受泰戈尔影响创作的一些清新恬淡的抒情小品。

《女神》是郭沫若创作个性与"五四"时代精神相结合的产物，《女神》在中国新诗发展史上的最突出的贡献，主要表现以下三个方面：

一、诗人强烈呼唤个性解放的精神。《女神》是"五四"精神的诗化表现，体现了"五四"狂飙突进时代下人的个性解放。他的《天狗》《地球，我的母亲！》等诗篇，唤醒了人的现代独立人格意识。他强烈地表现冲破封建藩篱，呼唤个性解放的自由精神，把个人解放与新世界的创造融为一体，激励人们拥抱一个崭新的世界。在《天狗》中，诗人把自己比作一条天狗，"我是一条狗呀！/我把月来吞了，我把日来吞了/我把一切的星球来吞了/把全宇宙来吞了"，显示了我"狂荡不羁"的性格，气宇轩昂的魄力，是一个大胆地敢于冲破一切旧枷锁，追求自我解放的艺术形象。在《地球，我的母亲》一诗中，赞颂全人类的工人农民是"全人类的普罗米修斯"，作者通过对劳动人民用劳动创造一切的体悟，使个体和全人类融为一体。

二、显示彻底破坏、叛逆、反抗和大胆创新精神。《女神》中的破坏、叛逆、反抗和大胆创新精神是统一在一起的，体现了"五四"时代的风云中对全新创造的一种崇拜，构成了《女神》又一深刻内涵。他的《凤凰涅槃》《匪徒颂》《女神之再生》等诗篇，最能体现反叛与创造统一的精神。叛逆、反抗、破坏的目的只有一个——创造，只有彻底的破坏，才能带来全新的改变，只有大胆创新才能激发创造力。《凤凰涅槃》是诗集中最具有代表性的篇章。该诗以凤凰自焚，象征着对旧中国和旧世界的彻底否定；凤凰更生，则象征着新中国及新世界的诞生。凤凰形象既是一个英勇的反叛者，也是一个大胆创新的创造者。在《匪徒颂》中，对历来反抗陈规旧俗的"匪徒们"予以热烈赞颂。《女神之再生》提出"新造的葡萄酒浆不能盛在那旧了的皮囊"，"我要去创造个新鲜的太阳"的理想，使诗人创造精神显露出来。

三、体现了深切的爱国主义精神。诗集中诗人对祖国的无限热爱之情也是《女神》的中心主题，其诗篇都渗透着郭沫若深切的爱国情感。如《凤凰涅槃》《炉中煤》《棠棣之花》等都凝聚着诗人对祖国无比深厚的爱。《凤凰涅槃》是一首庄严的爱国颂歌，诗人借凤凰自焚更生的神话，向"黑暗如漆""腥秽如血"的"阴惨世界"的旧世界发出了愤怒的诅咒，也流淌着诗人对新中国的热烈憧憬，对新生中国的赞颂。《炉中煤》是一首感人肺腑的爱国之诗。"五四"以后的中国，在郭沫若心中"就像一位很葱俊的有进取气象的姑娘，她简直就和我的爱人一样"。诗剧《棠棣之花》中，"去吧！二弟呀！我望你鲜红的血液，迸发成自由之花，开遍中华！"正是作者愿为国家、民族献身的赤诚之心。

《女神》不仅在思想内容上开辟了新的领域，而且在艺术成就方面也拓宽了中国新诗发展的道路。其艺术成就主要表现在以下三个方面：

一、通过历史故事和古代神话，塑造典型形象。如《棠棣之花》中的聂政姐弟，《女神之再生》中的女神形象，体现了诗人光彩夺目的艺术风格。

二、浪漫主义手法在营造诗歌意境中的展现。诗集《女神》被称为是我国现代文学史上浪漫主义高峰，其奇特丰富的想象世界将绚丽多姿的意境表露无遗。

三、形式方面践行了诗人绝对的自由主张。其活泼的自由诗体如《湘累》、《棠棣之花》，格律、音节和谐一致，自由多样。

郭沫若继《女神》之后，在20世纪20年代又创作了《星空》《瓶》《前茅》和《恢复》等四部诗集。1923年出版的《星空》，表现了"五四"高潮过后，诗人对祖国黑暗社会的苦闷和失望。1927年出版的《瓶》，是一部爱情诗集。真实而又大胆地记录了富有浓郁浪漫气息的爱情组诗。《前茅》出版于1928年，体现了诗人鲜明阶级意识和革命意识。同年出版的《恢复》在革命失败后依然对未来充满坚定的信念，但是因无产阶级早期诗歌的初步尝试，部分诗歌缺乏艺术水准，不可避免地存在一些缺陷。

作品选读

诗歌部分

上 山

胡 适

"努力,努力,努力望上跑!"
我头也不回,汗也不揩,
拼命地爬上山去。
"半山了,努力,努力望上跑!"
上面已没有路,
我手攀着石上的青藤,
脚尖抵住岩石缝里的小树,
一步一步地爬上山去。

"小心点,努力,努力望上跑!"
树桩扯破了我的衫袖,
荆棘刺伤了我的双手,
我好容易打开了一线路
爬上山去。
上面果然是平坦的路,
有好看的野花,
有遮阴的老树;
但是我可倦了,
衣服都被汗湿遍了,
两条腿都软了。

我在树下睡倒,
闻着那扑鼻的草香,
便昏昏沉沉地睡了一觉。
睡醒来时,天已黑了,

路已行不得了，
"努力"的喊声也灭了……

猛省，猛省！
我且坐到天明，
明天绝早跑到最高峰，
去看那日出的奇景。

（选自胡适《尝试集》，亚东图书馆 1920 年版）

导读：

  《上山》一诗写于 1919 年诗人白话诗歌创作的相对成熟阶段，因而该诗被认为是《尝试集》中的佳作。全诗塑造了一个"努力！努力！努力望上跑"的上山人形象，他不怕劳苦，攀过艰险的岩石、走过布满荆棘的山路，最终实现了"去看那日出的奇景"的愿望；诗歌处处释放着奋发向上的力量，这也充分展现出"五四"时期乐观进取的精神面貌。

  全诗采用分节的形式，从而使得诗歌具有层次感与跳跃感，如诗中第二节"我头也不回"的往上爬至第四节"上面已没有路"，再到第六节的"树桩扯破了我的衫袖"，这不仅形象地呈现出上山阻力的加大，更有力的展示出上山者开拓进取的勇气，直白流畅的语言使得诗歌更具感染力。但胡适的诗也存在着过于平铺直叙、过于散文化的缺陷。

天 狗

郭沫若

一

我是一条天狗呀！
我把月来吞了，
我把日来吞了，
我把一切的星球来吞了，
我把全宇宙来吞了。
我便是我了！

二

我是月底光，
我是日底光，

我是一切星球底光，

我是 X 光线底光，

我是全宇宙底 Energy 底总量！

三

我飞奔，

我狂叫，

我燃烧。

我如烈火一样地燃烧！

我如大海一样地狂叫！

我如电气一样地飞跑！

我飞跑，

我飞跑，

我飞跑，

我剥我的皮，

我食我的肉，

我嚼我的血，

我啮我的心肝，

我在我神经上飞跑，

我在我脊髓上飞跑，

我在我脑筋上飞跑。

四

我便是我呀！

我的我要爆了！

（选自郭沫若诗集《女神》，泰东图书局 1921 年版）

导读：

《天狗》创作于 1920 年，1921 年收入《女神》。该诗借"天狗吞月"的传说表现出诗人反抗一切束缚、要求自由解放以及改造自我的革命精神。全诗借排比手法写出了天狗吞灭日、月、宇宙的气势，在烈火中燃烧自我毁灭的勇气，从而表达出诗歌反抗精神与爱国精神的主题，这也同样是诗集《女神》的中心主题；诗歌的后半部分写到"我剥我的皮，我食我的肉，我吸我的血……"更展现出天狗渴望在旧我的毁灭中获得新生的愿望。在《天狗》中，诗人对人的力量与价值的肯定达到了空前的高度,因而塑造了"天狗"这一叛逆者、创造者的形象,"我即是神,一切自然都是我的表现"的泛神论思想再一次得到体现。

全诗形式自由,排比整齐,以磅礴的气势、极度的夸张、丰富的想象将吞月的天狗改写为驱除黑暗的光明使者,这也象征着在黑暗社会里不畏牺牲斗争到底的英雄人物,"五四"精神的鼓舞力量由此得到彰显。《天狗》独具一格的诗歌形式对于建设新诗发挥了重要作用,此外,它也是一首极富战斗力和鼓动性的诗歌,在当时具有唤醒世人的重大意义。

凤凰涅槃(存目)

郭沫若

导读:

《凤凰涅槃》创作于 1920 年,1921 年收入《女神》,是中国新诗的经典之作。全诗气势如虹、想象奇特、色彩浓烈,表现出诗人"火山爆发式的内发情感",具有鲜明的浪漫主义特色。诗歌的序曲部分描写了凤凰所处的绝望世界,"他们的死期将近了",但凤凰毫无畏惧,在自焚前敢于对宇宙进行控诉,在认清世界的丑陋与肮脏后投身于烈火之中并获得新生,这种决绝的勇气、坚定的信念充分表现了当时强烈的爱国情怀和狂飙突进的时代精神,诗人以战士的姿态、激昂的情绪书写下的"凤凰"也是自我、民族、国家的化身,诗人希望整个民族能在对旧的世界的反抗中迎来光明的未来。

《凤凰涅槃》营造出宇宙万物与我融为一体的和谐境界,这不仅体现出诗人的泛神论思想,更重要的是表达了诗人对整个民族团结一致的愿望。该诗通过大量排比、反复、设问的运用使诗歌获得了一种内在的爆发力与渲染力;在诗歌形式上"和旧传统作了最大的决裂"(周扬语),大胆借鉴西方自由体诗,真正做到了诗歌摆脱镣铐的自由舞蹈;因而,不论是思想性还是艺术成就方面,《凤凰涅槃》都是中国新诗发展道路上的一块里程碑。

蕙的风

汪静之

是哪里吹来
这蕙花的风——
温馨的蕙花的风?

蕙花深锁在园里，
伊满怀着幽怨。
伊底幽香潜出园外，
去招伊所爱的蝶儿。

雅洁的蝶儿，
薰在蕙风里：
他陶醉了；
想去寻着伊呢。

他怎寻得到被禁锢的伊呢？
他只迷在伊底风里，
隐忍着这悲惨而甜蜜的伤心，
醺醺地翩翩地飞着。

（选自汪静之诗集《蕙的风》，亚东图书馆1922年版）

导读：

《蕙的风》创作于1921年，是"五四"时期爱情诗的代表作；诗歌充满了象征意味，蕙花和蝶儿的互相爱慕象征着男女之间对纯洁爱情的渴望，"深锁在园里"的蕙花象征着被封建伦理道德束缚的少男少女；而蕙花对蝶儿大胆的追求，则象征着青年们敢于冲破封建思想的禁锢、对纯洁爱情的执着追求，诗歌最后一节写到蝶儿寻不到被禁锢的蕙花，"隐忍着悲惨然而甜蜜的伤心"翩翩飞着，不仅体现了诗人内心淡淡的忧伤，更表达出诗人对封建思想扼杀人之天性的批判与怒斥。

这是一首白话自由诗，全诗不拘束于传统形式，语言朴素自然，感情纯真热烈；周作人坦言："见了《蕙的风》里的'放情地唱'，我们应该认为诗坛解放的一种呼声"，而朱自清在评论《蕙的风》时也写道："他的新诗集《蕙的风》中，发表了几乎首首都是年轻人感于性的苦闷，要想发抒而不敢发抒的呼声，向旧社会道德投下了一颗无比猛烈的炸弹。"这"一颗无比猛烈的炸弹"便是这类爱情诗对中国新诗的独特贡献。

弃 妇

李金发

长发披遍我两眼之前，
遂割断了一切羞恶之疾视，
与鲜血之急流，枯骨之沉睡。
黑夜与蚊虫联步徐来，
越此短墙之角，
狂呼在我清白之耳后，
如荒野狂风怒号：
战栗了无数游牧。

靠一根草儿，与上帝之灵往返在空谷里。
我的哀戚惟游蜂之脑能深印着；
或与山泉长泻在悬崖，
然后随红叶而俱去。

弃妇之隐忧堆积在动作上，
夕阳之火不能把时间之烦闷
化成灰烬，从烟突里飞去，
长染在游鸦之羽，
将同栖止于海啸之石上，
静听舟子之歌。
衰老的裙裾发出哀吟，
徜徉在丘墓之侧，
永无热泪，
点滴在草地，
为世界之装饰。

（选自李金发诗集《微雨》，北京新潮社 1925 年版）

导读：

　　《弃妇》是李金发最具代表的诗歌，全诗书写了弃妇悲惨绝望的命运，"鲜血之急流""枯骨之沉睡""荒野狂风怒号""徜徉在丘墓之侧"等画面使诗歌弥漫着一种颓废阴郁的绝望气息；李金发热衷于追求诗歌艺术的象征暗示，《弃妇》便是其隐喻型抒情方式的代表诗歌，弃妇形象明显是诗人对空虚灵魂和漂泊心灵的隐喻性书写，其中还暗示着诗人内心对人世的愤慨与仇恨；此外，诗歌还运用了通感的手法，如"弃妇之隐忧堆积在动作上""衰老的裙裾发出哀吟"将弃妇绝望的心理精确的勾画出来；阴冷怪丽的隐喻性意象的使用是早期象征诗歌所具有的特点，因此朱自清以"灰色"二字来概括李金发诗歌"阴暗的调子和悲哀美丽"的情绪基调。

李金发这一时期的诗歌创作受西方象征诗派影响较深，但模仿痕迹严重，对朦胧晦涩之美的过于追求使诗歌具有一种支离破碎之感，加之句法欧化、文言话，其诗歌又艰涩拗口；但在新诗发展期间，李金发在大胆引进法国象征派诗歌、提倡诗的象征主义方法方面具有不可忽视的贡献。

哀曼殊斐儿

徐志摩

我昨夜梦入幽谷，
听子规在百合丛中泣血，
我昨夜梦登高峰，
见一颗光明泪自天坠落。

罗马西郊有座暮园，
芝罗兰静掩着客殇的诗骸；
百年后海岱士黑辇之轮。
又喧响于芳丹卜罗榆青之间。

说宇宙是无情的机械，
为甚明灯似的理想闪耀在前；
说造化是真善美之创现，
为甚五彩虹不常住天边？

我与你虽仅一度相见——

但那二十分不死的时间！

谁能信你那仙姿灵态，
竟已朝露似的永别人间？

非也！生命只是个实体的幻梦；
美丽的灵魂，永承上帝的爱宠；
三十年小住，只似昙花之偶现，
泪花里我想见你笑归仙宫。

你记否伦敦约言，曼殊斐儿！
今夏再见于琴妮湖之边；
琴妮湖永抱着白朗矶的雪影，
此日我怅望云天，泪下点点！

我当年初临生命的消息，
梦觉似的骤感恋爱之庄严；
生命的觉悟是爱之成年，
我今又因死而感生与恋之涯沿！

因情是掼不破的纯晶，
爱是实现生命之唯一途径：
死是座伟秘的洪炉，此中
凝炼万象所从来之神明。

我哀思焉能电花似的飞聘，
感动你在天日遥远的灵魂？
我洒泪向风中遥送，
问何时能戳破生死之门？

（选自《志摩的诗》，人民文学出版社 1983 年版）

导读：

  该诗于 1923 年诗人得知曼殊斐儿逝世后所作，1922 年徐志摩与英国女
作家曼殊斐儿在伦敦会见，两人交谈苏联文学和近几年中国文艺运动的趋

向,交谈中曼殊斐儿给徐志摩留下了极深刻的印象,因此在得知曼殊斐儿去世的消息时,诗人伤心欲绝,全诗也浸透着这种哀伤的情感。

诗歌中,诗人因无限的悲伤进入子规啼血、明星坠落的梦境,由梦境到现实,爱恋之人逝去的事实久久无法面对,试图以"非也!生命只是个实体的幻梦:美丽的灵魂,永承上帝的爱宠"来自我安慰,但继而又想起"伦敦约言",诗人再次坠入悲伤的深渊,含泪为爱人寄托哀思。

全诗感情浓烈真挚,催人泪下,具有较高的审美价值;此诗已经开始有践行新格律诗"建筑美""音乐美""绘画美"倾向,读来似一首哀婉的歌、看来如一幅日暮的油画,感人深致。

死　水

闻一多

这是一沟绝望的死水,
清风吹不起半点漪沦。
不如多扔些破铜烂铁,
爽性泼你的剩菜残羹。

也许铜的要绿成翡翠,
铁罐上锈出几瓣桃花;
再让油腻织一层罗绮,
霉菌给他蒸出些云霞。

让死水酵出一沟绿酒,
漂满了珍珠似的白沫;
小珠笑一声变成大珠,
又被偷酒的花蚊咬破。

那么一沟绝望的死水,
也就夸得上几分鲜明。
如果青蛙耐不住寂寞,
又算死水叫出了歌声。

这是一沟绝望的死水,

这里断不是美的所在，

不如让给丑恶来开垦，

看他造出个什么世界。

（选自闻一多诗集《死水》，新月书店 1928 年版）

导读：

《死水》创作于 1926 年，当时中国处于军阀混战的动乱时期，举国上下满目疮痍，诗人回国目睹到这一切后便创作了这首充满愤怒情绪的诗歌，诗人借"一沟绝望的死水"比作那个践踏人性的丑恶世界，第二节用美丽的事物来描写丑陋的"死水"，更加鲜明地表现出诗人对丑恶势力的极端轻蔑与厌恶，也寄托了诗人希望丑恶的旧物早日灭亡的强烈愿望。

《死水》一诗充分实践了闻一多新诗格律化的主张，"音乐美""绘画美""建筑美"在此诗中得到完美的体现：诗歌每行都用三个二尺字、一个三尺字交错构成，收尾都是双音节，从而使得全诗读起来抑扬顿挫、节奏鲜明；诗人用色彩斑斓的意象如"翡翠""桃花""罗绮""云霞"勾画出一幅形象鲜明的"死水"图；此外，全诗五节，每节四行，每行九字，保持着"节的匀称"和"句的均齐"的美感。沈从文曾评价《死水》"这是一本理知的静观的诗"，朱自清也指出"在文字和组织上所达到的纯粹处，为中国建立一种新式完整风格的成就处，实较之国内任何诗人皆多"。

小说部分

狂人日记（节选）

鲁　迅

一

今天晚上，很好的月光。

我不见他，已是三十多年；今天见了，精神分外爽快。才知道以前的三十多年，全是发昏；然而须十分小心。不然，那赵家的狗，何以看我两眼呢？

我怕得有理。

二

今天全没月光，我知道不妙。早上小心出门，赵贵翁的眼色便怪：似乎怕我，似乎想害我。还有七八个人，交头接耳的议论我，张着嘴，对我笑了一笑；

我便从头直冷到脚跟,晓得他们布置,都已妥当了。

我可不怕,仍旧走我的路。前面一伙小孩子,也在那里议论我;眼色也同赵贵翁一样,脸色也铁青。我想我同小孩子有什么仇,他也这样。忍不住大声说,"你告诉我!"他们可就跑了。

我想:我同赵贵翁有什么仇,同路上的人又有什么仇;只有廿年以前,把古久先生的陈年流水簿子,踹了一脚,古久先生很不高兴。赵贵翁虽然不认识他,一定也听到风声,代抱不平;约定路上的人,同我作冤对。但是小孩子呢?那时候,他们还没有出世,何以今天也睁着怪眼睛,似乎怕我,似乎想害我。这真教我怕,教我纳罕而且伤心。

我明白了。这是他们娘老子教的!

三

晚上总是睡不着。凡事须得研究,才会明白。

他们——也有给知县打枷过的,也有给绅士掌过嘴的,也有衙役占了他妻子的,也有老子娘被债主逼死的;他们那时候的脸色,全没有昨天这么怕,也没有这么凶。

最奇怪的是昨天街上的那个女人,打他儿子,嘴里说道,"老子呀!我要咬你几口才出气!"他眼睛却看着我。我出了一惊,遮掩不住;那青面獠牙的一伙人,便都哄笑起来。陈老五赶上前,硬把我拖回家中了。

拖我回家,家里的人都装作不认识我;他们的脸色,也全同别人一样。进了书房,便反扣上门,宛然是关了一只鸡鸭。这一件事,越教我猜不出底细。

前几天,狼子村的佃户来告荒,对我大哥说,他们村里的一个大恶人,给大家打死了;几个人便挖出他的心肝来,用油煎炒了吃,可以壮壮胆子。我插了一句嘴,佃户和大哥便都看我几眼。今天才晓得他们的眼光,全同外面的那伙人一模一样。

想起来,我从顶上直冷到脚跟。

他们会吃人,就未必不会吃我。

你看那女人"咬你几口"的话,和一伙青面獠牙人的笑,和前天佃户的话,明明是暗号。我看出他话中全是毒,笑中全是刀。他们的牙齿,全是白厉厉的排着,这就是吃人的家伙。

照我自己想,虽然不是恶人,自从踹了古家的簿子,可就难说了。他们似乎别有心思,我全猜不出。况且他们一翻脸,便说人是恶人。我还记得大哥教我做论,无论怎样好人,翻他几句,他便打上几个圈;原谅坏人几句,他便说"翻天妙手,与众不同"。我那里猜得到他们的心思,究竟怎样;况且是要吃的时候。

凡事总须研究，才会明白。古来时常吃人，我也还记得，可是不甚清楚。我翻开历史一查，这历史没有年代，歪歪斜斜的每叶上都写着"仁义道德"几个字。我横竖睡不着，仔细看了半夜，才从字缝里看出字来，满本都写着两个字是"吃人"！

书上写着这许多字，佃户说了这许多话，却都笑吟吟的睁着怪眼看我。

我也是人，他们想要吃我了！

四

早上，我静坐了一会儿。陈老五送进饭来，一碗菜，一碗蒸鱼；这鱼的眼睛，白而且硬，张着嘴，同那一伙想吃人的人一样。吃了几筷，滑溜溜的不知是鱼是人，便把他兜肚连肠的吐出。

我说"老五，对大哥说，我闷得慌，想到园里走走。"老五不答应，走了；停一会，可就来开了门。

我也不动，研究他们如何摆布我；知道他们一定不肯放松。果然！我大哥引了一个老头子，慢慢走来；他满眼凶光，怕我看出，只是低头向着地，从眼镜横边暗暗看我。大哥说，"今天你仿佛很好。"我说"是的。"大哥说，"今天请何先生来，给你诊一诊。"我说"可以！"其实我岂不知道这老头子是刽子手扮的！无非借了看脉这名目，揣一揣肥瘠：因这功劳，也分一片肉吃。我也不怕；虽然不吃人，胆子却比他们还壮。伸出两个拳头，看他如何下手。老头子坐着，闭了眼睛，摸了好一会，呆了好一会；便张开他鬼眼睛说，"不要乱想。静静的养几天，就好了。"

不要乱想，静静的养！养肥了，他们是自然可以多吃；我有什么好处，怎么会"好了"？他们这群人，又想吃人，又是鬼鬼祟祟，想法子遮掩，不敢直截下手，真要令我笑死。我忍不住，便放声大笑起来，十分快活。自己晓得这笑声里面，有的是义勇和正气。老头子和大哥，都失了色，被我这勇气正气镇压住了。

但是我有勇气，他们便越想吃我，沾光一点这勇气。老头子跨出门，走不多远，便低声对大哥说道，"赶紧吃罢！"大哥点点头。原来也有你！这一件大发见，虽似意外，也在意中：合伙吃我的人，便是我的哥哥！

吃人的是我哥哥！

我是吃人的人的兄弟！

我自己被人吃了，可仍然是吃人的人的兄弟！

[……]

十二

不能想了。

四千年来时时吃人的地方,今天才明白,我也在其中混了多年;大哥正管着家务,妹子恰恰死了,他未必不和在饭菜里,暗暗给我们吃。

我未必无意之中,不吃了我妹子的几片肉,现在也轮到我自己,……

有了四千年吃人履历的我,当初虽然不知道,现在明白,难见真的人!

十三

没有吃过人的孩子,或者还有?

救救孩子……

(选自《鲁迅全集》第 1 卷,人民文学出版社 2005 年版)

导读:

《狂人日记》最初发表于 1918 年 5 月《新青年》杂志第 4 卷第 5 号,后收入《呐喊》。是中国现代文学史上第一篇用现代文体形式创作的白话短篇小说,也是作家首次以"鲁迅"为笔名创作的小说。小说以第一人称的口吻叙述了一个"狂人"的故事,这个"迫害狂"认为周围的人们想害他、吃掉他。"狂人"越反抗"吃人",越被认为是"疯子"。小说中的"狂人"实际上是觉醒的知识分子形象,他周围都是被封建礼教侵蚀了灵魂的人,他所害怕和反抗的则是封建传统吃人的惯例。

《狂人日记》直指仁义道德的虚假面孔之下封建宗法制度的内核,揭露背后凶残的"吃人"真相;小说通过对民族历史的批判与作家自身文化心理的自省,在历史与现实的深刻洞悉中体现出一种现代理性精神,同时也是"五四"思想启蒙时期深沉的忧患意识与自审精神,显示了"五四"时期现代思想启蒙的新高度。小说不仅在内容上表现得深切,同时在格式上也进行了创新,首先通过现实主义手法,塑造出一个活生生的迫害狂患者;其次通过对象征主义的方法和象征、暗示、双关等手法的运用,架起沟通疯话与真理、癫狂和清醒的桥梁。现实主义和象征主义的结合,显示出作家在艺术上的独创性和高超的技巧。

阿 Q 正传(存目)

鲁 迅

导读:

《阿 Q 正传》是鲁迅小说中最著名的一篇,写于 1921 年 12 月至 1922 年 2 月之间,最初分章刊登于北京《晨报副刊》(注:《阿 Q 正传》第一章发表于

1921年12月4日《晨报副刊》的"开心话"栏,开头讽刺考证家的那些近似滑稽的写法,就是为了切合这一栏的题旨。但鲁迅"实不以滑稽或哀怜为目的",所以越写越认真起来,第二章起便移载"新文艺"栏。至1922年2月12日登毕),以后收入小说集《呐喊》。

《阿Q正传》以辛亥革命前后闭塞落后的农村小镇未庄为背景,塑造了一个从物质到精神都受到严重戕害的农民的典型。阿Q是上无片瓦、下无寸土的赤贫者,他没有家,住在土谷祠里;也没有固定的职业,"割麦便割麦,春米便春米,撑船便撑船"。从生活地位看,阿Q受到惨重的剥削,他失掉了土地以及独立生活的依凭,甚至也失掉了自己的姓。当他有一次喝罢两杯黄酒,说自己原是赵太爷本家的时候,赵太爷便差地保把他叫了去,给了他一个嘴巴,不许他姓赵。阿Q的现实处境是十分悲惨的,但他在精神上却"常处优胜"。小说的两章"优胜记略",集中地描绘了阿Q这种性格的特点。他常常夸耀过去:"我们先前——比你阔的多啦!你算是什么东西!"其实他连自己姓什么也有点茫然;又常常比附将来:"我的儿子会阔的多啦!"其实他连老婆都还没有;他忌讳自己头上的癞疮疤,又认为别人"还不配";被别人打败了,心里想:"我总算被儿子打了,现在的世界真不像样……"于是他胜利了;当别人要他承认是"人打畜生"时,他就自轻自贱地承认:"打虫豸,好不好?"但他立刻又想:他是第一个能够自轻自贱的人,除了"自轻自贱"不算外,剩下的就是"第一个","状元不也是'第一个'么?"于是他又胜利了。遇到各种"精神胜利法"都应用不上的时候,他就用力在自己脸上打两个嘴巴,打完之后,便觉得打的是自己,被打的是另一个,于是他又得胜地满足了。他有时也去欺侮处于无告地位的人,譬如被假洋鬼子打了之后,就去摸小尼姑的头皮,以此作为自己的一桩"勋业",飘飘然陶醉在旁人的赏识和哄笑中。但是这种偶然的"勋业"仍然不过是精神的胜利,和他的自轻自贱、自譬自解一样是令人悲痛的行动。阿Q的"精神胜利法"实际上只是一种自我麻醉的手段,使他不能够正视自己被压迫的悲惨地位。他的"优胜记略"不过是充满了血泪和耻辱的奴隶生活的记录。

作品通过对阿Q这一典型人物的刻画来表现出"沉默的国民的灵魂"并"暴露国民的弱点",从而起到批判国民的劣根性的功效。对阿Q式革命的描写,深刻揭示了"辛亥革命"的不彻底性和失败的根本原因,具有极其强烈的现实意义。

《阿Q正传》作为中国现代文学史上罕见的优秀中篇小说,其艺术成就相当突出。首先,用白描的手法刻画人物形象,比如阿Q,调动一切生活细节展示他的外貌和神态,塑造出一个集自高自大与自轻自贱、争强好胜与忍辱屈从等多重矛盾于一身的弱者形象;其次,在结构上采取先横后纵的结构方式,既具古代小说情节连贯的传统特色,又吸取西方小说的横截面结构方法,使得小说自然严谨、新颖紧凑;最后,对"正传"的反讽突破传记小说的写作体式,使小说获得强烈的反讽效果。

风波(存目)

鲁 迅

导读:

《风波》最初发表于 1920 年 9 月《新青年》第 8 卷第 1 号,后被收入《呐喊》。小说描写了 1917 年张勋复辟事件在江南某水乡所引起的一场关于辫子的风波,通过七斤、七斤嫂、赵太爷等一系列人物形象,以小见大地展示了辛亥革命后中国农村的封闭、愚昧、保守的沉重氛围,以及在封建势力和封建思想的统治和控制之下,愚昧落后、冷漠保守的农民们的惨淡生活。剪辫子本是一种小事,在农村却引发一场风波,这说明辛亥革命并没有建立在广大农民觉悟的基础之上,也没有给封建统治下的中国农村带来真正的变革。

小说在总体上运用白描手法塑造人物形象,通过富有个性色彩和乡土气息的人物对话来刻画人物性格,真实地再现了典型环境中的典型人物。不过这些人物都是缺乏坚执信仰和殉道精神的民众,革命并没有唤醒他们,这也是辛亥革命及其他一切变革终将失败的根本原因。作品开头的环境描绘和场面描写,不仅是一幅充满地方色彩和生活气息的风景画和风俗画,而且以其场景的恬静与结尾相呼应,对辫子风波的波澜起伏起到了对比衬托作用。

伤逝(存目)

——涓生的手记

鲁 迅

导读:

《伤逝》完成于 1925 年 10 月,是鲁迅唯一一部以青年知识分子的恋爱和婚姻为题材的作品。在封建势力与"五四"思潮并存的时代背景下,涓生和子君受个性解放思想的影响,敢于冲破封建牢笼自由结合。然而思想不够成熟的他们没能经受住现实的考验,终酿成一出社会悲剧。

小说通过男女主人公的爱情悲剧,大胆地审视自我,批判地剖析知识分子的人生之路。涓生与子君的分离并不是由于恶势力的阻挠和破坏,而是因为个人思想上的弱点:二人未能完全摆脱旧式家庭生活方式的影响,随着爱的热情的减退,无聊琐事不断涌现,尚未作好思想准备的他们在冰冷的现实中只能孤军奋战。这深刻地指出,在黑暗的社会环境中,单单依靠个性解放的思想是不够的,经济不独立、个人孤立的奋斗只能以失败而告终。

小说采用手记体形式和自省视觉的第一人称手法,通过涓生的内心告白,回顾了二人从恋爱到结合再到分离的人生经历,着力于内在情感的自我表现和抒发,以"理"启迪读者的同时,更注重以"情"打动众人。

《沉沦》(存目)
郁达夫

导读:

《沉沦》写于 1921 年 5 月,同年收入小说集《沉沦》出版。小说描写了一个留日学生的郁闷烦恼,他本是"心思太活"的人,在"五四"的影响下追求自由和个性解放,然而现实中的各种排挤、民族歧视等各种遭遇让他成了一个孤独落魄的"零余者"。这位在冷漠的异域环境中挣扎的弱国子民,最终在抑郁、自卑、敏感的矛盾性格中不断沉沦,投水自尽。小说通过描写一个觉醒的青年人找不到人生出路的苦闷,深刻地揭示了处在帝国主义侵略下,一个国家、民族、时代的苦闷,表达了对人性解放、国家富强的深切渴望。

小说具有浓重的自传体色彩,主人公大胆暴露自己的个人情绪和情感体验,包括性苦闷和病态心理,这种自我暴露是对虚伪的封建礼教的挑战。借鉴表现主义艺术手法,以情绪的流变为线索,在自我抒发中刻画人物深广的内心世界,同时情景交融的景物描写加上诗文杂糅的语言特色,使得《沉沦》的艺术特色更为显著。

茫茫夜(存目)
郁达夫

导读:

《茫茫夜》原载 1922 年 3 月 15 日《创造》季刊第 1 卷第 1 期,后被收入《郁达夫全集》"小说卷"。在《茫茫夜》中,归国留学生于质夫因生计问题到 A 地的法政专门学校去教书,却因校长与军阀、进步学生与反动学生的激烈斗争而无法教书,最终使自己落到惶惶然如"丧家之犬"的境地。A 地的不得意,内心的苦闷以及青春的躁动使得于质夫以性变态或逛妓院打发日子。

《茫茫夜》中对于质夫的塑造主要通过行动描写来完成的,于质夫的各种行为体现了一个"零余者"孤独、敏感、无所归依的落魄感。郁达夫敢于突破写作题材,大胆地叙写畸形人格和变态心理,从细节上描写一个知识分子的原始欲望和神经性气质;笼罩全文悲凉、凝滞的环境氛围,"流动性"的人物处处流露着挥之不去的苦闷感。整个小说回荡着作者对于黑暗时代的控诉,以及知识分子潜藏于内心对于个性解放的强烈要求。

残春(存目)
郭沫若

导读:

《残春》完成于1922年。在小说中,留日医科学生"我"受白羊君的邀请去探望生病的贺君,在医院结识贺君的看护S姑娘。我对年轻的S姑娘产生了感情,梦中与之在笔立山幽会,情动之时突然被告知自己的妻子杀害了自己的两个儿子。梦醒受到良心谴责的"我"决定回家与妻儿团聚,但是对于S姑娘的情愫却始终暗藏心底。

郭沫若自己曾吐露《残春》的着力点注重在心理的描写,描写的心理是潜在意识的一种流动"。就《残春》而言,"心理描写"与"潜在意识"都是通过梦境显示出来的,已婚之人"我"将情感抑制在潜意识之下,导致了梦境的活跃,现实生活中的"我"受着道德的制约,这份感情也由此引发罪恶之感。在此,理想与现实的极端对立升华出一种生存的焦虑。在创作上,作者运用独有的现代性手法表达现代性意识,大胆地表达自叙者"我"的心境,反映出一代知识分子的精神世界,也可以看出当时社会环境下知识分子挣扎于现实与理想之中的苦闷与痛楚。

超人(存目)
冰 心

导读:

《超人》是冰心"爱的哲学"的代表作。主人公何彬是一个"五四"落潮后的悲观主义者,现实的黑暗、理想的破灭使他的内心严重地失望,他认为人与人之间的爱与怜悯都是恶。然而,何彬后来却被贫苦儿童禄儿的行为与其对母爱的追念而感化,最后从信奉尼采的超人式恨世哲学转而信奉"爱的哲学"。小说表现了反"超人"倾向,歌唱"爱"的伟大,这是冰心面对种种社会问题开出自己的"药方"。

《超人》体现了冰心对当时社会环境下青年成长问题的关注,尤其是人物心理的关注,她真诚地思考,积极寻找问题的解决方法,表现出对纯真、无私的感情的呼唤。但是"爱的哲学"有极大的空想性质,在纷繁复杂的社会环境和社会问题中,如果把它当作一帖万灵药方,未免就过于普遍化和绝对化了。

遗音(存目)

王统照

导读:

《遗音》发表于1921年3月,后收入小说集《春雨之夜》。小说通过一个青年教员"他"的回忆,讲述了一段已逝的感情故事:"他"与被"他"救下的女子相互爱恋,却因"她"母亲去世、村里人的闲言碎语,以及"他"母亲的阻挠等一系列现实因素导致分离。最终,"他"按照母亲的要求娶了婚约上的女子,"她"远走他乡,只有空空的一张"遗音"供他思念。小说揭示出闭塞的环境中封建思想依然存在的现象,以及青年男女缺乏足够的勇气挣脱藩篱追求自由的现实问题。

《遗音》的主要内容是靠男主人公"他"的回忆来完成的,文章节奏舒缓,没有跌宕起伏的情节,却在连绵的回忆中叙述了一段刻骨铭心的爱情悲剧。作者并没有耗费太多的笔力在人物、事件的描写上,二人爱恋一直处于朦胧、甜蜜的状态中,看似平静的兴文下,深藏的是"他"对于已逝爱情无法割舍的情怀和心头难以除去的痛苦。宁静、凄婉的景物描写衬托了忧郁的环境氛围,给文章打上悲凉的印记;凝练、浓郁的风格,朴实、肯挚的语言,使文章更加打动人心。

缀网劳蛛(存目)

许地山

导读:

《缀网劳蛛》发表于1922年。童养媳尚洁逃离婆家后与长孙可望结为夫妻,后遭丈夫遗弃,前往土华独自为生,长孙知错后,将尚洁接回,自己则去槟榔屿赎罪。在《缀网劳蛛》中,主人公尚洁是一个基督徒,宗教精神是她思想的皈依和处世的原则,面对种种遭遇,她处变不惊、与世无争,同时又是个在生活中积极思考人生、懂得把握自己命运的女人;她不怨天尤人、自尊自爱,用包容一切的宽厚使侵害者折服,在她身上有一种糅合着宗教精神与传统道德的人性美。

《缀网劳蛛》的独特之处还在于它对于异域特色的描写。小说以基督教会、马来半岛的采珠船、大海等一系列不同于中原文化的宗教氛围和人文习养为题材和背景,给现代文坛增添了特殊的光色。同时,文章开头富于韵律的短诗与小说内容相辉映,音乐和画面构成和谐的意境使作品达到美不胜收的境界。

潘先生在难中(存目)
叶圣陶

导读:

《潘先生在难中》最初发表于 1924 年《小说月报》第 16 卷第 1 号,后收入《线下》《叶圣陶文集》。此文以 20 世纪 20 年代军阀混战下的江浙地区为时代和生活背景,通过潘先生在逃难过程中的所思所想所作所为,揭示了封建军阀的罪恶,同时也批判了小资产阶级知识分子卑怯、自私、苟且、偷安的思想弱点,塑造了潘先生这一患得患失、明哲保身、自私精明的小市民知识分子的形象。

作品截取了潘先生战争前夕逃奔、独自回小镇和"红房子"避难等片段,对潘先生内心活动和精神状态作细致具体的描摹,使人物灵魂真实地暴露出来,从而揭露出当时整个教育界乃至社会的黑暗性。小说并没有用主观的语言来批判,而是通过人物的言行举止,以冷静观察和客观描写的方式,把批判寓于描写中。布局严谨中正,结尾含蓄,冷隽、朴实、细腻的文风达到了"不着一字,尽得风流"的境界。

黄金(存目)
王鲁彦

导读:

《黄金》是王鲁彦的代表作。陈四桥的如史伯伯家本是生活安稳、不愁吃穿的小康人家,却因在外工作的儿子没在年关前寄钱回家导致一家受尽村民的凌辱和捉弄,最后,当如史伯伯儿子来信说"已荣任秘书主任,汇上大洋二千,并将亲解三十万之黄金来家"时,曾经侮辱、诽谤他们的乡邻却都来贺喜,更有甚者跪拜如史伯伯夫妇大呼老太爷、老太太。小说通过描写如史伯伯一家的遭遇,生动地展示了陈四桥的人情冷暖,在这里,金钱才是衡量人际交往和社会地位的唯一标准。

王鲁彦作为一名乡土文学作家,冷静客观地体察人情世态、民风习俗。

《黄金》中的陈四桥是一个偏僻的小乡村,却深受商品经济的侵染和冷酷无情乡风的桎梏,拜金主义心理普遍存在,人人趋炎附势。当家庭破落沦为村中的穷户之时,人们甚至只能靠梦境来求取安慰,自欺欺人,例如史伯伯将"满身是粪"的梦释为"梦粪染身,主得黄金",陈四桥人崇拜的黄金,作者却视如粪土,深化主旨的同时又增强了艺术上的反讽效果。

赌徒吉顺(存目)
许 杰

导读:

在《赌徒吉顺》中,吉顺在赌场不断陷落、无法自拔,为了钱财,决定典掉自己的妻儿。但吉顺又不是丧尽天良之人,面对家庭的破碎,自责与忏悔涌上他的心头,良心深受摧残,最终纠缠于各种矛盾中浑浑噩噩的活着。这反映了当时农村社会经济半殖民化给农民造成的惨淡生活,表达了对封建伦理道德和陋习的无比憎恨,以及对旧中国广大劳动妇女的深切同情,同时也最早记录了浙东一带的野蛮风俗——"典妻"。

小说以吉顺的所作所为为故事发展线索,注重情节构置,重点截取"典妻"成交前后吉顺的所思、所想和所为,侧面描写吉顺妻的悲惨命运。此外,小说还注重人物心理描写,细腻地把握吉顺心理活动,比如"典妻"前的犹豫、难为情,"典妻"后的自责、忏悔等;"秋夜""浓云""西风"等景物描写衬托了人物惨淡的心境,渲染了悲凉的环境氛围,使作品具有较强的艺术感染力。

话剧部分
幽兰女士(存目)
陈大悲

导读:

《幽兰女士》发表于 1921 年,是一出家庭问题剧,丁幽兰的父亲丁葆元是个投机官僚,与继室丁李氏所生的孩子其实是女佣刘妈的儿子,他自己的亲生儿子因生下来假死被送到裁缝铺当学徒受苦。丁幽兰敢于反抗家长包办婚姻,并揭露假弟弟的丑剧。丁李氏因真相曝光开枪射击幽兰,至此丁葆元一直引以为傲的"模范家庭"的假面被彻底撕碎,丁葆元也随着女儿的死去最终由兽性回归了人性。

《幽兰女士》揭露了封建大家庭金钱至上、包办婚姻等罪恶。剧本内容曲折离奇,尤其是真假儿子的情节,引读者不断猜测和思考背后的隐情,最终发现这不过是丁李氏守住家庭地位和稳固财产的手段而已,深刻反映出资本家庭的虚伪和腐朽。丁幽兰与亲弟弟之间的真挚感情及对他们对于人格的肯定和尊重,使他们独立于金钱污浊之外,是真正具有人性和思想的人。

卓文君(存目)
郭沫若

导读:

《卓文君》发表于1923年,取材于历史上卓文君与司马相如私奔的故事。在本剧中,卓文君一开始是个谨遵妇道,从一而终的孀居女子,即使爱上司马相如也不敢越雷池一步,后来在婢女红箫的教导下决定做一个有思想、有主见之人,在她看清了公公程郑的人面兽心和父亲的势利嘴脸后,坚定了自己反抗的信念,毅然决然地与司马相如私奔,从中体现出思想解放的人对于自由和权利的热烈要求,抨击了封建道德礼制的虚伪性。

郭沫若借着古人的骸骨表达"五四"之精神,古时视为不道德之事被打破,女性不再受"三从四德"的束缚,觉悟了的卓文君形象地表现了"五四"时代青年觉醒的呼喊,是"五四"个性解放、男女平等思想的急切的反映。剧中人物形象刻画鲜明、入木三分,对卓王孙、程郑之流的封建卫道者给以辛辣的嘲讽。剧情层次分明,抒情诗和民歌穿插其中,更添了浪漫的情调。

赵阎王(存目)
洪 深

导读:

《赵阎王》发表于1923年。剧中赵大原是本分的农民,但洋人和土豪害得他家破人亡,未婚妻小金子也被逼死,后来被迫当兵,逐渐丧失良心,干尽坏事,甚至活埋伤兵,无恶不作。当他偷了营长克扣的饷银潜逃林中时,因良心受折磨而精神错乱,终被追兵击毙。通过剧本,洪深表达了社会环境对一个人的深刻影响,痛斥战乱对于人们身体和精神所造成的伤害。

剧作模仿美国剧作家奥尼尔的《琼斯皇》,运用表现主义艺术手法,如"在林中转圈,神经错乱而见幻境,众人击鼓追赶等等",将主人公迷乱的精神世界外部化、戏剧化。各幕舞台布置和声响效果的运用,体现了表现主义戏剧之"主观主义戏剧"的特征。融会中国社会现实,赵大精神历史的背后其实是军阀混战时期中国的黑暗社会,从而达到了强烈的批判意义。

获虎之夜（存目）

田　汉

导读：

《获虎之夜》发表于 1924 年，描述了一个流浪青年和富农女儿恋爱的故事：山乡猎户魏福生把独生女儿莲姑许配给了富户陈家的三少爷，但是莲姑却与表哥黄大傻相互爱恋，魏福生因黄大傻家徒四壁而对他冷眼相看，反对二人结合，最终导致二人的恋爱悲剧。戏剧揭示了封建家长的专制与残暴，热情地歌颂了农村青年男女忠贞不渝的爱情和宁死不屈的抗争精神，在"五四"反封建浪潮中，具有强烈的现实意义。

《获虎之夜》构思巧妙，作为剧情中心的捕虎故事，富有传奇色彩，黄大傻误中抬抢，负伤出场，是剧情陡转，充分展现了作者对"悬念"和"惊奇"等戏剧手段的成功运用。剧本将易四聋子的故事安插在轻松、温暖的"围炉夜话"中，使"故事"与"事件"相互比照，增加了剧本的张力。写实手法与浪漫色彩相结合，使剧本更富情调。

回家以后（存目）

欧阳予倩

导读：

《回家以后》发表于 1924 年，是一部社会问题剧。陆治平留美期间，隐瞒与吴自芳结婚的事实，与刘玛利结婚，重婚后陆决定回国与妻子吴自芳离婚，不料当他回到宁静的家乡时，却发现了吴身上的很多优点。这时刘玛利因等不到陆的回信，情急之下找到乡下，方才意识到陆之前对她的欺骗。最后，贤淑大度的吴自芳给予丈夫陆治平思考的空间，引导他做出最后抉择，剧本虽没有写出陆治平的最后决定，但暗示了陆很可能再次回家，与结发妻子相守的结局。

陆治平是个在新思潮影响下成长起来的青年，跟从恋爱自由、婚姻自由的潮流停妻再娶。然而经历了大都会的繁华之后，他又爱上了小乡镇的宁静、舒适，以及生活在这里娴静安逸、思想独到的妻子。在这里，陆治平并不是个成功蜕化的"新人"，冲动、急躁的刘玛利也不是，他们二人身上虽有对新思想追求的热情，却缺乏"新人"应有的成熟性和稳重性。相比之下，传统女子吴自芳的克己忍耐、机制聪敏占据了道德的高点。剧本深刻思考了恋爱自由背后隐藏的婚姻爱情问题，对盲目追求恋爱自由的青年男女给予否定和讽刺。

压迫（存目）

丁西林

导读：

　　《压迫》发表1926年，独幕剧。戏剧以房东母女在租房问题上的不同意见来展开，房东太太不愿把房子租给没有家室的男人，而小姐却喜欢把房子租给没有结婚的男性，为此导致房子长期租不出去。这时，女儿擅自收下了一个单身男工程师的租金，导致男工程师与房东太太发生冲突，二人矛盾很快推到极端，陷入僵局。然后，女客的上场，打破了"山穷水尽疑无路"的戏剧情境，使戏剧获得令人吃惊的喜剧性结局。

　　《压迫》人物不多，情节单纯，但布局精巧，平中有奇。作者从平淡的生活中撷取题材，巧设伏笔，制造悬念，造成一种出人意料的喜剧性结构，产生强烈的吸引力。"戏弄"手法的运用使剧情妙趣横生，给读者带来喜剧的快感。语言俏皮怪诞、幽默轻松，不但展示了人物的个性，同时也推动了剧情的发展。

散文部分

灯下漫笔（存目）

鲁　迅

导读：

　　《灯下漫笔》发表于1925年，后收入杂文集《坟》。文章从袁世凯复辟期间钞票贬值一事谈起，描述了自身在这场风波中的心路历程：从无法兑换现银的恐慌到以七折钱低价兑换掉中交票的喜悦，然后笔锋一转揭露出国人"极易变成奴隶，而且变了之后，还万分欢喜"的劣根性；继而着笔于深刻的自省与思考中，作者最终认识到中国自古以来就没有过人的尊严还渴望着奴隶规则的保护。文章精辟地剖析出中国人仅有的两个时代："想做奴隶而不得的时代""暂时坐稳了奴隶的时代"；继而以"赞颂中国固有文明"的现象展开议论，讽刺古人以"和亲"苟安，更怒斥今人以"同化"作为沦为奴隶的遮羞布，且在这高低贵贱的奴隶制度里各得其所、醉生梦死，作者最后大声疾呼："扫荡这些食人者，掀掉这筵席，毁坏这厨房，则是现在的青年的使命！"字字如鸣钟警醒人心。

　　全文结构自由灵活，先从具体事件阐释感想，引入主题，然后抓住论题，文章引用丰富，鞭辟入里，发人深思；该篇杂文充分体现了鲁迅其人其文的批判性精神，也获得了重要的社会价值。

春末闲谈（存目）

鲁　迅

导读：

本文创作于 1925 年 4 月 22 日，收录于《坟》，当时正值北洋军阀黑暗统治时期，作者目睹政府腐败、民不聊生的中国现状，决心用手中的笔作为武器与军阀、封建势力进行反抗斗争。

鲁迅善于从日常之事、微小之物着笔，层层深入，最后收笔于关乎社会、民族之大问题上，在这"小"与"大"之间窥见两者内在本质的联系，足可见其眼光之锐利、思想之深邃。《春末闲谈》一文即是如此，作者从故乡的细腰蜂着笔，写"螟蛉有子，果蠃负之"的美好愿望被现实所击碎，细腰蜂确是麻痹青虫作为子女食料的杀手，作者也借这一现象自然过渡到对现实社会的思考层面，揭露统治者为完成"黄金世界"的理想而企图麻痹人的思想，并采用"莫谈国事""勿视勿听勿言勿动论""禁止集合"等龌龊的统治方法，但鲁迅看透这各种麻痹术终"不能十分奏效"，因为"无头也会仍有猛志，阔人的天下一时总怕难得太平的了"，因而文章也体现出鲁迅对人民反抗斗争的信心以及对统治者的蔑视态度。

全文思想深刻又不失趣味性，语言轻松幽默略带嘲讽，借"细腰蜂"这一形象来比拟统治阶级，勾画"个"与"类"统一的类型形象，这是鲁迅杂文基本的艺术手段，这种形象化的议论使得文章的说服力与艺术感染力达到了和谐统一，具有不朽的文学价值。

苦雨（存目）

周作人

导读：

在人生观与艺术观上，周作人将文学作为自己的园地，"言志"即抒我之情，更乐于在其中饮苦茶，读杂书，玄思冥想，在文学中寻找安慰，曹聚仁曾评说："他的作风，可用龙井茶来打比方，看去全无颜色，喝到口里，一股清香，令人回味无穷。"

周作人的散文多作闲谈体，透着寂寞之苦，所追求的是自然隽永，是富有艺术意味的闲谈，正如《苦雨》一文，这是周作人给友人孙伏园的书信，写于1924 年 7 月，后收入散文集《雨天的书》；既为书信体散文，自然任意而谈，所写之事取材于日常生活。全文透露出作者心情由烦闷到愉快的微妙变化,文章从"北京近日多雨"写起,由此想起家乡的乌篷船及坐船时愉快的经历,淡淡的乡愁弥漫开来,后又回到现实,写自己雨天不愉快的原因:连下几天的雨将房屋淋坍、屋内涨水、夜里也常醒;文章最后谈起喜雨的两种人:可以在水中嬉戏的天真孩童和"极有田村风味"的虾蟆,为这烦闷的雨天增添了一些欢喜;文章最终以天气转晴,外出游嬉作结,收笔自然;全文笔调随意洒脱,感情真切朴实,有一种涩味和简单味,很耐人寻味。

祝土匪(存目)

林语堂

导读:

　　林语堂的散文创作分两个时期,20世纪20年代文笔激烈泼辣、犀利尖锐,30年代则以"幽默闲适"为主调;《祝土匪》是作者"语丝"时期的代表作,1925年应莽原社邀请而作,文章写了两种人,正人君子、当代学者属一类,土匪、傻子为一类。作者以幽默辛辣的笔调嘲讽了前者的虚伪、浅薄与胆小怯懦,如"他们自三层楼滚到楼底下翻起来时,头一样想到是拿起手镜照一照看他的假胡须还在乎?金牙齿没掉么?雪花膏未涂污乎?至于骨头折断与否,倒在其次",寥寥几笔便将学者可笑的丑态展露无遗,文章在批判学者"为脸孔而忘记真理""不敢维持我们良心上的主张"的同时,对敢于说真话、追求真理的土匪给予了充分的肯定与赞赏,全文以"我们生于草莽,死于草莽,遥遥在野外莽原,为真理喝彩,祝真理万岁,于愿足矣"作结,一气呵成,洋溢着新青年反抗旧势力的气势与斗志。

今津纪游(存目)

郭沫若

导读:

　　《今津纪游》于1922年所作,当时郭沫若在日本留学,这篇散文叙写了自己在今津游玩的所观、所闻、所感,抒发了作者真实深切的人生体验。

　　文章开头描写了"我"对"人类的骛远性"的感慨、对今津战地的向往、对利林克龙将军披襟怒吼的敬佩,充分展现出作者风华正茂少年时的意气风发;后三节分别写作者前往今津的途中和在今津游玩的过程,对远山、松林、碧海的欣赏体现出作者对自然的无限热爱;而文中针对"说到我们中国之不好洁净"的日本更是进行了幽默的嘲讽,作者对祖国的爱与思念自然流露;文中多处写到对"燕婉的佳伴"的向往,而在与另一渡船两个少女的相遇时感叹"这真是郑交甫遇着江妃,卢梭遇着雅丽",作者毫不掩饰心中对纯洁爱情的渴望,感情真切而坦率。全文笔调自然,语言优美,将旅途所见之景、所遇之人、所闻之事娓娓道来,夹叙夹议,寓情于景,是一篇游记佳作。

一个人在途上(存目)

郁达夫

导读:

郁达夫是中国现代散文史上风格独特的散文大家,其大部分散文书写的是个人在黑暗社会中走投无路的遭遇,带有浓厚的感伤色彩,写于1926年的《一个人在途上》便是这样一篇怀念至亲的抒情散文,文章从"我"与妻子在车站的分离写起,发出"自家又剩了孤零丁的一个"的悲叹,之后开始追忆起龙儿生前的天真活泼及一家人在北京拥有的短暂且快乐的日子,昔日孩子天真烂漫的面容现在却"只有一块小小的墓碑",今昔对比更使作者心如刀绞;郁达夫多次着笔写自己外出时龙儿对自己的深深思念,从中也反衬出内心的思亲之痛与内疚之深;作者通过妻子的口述把病中龙儿的乖顺懂事及所受之苦描写出来,情至深处催人泪下。文章以与爱人的离别开头,以一个人的漂泊结尾,悲伤凄凉之情浸透全文。本文充分体现出郁达夫的感伤散文的特点,即以率真、坦诚的自剖式文字,毫不隐讳地暴露赤裸裸的自我,郁达夫这种独特的写法也对后期的散文创作产生了较大影响。

自剖(存目)

徐志摩

导读:

徐志摩不仅是新月派的"诗圣",也是该派最优秀的散文家,散文集有《落叶》《自剖》《巴黎的鳞爪》等。正如作者在《自剖》中所描述的一样,徐志摩是一个情感型作家,有一颗动荡的心灵,热爱自由,因而其思想时而奔放时而苦闷,这就造就了他散文多样的风格。

《自剖》写于1926年,是作者在思想压抑精神空虚时所作,此文是作者对自己创作灵感的枯竭进行的深刻反省;文章开头写从前的"我"是如何爱灵动的生命、爱生活的美与自由,再对现在思绪干枯的我进行反思,由外向内深入剖析:外在的现实给予了理想致命的一击,目睹着暗无天日的社会现状,"我的神经每每受到一种不可名状的压迫",但作者并不以外在原因自我慰藉,

"我还得往更深处按",最终认清这根源是因自己对文艺创作的无能与虚假的热爱,文章结尾的自我安慰不过是一种自我的嘲讽,充满着自我批判的勇气。全文随着作者的思考层层深入,内心的挣扎之状真切感人,语言质朴,内蕴丰富,充分体现了当代文人的自醒意识。

荷塘月色(存目)

朱自清

导读:

写于 1927 年的《荷塘月色》是现代散文中脍炙人口的名篇,当时作者因身处动荡混乱的时局而陷于苦闷彷徨之中,文章以"我"去荷塘散步的所见景色为描写对象,淡月下"我"沿着小径走向荷塘,作者的内心情感也随之展开:"像今天晚上,一个人在这苍茫的月下,什么都可以想,什么都可以不想,便觉得是个自由的人……",这一段内心独白深刻地描绘出作者当时内心的压抑烦闷之情;文章接下来写荷塘的景色,田田的叶子"像亭亭的舞女的裙"、娇羞的荷花如"刚出浴的美人",之后写淡月、薄雾、树影、远山,将远景与近景交融到一起,意境幽远;文章最后以作者由采莲一事展开联想,以"猛一抬头,不觉已是自己的门前"收尾,让人读罢回味无穷。

全文结构缜密细致,将对比、烘托、通感等手法完美结合起来,而比喻用的最妙,本体喻体的神似之处把握得极为妥帖,细细勾勒几笔,夏夜的荷香月色之景便落入眼帘,作者的心情也由最初的烦杂归为平静,且与幽静的荷塘月色融为一体。文章语言清新素雅,白话文的运用堪称精练,为现代写景抒情中的典范之作。

第二章　30年代文学

第一节　30年代文学思潮

大革命期间已经有许多北方知识分子南下投奔革命或辗转到上海。大革命失败之后，众多左倾知识分子也经由党组织安排或者亡命到了"魔都"上海。1928年初，创造社挑起论战。冯乃超以一篇《艺术与社会生活》横扫文坛，声称要"就中国混沌的艺术界的现象作全面的批判"，批评鲁迅"常从幽暗的酒家的楼头，醉眼陶然地眺望窗外的人生"[1]。成仿吾接下来宣称"谁也不许站在中间，你到这边来，或者到那边去"，如若不愿，"踢他们出去"[2]。虽然太阳社和创造社因为"革命文学"发明权发生争执，但都毫不含糊地把鲁迅拿来为"革命文学""祭旗"。鲁迅对此作出回应，双方论战很快升级。茅盾也被认为是小资产阶级文艺的代表，遭到猛烈批判。新月派也很快卷入论争，上海文坛几乎全部卷入了论争。

这次论战涉及的理论问题众多，如唯物论，文学的阶级性，文学的宣传作用，阶级意识等。总的说来是一个关于"文学"的重新定义的问题，亦即无产阶级文学能否存在，如果存在由谁创造，作为小资产阶级的作家能否创造无产阶级文学，以及如何创造无产阶级文学等。创造社和太阳社等左翼团体的观点受到当时苏联和日本等国家的无产阶级文学运动中的左倾机械论的影响，特别是"无产阶级文化派"和"拉普"的影响。

1930年3月2日，在历时两年多的"革命文学"激烈论战之后，太阳社、创

---

[1]　冯乃超：《艺术与社会生活》，1928年1月15日《文化批判》第1卷第1期。
[2]　成仿吾：《从文学革命到革命文学》，1928年2月1日《创造月刊》第1卷第9期。

造社和鲁迅、郁达夫等40余人在上海虹口区窦乐安路中华艺术大学召开中国左翼作家联盟成立大会。鲁迅在和中宣部文委书记潘汉年分别发表了讲话,对过去两年多论争进行了"清算"和"总结",也对"左联"提出了各自的要求。"左联"通过的理论纲领明确了无产阶级革命文艺的性质、任务和对作家的要求,同时宣告:"我们的艺术是反封建阶级的,反资产阶级的,又反对'失掉了社会地位'的小资产阶级的倾向",纲领声明要"援助而且从事无产阶级艺术的产生"[1]。"左联"大会上决定与各个革命团体和国际革命文艺组织发生关系,组织马克思主义文艺理论研究会,创办左翼文艺杂志,参加工农革命实际活动等。

"左联"从成立到解散一直处于文艺论争之中,也正因为不断在和别的文艺团体或作家进行切割,反而更能显现出它和"他者"的区别,以及"左联"内部的不同声音。不断的文艺论争也让各个文艺团体和流派或多或少披上了各自的政治色彩,30年代文学也表现出与20年代反差较大的政治化思维特征。这些论争当中最为主要的有以下几次:

首先是"左联"和"新月派"的论争。"新月派"多半是留学欧美的知识分子,其中一些人在北洋政府时代依附以梁启超为首的研究系,随着北伐战争的逐步胜利,他们纷纷逃离北京,于1927年汇集上海创办新月书店,不久创办《新月》杂志。"新月派"对国共两党都持批评意见,推崇欧美自由政体。"新月派"理论家梁实秋从人性论出发,认为文学是天才的产物,革命和文学根本不能联系到一起,革命文学的说法只是在利用文学。鲁迅批判了梁实秋认为作家的阶级和作品无关的论点,认为文学是无产阶级解放自身的阶级斗争工具。

其次是"左联"和民族主义文艺的论争。

1928—1929年的"革命文学"论争引起了国民党的警惕,开始查禁进步书刊和文学社团,暴力镇压左翼活动,提倡民族主义文艺运动。但民族主义文艺运动本来就是临时拼凑[2],甚至连宣言都是请人捉刀[3],所以在"左联"和进步文艺家的反攻之下很快就销声匿迹。民族主义文艺运动的主要负责人是潘公展、朱应鹏和黄震遐等,先后出版了《前锋周报》《前锋月刊》和《中国文艺》等刊物,发表了《黄人之血》(黄震遐)、《国门之战》(万国安)和《陇海

---

[1] 引自《中国左翼作家联盟的成立》,1930年3月10日《拓荒者》第1卷第3期。
[2] 朱应鹏:《朱应鹏氏的民族主义文学谈》,1931年3月23日《文艺新闻》第2号第2版。
[3] 施蛰存:《我们经营过的三个书店》,《北山散文集》(一),华东师范大学出版社2001年版,第324页。

线上》(黄震遐)等一些具有代表性的作品。不久,《前哨·文学导报》上发表了瞿秋白的《屠夫文学》和鲁迅的《"民族主义文学"的任务和命运》等文章,鲁迅以子之矛攻子之盾,指出民族主义文学鼓吹屠杀不同政见者的同胞和沟通外国主子的法西斯本质。民族主义文艺受到了猛烈的反击,一度偃旗息鼓。直到"一·二八"淞沪战争才再度兴起。

再次是和"自由人""第三种人"的论争。胡秋原声称自己是"自由人",发表文章对左翼早期文艺批评家钱杏邨进行"清算",引起"左联"的强烈反弹。双方就文学的阶级性和文学的宣传作用等问题进行了交锋。胡秋原承认文学是有阶级性的,但强调文学具有自己的独立属性,经济基础对文学不具有直接决定作用。文章引起"左联"内部不小波动,"左联"成员苏汶公开支持胡秋原,号称自己是"第三种人",代表受到压制的广大的"作者之群"[1]。苏汶在政治上同情左翼,但又不赞同"左联"将文学等同于政治的做法,以左翼的"同路人"自居。苏汶和胡秋原的文章很快遭到瞿秋白和冯雪峰等的驳斥。不久,张闻天发表《论文艺战线上的关门主义》,批评了左翼文坛存在"左"倾宗派主义的错误,论争渐渐平息。

除了以上论争,"左联"内部也有一些重要的争论,首先是文艺大众化;其次是"两个口号"的论争。

"左联"历史上关于文艺大众化问题有过三次规模比较大的讨论。其实,在"革命文学"论争期间,创造社和太阳社已经明确提出普罗文学要"接近工农大众的用语"[2]。"左联"成立后《大众文艺》第2卷第3期展开过一次讨论。鲁迅、郭沫若、郑伯奇、茅盾等发表了自己的看法,并没有得到一致的意见。"九一八"事变后"左联"在瞿秋白主持下,通过决议认定无产阶级革命文学"首先第一个重大的问题,就是文学的大众化"[3]。瞿秋白对"五四"白话文运动持激进的批判立场,认为"五四"白话文是欧化士大夫的新式文言,大众文艺要利用旧有形式,随时创造新形式,同时要反映现实的革命斗争;但大众文艺也不是革命文艺的大众化,而是要创造出革命的大众文艺[4]。茅盾则认为"五四"白话文并不是"新文言",只要读过一点书的工人都能读懂,他

---

[1] 苏汶:《关于"文新"与胡秋原的文艺论辩》,1932年7月《现代》第1卷第3期。

[2] 傅克兴:《小资产阶级文艺理论之谬误——评茅盾君底〈从牯岭到东京〉》,1928年12月10日《创造月报》第2卷第5期。

[3] 1931年11月中国左翼作家联盟执行委员会的决议:《中国无产阶级革命文学的新任务》,1931年11月15日《文学导报》第1卷第8期。

[4] 瞿秋白:《普罗大众文艺的现实问题》,1932年4月25日《文学》第1期。

认为问题的关键在于能够让群众读得懂的技巧[1]。此后，由于汪懋祖等发动"文言复兴运动"，引起文化界论争，很快一转而为大众语的讨论，于是第三次文艺大众化主要是大众语和汉字拉丁化的讨论。陈望道、陈子展、胡愈之和鲁迅等参与其中，形成 30 年代中国拉丁化社会文化运动，蔡元培等 500 多人签名发表了对拉丁化新文字的意见，但这次运动最后以失败而告终。

"两个口号"论争是"左联"组织解散之后内部爆发的一次大规模论争，给左翼文学的发展和格局造成深远影响。1936 年，"左联"驻莫斯科代表萧三来信，批评"左联"的宗派主义和关门主义错误，要求解散"左联"，建立更广泛的统一战线组织。此后周扬等没有和鲁迅商议，提出了"国防文学"的口号，宣布成立统一战线组织"文艺家协会"。鲁迅对此口号持异议，没有加入该组织，当时一部分人也认为口号不合适，引起文艺界的争论[2]。而后从延安归来的冯雪峰和鲁迅、胡风及茅盾等人商议提出"民族革命战争的大众文学"的口号，并发表了《文艺工作者宣言》，由此出现"两个口号"的论争。这次论争既是当时混乱局面之下的意见纷纭的反映，也是"左联"内部积怨已深的内部矛盾的一次爆发，从理论上说，是对统一战线领导权的不同认识。1936 年 9月，冯雪峰等发表《文艺界同人为团结御侮与言论自由宣言》，论战正式结束。

第二节　30 年代的小说

1932 年 4 月，借着湖风书局重印阳翰小说《地泉》三部曲重版作序的机会，瞿秋白、茅盾、郑伯奇和钱杏邨等对普罗文学存在的问题进行了集体反思，一致认定早期普罗文学的"革命的浪漫谛克"倾向，终结了"左联"成立前后"革命＋恋爱"的小说写作模式，转向较为注意现实主义和文学特性的"唯物辩证法的创作方法"，给"左联"纠正普罗文学的偏向起到了一定作用。冯雪峰把丁玲的《水》作为"唯物辩证法的创作方法"的"初步兑现"[3]。一样导致公式化、概念化和脸谱化。作为纠正，"社会主义现实主义"被引入了"左联"。后者强调具体地历史地去描写现实，但文学和政治的关系问题并没有从根本上得到解决。

---

[1]　茅盾：《问题中的大众文艺》，1932 年 7 月 10 日《文学月报》第 1 卷第 2 期。
[2]　唐弢：《回忆鲁迅及三十年代文艺界两条路线斗争》，鲁迅研究资料编辑部《鲁迅研究资料》第 1辑（内部发行）。
[3]　冯雪峰：《关于新小说的诞生》，《北斗》1932 年 1 月第 2 卷第 1 期。

尽管如此,左翼作家还是取得了相当的成绩。以茅盾为代表的左翼作家开创了 30 年代"社会剖析派"小说创作潮流。运用阶级分析的方法,通过对社会生活的研究分析提炼和加工来开拓小说的巨大的历史和社会内容,塑造典型环境下的典型人物,具有宏伟的结构和客观的叙述,这类小说将政治性、阶级性和时代性、真实性融会在一起,形成鲜明的左翼特色。茅盾在《子夜》中大规模地描写中国社会现象,通过革命力量正在蓬勃发展的农村和敌人相对集中的城市两者革命发展的对比,反映出中国革命的整个面貌,虽然小说最后放弃了写不熟悉的农村、工厂和实际的革命军事斗争部分,但《子夜》仍然容纳了军阀混战,民族资本和买办资本的殊死斗争,工业的破产和工人运动,农村的武装斗争等广阔的社会面貌,塑造了一批如吴老太爷、赵伯韬、吴荪甫、屠维岳等典型人物,揭示了中国社会的复杂社会矛盾。"社会剖析派"小说以茅盾创作的《子夜》、"农村三部曲"《春蚕》《秋收》《残冬》等为代表,与之同属一类的还有叶紫的小说《丰收》《电网外》,蒋牧良的《三七租》,非"左联"作家吴组缃的《西柳集》和《饭余集》中的作品等。"社会剖析派"形成了文坛上一支重要的力量,对中国革命现实主义小说起着举足轻重的作用。

"左联"还出现了一批擅长于社会讽刺小说的作家。张天翼、蒋牧良、沙汀、周文等的小说对人物性格和阶级特征的讽刺性描写则是其最为显著的特征。张天翼被是 30 年代"最富才华的短篇小说家"[1]。他的小说《包氏父子》《脊背与奶子》和《清明时节》等刻画了包氏父子、长太爷等形象鲜明的人物性格。

和"左联"关系十分紧密而没有正式加入的还有"东北作家群"。他们主要是一些青年作者,如萧红、萧军、端木蕻良、舒群、骆宾基、李辉英等,和"左联"一部分作家实际构成了反帝抗日、救亡图存的小说创作潮流。萧红的《生死场》、萧军的《八月的乡村》、端木蕻良的《鹭鹭湖的忧郁》、舒群的《没有祖国的孩子》、李辉英的《最后一课》,以及楼适夷的《S.O.S》等对自"九一八"事变前后东北人民广阔复杂的生存状态的全方位的描写。他们的小说以一种浓郁的眷恋乡土的爱国主义情绪和粗犷的地方风格把东北广袤的黑土、铁蹄下的不屈人民、茂草、高粱、搅成一团,构筑成东北抗日主题。其中萧红和端木蕻良等的小说在抒情、讽刺和心理等方面的探索尤为后世所称道。

1933 年,京沪两地作家发生论争。京派海派论争从地域的角度切入对当时文学和文坛的看法,给后世文学研究者提供了重要的思考角度。京沪两

---

[1] 夏志清著,刘绍铭编译:《中国现代小说史》,台北传记文学出版社 1991 年版,第 231 页。

地的作家,除了左翼作家之外,也常常都被纳入京派和海派之中。虽然很多重要作家并不能用京派、海派这样的流派来限定,但京派和海派也的确能够在一定程度上概括两地文学的不同精神风貌。

30 年代海派作家以新感觉派的艺术成就最高。新感觉派作家主要包括刘呐鸥、穆时英、施蛰存、叶灵凤、黑婴和禾金等人。1932—1935 年,施蛰存主编《现代》,成为新感觉派小说重要发表园地。新感觉派作家受到法国作家保罗·穆杭和日本新感觉派作家川端康成和横光利一等人的影响,"第一次用现代人的眼光来打量上海,用一种新异的现代的形式来表达这个东方大都会的城与人的神韵"[1]。"新感觉派的圣手"穆时英早期受到左翼文学的影响,从 1932 年起开始写《公墓》《上海的狐步舞》《白金的女体塑像》等小说。他差不多能够在每篇小说中采用不同的艺术形式和手段,他的文字有十足的魔力,也被人称为"鬼才"。穆时英特殊的造句、奇异的文本结构和充满疯狂与紧张的表达都赋予他的小说以无与伦比的力量。

京派作家以 30 年代北平的大学、文学刊物和文艺沙龙为纽带,形成与海派完全不同的一种地域文学流派。小说家除了沈从文之外还有废名、凌淑华、林徽因和萧乾等。受到现代文明侵蚀的农业社会是他们叙述的主题。京派小说"把经过节制和净化的感情,融合于白描的、或印象式的人间画面,这就形成了相当数量的一批京派作家小说以民俗为经,以抒情为纬的'民俗—诗情小说'的审美特征"[2]。京派作家很多都是学院派知识分子,但他们却热衷于发现各自的平民世界。沈从文笔下的湘西,废名的黄梅和京西城郊,芦焚的果园城,萧乾的皇城根等都是为人所称道的艺术世界。

沈从文是京派作家中的代表人物。湘西是沈从文小说的精神之乡,不断通过回忆和想象重建,成为一个独特的湘西世界。湘西世界充满蛮力、血腥和悲剧,但作者却倾注了不可言说的同情和理解。沈从文在湘西的行伍生涯让他看到了许多现代作家所没有看到的,他从湘西走到城市并没有让他接受现代文明,而是让他成为现代文明的批判者。他在湘西的农民、土匪、士兵、水手、船工和妓女等当中看到了有别于宏大历史的力量,从而形成了他自己的文化守成主义。"胡适等人看中沈从文的,就是这种务实的保守性"[3]。但这种文化守成主义最终被现实政治给摧毁殆尽。沈从文似乎并不是一个

[1] 吴福辉:《第十四章 小说(二)》,钱理群、温儒敏、吴福辉:《中国现代文学三十年》(修订版),北京大学出版社 1998 年版,第 325 页。

[2] 杨义:《京派小说的形态和命运》,《中国现代文学流派》,人民出版社 1998 年版,第 488—499 页。

[3] 夏志清著,刘绍铭编译:《中国现代小说史》,传记文学出版社 1991 年版,第 214 页。

太擅长讲"故事"的小说家,他的湘西小说缺少悬念,结构松散,故事本身也显得有些陈旧老套,他的长处并不是在他讲述的故事,而是他隐藏在故事上的叙述以及叙述背后所倾注的热情,正如刘西渭所说的,"这里一切谐和,光与形的适度配置,什么样人生活在什么样空气里,一件艺术作品,正要叫人看不出艺术的。一切准乎自然,而我们明白,在这种自然的气势之下,藏着一个艺术家的心力。细致,然而绝不琐碎;真实,然而绝不教训;风韵,然而绝不弄姿;美丽,然而绝不做作。这不是一个大东西,然而这是一棵千古不磨的珠玉。"[1]也有学者指出沈从文尝试的是一种糅诗、游记、散文与抒情幻想成一体的小说[2]。

废名是京派作家中较早形成自己风格和主题的一位作家。1926 年开始发表长篇小说《桥》,1928—1932 年出版《桃园》《枣》《莫须有先生传》等。废名小说对开创中国现代抒情小说传统有筚路蓝缕之功。萧乾是京派后起之秀,他擅长通过童年视角刻画城市中底层人民生活,展示人间的不公和世态炎凉,出版了短篇小说集《篱下集》《栗子》《落日》及自传体长篇小说《梦之谷》。京派小说家芦焚(师陀)30 年代出版了《谷》《里门拾记》《落日光》和《野鸟集》等小说集。

除了左翼、京派和海派,还有老舍和巴金两位重要小说家。

老舍没有直接参与激进的新文化运动,他始终与时代主流保持一些距离,在创作上也常表现出不苟时尚的自足心态。"通过对北京市民日常生活全景式的风俗描写"[3],老舍的创作表现出对"老中国儿女"国民性的强烈关注。这首先表现在他对北京市民世界的书写。他的众多小说几乎包罗了北京现代市民阶层生活的方方面面,展现出百科全书式的知识场景。与之相应的是老舍小说的"京味"。"京味"作为一种风格,"包括作家对北京特有风韵、特具的人文景观的展示以及展示中所注入的文化趣味"[4]。这种"京味"除了北京风俗人情,还有北京文化那种体面、精巧、懒散与懦弱等对人物形象塑造的渗透。《骆驼祥子》中祥子为了面子主动辞掉曹宅的包月工作,老李的家

---

[1] 刘西渭:《〈边城〉与〈八骏图〉》,刘洪涛、杨瑞仁编:《沈从文研究资料》(上),天津人民出版社 2006 年版,第 202—203 页。

[2] 王润华:《沈从文小说创作的理论架构》,刘洪涛、杨瑞仁编:《沈从文研究资料》(下),天津人民出版社 2006 年版,第 726 页。

[3] 钱理群、温儒敏、吴福辉:《中国现代文学三十年》(修订版),北京大学出版社 1998 年版,第 243 页。

[4] 温儒敏:《第十一章 老舍》,钱理群、温儒敏、吴福辉:《中国现代文学三十年》(修订版),北京大学出版社 1998 年版,第 251 页。

眷来京同事们要送礼,老马的那种精巧与懦弱等无不带有北京文化性格特有的"味儿"。30 年代主要长篇小说有《猫城记》《离婚》和《骆驼祥子》,短篇小说以《断魂枪》《月牙儿》《柳家大院》和《微神》等为代表。

和老舍那样与"五四"新文化保持距离的立场有所不同,巴金自称是"五四运动的产儿"[1]。有学者认为"他的创作经历和思想发展,鲜明地体现出五四新文化影响下的中国一代知识分子求索、奋进、彷徨、突围的心路历程"[2]。巴金的文学是他倾诉自我的一种言说方式:"我有感情必须发泄,有爱增必须倾吐,否则我这颗年轻的心就会枯死"[3]。他通过自我倾诉,文学建构起作者自身的主体人格形象。巴金认为"文学的最高境界是无技巧,是文学和人的一致,就是说要言行一致,作家在生活中做的和在作品中写的要一致,要表现自己的人格,不要隐瞒自己的内心"[4]。巴金 1928 年回国后奔波于京沪闽粤等地,创作了大量文学作品。这些作品能够映衬出青年巴金的精神肖像。直到 1935 年担任文化生活出版社总编辑,巴金才开始结束动荡与漂泊。巴金在 30 年代的主要代表作是《爱情三部曲》(即 1931 年《雾》、1933 年《雨》、1935 年《电》三部中篇的合称)。但真正让巴金获得巨大声誉的是《激流三部曲》(即 1933 年《家》、1938 年《春》、1940 年《秋》)为代表的传统家族题材小说。他对传统大家庭在现代思想冲击之下内部矛盾的展现让几代中国读者为之倾心。

第三节 30 年代的诗歌

30 年代诗歌大体上有大众化和纯诗化两种不同路向的探索。

1932 年 9 月,"左联"的诗人们成立了中国诗歌会,他们尝试将文学中最具有"文学性"的诗歌进行大众化,"要使我们的诗歌成为大众歌调,/我们自己也成为大众中的一个"[5]。以中国诗歌会为代表的大众化诗歌思潮强调诗歌革命题材的优先性,诗歌形式的大众化,以及现实主义的作风。中国诗

---

[1] 巴金:《随想录·五四运动六十周年》,《巴金全集》第 16 卷,人民文学出版社 1991 年版,第 66 页。

[2] 陈思和:《第十一章 巴金和老舍的创作》,严家炎主编:《二十世纪中国文学史》(上册),高等教育出版社 2010 年版,第 355 页。

[3] 巴金:《谈〈灭亡〉》,《巴金全集》第 20 卷,人民文学出版社 1993 年版,第 380 页。

[4] 巴金:《谈文学创作——答上海文学研究所研究生问》,《巴金全集》第 19 卷,人民文学出版社 1993 年版,第 615 页。

[5] 《发刊诗》,1933 年 2 月 11 日《新诗歌》创刊号。

歌会诗人众多,诗作丰富,是一股强大的诗歌潮流。主要诗人包括杨骚、穆木天、任钧、蒲风等,以蒲风的诗歌成就最大。如蒲风的《我迎着风狂和雨暴》:"如今,我带回了发动机的热和力,/我要把魔鬼当柴烧,/我要配足马力哟,/我的力的总能,/要像那五大海洋的怒潮!"这首诗夸张的阶级主体形象更适合用吼叫让接受者得到阶级情绪的体验。与现代派诗歌相比,它没有含蓄蕴藉的语言,缺少意象之间的整体性,单个的意象如"五大海洋"更多的是由明喻构成与前一意象之间的连接。但无产阶级级诗歌需要的是群众性广场体验,而不是个体体验,和精致的现代派诗具有完全不同的风格,诗歌的接受程式也完全不同。大众化诗歌直白奔放,需要读者去叫喊和朗诵,而不是个体阅读、沉思默想、低吟回味。1937 年,中国诗歌会随着"左联"解散,但在一定程度上仍然影响了延安和其他解放区的工农兵文艺的发展。

新月派在经过大革命的动荡之后,在诗歌精神和主题上发生了一些新的变化,由于北方新兴诗人的加入,更加凸显出了新月派诗歌的生命力和艺术成就。1928 年 3 月徐志摩、闻一多和饶孟侃等在上海创办《新月》月刊,到1933 年 6 月结束。1931 年徐志摩主编《诗歌》季刊。新月派基本成员除了一批 20 年代成名的"老诗人"之外,又出现了陈梦家和方玮德等青年诗人群体,1931 年 9 月陈梦家编选《新月诗选》集中了新月诗派最强盛的阵容。

后期新月派仍然坚持诗歌超功利、自我表现的"纯诗"立场。新月派针对中国诗歌会的左翼诗人提出诗歌的革命性诉求,强调"始终忠实于自己,诚实表现自己渺小的一掬情感,不做夸大的梦","老老实实写诗"[1]。和左翼诗歌激进昂扬的情绪不同,后期新月派的诗情绪十分低落。徐志摩在诗中哀叹"我不知道风/在那一个方向吹——/我是在梦中,/在梦的轻波里依洄"(《我不知道风是在哪一个方向吹》)。低落的情绪和艺术上的追求在后期新月派诗歌那里扭结在一起,成为后期新月派诗歌的重要特征。后期新月派坚持"主张本质的纯正,技巧的周密和格律的谨严",但对格律的态度有所不同,"我们绝不坚持非格律不可的论调,因为情绪的空气不容许格律来应用时,还是得听诗的意义不受拘束的自由发展"[2]。陈梦家等后期创造社的年轻诗人们诗歌艺术探索上保持了长期的热情。

面对左翼诗歌大众化和后期新月派诗歌纯诗化的张力,发展出了臧克家的现实主义诗歌,以及结合象征诗派更进一步发展而成的现代主义诗歌。

---

[1] 陈梦家:《序言》,陈梦家编选《新月诗选》,1933 年版,第 18、19 页。

[2] 陈梦家:《序言》,陈梦家编选《新月诗选》,1933 年版,第 17、15 页。

臧克家抗战前出版了《烙印》和《罪恶的黑手》这两部最重要的诗集。臧克家在诗歌艺术形式上取法闻一多,思想内容上倾向于左翼现实主义,在30年代文坛上独树一帜。他的诗歌关注生活在中国社会最底层的人民。臧克家推崇苦吟,常常有经过不断磨砺而闪闪发光的句子,如"日头坠到鸟巢里,/黄昏还没溶尽归鸦的翅膀,/陌生的道路无归宿的薄暮,/把这群人度到这座古镇上"(《难民》)。用意象之间的连接取代说明,把情感和倾向隐藏在意象转喻之中,同时讲究形式,讲究节奏韵律,是臧克家诗作中的代表,但有时候会过于雕琢。

大革命失败之后的政治高压让大量青年知识分子转回内心,他们沿着早期象征派的路走向了中国特有的现代主义诗歌之路。1927年戴望舒创作《雨巷》是现代诗派的先声,1932年施蛰存主编《现代》杂志是现代诗派形成的标志。此后戴望舒主持《现代诗风》(1935年10月创刊),戴望舒、卞之琳、梁宗岱和冯至主编《新诗》月刊(1936年10月创刊)先后出版是中国现代主义诗歌的一个鼎盛时期。现代诗派的诗人除了戴望舒、施蛰存、何其芳、李广田、林庚、徐迟等之外还有卞之琳、孙大雨和陈梦家等。

现代诗派中最重要的诗人是戴望舒,深受魏尔伦、果尔蒙和耶麦等法国象征主义诗人影响。《雨巷》是其初期象征主义诗歌的代表作。但戴望舒很快开始反省《雨巷》这种富于形式的诗歌,开始探索现代主义的诗歌艺术。戴望舒抛弃形式主义的诗歌原则,开始寻找"最合自己的脚的鞋子",推动新诗形式化散文化的方向。戴望舒自己称为"我的杰作"的一首诗《我的记忆》应该算得上他在这个方向用力的一个代表。这首诗将"记忆"称为寂寥时的密友,用一系列具体可感的日常生活事件作为记忆的载体,呈现它的音容笑貌言谈举止,它到处存在,"在燃着的烟卷上","在绘着百合花的笔杆上","在喝了一半的酒瓶上","它是胆小的,它怕着人们的喧嚣,/但在寂寥时,它便对我来作密切的访问"……这首诗摆脱韵律节奏的外在束缚,从平凡的生活中写抽象的事物,扩大了诗歌的表现能力。卞之琳曾对戴望舒的现代派诗风作过恰如其分的评述,"在亲切的日常生活调子里舒卷自如,敏锐,精确,而又不失它的风姿,有节制的潇洒和有功力的淳朴"[1]。

现代诗派重要的还有"汉园三诗人",即卞之琳、李广田和何其芳,因1936年三人出合集《汉园集》而得名,其中卞之琳是他们三人当中在30年代最有影响的诗人。卞之琳醉心于新诗技巧与形式试验,受到过西方现代主义的广泛影响,如波德莱尔、艾略特、里尔克、魏尔伦和叶慈等,也受到过徐志摩等后

---

[1] 卞之琳:《〈戴望舒诗集〉序》,《戴望舒诗集》,四川人民出版社1981年版,第5页。

期新月派以及戴望舒等诗人的影响。他主张情与理、智与象的融合,其代表作《距离的组织》《旧元夜遐思》《尺八》《断章》等主智诗善于从日常生活现象进行哲学的探索。《断章》这首诗通过对"风景"这一常见物象的感悟,探讨主客体关系的相对性。其次,卞之琳的诗作开创了新诗的戏剧性情境,并将之与传统诗歌的"意境"相结合,追求"诗的非个人化"。卞之琳这个时期的诗作可以说承继了后期新月派"抒情客观化"的主张,也开启了40年代穆旦等诗人的现代主义诗歌创作潮流。

　　30年代现代派诗人中比较重要的还有废名和林庚等。废名的诗歌的内在精神是中国的诗禅传统。他的诗《街头》看似意识流动,但更也类似禅语,"行到街头乃有汽车驰过,乃有邮筒寂寞。/邮筒PO,/乃记不起汽车的号码,/乃有阿拉伯数字寂寞,/汽车寂寞,/大街寂寞,/人类寂寞"。林庚则试图将现代语言和传统诗歌形式结合,寻求诗歌的新格律,他的诗集《北平情歌》是这方面的代表作。

第四节　30年代的散文

　　30年代散文同样在时代的影响下出现较此前更为清晰的发展脉络。

　　杂文是新文学重要的一个门类,是现代知识分子对他所处时代的社会、思想和文化现实进行及时回应的有效方式。在表现个人趣味的小品文和战斗性的杂文之间,左翼作家更加青睐杂文,为杂文争取独立的地位。左翼作家及其影响下的具有时事性和战斗性的杂文创作构成了30年代杂文创作的主要潮流。

　　鲁迅是杂文创作的高峰。他的杂文以其独特的诗学、难以衡量的思考深度和激起的社会影响都使得它成为无法克服也无法超越的独特存在。鲁迅认为杂文是克服诸多文学门类局限,用文字表情达意的最好工具,"我们试去查一通美国的'文学概论'或中国什么大学的讲义,的确,总不能发现一种叫做Tsa-wen的东西","我知道中国的这几年的杂文作者,他的作文,却没有一个想到'文学概论'的规定,或者希图文学史上的位置的,他以为非这样写不可,他就这样写"[1]。没有什么文体能够限制鲁迅杂文的自由创造性,在生

---

[1]　鲁迅:《徐懋庸作〈打杂集〉序》,《且介亭杂文二集》,《鲁迅全集》第六卷,人民文学出版社2005年版,第300页。

命最后的十年里,鲁迅将大部分的心血都倾注在杂文的创作上。他的杂文对中国社会思想文化和生活的回应让其成为一部活的中国人的"人史"[1]。鲁迅杂文体现出作家在"反常规"的"多疑"思维之下的深刻洞见,发掘中国人人性深处的幽暗,如鲁迅批评戏迷喜欢看男人扮女人,"最可贵的是男人扮女人了,因为从两性看来,都近于异性,男人看见'扮女人','女人看见'男人扮'",这正是"我们中国的最伟大最永久的艺术是男人扮女人"[2]。由这一例即让人产生许多人眼中的鲁迅的"刻毒"。鲁迅的杂文正以其"刻毒"让人感觉如芒在背。

在鲁迅的影响下,左翼涌现出一批杂文家,如唐弢、徐懋庸、聂绀弩等。30年代的杂文记录下了一个极度矛盾复杂年代的历史,尤其是鲁迅的杂文,是鲁迅将个人的心血和灵魂与时代交融在一起而形成的时代诗学。

透过杂文我们可以看到作家们与时代的搏斗,但也有许多作家不愿意甚至放弃斗争性的文字转而从事幽默闲适的小品文创作。林语堂1932年9月创办《论语》半月刊,后来又创办《人间世》和《宇宙风》,号称"宇宙之大,苍蝇之微,皆可取材"[3],但实际这些刊物提倡的幽默闲适和独抒性灵的小品,只见"苍蝇",不见"宇宙"。其实林语堂在《〈人间世〉发刊词》中已经明确说明,提倡小品"不能兴邦,亦不能亡国,只想办一好好的杂志而已,最多也只是提倡一种散文笔调而已"。放弃文学的社会承担,追求散文的幽默闲适,刻意与社会保持超远距离,用看客的心态来观看中国,而且特别强调幽默之于讽刺的区别[4],引来左翼作家们的批评,但却得到周作人的喜欢。《论语》前期还多有鲁迅等的文章,到后期开始就成了周作人、俞平伯、刘半农等京派文人的重要发表园地。当然,独抒性灵并不能涵盖周作人30年代散文的全部。周作人30年代试验一种"文抄公体"的散文,可以归入笔记体散文。文章的核心部分是经过周作人独到眼光挑选的古文,经过周作人语言的连缀和评点,两者杂糅,为郁达夫称赞为"一变为枯涩苍老,炉火纯青,归入古雅遒劲的一途了"[5]。

京派散文家除了周作人、俞平伯和刘半农等,还有一拨刚刚成长起来的年轻人,他们以何其芳、李广田等为代表。《画梦录》是何其芳早期散文的代

---

[1] 鲁迅:《晨凉漫记》,《准风月谈》,《鲁迅全集》第五卷,人民文学出版社2005年版,第248页。
[2] 鲁迅:《论照相之类》,《坟》,《鲁迅全集》第一卷,人民文学出版社2005年版,第196页。
[3] 林语堂:《〈人间世〉发刊词》,《人间世》1934年第1期。
[4] "论语派"作家特别强调"应该减少讽刺文字,增加无所为的幽默小品文",见《编辑后记——论语的格调》,《论语》1932年12月1日第6期。
[5] 郁达夫:《散文二集导言》,《中国新文学大系》,上海文艺出版社2003年影印版,"导言"第14页。

表。这部情绪与意象带有些颓唐风味的散文集在 1936 年获得了《大公报》文艺奖金。何其芳的散文是一个孤独的青年人的独语,内心充满诗情画意,词藻华丽,抒情气息浓郁,依靠幻象来建构一种独语的文体。《画梦录》塑造出了一个美丽而哀伤的纤弱自我形象,正处在少男少女"为赋新词强说愁"的季节。李广田著有《画廊集》《银狐集》和《雀蓑集》等散文集。他的散文如同与故旧叙谈,亲切而含蓄,常讲述故乡山东的平常人事,通过对乡村生活细节与片段的叙述,发现乡土详情,体悟人生,读来别有一种风味。

在左翼杂文、论语派幽默小品文和京派抒情小品之外还有开明同人的散文。从浙江上虞的春晖中学,到匡互生等离开春晖中学到上海创办立达学园,再到后来立达同仁创办开明书店,以叶圣陶、夏丏尊和丰子恺等为主要代表,逐渐形成了一个较为松散的开明作家群。这些作家们大多从事中学教育事业,他们坚守启蒙主义立场,与政治保持一定距离,不参与文坛是非。他们的散文受到作家自身常年从事中学教育事业的潜在影响,创作多从身边取材,注重人格教化,讲求文章修养,但每位作家风格也各自有差异。夏丏尊在工作之余创作的散文多收入《平屋杂文》,《白马湖之冬》《钢铁假山》和《猫》等是其中代表作。他的散文在平凡琐事之中透彻人生真理,长于记叙,文章构思严谨,文笔老练。丰子恺散文主要收在《缘缘堂随笔》《随笔二十篇》和《缘缘堂再笔》等集子当中。他的散文细腻而含有哲理趣味,受到佛家思想的影响。丰子恺认为儿童是佛性的一种表征,同时,他也在大自然、艺术与宗教中发现美与善此类散文展现出佛家思维与悲悯情怀,传达出佛家积极达观的人生姿态。

游记文学有悠久的传统,新文学中的游记散文也在 30 年代兴盛起来,出现了一批有较大社会影响的作品。朱自清欧洲访学之行留下了《欧游杂记》和《伦敦杂记》,文章朴素而见功力,前者详细描绘了所到欧洲诸国的历史文化和自然风光,后者描写了伦敦各处景点和人物。李健吾的意大利之行留在了《意大利游简》之中。李健吾还是用那亲切叙说的笔调向读者讲述了自己在意大利各地游览经历和见闻。此外还有郑振铎的《欧行日记》,胡愈之的《莫斯科印象记》和刘半农的《欧游回忆录》等作品。除了欧游之外,也出现了许多国内游记散文,其中最重要的代表是郁达夫。郁达夫和王映霞 30 年代初回到浙江,一时游踪遍及江南各处,留下了《屐痕处处》《达夫游记》等散文集,其中以《钓台的春昼》和《感伤的行旅》等为上。《钓台的春昼》以游踪为线,渗透作家内心的不平,文章结构整饬严谨,条理清楚,语言精练,是现代文学史上游记散文不可多得的佳作。

第五节　30 年代的话剧

　　1930 年 8 月 23 日,上海艺术剧社、摩登社、复旦剧社、南国社等成立中国左翼剧团联盟,不久改为中国左翼戏剧家联盟,简称"剧联"。"剧联"成立之后成立基干剧团大道剧社,并把盟员渗透到各剧团,在那些剧团起到核心作用,最后组织成立了一个上海剧团联合会。与此同时,"剧联"的《最近行动纲领》规定该联盟"深入都市无产阶级的群众当中,取本联盟独立表演、辅助工友表演、或本联盟与工友联合表演三方式以领导无产阶级的演剧运动",还规定"其所采取的演剧形式,以工人群众的知识水准能够充分理解、欢迎为原则"[1]。"剧联"还积极组织戏剧讲习班,推动学校剧运动以及联合各小市民小店员剧团组织业余演剧运动,通过共产党和赤色工会在 1931 年组织第一个蓝衫剧团。据不完全统计,"剧联"到 1935 年已经有农民剧团 1 个,蓝衫剧团 8 个,业余剧团 13 个,学生剧团 28 个,儿童剧团 2 个[2]。

　　阶级斗争是左翼剧作家编剧和创作的重点所在。"剧联"倡言建设无产阶级戏剧,明确要"争取革命的小资产阶级的学生群众与小市民",要求"剧本内容暂取暴露性的,指示出在资产阶级与无产阶级底尖锐化的斗争过程中,中间阶级之没落底必然与其出路"[3]。左翼剧作者翻译和改编了大量西方与俄苏反帝剧本和工人斗争的戏剧剧本。左翼剧作家高度关注社会现实和工人农民的生活,表现革命和反抗斗争是左翼戏剧的基本主题,陈鲤庭的《放下你的鞭子》,田汉的《回春之曲》,楼适夷的《S.O.S》,于伶的《丰收》,袁殊的《工厂夜景》,洪深的"农村三部曲",夏衍的《赛金花》等都是常演的优秀剧目。

　　田汉是 30 年代左翼戏剧最重要的代表人物之一。田汉在 30 年代领导左翼戏剧和电影运动,同时创作了许多新的剧本,作品的形态和风格发生了和早期不同的变化。他的一些作品以底层群众的悲惨命运与政治反抗为主题,还有一些反映的是反帝爱国以及批判国民党政府不抵抗主义的内容。田汉在 30 年代作重要的两部作品为《乱钟》和《回春之曲》。

---

　[1]《中国左翼戏剧家联盟最近行动纲领》(1931 年 9 月通过),1931 年 10 月 23 日《文学导报》第 1
　　　卷第 6、7 期合刊。
　[2]　赵铭彝:《关于戏剧家联盟》,《中国左翼戏剧家联盟史料集》,文化部党史资料征集工作委员会
　　　编,中国戏剧出版社 1999 年版,第 37 页。
　[3]《中国左翼戏剧家联盟最近行动纲领》(1931 年 9 月通过),1931 年 10 月 23 日《文学导报》第 1
　　　卷第 6、7 期合刊。

洪深在 30 年代初同样积极投身左翼戏剧事业。《农村三部曲》是洪深转向之后的最重要作品。《农村三部曲》包括独幕剧《五奎桥》(1930 年)、三幕剧《香稻米》(1931 年)和四幕剧《青龙潭》(1932 年)三部作品。这三部作品以江南农村为背景,展示了 20 世纪二三十年代中国农村社会经济凋敝的现实和农民的苦难遭遇,以及他们在逐渐觉醒并开始进行自发斗争的历史过程。洪深的这三部剧作受到左翼作家概念先行毛病的影响,虽然演出在观众中获得强烈反响,但也为剧评家们所批评,认为其作品"形象化的不够,是太机械地处理了题材",表现出一种"机械的现实主义"的倾向[1]。

左翼另一位重要剧作家是夏衍。他的主要剧作有《上海屋檐下》《法西斯细菌》和《赛金花》等。夏衍坚持文艺作为革命的武器的观念,其作品具有鲜明的现实针对性与政治倾向性。《上海屋檐下》这部话剧故事发生在抗战前上海一家普通弄堂房子里。夏衍构思独特之处在于通过这幢房子的横截面让观众了解五户人家一天的经历,在舞台艺术上是一个大胆的创新。在黄梅雨天气压诡异多变的气候里,作家对这一群体的刻画,展现了这些人物的各种生活处境和精神面貌。夏衍擅长通过对平凡生活表现时代感和政治倾向,在气氛的调度与情节的结构上都十分细腻和精巧,对小人物性格的塑造和内心活动的描绘十分突出,虽说仍然有概念化的一些毛病,但仍不失有自己鲜明的艺术风格。

左翼话剧运动给 30 年代话剧带来了强大的政治能量,但其艺术性也为一些文学史家所诟病[2]。

熊佛西在河北定县推行的"农民戏剧实验"也是 30 年代的重要戏剧运动之一。熊佛西是北方剧坛的泰斗,他坚持戏剧改造人生的理念,认为"戏剧是组织民众最有力量的艺术"[3],不过他的戏剧观众是占全国大多数的农民群众。1932—1927 年,熊佛西到定县乡村开展农民戏剧实验,和左翼提出的无产阶级戏剧相对应,他将自己的戏剧实验称为"戏剧大众化实验"。熊佛西从剧本、剧团、舞台、剧场和演出等戏剧多个方面展开实验。他强调戏剧的观众是农民,应该提供农民能够接受和欣赏的剧本。主张培养农民演员,他训练过十几个农民剧团,并重点培养两个农民实验剧团。再次,他主张建立适应农民戏剧要求的露天剧场,经过自己的精心设计,使之能够成为农村教育文化活动中心。最后,他认为"演出在其最本质的意义上,是于人群之中造成一

---

[1] 张庚:《洪深与〈农村三部曲〉》,1936 年 8 月 10 日《光明》第 1 卷第 5 期。
[2] 顾彬著,范劲等译:《二十世纪中国文学史》,华东师范大学出版社 2008 年版,第 172 页。
[3] 熊佛西:《戏剧大众化之实验》,正中书局 1937 年版,第 105 页。

个集团的共同的戏剧活动",因此探讨观众与演员混合的新式演出法,"采取集团的表演"[1]。

与左翼戏剧运动和农民戏剧实验都有些不同,唐槐秋的中国旅行剧团代表着话剧职业化发展方向。1933年创办的"中旅"是中国现代话剧史上坚持时间最久,演出场次最多,演出范围最广的剧团。"中旅"在剧作家那里购得演出权,然后与剧场签订演出合同,把剧团置于市场之下去选择剧本和剧场,迫使剧团去选择优秀剧本。"中旅"从诞生到结束十几年里演出了《名优之死》《第五号病室》《群莺乱飞》《洪宣娇》《武则天》《赛金花》《压迫》《雷雨》《日出》《茶花女》等话剧史上的名作。市场化也迫使"中旅"锻炼剧团的组织与管理,唐槐秋改变爱美剧的小剧场做法,选择大剧院和巡回演出相结合的方式,注重媒体宣传。和非营利性的小剧场运动不同,"中旅"一段时间内有明确的雇佣和薪金制度,不再纯粹是为共同志趣结而为团体,演员流动性很强,最多的时候有200多个,少的时候就唐家班几个人。另外,市场化也促使剧团努力培养演员。"中旅"对中国话剧史的一大贡献就是培养了大批优秀的话剧人才。"中旅"以排戏严格著称,早起排演一个戏,往往耗费百日以上。正因为强调精心打磨,磨砺表演艺术,"中旅"演员名单上可以列上戴涯、舒绣文、白杨、石挥、蓝马、孙道临、姜明等杰出者的名字。

30年代"中旅"最辉煌的是演出曹禺的《雷雨》和《日出》。

1934年7月《文学季刊》第1卷第3期上发表了清华大学西洋文学系学生曹禺的剧本《雷雨》。曹禺在《雷雨》中在不到24个小时的叙述时间内讲述了一个传统家庭30余年的故事。讲述的故事时间从早上开始到午夜,完全符合西方古典戏剧三一律对时间限制在一天内的要求。这部剧作以周、鲁两家为核心展开,每家四人,人物之间关系复杂,戏剧冲突集中而尖锐,有19世纪西方"佳构剧"的一些特点。《雷雨》是曹禺剧本的处女作,也是中国话剧史上最重要的作品。唐槐秋慧眼识珠,第一个将其搬上舞台并获得巨大成功。"中旅"剧团戴涯出演周朴园,唐槐秋女儿唐若青饰鲁侍萍,赵慧深饰演繁漪,陶金饰周萍,皆备一时之选。排演过程中曹禺亲加指点,正式在天津公演时,盛况空前,好评如潮。"中旅"的演出让曹禺十分满意,"中旅"又将《雷雨》搬到上海卡尔登剧院演出,公演长达半月之久。

"中旅"公演《雷雨》为曹禺和剧团都赢得了声誉,成为职业剧团、剧作家和剧院合作的一次典范,推动了30年代话剧剧团的职业化。《雷雨》的成功

---

[1] 熊佛西:《戏剧大众化之实验》,正中书局1937年版,第90页。

也很快让"中旅"拿到了曹禺的第二部剧本《日出》的公演权。《日出》通过上流社会和三流妓院两地场景与故事的描述,揭示都市上流社会的堕落与下流社会的不幸。这部戏和《雷雨》一样有 30 年代左翼文学阶级斗争主题的情节设置,却是被曹禺用"不足者"和"有余者"这样传统的命题进行了改写,而对《圣经》当中《启示录》某些段落的引用让剧本的含义变得更加复杂。曹禺反省《雷雨》的结构过于精巧"太像戏",在《日出》中他不再追求精巧的故事,而是注重展现日常生活。这样他在戏剧结构上就不再集中于几个人,而是用人生片段来组织,场景也由家庭转向了大都市。只是和需要眼光发现《雷雨》不同,这次《日出》在 1936 年《文学季刊》连载之后,评论界高度关注,1937 年获得了"《大公报》文艺奖金"。"中旅"的《日出》公演由欧阳予倩执导,欧阳山尊设计舞台并管理灯光,唐若青饰演陈白露,在卡尔登戏院连演 32 场不衰。曹禺在抗战前夕又创作了与前二者合称"生命三部曲"的最后一部《原野》。但抗战的爆发显然要求这一部具有更强探索意味的戏要把演出的机会让给观众更需要的抗战话剧了。

作品选读

断魂枪

老 舍

"生命是闹着玩,事事显出如此;从前我这么想过,现在我懂得了。"

沙子龙的镖局已改成客栈。

东方的大梦没法子不醒了。炮声压下去马来与印度野林中的虎啸。半醒的人们,揉着眼,祷告着祖先与神灵;不大会儿,失去了国土、自由与主权。门外立着不同面色的人,枪口还热着。他们的长矛毒弩,花蛇斑彩的厚盾,都有什么用呢;连祖先与祖先所信的神明全不灵了啊!龙旗的中国也不再神秘,有了火车呀,穿坟过墓破坏着风水。枣红色多穗的镖旗,绿鲨皮鞘的钢刀,响着串铃的口马,江湖上的智慧与黑话,义气与声名,连沙子龙,他的武艺,事业,都梦似的成昨夜的。今天是火车、快枪,通商与恐怖。听说,有人还要杀下皇帝的头呢!

这是走镖已没有饭吃,而国术还没被革命党与教育家提倡起来的时候。

谁不晓得沙子龙是短瘦、利落、硬棒,两眼明得像霜夜的大星?可是,现在他身上放了肉。镖局改了客栈,他自己在后小院占着三间北房,大枪立在墙角,院子里有几只楼鸽。只是在夜间,他把小院的门关好,熟习熟习他的"五虎断魂枪"。这条枪与这套枪,二十年的工夫,在西北一带,给他创出来:"神枪沙子龙"五个字,没遇见过敌手。现在,这条枪与这套枪不会再替他增光显胜了;只是摸摸这凉、滑、硬而发颤的杆子,使他心中少难过一些而已。只有在夜间独自拿起枪来,才能相信自己还是"神枪沙"。在白天,他不大谈武艺与往事;他的世界已被狂风吹了走。

在他手下创练起来的少年们还时常来找他。他们大多数是没落子弟,都有点武艺,可是没地方去用。有的在庙会上去卖艺:踢两趟腿,练套家伙,翻几个跟头,附带着卖点大力丸,混个三吊两吊的。有的实在闲不起了,去弄筐果子,或挑些毛豆角,赶早儿在街上论斤吆喝出去。那时候,米贱肉贱,肯卖膀子力气本来可以混个肚儿圆;他们可是不成:肚量既大,而且得吃口管事儿的;干饽饽辣饼子咽不下去。况且他们还时常去走会:五虎棍,开路,太狮少狮……虽然算不了什么——比起走镖来——可是到底有个机会活动活动,露露脸。是的,走会捧场是买脸的事,他们打扮的得像个样儿,至少得有条青洋绉裤子,新漂白细市布的小褂,和一双鱼鳞洒鞋——顶好是青缎子抓地虎靴子。他们是神枪沙子龙的徒弟——虽然沙子龙并不承认——得到处露脸,走会得赔上俩钱,说不定还得打场架。没钱,上沙老师那里去求。沙老师不含糊,多少不拘,不让他们空着手儿走。可是,为打架或献技去讨教一个招数,或是请给说个"对子"——什么空手夺刀,或虎头钩进枪——沙老师有时说句笑话,马虎过去:"教什么? 拿开水浇吧!"有时直接把他们赶出去。他们不大明白沙老师是怎么了,心中也有点不乐意。

可是,他们到处为沙老师吹腾,一来是愿意使人知道他们的武艺有真传授,受过高人的指教;二来是为激动沙老师:万一有人不服气而找上老师来,老师难道还不露一两手真的么? 所以:沙老师一拳就砸倒了个牛! 沙老师一脚把人踢到房上去,并没使多大的劲! 他们谁也没见过这种事,但是说着说着,他们相信这是真的了,有年月,有地方,千真万确,敢起誓!

王三胜——沙子龙的大伙计——在土地庙拉开了场子,摆好了家伙。抹了一鼻子茶叶末色的鼻烟,他抡了几下竹节钢鞭,把场子打大一些。放下鞭,没向四围作揖,叉着腰念了两句:"脚踢天下好汉,拳打五路英雄!"向四围扫了一眼:"乡亲们,王三胜不是卖艺的;玩艺儿会几套,西北路上走过镖,会过绿林中的朋友。现在闲着没事,拉个场子陪诸位玩玩。有爱练的尽管下来,王三胜以武会友,有赏脸的,我陪着。神枪沙子龙是我的师傅;玩艺地道! 诸位,有愿下来的没有?"他看着,准知道没人敢下来,他的话硬,可是那条钢鞭更硬,十八斤重。

王三胜,大个子,一脸横肉,努着对大黑眼珠,看着四围。大家不出声。他脱了小褂,紧了紧深月白色的"腰里硬",把肚子杀进去。给手心一口唾沫,抄起大刀来:

"诸位,王三胜先练趟瞧瞧。不白练,练完了,带着的扔几个;没钱,给喊个好,助助威。这儿没生意口。好,上眼!"

大刀靠了身,眼珠努出多高,脸上绷紧,胸脯子鼓出,像两块老桦木根子。一跺脚,刀横起,大红缨子在肩前摆动。削砍劈拨,蹲越闪转,手起风生,忽忽直响。忽然刀在右手心上旋转,身弯下去,四围鸦雀无声,只有缨铃轻叫。刀顺过来,猛的一个"跺泥",身子直挺,比众人高着一头,黑塔似的。收了势:"诸位!"一手持刀,一手叉腰,看着四围。稀稀的扔下几个铜钱,他点点头。"诸位!"

他等着,等着,地上依旧是那几个亮而削薄的铜钱,外层的人偷偷散去。他咽了口气:"没人懂!"他低声的说,可是大家全听见了。

"有功夫!"西北角上一个黄胡子老头儿答了话。

"啊?"王三胜好似没听明白。

"我说:你——有——功——夫!"老头子的语气很不得人心。

放下大刀,王三胜随着大家的头往西北看。谁也没看重这个老人:小干巴个儿,披着件粗蓝布大衫,脸上窝窝瘪瘪,眼陷进去很深,嘴上几根细黄胡,肩上扛着条小黄草辫子,有筷子那么细,而绝对不像筷子那么直顺。王三胜可是看出这老家伙有功夫,脑门亮,眼睛亮——眼眶虽深,眼珠可黑得像两口小井,深深的闪着黑光。王三胜不怕:他看得出别人有功夫没有,可更相信自己的本事,他是沙子龙手下的大将。

"下来玩玩,大叔!"王三胜说得很得体。

点点头,老头儿往里走。这一走,四外全笑了。他的胳臂不大动;左脚往前迈,右脚随着拉上来,一步步的往前拉扯,身子整着,像是患过瘫痪病。蹭到场中,把大衫扔在地上,一点没理会四围怎样笑他。

"神枪沙子龙的徒弟,你说? 好,让你使枪吧,我呢?"老头子非常的干脆,很像久想动手。

人们全回来了,邻场耍狗熊的无论怎么敲锣也不中用了。

"三截棍进枪吧?"王三胜要看老头子一手,三截棍不是随便就拿得起来的家伙。

老头子又点点头,拾起家伙来。

王三胜弩着眼,抖着枪,脸上十分难看。

老头子的黑眼珠更深更小了,像两个香火头,随着面前的枪尖儿转,王三胜忽然觉得不舒服,那俩黑眼珠似乎要把枪尖吸进去! 四外已围得风雨不透,大家都觉出老头子确是有威。为躲那对眼睛,王三胜耍了个枪花。老头子的黄胡子一动:"请!"王三胜一扣枪,向前躬步,枪尖奔了老头子的喉头去,枪缨打了一个红旋。老人的身子忽然活展了,将身微偏,让过枪尖,前把一挂,后把撩王三胜的手。拍,拍,两响,王三胜的枪撒了手。场外叫了好。王三胜连脸带胸口全紫了,抄起枪来;一个花子,连枪带人滚了过来,枪尖奔了老人的中部。老头子的眼亮得发着黑光;腿轻轻一屈,下把掩裆,上把打着刚要抽回的枪杆;拍,枪又落在地上。

场外又是一片彩声。王三胜流了汗,不再去拾枪,努着眼,木在那里。老头子扔下家伙,拾起大衫,还是拉拉着腿,可是走得很快了。大衫搭在臂上,他过来拍了王三胜一下：

"还得练哪，伙计！"

"别走！"王三胜擦着汗："你不离，姓王的服了！可有一样，你敢会会沙老师？"

"就是为会他才来的！"老头子的干巴脸上皱起点来，似乎是笑呢。"走，收了吧，晚饭我请！"

王三胜把兵器拢在一处，寄放在变戏法二麻子那里，陪着老头子往庙外走。后面跟着不少人，他把他们骂散了。

"你老贵姓？"他问。

"姓孙哪，"老头子的话与人一样，都那么干巴。"爱练；久想会会沙子龙。"

沙子龙不把你打扁了！王三胜心里说。他脚底下加了劲，可是没把孙老头落下。他看出来，老头子的腿是老走着查拳门中的连跳步；交起手来，必定很快。但是，无论他怎么快，沙子龙是没对手的。准知道孙老头要吃亏，他心中痛快了些，放慢了些脚步。

"孙大叔贵处？"

"河间的，小地方。"孙老者也和气了些："月棍年刀一辈子枪，不容易见功夫！说真的，你那两手就不坏！"

王三胜头上的汗又回来了，没言语。

到了客栈，他心中直跳，唯恐沙老师不在家，他急于报仇。他知道老师不爱管这种事，师弟们已碰过不少回钉子，可是他相信这回必定行，他是大伙计，不比那些毛孩子；再说，人家在庙会上点名叫阵，沙老师还能丢这个脸么？

"三胜，"沙子龙正在床上看着本《封神榜》，"有事吗？"

三胜的脸又紫了，嘴唇动着，说不出话来。

沙子龙坐起来，"怎么了，三胜？"

"栽了跟头！"

只打了个不甚长的哈欠，沙老师没别的表示。

王三胜心中不平，但是不敢发作，他得激动老师："姓孙的一个老头儿，门外等着老师呢；把我的枪，枪，打掉了两次！"他知道"枪"字在老师心中有多大分量。没等吩咐，他慌忙跑出去。

客人进来，沙子龙在外间屋等着呢。彼此拱手坐下，他叫三胜去泡茶。三胜希望两个老人立刻交了手，可是不能不沏茶去。孙老者没话讲，用深藏着的眼睛打量沙子龙。沙很客气：

"要是三胜得罪了你,不用理他,年纪还轻。"

孙老者有些失望,可也看出沙子龙的精明。他不知怎样好了,不能拿一个人的精明断定他的武艺。"我来领教领教枪法!"他不由地说出来。

沙子龙没接碴儿。王三胜提着茶壶走进来——急于看二人动手,他没管水开了没有,就沏在壶中。

"三胜,"沙子龙拿起个茶碗来,"去找小顺们去,天汇见,陪孙老者吃饭。"

"什么!"王三胜的眼珠几乎掉出来。看了看沙老师的脸,他敢怒而不敢言地说了声"是啦!"走出去,撅着大嘴。

"教徒弟不易!"孙老者说。

"我没收过徒弟。走吧,这个水不开!茶馆去喝,喝饿了就吃。"沙子龙从桌子上拿起缎子褡裢,一头装着鼻烟壶,一头装着点钱,挂在腰带上。

"不,我还不饿!"孙老者很坚决,两个"不"字把小辫从肩上抡到后边去。

"说会子话儿。"

"我来为领教领教枪法。"

"功夫早搁下了,"沙子龙指着身上,"已经放了肉!"

"这么办也行,"孙老者深深的看了沙老师一眼:"不比武,教给我那趟五虎断魂枪。"

"五虎断魂枪?"沙子龙笑了:"早忘干净了!早忘干净了!告诉你,在我这儿住几天,咱们各处逛逛,临走,多少送点盘缠。"

"我不逛,也用不着钱,我来学艺!"孙老者立起来,"我练趟给你看看,看够得上学艺不够!"一屈腰已到了院中,把楼鸽都吓飞起去。拉开架子,他打了趟查拳:腿快,手飘洒,一个飞脚起去,小辫儿飘在空中,像从天上落下来一个风筝;快之中,每个架子都摆得稳、准,利落;来回六趟,把院子满都打到,走得圆,接得紧,身子在一处,而精神贯串到四面八方。抱拳收势,身儿缩紧,好似满院乱飞的燕子忽然归了巢。

"好!好!"沙子龙在台阶上点着头喊。

"教给我那趟枪!"孙老者抱了抱拳。

沙子龙下了台阶,也抱着拳:"孙老者,说真的吧,那条枪和那套枪都跟我入棺材,一齐入棺材!"

"不传?"

"不传!"

孙老者的胡子嘴动了半天,没说出什么来。到屋里抄起蓝布大衫,拉拉着腿:"打搅了,再会!"

"吃过饭走!"沙子龙说。

孙老者没言语。

沙子龙把客人送到小门,然后回到屋中,对着墙角立着的大枪点了点头。

他独自上了天汇,怕是王三胜们在那里等着。他们都没有去。

王三胜和小顺们都不敢再到土地庙去卖艺,大家谁也不再为沙子龙吹腾,反之,他们说沙子龙栽了跟头,不敢和个老头儿动手,那个老头子一脚能踢死个牛。不要说王三胜输给他,沙子龙也不是"个儿"。不过呢,王三胜到底和老头子见了个高低,而沙子龙连句硬话也没敢说。"神枪沙子龙"慢慢似乎被人们忘了。

夜静人稀,沙子龙关好了小门,一气把六十四枪刺下来;而后,拄着枪,望着天上的群星,想起当年在野店荒林的威风。叹一口气,用手指慢慢摸着凉滑的枪身,又微微一笑,"不传! 不传!"

(选自老舍短篇小说集《蛤藻集》,开明书店 1947 年版)

导读:

老舍(1899—1966),原名舒庆春,满族人,现代著名作家,代表作有《骆驼祥子》《四世同堂》《茶馆》等。

现代作家写武侠题材小说的人不多,但都写得非常好,比老舍《断魂枪》早一些的如鲁迅的《铸剑》,晚一些的如冯骥才《神鞭》,还有更晚一点的,余华的《鲜血梅花》等。《断魂枪》写了传统中华武术失去现代社会依托之后走向末路的故事。"龙旗的中国也不再神秘",许多传统的职业面临现代化的挑战,有了现代化交通工具之后,镖局从社会上消失了。沙子龙的镖局改成了客栈。他的徒弟们失去了走镖这一工作,只能靠街头卖艺或做小买卖生活,但其中也有一些不甘于现实,把武艺看成最后的精神寄托。王三胜在和一个爱好武艺的孙老者比武失败之后,试图得到老师的支持,沙子龙不但不与孙老者比武,甚至决绝地放弃武艺的传承。经此事之后,"大家谁也不再为沙子龙吹腾,反之,专门说沙子龙栽了跟头"。沙子龙不能为人们所理解,只有夜深人静之时走一路枪法。

值得思索的是沙子龙的选择及其背后的寓意。沙子龙清醒意识到传统绝技已经不可能适应现代社会,关上了和现代的对话的大门。他不给王三胜出头,拒绝将"五虎断魂枪"传给孙老者,最终他的绝技就不可能在现代社会传承,也即是说沙子龙是十分主动地选择拒绝对话,表明了他拒绝合作的姿态。老舍也看到了在西方文明的烛照之下"东方的大梦没法子不醒了",但叙述中取消了现代文化取代传统文化过程中的价值取向,更多的将其视为不可阻挡的事实:长矛厚盾在枪口没有什么用,祖先与祖先信奉的神明全不灵,火车穿坟过墓破坏风水。老舍更倾向于选择非对话不合作,他批评其他的人们,"生命是闹着玩,事事显出如此",而字里行间隐含着对沙子龙的敬意。

读这篇小说的时候可以把沈从文的《新与旧》,冯骥才的《神鞭》放在一起读。三者都写传统技艺在遭遇西方和现代的境遇。沈从文的小说和老舍的几乎是创作于同一个时期。沈从文写刽子手杨金标胡乱地砍掉了作为知识和革命启蒙者的两个共产党员,但却无法再现晚清时期一整套的砍头仪式。冯骥才的《神鞭》写"神鞭"傻二参加义和团被洋枪打断了他的辫子,改而学习洋枪成为神枪手并参加北伐军。沈从文小说揭示传统技艺在现代的无法适应,冯骥才则说改换门庭依然可以修成新的绝技,而老舍则让沙子龙拒绝传承。其中沈从文就从源头上质疑了刽子手传统技艺背后隐含的权力和宗教意识形态,同时也对民国不断出现的革命话语提出了质疑。冯骥才似乎更多在进行"文化寻根",他让傻二不断找到传统武术以及接受新事物的自信心,老舍与前二者不同,他不谈价值取向,却较为隐晦地指出中国人事事闹着玩,不认真。三篇小说揭示了中国由传统向现代转型过程中出现的三种不同态度。

通过对三篇小说的比较,就《断魂枪》一文而言,老舍提出了一个命题,面对新的历史境遇,是选择坚守还是适应新的情景?这不仅仅是针对的中国传统文化遭遇西方现代化语境,同时也是做人的问题。

上海的狐步舞(一个断片)

穆时英

上海。造在地狱上面的天堂!

沪西,大月亮爬在天边,照着大原野。浅灰的原野,铺上银灰的月光,再嵌着深灰的树影和村庄的一大堆一大堆的影子。原野上,铁轨画着弧线,沿着天空直伸到那边儿的水平线下去。

林肯路。(在这儿,道德给践在脚下,罪恶给高高地捧在脑袋上面。)

拎着饭篮,独自个儿在那儿走着,一只手放在裤袋里,看着自家儿嘴里出来的热气慢慢儿的飘到蔚蓝的夜色里去。

三个穿黑绸长褂,外面罩着黑大褂的人影一闪。三张在呢帽底下只瞧得见鼻子和下巴的脸遮在他前面。

"慢着走，朋友！"

"有话尽说，朋友！"

"咱们冤有头，债有主，今儿不是咱们有什么跟你过不去，各为各的主子，咱们也要吃口饭，回头您老别怨咱们不够朋友。明年今儿是你的周年，记着！"

"笑话了！咱也不是那么不够朋友的——"一扔饭篮，一手抓住那人的枪，就是一拳过去。

碰！手放了，人倒下去，按着肚子。碰！又是一枪。

"好小子！有种！"

"咱们这辈子再会了，朋友！"

"黑绸长裙"把呢帽一推，叫搁在脑勺上，穿过铁路，不见了。

"救命！"爬了几步。

"救命！"又爬了几步。

嘟的吼了一声儿，一道弧灯的光从水平线底下伸了出来。铁轨隆隆地响着，铁轨上的枕木像蜈蚣似地在光线里向前爬去，电杆木显了出来，马上又隐没在黑暗里边，一列"上海特别快"突着肚子，达达达，用着狐步舞的拍，含着颗夜明珠，龙似地跑了过去，绕着那条弧线。又张着嘴吼了一声儿，一道黑烟直拖到尾巴那儿，弧灯的光线钻到地平线下，一会儿便不见了。

又静了下来。

铁道交通门前，交错着汽车的弧灯的光线，管交通门的倒拿着红绿旗，拉开了那白脸红嘴唇，带了红宝石耳坠子的交通门，马上，汽车就跟着门飞了过去，一长串。

上了白漆的街树的腿，电杆木的腿，一切静物的腿……revue 似地，把擦满了粉的大腿交叉地伸出来的姑娘们……白漆的腿的行列。沿着那条静悄的大路，从住宅的窗里，都会的眼珠子似地，透过了窗纱，偷溜了出来淡红的，紫的，绿的，处处的灯光。

汽车在一座别墅式的小洋房前停了，叭叭的拉着喇叭。刘有德先生的西瓜皮帽上的珊瑚结子从车门里探了出来，黑毛葛背心上两只小口袋里挂着的金表链上面的几个小金镑钉当地响着，把他送出车外，送到这屋子里。他把半段雪茄扔在门外，走到客室里，刚坐下，楼梯的地毯上响着轻捷的鞋跟，嗒嗒地。

"回来了吗？"活泼的笑声，一位在年龄上是他的媳妇，在法律上是他的妻子的夫人跑了进来，扯着他的鼻子道。"快！给我签张三千块钱的支票。"

"上礼拜那些钱又用完了吗?"

不说话,把手里的一叠账交给他,便拉他的蓝缎袍的大袖子往书房里跑,把笔送到他手里。

"我说……"

"你说什么?"嘟着小红嘴。

瞧了她一眼便签了,她就低下脑袋把小嘴凑到他大嘴上。"晚饭你独自个儿吃吧,我和小德要出去。"便笑着跑了出去,碰的阖上门。他掏出手帕来往嘴上一擦,麻纱手帕上印着 tangee。倒像我的女儿呢,成天的缠着要钱。

"爹!"

一抬脑袋,小德不知多咱溜了进来,站在他旁边,见了猫的耗子似的。

"你怎么又回来啦?"

"姨娘打电话叫我回来的。"

"干吗?"

"拿钱。"

刘有德先生心里好笑,这娘儿俩真有他们的。

"她怎么会叫你回来问我要钱? 她不会要不成?"

"是我要钱,姨娘叫我伴她去玩。"

忽然门开了,"你有现钱没有?"刘颜蓉珠又跑了进来。

"只有……"

一只刚用过蔻丹的小手早就伸到他口袋里把皮夹拿了出来! 红润的指甲数着钞票:一五,十,二十……三百。"五十留给你,多的我拿去了。多给你晚上又得不回来。"做了个媚眼,拉了她法律上的儿子就走。

儿子是衣架子,成天地读者给 gigolo 看的时装杂志,把烫得有粗大明朗的折纹的褂子穿到身上,领带打得在中间留了个涡,拉着母亲的胳膊坐到车上。

上了白漆的街树的腿,电杆木的腿,一切静物的腿……revue 似地,把擦满了粉的大腿交叉地伸出来的姑娘们……白漆腿的行列。沿着那条静悄的大路,从住宅区的窗里,都会的眼珠子似地,透过了窗纱,偷溜了出来淡红的,紫的,绿的,处女的灯光。

开着一九三二的新别克,却一个心儿想一九八零年的恋爱方式。深秋的晚风吹来,吹动了儿子的领子,母亲的头发,全有点儿觉得凉。法律上的母亲偎在儿子的怀里道:

"可惜你是我的儿子。"嘻嘻地笑着。

儿子在父亲吻过的母亲的小嘴上吻了一下，差点儿把车开到行人道上去啦。

Neon light 伸着颜色的手指在蓝墨水似的夜空里写着大字。一个英国绅士站在前面，穿了红的燕尾服，挟着手杖，那么精神抖擞地在散步。脚下写着："Johnny Walker：Still Going Strong"。路旁一小块草地上展开了地产公司的乌托邦，上面一个抽吉士牌的美国人看着，像在说："可惜这是小人国的乌托邦，那片大草原里还放不下我的一只脚呢？"

汽车前显出个人的影子，喇叭吼了一声儿，那人回过脑袋来一瞧，就从车轮前溜到行人道上去了。

"蓉珠，我们上哪去？"

"随便那个 Cabaret 里去闹个新鲜吧，礼查，大华我全玩腻了。"

跑马厅屋顶上，风针上的金马向着红月亮撒开了四蹄。在那片大草地的四周泛滥着光的海，罪恶的海浪，慕尔堂浸在黑暗里，跪着，在替这些下地狱的男女祈祷，大世界的塔尖拒绝了忏悔，骄傲地瞧着这位迂牧师，放射着一圈圈的灯光。

蔚蓝的黄昏笼罩着全场，一只 Saxophone 正伸长了脖子，张着大嘴，呜呜地冲着他们嚷，当中那片光滑的地板上，飘动的裙子，飘动的袍角，精致的鞋跟，鞋跟，鞋跟，鞋跟，鞋跟。蓬松的头发和男子的脸。男子衬衫的白领和女子的笑脸。伸着的胳膊，翡翠坠子拖到肩上，整齐的圆桌子的队伍，椅子却是零乱的。暗角上站着白衣侍者。酒味，香水味，英腿蛋的气味，烟味……独身者坐在角隅里拿黑咖啡刺激着自家儿的神经。

舞着：华尔兹的旋律绕着他们的腿，他们的脚站在华尔滋旋律上飘飘地，飘飘地。

儿子凑在母亲的耳朵旁说："有许多话是一定要跳着华尔兹才能说的，你是顶好的华尔兹的舞侣——可是，蓉珠，我爱你呢！"

觉得在轻轻地吻着鬓脚，母亲躲在儿子的怀里，低低的笑。

一个冒充法国绅士的比利时珠宝掮客，凑在电影明星殷芙蓉的耳朵旁说："你嘴上的笑是会使天下的女子妒忌的——可是，我爱你呢！"

觉得轻轻地在吻着鬓脚，便躲在怀里低低地笑，忽然看见手指上多了一只钻戒。

珠宝掮客看见了刘颜蓉珠，在殷芙蓉的肩上跟她点了点脑袋，笑了一笑。小德回过身来瞧见了殷芙蓉也 Gigolo 地把眉毛扬了一下。

舞着，华尔兹的旋律绕着他们的腿，他们的脚站在华尔滋上面，飘飘地，飘飘地。

珠宝掮客凑在刘颜蓉珠的耳朵旁,悄悄地说:"你嘴上的笑是会使天下的女子妒忌的——可是,我爱你呢!"

觉得轻轻地在吻着鬓脚,便躲在怀里低低地笑,把唇上的胭脂印到白衬衫上面。

小德凑在殷芙蓉的耳朵旁,悄悄地说:"有许多话是一定要跳着华尔兹才能说的,你是顶好的华尔兹的舞侣——可是,芙蓉,我爱你呢!"

觉得在轻轻地吻着鬓脚,便躲在怀里,低低地笑。

[……]

在高脚玻璃杯上,刘颜蓉珠的两只眼珠子笑着。

在别克里,那两只浸透了 Cocktail 的眼珠子,从外套的皮领上笑着。

在华懋饭店的走廊里,那两只浸透了 Cocktail 的眼珠子,从披散的头发边上笑着。

在电梯上,那两只眼珠子在紫眼皮下笑着。

在华懋饭店七层楼上一间房间里,那两只眼珠子,在焦红的腮帮儿上笑着。

珠宝掮客在自家儿的鼻子底下发现了那对笑着的眼珠子。

笑着的眼珠子!

白的床巾!

喘着气……

喘着气动也不动地躺在床上。

床巾,溶了的雪。

"组织个国际俱乐部吧!"猛的得了这么个好主意,一面淌着细汗。

淌着汗,在静寂的街上,拉着醉水手往酒排间跑。街上,巡捕也没有了,那么静,像个死了的城市。水手的皮鞋搁到拉车的脊梁盖儿上面,哑嗓子在大建筑物的墙上响着:

啦得儿……啦得——

啦得儿

啦得……

拉车的脸上,汗冒着;拉车的心里,金洋钱滚着,飞滚着。醉水手猛的跳了下来,跌到两扇玻璃门后边儿去啦。

"Hello, Master! Master!"

那么地嚷着追到门边,印度巡捕把手里的棒冲着他一扬,笑声从门缝里挤出来,酒香从门缝里挤出来,Jazz从门缝里挤出来……拉车的拉了车杠,摆在他前面的是十二月的江风,一个冷月,一条大建筑物中间的深巷。给扔在欢乐外面,他也不想到自杀,只"妈妈的"骂了一声儿,又往生活里走去了。

空去了这辆黄包车,街上只有月光啦。月光照着半边街,还有半边街浸在黑暗里边,这黑暗里边蹲着那家酒排,酒排的脑门上一盏灯是青的,青光底下站着个化石似的印度巡捕。开着门又关着门,鹦鹉似的说着:

"Good-bye,Sir."

从玻璃门里走出个年轻人来,胳膊肘上挂着条手杖。他从灯光下走到黑暗里,又从黑暗里走到月光下面,叹息了一下,悉悉地向前走去,想到了睡在别人床上的恋人,他走到江边,站在栏杆旁边发怔。

东方的天上,太阳光,金色的眼珠子似地在乌云里睁开了。

在浦东,一声男子的最高音:

"哎……呀……哎……"

直飞上半天,和第一线的太阳光碰在一起,接着便来了雄伟的合唱。睡熟了的建筑物站了起来,抬着脑袋,卸了灰色的睡衣,江水又哗啦哗啦的往东流,工厂的汽笛也吼着。

歌唱着新的生命,夜总会里的人们的命运!

醒回来了,上海!

上海,造在地狱上的天堂。

(选自穆时英《公墓》,现代书局1993年版)

导读:

作为30年代中国新感觉派的代表作家,穆时英被誉为"新感觉派的圣手",他如同流星划过中国现代文坛,在短短几年时间,出版了《南北极》《公墓》《白金的女体塑像》等小说集,最后由于被暗杀,走完了他不到30岁的生命历程。鲁迅在20年代中期曾经称赞俄罗斯诗人勃洛克为"现代都会诗人的第一人",认为中国没有自己的都会诗人,而在30年代初,中国就有了自己的现代都会作家,其中最杰出的,就是穆时英。

穆时英的小说里里外外都属于大都市。和"五四"时期占主导地位的乡土题材的文学不同,在他笔下流转变化的是大都市的气象,"汇集着大船舶的港湾,轰响着噪音的工场,深入地下的矿坑,奏着jazz乐的舞场,摩天楼的百货店,飞机的空中战,广大的竞马场"。穆时英用快节奏的,电影镜头般不断跳跃的叙述,表现现代都市中那些失去了灵魂的人们,小说有令人惊异的语言表达,注重内心意识与主观直觉,文字充满狂野的气息。

《上海的狐步舞》是穆时英没有完成的长篇小说的一个片段。这篇小说一开始就用他那极端富于张力的语言表达了他对东方魔都上海的看法,"上海。造在地狱上面的天堂"。接下来他的笔触就如同电影镜头,采用蒙太奇和长镜头结合的方式,将一个个场面组合到了一起,给读者展现了一副地狱群魔乱舞的图景。首先是沪西林肯路上不同政治势力的间谍之间的暗杀,给了上海这个罪恶渊薮一个宏观的政治背景,接下来是具有现代性象征的火车不可抗拒地穿过,镜头很快转到了刘有德一家准备出门赶舞会的画面。再一转他又改而用长镜头摇动到了跑马厅舞场内部,出现都市各色男女释放情欲的跳舞。此后作者转向了舞场外光怪陆离的大街,印度巡捕,报童,交通灯,现代职业男女,建筑工地上工人的意外死亡等。然后穆时英用刘有德这个线索把视野快速转到无聊空虚和淫乱的华懋饭店,展示的是除了舞会之外都市男女的另一种荒淫生活,接下来作家穿插了路边胡同里的暗探、老鸨、暗娼和作家的镜头,然后很快过渡到了刘有德妻子和冒充法国绅士的珠宝掮客通奸的画面。最后作家和曹禺在《日出》结束时几乎相同的笔调结束:经历了一整个晚上的地狱之旅之后,上海的日出和工人号子,"醒回来了,上海!"

穆时英小说在艺术形式上借鉴电影镜头,同时充满语言的魔力,这得益于他所要表达的主题,但更主要是新感觉派的艺术追求。新感觉派强调直觉,注重内心感受,不同于现实主义努力制造描写客体的客观幻象,他们常常运用通感、比喻和拟人的修辞手段,借助于音乐和电影的形式,将主观和客体结合,或者就直接用主观代替了客体。新感觉派写人下电梯,都会说"电梯把他吐在四楼"。电梯不再是死物,而是吞吐人类的怪兽。在《上海的狐步舞》中火车"张着嘴吼了一声儿"。汽车疾驰而过,街上的树、电线杆等都异化成了舞女的腿。而跑马厅的霓虹灯闪烁则成了戏剧性场景。舞场上的描写更为精彩,萨克斯风的节奏下只看到飘动的裙子,鞋跟踩着狐步舞的节拍,"精致的鞋跟,鞋跟,鞋跟,鞋跟,鞋跟",舞场一段从头到尾又构成一个更大的圆圈。虽然在一些批评家眼里,这种写作未免有些"邪僻","所长在创新句,新腔,新境,短处在做作,时时见出装模作样的做作"(沈从文《论穆时英》),但毕竟是中国现代文学史上此前从未出现过的大胆尝试。

但我们不能仅仅把穆时英的艺术实践看成是现代主义在艺术形式上的尝试,同样还有认识论和意识形态的内容。不过这种意识形态也并不是指其小说充满现代都市颓废气息的现代性主题,不能说写了什么自己就是什么,虽然很多研究者的确把颓废归于穆时英本人,甚至可以找到他的经历加以佐证。关键的还是探讨穆时英怎么会创作出新感觉派小说的艺术形式。中国新感觉派源于日本新感觉派,后者是以其独有的认识论作为新感觉主义文学的理论基础。新感觉派时期的川端康成认为,"因为有自我,天地万物才存在。自我的主观之内有天地万物,以这种情绪去观察事物,就是强调主观的力量,就是信仰主观的绝对性",这是"对自然和人生的一种新的感受方法,是一种新的感情","是一种哲学,是认识论"(《新进作家的新倾向解说》)。这种认识论观点显然不符合马克思主义唯物论,体现在小说里面,就成为我们在穆时英小说中所看到的那些新奇的语言和叙事手段。穆时英并没有简单地摹仿日本新感觉派,他在稍后与左翼电影批评家的论战中就证明了他的理论自觉。所以,尽管苏汶等揭示穆时英小说"暗示着一种新的势力的勃兴"——如《上海的狐步舞》结尾部分太阳出来了,工人阶级的号子响亮——但左翼批评家还是很敏锐地发现穆时英的"阶级意识"不正确。

第三章　40 年代文学

　　1937 年 7 月抗日战争的全面爆发，是影响 20 世纪中国现代文学的重大事件。抗战时期的中国文学版图受到了战时区域分化的直接影响，尽管每一个区域文学生态存在着差异，但空间分立之中却内蕴着文化融通的基础和特质。在中国新文学的发展历程中，40 年代中国文学起到了承前启后的作用，以 40 年代文学为切入点，对掌握和了解中国新文学起到"拎起中间，带动两头"的作用[1]。自"五四"开创中国新文学传统到 40 年代，新文学在彰显"人"的主体精神，对于现代民族国家的思考等方面有了深化和新变；同时，40 年代文学所建构的文学形态也预示着文学的某种流变和走向，到新中国文学中可以找到相应的印证和显征。

　　由于政治的原因，中国文学被分割为三个主要的文学板块：国统区文学、解放区文学和沦陷区文学。这三个区域并非完全封闭和孤立的，书刊的交流，艺术家的往来，文稿的互投，文艺问题的讨论及论争等都制造了其彼此的文化交流。

第一节　国统区文学

　　"国统区"的文学活动主要集中在国民党控制的重庆、桂林等城市。其文学运动主要在"文协"及其各分会的领导之下服务于抗战。1938 年成立于武汉的"中华全国文艺界抗敌协会"（简称"文协"）是国统区文学的主要领导机构。该协会有郭沫若、茅盾、冯乃超、夏衍、胡风、田汉、丁玲、老舍、巴金、陈西

---

[1]　钱理群：《一个亟待开发的"生荒地"》，《中国现代文学研究丛刊》2004 年第 2 期。

滢、王平陵等理事 45 人，周恩来为名誉理事。它的成立标志着文艺界在民族解放的旗帜下结成了广泛的统一战线，是唯一一次包括国共两党作家在内的大联合。《发起旨趣》阐明了"文协"的性质和任务，"团结起来，像前线将士用他们的枪一样，用我们的笔，来发动民众，捍卫祖国，粉碎寇敌，争取胜利"。"文协"在全国各地组织了数十个分会，出版了会刊《抗战文艺》，开展了"文章下乡，文章入伍"运动，鼓励和组织作家深入农村、部队、前线，使文艺活动真正与当下时代、当下现实紧密结合起来。爱国主义和英雄主义的主题成为这一时期作家共同的思想追求。

继"文协"成立之后，戏剧界、电影界等也相继成立全国性的抗敌协会。为了适应现实战斗的要求，作家们纷纷拿起了轻型文学武器。小型作品的大量涌现，成为抗战初期文学形态的一个突出现象。短小、快捷、通俗的文学样式空前兴盛，报告文学、战地通讯、街头诗、朗诵诗、活报剧等形式广受作者和民众欢迎。文学必须充当时代的号角，必须直接反映现实，成为众多作家的共识。在戏剧方面，创作了与时代、民族和人民血肉联系和高度统一的作品，出现了"好一计鞭子"（《三江好》《最后一计》《放下你的鞭子》）这样有影响的作品。在报告文学领域，新闻性的战地报告取得了较大的成就。产生了如丘东平的《第七连》《我们在那里打了败仗》《我认识了这样的敌人》；骆宾基的《救护车上的血》《在夜的交通线上》；曹白的《杨可中》《在敌后穿行》等优秀力作。这些作品在艺术表现上远离了精致、细腻、深沉、含蓄等风格，而把昂扬、热烈、通俗、直接、煽动性作为时代的文学的风格追求。在民族危机的历史关头那些倡导纯艺术、纯审美的表现主义与审美主义创作方法，以及基于普遍人性论的种种理论批评形态都渐次式微或转向，逐渐向现实主义文学观念靠拢。

国统区的文学运动以 1941 年的"皖南事变"为标志进入了一个新的历史阶段。政治形势的变化直接引起了社会心理、时代氛围、创作情绪的变化。作家对于抗战社会生活，由兴奋转入沉思，由热情奔放转入静默观察，由现实而追思历史，由历史而又反观现实。他们的视野向生活的纵深处突进，深入生活的里层，探讨民族性所在，探讨民族彻底解放的道路。这时的文学形式主要是长篇小说、多幕剧，长篇叙事诗、抒情诗，"史诗性"成为普遍的追求。具体而言主要体现在如下三个方面：

一、深入揭露阻碍抗战、阻碍民族更新的现实黑暗势力和解剖民族痼疾。在小说方面，张天翼的《华威先生》具有开先河的作用，它书写了一个"包而不办"的抗战文化官僚的典型形象，他的那种狭隘自私的性格、无孔不入的亢奋劲头、装腔作势的领导派头，使其成为中国现代文学史上典型的人物形象。引发了一场围绕抗战文学如何反映光明与黑暗问题的论争。形成了上承中国新文学传统的批判意识与自省意识的文学新思潮,并历史性地导致了一个直接的成果——20 世纪 40 年代"暴露讽刺"文学的兴起。由于小说以讽刺的手法揭露了抗战阵容中的弊端,被日本《改造》杂志转载时对中国抗日救亡运动作了恶意攻击。对此,因此有批评者认为抗战文艺应该以歌颂光明为主。林林认为抗战文艺应该以歌颂光明为主,不宜暴露和讽刺黑暗,认为这是出家丑,是"灭自己的威风,长他人的志气";它容易被侵略者当作"反宣传的资料",而且在抗战时代,"颂扬光明方面,较之暴露黑暗方面,向来得占主要地位"[1]。而茅盾等人则高度评价文学作品中暴露与讽刺的意义,认为真正进步的民族绝不讳言自己的弱点,敢于暴露与戳穿自己的毒疮,恰恰说明我们民族的健康与进步。茅盾指出:"对于丑恶没有强烈的憎恨的人,也不会对于美善有强烈的执着;他不能写出真正的暴露作品。同样,没有一颗温暖的心的,也不能讽刺。悲观者只能诅咒,只在生活中找寻丑恶;这不是暴露,也不是讽刺。没有使人悲观的讽刺与暴露。"[2]经过论争,双方取得基本一致的观点,认为抗战既应该表现新时代曙光的典型人物,也应该写"新的黑暗"。可以说,这场论争对于抗战文学的健康发展和后来国统区文学向现实主义方向深化,起到重大作用。有助于克服抗战初期文艺界弥漫着的浮躁、过度亢奋和盲目乐观的情绪及创作题材单一、作品公式化概念化的弊病,同时也预示着抗战初期文学运动的接近尾声。

沙汀的《在其乡居茶馆里》《淘金记》延续了这一揭露与批判主题。《在其香居茶馆里》通过联保主任方治国与土豪劣绅刑幺吵吵在其乡居的一场恶斗,揭露了国民党兵役制度的黑幕,暴露了国民党基层政权的黑暗腐败。《淘金记》围绕着开采北斗镇筲箕背金矿的线索,集中描写了四川农村三股矛盾势力(恶霸、粮绅、地主)之间为发国难财而掀起的内讧,从而暴露了国民党统治下的一团黑暗。在戏剧方面,涌现了以陈白尘的《升官图》为代表的政治讽刺戏剧潮流。《升官图》通过两个"流氓"做的一个荒诞的"升官梦"来讽刺那个时代的政治腐败,作品有意识地让群魔登场,自我揭露兼互相扭打,以此达到对黑暗、没落的官场进行了痛快淋漓的揭露和辛辣尖锐的讽刺。

二、寻找民族脊梁,发掘民族美德,审思民族文化的传统、民族性格的优劣得失。在小说方面,值得称道的是老舍的《四世同堂》。它是老舍正面描写

---

[1] 林林:《谈〈华威先生〉到日本》,1939 年 2 月 22 日《救亡日报》。
[2] 茅盾:《暴露与讽刺》,1938 年 10 月 1 日《文艺阵地》第 1 卷第 12 期。

抗日战争,揭露、控诉日本军国主义的残暴罪行,讴歌、弘扬中国人民伟大爱国精神的不朽之作。小说对中国传统文化进行了理性的批判,千百年来中国传统文化造就了规矩、容忍、安分守己的"顺民",这些顺民习惯于含愤忍让、屈己下人,"哪怕是起了逆风,他们也要本着一成不变的处世哲学活下去"。抗战为作家审视国人生存境域和精神品格提供了条件,"在抗战中,我们认识了固有文化的力量,也可看见了我们的缺欠——抗战给文化照了'爱克斯光'。在生死关头,我们决不能讳疾忌医!""一个文化的生存,必赖它有自我的批判,时时矫正自己,充实自己,以老牌号自夸自傲,固执的拒绝更进一步,是自取灭亡"[1]。小说以祁家四世同堂的生活为主线,辅以小羊圈胡同各色人等的荣辱浮沉、生死存亡,真实地记述了北平沦陷后的畸形世态,形象地描摹了日寇铁蹄下广大平民的悲惨遭遇、心灵震撼和反抗斗争,刻画出一系列栩栩如生的艺术形象,史诗般地展现了第二次世界大战期间,中国人民与世界人民一道反法西斯的伟大历程及生活画卷,是一部感人的现实主义杰作。在日本人大肆屠杀中国人的危难时期,瑞宣和瑞全兄弟俩"才真感到国家,战争,与自己的关系,他们必须把一切父子兄弟朋友的亲热与感情都放到一旁,而且只有摆脱了这些最难割舍的关系,他们才能肩起更大的责任"。瑞全在民族危亡的时刻,他作出了正确地回应,选择了离家出走投身革命为国尽忠。钱默吟以前"一想诗,他的心灵便化在一种什么抽象的宇宙里",家庭和自身的不幸让他看到了那个文化的毒性,终于从一个缥缈的诗人变成了一名坚强的战士。祁老人对儿子天佑因受日本人的侮辱而含恨自杀深表愤怒,他在忍无可忍之际终于站起来向日本人发出愤怒的呐喊,他抱着已经死去的妞妞要去找日本人讨个说法。小说写出了战争语境下国民的痛苦、惶恐、挣扎到反抗的心路历程,颂扬了"国家兴亡,匹夫有责"的爱国主义精神。

"皖南事变"后,国民党先后出台了一系列加强其法西斯专制的文化政策。对于以现实题材为主的话剧创作而言,这无疑为其创作与实践设置了一套难以逾越的话语禁区,逼迫作家不得不转向历史,借古人的酒杯浇今人的块垒。这一时期,戏剧家创作了一系列引人注目的历史剧,如欧阳予倩的《卧薪尝胆》《梁红玉》《桃花扇》《木兰从军》《忠王李秀成》,陈白尘的《金田村》《翼王石达开》,阳翰笙的《李秀成之死》《天国春秋》等,其中以郭沫若的《屈原》成就最高。郭沫若认为史学家与戏剧家应有不同的关注点和书写方式:"历史研究是'实事求是',史剧创作是'失事求似'。"[2]在尊重历史精神的前提下,

[1] 老舍:《大地龙蛇序》,《老舍文集》第10卷,人民文学出版社1982年版,第289页。
[2] 郭沫若:《历史·史剧·现实》,1943年4月20日《戏剧月报》第1卷第4期。

努力发展历史的精神，"据今推古"和"借古鉴今"。《屈原》以当下视阈为参照点，反向重估和看待过去是历史题材文本所具有的重要特征，以此来审视和重估民族精神，用民族精神来照亮当下。这就是说，在抗战的这一时代背景中，要创建民族文化，并非割断原有的传统，要发扬和彰显传统文化的精髓，以此来振奋民心，批判现实。屈原就是郭沫若找到的民族精神的化身，"（屈原）他是为殉国而死，并非为失意而死。屈原是永远值得后人崇拜的一位伟大的诗人，他的诗对于国族的忠烈和创作的绚烂，真真是光芒万丈。中华民族的尊重正义，抗拒强暴的优秀精神，一直到现在都被他扶植着。多造些角黍，多挂些蒲剑和藤萝，这正是抗战建国的绝好的象征。"[1]我们可以通过他与宋玉的对话来看他的这种精神，他时时以橘树的"内容洁白""植根深固""秉性坚贞"自励并劝勉青年，要他们"志趣坚定""心胸开阔"，气度"从容""谨慎""至诚"，特别是要"不挠不屈，为真理斗到尽头！"他是一个伟大的政治家兼诗人的典型，深切的爱国爱民思想和英勇无畏的斗争精神，是郭沫若赋予屈原的主要人格特征。基于对祖国和人民深沉的爱，使他对一些人的卖国行径恨之入骨，而且这也使得他敢于冲破一切障碍去控诉和批判。他之所以愤怒斥责南后，是恨她的行为危害了祖国："你陷害了的不是我，是我们整个儿的楚国啊！我是问心无愧，我是视死如归，曲直忠邪，自有千秋的判断。你陷害了的不是我……是我们整个儿的赤县神州呀！"他的战斗精神集中体现在《雷电颂》的诗意中：他呼唤着咆哮的风，去"吹掉这比铁还沉重的眼前的黑暗"；他呼唤着轰隆隆的雷，把他载到"那没有阴谋，没有污秽，没有自私自利"的地方去；他呼唤着闪电，要把闪电作为他心中无形的长剑，"把这比铁还坚固的黑暗，劈开，劈开，劈开！"他呼唤着在黑暗中咆哮着，闪耀着的一切的一切，"发挥出无边无际的怒火把这黑暗的宇宙，阴惨的宇宙，爆炸了吧，爆炸了吧！"正如郭沫若所说："战国时代是以仁义的思想来打破旧束缚的时代……是人的牛马时代的结束。大家要求着人的生存权。"[2]在这里，作家的主观情感复活到了屈原的时代中去了，而屈原的爱国情怀和反抗意识是整个民族的精神象征，也分明播撒到了现实的境遇之中。

三、描写爱国知识分子的苦难历程，出现了关于知识分子题材的创作高潮。被胡风称赞为"中国新文学史上最壮观的史诗"的《财主底儿女们》弥补了以上单靠"整体"来反映知识分子的缺憾，构建了一部"以青年知识分子为

---

[1] 郭沫若:《关于屈原》,1940 年 6 月 9 日重庆《大公报》。

[2] 郭沫若:《献给现实的蟠桃》,《郭沫若论创作》,上海文艺出版社 1983 年版,第 421 页。

辐射中心点的现代中国历史的动态"[1]。路翎的这部巨著长达 80 多万字，时间跨越"一·二八"上海抗战到苏德战争十年间。地点涉及苏州、上海、南京、江南原野、九江、武汉，以至重庆、四川农村等。小说分上、下两部，上部以描写苏州头等富户蒋捷三一家的分崩离析，从横的方向展开广阔的社会画面，层次复杂。第二部集中描写蒋家的小儿子蒋纯祖在大动荡中经历的曲折生活道路，也穿插描写蒋家其他儿女逃亡异地，过着平庸麻木的生活。苏州富户蒋捷三的这三个儿子代表了知识分子的三条不同的道路。长子蒋蔚祖因袭传统，懦弱无能，受制于意在霸占蒋家财产的妻子金素痕。在与金素痕的婚姻中，他一直处于单恋的位置，一次次因妻子不贞而离开，却一次次地向妻子投降。在感情折磨中被折磨成疯子，并在极度偏执的妄想症里逐渐枯败下去，只能在苏州和南京之间反复逃跑。金素痕利用蒋慰祖对她的感情抢走蒋家的田契，气死蒋捷三，并与一个年轻的律师结了婚。蒋慰祖得知这一消息后跳入长江自杀。次子蒋少祖曾经是蒋家的第一个叛逆者，他曾经崇拜过伏尔泰和卢梭、崇拜过席勒的强盗们，尼采的超人和拜伦的绝望的英雄们。他感到自己与周围的人之间有着本质上的区分，他认为权力不能代表人民。权力和人民永不相容，要么遵从，要么反抗。但是在现实面前，少祖感到心灰意冷，非常怀恋他当初激烈反对过的中国文化。当他向亲朋表现出"可悲悯的安慰"时，这就放弃了先前激进的个人主义。这个曾大量接触过那些极具个性、自由的人以个人的个性为最高旨归的青年，在父亲的召唤下，他重新回到蒋家与父亲握手言和，他原来潜伏在意识深处的家族情感开始复活，他为父亲晚年寂寞地待在苏州，儿女们离别而去的痛苦感到心灵的颤抖。心甘情愿将自己曾经骚动不安的心灵沉浸在滋生封建家族的阴魂之中。三子蒋纯祖是蒋家儿女在离经叛道的路上走得最远的一个，也是作者最倾注心血塑造的一个，同时也是最复杂难解的一个。蒋纯祖的出走不是顺利的，这阻力不但来自底层的愚昧麻木的人民，更重要的来自与他一起的同道者。从精神的成长来说是从封建家族中走出来，走向民族救亡的巨大洪流中。蒋纯祖在追求走向人民的过程中，经历了现实生活的百般磨难，经历了内心无数次的狂风暴雨，甚至是思想与情感的混乱，他的追求与毁灭不仅是个人的，也是整个民族的。

艾芜的《故乡》、王西彦的《古屋》《寻梦者》和《人生道路》也都是表现知识

---

[1] 胡风：《青春底诗——路翎著长篇小说〈财主底儿女们〉序》，1945 年 9 月 15 日《文艺杂志》第 1 卷第 3 期。

分子在大时代探索人生道路的作品。尤其在王西彦的《古屋》中以洪翰真为代表的新式教育者,为抗日救国、教育落难儿童而奉行独身主义,在古屋中撬开了一线光明。夏衍的《春寒》和李广田的《引力》都以知识女性为主角,前者中的吴佩兰,后者中的黄梦华。展现了她们逐步抛弃幻想,认识现实,追求光明,走向革命的心路历程。除此之外,茅盾的《第一阶段的故事》、齐同的《新生代》、靳以的《前夕》、丁易的《过渡》、沙汀的《磁力》也书写了一系列知识青年,这些小说中的知识分子都似乎处于一种"激情状态"、一种过渡状态,作家无一例外地想在作品中抒发自己的情怀和愿望,但理性不足,稍嫌浮躁,"这里几乎没有'杰作'。它们以'总体'胜。其中的每一部,都不足以标志这一时期的文学成就。但它们的总和仍然构成一种特色,足以与其他时期类似题材的作品相区别"[1]。

此外,巴金的"小人小事"长篇小说也非常引人关注。这其实反映了他创作的变化,即由生命激流的单纯宣泄转向对生活的诗意反思;由热衷于"主义""思想"的主观张扬转向对人物命运的客观审视;不再由主观思想出发控制甚至遣派"英雄"人物,而是将审美目光犀利地投向"小人物"的心灵深处并细致入微地揭示人物心灵深层的精神内核。《寒夜》以汪文宣这样一个"小人物"为中心,通过三代人——汪母(汪父角色的承担者)、汪文宣、汪小宣男性化角色的弱化,互文性地书写了一个普通家庭的悲剧,控诉了黑暗的社会现实的罪恶,从"小人物"的性格、价值取向、文化心理等矛盾来对反思这个家庭最终分崩离析的根由。巴金说过:"要是换一个社会,换一个制度,他们会过得很好。使他们如此受苦的是那个不合理的旧社会制度。生活这样苦,环境这样坏,纠纷就多起来了。"[2]每天在城市上空呼啸的刺耳警报声使每一个家庭遭受恐惧甚至绝望的打击;日本侵略军的紧逼攻势使他们一直笼罩在亡国的噩梦中,正走向死亡的泥潭。主人公汪文宣和曾树生都曾受过高等教育,都有过远大的抱负,这些曾使他们激动并为之奋斗过,然而现实却是黑暗和虚无包围的"一片疮痍",一切都在变化中,在他们共同生活14年后,"不单是生活,我觉得连我们的心也变了"。生活的重负使二人产生了情感上的缝隙,曾树生不断"追求自由和幸福",汪文宣则保守、敷衍地活着,一个生气蓬勃,一个暮气沉沉。由"爱"黏合的夫妻关系,也就已经失去了感情基础。在黑暗的现实生活中,汪母的关爱和曾树生的爱并不能抚慰汪文宣日趋干涸的

---

[1] 赵园:《艰难的选择》,上海文艺出版社1986年版,第227页。
[2] 巴金:《关于〈寒夜〉》,《巴金全集》第20卷,人民文学出版社1993年版,第696页。

灵魂。婆媳之间的争执和矛盾将汪文宣扯向两个方向,满脑子旧意识的母亲看不惯儿媳的俏丽,更看不起儿媳充当的"花瓶"角色。除此之外,她还妒忌媳妇给汪文宣的爱。而曾树生一如既往地追求着幸福、向往着自由,她没有逆来顺受的容忍。无力消弭她们之间矛盾的汪文宣始终处于痛苦的夹缝间。

这一时期的中国文坛,除了在以上三个方面取得很大成就外,桂林文坛和西南联大诗人群所取得的文学成就也特别瞩目。桂林不是抗战的主区,政治环境较为宽松,因此桂林作家群的创作降低了抗战之初的热烈,而侧重于反思和讽刺,并和现实拉开了一段距离。茅盾的《霜叶红似二月花》就是写成于此地,它与战时的关系并不明显,讲述的是一个小城镇在 1926 年的情况。艾芜的长篇小说《山野》围绕一个山村一天中发生的事,刻画了农村各个阶级、各个阶层不同人物错综复杂的社会关系和彼此不同的生活面貌。骆宾基的代表作《北望园的春天》写了一群蛰居在北望园的各色知识分子庸俗、孤寂的生活,展示了他们晦暗颓唐的心境。作为国民党政府战时首都的重庆,则直接感受着抗战的现实,由于当局的腐朽和积弊日深,这一阶段作家的创作显得压抑,主要表现为直接对黑暗现实的暴露和反思。如茅盾的《腐蚀》这部日记体的长篇小说以"皖南事变"前后国民党政府"陪都"重庆为背景,斗争锋芒直指国民党法西斯特务统治和他们反共反人民、消极抗日的政治路线。

在诗歌方面,围绕着胡风主编的《七月》《希望》杂志的一批诗人与作家,如绿原、阿垅、曾卓、牛汉等,形成了一个贯穿抗日战争和解放战争时期最重要的现实主义诗歌流派,被称为"七月诗派"。他们强调只有先做"向前突击的精神战士",才能做一个真正的诗人,强调诗人只有"跳跃在时代底激流里",才"能够在事实底旋律里找到他底史诗形态的"[1]。七月诗派注重诗歌的战斗性、史诗性,他们在诗歌创作的思想价值取向上有共同之处,明显地表现为三个方面:

(一)诗人歌颂了中华民族强大的精神力量,诗歌中洋溢着赤诚的爱国之心。胡风的诗歌中常常将主体满腔的"热血"燃烧成"火的风暴","歌唱出郁积在心头的仇火/歌唱出郁积在心头的真爱/也歌唱出盘结在你古老的灵魂里的一切死渣和污秽"(《为祖国而歌》),他欣喜地看到"中华大地熊熊地着火了! /火在高唱/火在高唱/火在高泣"。阿垅的《纤夫》一方面从那"正面着逆吹的风,/正面着逆流的江水"的"大木船",发现了历史前进的沉重阻力;另一方面在"佝偻着腰/匍匐着屁股"的"赤铜色"纤夫的身上,却发现了历史的

[1] 胡风:《论战争期的一个战斗的文艺形式》,1937 年 12 月 16 日《七月》第 1 集第 5 期。

强大动力。"纤夫"也成了我们民族象征性的意象,作家深刻地意识到,历史前进和民族发展的道路"并不是一里一里的/也不是一步一步的/而只是一寸一寸的",然而正是这"以一寸的力/人的力和群的力/直迫近了一寸/那一轮赤赤地炽火飞爆的清晨的太阳!"杜谷的《写给故乡》表明,祖国东部的原野也在浴血奋战:"我看到了他们的行列/为了消灭那凌辱他们和你的/顽敌/他们倔强地在你那血泊里/仆倒而又爬起"。华夏大地,到处都跃动着生命的力,抗争和复仇的力。

(二)诗人对加重民族灾难、制造罪恶的国民党反动派发出了强烈的谴责与反抗的呼声,有的则化为辛辣的嘲讽。绿原的《给天真的乐观主义者们》从纵深处开刀,横剖了这光怪陆离的社会:"大街上,警察推销着一个国家的命运;然而严禁那些/龌龊的落难者在人行道上用粉笔诉写平凡的自传……/扑克,假面会,赛璐珞,玻璃玩具……/勋章,奖状,制服,符号,万能的 Pass,鸡毛文书……/赌窟,秘密会社,娼妓馆,热闹的监狱,疯人院……/鸦片批发,灵魂收买,自行失踪,失足落水,签字,画押,走私,诱拐,祈祷和忏悔……"这是一首直面现实,无情地揭示脓疮,以打破粉饰现实的"天真的乐观主义"的诗。正是这种郁积于心的压抑,点燃了反抗和复仇的火种,他的《复仇的哲学》很能说明这一问题:"起来——柴棒似的骨头们!/……起来——饥饿王!/是的!是我们,是中国底人民!/……烧吧,中国!只留下/暴君底/那本高利贷的账簿,/让我们给他清算!/起来,为了自由与饥饿/……厮杀去!推着枢车迎上去,/拿着志哀的白蜡烛迎上去,/唱着送葬进行曲迎上去,斗争并不/神秘,然而/壮丽呀。"这些诗以犀利的笔锋,澎湃的激情,揭露黑暗,强烈地表现了对黑暗统治的不满和愤怒之情。

(三)诗人们总是怀着理想的希冀,呼唤着光明温暖的春天。"唉,田间的油菜花快要开了/温暖的季节呀/为什么还不快来?"(杜谷《寒冷的日子》)"在冰冻的岩石"里看见了火,在沉静的"生命内部"听见了歌声,在无边的黑暗里看见了光明:"没有花吗?/花在积雪的树枝和草根里成长。/没有歌吗?歌声微小吗?/声音响在生命内部。/没有火吗?/火在冰冻的岩石里。/没有热风吗?/热风正在由南向北吹来。/不是没有春天,/春天在冬天里。/冬天,还没溃退。"(牛汉《春天》)田间、艾青、天蓝、孙钿、鲁藜、胡征、阿垅等都曾先后去了延安。他们对延安产生了许多新鲜的感觉:"山上/一列又一列的窑洞呵/一层又一层的窑洞呵/抬起头来/全都像摩天楼呢,/歌声/笑声/标语和漫画/学习,工作。"(阿垅《窑洞》)另外,胡征的《五月的城》、艾漠的《自己的催眠》《跃进》等,也都表现出自己赞美光明的欣喜之情,带有鲜明的时代色彩。

这一时期,与"七月诗派"并驾齐驱的诗歌流派是"九叶诗派"。1981年江苏人民出版社出版的《九叶集》曾收入西南联大诗人中的杜运燮、郑敏、穆旦、袁可嘉等四位学生的诗篇,于是在文学史上,他们与其他远在上海等地的五位诗人陈敬容、王辛笛、唐祈、唐湜、杭约赫被称为"九叶诗人"。袁可嘉在《新诗现代化——新传统的寻求》一文中关于现代诗歌的论述,历来被看作是"九叶诗派"的诗学宣言:"纯粹出自内心的心理要求,最后必是现实、象征、玄学的综合的传统;现实表现于对当前世界人生的紧密把握,象征表现于暗示含蓄,玄学则表现于敏感多思、感情、意志的强烈结合及机智的不时流露。"[1]九叶诗人既反对浪漫主义的感伤,又反对对客观现实做机械照相式的反映,在这里,"现实""象征""玄学"构成了他们诗学理论的三个关键词,而三者的"综合"其实是人生和艺术的结合,重构了中国诗歌的抒情意境和抒情形象,有力地推动了新诗的现代化进程。

第二节　解放区文学

"解放区"的文学活动主要集中在中国共产党领导下的根据地,从性质上看,解放区文学是左翼文学的继续,它既要配合政治斗争的需要,又要担负着新文化和新文学建设的任务。同以往的文学相比,解放区文学无论从内容还是形式上,都是一种适应"人民话语"需要的文学,其作者在新的形势下自觉不自觉地转变原有知识分子立场,将文学书写的重点放置于人民大众之中。可以说,从"五四"文学对"个人"的发现到解放区文学对"人民"话语的肯定,彰显了20世纪中国文学现代性话语的延展形态。

在解放区,中国共产党在这片偏僻贫瘠的土地上实行的诸如土地革命、"三三制"民主政治、减租减息等一系列政治经济革命,使这里焕发出前所未有的生机。这个被誉为"民主圣地"的偏远区域对知识分子和青年学生具有无上的吸引力。据统计,文艺人才集中涌向延安有过两次高峰。第一次是1937—1938年,第一次高峰中来到延安的,大多是经过长征的苏区文艺工作者,如成仿吾、李伯钊等。第二次高峰是1939—1941年,大多是来自上海等大后方的文学艺术家,如周扬、冯雪峰、周立波、冼星海、何其芳、萧军、柳青等。比较而言,后者的背景相对复杂,来延安前他们或生活在国统区,或生活

---

[1]　袁可嘉:《新诗现代化——新传统的寻求》,1947年3月30日《大公报·星期文艺》。

在沦陷区,或生活在其他解放区,有的是"五四"和"左联"时期已经成名的作家、艺术家,也有来到延安后才开始创作的文学青年。一时间,延安迅速成长为一个战时文化中心和文学重镇。

左翼作家继承了"五四"启蒙主义思想,对一切阻碍人发展的蒙昧主义、封建主义进行了批判。到了延安以后,批判依然还要继续。批判和歌颂的对象由普遍意义上的"人"缩小为有特指的"人",显然这与左翼作家一贯的创作立场是有冲突的。针对周扬在《文学与生活漫谈》中"然而太阳中也有黑点","延安必须成为这样一个地方,在这里作家特别地被理解,被尊重","对于延安,我们已经唱了我们的赞歌了,但却还没有能写出它的各方面来"等说法[1],萧军撰文指出,"凡是到这新社会来的人,他们主要是追求光明,创造光明,另一方面对于'黑点'也不会全没想到,而且也绝没有因了这些黑点而对光明起了动摇;不忍耐地工作,不忍耐地等待着……但若说人一定得承认黑点'合理化',不加憎恶,不加指责,甚至容忍和歌颂,这是没道理的事"[2]。此后,萧军还写下了《纪念鲁迅:要用真正的业绩!》《也算试笔》《论同志之"爱"与"耐"》等杂文。对于"我们现在还需要杂文吗?""杂文时代是否过去了"的疑问,他的回答是,"我们不独需要杂文,而且很迫切。那可羞的'时代'不独没过去,而且还在猖狂"[3]。

可以说,左翼作家虽然在理性上认同革命,赞同在制度层面上进行弃旧图新的变革,并真诚、自觉地作出创作上的调整,但在情感和价值取向上却是秉持"五四"新文学的自由、民主、平等的人道主义精神。思想的信仰使他们一时难以颠覆长期形成的文化心理,去重建一套新的价值体系与文化心理结构。在种种的格格不入中,作家感受到从未有过的心理落差和心灵的寂寞,这便是解放区作家最初游离于民间的一种生存状态。从 1942 年 3 月 9 日至 23 日,延安《解放日报》文艺栏陆续发表了丁玲的《三八节有感》、艾青的《了解作家,尊重作家》、萧军的《杂文还废不得说》、罗烽的《还是杂文的时代》、王实味的《野百合花》等重在揭露延安生活中所谓"阴暗面""枪口对内"的系列杂文。

除了上述的"歌颂"和"批判"的对立问题,这些杂文还涉及另一个问题:文学与政治的问题。艾青在《了解作家,尊重作家》里,否定了作家充当"百灵

---

[1] 周扬:《文学与生活漫谈》,1941 年 7 月 17—19 日《解放日报》。

[2] 萧军:《〈文学与生活漫谈〉读后漫谈集录并商榷于周扬同志》,《萧军全集》第 11 卷,华夏出版社 2010 年版,第 478 页。

[3] 萧军:《杂文还废不得说》,《萧军全集》第 11 卷,华夏出版社 2010 年版,第 551 页。

鸟"和"歌妓"的角色,而应是"一个民族或一个阶级的感觉器官,思想神经,或是智慧的瞳孔",是"守卫他所属的民族或阶级的忠实的兵士"[1]。王实味在《政治家·艺术家》中将政治家和艺术家的社会分工进一步明确,"政治家,是革命的战略策略家,是革命力量底团结、组织、推动和领导者,他底任务偏重于改造社会制度。艺术家,是'灵魂底工程师',他底任务偏重于改造人底灵魂(心、精神、思想、意识——在这里是一个东西)。"[2]当然,这股杂文潮流批判的内容"人性之爱与阶级之爱""作家的主体性""妇女问题"等方面,这些都显示出他们强烈的社会批判意识和启蒙色彩。在《野百合花》中,王实味对延安队伍中存在的问题进行了具体的有针对性的批评,引起了很大的反响。这些言论引起了党的领导人的高度警觉,于是整风运动从党内扩展到文艺界,以延安文艺座谈会为标志的文艺整风,也就成了整个整风运动的组成部分。

1942 年 5 月 2 日,文艺界座谈会以毛泽东和中宣部部长凯丰的名义在延安杨家岭召开。后又在 5 月 16 日、23 日集中开了两天。前后两次会毛泽东到场做了"前言"和"结论"。《在延安文艺座谈会上的讲话》(以下简称《讲话》)宣告了文学旧时代的终结和一个文学新时代的到来。在这个文学新时代中,旧有的文学观念和审美原则难以适应时代需要,伴随而来的则是一种前所未有的文学新体制。《讲话》明确指出,文艺必须解决"为群众"和"如何为群众"的问题。"为群众"回答的是"文艺为什么人?"的问题。这里的"群众"特指"人民大众",是指"最广大的人民,占全人口百分之九十以上的人民,是工人、农民、兵士和城市小资产阶级"。"占全人口百分之九十"意味着绝对的"多数",因而由这种"多数"组成的革命群体应成为置身于革命的个体向往及渴求归依之所在,并自觉服膺于旗帜之下。《讲话》的主旨尽管是文艺必须为工农兵服务,但是其最终的落脚点,却在知识分子的改造上。事实上,这是《讲话》理论推演的一个内在逻辑。在延安的作家群中,从大城市来的左翼作家占大多数,到了延安后,整风前宽松的环境,自由的创作空间让这些知识分子能继续最初的文学叙事,然而,适合解放区政治体制的革命文学还未真正地产生出来。在《讲话》中,所有的文化人都被命名为小资产阶级知识分子,他们身上存在着诸多问题,如唯心论、教条主义、空想、轻视实践、脱离群众等。这些都是必须经过改造,目的是从一个阶级转向另一个阶级,真正站在无产阶级的立场上去为工农大众服务,去实践工农兵文艺。

---

[1] 艾青:《了解作家,尊重作家》,1942 年 3 月 12 日《解放日报》。
[2] 王实味:《政治家·艺术家》,1942 年 3 月 15 日《谷雨》第 1 卷第 4 期。

《讲话》发表之后，延安文艺工作者开始实践毛泽东文艺思想，李季的《王贵与李香香》被誉为是体现毛泽东文艺思想的力作。该长篇叙事诗发表于1946年9月的《解放日报》，诗歌采用陕北信天游的形式，塑造了敢于反抗、争取自由幸福的青年形象。诗歌以王贵和李香香的爱情故事为线索，展现了"三边"人民走上革命的历程。主人公爱情的悲欢与革命的发展紧密相关，由此显示了劳动人民的个人命运与整个阶级的革命大业是血肉相连的。诗歌成功塑造了王贵与李香香这两个根据地青年男女形象，王贵与李香香都是受根据地革命思想影响觉醒的新一代农民形象。佃农出身的王贵深受地主崔二爷的压迫和剥削，王贵父亲因交不起租子，被崔二爷活活打死，王贵因此也被拉到崔二爷家做长工。共产党领导的土地革命在"三边"开展后，王贵暗里参加了农民赤卫队，提高了认识，有了自觉的革命要求。被抓后，崔二爷对王贵软硬兼施，但王贵丝毫不动摇自己的革命意志，他从自己的苦难出发，认识到只有闹革命，穷人才有翻身的可能。李香香是个爱憎分明的农民的女儿，不仅外形美，而且精神也美，她与王贵在苦难中建立了坚贞不渝的爱情，"由小就爱庄稼汉"，自觉将个人爱情与阶级爱憎联系在一起，面对崔二爷的不怀好意，李香香坚贞不屈，在危急关头，冒着生命危险给游击队报信，将王贵解救出来，最终与王贵结为夫妻。

《白毛女》是践行《讲话》的又一力作。由"鲁艺"师生集体创作，贺敬之、丁毅执笔的大型新歌剧《白毛女》的诞生，是我国民族新歌剧史上的里程碑。1945年4月，在延安中国共产党第七次代表大会上首次演出，受到中国共产党中央委员会的高度评价，并获1951年度斯大林文学奖二等奖。全剧通过喜儿被地主黄世仁污辱，逃进深山，最终被八路军救出山洞报仇雪恨的情节，表现出"旧社会把人变成鬼，新社会把鬼变成人"的主题思想，以鬼和人作为压迫与解放的隐喻，完成了对人间地狱和天堂的话语建构。而从神怪到破除迷信，再到阶级斗争，此种话语转换，恰恰反映了中国现代历史的风云变幻。从戏剧创作过程我们可以看到，民间文化、"五四"新文化、革命文化三者有机融合在一起：不仅具有强烈的革命意识形态性，同时将"人的解放"的"五四"新文学主题延续下来，而这种主题的提升并未脱离民间传统文学的模式。《白毛女》中神鬼故事的基本叙事结构和阶级斗争的主题，都说明了在当时政治运作下这一趋势的生成。阶级斗争的新话语取代启蒙话语，成了新时代的文学典范。由于这样的主题异常"适合时宜"，并且在"内容与形式"两方面都增添了"新内容"。因此，在参与建构解放区的意识形态方面发挥了重要的政治宣传作用。

赵树理的小说创作奠定了《讲话》的"方向"。赵树理将自己定位为"文摊文学家",这种身份定位决定了赵树理创作的目的、艺术形式和传达的效果。他的文学创作的意图很明显,"老百姓喜欢看,政治上起作用"[1]。赵树理的这种大众化的文艺倾向走出了"五四"以来精英知识分子"文坛太高了,群众攀不上去"的缺憾,真正融入农民的生活中,他坚持记录农村真实的生活,目的是为农民代言和进言。赵树理笔下的人物描写是绝对平面化的,往往寥寥数笔一带而过,很难给人留下深刻的直观印象;他的兴趣所在是"故事"自身的情节效应,"讲故事"才是他本人的写作特长,这种重"事"轻"人"的艺术风格,显然是对评书艺人的直接师承。赵树理在传统说唱文学的基础上创造了一种评书体的现代小说形式。

赵树理塑造了几类典型的农民类型。第一类是深受封建思想毒害还未觉醒的老一代农民。这一批人肩负着历史传统的负荷,思想观念还跟不上历史发展的变化。《小二黑结婚》中的二诸葛、三仙姑,《李有才板话》中的老秦,《传家宝》中的金桂婆婆等。赵树理意识到,在如火如荼的社会变革和新社会里,封建思想的影响并未消失,仍然在农民的思想中驻扎,要使农民获得思想上的觉悟,还需要一个较漫长的过程。第二类是由于未肃清封建思想毒害可能发生蜕变的年轻一代农民、甚至有些知识分子和干部。《李有才板话》中的小元当上干部就变了样,"架起胳膊当主任",凭仗权势压迫他人。《邪不压正》中的小昌刚当上农会主任就专横跋扈起来,分田地自己也要多分些,以至逼着软英嫁给自己的儿子。这一类人开始是认准了敌人的,但他们掌权、斗地主的目的是为自己谋私利。第三类是具有现代思想意识的农村新人形象。《李有才板话》中的李有才尽管还受着严重的压抑,却都迫切要求冲决封建牢笼,争取翻身解放。他了解农村的社会、历史状况,有一定的阅历和斗争经验,性格豪爽但又冷静深沉。因而在阶级力量对比不利时,只是用抛"冷话",即冷嘲的方式来表示自己的不满与抗争。作为一个民间艺人,他的卓越的艺术才干和黑暗环境的逼迫,使他用快板的特殊武器进行斗争。作品中许多段快板既是情节的有机组成部分,又是塑造李有才形象的重要手段。这些快板所表现出来的鲜明的爱憎感情,风趣幽默的风格,正是李有才个性特征的重要方面。"小字辈"人物是李有才快板的热心的传播者,他们的政治积极性更高,斗争性更强;作为新一代的农民,在农村民主革命中发挥着重要的作用。《孟祥英翻身》里的孟祥英,从前是个孤苦的媳妇,解放后,她担任了村里的妇

---

[1]　陈荒煤:《向赵树理方向迈进》,1947 年 8 月 10 日《人民日报》。

救会主任,不仅自己获得了解放,还带领村里的妇女们反对丈夫、婆婆的打骂,提倡放脚,并能和男人一样干活。她得到了村中妇女的爱戴,也获得了精神上的自信。可以说,是新制度的支持让她敢于反抗以夫权为代表的男权文化。《登记》里的艾艾和燕燕能认识到"父母之命媒妁之言"式婚姻的不合理,并用自己的智慧争取到了美满的婚姻。当然,在这场斗争中,新中国《婚姻法》的颁布与实施起到了决定性作用。《传家宝》里的金桂是村里妇救会主席和劳动英雄,在家里她敢于与婆婆对抗,在村里她也可以自由活动。通过这些女性生活的变化,作者要表明的是,在解放区新天地里,广大农民开始掌握自己的命运,过一种前所未有的新的生活。

丁玲1936年11月中旬从南京出狱后奔赴延安,受到毛泽东等中央领导的热烈欢迎,其间她曾担任《解放日报》文艺副刊主编。整风运动开始后,丁玲的小说《我在霞村的时候》《在医院中》,杂文《"三八节"有感》《我们需要杂文》成为批判的对象。

《我在霞村的时候》是丁玲在1941年创作的一部抗日文学作品,小说写了一位中国少女贞贞在遭受日寇凌辱后,又忍受着灵与肉的双重折磨而做着地下形态的抗日工作,却又为传统所不容的故事。她被日本鬼子掳去一年多后突然从日军营中归来,并且"生病",由此招致村民的唾弃。然而其实她并非自甘堕落,她原是我方派往敌营的密探,以牺牲肉体的方式为我军获取敌人的情报。因病到霞村休养的女革命者的"我"在真相大白后,对贞贞的高尚行为与牺牲精神深感敬佩。《在医院中》是另一篇主题相似的小说,主人公陆萍从大城市来到延安,在一所小医院工作。她看到医院是那么破败,人与人是那么冷漠,领导管理混乱,医生也缺乏责任心,人们热衷传播谣言。她积极向领导反映问题却反遭误会和批评,说她看不起工农群众。最终,陆萍带着遗憾离开了这家医院。

延安整风运动之后,丁玲的思想发生了重要变化,按照《讲话》提出的文艺方针,调整着创作方向。1946—1948年,丁玲创作了反映土改运动的长篇小说《太阳照在桑干河上》。小说原计划写三个部分:第一是斗争,第二是分地,第三是参军。现在看到的只是其中的第一部分。小说从顾涌的胶皮大车带来外界土改的消息开始,以章品的出现作为转折,以分田地、庆翻身作为结束,以参军、出民夫作为延伸。小说描写了华北一个叫暖水屯的村子在土改过程中不同阶级的人们的心理变化,真实再现了农民在土改斗争中的成长历程,彰显了共产党领导的土地运动不仅颠覆了旧的社会秩序,而且建立了新的生产关系。暖水屯的当地人根深蒂固地存在着一种历史循环和因果宿命的时间观念，即"变天"思想。丁玲在《生活，思想与人物》中说："我在写作的时候，围绕着一个中心思想——那就是农民的变天思想。就是由这一个思想，才决定了材料，决定了人物的。"[1]因此，当土地改革运动在暖水屯发动之初，农民无法割断对乡土空间的文化记忆，他们身上的"精神奴役创伤"就显露出来了。复杂的阶级关系是暖水屯"土改"运动又一阻力。地主钱文贵在土改前将儿子送去参军，赢得"抗属"的荣誉，他的哥哥是贫农，侄女黑妮是村农会主任程仁的情人，女儿是村治安委员张正典的老婆。李子俊、江世荣等人为了维护各自的利益明争暗斗。因此，工作队的"翻心"工作就变得尤为重要，工作队通过一次次的"诉苦会"，激活深藏在人们心底的血的记忆和仇恨的意识。"某某某，你还记得吗……"成为诉苦运动的标准句式。同时，《太阳照在桑干河上》中的斗争会也是颇具观赏性的戏剧场面，是全民集体的节日，"人们像潮水一样涌进了许有武院子，先进去的便拣了一个好地方蹲着，后来的人又把他推开了"。这种郁积在内心几十年的不平终于有了可疏导的渠道，在这种仪式的表演中，唤起了农民的阶级意识，从而获得历史主体意识。

与《太阳照在桑干河上》同获斯大林文学奖的还有周立波的《暴风骤雨》。《暴风骤雨》成功地塑造了赵玉林、郭全海等贫苦农民形象。赵玉林在日本帝国主义和恶霸地主韩老六的双重压迫下，母亲饿死，妻子到处乞讨，全家三口都"光着腚"，蹲过监狱，受过残酷的私刑，因而他得了"赵光腚"这个外号。但赵玉林性格倔强，遭受再大的打击都不掉一滴眼泪，生命中浸润着反抗的火种，义无反顾地与其他农民一道进行土地改革。郭全海的父亲在旧社会被韩老六害死，自己13岁就当了韩家的马倌，跟韩家是两代血海深仇。他们在工作队进村前还无可奈何地过着被压迫被奴役的生活。一旦受到工作队的启发，他们内心深处的革命火种就熊熊地燃烧起来，任什么力量也不能扑灭。小说通过"分马""参军"等几个典型事例写出了他的精明能干、大公无私的高贵品德。

《暴风骤雨》也成功塑造了中共党员在土地改革中的领导作用。工作队长肖祥具有优良的党性和土改的工作能力。他带领和团结元茂屯的农会骨干开展了轰轰烈烈的土改斗争，扭转了土改回生的现象。他是一个久经磨炼的、思想和作风都比较成熟、具有党员领导者风度的人。由于周立波更熟悉这一类人，所以写得比较具体亲切。作者没有把他写成为高踞于群众之上的"救世主"，而是把他作为党的政策的体现者和群众的领路人来塑造。他了解

---

[1] 丁玲：《生活，思想与人物》，袁良骏编：《丁玲研究资料》，天津人民出版社1982年版，第160页。

群众,启发群众,在斗争的重要关头替群众撑腰。他的特点是:阶级立场鲜明,认识问题尖锐清醒,既实事求是,善于走群众路线,又具有远见卓识。作者有意写了另一个工作队成员刘胜,以他的脱离群众、脱离实际、看问题主观,衬托肖祥的深入群众,了解群众,在艺术上也是比较成功的。

孙犁是解放区"白洋淀派"的代表人物,《荷花淀》是其代表作。小说不是正面地描写刀光剑影,而是采取"武戏文唱"的技艺,以白洋淀明媚如画的风光作背景,用飘飞的芦花,洁白如云如雪的苇子,粉红色的荷花箭,荷花叶的清幽香气,衬托出女主人公对正在进行浴血战斗的丈夫的一往情深,点染她们新生活的欢乐和昂扬乐观的战斗精神。《荷花淀》不仅写了日常生活中的"家务事,儿女情",而且还刻画了一批具有真善美品格的人物形象。水生嫂是作品着墨最多的妇女典型。她勤劳、能干,编苇席,一会儿"就编成了一大片";她贤惠、温柔,敬重老人,疼爱孩子,体贴丈夫,在她身上有着我国劳动妇女的传统美德。水生嫂虽然爱丈夫、爱家庭,眼光却不狭隘,她能识大体、顾大局,懂得如何处理爱国与爱家的关系。当她知道丈夫报名参了军,虽然也心疼丈夫,依恋不舍,但她还是很快欣然同意,并为丈夫准备好了行装。水生嫂等妇女们的成长,从一个侧面表现出了冀中人民在民族自卫战争中的巨大变化。作者通过塑造以水生嫂为代表的妇女群像,歌颂了冀中地区抗日军民在党的领导下英勇抗战的革命斗志以及爱国主义精神。

在艺术上,孙犁运用诗化的语言,书写了诸多细节和场面,从中展现人物的人情美和人性美。小说开篇水生嫂"月下编席"那段描写,景色被渲染得很有诗意:"这女人编着席。不久在她的身子下面,就编成了一大片。她像坐在一片洁白的雪地上,也像坐在一片洁白的云彩上。她有时望望淀里,淀里也是一片银白世界。水面笼起一层薄薄透明的雾,风吹过来,带着新鲜的荷叶荷花香。"这段描写很有诗意,消解了战争残酷的背景和场面。小说写荷花淀伏击战时,也有一段景物描写:"那一望无边际的密密层层的大荷叶,迎着阳光舒展开,就像铜墙铁壁一样。粉红色荷花箭高高地挺出来,是监视白洋淀的哨兵吧!"这段景物描写,通过奇妙的比喻,使景中有情,很好地抒发了作者对抗日军民的深切之爱。又如水生嫂与丈夫话别那个片段,就写得很精彩。深夜,水生归来,告诉妻子自己"明天我就到大部队上去了"。听到这突如其来的消息,疼爱丈夫的水生嫂一时不知说什么好,她的"手指震动了一下,想是叫苇眉子划破了手,她把一个手指放在嘴里吮了一下"。这个细节非常传神,其中"震""吮"两个动作,把一个钟爱自己丈夫的妻子,不忍与他分离,又极力克制自己感情的复杂内心准确地表现了出来。

第三节 沦陷区文学

所谓的"沦陷区",就是通常所说的被占领区,即日本侵略者一方所谓的"和平地区",亦即抗战一方所说的"敌伪地区"。沦陷区文学主要是指 1931 年"九一八"事变后的东北沦陷区文学,1937 年"七七"事变后以北京、天津为中心的华北沦陷区,1937 年"八一三"事变后华东、华中与华南沦陷区文学。太平洋战争爆发后,香港又于 1941 年被日本霸占,成为沦陷区的一部分。

无论哪一个沦陷区,由于日本的殖民统治,使得原有的民族文学遭受极大的破坏。然而,民族文学并没有消亡,多数作家用曲笔的方式表达了一个文人该有的责任和担当。这种迂回文学主要有"乡土文学""大众文学",翻译"苏俄文学",吸收以日本为中介的西方"现代主义文学"等等。沦陷区文坛于 1937 年发起了关于"乡土文学"与"写印主义"的论争。其实,乡土文学的倡导者的初衷是为了以乡土的民族性来对抗日寇的文化同化,而写印主义的倡导者也希冀用写与印的快捷性迅速占领文坛以保持民族文学的血脉,两者的主张并不是完全冲突的,可以说是殊途同归。通过这次论争,增强了东北沦陷区对日本同化中国文化的警惕性,批判了逃避现实的思想倾向,促进了沦陷区现实主义文学的进一步发展。

在颂扬乡土人士的强力品格的同时,沦陷区作家以启蒙的眼光观照乡土,批判乡土的陋习及人性的某些阴暗面。这种书写是有感于异族入侵国土沦陷的疼痛经验的本能反思,体现了沦陷区作家面对现实勇于批判苦难的现实主义精神。沈寂的《大荒天》描写"易子而食"的陋习恶俗,沙里的《土》批判了那些在无计可施的情况下只有烧香许愿的农民,黄军的《山雾》塑造了老桂这样一个讲忍耐、讲吃亏的奴性十足的人物。此外,小松的《部落民》、马骊的《生死路》、疑迟的《梨花落》等小说集中批判了以"逃死"的方式来苟活的乡民。小松的《铁槛》中的村政助理员利用"通敌"的诬陷来整顿对手和农民。在《果园城记》中,师陀说,"我有意把这小城写成中国一切小城的代表"[1]。果园城呈现出无时间流动的内在精神气质,"放在妆台上的老座钟,——原是像一个老人样咯咯咯咯响着——不知几时候停了"。生存于斯的人和物更是表现出静态的生命姿态,"在任何一条街岸上你总能看见狗正卧着打鼾,它

---

[1] 师陀:《〈果园城记〉序》,《师陀全集》第 1 卷,河南大学出版社 2004 年版,第 453 页。

们是决不会叫唤的，即使用脚去踢也不；你总能看见猪横过大路，即使在衙门前面也不会例外，它们低了头，哼哼唧唧地吟哦着，悠然摇动尾巴"。于是，贺文龙始终逃不过"四周是无际的平沙"的宿命，在养蟋蟀和弄花草中消磨着生命。

沦陷区女性作家的写作体现出远离政治、远离时局背景的倾向。女性长期处于政治之外，使得女性作家在选材与立意时较少带有政治色彩。而注重个体情感体验的女性写作特点，也使沦陷区女性作家容易被当时不轻易谈"国事"的文坛所接纳。在此情况下，很多批评家提倡"女性写作"。上海张爱玲、苏青等的日常生活写作，华北梅娘的都市风情和爱情婚姻小说等。杨绛在沦陷区以话剧创作为主，她的《弄假成真》《称心如意》等剧作在上海公演后曾赢得好评，无论其写作是否关注人生感悟、人性关注抑或女性苦难，总体上都体现了女性写作对政治疏远的特征。她曾毫不隐讳自己对于世态人情的偏爱："世态人情，比明月清风更饶有滋味；可作书读，可当戏看。书上的描摹，戏里的扮演，即使栩栩如生，究竟只是文艺作品；人情世态，都是天真自然的流露，往往超出情理之外，新奇地令人震惊，令人骇怪，给人以更深刻的教益，更奇妙的娱乐。"[1] 张爱玲也曾指出，"时代的纪念碑那样的作品，我是写不出来的，也不打算尝试，因为现在似乎还没有这样集中的客观题材。我甚至只是写些男女间的小事情，我的作品里没有战争，也没有革命"[2]。其代表作为《金锁记》，麻油店主的女儿曹七巧被嫁给了患有骨痨的姜家二少爷，郁积的情欲和封建大家庭的相互倾轧使她的性格发生了畸变，当媳妇熬成婆后，为了护住"黄金枷锁"，折磨死儿子长白的两个媳妇，赶走了女儿长安的未婚夫，最终绝望地死去。"三十年来她戴着黄金的枷。她用那沉重的枷角劈杀了几个人，没死的也送了半条命。"曹七巧即是受害者，也是迫害者，她对子女生活的干预和摧残，使其成为中国现代文学画廊上具有"反母性"色彩的人物。苏青认为其成名作《结婚十年》是一本"抗战意识也参加不进去"的小说，"我没有高喊什么打倒帝国主义，那是我怕进宪兵队受苦刑，而且即使无甚危险，我也向来不大高兴喊口号的。"[3] 她同时指出，"我对于一个女作家写的什么'男女平等呀，一齐上疆场呀'就没有好感，要是她们肯老实谈谈月经期内行军的苦处，听来倒是入情入理的"[4]。这种取向与 20 世纪 30 年代主动

[1] 杨绛：《将饮茶·隐身衣》，《杨绛散文戏剧集》，南海出版公司 2001 年版，第 149 页。
[2] 张爱玲：《自己的文章》，《张爱玲文集》第 4 卷，安徽文艺出版社 1992 年版，第 178 页。
[3] 苏青：《关于我——续〈结婚十年〉代序》，《苏青文集》下册，上海书店出版社 1994 年版，第 441 页。
[4] 苏青：《浣锦集后记》，《苏青文集》下册，上海书店出版社 1994 年版，第 451 页。

远离政治的周作人、新月派、论语派、京派等作家的文学选择颇为相似。她们肯定日常生活的凡俗性，重新关注被遗忘和忽略的身边的东西，发现了日常生活中的一些不那么引人关注的细节。在文学批评中，这种文化边缘性和日常细节的话语表达通常被认定为具有消解主导意识形态或男权政治的话语功能，是一种非政治化的文学表达。然而这种私密空间所蕴含的内涵与公共话语的关联始终密切关联着，两者之间的话语僭越难以避免，这使得她们的文学创作不耽于日常叙述本身，并不是完全逃避现实，消极面对乱世的文学实践，而具有潜在参与当前社会人生对话的社会功用。

沦陷区文学还有一个鲜明的特点是通俗文学的盛行。在政治高压体制中，作家要生存必须要迎合市民的口味和兴趣，在乱世中，市民更愿意接受文学对人生的轻松的安慰，而日伪当局也希望大众能沉湎于通俗文学的迷醉中遗忘现实的反抗，同时，上海、北平等地的商业文化流行也为通俗文学的繁荣提供了有利的条件。1942 年 10 月、11 月，《万象》月刊连续编发了两辑"通俗文学运动"专号，比较新文学和旧文学各自的优点和短处，设定"通俗文学兼有新旧文学的优点，而又具备明白晓畅的特质，不但为人所看得懂，而且足以沟通新旧文学双方的壁垒"，在肯定了通俗文学"合乎时代需要，而且是广大的读者群众的要求"的正面作用的同时，众多批评家还对其内容、形式的改进和提高提出了具体建议：陈蝶衣指出，"不过所谓通俗文学，并不只是要求作者把作品写得通俗一些就算，还要作者更进一步的和大众在一起生活，向大众学习，学习大众的语言，接受大众的精神遗产，移入大众的感情，趣味，而艺术地表现在他们的作品里"[1]。危月燕认为，"我们目前所需要的'通俗文学'，却绝不单是懂得生活就算，最要紧的还是具有代表大众的前进意识……绝对不容许色情和封建意识神怪毒素等类的存在"[2]。胡山源认为通俗文学如果能在形式和内容上注重其教育性，就是"遵守自然法则并充满时代精神的，那它就是理想上的正统文学，也是思想上的纯文学"[3]。予且从通俗文学的写作出发总结了通俗文学大众化的四个要求："大众化是要接近大众的生活。大众化是要增强大众的兴趣。大众化是要培养大众的温情。大众化是要诱导大众去写作。"[4]沦陷区评论家确定了"通俗文学"的定义，并详细地区分了新文艺与通俗文学、通俗文学与俗文学、通俗与庸俗、继承与发

---

[1] 陈蝶衣：《通俗文学运动》，1942 年 10 月 1 日《万象》第 2 年第 4 期。
[2] 危月燕：《从大众语说到通俗文学》，1942 年 10 月 1 日《万象》第 2 年第 4 期。
[3] 胡山源：《通俗文学的教育性》，1942 年 11 月 1 日《万象》第 2 年第 5 期。
[4] 予且：《通俗文学的写作》，1942 年 11 月 1 日《万象》第 2 年第 5 期。

展、普及与提高等的辩证关系,对通俗文学的起源、历史发展和社会作用都做了透彻的梳理。最终改变作为一种文学类型的"通俗文学"在整个文学结构中的地位[1]。显然,这种关于通俗文学的讨论廓清了其与纯文学、虚伪文学、色情文学、精英文学等的区别,在内容、形式、思想、理论等维度推动了这一时期通俗文学创作的发展。这一时期,各家通俗杂志也大放异彩,如《紫罗兰》《大众》《小说月报》《春秋》等,推动了沦陷区通俗文学的发展。具体而言,这一时期的通俗文学大致有如下几种文学样式:宫白羽、还珠楼主、郑政因、王度庐等人的武侠小说;程小青、孙了红等人的侦探小说;秦瘦鸥、包天笑、刘云若、予且等人的社会言情小说;耿小的、徐卓呆等人的滑稽小说。此外,张爱玲、徐訏、无名氏等人的小说做到了雅俗共赏,深受广大市民的欢迎。在戏剧方面,沦陷区戏剧创作向市民倾斜,如姚克的《清宫怨》、周贻白的《天外天》、顾仲彝的《八仙外传》等向市民所习惯的戏曲借鉴,在市民中深受喜爱。

这一时期,沦陷区小说关于知识分子题材的最大成就是钱锺书的《围城》。作者采用了西方"流浪汉"小说那样的叙事模式,叙述主人公方鸿渐的恋爱悲喜剧,并通过方鸿渐的一系列行迹,来透视社会的病态和知识分子本身存在的弱点。方鸿渐是一个从中国走向世界,又从世界走回中国的知识分子,这一出一进,空间的位移带来的是思想情感立场的转变,有了中西文化汇合的游学经历,使其对待人和事的时候有了更为复杂的行为态势和价值判断。然而,一次次的"走",其结果只是没有出路的"围城"人生。小说写了方鸿渐先后和四个女人发生过的恋爱或婚姻关系。和妖冶风流的鲍小姐鬼混,结果受骗而终和谐于情场斗法的留法文学博士苏文纨"恋爱",却搞得身败名裂爱上了苏小姐的表妹唐晓芙,但苏小姐却对表妹抖落了方鸿渐的一切,害得唐晓芙大骂方鸿渐懦弱不争而分手。无奈情急之下,与赵辛楣等人接受内地三闾大学的邀请去当教授,同行者还有"吝啬的老色鬼"李梅亭、狡猾卑鄙的"教授"顾尔谦和年轻助教孙柔嘉小姐,一路上"饱经沧桑",但彼此又钩心斗角。到了应聘学校后,方鸿渐却成为派系斗争旋涡中的牺牲品,落得个郁郁寡欢的境地,并由此与孙柔嘉的孤独思乡之情相投合,同病相怜中,开始恋爱结婚,走入"围城"。当二人的面纱揭去,露出真实的自我后,夫妻间的感情便日趋恶化。孙不满方家的人与事,而方却优柔寡断,懦弱无能,孙小姐的姑母又从中作梗,于是二人的婚姻随之走向破裂,造成了悲剧性的结局。

小说题为"围城",其寓意如书中人物所说脱胎于两句欧洲成语,英国人

---

[1] 丁谛:《通俗文学的定义》,1942年10月1日《万象》第2年第4期。

说,"结婚仿佛金漆的鸟笼,笼子外面的鸟想住进去,笼内的鸟想飞出来,所以结而离、离而结,没有了局"。法国人则说,结婚犹如"被围困的城堡,城外的人想冲进去,城里的人想逃出来"。方鸿渐在经历了求职、爱情、婚姻的坎坷后,有"人生万事都是围城"的感叹,这是知识分子在现实社会里的一次很不平稳的降落,理想腾空后重回现实的平地,有跌落的失重感破碎感。《围城》的整体布局恰似一张行走的地图,作者以留法回国的留学生方鸿渐为中心,从法国邮轮开始,经过数十日的海上航行,到达上海孤岛,然后是内地的移动从上海途经宁波、金华、鹰潭、吉安到湖南的三闾大学再从三闾大学到桂林、香港、上海。这张地图上的每一个点都是人生的一座"围城"。

作品选读

屈原·雷电颂

郭沫若

屈原手足已戴刑具,颈上并系有长链,仍着其白日所着之玄衣,披发,在殿中徘徊。因有脚镣,行步甚有限制,时而伫立睥睨,目中含有怒火。手有举动时,必两手同时举出。如无举动时,则拳曲于胸前。

屈原(向风及雷电):风!你咆哮吧!咆哮吧!尽力地咆哮吧!在这暗无天日的时候,一切都睡着了,都沉在梦里,都死了的时候,正是应该你咆哮的时候,应该你尽力咆哮的时候!

尽管你是怎样的咆哮,你也不能把他们从梦中叫醒,不能把死了的吹活转来,不能吹掉这比铁还沉重的眼前的黑暗,但你至少可以吹走一些灰尘,吹走一些沙石,至少可以吹动一些花草树木。你可以使那洞庭湖,使那长江,使那东海,为你翻波涌浪,和你一同地大声咆哮啊!

啊,我思念那洞庭湖,我思念那长江,我思念那东海,那浩浩荡荡的无边无际的波澜呀!那浩浩荡荡的无边无际的伟大的力呀!那是自由,是跳舞,是音乐,是诗!

啊,这宇宙中的伟大的诗!你们风,你们雷,你们电,你们在这黑暗中咆哮着的,闪耀着的一切的一切,你们都是诗,都是音乐,都是跳舞。你们宇宙中伟大的艺人们呀,尽量发挥你们的力量吧。发泄出无边无际的怒火,把这黑暗的宇宙,阴惨的宇宙,爆炸了吧!爆炸了吧!

雷!你那轰隆隆的,是你车轮子滚动的声音?你把我载着拖到洞庭湖的边上去,拖到长江的边上去,拖到东海的边上去呀!我要看那滚滚的波涛,我要听那鞺鞺鞳鞳的咆哮,我要漂流到那没有阴谋、没有污秽、没有自私自利的没有人的小岛上去呀!我要和着你,和着你的声音,和着那茫茫的大海,一同跳进那没有边际的没有限制的自由里去!

啊,电!你这宇宙中最犀利的剑呀!我的长剑是被人拔去了,但是你,你能拔去我有形的长剑,你不能拔去我无形的长剑呀。电,你这宇宙中的剑,也正是,我心中的剑。你劈吧,劈吧,劈吧!把这比铁还坚固的黑暗,劈开,劈开,劈开!虽然你劈它如同劈水一样,你抽掉了,它又合拢了来,但至少你能使那光明得到暂时的一瞬的显现，哦，那多么灿烂的，多么炫目的光明呀！

光明呀，我景仰你，我景仰你，我要向你拜手，我要向你稽首。我知道，你的本身就是火，你，你这宇宙中的最伟大者呀，火！你在天边，你在眼前，你在我的四面，我知道你就是宇宙的生命，你就是我的生命，你就是我呀！我这熊熊地燃烧着的生命，我这快要使我全身炸裂的怒火，难道就不能迸射出光明了吗？

炸裂呀，我的身体！炸裂呀，宇宙！让那赤条条的火滚动起来，像这风一样，像那海一样，滚动起来，把一切的有形，一切的污秽，烧毁了吧！烧毁了吧！把这包含着一切罪恶的黑暗烧毁了吧！

把你这东皇太一烧毁了吧！把你这云中君烧毁了吧！你们这些土偶木梗，你们高坐在神位上有什么德能？你们只是产生黑暗的父亲和母亲！

你，你东君，你是什么个东君？别人说你是太阳神，你，你坐在那马上丝毫也不能驰骋。你，你红着一个面孔，你也害羞吗？啊，你，你完全是一片假！你，你这土偶木梗，你这没心肝的，没灵魂的，我要把你烧毁，烧毁，烧毁你的一切，特别要烧毁你那匹马！你假如是有本领，就下来走走吧！

什么个大司命，什么个少司命，你们的天大的本领就只有晓得播弄人！什么个湘君，什么个湘夫人，你们的天大的本领也就只晓得痛哭几声！哭，哭有什么用？眼泪，眼泪有什么用？顶多让你们哭出几笼湘妃竹吧！但那湘妃竹不是主人们用来打奴隶的刑具么？你们滚下船来，你们滚下云头来，我都要把你们烧毁！烧毁！烧毁！

哼，还有你这河伯……哦，你河伯！你，你是我最初的一个安慰者！我是看得很清楚的呀！当我被人们押着，押上了一个高坡，卫士们要息脚，我也就站立在高坡上，回头望着龙门。我是看得很清楚，很清楚的呀！我看见婵娟被人虐待，我看见你挺身而出，指天画地有所争论。结果，你是被人押进了龙门，婵娟她也被人押进了龙门。

但是我，我没有眼泪。宇宙，宇宙也没有眼泪呀！眼泪有什么用呀？我们只有雷霆，只有闪电，只有风暴，我们没有拖泥带水的雨！这是我的意志，宇宙的意志。鼓动吧，风！咆哮吧，雷！闪耀吧，电！把一切沉睡在黑暗怀里的东西，毁灭，毁灭，毁灭呀！

（选自《郭沫若全集》文学编第 6 卷，人民文学出版社 1986 年版）

导读：

抗战初期，曾有人将抗战的题材狭窄化了，认为只有描写血与火的战争的文艺才能算作抗战文艺，至于历史题材的作品这些人更是不屑一顾，认为于抗战没有太多联系。对此，郭沫若反驳道："现实主义所谓'现实'不是题材上的问题，而是思想认识和创作手法上的问题。尽管是眼前的题材，如以'与抗战无关'论者来写，便成为非现实；尽管是历史上的题材，如以正确的意识形态来写，便成为新现实。"[1]在郭沫若的意识中，古今中外的题材都可以为抗战文艺所用。尊重历史当然是必要的，但如果一味拘泥于历史的琐碎细节，缺乏对历史史实的现代眼光，对历史剧的发展来说也是有局限的。对此，郭沫若认为将史学家与戏剧家应有不同的关注点和书写方式："历史研究是'实事求是'，史剧创作是'失事求似'。"[2]在尊重历史精神的前提下，努力发展历史的精神，"据今推古"和"借古鉴今"。

屈原所在的时代是在"混乱和黑暗"的战国时代，"战国时代，整个是一个悲剧的时代"[3]，在秦人"连横"的蛊惑下，楚怀王听信谗言，粗暴地撕毁楚齐盟约，破坏了反侵略统一战线，转而依附秦国，走上妥协投降的道路。加上南后、靳尚等人的兴风作浪，楚国处于一片黑暗的境地。仅仅为了个人的荣宠，南后竟然不惜取媚侵略势力，与秦国暗相勾结，陷害屈原这样的忠良，祸国殃民，而且所采用的手段又是那么的卑鄙无耻。当阴谋得逞以后，她更加猖狂、恣肆，彻底暴露了她冷酷残忍的本性。她的自私偏狭、阴险毒辣和冷酷残忍，使读者和观众形象地认识到，统治集团中的卖国势力是怎样的一群丑类。我们可以通过《雷电颂》中屈原的控诉可以看出当时历史的现状："在这暗无天日的时候，一切都睡着了……这比铁还沉重的眼前的黑暗……这比铁还坚固的黑暗……"那么，现实的境遇又是怎样的呢？《屈原》创作于1942年1月。正是太平洋战争爆发后，日寇集中主力对抗日根据地进行大规模"扫荡"。与此同时，蒋介石则加紧反共，大搞分裂，与1941年1月制造了震惊中外的"皖南事变"，并在国统区大肆捕杀共产党人和抗日进步人士。面对着国民党消极抗日、积极反共的现实，作家采用古今参照的叙事方式，以古鉴今、据今推古。《屈原》洞悉到了过去与现在的"共同性"（"循环性""通约性""连续性"），这种"共同性"的精神本质在于历史文化传统的集体无意识延传。现实的境遇正如郭沫若自己所说："无数的爱国青年、革命同志失踪了，关进了集中营。

---

[1]　郭沫若：《抗战以来的文艺思潮——纪念"文协"成立五周年》，1943年3月27日《抗战文艺》。

[2]　郭沫若：《历史·史剧·现实》，1943年4月20日《戏剧月报》第1卷第4期。

[3]　郭沫若：《献给现实的蟠桃》，《郭沫若论创作》，上海文艺出版社1983年版，第421页。

代表人民力量的中国共产党在陕北受到封锁,而在江南抵抗日本帝国主义的侵略最有功劳的中共所领导的八路军之外的另一支兄弟部队——新四军,遭了反动派的围剿而受到很大的损失。全中国进步的人们都感到愤怒,因而我便把这时代的愤怒复活在屈原的时代里去了。换句话说,我是借了屈原的时代来象征我们当时的时代。"[1]《雷电颂》是《屈原》中批判意识最为突出的选段,屈原借用"雷电"的力来传达对黑暗现实的憎恨和批判,他以橘树的"内容洁白""植根深固""秉性坚贞"自励并劝勉青年,要他们"志趣坚定""心胸开阔",气度"从容""谨慎""至诚",特别是要"不挠不屈,为真理斗到尽头!"他是一个伟大的政治家兼诗人的典型,深切的爱国爱民思想和英勇无畏的斗争精神,是郭沫若赋予屈原的主要人格特征。

爱

张爱玲

这是真的。

有个村庄的小康之家的女孩子,生得美,有许多人来做媒,但都没有说成。那年她不过十五六岁吧,是春天的晚上,她立在后门口,手扶着桃树。她记得她穿的是一件月白的衫子。对门住的年轻人,同她见过面,可是从来没有打过招呼的,他走了过来。离得不远,站定了,轻轻地说了一声:"噢,你也在这里吗?"她没有说什么,他也没有再说什么,站了一会,各自走开了。

就这样就完了。

后来这女人被亲眷拐了,卖到他乡外县去作妾,又几次三番地被转卖,经过无数的惊险和风波,老了的时候她还记得从前那一回事,常常说起,在那春天的晚上,在后门口的桃树下,那年轻人。

于千万人之中遇见你所要遇见的人,于千万年之中,时间无涯的荒野里,没有早一步,也没有晚一步,刚巧赶上了,那也没有别的话可说,惟有轻轻地问一声:"噢,你也在这里吗?"

(选自《杂志》1944 年第 1 期)

导读:

1944 年,傅雷以"迅雨"的笔名在《万象》上发表《论张爱玲的小说》,对张

---

[1] 郭沫若:《序俄文译本史剧〈屈原〉》,《郭沫若论创作》,上海文艺出版社 1983 年版,第 404 页。

爱玲小说肯定的同时进行了善意的劝进,他指出,张爱玲的小说"没有悲剧的严肃、崇高和宿命性,光暗的对照也不强烈","几乎占到二分之一篇幅的调情,尽是些玩世不恭的享乐主义者的精神游戏……内里却空空洞洞,既没有真正的欢畅,也没有刻骨的悲哀"[1]。对此,张爱玲撰文《自己的文章》进行反驳,表达了她对于日常凡俗生活的独特看法,"我发现弄文学的人向来只注重人生飞扬的一面,而忽视人生安稳的一面。其实,后者才是前者的底子。又如,他们多是注重人生的斗争,而忽略和谐的一面。其实,人是为了求和谐的一面才斗争的。"[2]张爱玲声称自己是个通俗作家,自贬为一个卖文为生的匠人,她的这一姿态和立场,实则是对远离人间烟火的传统知识分子文人清高孤傲形象的否定和改写。"有时候我疑心我的俗不过是避嫌疑,怕沾上了名士派;有时候又觉得是天生的俗"[3]。显然,张爱玲已经表明了自己书写日常生活的决心,没有志在"救人民,救世界,推动历史前进"的超人式英雄,也没有喜剧性的"善与恶,灵与肉的斩钉截铁的冲突"。在这里,不是刻画"彻底的英雄",而是用不集中的生活小事来描写"不彻底的凡人"。由此,张爱玲执着于书写人生安稳的一面以及为追逐安稳、保有安稳而展开的小人物间的"认真而未有名目的斗争",这也正吻合了她在《传奇》初版扉页上所说"书名叫《传奇》,目的是在传奇里面寻找普通人,在普通人里寻找传奇"。在谈到写什么的时候,张爱玲说,"只要题材不太专门性,像恋爱结婚,生老病死,这一类颇为普遍的现象,都可以从无数各各不同的观点来写,一辈子也写不完"[4]。张爱玲从无"意义"的纯粹女性日常生活经验中去体验生活,以透彻的世俗情怀去对抗男性知识分子热衷于社会政治历史和文化道德的宏大话语,她没有关于民族国家的史诗建构,而是以彻底的世俗精神,关注乱世中的男女,如何在乱世和仓促的时代里须臾的一生,如何取现世的态度,关注人性欲望的沉浮。

《爱》是张爱玲散文经典作之一,这篇文章可谓袖珍得很,全文仅344字,但读后却让人感慨万千,悲从中来。文章写了一个极简单的故事,我们姑且认为是爱情故事,因为男女主人公也是见过面,但仅有男子一句轻轻的问候,两人便什么也没说各自离开而已。全文没有一个"爱"字,唯独散文题目定为"爱",可谓用意良深。故事很简单。一个小康之家的女孩子,十五六岁,"生

[1]　迅雨(傅雷):《论张爱玲的小说》,1944年5月1日《万象》第3年第11期。

[2]　张爱玲:《自己的文章》,《张爱玲文集》第4卷,安徽文艺出版社1992年版,第173页。

[3]　张爱玲:《我看苏青》,《张爱玲文集》第4卷,安徽文艺出版社1992年版,第232页。

[4]　张爱玲:《写什么》,《张爱玲文集》第4卷,安徽文艺出版社1992年版,第135页。

得美"，追求者无数。一个春天的晚上，女孩站在后门口，穿着月白的衫子，"手扶着桃树"，对门的年轻人走来，问候了她一声，"噢，你也在这里吗？"在中国古代诗文中，"桃花"意象一般象征美好的爱情："桃之夭夭，灼灼其华。之子于归，宜其室家。"所以，这样一个"生得美"的妙龄女孩，在春天的傍晚，桃花下碰到一个年轻人，给我们的心理期待是似乎要发生些什么，比如总觉得一个缠绵浪漫或传奇动人的爱情故事要发生。但也仅有"桃花"这一意象解构了这个故事美丽诗意的开端和大众对美好爱情的憧憬。"去年今日此门中，人面桃花相映红。人面不知何处去，桃花依旧笑春风。"桃花依旧，人面已不再，物是人非事事休。命运无情的捉弄，后来这女孩被拐卖到外地做妾，经历许多惊险风波。这不禁让人感慨爱情的可遇不可求，命运的无法把握，一种苍茫感袭上心头。作家在如此短小的文章中写女孩直到年老时候，还记得"从前那一回事"并"常常说起，在那春天的晚上，在后门口的桃树下，那年轻人"。这一笔写得绝妙。在女孩无情黯淡的人生中，也仅有靠不断回忆、咀嚼那个春天的晚上和那唯一的一句"你也在这里吗？"来慰藉自己了。悲哀的是，常常回忆、"常常说起"的若是一场轰轰烈烈、刻骨铭心的爱情，即使这个爱情没有美好结果也罢了，但文中女子不断回忆的只有那个无言的春天傍晚，那桃树下的相遇和那年轻人仅有的一句问候，然后"她没有说什么，他也没有再说什么，站了一会，各自走开了"。这不算爱情的爱情，却给女子悲凉的一生带来点温馨的亮色，不是更增添了这个"爱"的故事的悲剧性吗！回忆，频繁回忆，就会篡改最初的场景，"常常说起"，说起的是什么呢？文中没说，但作者可以想象。在遗憾与心痛中，在怀念与幻想中，女子也许在心底重新编织故事美好的结局。"于千万人之中遇见你所要遇见的人，于千万年之中，时间的无涯的荒野里，没有早一步，也没有晚一步，刚巧赶上了"，这是多么可遇而不可求，如此一个难能可贵的相遇，如此一个美丽诗意的开头，按照故事的轨迹本该有一场传奇或一个美好的结果。但无奈，那往事也只是一个瞬间美丽的手势而已。文章语言也单纯简练，没有华丽的渲染，但越是轻描淡写，越是不动声色，越是反衬出这个"爱"的故事的心酸与无奈，让人不禁心有戚戚焉。

我

穆 旦

从子宫割裂，失去了温暖，
是残缺的部分渴望着救援，

永远是自己，锁在荒野里，

从静止的梦离开了群体，

痛感到时流，没有什么抓住，

不断的回忆带不回自己，

遇见部分时在一起哭喊，

是初恋的狂喜，想冲出樊篱

伸出双手来抱住了自己，

幻化的形象，是更深的绝望，

永远是自己，锁在荒野里，

仇恨着母亲给分出了梦境。

（选自李方编《穆旦诗全集》，中国文学出版社 1996 年版）

导读：

"经验"是现代主义诗人非常倚重的要素。在《布拉格随笔》里，里尔克提出了"诗是经验"的诗学观念："诗并不像大众所想的，徒是情感，这是我们很早就有了的，而是经验。"[1]艾略特也认为："诗是许多经验的集中，集中后所发生的新东西。"[2]在他们看来，人除了是一个生活于具体时空体中的有机体外，更是一个自由的、经验性的精神主体。诗歌如能将主体的现实体验和存在的精神命题相联，其本体的思维视界势必拓殖。穆旦呼唤"新的抒情"不再仅仅停留在写"风景"、写"情绪"的层面上，而是要写"经验"，写诗人以"一颗火热的心在消溶着牺牲和痛苦的经验"[3]。当然，这种内外经验的互渗并不是那么容易为人把握的，需要我们沉潜到灵魂深处去诗人交流、对话，才能探究其内蕴的精神特质。

诗歌《我》有一种很显在的生存经验：空间重压下的时间的虚无。即主体被抛置于黑暗和虚无的空间存在中，是一种"我在且不得不在"乃至"我在且不得不能在"的此在状态："锁在荒野里。"而这种孤独的认知获之于主体意识的觉醒与确立，"从子宫割裂"失去了依存于母体的他性，尽管渴望救援，但"永远是自己"是最好的告慰。这种面对自我的探寻和思考源于诗人对当下

---

[1] 冯至：《里尔克——为十周年祭日作》，《冯至全集》第 4 卷，河北教育出版社 1999 年版，第 86 页。

[2] 艾略特著，李赋宁译：《玄学派诗人》，《艾略特文学论文集》，百花洲文艺出版社 1994 年版，第 30 页。

[3] 穆旦：《他死在第二次》，1940 年 3 月 3 日《大公报·综合》（香港版）。

现实的观照，也是自我意识强化的产物，"不再是一种自我的爆发或讴歌，而是强调自我的破碎和转变，显示内察的探索"[1]。穆旦排拒中国传统的平衡，扩张心理范畴中的知觉体验，以直觉方式表现主体的存在境域。在他的诗歌王国里，生命被虚无放逐成一个"空壳"，主体在突入外界时面对的是一片"荒原"，然而在求诸自我时却陷入了自我对自我的疏离。"我"立足有限，向"我"的能在突进，却"痛感到时流，没有什么抓住"。"我"反求诸身，试图打开自我的可能性，结果是"幻化的形象，是更深的绝望"。只能永久地体验着"锁在荒野里"的事实。

穆旦诗歌始终有一种暴力拴缚的精神张力，穆旦肯定"脑神经的运用"之于诗歌的作用，他不喜欢"太平静"的诗作，主张"它更应该跳出来，再指向一条感情的洪流里，激荡起人们的血液来"[2]。穆旦诗歌容纳了大量对立性要素，给人的直觉就是充满了挣扎、矛盾与痛苦，集中体现为一系列富含张力的隐喻的运用。在《我》中，既有"我"与外部世界的他者之间的张力，又有"我"自身内部力量的倾斜与挣扎。而这些思想情感的冲突是通过语言色彩的浓淡、明暗等方面体现出来的，静止与时流、温暖与荒野、哭喊与狂喜、绝望与希望的紧张充斥于主体"我"的情绪与经验之中。在这里，我们能读到语言的挣扎和震荡。这些因素既对立、冲突，又统一于"当下"这一静态时间中，成为独特的张力艺术结构。穆旦始终站在世俗和精神的中间地带，在精神对虚无的扩张和突进中确证主体的意义。"生命的肉搏者"穆旦似乎"残酷"地深入到"诗人的自我分析与人格分裂的抒悦"，进行"最深入最细致的人性的抒情"[3]，展示了人在存在困境中奔突的情形。在这一过程中，郁积的生的欲望和强力在奔流，生命本体得以彰显，意义被生成。

小二黑结婚（节选）

赵树理

一　神仙的忌讳

刘家峧有两个神仙，邻近各村无人不晓：一个是前庄上的二诸葛，一个是后庄上的三仙姑。二诸葛原来叫刘修德，当年做过生意，抬脚动手都要论一论阴阳八卦，看一看黄道黑道（黄道黑道：迷信的说法中，黄道主吉，黑道主

[1]　梁秉钧：《穆旦与现代的"我"》，杜运燮等编：《一个民族已经起来——怀念诗人、翻译家穆旦》，江苏人民出版社1987年版，第43页。
[2]　穆旦：《〈慰劳信集〉——从〈鱼目集〉说起》，1940年4月28日《大公报·综合》（香港版）。
[3]　唐湜：《诗的新生代》，《诗创造》1948年第1卷第8辑。

凶。）三仙姑是后庄于福的老婆，每月初一十五都要顶着红布摇摇摆摆装扮天神。

二诸葛忌讳"不宜栽种"，三仙姑忌讳"米烂了"。这里边有两个小故事：有一年春天大旱，直到阴历五月初三才下了四指雨。初四那天大家都抢着种地，二诸葛看了看历书，又掐指算了一下说："今日不宜栽种。"初五日是端午，他历年就不在端午这天做什么，又不曾种；初六倒是个黄道吉日，可惜地干了，虽然勉强把他的四亩谷子种上了，却没有出够一半。后来直到十五才又下雨，别人家都在地里锄苗，二诸葛却领着两个孩子在地里补空子。邻家有个后生，吃饭时候在街上碰上二诸葛便问道："老汉！今天宜栽种不宜？"二诸葛翻了他一眼，扭转头返回去了，大家就嘻嘻哈哈传为笑谈。

三仙姑有个女孩叫小芹。一天，金旺他爹到三仙姑那里问病，三仙姑坐在香案后唱，金旺他爹跪在香案前听。小芹那年才九岁，晌午做捞饭，把米下进锅里了，听见她娘哼哼得很中听，站在桌前听了一会，把做饭也忘了。一会儿，金旺他爹出去小便，三仙姑趁空子向小芹说："快去捞饭！米烂了！"这句话却不料就叫金旺他爹听见，回去就传开了。后来有些好玩笑的人，见了三仙姑就故意问别人："米烂了没有？"

二　三仙姑的来历

三仙姑下神，足足有三十年了。那时三仙姑才十五岁，刚刚嫁给于福，是前后庄上第一个俊俏媳妇。于福是个老实后生，不多说一句话，只会在地里死受（死受：方言，下死力气干活的意思。）于福的娘早死了，只有个爹，父子两个一上了地，家里就只留下新媳妇一个人。村里的年轻人们觉着新媳妇太孤单，就慢慢自动地来跟新媳妇做伴，不几天就集合了一大群，每天嘻嘻哈哈，十分哄伙。于福他爹看见不像个样子，有一天发了脾气，大骂一顿，虽然把外人挡住了，新媳妇却跟他闹起来。新媳妇哭了一天一夜，头也不梳，脸也不洗，饭也不吃，躺在炕上，谁也叫不起来，父子两个没了办法。邻家有个老婆替她请了一个神婆子，在她家下了一回神，说是三仙姑跟上她了，她也哼哼唧唧自称吾神长吾神短，从此以后每月初一十五就下起神来，别人也给她烧起香来求财问病，三仙姑的香案便从此设起来了。

青年们到三仙姑那里去，要说是去问神，还不如说是去看圣像。三仙姑也暗暗猜透大家的心事，衣服穿得更新鲜，头发梳得更光滑，首饰擦得更明，官粉搽得更匀，不由青年们不跟着她转来转去。

这是三十来年前的事。当时的青年，如今都已留下胡子，家里大半又都是子媳成群，所以除了几个老光棍，差不多都没有那些闲情到三仙姑那里去了。三仙姑却和大家不同,虽然已经四十五岁,却偏爱当个老来俏,小鞋上仍要绣花,裤腿上仍要镶边,顶门上的头发脱光了,用黑手帕盖起来,只可惜官粉涂不平脸上的皱纹,看起来好像驴粪蛋上下上了霜。

老相好都不来了,几个老光棍不能叫三仙姑满意,三仙姑又团结了一伙孩子们,比当年的老相好更多,更俏皮。

三仙姑有什么本领能团结这伙青年呢?这秘密在她女儿小芹身上。

三　小　芹

三仙姑前后共生过六个孩子,就有五个没有成人,只落了一个女儿,名叫小芹。小芹当两三岁时候,就非常伶俐乖巧,三仙姑的老相好们,这个抱过来说是"我的",那个抱起来说是"我的"。后来小芹长到五六岁,知道这不是好话,三仙姑教她说:"谁再这么说,你就说'是你的姑姑'。"说了几回,果然没有人再提了。

小芹今年十八了,村里的轻薄人说,比她娘年轻时候好得多,青年小伙子们,有事没事,总想跟小芹说句话。小芹去洗衣服,马上青年们也都去洗,小芹上树采野菜,马上青年们也都去采。

吃饭时候,邻居们端上碗爱到三仙姑那里坐一会儿,前庄上的人来回一里路,也并不觉得远。这已经是三十年来的老规矩,不过小青年们也这样热心,却是近二三年来才有的事。三仙姑起先还以为自己仍有勾引青年的本领,日子长了,青年们并不真正跟她接近,她才慢慢看出门道来,才知道人家来了为的是小芹。

不过小芹却不跟三仙姑一样:表面上虽然也跟大家说说笑笑,实际上却不跟人乱来,近二三年,只是跟小二黑好一点。前年夏天,有一天前晌,于福去地,三仙姑去串门,家里只留下小芹一个人,金旺来了,嬉皮笑脸向小芹说:"这回可算是个空子吧?"小芹板起脸来说:"金旺哥!咱们以后说话要规矩些!你也是娶媳妇大汉了!"金旺撇撇嘴说:"咦!装什么假正经?小二黑一来管保你就软了!有便宜大家讨开点,没事;要正经除非自己锅底没有黑!"说着就拉住小芹的胳膊悄悄说:"不要装模作样了!"不料小芹大声喊道:"金旺!"金旺赶紧放手跑出来,一边还咄念道:"等得住你!"说着就悄悄溜走了。

(选自《赵树理文集》第1卷,人民文学出版社2005年版)

导读:

赵树理是个地地道道的农民作家,他本人的文化程度并不是很高,对于外国文学作品更是"看起来总觉得别扭"[1]。他有关文学艺术方面的素养积累,差不多都是从民间戏曲和唱本故事中得来的。赵树理的"名气",与其说是由于他的文学成就所造成,毋宁说他是政治意识形态有意培养的工农兵作家的典型标本。他将自己定位为"文摊文学家","我不想上文坛,不想做文坛文学家。我只想上'文摊',写些小本子夹在卖小唱本的摊子里去赶庙会,三两个铜板可以买一本,这样一步一步地去夺取那些封建小唱本的阵地。做这样一个文摊文学家,就是我的志愿。"[2]显然,这种身份定位决定了赵树理创作的目的、艺术形式和传达的效果。

赵树理小说的审美目标是让农民喜闻乐见,他对"五四"新文学的欧化倾向以及从西方文学中养成的"门户之见"颇为反感。因此,在"写什么"和"怎么写"方面,他宣称,他说过,"我写的东西,大部分是想写给农村中的识字人读,并且想通过他们介绍给不识字人听的。"[3]在他的意识中,不但有明确的拟想读者,还有明确的拟想听众。前者是农村中的识字人,后者是农村中的不识字者。他谈创作,特别强调"读者意识",即写作者在每写一部作品之前,都要清楚地知道是写给哪一类人看的。他曾经对"五四"语体文一度"深感兴趣",只是后来对于"五四"文学的"学生腔调""厌其做作太大,放弃了"[4]。针对"五四"新文学与广大群众的需要"两下接不上头,互相结合不起来"的实际情况,赵树理把群众"听得懂,愿意听","看得懂,愿意看"作为自己创作的根本指向,他反复强调:"我们的作品是否吸引住群众,受群众欢迎是最重要的。"[5]在一次谈创作的场合,他专门讲过文学语言的具体运用:"作品语言的选择,首先要看读者对象。写给农村干部看,用农村干部能懂的语言;写给一般农民看,用一般农民能懂的语言。如我在写《小二黑结婚》时,农民群众不识字的情况还很普遍,在笔下就不能不考虑他们能不能读懂、听懂。不知道你们留心没有,我在《小二黑结婚》里没有用过'然而''于是'这类词儿,为什么? 因为这在知识分子虽然是习用语,写入作品,当时的农民群众却听不懂、读不惯。"[6]

---

[1] 赵树理:《决心到群众中去》,《赵树理文集》第 4 卷,人民文学出版社 2005 年版,第 163 页。

[2] 李普:《赵树理印象记》,1949 年 6 月《长江文艺》第 1 卷第 1 期。

[3] 赵树理:《〈三里湾〉写作前后》,《赵树理文集》第 4 卷,人民文学出版社 2005 年版,第 117 页。

[4] 赵树理:《回忆历史 认识自己》,《赵树理文集》第 4 卷,人民文学出版社 2000 年版,第 352 页。

[5] 赵树理:《在大众文艺创作研究会成立大会上的讲话》,《赵树理文集》第 4 卷,人民文学出版社 2000 年版,第 147 页。

[6] 赵树理:《做生活的主人 在广西壮族自治区文艺创作座谈会上的发言》,《赵树理文集》第 4 卷,人民文学出版社 2005 年版,第 294 页。

《小二黑结婚》表面看是写小二黑与小芹的恋爱故事,批判封建婚姻、倡导自由爱情。但"问题"的背后,揭示了根据地农村依然盘踞着封建恶霸势力,一些地痞流氓混入了新政权。阻碍青年婚姻自主的,不仅有旧式家庭的顽固父母,更有农村的封建恶霸势力,作品内涵远远超过了"问题"。小二黑和小芹的爱情建立在对新的民族社会渴望的基础之上,是带有更多社会变革色彩的爱情。通过农村一对新人的爱情,赵树理为我们呈现了在农村新人身上发生的变化,他们对自由爱情的执着,对封建传统思想的彻底反击都体现了农村的新的声音、新的讯息。在故事结构、小说形式等方面,赵树理也顾及农民的欣赏趣味,"至于故事的结构,我也是尽量照顾群众的习惯:群众爱听故事,咱就增强故事性;爱听连贯的,咱就不要因为讲求剪裁而常把故事割断了"[1]。赵树理笔下的人物描写是绝对平面化的,往往寥寥数笔一带而过,很难给人留下深刻的直观印象;他的兴趣所在是"故事"自身的情节效应,"讲故事"才是他本人的写作特长,这种重"事"轻"人"的艺术风格,显然是对评书艺人的直接师承。赵树理在传统说唱文学的基础上创造了一种评书体的现代小说形式。对于民间评书体的喜爱,他毫不避讳地说,"我觉得我们的东西可以像评话那样,写在纸上和口头上说是统一的,这并不低级,拿到外国去绝不丢人。评话便是我们传统的小说,如果把它作为正统来发展,也一点不吃亏。它是广大群众都能接受的"[2]。这种形式讲究情节的连贯性和完整性,开头总要设法介绍人物,故事连贯到底,最后交代人物的结局,在结构上保持有头有尾。在故事的讲述过程中,借鉴传统说书艺术中"扣子"手法,做到大故事套小故事,制造悬念吸引读者,脉络清楚,时有波澜。为了提升主题,赵树理有时采用"大团圆"或"清官"模式,对于"五四"悲剧审美的推崇和对大团圆以及喜剧的否定转变为对于喜剧的重新欣赏和提倡。这当然是有时代背景作为支撑的,在新的天地中自然也就有新的感情、新的文化、新的作风。

---

[1] 赵树理:《也算经验》,《赵树理文集》第4卷,人民文学出版社2005年版,第125页。

[2] 赵树理:《从曲艺中吸取养料》,《赵树理文集》第4卷,人民文学出版社2005年版,第37页。

第四章　"十七年"文学

　　"十七年"文学是对 1949—1966 年中国当代文学的一种称谓,从时间上看,它正好经历了 17 个年头的发展;从空间上看,它指的是大陆文学。"十七年"文学拉开了中国当代文学的序幕,被赋予"伟大的开始"。1949 年 7 月 2—19 日,第一次中华全国文学艺术工作者代表大会(简称"第一次文代会")在北平召开,它被看作是不同政权下的文学艺术工作者的会师性大会,毛泽东、周恩来、朱德、董必武、陆定一等国家领导人参加了会议,周恩来做了《在中华全国文学艺术工作者代表大会上的政治报告》,第一次提到了"成立组织"的问题并要求迅速落实,从中反映了国家政权对文学艺术在社会主义事业建设中发挥重要作用的高度重视。郭沫若、茅盾和周扬等文艺界领导人做了更具针对性的报告,分别是《为建设新中国的人民文艺而奋斗》《在反动派压迫下斗争和发展的革命文艺》和《新的人民的文艺》。"革命文艺"和"人民文艺"本质上一脉相承,但后者是对前者的进一步提升,强调"新的主题,新的人物,新的语言,新的形式,新的内容",两者的深层含义不尽相同。在 1949年之前的左翼文学中,"革命文艺"是个比较常见的概念,而新中国成立后,"人民文艺"取而代之,"人民"作为阶级的代名词体现出很强的主体性,文学发展的转折时代到来了。

第一节　文学思潮弱化与文学运动强化

　　"十七年"文学始终坚持党的领导和国家意识形态的重要性,部分现代作家进入当代后个人命运发生了很大变化。在崭新的社会环境中,他们要么搁笔,要么抹去自己的声音,为国家意识形态所同化。相对而言,来自解放区的作家更容易融入这样的创作环境,而来自国统区和沦陷区的作家则面临更多的"检讨"和"改造"。随着现代同人群体的解散和文学社团的消失,"十七年"的文学思潮逐渐弱化,很难找到比较纯粹的文学思潮,文学运动则得到了强化,并在很大程度上决定了文学的走向。

文学思潮的涌现是现代文学发展的重要特征。20 年代到 30 年代,各类文学思潮犹如雨后春笋涌现,虽有矛盾和差异,但可以相互共存,并不构成实质性的冲击。到了 40 年代,由于战争的原因,以中华全国文艺界抗敌协会为代表的组织主张统一战线,团结作家,一致对外,无形中消解了文学思潮存在的可能性,但是仍然出现了"七月派"和"九叶诗派",其以强烈的探索精神和艺术追求在抗战文化背景中,坚守、发展和深化了"五四"文学的启蒙姿态。"十七年"由于强调党和国家对文学创作的绝对领导,加上出版、发行和阅读以统一和组织的方式进行,文学思潮总的来说是大大弱化了,在此之中能够形成独特风格的文学思潮乏善可陈。

一般认为,"十七年"文学中以赵树理为首的"山药蛋派"和以孙犁为代表的"荷花淀派"弥补了文学思潮匮乏的遗憾,为文学史增添了一些亮色。不过,从严格的文学概念出发,"山药蛋派"和"荷花淀派"都不是典型的文学思潮。尽管文学思潮的概念比较宽泛,但是其中必不可少的要素决定了它的稳固性。第一,文学思潮的涌现伴随着许多有影响力的作家出现,他们齐心协力推动了文学的历史进步。"山药蛋派"和"荷花淀派"中真正有影响力的作家并不多,前者只有赵树理,后者只有孙犁,系一枝独秀。除了这两位作家,"山药蛋派"中的主要作家还有马烽、西戎、李束为、孙谦、胡正等;"荷花淀派"中的主要作家还有刘绍棠、从维熙、韩映山等,在文学史发展的浩瀚长河中,他们很难占据稳固的地位,影响力比较有限。第二,活跃在文学思潮中的作家们总是会通过各种各样的方式,自觉地实践某种共同的文学纲领,形成某种波及全社会的思想倾向。"山药蛋派"和"荷花淀派"中的作家们尚未达到如此至高的境界,共同的文学纲领自不必说,思想趋向更是不可能。第三,文学思潮形成的前提条件是文学要求保持独立性,显然在"十七年"追求"文学为工农兵服务""文学为政治服务"的环境下,谈"山药蛋派"和"荷花淀派"的文学独立性无疑是空中楼阁。

"十七年"文学思潮的弱化有其特殊背景,它与文学运动的强化息息相关。在新中国成立之后,一系列的文学运动接踵而来,也有人称之为文艺批判运动。这些运动在当时极为普遍和泛滥,频率之高,规模之大,涉众之多,在现代历史上难以比拟,它们体现出"泛政治化"的特征,决定了文学创作的基本生态环境。

从大的方面来说,"十七年"主要的文学运动包括对电影《武训传》的批判、对萧也牧《我们夫妇之间》的批判、对俞平伯《红楼梦》研究的批判、对"胡风反革命集团"的批判、反右运动等等。这些运动涉及的领域很广,包括文学、电影、艺术、学术、哲学、政治等,它们的矛头在很大程度上指向知识分子。

1951 年对电影《武训传》的批判是新中国建立后的第一次大的文学运动。孙瑜于 1948 年开始拍摄的历史题材电影《武训传》几经波折,终于在 1950 年底公映,并广获好评。但是毛泽东看了电影后并不认同电影所传达出来的思想,也不认同普遍反映出来的评价。1951 年《人民日报》发表了毛泽东的社论文章《应当重视电影〈武训传〉的讨论》,认为《武训传》宣扬封建文化,污蔑农民革命,由此可见当前文艺界的思想"混乱"达到了何等的程度。之后,文艺界对《武训传》的态度陡然直下,郭沫若、田汉、夏衍、于伶、汪曾祺、邓友梅、袁水拍、金紫光、端木蕻良、华君武等纷纷撰文进行严厉批判。全国从中央到地方的报刊大量发表批判文章,《人民日报》40 多篇,《光明日报》30 多篇,《文汇报》80 多篇。运动持续半年之久,首开通过政治手段解决文艺问题的先河。

萧也牧短篇小说《我们夫妇之间》重蹈电影《武训传》的覆辙,由普遍好评转向激烈批判,与之由上而下发动批判的模式有所不同。《我们夫妇之间》讲述了新中国成立后知识分子出身的革命干部李克和农民出身的革命妻子在进城之后由分歧到重归和好的过程,人物关系发展为"合—分—合"的结构,符合中国传统的"合久必分,分久必合"理念,表现的是大团圆结局。丁玲、冯雪峰、康濯、陈涌等文艺界人士撰写了《萧也牧创作中的一种倾向》《作为一种倾向来看——给萧也牧同志的一封信》《跨到新的时代来——谈知识分子的旧兴趣与工农兵文艺》等批判文章,指责小说中妻子的生活、语言习惯和对李克的审美趣味的描写有丑化"工农兵"、迎合小市民趣味的嫌疑,"不好""很虚伪""不健康""不诚实""新的低级趣味"。批判萧也牧的运动在全国旋即展开,作家被迫写"检讨书"认错。

1954—1955 年间对俞平伯《红楼梦》研究的批判声势浩大,系"小人物"对"大权威"挑战成功的典型案例,中共中央最高领导层,中宣部、国务院以及文艺界部分人士均卷入这场运动,例如毛泽东、刘少奇、周恩来、彭德怀、陆定一、胡乔木、郭沫若、茅盾、周扬、丁玲、冯至、舒芜、老舍、启功、杨晦、钟敬文、黄药眠、郑振铎、何其芳、聂绀弩等。1955 年作家出版社负责编辑成册的《红楼梦问题讨论集》收录论文 129 篇,100 多万字。全国各地报刊发表批判文章不计其数,各种座谈会和批判会层出不穷,《人民日报》《光明日报》《文艺报》

《文学遗产》等名报名刊成为批判的中坚力量。这场运动由开始对俞平伯《红楼梦》研究的批判逐渐转向对胡适文学观念的批判，从而彻底消除了胡适等资产阶级思想对社会主义的影响。

对"胡风反革命集团"的批判总体上是一场从文艺争论到政治批判的事件，它与此后历次文艺批判运动息息相关，成为新中国建立以来文艺界的大规模整肃运动。由于文艺观念的差异，胡风与周扬之间存在分歧，从而造成了左翼内部两大阵营的冲突与对立。胡风给中央写了近 30 万字的《关于解放以来的文艺实践情况的报告》(著名的"三十万言意见书")，指出新中国建立以来文艺界的方针、政策和措施存在的问题，并提出了具体的改革方案，其后胡风及其支持者受到了严厉的批判，最后升级为政治问题。中宣部《关于开展批判胡风思想的报告》和《人民日报》等刊物公开发表的《胡风反革命集团的材料》经过毛泽东审阅，添加按语和注释，升级为全国性的运动。78 人被认定为"胡风分子"，其中骨干 23 人，直至 1988 年才得到官方平反。"胡风反革命集团"事件体现了当代文学一体化过程中付出的代价和历史教训。

1957 年反右运动带有不可预见性，它与刚刚实施的"双百方针"政策倡导"自由"地思考、辩论、创作和批评的宽松环境形成了鲜明对比和反差。反右运动的迅速启动和升温使得知识分子措手不及，那些曾经在"双百"时期发表了"鸣放"言论的理论家以及发表"干预生活"作品的作家被打成了右派，像王蒙这样刚刚初出茅庐的青年作家也不例外。这次运动后期存在严重扩大化的趋势，批判往往以团体的形式展开，例如"丁玲、陈企霞反党集团""江丰反党集团""吴祖光右派集团"等。1957 年 9 月 16 日，周扬在中共中国作家协会党组扩大会议上的讲话报告《文艺战线上的一场大辩论》是对这场运动的总结。

"十七年"文学运动是以牺牲文学思潮的自主发展作为代价的，当中出现的各种问题并非通过文学内部和文学发展规律来予以解决，而是被当作重大的政治问题加以处置。在走向文学一体化的过程中，反复出现的文学运动真实地反映了自 30 年代以来左翼文学内部各种力量长期存在的分歧，并且公开化和明朗化了。

第二节　小说的题材分类与创作类型化

"十七年"的小说题材决定论比任何一个时期都突出，评判一部作品的好坏不再单纯取决于作家体验社会生活的真实性和深刻性，也不完全依据作品艺术水平的高低,更多时候是以选择什么样的题材来决定优劣。在题材问题讨论中,那些可以作为"材料"的社会生活和现象的某些方面,才是决定性的因素,作家"体验生活"由此成为司空见惯的现象。毛泽东的《在延安文艺座谈会上的讲话》明确指出了文学的"工农兵方向",积极表现"新的世界"和"新的人物"。周扬在第一次"文代会"上将毛泽东的文学创作理念贯穿在报告《新的人民的文艺》中,"民族的、阶级的斗争""劳动生产"压倒了"小圈子内的生活及个人情感的世界",工农兵群众取代知识分子成为了"真正主人公"。事实上,关于题材的争论始终没有停止,但这个根基没有任何丝毫动摇。小说题材决定论带来的最直接结果就是题材的分类越来越明显,越来越细化,从而呈现出创作类型化的发展趋势。

"十七年"小说的创作题材总的来说呈现"绝非一格"[1]的多元化特征,题材分类的意识和概念早已经是不争的事实,例如革命历史题材、农村题材、工业题材、知识分子题材、边疆和少数民族题材等。总的来说,不同的题材在各自领域都有着不同寻常的表现,它们受到的评价和待遇命运截然不同。革命历史题材小说以一批红色经典撑起了半壁江山,知侠的《铁道游击队》、杜鹏程的《保卫延安》、曲波的《林海雪原》、罗广斌和杨益言的《红岩》、吴强的《红日》、梁斌的《红旗谱》、杨沫的《青春之歌》、刘流的《烈火金钢》、李英儒的《野火春风斗古城》、欧阳山的《三家巷》等均是时代亟需的文学强音。农村题材小说直面火热的社会主义农村建设,以更加贴近现实的姿态占据了极为重要的席位,柳青的《创业史》、周立波的《山乡巨变》、赵树理的《三里湾》等构成了另一蔚然的文学景观。工业题材小说作为"工农兵文学"中的一个分支,起步稍晚,成就不如前两者突出,得到的评价和关注度相对逊色。女作家草明是专业的工业题材小说作家,《原动力》《火车头》《乘风破浪》三部小说力图揭示新中国工业由恢复走向提高,并最终获得发展的辉煌历程。《原动力》影响巨大,出现了一批模仿者。《乘风破浪》歌颂"大跃进"中的大炼钢铁运动,有浮夸之嫌。艾芜的《百炼成钢》为作家的转型之作,显示了他驾驭不同题材的能力,百炼而成的不仅是钢铁,而且是秦德贵等新时代英雄们。杜鹏程的《在和平的日子里》烙上了《保卫延安》的风格,塑造出和平建设时期的英雄人物形象。知识分子题材小说是新文学中的重头戏,此时在"夹缝"中艰难生存,大抵出现在相对宽松的特殊时期,例如"百花文学"中宗璞的《红豆》和邓友梅

---

[1] 茅盾:《反映社会主义跃进的时代,推动社会主义时代的跃进》,《争取社会主义文学的更大繁荣》,作家出版社 1960 年版,第 23 页。

的《在悬崖上》，算是较为纯粹的知识分子题材小说，但文中处处可见社会对知识分子的束缚和规约，而知识分子本身也表现出对此的妥协或逃避，难以扮演启蒙者角色了。知识分子改变形象的唯一办法是积极与工农兵群众相结合，消除"不健康"的个人爱好和审美趣味，自觉带上政治符号和标签。《青春之歌》《小城春秋》《三家巷》等革命历史题材小说中的知识分子无一不经历了这个过程，作家甚至为了达到这个目的进行重新改写和演绎，"革命"深入人心，压倒一切，从而使得实质上揭示了知识分子主人公成长的小说被划归到革命历史题材小说范畴。边疆和少数民族题材小说在描写优美的自然风景和独异的风土人情的同时，也揭示了革命斗争的残酷性和正义性，玛拉沁夫的《科尔沁草原的人们》、白桦的《山间铃响马帮来》、高缨的《达吉和她的父亲》、彭荆风的《当芦笙吹响的时候》等，为这类题材的小说找到新的增长点的同时，却也人为地带入了过多的政治色彩。

正是因为小说题材分类的极致细化，不同的题材被赋予了不同的价值，题材"多样化"的讨论与争论从未停止过，它至少揭示出了两种存在的隐性意图。从主流意识形态来说，题材"多样化"为善待和突出重大题材提供了发展的契机，"个人化"，"家务事、儿女情"，脱离"现实斗争"的题材更多时候是作为批判的对象而出现的。从作为创作主体的作家来说，他们当中的一部分人，例如茅盾、老舍、丁玲、冰心、胡风等，想当然地认为题材的拓展有利于促进当代文学的进步，殊不知每一次文学运动都几乎卷入了对于题材的遴选与检阅。题材的概念不再语焉不详，从来不存在微乎其微的差别。革命历史题材小说和历史小说就有天壤之别，前者是正宗的红色经典，后者指的是陈翔鹤的《陶渊明写〈挽歌〉》《广陵散》，黄秋耘的《杜子美还家》《鲁亮侪摘印》，冯至的《白发生黑丝》，姚雪垠的《草堂春秋》等古代"典籍"题材，它们与当代现实的象征含义间的纠葛也在日后得到了清算。农村小说和乡土小说不可同日而语，前者强调书写浓郁的当代农村生活，人情伦理，政治作为最重要的枢纽得以突出，后者作为"五四"文学的概念已经成为历史遗迹，无人再提起了。"当代""现代""古代"的时间范畴无形当中暴露了政治性的清晰与否，这是判定作品是否进步的重要标志。然而这又不是绝对的，在时间范畴局限内，"革命""斗争""生产""建设"等宏大叙事"材料"真正促使了小说创作的寻宗觅祖。归根结底，只有全方位、立体性展现时代风云巨变的重要题材才会得到认可，获得合法席位。茹志鹃的《百合花》和孙犁的《铁木前传》，尽管也是表现当代革命战争和农村建设的小说，却因为着眼于"一朵浪花"和"人性复杂"而备受冷落，可见其中的立意取向和叙述手法发挥了重要决定作用。

　　小说题材的分类越发泾渭分明,其重要性不言而喻,但题材毕竟是作家进行文学探索的一种概念形式,而小说通过立意取向和叙述手法才能真正描绘社会生活的丰富细节,小说创作类型化的趋势越发凸显。小说题材分类的细化是不争的事实,它是小说等级划分的基础。在诸多题材类别中,革命历史题材和农村题材备受瞩目,成就非凡,不管是数量上还是质量上都是其他题材不可相提并论的,而它们正是小说创作类型化的重要标本,这指的是文学方向、作品基调、主题立意、叙述手法和艺术风格等诸多方面的统一。

　　对"十七年"小说来说,"工农兵方向"是绕不过去的一个坎,这既是指工农兵作家大批涌现且迅速成为中坚力量,又是指工农兵取代其他角色成为小说中的主角。当时盛极一时的工厂史、公社史和部队史(合称"三史")创作计划获得广泛认同,力图为群众性文学创作开拓新的空间,其实是"工农兵方向"的一种体现。对当代中国而言,工业绝对是一个陌生的领域,故而工业题材小说的弱势地位一览无余。由此,革命历史题材小说和农村题材小说自然代表了"工农兵方向"的正宗地位。杨沫对《青春之歌》中林道静的改写和提升,采取的方法是将她置于广阔的农村生活进行锻炼,与农民同吃同住同斗争,最终获取革命的精髓与要义,成长为一名共产主义战士,"农"和"兵"是她取得成功的两个重要因素。丁玲担任《文艺报》主编一职时,曾经试图纠正这种单一化的创作方向,但以失败而告终。

　　"十七年"小说将积极乐观、昂然向上的宏大叙事传统发展到了极致,强调矛盾斗争、塑造典型形象的"戏剧理念"在小说当中得到了淋漓尽致的体现。敌我之间界限分明,存在着你死我活的唯一关系,人物形象在各自阵营内的"排列"和"归位"事先得到规划,彼此之间不可逾越。《红岩》《红日》《红旗谱》《保卫延安》《林海雪原》《创业史》等小说严格恪守这一准则,关于其价值与地位的争议很少,自然充当了"样板"的角色。但是另一方面,"非议"和"批判"声音彰显了小说创作深陷类型化的危机。赵树理的《三里湾》挂着农业合作化运动的头衔,看似符合"工农兵方向"创作模式。不过赵树理在个人诉求极为有限的空间中,仍然娓娓对于国家权力意志对民间自由自在生存状态的干涉做着纠偏。虽然"扩社"是小说的核心事件,然而一旦面临困难和曲折,并没有出现读者想象的剑拔弩张、严阵以待、准备战斗的场面,作家显然更理解和同情农民的思想逻辑和农村的生活习性。周扬批评《三里湾》:"没有看到农民的革命精神与社会主义思想相结合所产生的巨大力量。"[1]恰恰

---

[1]　周扬:《评〈三里湾〉》,《文艺报》1956年第5—6期。

从反面证明了赵树理表意的矛盾和焦虑心情。1959年，《文艺报》组织了对赵树理小说《"锻炼锻炼"》的讨论，问题更为突出了。另一个典型事例是严家炎谈《创业史》中梁三老汉的形象问题所引发的争论，梁生宝作为"社会主义新人""新英雄人物"，其"典型塑造"是否成功？梁三老汉又是否作为另一个"典型"超越了梁生宝？此外，关于《青春之歌》和《三家巷》等小说的讨论都暴露了创作类型化存在的一些问题。最终，随着"文革"的到来和八个"样板戏"的诞生，创作类型化取得了彻底胜利，并且在浩然的小说中发挥到了登峰造极的地步。

第三节　诗歌的叙事走向与政治抒情诗

"十七年"诗歌以"放声歌唱"的姿势走上文坛，格调昂然向上，气势热情奔放，主要继承了30年代左翼革命诗歌、40年代延安解放区诗歌以及苏联革命诗歌的传统。在崭新的生活和火热的斗争过程中，"十七年"诗歌与工农兵密切结合，强调为现实政治服务，反映阶级斗争和劳动生产，工农兵不仅与英雄人物一起成为了诗歌中的主人公，而且成为了诗歌创作的主体。"十七年"诗歌发展出现了新的特征：一、青年诗人成为诗歌创作的主力军，曾经熟悉的"老"诗人普遍遭遇困境，或隐退或"改造"，显然不合时宜了；二、诗歌扮演了小说和戏剧的角色，写实风格越发明显和突出，一大批叙事诗集结于文坛；三、政治抒情诗成为时代洪流广为传唱，集体声音盖过了个人情绪，宏大意境取代了纤细伤感。

"十七年"诗歌走"工农兵方向"的创作道路注定了诗人群体必然改朝换代。艾青、冯至、白桦、何其芳、臧克家、邵燕祥、"九叶"诗人、"七月派"诗人等无一例外遭遇到了身份或者艺术的困境，有的人到中晚年开始适应新的诗歌写作要求，个性荡然无存，有的索性封笔，直至新时期复出成为"归来的诗人"。随着"老"诗人的退隐，青年诗人登上历史舞台，成为诗歌创作的中坚力量。李季、田间、阮章竞、闻捷、贺敬之、郭小川等诗人要么来自延安解放区，并不要求作太多的修正，作家们自动续接了延安文学的衣钵，要么是在创作的转型和成熟期与"新的世界，新的人物"实现对接，他们本身是新中国第一代最具代表性的诗人群体。李季在解放区时期就以创作叙事诗闻名遐迩，代表作《王贵与李香香》是中国现代文学史上最为经典的长篇叙事诗，农民的翻身解放寄托于共产党带领的军队。田间的《赶车传》和阮章竞的《漳河水》在当时也传诵一时。这些诗歌主要选取的叙事内容是身陷战争年代的军队和农民的生活历程,加上诗人善于从民间文化汲取营养,在广大群众中有着广泛的影响,为民族风格的"喜闻乐见"之作,"以民间形式写作叙事诗的诗人及其创作,则确立为当代诗歌写作的方向"[1]。

"十七年"时期叙事诗发展相当迅猛,掀起了创作热潮。40 年代解放区的叙事诗有 40 来部,而这个时候却以倍数增长,仅长篇叙事诗就达到了 100 多部,其中为人们所熟知的有李季的《菊花石》《生活之歌》《杨高传》(包括《五月端阳》《当红军的哥哥回来了》和《玉门儿女出征记》三部)、《海誓》《剑歌》《向昆仑》,阮章竞的《白云鄂博交响诗》《金色的海螺》,闻捷的《我们遍插红旗》《复仇的火焰》(包括《动荡的年代》《叛乱的草原》和《觉醒的人们》三部,其中第三部未完),李冰的《赵巧儿》《刘胡兰》,艾青的《藏枪记》,郭小川的《白雪的赞歌》《深深的山谷》《一人和八个》《严厉的爱》《将军三部曲》(包括《月下》《雾中》《风前》三部),乔林的《白兰花》,臧克家的《李大钊》,白桦的《鹰群》,王致远的《胡桃坡》,梁上泉的《红云崖》,韩起祥的《翻身记》等。在这当中,既有传记型叙事诗的兴盛,如臧克家的《李大钊》,全诗共分 16 章,按照时间顺序来展开李大钊不同时期和不同角度的生活片段,从家庭、战争、民族、国家等多方面将一个革命先驱伟大而又平凡的人格展现出来;又有侧重虚构人物形象的叙事诗,如田间的《赶车传》、李季的《杨高传》、李冰的《赵巧儿》,乔林的《白兰花》等,注重突出尖锐激烈的矛盾纠葛,描绘错综复杂的典型环境,通过重大历史事件来揭示人物性格与命运,从而促进了"诗体小说"和"诗体故事"的出现。

闻捷是新边塞诗的开拓者,除了借鉴古代诗和新诗资源,还注重"外来形式"[2]。《复仇的火焰》是闻捷长篇叙事诗的代表作,具有创新之举。在主题上,《复仇的火焰》表现了新中国成立初期对新疆东部巴里坤草原帝国主义和哈萨克民族反动派叛乱和平息的过程。对新中国而言,这是一场重大的战争,美国的密令,台湾的反扑,英国的间谍,白俄的特务也卷入了这场战争当中,让这部展现兄弟民族生死存亡的英雄史诗与肖洛霍夫描写哥萨克民族生活的长篇史诗《静静的顿河》有着异曲同工之妙。在人物形象刻画上,《复仇的火焰》中年轻的哈萨克牧民巴哈尔与《静静的顿河》中的葛利高里·麦列霍夫一样是个矛盾综合体,剽悍与蛮干并存,勇猛与动摇同在,忠诚与背弃纠缠。在情节结构上,它们都由两根线索展开,以增强故事的曲折和表现生活的复杂。在语言文字上,《复仇的火焰》对哈萨克民歌的修辞手法和歌唱形式

---

[1] 洪子诚:《中国当代文学史》,北京大学出版社 1999 年版,第 66 页。
[2] 宫玺整理:《闻捷谈诗》,《诗刊》1992 年第 12 期。

都进行了积极的借鉴,大大加强了它的文化内涵和美学效果。这无形中证明了中国当代诗歌发展过程中存在的"缝隙"为文学的艺术呈现提供了可能性。

郭小川的《深深的山谷》《白雪的赞歌》《一个和八个》《严厉的爱》以及《将军三部曲》是"十七年"诗歌中少有的引发争议的长篇叙事诗组。这些诗组写于1956—1959年,在反右斗争背景下,它们并未悉数发表,其中《一个和八个》和《严厉的爱》在作家去世后才得以与读者见面。《深深的山谷》和《白雪的赞歌》体现出来的"新颖而独特的东西"[1]主要有两点:一、知识分子题材;二、女性叙述视角。郭小川复活了"五四"文学传统,抒写的是人的孤独与绝望主题,个体与社会历史的矛盾冲突及其由此产生的焦虑与彷徨。《深深的山谷》以第一人称的语气突出刻画了挣扎在险象环生的"革命"和捍卫自我的"尊严"之间的"叛徒"形象。饶有意味的是,这个"叛徒"是"一个有学问的人,但也是一个软弱无能的傻瓜"。诗的结构鲜明强调了"革命"与"个人""理想"与"现实""幸福"与"创伤"之间的强烈对比。《一个和八个》"是一首真正用心写的诗"[2],突破题材和主题禁区,尝试用"新鲜""强烈"的题材一改陈词滥调。《一个和八个》共分八段和一个尾声,从头到尾每节六行,模式严谨,手法精致。诗中塑造了"一个坚定的革命家的悲剧",主人公王金是一名忠实的革命者,在被宣判为敌军奸细而银铛入狱之际,他不仅受到八个狱友的欺辱,也受到革命组织的唾弃。然而他没有气馁与屈服,既为自己的清白与坚定辩护,又为影响和感化八个罪犯而不懈努力。全诗以"一个"的理想信仰提升"八个"的精神境界,并最终取得圆满效果,寄寓着作家试图在一个过分强调组织性的社会中找到属于自己的探索之道的哲理寓意。正是因为"过于强调个人的精神力量,(人格力量),把自己想象成为非凡的高大形象"[3],郭小川受到了文艺界高层内部的批判,被迫做出深刻"检查"。

总的来看,诗歌与小说、戏剧之间界限的被打破,民间传说和故事对作者的视野拓展以及对读者所产生的新奇吸引力,都为叙事诗发展的多样性提供了资源和借鉴。但是诗体的越界是否合乎逻辑,民间形式鲜活泼辣的品格是否合乎庄严雄伟的时代风气,在当时也受到了批判和质疑。

"十七年"时期另一重要的诗体模式是政治抒情诗,它是在五六十年代伴随着新中国文学制度化而出现的产物,"热情澎湃的政治抒情诗是我们社会

123

[1] 贺敬之:《战士的心永远跳动——〈郭小川诗选〉英文本序》,1979年6月19日《光明日报》。
[2] 郭小川著、郭晓惠、郭小林整理:《郭小川1957年日记》,河南人民出版社2000年版,第108页。
[3] 《附录:作协批判会议发言记录(1959年11月26—?)》,《郭小川全集》第12卷,广西师范大学出版社2000年版,第58页。

主义时代的喉舌。热情澎湃的政治抒情诗是最有力量的政治鼓动诗"[1]。政治抒情诗具有明确的思想规范和艺术取向,它以政治性来突出和强调意识形态,要求文艺为政治服务,反映时代的宏大主题,歌颂社会主义新生活,情感表达激越豪迈,语言表现汪洋恣肆。

1950 年胡风的《时间开始了!》与郭沫若的《新华颂》交相辉映,拉开了当代中国政治抒情诗的宏伟篇章,不过相对后者的古典词赋模式,胡风不但用"时间"直接标明了现代性的开始,而且用"欢乐颂""光荣赞""英雄谱""安魂曲""又一个欢乐颂"等交响乐的复调旋律展开了对宏大叙事的重新塑造,为当代政治抒情诗树立了一个榜样。何其芳的《我们最伟大的节日》、石方禹的《和平的最强音》、柯仲平的《我们的快马》、邵燕祥的《我们爱我们的土地》、郭小川的《致青年公民》、贺敬之的《放声歌唱》、田间的《祖国颂》、张志民的《红旗颂》、严阵的《船长颂》、王莘的《歌唱祖国》、艾青的《我想念我的祖国》、闻捷的《祖国! 光辉的十月!》、袁水拍的《春莺颂》等政治抒情诗如雨后春笋般涌现出来。政治抒情诗要求诗人关注重大历史内容和政治事件,歌颂人民领袖,赞美英雄人物,通过典型环境中的审视和思辨,以崇高的品格和饱满的感情来表达对政治生活的见解,并上升到充满诗情与哲理的艺术境界。诗中始终矗立着一个民族或者阶级代言人的"大我"形象,作为抒情主人公,他总是要率直地表示对政治问题的态度,以及对社会人生的感受。在语言章法的艺术表现上,政治抒情诗将自由体诗的舒放奔泻与民歌和古典诗词的含蓄凝练结合起来,同时借用马雅可夫斯基的"楼梯体",长句分行,讲究排比和对偶,重视节奏和韵律,同时赋予铺陈渲染,叠句咏叹,这令人联想到新月诗派的"三美"主张。伴随这种审美诉求的出现,诗歌朗诵热潮应运而生,电影、话剧、电台、学校、工厂等大型场合不断掀起朗诵政治抒情诗的风尚,直至今日许多诗歌仍然备受青睐,并被称为"广场诗歌"。

贺敬之和郭小川是"十七年"时期政治抒情诗的主要代表作家,两人经常相提并论。不过,他们之间最大的区别已经有人做了总结:"纵观郭小川、贺敬之建国以来,在诗歌创作中所走过的道路,他们有着明显的不同点:高亢豪迈的贺敬之一直在高唱光明的颂歌,而长于思索的郭小川却有过'迷乱的时刻'。"[2]在"十七年"文学史上,贺敬之是唯一专门创作政治抒情诗的作家,他以高亢豪迈的情怀创作了《回延安》《西去列车的窗口》《三门峡歌》《桂林山水歌》《放

---

[1] 徐迟:《〈祖国颂〉序》,诗刊社编:《祖国颂》,中国青年出版社 1959 年版。
[2] 卓争鸣:《贺敬之的"光明颂"与郭小川的"迷惘期"问题刍议》,《文艺理论与批评》1997 年第 5 期。

声歌唱》《十年颂歌》《东风万里》《雷锋之歌》《三门峡——梳妆台》等作品,后结集为《放歌集》和《贺敬之诗选》出版。贺敬之的这些政治抒情诗大都以充沛的激情阐发自己的政治理想、信念和所感受到的时代精神,并以此作为贯穿全诗的感情和思想脉络。贺敬之追求的是和谐、融通的审美价值,个人与集体、民族与国家等抽象的概念通过高度抒情化转化为艺术形象,并最终取得了统一,政治命题的阐释与抒情方式的传达相互渗透开来。在诗歌形式的表现上,贺敬之积极学习和借鉴其他艺术资源,为我所用,开拓创新。例如《回延安》和《西去列车的窗口》运用陕北"信天游"形式,节奏整齐,旋律优美;《桂林山水歌》将民歌"爬山调"的清新爽朗和新诗体的自由舒畅结合起来;《放声歌唱》《十年颂歌》和《雷锋之歌》借用了马雅可夫斯基的"楼梯"形式,并吸收中国古典诗词对仗和押韵的长处,既强调了诗歌的内容,又突出了诗歌的抒情,为它们的广泛传播奠定了基础。

1955—1956短短两年时间内,郭小川创作了组诗《致青年公民》,其中的名篇《投入火热的斗争》《向困难进军》《把家乡建成天堂》《闪耀吧,青春的火光》等以其炽热的情感、磅礴的气势和鲜明的政治立场产生了巨大影响。郭小川把政治抒情诗的创作视为严肃的职业,把诗人视为严肃的政治家,而诗歌是实现社会变革的重要途径。从某种意义上来说,郭小川把艺术和政治等同起来,为了配合政治形势的同步传声,他塑造了一个"精壮的"青年公民形象,这个形象(代表现在与未来)与"我"(代表过去)形成强烈对比,处处反衬出"我"的卑微与稚气,"公民们/我羡慕你们"道出了"一代新人换旧人"的时代心声。"旧人"的自觉退让与"新人"的隆重推出是政治抒情诗的基本模式,作为新人的"青年公民们"也因此必须被塑造成一种包含了集体情感、社会奉献、现代意识和政治积淀的全新结合体,受到崇高的热爱和礼赞。形式上,《致青年公民》受苏联诗人马雅可夫斯基的影响以参差排列的"楼梯体"长句著称,以配合其豪迈奔放的格调。诗形的严谨与主题的单一体现出作家对意识形态共识的坚贞恪守,自觉流露出某种说教式的痕迹。

第四节　戏剧创作制度化及其突围探索

"十七年"的戏剧创作是国家领导下的文学行动,国家将戏剧纳入管辖和控制范围,使得戏剧创作朝着制度化方向发展。中央政府和国家领导人规划进行戏剧改革,文化部要求各省级行政区和各大城市成立"专业化""正规化"

的剧院或剧团,例如中央戏剧学院、北京人民艺术剧院、上海人民艺术剧院、中央实验话剧院等,它们成为推广戏剧的权威部门。全国大型戏剧刊物,如《人民戏剧》和《剧本》,为创作活跃和理论探讨提供了园地,也是党和政府文化政策的宣传阵地。戏剧作家队伍建设粗具规模,将来自不同区域的戏剧工作者集结在"新的人民的文艺"旗帜下,除了郭沫若、丁西林、李健吾、老舍、曹禺、田汉、夏衍、于伶、陈白尘、马健翎等老作家之外,胡可、史超、白桦、赵寰、陈其通、沈西蒙、所云平、丁一三、崔志德等50年代崛起的青年作家成为了戏剧创作的主要力量,新旧两代作家的共同点在于按照主题先行和外部情节冲突来展开,戏剧结构模式初步形成。戏剧的"观摩"演出制度进一步加强了国家对戏剧创作的管理和规范,既起到了交流和宣扬的作用,又为规范写作和树立典型提供了保证。

戏剧创作出现了三次比较明显的繁荣局面。第一个阶段是新中国成立初期至1952年,戏剧改革运动的序幕拉开。首先是对旧剧的挖掘、审定和整理提上了议事日程,旧艺人也被整编进戏曲剧团之中,"改戏、改人、改制"要求在党中央文化部统一部署范畴内进行。1952年10月中央文化部举办的第一届全国戏曲观摩演出大会上共上演82个剧目,其中经过整理的传统剧目有63个,重新编定的历史剧有11个。湖南花鼓戏《刘海砍樵》、越剧《梁山伯与祝英台》、京剧《将相和》、川剧《秋江》、评剧《小女婿》、楚剧《葛麻》、秦腔《游龟山》等都是"推陈出新"的成果。其次是现代话剧创作初见成效,显示出新中国充满生机的时代特点,既有反映新人新事的剧作,如鲁煤的《红旗歌》,老舍的《龙须沟》,杜印、刘相如、胡零的《在新事物的面前》,魏连珍的《不是蝉》等,也有回顾革命战争年代的题材剧作,如刘沧浪的《母亲的心》、胡可的《战斗里成长》、宋之的的《打击侵略者》、傅铎的《冲破黎明前的黑暗》等,它们大多数发表了单行本,产生了广泛影响。

第二个阶段是1953—1962年,一共出现了两次戏剧创作的高潮。第一次是1956年前后,"百花齐放,百家争鸣"的文艺方针极大地促进了戏剧创作,反映农业题材的作品有安波的《春风吹到诺敏河》、孙芋的《妇女代表》、田心上的《姐妹之间》、舒慧的《黄花岭》等,反映工业题材的作品有崔德志的《刘莲英》、艾明之的《幸福》、夏衍的《考验》、兰澄的《不平坦的道路》、丛深的《百年大计》等,反映革命战争题材的作品有陈其通的《万水千山》、杜宣的《无名英雄》、沈西蒙的《杨根思》、胡可的《战线南移》、邢野的《游击队长》等。戏曲改革取得了丰硕成果,通过对传统剧目进行"去芜存菁"和对上演剧目进行"抑浊扬清"结合起来的实践经验,大量传统剧目实现了艺术再创造和功能再发挥。1956 年 6 月第一次全国戏曲剧目工作会议提出了有组织有计划地进行传统剧目的"推陈出新"目标,整理和革新成为工作常态。据刘芝明发表于《戏剧报》1957 年第 9 期的《大胆放手开放戏曲剧目》一文记载,全国挖掘的传统剧目数字可观,有名目的为 51 867 个,有文字记录的为 14 632 个,初步整理的为 4 223 个,公开上演的为 10 520 个。歌剧创作取得显著发展,北京和上海等大城市建立了实验歌剧院,歌剧的专业化程度提高。1957 年中国剧协和中国音协召开了"新歌剧讨论会",强调将本国歌剧传统和外国歌剧经验相结合,开拓了新歌剧的发展方向。《刘胡兰》《小二黑结婚》《草原之歌》《迎春花开了》《风雪摆渡》《海上渔歌》等一批比较优秀的作品受到群众欢迎。这一阶段的第二次戏剧创作高潮出现在 1962 年前后,党中央政治经济领域实行的"调整、巩固、充实、提高"方针对 50 年代末急剧膨胀的"左"倾思潮进行了遏制,文艺政策也随之进行了调整。这样才一步一步纠正了自 1958 年以来为了配合"大跃进"运动戏剧界掀起的大放"卫星""赶任务""写中心、演中心、唱中心"的公式化、概念化倾向。随着"第四种剧本"得到肯定和评价,剧作家们的创作积极性调动起来了,话剧创作和历史剧创作都取得了不小成就。话剧作品有沈西蒙等的《霓虹灯下的哨兵》、赵寰的《南海长城》、冯德英的《女飞行员》、胡万春等的《激流勇进》、刘川的《第二个春天》、孙维世的《初升的太阳》、兰澄的《丰收之后》等,这些作品比较忠实于从现实生活出发,塑造了个性鲜明的人物形象。

1962 年 9 月随着毛泽东在中共八届十中全会上提出"千万不要忘记阶级斗争"的口号,当代戏剧进入第三个发展阶段,集体创作成为普遍现象,这为"文革"样板戏打造埋下了伏笔。1964 年在北京举行的首届全国京剧现代戏观摩大会共展出了 36 个现代京剧,其中最引人注目的作品有翁偶虹和阿甲改编的《红灯记》、汪曾祺等改编的《芦荡火种》、上海京剧院集体改编的《智取威虎山》、李师斌等编剧的《奇袭白虎团》、天津京剧团改编的《六号门》以及赵化鑫等改编的《草原英雄小姐妹》等。这些现代京剧进行了大刀阔斧的"改制",主要体现在改变了传统戏曲以生、旦、净、末、丑的表演行当为主的表演体制、以曲联体或板腔体为主要形式的音乐体制、以分场及空间不固定为主要原则的文学体制和以"随意赋形"为基本观念的舞美体制。歌剧方面,产生轰动效应的有湖北省实验歌剧团集体创作,张敬安、欧阳谦叔作曲的《洪湖赤卫队》,阎肃编剧,羊鸣、姜春阳作曲的《江姐》,柳州市创编组创作,广西壮族自治区歌舞团改编的《刘三姐》等,在民族传统风格的继承和外国歌剧表现手法的追求上努力尝试融合与渗透。这些戏剧均为"千锤百炼"之作,戏剧性与抒情性、戏剧的艺术效果和文学的欣赏价值结合得较为完美,是当代戏剧改革的一个重要里程碑。"文革"前夕,随着"左"倾文艺思潮泛滥,"四人帮"提出"写十三年"口号,以及对《海瑞罢官》《李慧娘》和《谢瑶环》等作品及其作家进行批判和打击,戏剧文学的创作跌入低谷。

在思想解放的背景下,戏剧创作冲破"左"倾教条的束缚,取得了有限的突围。1957年关于"第四种剧本"的提法就是对此的探索:"我们的话剧舞台上只有工、农、兵三种剧本。工人剧本:先进思想和保守思想的斗争。农民剧本:入社和不入社的斗争。部队剧本:我军和敌人的军事斗争。到底我们能不能写出不属于上面三个框子的第四种剧本呢?"[1]"第四种剧本"其实就是要求突破"题材决定论"和"无冲突论",强调直面现实,干预生活,揭露矛盾,突破"人性"和"人道主义"禁区,大胆深入人物的心灵世界,扩大戏剧的表现功能,代表作品有杨履方的《布谷鸟又叫了》、海默的《洞箫横吹》、岳野的《同甘共苦》、何求的《新局长来到之前》、鲁彦周的《归来》、熊佛西的《上海滩的春天》等。此外,老作家郭沫若和老舍等也加入了戏剧探索的队伍中。

郭沫若在《蔡文姬》和《武则天》中延续了"五四"时期的"三个叛逆的女性"(《聂嫈》《卓文君》《王昭君》)关注妇女解放问题的传统。郭沫若的历史剧《武则天》为颇有争议性的历史人物武则天给予新的含义,使得她从饱受非议和嘲讽的反面人物转向称赞和歌颂的正面人物。武则天与太子贤、裴炎、徐敬业等反对派之间的斗争在剧中以平息"叛乱"的面目出现,这为她的形象定了基调,在此之中她处处以兵法谋略和斗争艺术取胜,更重要的地方在于她热爱百姓,宽厚仁慈,知人善用,以崇高的道德感召力量取得了广泛拥戴。关于《蔡文姬》,郭沫若一改旧辙,从人文主义出发,将蔡文姬置于女性解放的背景内,她不再是受辱者,而是主动离家,肩负重任。郭沫若一直自喻为蔡文姬,"蔡文姬就是我!"两人都是历经困苦和磨难而终被委以重任,知识分子身处逆境与不甘沉沦都是相通的,在共同的人生体验之上表达出国家安定和民族团结的思想主题。《蔡文姬》中的曹操也成为促进民族文化发展的功臣,而不再是罹乱天下的"奸臣"。郭沫若说得很清楚:"我写《蔡文姬》的主要目的就是要替曹操翻案。曹操对于我们民族的发展,文化的发展,确实是有过贡献的人。"[2]郭沫若颠覆了1 000多年以来历史和文学史上曹操的奸臣形象,把他刻画成一位天下为公的领袖。

---

[1] 黎弘:《第四种剧本——评〈布谷鸟又叫了〉》,1957年6月11日《南京日报》。
[2] 郭沫若:《中国农民起义的历史发展过程——序〈蔡文姬〉》,《收获》1959年第3期。

老舍的《茶馆》是"十七年"的典范之作,为"五四"新文学传统的继承,取得了创新之举。首先是时空艺术的巧妙处理和深刻隐喻,这既避免了公式化、概念化弊病,又避免了遭受不必要的批判。《茶馆》重现了中国大半个世纪的历史风云变幻,反映了从1898年戊戌变法到1945年抗战胜利的社会历史变迁,三幕戏对应三个年代,分别是戊戌变法失败之后帝国主义在华势力的扩张、袁世凯死后民国初年的军阀战祸和抗日胜利之后国民党特务和美国大兵横行北京。在空间呈现上,老舍选取了一个小小的"茶馆",并安排了形形色色的人物混迹其中,因此成为社会的一个缩影。"茶馆"并非只是一个单纯的政治隐喻体,同时也是一个文化展览场所,不同身份的人们在这里展现人际交往和文化冲突,这又是老舍的专长,足以发挥他的才华,这才保证了作品的艺术质量。其次,老舍采用了"侧面透露"的艺术表现手法,以"茶馆"作为定点,通过场景的转换以及众多的"提示"和"穿插"画外音,将三教九流的人物群像联系起来,通过他们的命运来反映社会变迁,重大的历史事件和政治风云统统一览无余呈现出来。这样,在不同时代的场景中,观众既看到了不同历史时代的跟进与联系,又真切地感受到了社会的沉浮与荣衰。《茶馆》描绘的三个时代是中国20世纪最动荡的几十年,老舍让70多个人物轮番出场,完成了埋葬旧社会的主题,同时从侧面透露了历史发展的迹象与走向,这是当代戏剧的大胆革新,正如作家所说:"我的写法多少有点新的尝试,没完全叫老套子捆住。"[1]再次,老舍难能可贵地通过《茶馆》复活了戏剧文学的悲剧审美艺术,这在"十七年"阶段是相当少见的现象。1957年,老舍发表《论悲剧》一文,是他对社会主义文学有无悲剧的思考和探索。"也许有人说:民主生活越多,悲剧就越少,悲剧本身不久即将死亡,何须多事讨论!对,也许是这样。不过,不幸今天在我们的可爱的社会里而仍然发生了悲剧,那岂不更可痛心,更值得一写,使大家受到教育吗?"[2]在另一次和茅盾、欧阳予倩讨论社会主义文学是否有悲剧的问题时,老舍不禁感慨万端:"古今中外留下那么多感人肺腑的悲剧剧本,社会主义戏剧,悲剧就灭亡了不能存在?"[3]老舍坚信悲剧存在于任何一个社会制度,不仅因为悲剧是一种生活现象,更是一种审美艺术。从内容来看,《茶馆》就是不同时代的社会悲剧的先后上演,而人物悲剧的穿插进一步强化了社会悲剧的不可避免。农村破产,民不聊生,连太监也买农家良女充当老婆,加上战祸连年,特务、大兵、巡警趁兵荒马乱之际,

[1] 老舍:《答复有关〈茶馆〉的几个问题》,《剧本》1958年第5期。
[2] 老舍:《论悲剧》,1957年3月18日《人民日报》。
[3] 葛翠琳:《魂系何处——老舍的悲剧》,《北京文学》1994年第8期。

敲诈勒索,残害百姓,篇末王利发、秦仲义和常四爷三个老头子在茶馆里最后一次会面撒纸钱来祭奠自己,更是将悲剧氛围推向了高潮。老舍展示了苦难的历程,促使人们思考解放的途径,《茶馆》将"十七年"文学提升了一个档次。

老舍的《茶馆》体现了"十七年"文学真正意义上的世界性因素,创造了"罕见的第一幕"。有外国学者这样说过:"从形式上看,《茶馆》似乎更接近西方戏剧。"[1]《茶馆》不仅继承了"五四"文学传统,而且是西方现代戏剧理论在当时中国的成功运用。老舍尝试用小说技法来创作《茶馆》,将"小说戏剧化"的构思技巧现推向了巅峰。《茶馆》表现人物采取了契诃夫的"人像展览式"戏剧结构,发挥了以人物带动故事的优势,同时又根据人物的主次关系将他们组成一个有机整体,将众多的人物组织在一起,这对于吸引观众的注意力会起到很大作用。为了吸引观众,《茶馆》采用了布莱希特的"间离化"艺术技巧,文中大量出现的"提示""穿插"和"说明"等非常明显的主观叙述使得读者很容易跳出戏外,积极参与作者的话语言说,同时对于人生和社会进行了不断的反复的思索和追问。另外,老舍也尝试运用象征、荒诞、内心独白等现代技巧。在"十七年""主题决定论"的大环境下,老舍通过《茶馆》不断尝试形式上的创新,是他早期学习西方一些新的文学观念和文学技巧在"十七年"文学的延伸和运用。老舍通过《茶馆》不仅是在歌颂新的社会带给人民新的生活,同时也在思考取得革命胜利之后,社会主义现代民族国家如何实现与外界的交流,既包括政治和经济的来往,又包括文化和观念的渗透,在此开放的基础之上建立健全的世界观。

第五节　散文的演化趋势及其多元探索

"十七年"散文呈现"忽兴忽替"[2]的曲折发展形态,既要体现自由化的文体特征,又要遵从主流思想;既要展现散文的真实本质,又要受制于"公式化""概念化"的牢笼;既要按艺术规律来办事,又要逢迎政治的诉求。"十七年"散文在与政治的逢迎中逐渐减弱了真实品格,加上作家在缄默与喧哗两极延伸,散文在"萧条"与"繁荣"之间摇摆。"五四"散文主要是鲁迅所说的"散文小品"和周作人的"美文",强调个人化的抒情性和艺术性。而"十七年"

---

[1] 乌韦·克劳特:《联系演员和观众的纽带——谈〈茶馆〉演出的同声翻译》,《文艺研究》1981年第1期。

[2] 吴有恒、黄秋耘:《中国新文艺大系(1949—1966)散文集·导言》,中国文联出版公司1987年版。

散文强调从集体化的立场出发,以"报告"的姿态呼应现实,叙事性和议论性都得到了极大发展,演化趋势相当明显。

"十七年"以通讯报道为主的特写类散文大批涌现,它们以写人记事为主,追求"实录"风格。在表现内容上,特写类散文主要有两种题材:一种是反映抗美援朝的革命战争题材,突出的作品有魏巍的《谁是最可爱的人》《依依惜别的深情》,刘白羽的《朝鲜在战火中前进》《英雄城——平壤》,巴金的《生活在英雄们的中间》《我们会见了彭德怀司令员》,菡子的《我从上甘岭来》《和平博物馆》,靳以的《祖国——我的母亲》,华山的《远航集》以及集体创作的作品集《志愿军一日》《志愿军英雄传》《朝鲜通讯报告选》等。这些作品燃烧着激情的火焰,以政治宣谕的方式表达出对于历史、现实、国家地位和国际主义等重大问题的关注。另一种题材是刻画社会主义建设过程中不断涌现的在平凡的岗位上做出不平凡成绩的人物,重要的作品有秦兆阳的《王永淮》《姚良成》《老羊工》,沙汀的《卢家秀》,柳青的《王家斌》,肖殷的《"孟泰仓库"》,孙犁的《齐满花》,陆扬烈的《边老大》,魏金枝的《任樟元和三个地主》等等,体现出社会主义"新人"表演的"动人""有声有色"[1]。

50年代中期,散文把探索的触角伸向杂文和美文,这与1956年展开的"百花齐放,百家争鸣"文艺方针有着密切关系,作家创作观念的解放带来了散文文体的革新,一批作家开创了当代文学体现个人抒情与个性表述的先河。杂文创作颇具规模,并被当成一种散文典型,深受欢迎。在较为宽松的文艺政策下,报刊为散文的复兴起到了推波助澜的作用。1956年7月1日,《人民日报》文艺副刊登载"稿约"《副刊需要哪些稿件?》,呼吁"散文的春天",引起文艺界的强烈反响,作家情绪高涨,散文创作获得很大成功。其中,涌现出广为流传的作品,如魏巍的《我的老师》、姚雪垠的《惠泉吃茶记》、万全的《搪瓷茶缸》、老舍的《养花》、丰子恺的《庐山面目——庐山游记之一》、巴金的《秋夜》、何为的《第二次考试》、艾芜的《忆开罗》、萧乾的《草原即景》、徐开垒的《竞赛》、钦文的《鉴赏风景如画》、柳杞的《夫妻船》、黄苗子的《豆腐》等。这些散文大都短小精悍,以千字为宜,以个性化的语言表述和个体性的情感表意为主,实为自然流露,而非造作之词。实际上,每篇散文都在探讨对生活的热爱,是平常的生活即景或触动人的内心世界的最为微小的片段的缀连,体现出艺术和生活所存在的构建力量。魏巍的《我的老师》记叙了一位女老师蔡芸芝用点滴的生活事迹去熏陶和培育"心清如水的学生"。老舍的《养花》

---

[1] 徐迟:《序言》,《特写选》,人民文学出版社1957年版。

娓娓道来养花的喜与忧、笑与泪、色与美,逼真动人。丰子恺的《敬礼》刻画了两只蚂蚁慷慨互助的行为,赞美了它们"高不可仰"的崇高精神。黄苗子的《豆腐》以佐餐美味的豆腐展现了多彩的生活风貌和思乡情怀,读来丝丝入扣,为之动容。这些散文可谓篇篇精品,形式灵活,语言流畅,笔意翻新,摆脱了意识形态的束缚与钳制,赋予文学作品的艺术性,在一定程度上恢复了散文的纯净本质。不过,随着1957年反右运动和1958年"大跃进"运动的到来,散文的探索之途遭到打击,并很快被反映"战斗的号角"和"生活的洪流"的演化特写取而代之。

60年代初期,散文创作的"专业户"开始涌现,出现了著名的三大散文家杨朔、秦牧和刘白羽。同时,冰心、巴金、李健吾、李广田、徐迟、曹靖华、周瘦鹃等现代名家宝刀不老,加入了散文书写的新时代。其他著名散文作家还有碧野、靳以、袁鹰、菡子、柯蓝、冯牧、秦似、严阵、方纪、郭风、林遐、杨石、陈残云、吴伯箫、翦伯赞、黄秋耘、韦君宜、魏焰钢、林斤澜、马识途等。邓拓的"燕山夜话"和邓拓、吴晗、廖沫沙的"三家村札记"两个杂文专栏颇具锋芒,家喻户晓。此外,许多报纸杂志开辟专栏刊发理论文章,企盼打开新的探索思路和空间,《人民日报》《光明日报》《羊城晚报》《文艺报》和《文汇报》等为其中的代表性平台,它们发表了老舍的《散文重要》、李健吾的《竹简精神——一封公开信》、吴伯箫的《多写些散文》、凤子的《也谈散文》、萧云儒的《形散神不散》等倡导散文创作的文章,寄托了对于散文发展的理论思考。"写散文不是出门打行李,塞得越多,捆得越紧,就越方便。精练之外,还得松动,让二者在矛盾中统一起来,散文就像有了健康的生命一样,呼吸自如了。篇幅越小,艺术的匠心越要藏在自然的气势底下才好。"[1]李健吾的理论要点在那个年代并不易掌握,它既强调了散文的艺术独特性,同时呼吁还散文一个自由的创作空间,"精练"和"松动"表达的是渴望实现没有外界干预和时间限定的不定式形式,通过解放思想进入言说自如的境界。一批较为成熟和具有影响力的散文集如雨后春笋般出现了,包括杨朔的《东风第一枝》、秦牧的《花城》、刘白羽的《红玛瑙集》、冰心的《樱花赞》、吴伯箫的《北极星》和陈残云的《珠江岸边》等,这标志着散文作家群日渐成熟。在相对宽松的环境下,散文创作达到了巅峰状态,直至1961年被誉为"散文年"的出现,颇具时代色彩的作品竞相如花绽放,包括杨朔的《茶花赋》、秦牧的《土地》、刘白羽的《长江三日》、冰心的

[1] 李健吾:《竹简精神——一封公开信》,《咀华与杂忆——李健吾散文随笔选集》,中央编译出版社2005年版,第409页。

《樱花赞》、曹靖华的《花》、吴伯箫的《记一辆纺车》、魏焰钢的《船夫曲》、林斤澜的《龙潭》、李健吾的《雨中登泰山》、杨石的《爱竹》、翦伯赞的《内蒙访古》和宗璞的《西湖漫笔》等。不过,这种探索极为有限。散文创作在演化趋势某些方面仍然相通,那就是,人物和场景代表了时代的思想,主题和内容传达了时代的概念,发展的深度和广度局限于一定程度的表意言说。

　　杨朔、刘白羽和秦牧体现了散文创作的最高成就,从中可以管窥"十七年"散文的思想风貌、价值取向和艺术水平。三大主要散文作家的崛起并非空穴来风,但也并非水到渠成,不管是其文学创作还是艺术追求均经历了一个浮浮沉沉的过程,有其特殊的政治原因、时代需要和主体诉求。从历史发展考察,"十七年"散文要求更多体现"社会"和"时代"的宏大面相,表现"身外大事""时代侧影"[1],而非身处自然风景、细腻情感或者风俗文化的人之发现。散文在意识形态的影响下,回到了讲究"文以载道"的传统,因为太过于迎合某种理念或宣传,散文主体日渐失落,散文演化趋势强化突出。杨朔的《荔枝蜜》《雪浪花》和《香山红叶》的主题很明显,尽管它们都是清晰、简洁而精致的故事,但是杨朔有意地加入了过多的想象,或者说是有意采用浪漫的手法来营造诗意氛围,烙上了革命的现实主义与革命的浪漫主义相结合的痕迹。刘白羽的《长江三日》通过外在的感官与内在的洞察两方面的意象与意境向读者展示了战争文化心理是其豪迈壮美风格的实际渊源,是作家自己认识世界的萌芽阶段,这种认识使得他保持了在对政治、思想意识及社会学等抽象问题上的明确与坚定。秦牧的《花城》《土地》《古战场春晓》和《社稷坛抒情》对现代文学中的学者散文的书写内容和表现形式进行了一定程度的接棒和延续,但因为种种原因而不得不进行转向和改写。秦牧的学者散文知识性、趣味性和思想性的统一与抒发在"十七年"文学中称得上"独门绝技",占有相当的地位。秦牧擅长运用联想和想象揭示生活与当时提倡的革命的现实主义与革命的浪漫主义相结合的创作方法有着密切关系,显现出鲜明的时代环境影响的痕迹,这是作家保证了作品内容顺利展开的重要手段之一。正因为如此,秦牧受到"主题先行论""文艺为政治服务"的影响很大,主题与物象的对应形成了"托物言志"的创作模式,无法摆脱社会政治的禁锢使得作家所要叙述的人物、景物和事物最终定格在符号化、公式化、概念化的面具之中,缺少鲜活的内涵和深刻的境界。秦牧对学者散文的尝试努力改写并未实现真正意义上的轻松洒脱和自由解放,这一重担由此逶迤滑向了八九十年代的学者散文作家身上。

---

[1]　佘树森:《中国现当代散文研究》,北京大学出版社1993年版,第58页。

作品选读

山乡巨变(节选)

周立波

一九五五年初冬,一个风和日暖的下午,资江下游一座县城里,成千的男女,背着被包和雨伞,从中共县委会的大门口挤挤夹夹涌出来,散到麻石铺成的长街上。他们三三五五地走着,抽烟、谈讲和笑闹。到了十字街口上,大家用握手、点头、好心的祝福或含笑的咒骂来互相告别。分手以后,他们有的往北,有的奔南,要过资江,到南面的各个区乡去。

节令是冬天,资江水落了。平静的河水清得发绿,清得可爱。一只横河划子装满了乘客,艄公左手挽桨,右手用篙子在水肚里一点,把船撑开,掉转船身,往对岸荡去。船头冲着河里的细浪,发出清脆的、激荡的声响,跟柔和的、节奏均匀的桨声相应和。无数木排和竹筏拥塞在江心,水流缓慢,排筏也好像没有动一样。南岸和北岸湾着千百艘木船,桅杆好像密密麻麻的、落了叶子的树林。水深船少的地方,几艘轻捷的渔船正在撒网。鸬鹚船在水上不停地划动,渔人用篙子把鸬鹚赶到水里去,停了一会,又敲着船舷,叫它们上来,缴纳嘴壳衔的俘获物:小鱼和大鱼。

荡到江心的横河划子上,坐着七八个男女,内中有五六个干部。他们都把背包雨伞从身上取下,暂时放在船舱里,有的抽烟,有的谈笑。有位女同志翻身伏在船边上,在河里搓洗着手帕。

"邓秀梅,你怎么不走石码头过河?"一个后生子含笑问她。

"我为什么要走那边过河?"洗手帕的女干部回转脸来问。

"这还要问? 余家杰不是走那一条路吗?"

"他走那条路,跟我有什么相干?"邓秀梅涮好手帕,回转身子,重新坐在船边上,两手扯着湿帕子,让它在太阳里晒着,一边这样问。

"你不跟他去,实在不应该。"后生子收了笑容,正正经经说。

"什么应该不应该? 我为什么要跟他,他为什么不跟我?"邓秀梅钉着他问。看样子,她是一个泼泼辣辣的女子。紧接着,她撇一撇嘴,脸上略带嘲弄的笑容,说道:"哼,你们男同志,我还不晓得! 你们只想自己的爱人像旧式妇女一样,百依百顺,不声不气,来服侍你们。"

"你呢？只想天天都过'三八'节。"后生子的嘴巴也不放让。

"你们是一脑壳的封建。"

"你又来了，这也是封建，那也是封建。有朝一日，你怀了毛毛，也会蛮攀五经地跟余家杰说：'你为什么要我怀孩子，自己不怀？你太不讲理，一脑壳封建。'"

满船的人都笑了。

"我才不要孩子呢。"笑声里，邓秀梅低着脑壳，自言自语似的说。她的脸有点红了。这不是她心里的真话。接近她的人们说，她其实也蛮喜欢小孩子，跟普通的妇女们一样，也想自己将来有一个，男的或女的，像自己，也有点像另外的一方。但不是现在，现在要工作，要全力以赴地、顽强坚韧地工作一些年，把自己的精力充沛的青春献给党和社会主义的事业。有了孩子，会碍手碍脚，耽搁工夫。

"坐稳一点，同志，轮船来了，有浪，看船偏到一边了，快过去一个。"艄公看见邓秀梅一边，只坐两个老百姓，比对面少两个人，一边荡桨，一边这样地调摆。

"都不要过去，老乡你们也过来。让她一个人，独霸半边天。"爱逗耍方的后生子又笑着说。

"还不坐匀呀，浪来把船打翻了，管你半边天，两边天的，都要洗冷水澡了。"艄公着急说。

划子两边的人终于坐匀了，艄公掌着桨，让划子一颠一簸地，轻轻巧巧地滑过了轮船激起的一个挨一个的不大不小的浪头，慢慢靠岸了。邓秀梅跟大家一起，背好背包和雨伞，站起身来，显出她那穿得一身青的，不高不矮的，匀称而又壮实的身段。他们上了岸，还是一路谈笑着，不知不觉到了一个岔路口，邓秀梅伸出她的微胖的右手含笑点头道：

"再见吧，孩子们。"

"你有好大了，叫我们孩子？"那个后生子又说，一边握住她的手。

"你不是孩子，是姑娘吗？"

邓秀梅跟大家一一握了手，随即收敛了笑容，露出严肃的脸色来说道：

"同志们，得了好经验，早些透个消息来，不要瞒了做私房。"

"我们会有什么经验啊？我们只有一脑壳的封建。"调皮后生子又还她一句。

邓秀梅没有回应，同在一起开了九天会，就要分别了，心里忽然有点舍不得大家，她有意地放一放让。看他们走了好远，她才转过身子来，沿着一条山边的村路，往清溪乡走去。

邓秀梅的脚步越走越快了，心里却在不安地默神。她想，农业合作化运动，在她经历中，是个新工作。省委开过区书会议后，县委又开了九天三级干部会，讨论了毛主席的文章和党中央的决议，听了毛书记的报告，理论、政策，都比以前透彻了；入乡的做法，县委也有详细的交代。但邓秀梅有这个毛病，自己没有实际动手做过的事情，总觉得摸不着头路，心里没有底，不晓得会发生一些什么意料不到的事故。好在临走时，毛书记又个别找她谈了一回话，并且告诉她：清溪乡有个很老的支部，支部书记李月辉，脾气蛮好，容易打商量。他和群众的关系也不错。他过去犯过右倾错误，检讨还好。邓秀梅又从许多知道李月辉的同志的口中打听了他的出身、能力和脾气，知道他是一个很好合作的同志。想起这些，她又安心落意了。

一九四九年，家乡才解放，邓秀梅就参加了工作。划乡建政时，她还是个十五岁的扎着两条辫子的姑娘，身材却不矮，不像十五岁，倒像十八九。她记得，有一回，乡里准备开群众大会，工作组的一位北方同志头天动员她，叫她在会上讲话，她答是答应了，却急得一个通宵没闭眼。半夜三更，她一个人爬起来，偷偷摸进空洞幽暗的堂屋，低声细气练她的口才。第二天，当着几百人，她猛起胆子，讲了一阵，站在讲桌前，她的两脚直打战，那是在冬天，她出了一身老麻汗。她本来是位山村角落里的没有见过世面的姑娘，小时候，只读得一年老书，平素街都怕上得，一下子要她当人暴众讲起话来，把她心都急烂了。

从那以后，邓秀梅一直工作了七年。土改时期，她加入了新民主主义青年团，不久，又参加了中国共产党。在党的培养之下，又凭着自己的钻研，她的政治水平不弱于一般县委，语文知识也有初中程度了。她能记笔记，做总结，打汇报，写情书。随着年龄的增长，经验的积累，邓秀梅变得一年比一年老练了。她做过长期的妇女工作，如今是青年团县委副书记。这回搞合作化运动，组织上把她放下来，叫她单独负责一乡的工作。县委知道她的工作作风是舍得干，不信邪，肯吃苦耐劳，能独当一面，只是由于算术不高明，她的汇报里的数目字、百分比，有时不见得十分精确。

邓秀梅转弯抹角，沿着山边，踏着路上的山影、树阴和枯黄的落叶，急急忙忙走了十来里。她的脚力有些来不及，鞋子常常踢着路上的石头。走到一座土地庙跟前，看看太阳还很高，她站住脚，取下背包，坐在一株柞树下边的石头上，歇了一阵气。等到呼吸从容了，她抬起眼睛，细细观察这座土地庙。庙顶的瓦片散落好多了，屋脊上，几棵枯黄的稗子，在微风里轻轻地摆动。墙上的石灰大都剥落了,露出了焦黄的土砖。正面,在小小的神龛子里,一对泥塑的菩萨,还端端正正,站在那里。他们就是土地公公和他的夫人,相传他们没有养儿女,一家子只有两公婆。土地菩萨掌管五谷六米的丰歉和猪牛鸡鸭的安危,那些危害猪牛鸡鸭的野物:黄竹筒、黄豺狗、野猫子,都归他们管。农民和地主都要来求他们保佑。每到二月二,他们的华诞,以及逢年过节,人们总要用茶盘端着雄鸡、肘子、水酒和斋饭,来给他们上供,替他们烧纸。如今,香火冷落了,神龛子里长满了枯黄的野草,但两边墙上却还留着一副毛笔书写的,字体端丽的古老的楷书对联:

天子入疆先问我
诸侯所保首推吾

看完这对子,邓秀梅笑了,心里想道:
"天子、诸侯,都早进了历史博物馆了。"
接着,她又想道:"这副对联不也说明了土地问题的重要性吗?"

（选自人民文学出版社 1958 年版）

导读:

周立波(1908—1979),原名周绍仪,湖南益阳人,著名作家、编译家。1928 年开始写作,1934 年参加"左联"。抗战全面爆发后作为战地记者走遍华北前线,1939 年到延安,任教于鲁迅文学艺术学院,后主编《解放日报》文艺副刊。1946 年去东北参加土改工作,创作《暴风骤雨》。他的小说擅长描写农村生活,乡土气息浓厚。

1955 年,在中共中央《关于发展农业合作社的决议》的指引下,周立波举家从北京迁到了湖南省益阳市郊区桃花仑乡的竹山湾,和农村干部与农民群众实行"三同一片"(即同吃同住同劳动,打成一片),学习宣传党的有关政策,研究如何筹办初级社,并成为反映农业合作化的长篇小说《山乡巨变》的创作背景与思想倾向:"创作《山乡巨变》时,我着重地考虑了人物的创造,也想把农业合作化的整个过程编织在书里。"这无疑是小说的主题,然而在创作过程中,周立波有意无意表现出了一定程度的貌合神离。

"十七年"农村小说能够在"政治话语"和"民间话语"的纠葛和交锋中另辟蹊径、缓和冲突、展现风情的当算《山乡巨变》。正如作家单纯的个性与人格,周立波在谋求一种比较单纯的话语组合方式,即把"政治话语"和"民间话语"相对分开,各自划出一块独立的空间和领域,且两者都受到同等的尊重和表述,从而显得错落有致,淡淡相宜。当然,由于时代的影响,加上作者自己本来就是一位资深的革命家和马克思主义者,《山乡巨变》的框架结构自然也是深思熟虑高度政治化的结果,清溪乡走农业合作化的过程与主流意识对农村社会主义改造保持了一致性。小说前后两次在不同会议上分别借"社会主义播种人"邓秀梅和朱明之口阐明了社会变革的重要性和深刻性。邓秀梅到了清溪乡的"当夜",在支部会议上强调:"合作化运动是一场严重、复杂和微妙的斗争,它所引起的矛盾会深入人心,波及所有的家庭。"朱明在"区上",听取了各乡干部对农业合作化运动情况的汇报后语重心长说道:"合作化运动是农村的一次深刻的革命,个体所有制和集体所有制,旧的生产关系和新的生产关系的这番剧烈尖锐的矛盾,必然波及每一个家庭,深入每一个人的心底。"《山乡巨变》与当时多数农村小说一样,表现了合作化自"上"而"下"蓬勃展开的历程。但是与此同时在《山乡巨变》中,他们和李月辉、刘雨生一样作为党的代表,除去"干部"这个表征性符号,读者更多看到的是农民的性格、思维、习惯等隐喻和转喻元素。

周立波在《山乡巨变》中塑造了一批栩栩如生,思想相对落后、性格较为保守、带有一定喜剧色彩的"中间人物""落后人物",例如亭面糊、陈先晋、菊咬筋等。他们的出现固然可以作为陪衬烘托正面人物的高大完美,同时阐明社会主义革命和建设的艰巨性和长期性。但是另一方面也正是他们的存在才真正为民间话语和声音开辟了一片"自留地"。应该说,在那个宏大的社会框图内,作家对"政治"和"民间"的向往追求表达了同等的勾勒和尊重,只不过前者是显性而后者是隐性的方式而已。

对于《山乡巨变》,有人提出了批评:"作为反映这一合作化高潮的小说《山乡巨变》,却看不出农村中广大农民群众、特别是贫农和下中农的自觉性的积极性。""我认为《山乡巨变》在反映现实的深度和广度方面也是不够的。我在小说中感觉不到那种农民从亲身体验中得出的'除了社会主义,再无别的出路'的迫切要求。"他们批评的共同点在于作家没有表现出农民在轰轰烈烈的社会主义改造高潮中应有的主动性和参与性。恰恰相反,周立波的《山乡巨变》包括此前的《暴风骤雨》,"都有一个外来者'进入'的相似的开头,这是一个具有象征意味的场景:旧有农村秩序的破坏及重建是由外来者的进入来完成的,或者我们可以说小说的叙述是借助一个外来者的视点来完成。不过这个外来者是党的化身。"有意思的是:农民表现出滞后和拖沓的行为,例如想单干、阻挠他人加入合作社、破坏群众团结等,在《三里湾》和《创业史》中也大有人在。可见,这就不是一个简单的作家思想境界高下的问题,而是足以引起思考的现象。

中国共产党在农村实行的社会主义革命最迫切的任务之一是对农民的改造,"最重要的是教育农民",但是体现在他们身上的"劣根性"是在漫长的历史文化传统中形成的,要求他们心甘情愿立刻抛弃几千年来世代相传的生活方式和思想观念谈何容易。今天,我们重读农村小说,不禁发现这些叙述是作品中最真实最令人难忘也是艺术成就最高的部分。而且,他们的血液注入了新时期陈奂生们的体内,产生了深远影响。换句话说,"中间人物""落后人物"在国家权力控制的罅隙中以独特的方式表达了"民间"的声音、见解和情绪,它的风格是自由自在,它的特征是精华与糟粕混杂,文明与愚昧并存。亭面糊就是一个非常典型的代表,善于见风使舵、轻信谣言、死要面子、贪杯好利,同时因为土改时所获得好处积极拥护共产党、毛主席,但在面对合作化运动时犹豫不决,左观右望,消极性和积极性相生相克。周立波把他写得既可爱,又可笑,直到篇末"欢庆"章,旧脾未改、本性难移:常青高级合作社获得大丰收,准备开展一个大型庆祝活动,亭面糊受命替集体上街卖红薯筹集活动经费,共卖得四块钱。经过一家饭铺子时,抵挡不住酒菜的香味,动用社里的八角钱吃喝了一顿。回去后又为此跟管账的亲生儿子盛学文大闹一场。作家没有刻意画龙点睛实现人物的转变和升华,实质上是在尊重人物自身的逻辑发展,而非"为政治而艺术"。

《山乡巨变》精心构思的散发着浓郁生活气息、弥漫着清新泥土芬芳、呈现着明丽地方色彩的风俗画和风景画,恰恰以平实隽永的本色保证了民间话语的隐性流动和演绎,同时也遏制了在那个时代作品中常见的过分政治化的倾向。关于这点,有评论家概括得相当到位:"人情美、乡情美和自然美,是这部小说所展示的主要画面,也可以说这里隐藏了沈从文笔下的湖南大山深处民间社会的菁华。大量的民间传说、乡村风俗、自然风光都恰到好处地穿插在故事情节当中,看似闲笔,却在丰厚的民间文化基础上开阔了小说的意境,使合作化的政治主题不是小说里唯一要表达的东西。"

总之,《山乡巨变》并没有成为简单的政治宣传和说教范本,它给真实的"民间话语"营造的独立空间无形中提升了自身的价值和意义。有研究者这样认为:"我不同意长期以来盛行的将《创业史》作为'十七年文学'农村题材小说最高成就的观点,我认为,《山乡巨变》具有比《创业史》更高的艺术性,也具有更高的文学价值。"或者可以说,《山乡巨变》在艺术性和文学史上取胜的

"秘诀"在于作家以双重的标准分别"裁定""政治话语"和"民间话语"存在的必要性和必然性,让两者双脉分流,各得其所。《山乡巨变》的民间元素来源于50年代的湖南农村,通过刻画土生土长的典型人物,展现富有诗意的风景民俗,采撷清脆响亮的方言土语来苦心经营。周立波通过独特的创作技巧,把对家乡的热爱和对艺术规律的尊重作了精辟的注解,在那个政治浪潮风起云涌的特殊年代为农村小说的创作开创了新的模式,给后人提供了可供借鉴的范例。

本节选自小说第一章"入乡",党的代表邓秀梅以外来者的身份正通往清溪乡的途中,标志着新秩序的建设即将拉开大幕。不过有意思的是,周立波开始就描写了清新秀丽的自然风景,河水发绿,艄公划桨,木排野渡,竹筏自横,渔船撒网,鸬鹚助兴,细浪清脆的、激荡的声响与柔和的、节奏均匀的桨声相应和,简直与沈从文笔下的湘西神韵如出一辙,而不会想到社会主义农业合作社的政治浪潮。后文通过邓秀梅的眼睛展现了湖南民俗和风俗文化,庙宇神龛供奉菩萨,土地菩萨掌管五谷六米的丰歉和猪牛鸡鸭的安危,农民在二月二用茶盘端着雄鸡、肘子、水酒和斋饭给菩萨上供,并配置对联"天子入疆先问我,诸侯所保首推吾"来说明土地问题的重要性,从中透露出了风俗民情的不可缺少。邓秀梅与后生子对话的农家味和幽默感,以及"一脑壳封建"怀孩子争论时的自我否定,无不深深地表明,作为党的化身,邓秀梅注定要与这里的农民、土地、民情、风俗发生血浓于水的关系。党的报告、理论和政策会改变清溪乡,而清溪乡也反过来会产生反弹,在相互博弈和影响中辩证地推动历史的发展与进步。

创业史(节选)

柳 青

春雨唰唰地下着。透过外面淌着雨水的玻璃车窗,看见秦岭西部太白山的远峰、松坡,渭河上游的平原、竹林、乡村和市镇,百里烟波,都笼罩在白茫茫的春雨中。

当潼关到宝鸡的列车进站的时候,暮色正向郭县车站和车站旁边同铁路垂直相对的小街合拢来。在两分钟里头,列车把一些下车的旅客,倒在被雨淋着的小站上,就只管自己顶着雨毫不迟疑地向西冲去了。

这时间,车站小街两边的店铺,已经点起了灯火,挂在门口的马灯照到泥泞的土街上来了。土街两头,就像在房脊后边似的,渭河春汛的鸣哨声,在人们不知不觉中,增高起来了。听着像是涨水,其实是夜静了。在春汛期间,郭县北关渭河的渡口,暂时取消了每天晚班火车到站后的最后一次摆渡,这次车下来的旅客,不得不在车站旅馆宿夜。现在全部旅客,听了招徕客人的旅馆伙计介绍了这个情况,都陆陆续续进了这个旅馆或那个旅馆了。小街上,霎时间,空寂无人。只有他——一个年轻庄稼人,头上顶着一条麻袋,背上披着一条麻袋,一只胳膊抱着用麻袋包着的被窝卷儿,黑幢幢地站在街边靠墙搭的一个破席棚底下。

你为什么不进旅馆去呢?难道所有的旅馆都客满了吗?

不!从渭河下游坐了几百里火车,来到这里买稻种的梁生宝,现在碰到一个小小的难题。蛤蟆滩的小伙子问过几家旅馆,住一宿都要几角钱——有的要五角,有的要四角,睡大炕也要两角。他舍不得花这两角钱!他从汤河上的家乡起身的时候,根本没预备住客店的钱。他想:走到哪里黑了,随便什么地方不能滚一夜呢?没想到天时地势,就把他搁在这个车站上了。他站在破席棚底下,并不十分着急地思量着:

"把它的!这到哪里过一夜呢?……"

他那苗壮的身体,站在这异乡的陌生车站小街上,他的心这时却回到渭河下游终南山下的稻地里去了。钱对于那里的贫雇农,该是多么困难啊!庄稼人们恨不得把一分钱,掰成两半使唤。他起身时收集稻种钱,可不容易来着!有些外互助组的庄稼人,一再表示,要劳驾他捎买些稻种,临了却没弄到钱。本互助组有两户,是他组长垫着。要是他不垫,嘿,就根本没可能全组实现换稻种的计划。

"生禄!"他在心里恨梁大老汉的儿子梁生禄说,"我这回算把你看透了。整党学习以前,我对互助合作的意义不明了,以为你地多、牲口强,叫你把组长当上,我从旁帮助。真是笑话!靠你那种自发思想,怎能把贫雇农领到社会主义的路上哩嘛?我朝你借三块钱,你都不肯。你交够你用的稻种钱,多连一角也不给!我知道你管钱,你推到老人身上!好!看我离了你,把互助组的稻种买回来不?"

现在离家几百里的生宝,心里明白:他带来了多少钱,要买多少稻种,还要运费和他自己来回的车票。他怎能贪图睡得舒服,多花一角钱呢?从前,汤河上的庄稼人不知道这郭县地面有一种急稻子,秋天割倒稻子来得及种麦,夏天割倒麦能赶上泡地插秧;只要有肥料,一年可以稻麦两熟。他互助组已经决定:今年秋后不种青稞!那算什么粮食?富农姚士杰、富裕中农郭世富、郭庆喜、梁生禄和中农冯有义他们,只拿青稞喂牲口;一般中农,除非不得已,夹带着吃几顿青稞;只有可怜的贫雇农种得稻子,吃不上大米,把青稞和小米、玉米一样当主粮,往肚里塞哩。生宝对这点,心里总不平服。

"生宝!"任老四曾经弯着水蛇腰,嘴里溅着唾沫星子,感激地对他说,"宝娃子!你这回领着大伙试办成功了,可就把俺一亩地变成二亩啰!说句心里话,我和你四婶念你一辈子好!怎说呢?娃们有馍吃了嘛!青稞,娃们吃了肚里难受,愣闹哄哩。……"

"就说稻地麦一亩只收二百斤吧!全黄堡区五千亩稻地,要增产一百万斤小麦哩!生宝同志!……"这是区委王书记用铅笔敲着桌子说的话。这位区委书记敲着桌子,是吸引人们注意他的话,他的眼睛却深情地盯住生宝。生宝明白:那是希望和信赖的眼光……

"不!我哪怕就在房檐底下蹲一夜哩,也要节省下这两角钱!"生宝站在席棚底下对自己说,嗅惯了汤河上亲切的烧稻草根的炊烟,很不习惯这车站小街上呛人的煤气味。

做出这个决定,生宝心里一高兴,连煤气味也就不是那么使他发呕了。度过了讨饭的童年生活,在财东马房里睡觉的少年,青年时代又在秦岭荒山里混日子,他不知道世界上有什么可以叫做"困难"!他觉得:照党的指示给群众办事,"受苦"就是享乐。只有那些时刻盼望领赏的人,才念念不忘自己为群众吃过苦。而当他想起上火车的时候,看见有人在票房的脚地睡觉的印象,他更高兴了——他这一夜要享福了,不需要在房檐底下蹲下。嘻嘻……

他头上顶着一条麻袋,背上披着一条麻袋,抱着被窝卷儿,高兴得满脸笑容,走进一家小饭铺里。他要了五分钱的一碗汤面,喝了两碗面汤,吃了他妈给他烙的馍。他打着饱嗝,取开棉袄口袋上的锁针用嘴唇夹住,掏出一个红布小包来。他在饭桌上很仔细地打开红布小包,又打开他妹子秀兰写过大字的一层纸,才取出那些七凑八凑起来的,用指头捅鸡屁股、锥鞋底子挣来的人民币来,拣出最破的一张五分票,付了汤面钱。这五分票再装下去,就要烂在他手里了。……

尽管饭铺的堂倌和管账先生一直嘲笑地盯他,他毫不局促地用不花钱的面汤,把风干的馍送进肚里去了。他更不因为人家笑他庄稼人带钱的方式,显得匆忙。相反,他在脑子里时刻警惕自己:出了门要拿稳,甭慌,免得差错和丢失东西。办不好事情,会失党的威信哩。

梁生宝是个朴实庄稼人。即使在担任民兵队长的那二年里头,他也不是那号伸胳膊踢腿、锋芒毕露、咄咄逼人的角色。在一九五二年,中共全党进行社会主义思想教育的整党运动中,他被接收入党的。雄心勃勃地肩负起改造世界的重任以后,这个朴实庄稼人变得更兢兢业业了,举动言谈,看上去比他虚岁二十七的年龄更老成持重。和他同一批入党的下堡村有个党员，举行过入党仪式从会议室出来，群众就觉得他派头大了。梁生宝相反，他因为考虑到不是个人而是党在群众里头的影响，有时候倒不免过分谨慎。……

踏着土街上的泥泞，生宝从饭铺跑到车站票房了。一九五三年间，渭河平原的陇海沿线，小站还没电灯哩。夜间，火车一过，车站和旁的地方一样，陷落在黑暗中去了。没有火车的时候，这公共场所反而是个寂寞僻陋的去处。生宝划着一根洋火，观察了票房的全部情况。他划第二根洋火，选定他睡觉的地方。划了第三根洋火，他才把麻袋在砖漫脚地上铺开来了。

他头枕着过行李的磅秤底盘，和衣睡下了，底盘上衬着麻袋和他的包头巾。他掏出他那杆一巴掌长的旱烟锅，点着一锅旱烟，睡下香喷喷地吸着，独自一个人笑眯眯地说：

"这好地场嘛！又雅静，又宽敞……"

他想：在这里美美睡上一夜，明日一早过渭河，到太白山下的产稻区买稻种呀！

但是，也许是过分的兴奋，也许是异乡的情调，这个远离家乡的庄稼人，睡不着觉。

票房的玻璃门窗外头，是风声，是雨声，是渭河的流水声。

143

（选自中国青年出版社 1960 年版）

导读：

柳青（1916—1978），原名刘蕴华，陕西吴堡人。1934 年入西安高中读书，次年参加"一二·九"运动并主编学生刊物。1936 年发表处女作《待车》。1938 年到延安。1949 年在北京参与《中国青年报》的创办。50 年代初回陕西深入生活，在皇甫村安家长达 14 年，其间创作了长篇小说《创业史》（第一部）。

柳青是第一批深入斗争生活的作家之一，于 1952 年从北京回到陕西长安县皇甫村，以普通社员的身份参加了农业合作化运动，与贫下中农同甘苦共患难，在长期观察、体验、研究、分析的基础上，创作了反映合作社运动的长篇巨著《创业史》。小说正文前面有"毛主席语录"："社会主义这样一个新事物，它的出生，是要经过同旧事物的严重斗争才能实现的。社会上一部分人，在一个时期内，是那样顽固地要走他们的老路。在另一个时期内，这些同样的人又可以改变态度表示赞成新事物……"有乡谚："创业难……"有中国农村格言："家业使弟兄们分裂，劳动把一村人团结起来。"还有一小篇"题叙"，回忆了梁三老汉二十年艰辛且失败的创业史。这些背景和前缀渲染了两个信息:第一,创业难;第二,社会主义打破了创业难的恶性循环。既是主题的点明,又是故事序幕的拉开。饶有意味的是,尽管梁三老汉在"题叙"中扮演了主角,但是梁生宝在其中的穿插移动已经昭示着新生力量的崛起,两者形成了矛盾冲突,也就是"新"对"旧"的斗争。

梁生宝代表了"十七年"文学中高大全的社会主义新人形象,忠诚、敬业、公心,毫无怨言奉献全部青春热血,与保守派和顽固派坚决斗争,甚至不惜牺牲个人爱情,几乎没有缺点。梁生宝是小说的主人公,其形象塑造光鲜亮丽,坚不可摧,不过严家炎认为"《创业史》里最成功的不是别个,而是梁三老汉",并引发巨大争议。柳青则从另外一个角度来比照梁生宝,党才是小说最重要的巨大的形象,是因为有了党的正确领导,不是因为有了梁生宝,村里掀起了社会主义革命浪潮。柳青借此昭示了党的政治话语和方向的权威性和正确性。梁三老汉也并非永远是原地踏步的"落后分子",他也在大的时代潮流面前慢慢觉悟,由不自觉地想走资本主义道路"创业"发家致富,梦想做"三合头瓦房院的长者",但在铁的事实面前,终于一步一步被社会主义新鲜事物的巨大力量所感染和信赖。在梁生宝进山后,梁三老汉几次偷偷跑去照看互助组的"扁蒲秧";在梁生禄和王瞎子两户退出互助组时,他厌恶他们的行为;在农技员韩培生搞秧苗密植获得成功后,他跷起大拇指,连夸"共产党! 共产党!"人物在自我反省中不断升华。但是由于政治意识的无孔不入,小说中没有什么空间和角落是非政治的,"政治性"掩盖了"民间性",从而缺少流畅与活泼。小说还塑造了一系列其他人物形象,但不管是改霞,还是蛤蟆滩三大能人郭世富、姚士杰和郭振山,他们全是作为梁生宝的陪衬角色而出现在小说中,从而使得他越发高大和光辉。

柳青谈到《创业史》的"生活故事"即社会主义农业合作化运动,视其为小说的全部内容。作家配合时代要求,运用革命现实主义和革命浪漫主义相结合的创作方法,广阔而深刻地描写了农村改变私有制的社会主义革命,表现了这一历史时期政治的、经济的、社会的变化过程,塑造了无产阶级英雄的典型形象,是我国农村社会主义革命的史诗性的著作。

本节选出自《创业史》第五章,即著名的"梁生宝买稻种"片段,这是小说中仅有的一次以梁生宝作为全知全能叙述视角,其他角色暂时消失,从而给梁生宝留下了对于社会主义革命的深切思考。他彻底明白,对于农民来说,稻种决定着改革的成功与否,也就有了他那异于常人的举动,麻袋披身及其付款细节显示出了农民的质朴和节俭品格。水稻种植几乎贯穿了整个小说,它完全是政治的象征物品。生禄、欢喜、拴拴、冯有义、郭锁儿等人把稻种领走了之后，一个置换性的行为发生了。最后稻种还余三斗，郭世富想以双倍价格五块购买，却遭到了梁生宝的讽刺："我不是稻种贩子嘛！"同时，郭庆喜却因为借给了梁生宝三块钱而分到了这多余的三斗稻种。这为农民革命的胜利埋下了伏笔，稻种育秧实验取得了成功，社会主义事业取得了成功，成为创业最重要的载体。

第五章 "文革"文学

　　"文革"文学在中国文学史上是一种特殊的文学形态。提到"文革"文学，一般人的印象中，包括过去的文学史中，它就是一段"空白"的历史，就是"八个样板戏"和"一个作家"。其实不是这样，"文革"时期，文学非常繁荣，文学在社会生活中有着很重要的地位，扮演了很重要的角色，产生了大量的作家和作品，只是这些作家和作品现在绝大多数不为人所知，这与这些作品的艺术价值有关，更与文艺观念的转变有很大的关系。"文革"文学是非常复杂的。

第一节 "文革"文学理论

　　"文革"文学理论主要体现在《部队文艺工作座谈会纪要》（以下简称《纪要》）上，所以，这里主要介绍《纪要》和与《纪要》有关的理论。

一、《纪要》的主要内容及影响

　　1966 年 2 月江青在上海组织召开"部队文艺工作座谈会"，《纪要》就是这个座谈会的产物。1966 年 4 月，经过林彪认可，《纪要》最初以中共中央机密文件的形式在全党印发，后来则由《解放军报》以《高举毛泽东思想伟大旗帜，积极参加社会主义文化大革命》为题的社论形式，公布于众。全文则发表在 1967 年 5 月 29 日的《人民日报》上，同时，《红旗》杂志等各大报刊相继转载。

　　《纪要》全文共分三个部分。第一部分简要介绍了"座谈会"的情况，并且交代了林彪对参加座谈会的部队成员所作的指示。第二部分就是根据"座谈

会"的内容整理修改而成的《纪要》的主要部分,主要有十点意见,大致有如下两个方面:

首先是"破",即对"十七年"文学的否定。

《纪要》完全否定了建国以来文艺方面所取得的成绩,认为文化战线上存在着尖锐的阶级斗争。《纪要》提出"文艺黑线专政论":"文艺界在建国以来,却基本上没有执行,被一条与毛主席思想相对立的反党反社会主义的黑线专了我们的政,这条黑线就是资产阶级的文艺思想、现代修正主义的文艺思想和所谓三十年代文艺的结合。"在这条黑线专政的控制下,"十几年来,真正歌颂工农兵的英雄人物,为工农兵服务的好的或者基本上好的作品也有,但是不多;不少是中间状态的作品;还有一批是反党反社会主义的毒草"。

《纪要》还把建国以来文艺界提出的有意义的文艺理论称为"黑八论":即"写真实"论、"现实主义广阔的道路"论、"现实主义的深化"论、反"题材决定"论、"中间人物"论、反"火药味"论、"时代精神汇合"论以及电影界提出的所谓"离经叛道"论。

《纪要》不仅否定"十七年"文学、否定西方文学、否定中国现代文学、否定苏联当代文学,还否定中国古代文学、否定苏联社会主义文学。

其次是"立",主要是树立"样板戏",并在此基础上提出一整套"左"的文学理论。《纪要》还提出"重新组织文艺队伍",主要是指文艺工农兵的加入,发起"工农兵在思想、文艺战线上的广泛的群众运动",从而实现"无论内容和形式都划出了一个完全崭新的时代"。

《纪要》第三部分是总结,号召"同志们"提高觉悟:"加强社会主义文化革命的决心和责任感","继续学好毛主席著作,认真进行调查研究,种好试验田,搞好样板戏,在这一场兴无灭资的文化革命斗争中起好带头作用。"

《纪要》给当时的中国文学带来了很恶劣的影响,主要表现在三方面:

(一)中国文学的组织机构发生翻天覆地的变化,中国文学自"五四"以来所建立的"自由"机制遭到了彻底的破坏。《纪要》公布以后,中宣部、文化部与文艺有关的领导大部分被打倒,中国文联、中国作协等组织机构也被强行解散;大多数作家也受到冲击,他们不但不可以自由从事写作,甚至成为批斗迫害的对象。文学刊物除了《解放军文艺》外,其他全部被迫停刊。文艺不再是独立创作,作家不再具有独立性。"文革"文学走向了政治化、一体化的极端。

(二)《纪要》给"十七年"文学扣了三项大帽子,即"三黑"说:理论"黑"、作品"黑"、队伍"黑"。《纪要》公布以后,"十七年"文学中的一些重要文学理论遭到否定和批判，"文革"中，一大批优秀的、群众所喜闻乐见的作品被批判，被打成"反党反社会主义的毒草"，其中被点名批判的作品有：《海瑞罢官》《风雷》《红旗谱》《红岩》等。还有一大批作家被批判进而被打倒，包括周扬、夏衍、田汉、杨翰笙、林默涵、陆定一等人。

（三）《纪要》提出的"革命样板戏""三突出"创作原则，"根本任务论""主题先行论"等文学理论，成了"文革"文学的具体原则和操作方式，从而也成为中国文学向极左发展的强大的推动力。

二、与《纪要》相关的文学理论

"文革"时期，文学理论上最重要的观点有："根本任务论"，"三突出"理论，集体创作论和"三结合"创作模式。这些理论多是从《纪要》中生发出来，但又有所延伸。

（一）根本任务论

"根本任务论"是《纪要》明确提出来的。在《纪要》的第五条意见中有这样的话："文化革命要有破有立，领导要亲自抓，搞出好的样板。资产阶级有反动的所谓的'创作独白'，我们要标新立异，我们的标新立异是标社会主义之新，立无产阶级之异。要努力塑造工农兵的英雄人物，这是社会主义文艺的根本任务。"

"根本任务论"可以说是《纪要》的基础思想，后来也成为"文革"中各种极端文艺教条的核心概念。其他的文艺概念、文艺政策都可以说是"根本任务论"的衍生。而"根本任务论"的实质就是要把文艺变成政治权利斗争的工具。

（二）"三突出"理论

为了贯彻"根本任务论"的"最高标准"，《纪要》又提出了所谓的"三突出"创作理论。当然，"三突出"理论也是在"样板戏"推行的实践过程中逐渐形成的。所谓"三突出"，指的是："在所有的人物中突出正面人物；在正面人物中突出英雄人物；在英雄人物中突出主要英雄人物。"

为了推广和普及"样板戏"，围绕"三突出"，"文革"时期还出现了许多阐释、理解、执行、延伸"三突出"的"三字经"，如："三陪衬""三铺垫""三围绕""三对头""三个打破"等。

"三突出"原则将艺术公式化，作家失去了创作自由，一切必须按照既定的原则进行创作，生活不再多姿多彩，完全是模式化的，于是就出现了很多

"瞒"和"骗"的反现实主义的作品。"三突出"作为一种文学理论观点,作为一种文学创作模式的探索,在文学的层面上它本身是有价值的,但"文革"文学理论把"三突出"绝对化了,它成了唯一正确的东西,而其他一切思想和创作原则都遭到否定和批判,因而它就具有了专制性和霸道性,成了政治斗争的工具,而且违背了文学理论和文学创作的本性,成了反面性的东西。

(三)"集体写作"

"集体写作"一词由来已久,集体创作"现代"时期就被提倡,早在40年代,毛泽东的《在延安文艺座谈会上的讲话》就提出"文艺要为工农兵服务",文艺工作者要"和工农兵群众的思想感情打成一片",强调文艺的大众化,毛泽东的提倡在解放区得到贯彻执行,并且取得了很大的成功,如当时广受欢迎的秧歌剧《兄妹开荒》、京剧《逼上梁山》《三打祝家庄》、歌剧《白毛女》等都是"集体写作"的产物。50年代以后,毛泽东认为不仅文艺工作者要与工农兵结合,更加提倡工农兵直接参与到文学写作的过程中来。这样,写作的主体就不再是个人,而成为了"集体写作"。

1958年的《文艺报》刊出专论《集体创作好处多》,作者认为,"集体创作能在较短的时间里写出又多又好的作品,不但发挥了群众的智慧,还是对群众的教育和提高的过程。"60年代以后,"集体写作"发展到了极端化,成了中国文学创作的基本模式。

(四)"三结合"创作方法

文学创作上的"三结合"并不是指"老、中、青"的三结合。"三结合"一词语最早出现在"大跃进"时期,当时的表述是"领导出思想、群众出生活、作家出技巧"。到了"文革"时期,主要是对当时特殊的文学创作方式的一种表述,即"集体创作",也可以称作"三结合"写作小组,具体内容包括写作集体中"党的领导""工农兵群众""专业文艺工作者"三者的结合。表面上,"专业文艺工作者"在"三结合"创作中占有一席之位,但在实际创作中,专业作家和专业的批评家的作用是无足轻重的,甚至排除在写作之外。

第二节 "文革"小说

"文革"期间出版的小说达400多部,题材非常广泛。"文革"小说总体上是遵循"三突出"原则,采取的是"三结合"的创作模式,从概念出发,主题先行。作品都深深地刻上了"文革"时期特有的政治烙印,有很多"诠释口号"之作。在小说中，"毛主席语录"、中央的政策路线成为了必不可少的要素。"文革"小说大致可分为时代小说和手抄本小说两类。

一、时代小说

时代小说，即具有鲜明的"文革"时代特征的小说，所谓"'文革'特征"，一方面是艺术上的，即严格遵守《纪要》精神，采取"三突出""三结合"的创作方法和创作模式，在特性上公式化、模式化、概念化；另一方面是内容上的，从各个不同的侧面展现了"文化大革命"给各个生活领域带来的"新的面貌"，以及"文革"时期人们的精神面貌和心理特征，反映那个时代的生活和人的精神世界。

"文革"前期的小说并不多，"文革"小说主要兴起于 70 年代初。最有代表性的小说是《金光大道》《虹南作战史》和《牛田洋》，被称为"样板小说"，而其他时代小说则是学习和模仿样板小说。

（一）样板小说

1. 浩然创作的《金光大道》

浩然，1932 年 3 月 25 日生，原名梁金广，河北人。曾经创作长篇小说《艳阳天》，于 1964 年出版。《金光大道》是他的第二部长篇小说。《金光大道》共四部，其中前两部"文革"时期出版。第一部讲述的是在土地改革胜利之际，芳草地的农民在高大泉带领下，走上了互助合作的道路。作者试图通过解放后华北一个农村的革命演变，来描绘我国农业社会主义在改造过程中两个阶级、两条道路、两条路线的斗争。第二部延续了第一部的内容，主要描写了人民群众是如何在党的领导下，以反潮流的革命精神，与党内的错误路线作斗争，建立起了天门区第一个农业生产合作社的故事。小说描写了很多矛盾和斗争。在《金光大道》这两部作品中，作者着力刻画了高大泉这一英雄人物形象，这是一个"高""大""全"式的人物形象，因为过于完美无缺，以致后面变得成为一种贬称，具有讽刺的意味。

2. 集体创作的《虹南作战史》

小说署名上海县（虹南）作战史写作组，这其实是一个以贫下中农、土记者为主体的写作组，另外有农村基层干部和业余作家参加。这部小说是十年"文革"期间在内地出版的第一部小说，可以看作是"文革"小说的开端。在内容上，它反映的是典型的"文革"主流意识形态，即两个阶级、两条路线的斗争。书中大量的政治政策陈述，毫不顾忌文学性，作者常常跳出来和读者"对话",教育读者,甚至直接说明自己接下来的写作意图和写作内容,完全没有小说的趣味性和可读性。

3. 集体创作的《牛田洋》

小说署名南哨,是"南海之哨"的意思,是由部队创作完成的。小说描写60年代初期解放军某部在南海前线围海造田的故事,作品塑造了两组尖锐对立的人物形象,正确路线的代表是军代表,地方党组织则"阻碍和干扰围垦工作"。和《虹南作战史》一样,《牛田洋》充满了政治说教,可以说是政治的传声筒。小说中充斥着"毛主席语录"和当时流行的政治口号和标语,还有各种政治表态和政治效忠的语言。

(二) 时代小说

时代小说按题材和体裁分,主要有农村题材小说、工业战线题材小说、少年儿童小说、革命战争题材小说、知青题材小说、历史题材小说、故事集、短篇小说集和其他题材小说等。

1. 农村题材小说

包括"农业学大寨"小说,农村合作医疗和卫生小说,农村路线斗争、阶级斗争小说,农村"文化大革命"小说等,代表性作品主要有《地下长龙》《春潮急》《万年青》《咆哮的松花江》《惊雷》《漳河春》等。这些作品多为集体创作。

2. 工业战线题材小说

包括"工业学大庆"小说,比如《油田尖兵》《大庆人的故事》等;造船工业题材小说,比如《海港红旗》等;水利工程题材的小说,比如《擒龙图》《中流砥柱》等;矿业、铁路题材小说,比如《飞雪迎春》《矿山风云》等;工业领域对敌阶级斗争小说,比如《东风浩荡》《水下尖兵》《较量》等。

3. 少年儿童小说

相比较而言,"文革"时期的儿童文学成就是比较大的,产生了李心田的《闪闪的红星》这样的经典作品,这种小说相对要离政治远些,多少有些童真童趣。其他重要的作品还有:杨啸的《红雨》、徐瑛的《向阳院的故事》等。内容上主要反映"红小兵"生活、写"童性"以及"反特"、抓阶级敌人等。

4. 革命战争题材小说

包括抗日战争题材小说,如郭澄清的《大刀记》等,解放战争题材小说,如《桐柏英雄》《难忘的战斗》《激战长空》等,抗美援朝题材小说,如《激战无名川》等,反特剿匪、保卫政权等题材小说,如《斗熊》等。"文革"时期革命战争题材的小说,也有一些好的作品,表现为,情节较为生动精彩,故事性较强,一定程度上记载了"文革"对于革命战争的态度。

5. 知青题材小说

长篇小说有《征途》《剑河浪》《分界线》《铁旋风》等,中篇小说《草原新牧民》《山风》《洪雁》《云燕》等,短篇小说集《麦花香》《映山红》《峥嵘岁月》《朝晖》《农场的春天》《胶林千里绿》《青春似火》《红瓦》等。知青小说较为真实地展现了当时人们在"上山下乡"运动中的狂热心情和美好憧憬。

6. 历史题材小说

主要是反映历史上农民起义题材的小说,比如《陈胜吴广》《陈玉成》《小刀会的故事》《太平军威震江西》《农民革命女英雄》等。但最有名的则是姚雪垠的《李自成》,这一部卷帙浩繁的小说,共五卷,第五卷直到作者逝世之后才出版。其中第二卷出版于"文革"时期。小说不仅写出了明末李自成农民起义的战争,更写出了明末社会各阶级各阶层的状况特别是矛盾的关系。

7. 故事集

故事在"文革"文学生活中占有重要的地位。包括革命战斗生活故事集,比如《龙江颂》《不忘世代血泪仇》《淀上飞兵》等;"批林批孔""评法反儒"故事集,比如谭一襄的《商鞅的故事》《法家人物的故事》等;英雄人物故事集,比如《战地黄花分外香》《战斗英雄的故事》《雷锋的故事》等。

二、地下小说

"文革"时期,还有和主流小说存在着很大差距的小说,这些小说当时不可能出版,而是以"手抄本"的方式流传,也非常有影响。现在看来,这些小说不论是思想还是艺术上,都达到了比较高的水平。其中代表性的作品有张扬的《第二次握手》、赵振开的《波动》、靳凡的《公开的情书》、礼平的《晚霞消失的时候》以及张宝瑞的系列小说。

1.《第二次握手》

小说讲述了苏冠兰等老一辈科学家的爱情、事业和生活的故事,小说将曲折的爱情故事、知识分子的命运和爱国主义结合起来。

2.《波动》

小说共 11 章,每一章节直接用人名做标题,并以此人名作为叙述的主体,通过不断变换叙述视角展开故事的叙述。小说也是反映知识分子的思想、命运、生活和爱情的故事。

3.《公开的情书》

这是一篇书信体小说,由四个主人公(真真、老久、老嘎、老邪门)互通的

43 封书信连缀而成。这些书信展现了"文革"时期青年知识分子对生命、爱情、理想、祖国等命题的思考,他们在追求中困惑着,在迷茫中寻找出路。

4.《晚霞消失的时候》

作品叙述了主人公李淮平和南珊"文革"时期的一段没有成功的恋爱,虽然他们没有获得爱情,但是却获得了人生哲学的深层次认识,在晚霞消失的时候,各自走上了自己的人生路。

5. 张宝瑞系列小说

代表作有《一只绣花鞋》《叶飞三下江南》《落花梦》《绿色尸体》等。《一只绣花鞋》讲述的是共产党特工龙飞等人几经周折,将梅花党组织一网打尽的故事。小说情节紧凑,充满了诡异的色彩。《落花梦》作为神话志怪言情小说经典,讲述的是才子陈洪波、才女骆小枝在天国列国遨游的故事,"黑旋风"李逵、齐天大圣孙悟空在书中纵横驰骋,闹出许多笑话,充满情趣。

第三节 "文革"戏剧

一、样板戏

"样板"原来是"榜样"的意思,最早是用来称赞《红灯记》的。1966 年 12 月 26 日,《人民日报》发表社论《贯彻执行毛主席文艺路线的光辉样板》,将京剧现代戏《红灯记》《智取威虎山》《沙家浜》《海港》《奇袭白虎团》,芭蕾舞剧《红色娘子军》《白毛女》和"交响音乐"《沙家浜》并称为江青同志亲自培育的八个"革命艺术样板"或"革命现代样板作品",这即是第一批样板戏。1970 年前后又出现了 11 个革命样板戏,即第二批样板戏。此外,还有七部"准样板戏",它们也是严格按照样板戏的原则排练的,只是由于种种原因未能公演或未及时通过审查。

(一) 革命现代京剧《红灯记》

《红灯记》是江青抓的第一个样板戏,取材自电影《自有后来人》。该作品讲述抗日战争时期日本帝国主义统治下东北人民抗日斗争的故事。《红灯记》共分十场,如《接应交通员》等。主要情节如"赴宴斗鸠山""痛说革命家史""刑场斗争"浓墨重彩进行渲染,次要情节如王连举叛变,和磨刀人接头,敌寇搜索,邻居掩护,鸠山门访,李奶奶与小铁梅被捕等简要带过,因此全剧主次分明,张弛有度。

（二）革命现代京剧《智取威虎山》

《智取威虎山》取材自曲波小说《林海雪原》中"杨子荣打进威虎山,活捉匪首座山雕"的故事,并根据北京人民艺术剧院的话剧《林海雪原》改编而成。讲述了解放战争初期东北牡丹江一带的斗争。全剧突出"智取"二字,没有太多打斗场面,倒有很多智斗场面,特别是剧中杨子荣三次与座山雕,两次与栾平的机智交锋,尽显杨子荣的沉着与精细。《智取威虎山》中另一个特色体现为黑话比较多,主要是东北黑话。比如"溜子""空子""蘑菇溜哪路?""什么价?"等。如今看来,《智取威虎山》仍然是一出十分精彩的戏,每场戏都能突出一个要点,且情节安排非常紧凑,有伏笔,有回应,不拖沓,不啰唆,矛盾冲突设置得很集中,人物形象也比较饱满,语言也颇有特色,很好地体现了戏剧的三个要素。

（三）革命现代京剧《沙家浜》

京剧《沙家浜》改编自沪剧《芦荡火种》,该剧讲述了发生在江苏常熟阳澄湖畔军民联合抗日的故事。《沙家浜》共十场,其中脍炙人口的戏要数第四场《智斗》,这场较量体现了三个主要人物鲜明的个性,也体现了汪曾祺的语言功力。特别是阿庆嫂的唱词,语言生动,通俗晓畅,又干净利落,准确地表现出了阿庆嫂既热情泼辣,又灵活机智有胆有识,刁德一无话可说,不得不佩服阿庆嫂"说起话来滴水不漏"。《沙家浜》是所有样板戏中写得最出色的一个,剧中人物形象立体饱满,情节跌宕起伏引人入胜,语言锻造也颇具文学性。

（四）革命现代京剧《奇袭白虎团》

《奇袭白虎团》是一部军事题材的戏,是中国人民志愿军京剧团根据战斗英雄杨育才带领尖刀班,深入敌后智歼李伪军"白虎团"的故事改编的。该剧主要表现中国人民志愿军抗美援朝时的战争生活。看点在"奇"字。该剧的武戏也十分精彩,将京剧传统的表演程式和身段与现代战争生活完美融合,战士们时而翻山越岭,时而泅水渡河,时而攀过悬崖,时而飞跃深涧,一个个身姿矫健如鹰隼,表现出豪迈气概。

（五）革命现代京剧《海港》

在"八个样板戏"中,《海港》是唯一反映工人题材的戏,主要讲述新中国码头工人的生活。《海港》改编自淮剧《海港的早晨》。相对而言,《海港》表现无产阶级国际主义的主题,在当时是具有浓厚的时代气息的,但故事情节比较简单,塑造的人物形象也有公式化倾向,表现阶级斗争的方式也有些教条化,艺术性明显不够。

（六）革命现代芭蕾舞剧《红色娘子军》

《红色娘子军》是第一部中国题材的大型芭蕾舞剧,讲述了十年内战时期海南岛娘子军连的战斗故事。在艺术手法上,《红色娘子军》用精美的、典型化的舞蹈语汇来塑造人物。在音乐创作方面,舞剧遵循主调音乐"明确、简单"的原则,力求达到音乐形象和舞蹈形象的统一。《红色娘子军》可以称得上中国芭蕾舞艺术发展史上的一个里程碑,它大胆摆脱了古典芭蕾的固定程式,并充分吸收中国民间舞蹈特色来表现中国人民的革命战斗生活,彰显了十足的中国特色,是中西方艺术的完美结合,也是世界芭蕾舞剧坛上开出的一朵奇葩。

（七）革命现代芭蕾舞剧《白毛女》

芭蕾舞剧《白毛女》改编自歌剧《白毛女》。该剧讲述的是抗日战争时期解放军斗地主,农奴翻身重新做人的故事。与《红色娘子军》不同的是,舞剧《白毛女》采用了载歌载舞的形式,使观众更易懂,更易理解。

（八）革命交响音乐《沙家浜》

为了响应了"古为今用、洋为中用"的口号,中央乐团根据革命现代京剧《沙家浜》改写出了交响音乐《沙家浜》。开始是《坚持》一场的几个唱段被改成一组合唱,并用西洋管弦乐队、京剧锣鼓四大件伴奏,后扩展成九个乐章,并添加了序曲和尾声。总体而言,《沙家浜》作为一部大型声乐套曲,无论是独唱、重唱、合唱等形式的安排还是乐器的编配,都作了精心构思和选择。全剧的九个乐章在风格上保持前后一致,层次丰富,在人物形象上有鲜明对照,在当时确实是一部代表了较高水平的优秀音乐作品,是我国民族特色大型音乐体裁的一次成功探索。

二、话　剧

"文化大革命"期间的话剧数量很多,集中出现在 1975—1976 年,以反映社会主义工农业建设题材的话剧为主,知识青年上山下乡也是一个重要题材,部分话剧是反映革命战争历史的,而反映部队生活题材的话剧比较多,绝大部分是独幕话剧,刊登在《解放军文艺》杂志上。

（一）遭批判的话剧《不平静的海滨》和《友谊的春天》

《不平静的海滨》讲述的是 70 年代初我公安战士与"苏修"派遣特务的斗争故事,歌颂了以江振华为代表的公安战士和广大的革命群众的斗争精神。尽管该剧也遵照"三突出"创作原则,着力表现阶级斗争,但剧情设置上充满悬念,比如为追捕特务而进行的卧底行动以及分辨真假阎国祥等情节引人入胜,从而使整部戏颇具可看性。但该剧遭到"四人帮"的否定,并随之在全国范围内被批判。

《友谊的春天》讲述的是中国乒乓球运动员比赛中发扬"友谊第一、比赛第二"的国际主义风格,反对锦标主义,勇于输球的故事。这出剧同样没有写阶级斗争,和《不平静的海滨》一样脱离了"三突出"的框框。文化部长于会泳指责这出剧是"攻击文化大革命大毒草",遭到批判。

(二)反映各领域"斗争生活"的话剧

1975年和1976年出现了大批反映路线斗争和阶级斗争的话剧,这些话剧体现了工业、农业、商业、医疗、教育、政治等各个领域、各个战线的斗争生活。

(1)反映工业领域斗争生活的话剧比较突出是《战船台》《高山尖兵》《先锋战士》《大江飞虹》等。《战船台》写的造船领域的阶级斗争的故事。《高山尖兵》反映了地质战线的斗争生活。《先锋战士》记述了"文革"前油田工人进行地质考察,开采石油的事迹。《大江飞虹》则是写南京长江大桥建设中的阶级斗争故事。

(2)反映农业领域斗争的有《云泉战歌》《烈马河畔》等。《云泉战歌》反映了农村基层干部与县委领导"走资派"的斗争故事。《烈马河畔》通过卧龙山区生产大队劈山治水的斗争故事,反映了农业战线上两个阶级、两条路线的斗争。

(3)反映教育战线阶级斗争的话剧有《风华正茂》和《宣战》等。《风华正茂》则反映了60年代初教育战线两条路线的斗争,表达了"教育必须为无产阶级政治服务,必须同生产劳动相结合"的思想。《宣战》也是一部关于教育战线两条路线斗争的戏。

(4)反映知识青年上山下乡的话剧,代表性作品有《主课》《山村新人》等。《主课》描写了一场因死猪而引起的斗争风波。《山村新人》描写了东北长白山区下乡知识青年在三大革命运动中锻炼成长的故事。《樟树泉》也反映了知识青年上山下乡斗争生活。《毕业新歌》则借毕业生的职业选择表达了青年要将自己的人生价值与社会责任相结合的思想。

(三)地方戏剧

地方戏主要是指地方戏移植革命样板戏、地方戏曲、地方小戏等。

1. 地方戏移植革命样板戏

主要有湖北省演出队根据革命现代京剧《磐石湾》移植的评书选场《刀对

鞘》、天津市演出队根据革命现代京剧《海港》移植的梅花大鼓《壮志凌云》、江苏省演出队演出的苏州弹词移植革命现代京剧《杜鹃山》选段《家住安源》、解放军演出三队根据革命现代京剧《平原作战》移植的山东快书《赵勇刚》、吉林省演出的延边朝鲜族唱谈移植革命现代京剧《智取威虎山》选场《会师百鸡宴》、内蒙古演出的乌力格尔(蒙古族说书)《打虎上山》等。

2. 地方戏曲

"文革"后期,全国的文艺创作出现了一些活力,地方戏曲的创作逐渐得到发展。

晋剧《三上桃峰》讲述"大跃进"时期桃峰大队因为买了杏岭大队的一匹病马而蒙受损失,杏岭大队党支部书记发现此事后,特地三次到桃峰大队退款道歉,并送去一匹大红马支援春耕的故事。剧中的"桃峰大队"和王光美在河北抚宁县"四清"试点的"桃园大队"名称相近,被江青认为是含沙射影,所以遭到批判。

《园丁之歌》的中心思想是教师应该如何教书育人。四年级的男生陶利不好好学习,调皮贪玩,理想是像爸爸一样当一名火车司机。男教师方觉对陶利很没耐心,态度粗暴,他没收陶利的小玩具火车,甚至不让他进课堂。而女教师俞英对陶利却耐心细致,循循善诱,她和陶利一起修理玩具小火车,婉转地批评了陶利拆掉算盘做小火车的做法,并启发陶利把爱好、理想和学习结合起来,激发陶利的学习热情,将其引到正轨上。经过这件事,方觉也认识到了自己的缺点,改变了自己简单粗暴的教学方法,决心和俞英一起教育好祖国的下一代。但这部戏同样遭到批判。

3. 表现"意识形态领域斗争"的地方小戏

为配合现实政治环境,"文革"时期的地方戏剧以着力表现"意识形态领域里的阶级斗争"为主要任务。越剧小戏《半篮花生》主要讲述一家四口学习毛泽东哲学思想的故事。豫剧《划线》围绕着划线与否的决定,着力表现出了共产党员、贫下中农舍"小家"顾"大家"的革命牺牲精神。安徽花鼓戏《新人骏马》将视角放在了青年的择业问题上。淮剧《人老心红》则表现对青年的教育。吕剧小戏《管得好》表现教育战线两条路线的斗争。吕剧《"半边天"》表达的主题较比较新颖,不是关于政治斗争和阶级斗争,而是要求"男女平等,同工同酬"。秦腔《枣林湾》,讲述 1947 年国民党军队大举进犯延安,延安枣林湾村群众在支前模范延大娘的带领下,守护粮食,与前来抢粮的国民党军队及内部的敌人斗智斗勇,终于挫败了敌人的阴谋,取得了斗争胜利的故事。

第四节 "文革"诗歌

"文革"诗歌可以分为三种类型:一、时代诗歌;二、"非典型诗歌";三、"非主流诗歌"。

一、时代诗歌

时代诗歌大致可以分为以下六种类型:

(一)集体颂歌

严格遵循"三突出"创作原则,大力歌颂领袖与时代生活,表现为用整体形象,抒发一种普遍的感情,缺乏诗人的个性化思想。这类诗歌最突出的就是直接歌颂毛主席或与歌颂毛泽东相关,这类诗歌大部分都不约而同地使用"红""赤""金"等颜色,来反映当时流行的又红又专的政治潮流。在一片金碧辉煌中,如燎原之火般"红"遍了整个主流诗坛。集体颂歌尤其注重借助于固定意象来表达情感,这些意象符号均与领袖或是革命有关,已经成为了一种套语式模式,如"东风""红旗""旭日"等,间接的则如"韶山""井冈山""遵义""延安"等,其对应的词语也不脱"东风浩荡,红旗飘飘""旭日东升,光芒万丈"等。

(二)个人颂歌

在形式上采用政治抒情诗和叙事长诗的方式,借助于个人话语抒写集体思想,内容上除了政治抒情以外,还歌颂工农业生产,歌颂伴随新中国成长起来的新青年,表现的仍旧是一种大众化情感体验,在本质上与集体颂歌没有太大差别。个人诗歌集在内容上,除了抒写时政之外,还致力于歌颂社会主义建设,歌颂在党的领导下翻身做主,为新中国发展作出贡献的英雄人物。在形式上主要有当时流传已广的政治抒情诗和叙事长诗。政治抒情诗最具代表性的诗人和作品是李学鳌的《英雄颂》、金玉廷的《金玉廷诗选》和王磊的《马背上的歌》。

(三)少数民族颂歌

主题与内容方面依旧沿用"文革"套语模式,但增加了少数民族风土人情,在艺术上略有亮点,比如有些诗歌不再是绚烂的浮华之风,意象简洁明朗,因而显得朴素自然,与传统颂歌略显差异。

（四）工农兵诗歌

其创作主体为广大工农兵，表现题材重点放在工农业发展与国家建设方面，大多不论是思想上还是艺术上都非常平庸，工农兵诗歌的内容范围，不外乎歌颂领袖、歌咏劳动、歌颂大寨、批林批孔、痛斥"蒋匪"、鼓吹阶级斗争等。题材匮乏，语言干涩，概念化、口号化、公式化是这一时期诗歌创作的通病，在工农兵诗歌中表现得尤为突出。但在创作方法上出现了与主流话语相呼应但又保持一定距离的有限的独立性，其中的一些诗歌艺术成就相对达到了较高的水平。

（五）儿童诗

内容方面以"文革"政治宣传口号为创作基调，语言上采用通俗易懂的词汇，在艺术上则注重儿童阅读心理与特点，以儿歌形式为主，与其他类型相比说教成分大为减少。

（六）红卫兵诗歌

作者为红卫兵，这类诗歌在思想上尤其注重紧跟时代发展，将"文革"政治术语大量入诗，语言方面热衷于使用暴力词汇，情感上不加节制，反映了当时青年浮躁的心态。以《写在火红的战旗上——红卫兵诗选》为代表，主要表现为以下四种特点：一、对领袖的极度崇拜；二、语言粗鄙，多用暴力与血腥色彩的词语入诗，完全不顾诗歌本身具有的美感；三、情感不加节制，肆意奔腾，表现一种狂欢式的节日庆典氛围；四、表现一种圣洁高尚、自我牺牲般的"输出革命"思想。

二、非典型诗歌

在"文革"主流思想指导下的时代诗歌盛行之际，中国诗坛也同时产生了一些与"三突出"创作原则不尽相同的诗歌类型，这些诗歌主要以写景抒情为主，在50年代逐渐发展并成熟的政治抒情诗的写作技巧的辅助下，也取得了一些成就。

非典型诗歌可以分成以下三种类型：政治抒情诗；天安门运动诗歌；个人诗集。

（一）政治抒情诗

政治抒情诗不同于主流诗坛纯粹的"集体化"抒情套路，开始逐渐恢复"个人性"在诗中的主体地位，恢复诗人的自我形象，形成属于诗人个体的独特的艺术风格和表达方式，具有与传统的政治抒情诗不同的艺术价值。这一类型的诗歌创作,主要以郭小川、郭小林父子为代表。郭小川的《团泊洼的秋天》一反作者一以贯之的以战士的身份昂扬高歌的刚健抒情姿态,以一种柔情似水的表现方式,缓缓地展开秋日的诗情画意。作者将情感隐藏在静静的团泊洼的垂柳与秋凉中,娓娓道来,感情舒缓,错落有致。郭小林有"兵团诗人"之称,代表作为《致大雁》。

(二)"四五运动"中的诗歌

"四五运动"中的诗歌创作主要收集在《天安门革命诗文选》《天安门革命诗文选续编》二书中,作者"童怀周",实际上是北京第二外国语学院汉语教研室18位教师,"童怀周"即取自"同怀周"谐音。它们以五七言形式,或借古讽今,或直抒胸臆,表达了人民群众痛哀总理逝世。这类诗歌大多情感奔放,或借用白话诗,或用古体,或采取打油诗的形式,揭示了"四人帮"失去民心的事实与人民群众对周总理的怀念之情。

(三)个人诗

在"文革"时期,还有一部分诗人通过与主流政治保持一定的距离,来营造一种"私人化"的创作空间。他们的诗歌作品多表现山川大河、时令节气的自然风光,将自然景色与自我情感相融合,移情于景,借景抒情。也有部分作品虽然也涉及政治题材,但诗人多以个性化体验为出发点,力求表现不流于世俗的独立思想,不过分渲染"文革"主题思想,避免陷入"文革"主流诗坛空洞乏味的政治颂扬诗的僵化模式,具有一定的艺术价值。这类诗歌以赵朴初的《片石集》为代表。

三、地下诗歌

"文革"中,有些和主流思想格格不入的诗歌,只能以手抄本的形式在读者中秘密流传,我们称之为"地下诗歌"。在艺术上,"地下诗歌"彻底摒弃了主流诗坛盛行的以"三突出"创作原则为主的"文革"文艺政策的创作要求和表现手法,坚持独立的判断和价值标准,批判性地吸收"十七年"文学创作的艺术成就,反思旧有文化和历史,积极引用并效仿西方现代主义创作手法,并尝试与本国传统相结合,创造性地表现现实生活与时代特色,具有较高的艺术性。

地下诗歌大致可以分为以下四种类型:"七月诗派"与穆旦的"干校"诗歌、狱中诗人群落诗歌、知青诗歌、朦胧诗。

（一）"七月诗派"与穆旦等人的"干校"诗歌

1. 绿原"文革"时期的诗歌创作

绿原在"文革"时期的代表作是《重读〈圣经〉》，这部作品主要表现了诗人在受难岁月里读古思今的感悟和对世态炎凉的悲叹，表现自己对当时社会的批判态度和永不放弃希望的追求。诗人始终以一种昂扬乐观的坚强的信念看待生活，始终不曾放弃对未来的希望。

2. 牛汉"文革"时期的诗歌创作

牛汉创作于"文革"时期的诗歌作品均收录于《牛汉诗文集》中，主要分为两类：其一是表现诗人坚韧的生命意志和不屈的抗争精神，《半棵树》《华南虎》《鹰的诞生》等诗作为代表；其二是表现对生命的重视与对"文革"时期摧残生命的暴行的谴责与批判，表达了诗人对人性复苏的渴望，对人的关注以及对人的拯救的探索，这类诗歌以《悼念一棵枫树》《坠空》《麂子，不要朝这里奔跑》等诗作为代表。

3. 曾卓"文革"时期的诗歌创作

对自我灵魂的审视与思索，是曾卓"文革"诗歌创作的核心指导思想。诗人通过诗歌抒发一代知识分子在艰苦岁月顽强的精神意志，表现了诗人独立的人格意识和灵魂。这其中最典型的就是诗人在"文革"时期最为人称道的代表作之一——《悬崖边的树》，这首诗最为优秀的地方，是结尾的不确定性。

4. 流沙河"文革"时期的诗歌创作

流沙河诗歌最大的特点就是寓庄于谐，于幽默中透露着辛酸。诗人吟唱着幽默诙谐的诗句，隐含的却是一个右派诗人的悲伤与无奈。他对不公世道的血泪控诉，通过短小精悍的诗句表露无遗。流沙河不仅善于以幽默诙谐之语表达对社会的批判，也善于歌颂美好的爱情，他是"干校"诗人中少有的"爱情歌手"。

5. 穆旦"文革"时期的诗歌创作

穆旦诗歌最大的艺术特色是，诗人始终以一种冷眼旁观的态度看待社会，用近乎残酷的诗句消解现实的荒诞，揭露社会的丑恶。他不同于"七月派"以激昂的浪漫主义精神抒发自身不屈的斗志，而是使用讽刺性极强的语言，表达一种智性思考，抒发一代知识分子理想破灭、精神困窘的生存处境。其对现实社会思考的深度，是"文革"时期其他诗人所难以企及的。

（二）狱中诗人群落

1. 李锐狱中诗歌创作

李锐的诗歌相比较于同时期诗人而言，更多的是抒发自我备受压抑的孤单困苦之情。诗人由于长期生活在监牢中,因此他在诗歌中对于狱中生活的苦难有着强烈的感受。这些诗歌以诙谐幽默的语言,表现了对自己蒙受"不白之冤"的愤恨之情。李锐的诗歌创作不仅涉及狱中生活的艰苦,而且也抒写家族亲情。他所抒发的对于女儿的思念,情真意切,颇为感人,饱含了一个父亲对女儿的无限关怀之情。

2. 聂绀弩狱中诗歌创作

聂绀弩在"文革"时期的诗歌作品均收录于《聂绀弩旧体诗全编》。诗人一直以一种乐观态度化解现实的苦闷,以幽默的语言表达内心的痛苦。聂绀弩的诗歌以幽默诙谐见长,但却能够保持严谨的格律,表现了诗人高超的诗歌艺术。诗人较少使用过于激愤的言辞,以戏言表现内心情感。家庭亲情则是聂绀弩诗作的重要主题之一,在狱中诗人群落中的艺术价值最高。

(三)知青诗歌

知青诗歌创作有别于干校诗歌与狱中诗人群落,他们的诗歌创作可以明显地分为两个时期:前期诗歌大多感情激昂,表现自我为了伟大事业献身边疆的崇高奉献精神,其诗歌创作基调以积极乐观为主;后期由于现实生活的压力与自身幻想的破灭,情绪低落,导致知青诗歌创作开始转向抒发内心的失落与痛苦,怀念亲人,揭露插队生活的艰辛,其创作基调也转为消极悲观。代表诗人有食指、多多、岳重、芒克、黄翔、哑默等。

1. 食指的诗

食指"文革"时期的诗歌创作均收录于《被放逐的诗神》。食指的诗,非常注重客观化、真实化,拒绝晦涩难懂的语言,将自我融入整个世界中,他的诗并非完全专注于形式,而是重视挖掘作为一个普通人心灵深处的感受,这使得他的诗歌能够在短时间内就为大多数人所接受并广为传诵。

2. 多多的诗

多多的诗歌率真朴实却锋芒毕露,对现实的不满和批判是他"文革"期间诗歌的一个重要特点。诗人通过诗歌,将一代人的痛苦完整地表达了出来,用自己的灵魂,抒写只属于自己的独特感受,诗歌思想犀利,语言尖锐,直击读者的心灵,造成巨大的震撼。

3. 黄翔的诗

黄翔是一个游离于主流话语之外的诗人,他借助于独特的修辞手法和诗歌意象,表现了诗人对人性和时代的高度概括总结。代表作为《野兽》。

第五节 "文革"散文

"文革"是一个特殊的历史时期,在散文类型上也有自己的特色,与理论上的散文既有共通性,又有特殊性。大致来说,"文革"散文可以概括为这样四种类型:叙事与抒情散文、报告文学、家史散文、地下散文。

一、叙事与抒情散文

"文革"期间出版的叙事和抒情性的散文集有:《夜宿土豆村》《韶山的路》《神泉日出》《洱海朝霞》《珍珠赋》《星儿闪闪》《金翅鸟》《五·七干校散文集》《飘动的篝火》《深山明珠》等。

"文革"散文中经常用太阳象征毛泽东,另外霞光、春、红旗作为"文革"期间的意象群极富象征意义,它们象征着领袖人物、革命老前辈的优良传统、社会主义的康庄大道,"文革"散文这些歌颂性文字与光和热及鲜艳的事物紧密联系在一起,带有鲜明的时代特征。与这种"颂歌"散文相反,另一种散文可以说是批判性散文,这些内容主要是批林批孔,表现了对阶级敌人的极大仇恨。

"文革"期间的叙事散文和抒情散文,整体上呈现出情感两极化、作者自我机械化、体裁内容模式化的特点,与理论上的散文取材自由、诗意浓郁、语言优美、抒发真情实感等出现较大程度的偏离。

二、报告文学

"文革"期间出版的报告文学集有:《"一二五"赞歌》《铁水奔腾》《这里永远是春天》《团结胜利的凯歌》《红日照征途》《钢铁战歌》《三陇新画》《踏遍青山》《风展红旗》《胸怀朝阳的人们》《春到凤凰岭》《无影灯下的战斗》《壮丽的青春》《火红的青春》《他们来自好八连》《高峡出平湖》《红旗渠颂》《钢花怒放》《他们特别能战斗》等。

"文革"时期报告文学有其"深厚"的生存土壤,广大工农兵广泛参与到创作中来,牺牲精神和英雄情结弥漫于字里行间,为了响应中央政策,部分报告文学甚至不惜弄虚作假。

三、家史散文

出版于"文革"期间的家史散文有着极强的政治目的,一方面希望广大青少年牢记旧社会劳动人民所受的苦难,无产阶级推翻三座大山、夺取政权的艰辛;另一方面是让广大人民警惕阶级敌人的破坏,"千万不要忘记阶级和阶级斗争"。

村史是讲述一个村子发展历史的散文,比如《野老滩史话》《硝河风云》等。家史散文讲述的是一个家庭的历史,比如《奴隶双手谱新曲》《林海深仇》《仇恨满矿山》《砸碎铁锁链》等。

先"苦"后"甜"几乎是所有家史散文的模板,随着故事的发展,色彩由暗到明,感情基调也都是从悲痛沉重到激昂欢快,对比鲜明。这些家史散文都热情歌颂了社会主义制度的优越性,歌颂毛主席,歌颂中国共产党,控诉了封建制度、农奴制度以及帝国主义的罪恶,是进行阶级教育、路线教育和革命传统教育的有力武器。

四、地下散文

"文革"期间的地下散文相对于主流散文以其对政治的规避而独具美感,无论选材还是抒发感情都趋于自由化和个性化,代表性的作家有丰子恺和无名氏。

《缘缘堂续笔》是丰子恺的最后一部散文集,或记叙人物轶事,或讲述民风民俗,或抒发闲情偶感,或思考人生。丰子恺先生的散文,童真童趣和佛家思想对其影响较深。他欣赏儿童的天真无邪以及佛家的淡泊宁静,这在他的散文中有充分的表达。

无论丰子恺还是无名氏在"文革"的严酷政治气候下依然坚持独立性,对自我的精神世界进行自由的抒写,于其笔下我们能了解到那个时代知识分子生活的艰酸,精神上的苦闷和无奈,这也是"文革"期间一部分知识分子的一种生活态度和方式。

作品选读

虹南作战史(节选)

上海县《虹南作战史》写作组

十、"下马威!"

洪雷生进蔬菜组,思想上是有足够的准备的。这个组里,组长是富裕中农,组员多数是中农;雷生原来的互助组绝大部分都是贫农,现在完全换了一个环境,蔬菜生活自己懂得又少,在这里劳动,周围世界,谈的、想的、做的,都同自己原来的环境完全两样。不管落什么秧,种啥小菜,一谈起来,就是赚头好不好,赶季节上市卖大钱等等。雷生十分不习惯这个气氛,过不几天,就同组长牛虎生商量,要组织学习。牛虎生说:"这学习的事,我这个组长不来事,还是你雷生弟弟来吧!"雷生选了一个晚上,通知学习,结果到的人也不齐,也没人发言,就是雷生讲了一阵子以后散会。以后,虽然雷生坚持,每个月要学习两次,渐渐也有些人发言了,但是学习气氛总不如雷生以前的互助组,雷生原来在自己互助组的时候,如鱼得水,现在到了合作社的蔬菜组里,就像鱼离开了水一样,只觉得浑身不舒服。当中牛虎生等几家富裕户,有时还要讥刺雷生几句。好在雷生早学过毛主席教导的如何对待中间派的政策观点,心中有底,他每天注意观察周围的人们,思考如何团结、改造他们的办法。

一九五四年春节后不久的一天,芋芳刚种下地,蔬菜组要给一块芋芳地浇粪。这块芋芳地离浦汇塘边的粪坑比较远。按一般互助组集体劳动的习惯,因为挑粪是重生活,远路一般都是盘担,就是一个人从起点挑一半路,另一个人在半道上接上去挑到底。俗语说:"百步没轻担。"挑担这生活,路越远越吃力。盘担的办法,两个人各挑一半路,还有一半路挑空粪桶,就是人们在集体劳动中创造出来的把远路分成两半、缩成近路的好办法。牛虎生这天早上派工时,已经准备要雷生的好看了,他选了几个中农的强劳力后,便问雷生:"洪主任,你挑长路吃得消吧?"雷生在蔬菜组一向抢重活干,自然一口答应。他看牛虎生讲话的神态同往常不一样,心里也有所警惕。

果然,大家挑了空粪桶出工时,牛虎生一路上就讲了:"挑粪这生活,是硬功夫。今朝路比较远,盘担不算本事,有种的一口气挑到底,没种的盘担。"

几个中农强劳力,都好强。有的人已经轧出苗头来,组长今朝要给副主任看颜色了。大家都哄起来，好几个人都表示要一口气挑到底。雷生只不讲话，注意看各人的态度。

有个中农成分的二十来岁的年轻人，比较进步，同雷生也比较搭班些。他怕雷生挑长担吃不消。他想，雷生互助组过去种粮棉多，挑大粪的机会总归少些，肩头总归推扳些。便说："你们年纪大的肩头硬，挑长担挑得多。雷生年纪轻，身板还不硬，又是个独肩，这条路线远去远来，我同雷生盘担吧！"

那牛虎生，唯恐自己精心策划的这场比赛被这句话撬掉了。便采用激将法说："雷生弟弟倒没有开口，你倒借他的因头先讨饶了。这块芋芳地，约莫要浇半个月粪。不是我牛虎生生说大话，半个月不盘担，我要是打退堂鼓，牛字颠倒写。你一个年轻人，饭也吃几大碗，做生活这末没出息，未曾挑担先讨饶，也不怕难为情。"年轻人，谁不争这口做生活的气，那个青年被他这样一激，果然火了，说："牛组长，你不要门缝里看人，种田人，哪个不是挑担出身？你真个要比，谁还怕你？"

雷生这时已经看出来，牛虎生是成心将自己一军。便笑笑说："虎生阿哥要发动劳动竞赛，我支持。长担我没挑过，不过我年纪轻，做惯重生活，想来也总挑得动。就怕大家硬拼，把人拼伤了。我看还是这样，各人看自己的实际情况，挑得动长担的挑长担，挑不动长担的就盘担。我陪虎生阿哥挑两天长担看看。"

牛虎生一听，好大的口气。便用挑衅的口气说："雷生弟要同我比，要比就比半个月，比足输赢。"说着，又伸出一个小拇指头说："谁要先下来谁是这个。"

雷生笑笑说："我们挑粪种小菜，主要是为了支援城市工人阶级；开展劳动竞赛，目的也是为了提高生产，巩固合作社。虎生阿哥既然要同我比半个月，就比半个月好了。谁要挑不动，就打声招呼盘担。话不要讲绝，讲绝了将来把人挑伤了犯不着，对生产也没有好处。"

这样一路谈过去，已经走到浦汇塘边。牛虎生怕雷生反悔，又激了一句说："雷生弟弟，这条路线远去远来，足足有两里路，你吃得消吧？吃不消还是趁早盘担。比开了头，当中盘担，你这个副主任就没得落场势了。"

雷生见牛虎生一再钉牢自己，心里也暗暗升起了怒火，不过他按捺着不动声色，只轻描淡写地说："我是个青年人，你是个中年人，元气还是我足。你吃得消我总吃得消，你吃不消只怕我还好挑两天呢！"雷生心里也有点数，去年冬天，自己去参加区里开河，也是远路，担子比挑粪轻不了多少，开头两日吃力，后来就习惯了。他算计自己能顶得住。再说，他知道，这件事看起来是件小事,但是关系到自己在蔬菜组能否站得住脚,蔬菜组中间派蛮多,首先要站得住脚,然后才能谈得上改造蔬菜组。自己作为共产党员,是代表党和贫农来的,不是代表洪雷生一个人。这场比赛,关系重大呢!

一场竞赛就这样开始了。路上这样一谈,谁还肯盘担?牛虎生先在浦汇塘边的粪坑里挑上一担粪,轻松地朝王家浜角角上的那块芊芳地走去,接着洪雷生也挑上一担粪,走在后面,一前一后,你追我赶。牛虎生神气活现,他以为自己是挑过多年粪的,肩膀上老茧有铜板厚,而且还会得半路换肩;洪雷生年纪轻,肩膀不硬,又是个独肩,只能用一边右肩挑,左肩不好上担,路上换不了肩,自己笃定能胜过洪雷生。那洪雷生呢?神色自若,不慌不忙,从容不迫,他是怀着无产阶级要团结、改造、教育中间派的伟大胸怀来参加这场比赛的。他知道,今后,社内社外,合作社同富裕中农还有的是斗争,只有经过斗争,才能把富裕中农团结过来。这场比赛,不过是今后许多斗争的一场序幕,好比唱戏一样,头一场唱好了,后面的好戏才唱得下去呢!

其他几个人,也学他们的样子,一路挑过去。

开始几担,雷生和牛虎生两个人路上都不歇脚,牛虎生也不换肩,一口气挑到田里。三担以后,牛虎生开始感到右肩有些吃重,需要换肩了。因此,到第四担上,他就开始在半路上换一换肩。雷生看在眼里,知道这个矮墩墩的富裕中农已经开始觉得吃力了。自己脚步上还觉得轻快自如,只是肩膀被重担压久了,略微有些发酸。雷生心里暗自好笑,牛虎生爱说大话,真本事也有限。本想把脚步加快;后来再一想,还有半个月要比,开头几担,不要忙着拼。还是从容不迫的随在牛虎生后面,总归离他三五步路,既不落后,也不超过他。

那牛虎生,一面挑粪,一面也在注意雷生的动静。挑到第五担上,渐渐感到吃力,心里有些烦躁。他想,平常挑担,一天下来,也不过这样吃力,今天是开头的时候太冲了。这样下去不来事。他趁换肩的时候,暗自注意雷生,雷生却是不紧不慢地粘在自己后面,还没看到吃力的样子。他想,这样硬拼下去要吃亏,便放慢了脚步。雷生却也不去超过他,紧追慢随,总是离他几步路。

其他几个人,有的跟在后面比,有的已经开始半路歇脚了。本来互助组挑粪挑远路,有个不成文的规矩,可以半路歇脚,像这样长的路还好歇两次脚。没有人会对这种歇脚有意见。今天因为牛虎生和雷生走在前面,不歇脚,做出了样子,其他人当中,要强一点的,便自不肯半道上歇下来了,也有体力弱一些的,不肯随在后面硬拼,半道上歇一歇,其他人也不讲话。

比赛当中，时间过得顶快。不知不觉，已经快吃中午饭了。快到最后两担粪，雷生量量自己还有足够的余力，肩膀上却是觉得有些酸痛了。便改变了方法，加快脚步，冲到牛虎生前面去了。牛虎生不甘落后，也想跟上去，脚步却不听自己使唤，只得由雷生冲上前去。雷生冲到牛虎生前面后，下一担粪，自然是在牛虎生前面挑，走了一半路后，大模大样的停下担子来歇脚了。他这担粪，走在牛虎生前面分把钟时间，歇到牛虎生赶到自己近旁时，这才不慌不忙，挑起担子，跨个大步冲出去。那牛虎生力气已经不足，走得比雷生慢，又不甘心落后，只得半路不歇脚，只换一下肩，就这样，还是落在雷生后面。

一上午担子挑下来，牛虎生已是有点气急。雷生虽是感到肩膀酸痛，但力气还足，并不特别吃力。大家回去吃饭，下午再来。

一路上，大家纷纷议论，都说雷生虽是独肩，但肩膀是硬的。雷生笑笑说："头一个半天不算数，只怕虎生阿哥的本事还没拿出来呢！"牛虎生虽然吃力，嘴巴上却不肯让步，说："长远不挑这末远的路了，人常说，做一样生活换一样骨头，现在我骨头还没换过来呢！不是我吹牛皮，挑了头二十年担，有点骨子。过天把就两样了。年轻人，有股冲劲，你今夜就要觉得吃力了。要连挑半个月，保险你吃不消。"雷生还是从容地笑笑说："我们反正讲了要比半个月，半个月比下来再说吧！"牛虎生见雷生丝毫没有松口停止比赛的意思，因为大话说在前头，收不了梢，心中暗自叫苦。

吃罢午饭出工时，雷生就采取上半日最后两担粪的挑法，先一溜小跑，冲在牛虎生前头，再在半路上歇脚，等牛虎生到后再起身。开头两担，牛虎生午饭后歇足了力气，没让雷生歇多少时间。两担以后，牛虎生就不行了，步子快不上去了。雷生有时一歇要歇两三分钟。越是歇的时间长，雷生越是轻快。牛虎生却是渐渐的喘气了，汗珠也像黄豆一样向下滚了。只好拼命追雷生。这时，除三四个强劳动力外，其他一些人已经开始盘担；有人也劝他们盘担，两个人都不肯。雷生心里想，这是一场斗争，文章不做足，半途而废，以后下面的戏唱起来就要增加困难。他下决心要同牛虎生比足半个月，比到牛虎生认输为止。牛虎生是牛皮老早吹足，下不了台了，雷生不开口，他不好先开口，死要面子活受罪。这样，两个人一直比到收工。

雷生回家，只觉得两只脚发酸，人也觉得有些吃力了。到吃晚饭时，右手拿筷子，手臂也有点酸。刚吃罢晚饭，宝珍、徐土根等一些贫农都来了，他们下午听得了消息，都赶来问问情况。雷生把比赛的情况讲了一通，大家哄笑了一阵。徐土根说："今晚你早点睡，睡前用热水烫烫脚，睡得好些。"谈了一会,宝珍说:"我们早些走,让雷生好早点睡,养足了力气,明朝好好教训教训牛虎生。"说着,大家一哄走了。

洪妈妈在灶膛里添上两把棉花箕,把捂着的水烧烧热。水刚烧热后,陈吉明也来了,他问:"你觉得吃力吧?我奶奶种着脱力草,要觉得吃力,我给你摘来。"雷生笑着说:"我哪里这末娇,才比了一天呢!"谈了几句,陈吉明要让雷生早些休息,也忙着走了。洪妈妈把水烧滚,让雷生烫脚。

为比赛的事情,惊动了这许多阶级兄弟姐妹,雷生很过意不去。但是他心里蜜甜。在蔬菜组,他暂时还是少数,富裕中农同一部分中农们,口里喊他洪主任,心里瞧不起这个一条裤子一根绳的讨饭团呢!但是,在他的背后,有这许多贫农的兄弟姐妹在撑他的腰。贫农兄弟姐妹之间的阶级感情,平时看不出,一到有什么事情,马上就清清爽爽地看出来了。路遥知马力,日久见人心。阶级不同,感情就是不同。雷生两只脚泡在滚热的水里,心中无限欢畅。他更觉得这次比赛意义重大了。他的肩上,挑的不是担子,是虹南村广大贫农对他的希望呢!毛主席在《中国社会各阶级的分析》中的伟大教导,又一次在他的脑子中回想起来了。他暗自叮嘱自己,雷生啊雷生,你永远要记住毛主席的教导,要一生一世依靠贫雇农,永远同自己所出身的这个农村中最革命的阶层同呼吸、共命运!

洗好脚后,雷生欢欢畅畅的睡下。一觉睡到大天亮。第二天起来,精神抖擞。吃好早饭,他挑起粪桶,脚步轻快,继续同牛虎生比赛去了。洪妈妈同儿子一起出工去,一句话也不讲,她理解儿子所进行的伟大事业以及这个事业前进中所碰到的困难。儿子口头上爱说"斗争"两个字,她从儿子的行动中看到一步一步的具体斗争呢!

就这样,洪雷生同牛虎生一直比了十二天。第十天上,有人劝他们盘担,牛虎生说:"我没啥关系,也比了交关天了,不输不赢,要盘担也可以,我听雷生的意思。"他想借此下台了。雷生却说:"大家都吃得消,就再比下去吧!开头讲过比到底,比到底也蛮有意思。"这一来,牛虎生只好硬着头皮比下去了。到第十二天上午快收工时,牛虎生实在筋疲力尽、腿脚发软了,路上滑了一跤,满身都是粪。牛虎生还是嘴硬,说回家换了衣服下午再比。雷生看他确实是不行了,怕把他比伤了,这才说:"半个月生活,我们今天第十二天上可以做完了。这比赛,无非是起个劳动竞赛的作用。作用已经起到了。就算个不分输赢结束吧!"牛虎生也没说什么,就回家去了。

下午,却不见牛虎生出工。雷生不放心,跑到他家中去看他。只见他躺在床上,对雷生说:"我摔了一跤,受了惊,人有点不适意,要休息几天。"原来那牛虎生这几天挑担生活太重,脱了力,已经连续好几夜睡不好觉,本来争一口气,不肯歇下来,到摔了一跤后,雷生又松了口气,这一下,全部疲劳都反应出来了,换了衣服往床上一躺,再也不愿爬起来了。雷生不想牛虎生这末不经比,心里倒反而不过意,到陈吉明家去,摘了脱力草,来送给牛虎生。原来,这是农村的土方,做生活脱了力,摘七颗脱力草的头,煎汤,汤里再打三个鸡蛋,连吃三天到七天,可以恢复力气。

那牛虎生,自从这次比赛后,只觉得腰酸背疼,腿脚酸软。他又不相信脱力草的土方,便到上海去专门看了伤科医生。医生说是做伤了元气,开了几帖药,无非是党参、黄芪、熟地、大枣之类,药吃完后,才渐渐恢复起来。

到蔬菜组评工分的时候,大家自报公议。当时最高工分是十三分,蔬菜组以组长牛虎生为准。洪雷生考虑,自己是合作社的领导人,做生活要争,评工分要让;况且自己种蔬菜的技术确实懂得很少,所以自报九分半。牛虎生这趟倒出乎一般人的意料之外,不吹牛了。他说:"雷生独肩硬是硬,挑粪不比我推扳,耐力还比我好些呢!九分半太低了。照讲还该多评些。不过他蔬菜技术门槛不精,过高了也不当,我看可以评个十一分。"雷生坚持只要九分半。因为经过这场挑粪比赛,大家都看在眼里;组里大家一致说九分半太低了,这样最后评了个十分半。雷生自己在评工分上一让,做出了样子。结果蔬菜组评分顺顺当当,要争工分的人也不好意思争了。有个别的人争了几句,组内其他社员马上就刺他:"你挑粪比雷生弟弟怎样,他只评了个十分半,自己还要往低处让,你已经评得比他高了,还要争!"这话一讲,争工分的也没口开了。本来蔬菜组中农多,大家都估计评工分时要有一场大戏,雷生虽然在评工分前专门组织了学习,但总有点不放心,担心弄不好会争得个不可开交。结果却是出乎意料之外的爽快。这算是这场挑粪比赛的一个额外的收获!

（选自上海人民出版社 1972 年版）

导读：

　　集体创作是"文革"时期典型的创作方式,它脱胎于样板戏的创作模式。《虹南作战史》就是典型的"三结合"创作的产物,是"三结合"集体创作的样板小说。小说情节的发展完全是按照政治逻辑,每一个人物都被安置在阶级图谱上,他们的存在完全是为了阶级斗争的需要,正面人物和反面人物都严格地按照当时的政治标准。小说的中心就是斗争,包括党内两条路线的斗争和贫下中农与各种对立势力之间的斗争。小说正文从 1951 年开始,故事都是以党在农村的政策路线的发布为时间点进行展开。小说写洪雷生办互助组,这其间洪雷生带领众人火烧大土匪姜有贵的坟地,展现着贫农对富农的愤怒。洪雷生站在坟头上,"又举起背着的枪说:'我们手上有毛主席发给我们的枪!谁要是同贫雇农做对头,破坏互助组,我们的枪杆子是做什么的?就是对付这帮坏家伙的!'他努力把前天又一次学习的《中国社会各阶级的分析》,结合眼前的事例,灌输给虹南村的农会会员们!"从这里我们似乎看到了"文革"造反派的影子。而这种被作者强制渲染出来的阶级热情铺陈在小说中,并在此基础上展开了一个个故事。

在处理富农问题上,小说则是以强硬的"手腕"进行"镇压"。"虹南村的向国家卖统购统销作物的队伍,由几个互助组打头,后面是单干户,后面跟着富农,长达里把路。民兵们一路敲锣打鼓,卖给国家。富农、富裕中农家里的车子、毛竹篮,全部借用了。在那股热火朝天的群众运动气势下,富农们哪个牙缝里敢进出半个'不'字?"小说写道"碰到矛盾就学毛主席著作,这在洪雷生已经成为习惯",这实际上也是后来"文革"小说的基本套路。在"文革"小说中,小说主人公经常用毛主席语录解决种种难题。

但另一方面,小说虽然充满了政治的说教,缺乏趣味,但在艺术上也并不是一无是处。作者对农村生活非常熟悉,部分参与者本身就是农民,对中国农村的变革有切身的经历,其自身的精神状况和心理就非常具有典型性。小说一方面具有很强的政治说教和宣传性,但另一方面,小说的很多细节非常逼真,故事非常真实,特别是写农民的心理和情绪变化等,非常细致入微,也就是说,小说中描写生活一旦进入细部,就非常真切,是作家不能虚构出来的。在生活的意义上,今天我们重读《虹南作战史》,仍然能够发现一些非常有价值的东西,这不是作家写作上的胜利,而是生活的胜利,就是恩格斯所说的"现实主义的胜利"。

第六章　新时期文学

第一节　转折时代

　　虽然说 20 世纪 80 年代以来的文学被视为"新时期文学"而获得了预期的地位,但这一"新"其实是相对于"十七年"乃至"文革"时期而言的。关于这一点,并非总是不证自明。因为显然,"四人帮"的覆灭以及"文革"的结束,并不意味着"文学新时期"的到来。某种程度上说,"四人帮"被打倒后的两年仍是"文革"的继续,因为显然,作为具有保守倾向的"两个凡是"仍是束缚着当时人们思想的绳索,这种状况的彻底打破一直要到思想解放运动的兴起。80 年代文学的发展总体上经历了一个回归、延续和发展"十七年"文学传统,进而从"十七年"文学传统中挣脱以至创新的过程。这里需要对"新时期文学"和"文学新时期"加以区分[1]。对于回归、延续和发展"十七年"文学传统的转型期文学,其常常只是在"新时期文学"的名称下被确认,只有那些从"十七年"文学传统中挣脱出来的文学新变,才能算作是"文学新时期"的创作。因此,从这个角度看,1976 年天安门群众运动以及 1977 年 10 月刘心武《班主任》的发表虽可以视为"新时期文学"的开端,但对起源的追溯却可以回溯到"十七年"时期,甚至"文革"文学的裂变中。

　　就当时的情况看,文学/文化实际上处于新旧杂陈的过渡时期,这一时期的突出特点是,所谓"残余文化"和"新兴文化"彼此互渗共生,而"主导文

---

[1]　关于"新时期文学"与"文学新时期"的区分,参见谢冕和张颐武:《"后新时期"与文化转型》,《大转型》,黑龙江教育出版社 1995 年版,第 30—37 页。

化"[1]则处于一种摇摆游移状态。这一乍暖还寒的文学气候虽然造成彼时文学创作上的不明朗，但另一方面其实也孕育着各种可能。此时，虽然各种旧物还在沉渣泛起，但这并不意味着一切仍在原地踏步，新生力量正在积蓄能量，所谓暗潮汹涌，蓄势待发，一切处于一种大的激荡之中，此时显然处于一个伟大的历史转折时期。而作为时代感应的文化及文学率先冲破各种藩篱，表达了那个时代特有的兴奋、喜悦和困惑之情。

这种复杂状态在当时的文化及文学中有着鲜明而形象的表现。发表于《人民文学》1977年第11期中的短篇小说《班主任》(刘心武)率先提出了"启蒙"的主张，但这种主题却是在肯定"文革"的基础上提出的。小说完成于1977年11月，而若从文中的叙述看，小说的叙述时间则应该是1977年春天，文中有三次出现"一九七七年的春天"的字样。但也恰恰是这个特殊的时段——"四人帮"被打倒，而"文革"实际上并未结束——使得小说矛盾重重：一方面叙述者在肯定"文革"，另一方面叙述者又迫不及待地高举起"启蒙"的大旗(文中多次强调是1977年春天即是暗示叙述者按捺不住的激动)，"文革"话语和启蒙话语在小说中互相纠结互为证明，而所谓"救救孩子"式的启蒙主题也是在批判"四人帮"的语境中被提出，实际上并没有触及或撼动"文革"。

而最形象地表现这种复杂状况的当属发表于1979年1月(1979年《清明》第1期)，后于1980年被拍摄成电影的《天云山传奇》(鲁彦周著，谢晋导演)。影片从1978年冬开始叙述，在"文革"前已被定性为右派的罗群并没有因为"四人帮"的倒台而得到平反。"四人帮"覆灭后需要重新审定的既有在"文革"期间被"四人帮"迫害的一群，也有"文革"前就被定性的一批。但对于那些曾经参与了"文革"前历次运动的所谓当权派而言，打倒"四人帮"常常被理解为把"四人帮"推翻的重新翻转过来，而对那些"文革"前既已定性为"历史罪人"的边缘人群，他们以及当时的社会却有种种不同的看法，影片《天云山传奇》就是以中共十一届三中全会召开前后这一历史时段作为故事发生的背景展开，形象地表现历史过渡时期可能存在的种种微妙。

可以说，文学在表现了当时社会上存在的种种情绪及思想变化的同时，也在相当程度上促进了当时的思想解放运动的发生发展。《班主任》和《天云山传奇》一俟出现即引起很大的反响正说明了这点，而前者更是被视为"新时

---

[1] 三种文化的说法，借鉴自威廉斯，参见《马克思主义与文学》，河南大学出版社2008年版，第129—136页。

期文学"的发轫之作[1]。启蒙能在"文革"的框架内被提出(《班主任》),同时,思想的进一步解放也能在这种框架下进行,最典型的就是"实践是检验真理的唯一标准"的提出。当时阻碍思想解放的主要障碍是"两个凡是",因此,能否批判"两个凡是"就成为拨乱反正和社会能否向前发展的关键。正如《实践是检验真理的唯一标准》一文的参与者及作者之一胡福明所说:"要拨乱反正,就必须冲破'两个凡是'的桎梏","经过苦思,我想出了一个办法:以马克思、恩格斯依据实践修改自己的理论观点作例子,说明马克思主义导师的认识发展也遵循人类的认识规律,他们的理论、观点是否正确也必须受社会实践的检验"[2],以此方式来推动思想解放的进行和对"两个凡是"的批判。在这种情况下,1978 年 5 月 11 日《光明日报》以头版头条的形式发表了这篇文章,随即引起了全国范围的大讨论,并最终促成了思想解放潮流的出现和进一步深入,为不久召开的中共十一届三中全会(1978 年 12 月)提出工作重心转移到社会主义现代化建设上来提供了思想理论和舆论上的准备。

在这种背景下,文学及文化界的思想解放也迅速展开,其首先对准的矛头自然是"文革"造成的恶果及种种错误,重新评价被"四人帮"批判过的文艺现象也一度成为当时文学界及文化界的主流,但这种重评和反省一定程度上又受制于当时仍作为红头文件存在的《纪要》(《部队文艺工作座谈会纪要》)的限制,因此,如何冲突《纪要》设置的重重障碍成为文化界拨乱反正的关键。《纪要》自 1966 年出笼,1967 年正式公布以来,一直成为压在文艺界头上的一座巨石。随着思想解放运动的深入和十一届三中全会的召开,文艺界在 1978 年底和 1979 年初展开了针对《纪要》的批判。在这种情势下,终于在 1979 年 5 月 2 日,中央决定撤销《纪要》,并转批了总政治部《关于建议撤销 1966 年 2 月部队文艺工作座谈会纪要的请示》,自此,文艺界的春天才真正到来,所谓

---

[1]　参见陈墨:《刘心武论》,安徽教育出版社 1996 年版,第 60 页。此外,当时很多研究著述对《班主任》有很高评价,如宋耀良就把《班主任》视为"发出"的"第一声低沉而又悲怆的啸吟,惊涛裂岸",更被有些人比喻为"民族灵魂的一次呐喊"(参见宋耀良的《十年文学主潮》,上海文艺出版社 1988 年版,第 4 页);中国社会科学院文学研究所当代文学研究室编写的《新时期文学六年》中,则把《班主任》视为新时期"恢复和发扬"中断了多年的"革命现实主义传统"的"一篇具有代表性的作品"(参见该书,中国社会科学出版社 1985 年版,第 146 页),显然,这也是把该小说视为新时期文学的发端看待的;而南帆在写于 1982 年的一篇文章中更是径直把《班主任》视为"近年新文学潮流当之无愧的发轫点",参见《认识生活和认识自己的结晶——评价刘心武的创作风格》(《钟山》1983 年第 2 期)。

[2]　胡福明:《〈实践是检验真理的唯一标准〉一文产生经过》,张树军编:《历史转折:中国 1977—1978》,湖南人民出版社 2009 年版,第 41、42 页。

乍暖还寒的早春天气终于成为过去，万物开始复苏，文学创作和理论批评亦如雨后春笋般蓬勃发展起来。

第二节 "新时期文学"的提出

在中华人民共和国的历史中，一般把"文革"结束后称为社会主义革命和建设的"新时期"，"文革"结束后的中国文学也就顺理成章地被称为"新时期文学"。"新时期文学"这一概念在文学界的提出，有研究者认为是文艺界对政治气候的敏感所致[1]，其实并不尽然。这既是一种历史的断代法，更是一种对文学的全新认识。其作为一个概念被提出，并非空穴来风，而是在社会历史与文学的互动中自然而然的一种归纳和总结，是一次文学和社会、政治的亲密接触的结果，同时更是一种新的"知识型"和不同于以往的阐释方式。

虽然这一概念直接派生自政治话语，但作为新的话语形态却并非政治专有。应该说，"新时期"只是当时有关"新"的话语群中的一种。"四人帮"的倒台被认为预示着一个新的时代的到来，当时的各种文献中到处充满有关"新"的说法，如"新的历史条件""新的问题""新的历史时期""新的群众"等，所谓弃"旧"图"新"成为一个转折时代人们普遍的心态和愿望，从这个角度来看，"新时期文学"概念的提出，也可以看成是人们美好希望的一种表达。

但这里存在一个差别，若从话语群的角度来看，显然"新时期文学"是指"文学的新时期"，如周扬在第四次文代会上的报告《继往开来，繁荣社会主义新时期文艺》中说，第四次文代会"它标志着……社会主义文学艺术新繁荣的时期已经开始"；而邓小平的祝辞中也说"文学艺术蓬勃繁荣、争奇斗妍的新阶段，必将……展现在我们面前"（《文艺报》1979 年第 11—12 期）。而从当时人们的最初表述来看，"新时期文学"更多地是指"新时期的文学"，如 1978 年6 月 5 日的中国文联第三届全国委员会第三次扩大会议的决议中说，"在明年（指的是 1979 年——引注）适当的时候，召开中国文学艺术工作者第四次全国代表大会……讨论新时期文艺工作的任务和计划"（《文艺报》1978 年第 1期，7 月 15 日出版）等。可见当时，人们并没有严格区分"新时期文学"所蕴含

---

[1] 参见丁帆、朱丽丽：《新时期文学》，洪子诚、孟繁华主编：《当代文学关键词》，广西师范大学出版社 2002 年版，第 150 页。

的两种不同意义,而正是由于这种有意无意的含混,后来才有了"新时期文学"始于何年的争论,有人认为新时期文学起源于1977年11月刘心武的《班主任》的发表[1],而有研究者又把新时期文学的源头追溯到1976年的"四五"天安门诗歌运动[2]。显然,这些都是在"文学的新时期"这一脉络中去寻找源头,自然会有不同的看法,而若从作为一个时段的文学来看,"新时期文学"当从"文革"结束,特别是十一届三中全会召开算起,这显然是没有什么疑义的。

不论如何,作为一种话语形态,这种从新/旧二元对立的模式中提出/建立的"新时期文学"从它被提出之日起即已表现出了强烈的"现代性"焦虑,"这种'现代性'的焦虑的展开乃是基于两个前提的:一是中国所面临的异常严峻的发展问题,这种发展问题乃是中国作为第三世界国家的最为巨大的焦虑。中国的'现代化'的强烈诉求在经历了'文革'的忽略物质生产的极左选择之后,再次变为一个民族的整体性目标。二是在'文革'时代的极端的社会控制之后,将一种'人'的话语再度置于文化的中心"[3]。这是问题的一个方面。在另一方面,这种旧/新二元对立的模式,也奠定了新时期文学一种积极的理想主义色调。可以说,正是在这种"现代性"的焦虑和乐观的理想主义基调的双重推动下,才有了新时期文学创作潮流的此消彼长,不断被向前推进。而新时期文学研究话语的不断更新递嬗也在某种程度上与新时期话语的这种特征有关。

虽然"新时期文学"的概念已深入人心,但对"新时期文学"所蕴含的种种丰富复杂的内涵和诉求并不能为所有作家或研究者所理解,而"新时期"共识的建立也并非一蹴而就完成的,此外,这种新/旧对立的思维模式,也使得"新时期文学"在建立自己的主体的过程中必然遭遇种种冲突,而新时期大为改善的宽松的社会政治环境也在客观上推动了文学批评和争鸣的迅速勃兴。因此,从某种程度上说,"新时期文学"(或曰新时期意识)更是当时异常活跃的文艺争论及争鸣的文学实践的结果,是在与旧式文学规范的冲突中逐渐建立自己的质的规定性和共识的实践。

相比较而言,从1976年"四人帮"被打倒到关于"实践是检验真理的唯一标准"的大讨论及十一届三中全会的召开,这一时段文学争鸣较为沉寂,鲜有反响很大的文学作品浮现;而到了1978年,特别是1979年以后,文坛上的情

---

[1] 参见黄政枢:《新时期小说的美学特征》,南京大学出版社1991年版,第17页。
[2] 参见何西来:《新时期文学思潮论》,江苏文艺出版社1985年版,第8页。
[3] 张颐武:《从现代性到后现代性》,广西教育出版社1997年版,第5页。

况往往是,每有反映新的问题/话题的文学作品一出,必引起评论界及研究界极大的反响,如蒋子龙的《乔厂长上任记》、从维熙的《大墙下的红玉兰》、白桦的《苦恋》、谌容的《人到中年》等都是在新时期转折期影响很大而引起相当分歧的作品,而关于朦胧诗及伤痕文学等文学创作潮流的争论也反映了当时人们思想上一度存在的激烈冲突和差异,对这些作品及现象的争鸣不仅围绕在文学的层面,而且还在政治及思想的层面展开,对新时期共识的形成一定意义上起到了推动作用。

即以《乔厂长上任记》为例,小说在1979年发表后旋即遭到了极为严厉的批判,由此引发了相当广泛的争论;而也正是这场讨论才真正确立了《乔厂长上任记》日后的地位。回顾这场争论,我们发现,与其说是蒋子龙及其肯定方的胜利,毋宁说是"改革"及"四个现代化"这一时代意识形态的胜利;争论的双方对造成小说描写中"四人帮"被打倒后混乱局面产生的原因及这一段历史有不同的理解,最终决定了他们对小说的不同态度。批判的一方把矛头指向揭批查运动的对象"火箭干部"(在小说中的代表是郗望北),他们从"四人帮"被打倒开始叙述(阅读和评论也是一种叙述方式),这种叙述虽然也能导向对"四个现代化"的呼吁,但改革的时代主题和必然性却不一定得以呈现。在这种视阈中,一切混乱和悲剧,都是"四人帮"和林彪所为,按照这种逻辑,似乎只要肃清"四人帮"和林彪的流毒,任何问题也就迎刃而解了,故此首要的任务就是要将揭批查运动进行到底。而肯定的一方则从现代化的建设角度为郗望北辩护,其虽然把错误归结为"四人帮",但他们从1978年以后的历史开始叙述,其显然是以时代的宏大主题——改革的意识形态——作为评判和观察的角度和依据,冀申自然就成了被批判的对象,而这之前出现的种种混乱都能在改革和"四个现代化"的视阈中得到合理的解释(即"四化"的阻碍),也能在改革和现代化的承诺中得到彻底的解决,故此,改革的迫在眉睫和压倒一切的必要性也就在这种混乱局面中呈现出来。可以说,正是通过这次广泛而激烈的争论,使得改革和四个现代化的意识形态进一步深入人心,以至于当时竟有很多工厂呼唤乔厂长的到来,现实和文学想象在这四个现代化的许诺中互为前提互相促进,而这种现代化的许诺作为"新时期"共识的一部分也逐渐演化为超验的"能指"无形中影响着新时期的文学及文化生活,其影响之广之深如新时期的很多电影像《小字辈》《甜蜜的事业》中"现代化"话语既是电影叙述的起点,也是终点,这种现象在新时期的文学研究中也往往鲜明地表现出来,如"现代派"借"现代化"之名而成功地重新登陆中国即是众所周知的例子。

第三节 "新时期文学"的类型

如果说,"'新时期文学'被建构为'五四'的'回归',被视为'反封建'和'人的解放'这样一些'五四'主题在新的历史条件下的重述"[1],这确实是"新时期文学"倡导者们明确的诉求的话,作为"新时期文学"之初的伤痕、反思写作显然承担了这样的功能。而既然"新时期文学"被建构为"五四"的"回归",其实也就是提出了"断裂"和"接续"的问题:通过切断同 50—70 年代文学的联系,而同"五四"文学接续。从这个角度看,断裂问题实际上始终是制约着伤痕、反思小说创作的一根主线。所谓的伤痕叙述,说来说去都是围绕于此进行的。对此有研究者指出"伤痕文学的先驱者们显然意识到,既要破就应当立,否则,'新时期文学'的合法性摆在哪里? 按照他们的理解,新主题、新思想和新人物的出现,应该建立在对旧主题、旧思想和旧人物的怀疑、批判的前提上,而新的文学秩序的确立,必须是、也只能是对旧文学秩序笼统而彻底的否弃为结果"[2]。也就是说,伤痕写作作为新时期之始开风气之先的小说创作潮流,其必须面对的问题就是如何"构造"这一断裂。对伤痕的控诉当然是这一断裂的最佳构造法,但伤痕作为一种叙述还必须依附于人物形象及故事中才能成立,从这个角度看,对人物形象的塑造就成为一个关键。

不管是"十七年"还是 80 年代初的小说写作,青年形象都表征出断裂的意义和品质,这一断裂大都表现为对现实的变革或破坏上。但此断裂非彼断裂也。因为显然,在"十七年"文学中,青年形象的断裂品质是作为变革精神来加以肯定的,而到了 80 年代初,这一品质却被作为破坏性加以否定了。这里明显出现了翻转。如果说"十七年"文学中,青年形象的变革精神是现代性线性思维和继续革命的逻辑的表征的话,那么 80 年代的伤痕写作中,青年形象的破坏性则表现为对秩序的破坏和对日常生活的背离。这两种断裂可以说是革命和日常之间矛盾的不同表现,是革命的逻辑和日常生活的逻辑之间的重新选择。青年形象的变化,在这里对应的是对不同历史阶段的不同看法,以及代表着的不同历史力量。如果说,在"十七年"文学中青年形象代表的是厚今薄古的进化观的话,那么在 80 年代初的伤痕反思写作中,青年则联

---

[1] 旷新年:《告别"伤痕文学"》,《写在当代文学边上》,上海教育出版社 2005 年版,第 162 页。
[2] 程光炜:《文学讲稿:"八十年代"作为方法》,北京大学出版社 2010 年版,第 196 页。

系着历史混乱和动荡不安,因此对青年的否定,也就是对秩序的恢复的渴望和对日常生活的回归。从这里可以看出,80年代的断裂并不是通过革命或激进的现代性来完成的,而是通过守成和保守来完成的。

新时期是从断裂开始的,并从对断裂的叙述中获得自己合法性的基础,但问题是,这一断裂马上又面临一个新的问题,即紧随其后的改革又该如何获得其自身的合法性根源。这里有一个时间上的先后之分,"文革"的结束,无疑已宣告动乱之后稳定的可贵及其价值,而当稳定已经获得了一定的现实基础后,再言改革,是否会出现新的断裂? 所以这里就必然出现这样一种矛盾状态,即"文革"之乱/改革之间的关系,以及"文革"后戡乱稳定与改革之间的关系,这两者之间是否等同? 这既表现为时间上的差异,也表现为对历史现实的不同看法。从这个角度看,七八十年之交,与80年代前中期,显然是不同的。如果说,七八十年之交,更多地表现为动乱之后,借治"乱"的名义改革的话,那么80年代中前期的改革是否会意味着稳定之后的再一次的"乱"? 在这时,青年再一次登上历史舞台,充当了锐意进取的革新者的历史角色,而非伤痕写作中表现出的被历史所否定的角色。对改革小说而言,青年形象的复杂并不亚于改革本身的复杂。这可以从蒋子龙和柯云路的比较中看出。以蒋子龙为代表的改革小说中,锐意进取的改革者大都是中老年出身的老干部而非初出茅庐的青年,但在柯云路的小说中,青年则表现出针对老年守旧的斗争,而且这一斗争某种程度上是一种结构性的斗争,也就是说,青年/老年这一结构性的构成,决定了青年对老年的怨恨以及老年对退出历史舞台的不甘。这一复杂状态在改革小说中较为普遍,其他作家,如贾平凹显然属于后者,而路遥以及张洁的《沉重的翅膀》则属于前者。

从文学史的描述来看,改革小说要略晚于伤痕叙述和反思写作,这就出现了一个问题,即改革叙述的时间起点问题。也就是说改革是从"四人帮"被打倒时(1976年10月)开始,从"文革"结束时(十一届三中全会的召开为标志)开始,还是从"文革"结束后开始? 在这里,对改革前混乱局面或现状的认识决定了改革叙述的不同类型:混乱是由"四人帮"造成,或是经营管理不善,还是由传统力量的束缚所致? 而事实上,三种不同的回答,其实也就是三种叙述,这就形成了改革叙述的三种主要类型(故事)。这三种类型,也是三组矛盾的展开方式。

第一种类型,可以称之为"乱/治型"。在这一类型的改革叙述中,"文革"之"乱"是造成社会停滞的根本症结,因此,只要"文革"之"乱"得到纠正,社会就会出现快速而迅猛的发展。从这个角度看,这一改革叙述常常与伤痕、反思写作有一定的重叠之处。其中最为典型的就是鲁彦周的《天云山传奇》。天云山特区显然是现代化(工业化)实践中的产物,但是新中国成立后以及"文革"时期的"左"倾思潮严重阻碍了它的正常建设和发展,因此,当"文革"结束,十一届三中全会的召开,天云山重又恢复了50年代中期的那种火热的生产建设中去。在这一改革叙述类型中,如何看待"文革"往往成为关键,是只批判"文革"的非人性非人道,还是直指新中国成立以后的"左"倾思潮。这样又形成了"乱/治型"的两种主要模式,第一种表现为,如果只是批判"文革"的非人道、非人性,改革则从"文革"之"乱"获得合法性,改革就是改"文革"之"乱"了,社会秩序恢复了,现代化和社会生产也就不成为问题;严格意义上讲,纯粹这一类型的并不多,何士光的《乡场上》和鲁彦周的《彩虹坪》某种意义上属于此类。第二种表现为,如果矛头直指向"左"倾的,则通过追溯"左"倾的错误,说明正是"左"倾阻碍了新中国成立后的现代化建设和改革进程,纠正"左"倾错误至此成为改革合法性的前提和保证。这一类型的小说比较多,《天云山传奇》、张一弓的《张铁匠的罗曼史》、王润滋的《鲁班的子孙》等,周克芹的《许茂和他的女儿们》某种程度上也属于此类。

第二种类型,是"数字决定型"。在这一类型中,改革的一切指标以数字和效率为准则,任何与此无关的都要被否定和改革。仿佛数字就是一切,就是现代化的关键,而改革的乌托邦承诺也往往在这种数字和效率的神话中得以实现。这一类型的改革叙述最为普遍,蒋子龙的很多小说都属于此类,如《乔厂长上任记》《弧光》《赤橙黄绿青蓝紫》《燕赵悲歌》等,此外,如邓刚的《阵痛》、贾平凹的《鸡窝洼的人家》、张一弓的《黑娃照相》、张锲的《改革者》、张贤亮的《男人的风格》、李国文的《花园街五号》等,张洁的《沉重的翅膀》某种程度上也属于此类。

在上面两种类型的小说中,第一二类多有重合,而这两种类型的改革叙述,又都显然带有明显的乌托邦色彩:改革总能带给人们希望,而改革者也给人以悲壮感。相对而言,第三种类型则显得要复杂而深沉得多。

第三种类型,可以称之为"传统/现代型"。在这一类型中,改革针对的是传统的力量和惰性,在这里,传统可能作为一种秩序和惰性存在,缓慢而又强大地阻碍改革的进程,因此,要想改革首先就要向这些传统秩序及代表宣战。即使如此,改革叙述针对传统的态度也并不一致,这种不一致,某种程度上形成了"传统/现代型"的两种模式。第一种是告别传统型。在这一类型中,传统无论从哪个方面看,显然都是需要被否定和革除的:传统往往作为某种主导秩序,严重阻碍了一地区的发展,不革除则不能前进。其中,如柯云路的

《三千万》《新星》《昼与夜》《衰与荣》是典型,另外,像张锲的《改革者》、张贤亮的《男人的风格》、鲁彦周的《古塔上的风铃》和李国文的《花园街五号》某种程度上也属于此类,由此可见,这一类与第二种改革叙述"数字决定型"有某种内在的联系。第二种则是"无望的怀旧型"。在这一类型中,传统虽然终究要被时代历史所遗弃和否定,但作者/叙述者往往表现出态度上的犹豫不决,乃至于小说处处笼罩在一种无望的怀旧气息之中:虽然明白时代向前发展的不可抗拒,但对美好而无用的传统又报以无限的乡愁和留恋;现代虽然代表着历史的潮流,但也可能蕴藏着某种邪恶和污秽。因此,这一类小说相对于前面几种改革叙述,在文化内涵上则要显得丰富深刻得多,也最为难以阐释。代表作有贾平凹的《腊月·正月》《浮躁》《废都》,王润滋的《鲁班的子孙》,周大新的《家族》,张一弓的《流星在寻找失去的轨迹》等。这种对待传统的矛盾态度,某种程度上又与此后不久的寻根小说存在某种内在的关联,这是后话,暂且不论。

以上三种类型只是某种大致的区分,事实上,很多小说都难以归类,其既可以归到第一类,也可以归到第二类,甚至第三类:之所以作这种区分只是为了某种叙述分析上的便利。而实际上,对改革前混乱局面或现状的认识其实也是小说内部人物矛盾展开的结构方式。其中典型的例子如《改革者》,小说中的保守派魏振国这样说:"说来说去,还得怪'文化革命',把党风败坏了,把人的是非观念搞乱了。……不正之风,到处都是。"(人民文学出版社 1983 年版,第 47 页)而正是基于这样一种逻辑,他认为只要恢复"文革"前的秩序,就万事大吉了,而小说叙述的起始时间是 80 年代初,这时,社会已经回到"文革"前的那种秩序,所以也就没有必要急于变革了。而也正是他们两个人表现出的对新鲜事物、现状和革命热情的不同态度,使得他们不可避免地处于矛盾和对立的状态,小说的故事情节和人物之间的矛盾也因此而展开。这种结构方式在很多改革小说中表现明显,柯云路的《新星》即此,小说中改革者和保守者的矛盾冲突也是被塑造成安于现状和勇于革新之间的不同,也是副职和正职之间的对立。

第四节 "断裂"与"重建"

应该说,七八十年代转型期,有关"断裂"和对"断裂"的处理,是当时文学创作中的核心命题。这一命题,在当时所谓的"归来的诗"乃至"朦胧诗"的早期创作中都有体现。"归来的诗"之命名虽主要源自于艾青的《归来的歌》诗集，但其实是代表了被抛出文坛的一代人的心声。在这里，"归来"也就意味着同"文革"激进思潮的断裂和对"十七年"传统的某种"重建"的双重含义。这一重建工作，按照洪子诚的说法，是借自"人民"的名义提出"真实"的尺度，"真实""真诚"作为诗歌"复兴"的首先问题被提出[1]。这样一种借用"人民"的名义，是老一代作家们所常常想到的策略，这在当时围绕1975年的《人民文学》到底是创刊和复刊的争论中也有鲜明的体现。但对于更年轻的一代作家特别是诗人们，则采取的是另一种策略。"比较起'复出'诗人来，这期间开始的以青年写作者为主体的'新诗潮'诗人，在于当代诗歌实行的'断裂'上，实施的是有所不同的尺度。诗歌与当代政治现实的关系仍是重要关注点，但'个体'的情感，特定环境下生存的体验，以及从诗歌语言层面上的'真实'呼求（一定程度清除、替换僵硬的诗歌语汇、意象系统、象征方式），这些显现了更具生长力的空间。他们并把这种诗歌'重建'，诗歌历史的'断裂性'的转换，理解为诗歌'资源'的开放。"[2]

即使如此，我们还是要看到，这种对"'个体'情感"和"体验"的强调背后，仍旧存在所谓代言和独语的矛盾。北岛曾庄严地"宣告"："在没有英雄的时代里／我只想做一个人"（《宣告》），但对于他们一代朦胧诗人而言，这样的"一个人"却并不是十分纯粹的，至少他们常常在"我"和"我们"之间随意穿插，并不能真正做到对它们之间差异的区别。这样一种矛盾，体现的是朦胧诗人们独语姿态与代言意识间的悖论。对于朦胧诗的写作而言，代言意识十分明显[3]，这在很多诗歌名既可以看出，如《一代人》（顾城）、《我们去寻找一盏灯》（顾城）、《一代人的呼声》（舒婷）、《让我们一起奔腾吧——献给变革者的歌》（江河）、《我们从自己的脚印上》（杨炼）、《今天，我们——写在青年节那天》（邵璞）、《大山·森林·我们》（岛子）等。事实上，大多数情况下，对于朦胧诗的作者们，他们诗中虽然没有出现"我们"或"一代人"的字眼，但那里的"我"却是可以"我""我们"和"一代人"不分的。北岛的《迷途》（1980年）、梁小斌的《我属于未来》《中国，我的钥匙丢了》（1980年）等等大凡出现"我"的诗歌中尽皆如此。今天看来，对"个体"的情感和体验的追求，与其说是朦胧诗区别于

---

[1] 洪子诚、杨登瀚：《中国当代新诗史》，北京大学出版社2005年版，第115页。

[2] 同上，第116页。

[3] 赵园在《地之子》一书中，曾说："无论取何种'代'的划分，你都得承认，与知青一代共存于同一时空的任何其他'代'，不曾拥有如此众多且代意识强烈、自觉为一代人立言的文学作者，不曾拥有如此严整、生机勃勃，以其创作影响、规定了一个时期文学面貌的作家队伍。"（北京大学出版社2007年版，第193页。）

"归来的诗"的地方,毋宁说是一种姿态;在很多时候,朦胧诗人们总是不自觉地表达一种具有普遍性或代言性的情感、思考和意识。而至于"个体"的情感及体验,倒更多体现在诗歌语言风格的追求上。可以说,正是语言风格的不同,决定了朦胧诗人与"归来的诗",甚至"十七年"诗歌的真正不同来。

朦胧诗代言意识最为明显的莫过于顾城的短诗《一代人》,但也正如这首诗所表现的"黑夜给了我黑色的眼睛,我却用它寻找光明",在这首诗中,"一代人"其实是体现在"我"的"寻找"之上的。这种"不一致的一致性",在以知青为代表的朦胧诗的写作中极为典型。因为,对于知青作家来说,他们毫不怀疑他们是"代"一代人在写作在思考,故而常常是以第一人称或第三人称的形象,代表"一代人"的形象。但其实,这只是某种一厢情愿或幻觉,因为,就像叶辛的《我们这一代年轻人》这部小说所显示的,在小说中,一代人其实是一个不可被本质化的群体,他们一个个或赌博,或酗酒,或打架,或沉迷恋爱,他们显然是很难被归为一类的,而如果说他们有某种共同的东西的话,那就是表现出的,对曾经的革命信念的失望,和失望之后的沉沦与分化。这一分化导致的结果是,知青一代,不论是在"文革"中,还是在"文革"结束后,往往都被作为怀疑和否定的群体呈现,因此,与其说不甘沉沦是知青一代的标记,不如说信念的失落和失落后的堕落是知青一代的精神标记,从这个角度看,知青作家表现出的代言意识,其实带有某种自我救赎的味道。他们是在"代"一代人寻求自我救赎的道路。换言之,他们有明显的代言意识,但最终落实到诗歌(包括小说)中,是体现在主人公的自我救赎上的。

相对而言,七八十年代转型期的散文、报告文学和戏剧则更带有问题写作的意味。其原因似乎在于,这些文体本身的"非虚构"特质。它们可以在一种"真实"的框架内,直抵人生的或惨痛,或悲怆,或沉重的经历,要么采取一种直接面向现实,"干预生活"的姿态,这使得当时的散文、报告文学乃至戏剧,都笼罩在一种峻急的情绪表达和问题意识中,而具有了某种时效性特征,同时也就成为七八十年代思想解放的程度的表征。这方面的散文有巴金的《随想录》、丁玲的《"牛棚小品"》、萧乾的《"文革"杂忆》、杜宣的《狱中生态》、王西彦的《炼狱中的圣火》、陈白尘的《云梦断忆》、孙犁的《秀露集》、杨绛的《干校六记》等。报告文学则以徐迟的《哥德巴赫猜想》《地质之光》,陈祖芬的《祖国高于一切》,黄宗英的《橘》《大雁情》,理由的《扬眉剑出鞘》等为代表。戏剧则有《于无声处》《丹心谱》《血,总是热的》《屋外有热流》等。

作品选读

班主任(节选)

刘心武

一

你愿意结识一个小流氓,并且每天同他相处吗?我想,你肯定不愿意,甚至会嗔怪我何以提出这么一个荒唐的问题。

但是,在光明中学党支部办公室里,当黑瘦而结实的支部书记老曹,用信任的眼光望着初三(三)班班主任张俊石老师,换一种方式向他提出这个问题时,张老师并不以为古怪荒唐。他只是极其严肃地考虑了一分钟左右,便断然回答说:"好吧! 我愿意认识认识他……"

事情是这样的:前些日子,公安局从拘留所把小流氓宋宝琦放了出来。他是因为卷进了一次集体犯罪活动被拘留的。在审讯过程中,面对着无产阶级专政的强大威力与政策感召,他浑身冒汗,嘴唇哆嗦,作了较为彻底的坦白交代,并且揭发检举了首犯的关键罪行。因此,公安局根据他的具体情况——情节较轻而坦白揭发较好,加上还不足十六岁——将他教育释放了。他的父母感到再也难在老邻居们面前抛头露面,便通过换房的办法搬了家,恰好搬到光明中学附近。根据这几年实行的"就近入学"办法,他父母来申请将宋宝琦转入光明中学上学。他该上初三,而初三(三)班又恰好有空位子,再加上张老师有十几年的班主任工作经验,又是这个年级班主任里惟一的党员,因此,经过党支部研究,接受了宋宝琦的转学要求,并且由老曹直接找到张老师,直截了当地摆出情况,问他说:"怎么样? 你把宋宝琦收下吧?"

正像你所知道的那样,张老师思忖的目光刚同老曹那饱含期待、鼓励的目光相遇,他便答应下来了。

二

张老师是个什么样的人呢?

趁他顶着春天的风沙,骑车去公安局了解宋宝琦情况的当口,我们可以仔细观察他一番。

张老师实在太平凡了。他今年三十六岁,中等身材,稍微有点发胖。他的衣裤都明显地旧了,但非常整洁,每一个纽扣都扣得规规矩矩,连制服外套的风纪扣，也一丝不苟地扣着。他脸庞长圆，额上有三条挺深的抬头纹，眼睛不算大，但能闪闪放光地看人，撒谎的学生最怕他这目光；不过，更让学生们敬畏的是张老师的那张嘴，人们都说薄嘴唇的人能说会道，张老师却是一对厚嘴唇，冬春常被风吹得爆出干皮儿；从这对厚嘴唇里迸出的话语，总是那么热情、生动、流利，像一架永不生锈的播种机，不断在学生们的心田上播下革命思想和知识的种子，又像一把大笤帚，不停息地把学生心田上的灰尘无情地扫去……

一路上，张老师的表情似乎挺平淡。等到听完公安局同志的情况介绍、翻完卷宗以后，他的脸上才显露出强烈的表情来——很难形容，既不全是愤慨，也不排除厌恶与蔑视，似乎渐渐又由决心占了上风，但忧虑与沉重也明显可见。

张老师从公安局回到学校时，已经是下午三点钟。他掏出叠得很整齐的手绢，一边擦着脑门上的汗，一边走进年级组办公室。显然同组的老师们都已知道宋宝琦将于明天到他班上课的事了。教数学的尹达磊老师头一个迎上他，形成了关于宋宝琦的第一个波澜。

三

尹老师和张老师同岁，同是一个师范学院毕业，同时分配到光明中学任教，又经常同教一个年级。他们一贯推心置腹，就是吵嘴，也从不含沙射影、指桑骂槐，总是把想法倾巢倒出，一点"底儿"也不留。

尹老师身材细长，五官长得紧凑，这就使他永远摆脱不了"娃娃相"，多亏鼻梁上架着副深度近视镜，才使他在学生们面前不至有失长者的尊严。

在这一九七七年的春天，尹老师感到心里一片灿烂的阳光。他对教育战线，对自己的学校、所教的课程和班级，都充满了闪动着光晕的憧憬。他觉得一切不合理的事物都应该而且能够迅速得到改进。他认为"四人帮"既已揪出，扫荡"四人帮"在教育战线的流毒，形成理想的境界应当不需要太多的时间。不过，最近这些天他有点沉不住气。他愿意一切都如春江放舟般顺利，不曾想却仍要面临一些复杂的问题。

关于宋宝琦即将"驾到"的消息一入他的耳中，他就忍不住热血沸腾。张老师刚一迈进办公室，他便把满腔的"不理解"朝老战友发泄出来。他劈面责问张老师："你为什么答应下来？眼下，全年级面临的形势是要狠抓教学质量，你弄个小流氓来，陷到做他个别工作的泥坑里去，哪还有精力抓教学质量？闹不好，还弄个'一粒耗子屎坏掉一锅粥'！你呀你，也不冷静地想想，就答应下来，真让人没法理解……"

办公室的其他老师，有的赞同尹老师的观点，却不赞同他那生硬的态度，有的不赞成他的观点，却又觉得他的确是出于一片好心；有的一时还拿不准道理上该怎么看，只是为张老师凭空添了这么副重担子，滋生了同情与担忧……因此，虽然都或坐或站地望着张老师，却一时都没有说话。就连搁放在存物架上的生理卫生课教具——耳朵模型，仿佛也特意把自己拉成了一尺半长，在专注地等待着张老师作答。

张老师觉得尹老师的意见未免偏激，但并不认为尹老师的话毫无道理。他静静地考虑了一分钟，便答辩似地说："现在，既没有道理把宋宝琦退回给公安局，也没有必要让他回原学校上学。我既然是个班主任老师，那么，他来了，我就开展工作吧……"

这真是几句淡而无味的话。倘若张老师咄咄逼人地反驳尹老师，也许会引起一场火爆的争论，而他竟出乎意料地这样作答，尹老师仿佛反被慑服了。别的老师也挺感动，有的还不禁低首自问："要是把宋宝琦分到我的班上，我会怎么想呢？"

张老师的确必须立即开展工作，因为，就在这时，他班上的团支部书记谢惠敏找他来了。

四

谢惠敏的个头比一般男生还高，她腰板总挺得直直的，显得很健壮。有一回，她打业余体校栅栏墙外走过，一眼被里头的篮球教练看中。教练热情地把她请了进去，满心以为发现了个难得的培养对象。谁知让这位长圆脸、大眼睛的姑娘试着跑了几次篮后，竟格外地失望——原来，她弹跳力很差，手臂手腕的关节也显得过分僵硬，一问，她根本对任何球类活动都没有兴趣。

的确，谢惠敏除了随着大伙看看电影、唱唱每个阶段的推荐歌曲，几乎没有什么业余爱好。她功课中平，作业有时完不成，主要是由于社会工作占去的精力和时间太多了——因此倒也能获得老师和同学们的谅解。

头年夏天，张老师接任这个班的班主任时，谢惠敏已经是团支部书记了。张老师到任不久便轮到这个班下乡学农。返校的那天，队伍离村二里多了，谢惠敏突然发现有个男生手里转动着个麦穗，她不禁又惊又气地跑过去批评说："你怎么能带走贫下中农的麦子？给我！得送回去！"那个男生不服气地辩解说："我要拿回家给家长看，让他们知道这儿的麦子长得有多么棒！"结果引起一场争论，多数同学并不站在谢惠敏一边，有的说她"死心眼"，有的说她"太过分"。最后自然轮到张老师表态。谢惠敏手里紧紧握着那根丰满的麦穗，微张着嘴唇，期待地望着张老师。出乎许多同学的意料，张老师同意了谢惠敏送回麦穗的请求。耳边响着一片扬声争论与喁喁低议交织成的音波，望着在雨后泥泞的大车道上奔回村庄的谢惠敏那独特的背影，张老师曾经感动地想：问题不在于小小的麦穗是否一定要这样来处理；看哪，这个仅仅只有三个月团龄的支部书记，正用全部纯洁而高尚的感情，在维护"绝不能让贫下中农损失一粒麦子"的信念——她的身上，有着多么可贵的闪光素质啊！

但是，这以后，直到"四人帮"揪出来之前，浓郁的阴云笼罩着我们祖国的大地，阴云的暗影自然也投射到了小小的初三(三)班。被"四人帮"那个女黑干将控制的团市委，已经向光明中学派驻了联络员，据说是来培养某种"典型"；是否在初三(三)班设点，已在他们考虑之中。谢惠敏自然常被他们找去谈话。谢惠敏对他们的"教诲"并不能心领神会，因为她没有丝毫的政治投机心理，她单纯而真诚。但是，打从这时候起，张老师同谢惠敏之间开始显露出某种似乎解释不清的矛盾。比如说，谢惠敏来告状，说团支部过组织生活时，五个团员竟有两个打瞌睡。张老师没有去责难那两个不像样子的团员，却向谢惠敏建议说："为什么过组织生活总是念报纸呢？下回搞一次爬山比赛不成吗？保险他们不会打瞌睡！"谢惠敏瞪圆了双眼，几乎不相信自己的耳朵，隔了好一阵，才抗议地说："爬山，那叫什么组织生活？我们读的是批宋江的文章啊……"再比如，那一天热得像被扣在了蒸笼里，下了课，女孩子们都跑拢窗口去透气，张老师把谢惠敏叫到一边，上下打量着她说："你为什么还穿长袖衬衫呢？你该带头换上短袖才是，而且，你们女孩子该穿裙子才对啊！"谢惠敏虽然热得直喘气，却惊讶得满脸涨红，她简直不能理解张老师在提倡什么作风！班上只有宣传委员石红才穿带小碎花的短袖衬衫，还有那种带褶子的短裙，这在谢惠敏看来，乃是"沾染了资产阶级作风"的表现！

"四人帮"揪出来之后，张老师同谢惠敏之间的矛盾自然可以解释清楚了，但并没有完全消除。

现在，谢惠敏找到张老师，向他汇报说："班上同学都知道宋宝琦要来了，有的男生说他原来是什么'菜市口老四'，特别厉害；有些女生害怕了，说是明天宋宝琦真来，她们就不上学了！"

张老师一愣。他还没有来得及预料到这些情况。现在既然出现了这些情况，他感到格外需要团支部配合工作，便问谢惠敏："你怕吗？你说该怎么办？"

谢惠敏晃晃小短辫说："我怕什么？这是阶级斗争！他敢犯狂，我们就跟他斗！"

张老师心里一热。一霎时，那在泥泞的大车道上奔走的背影活跳在记忆的屏幕上。他亲热地对谢惠敏说："你赶紧把团支部和班委会的人找齐,咱们到教室开个干部会!"

五

四点二十左右,干部会结束了。其他干部们都走了,教室里只剩下张老师、谢惠敏和石红三个人。

石红恰好面对窗户坐着,午后的春阳射到她的圆脸庞上,使她的两颊更加红润;她拿笔的手托着腮,张大的眼眶里,晶亮的眸子缓慢地游动着,丰满的下巴微微上翘——这是每当她要想出一个更巧妙的方法来解决一道教学题时,为数学老师所熟悉、所喜爱的神态。可是此刻她并不是在解数学题,而是在琢磨怎么写出明天一早同大家——也包括宋宝琦——见面的"号角诗"。

张老师同谢惠敏在一旁谈着话。围绕着接收宋宝琦需要展开的工作,已经全部落实。男生干部们分头找男生们做工作去了,跟他们讲宋宝琦并不是什么威震菜市口的"英雄",而是个犯了错误的需要帮助的人。对他既别好奇乃至于敬畏,也不能歧视打击,大家要齐心合力地帮助他。女生干部分头到那几个或者是因为胆小,或者是出于赌气,宣布明天不来上学的女生家去,对她们和她们的家长讲清楚,学校一定会保证女孩子们不受宋宝琦欺侮;对宋宝琦这样的小流氓,消极躲避只能助长他的恶习,只有团结起来同他斗争,进行教育,才能化有害为无害,并且逐步化无害为有益。张老师则要对宋宝琦进行家访,对他以及他的家长进行初步了解,并进行第一次思想工作。

当石红的"号角诗"快要写完的时候,张老师同谢惠敏的谈话结束了。张老师把摊在桌上、刚给干部们看过的几件东西往一块敛。那是张老师从派出所带回来的、宋宝琦犯案后被搜出的物品:一把用来斗殴的自行车弹簧锁,一副残破油腻的扑克牌,一个式样新颖附有打火机的镀镍烟盒,还有一本撕掉了封皮的小说。小干部们面对这些东西都厌恶得皱鼻子、撇嘴角。谢惠敏提议说:"团支部明天课后开个现场会,积极分子们也参加,摆出这些东西,狠狠批判一顿!"大伙都同意,张老师也点头说:"对。要利用这个机会,进一步抓好反腐蚀教育。"

没曾想,临到张老师收敛这几件物品时,突然出现了矛盾,还闹得挺僵。

别的东西都收进书包了,只剩下那本小说。张老师原来顾不得细翻,这时拿起来一检查,不由得"啊!"了一声。原来那是本"文化大革命"以前,中国青年出版社出版的长篇小说《牛虻》。

谢惠敏感到张老师神情有点异常,忙把那本书要过来翻看。她以前没听说过、更没看见过这本书,她见里头有外国男女讲恋爱的插图,不禁惊叫起来:"唉呀! 真黄! 明天得狠批这本黄书!"

张老师皱起眉头,思索着。他回忆起自己中学时代的情况。那时候,团支部曾向班上同学们推荐过这本小说……围坐在篝火旁,大伙用青春的热情轮流朗读过它;倚扶着万里长城的城堞,大伙热烈地讨论过"牛虻"这个人物的优缺点……这本英国小说家伏尼契写成的作品,曾激动过当年的张老师和他的同辈人,他们曾从小说主人公的形象中,汲取过向上的力量……也许,当年对这本小说的缺点批判不够?也许,当年对小说的精华部分理解得也不够准确、不够深刻?……但,不管怎么说——张老师想到这儿,忍不住对谢惠敏开口分辩道:

"这本《牛虻》可不能说成是黄书……"

谢惠敏的两撇眉毛险些飞出脑门,她瞪圆了双眼望着张老师,激烈地质问说:"怎么?不是黄书?!这号书不是黄书什么是黄书?"在谢惠敏的心目中,早已形成一种铁的逻辑,那就是凡不是书店出售的、图书馆外借的书,全是黑书、黄书。这实在也不能怪她。她开始接触图书的这些年,恰好是"四人帮"搞法西斯文化专制主义最凶的几年。可爱而又可怜的谢惠敏啊,她单纯地崇信一切用铅字新排印出来的东西,而在"四人帮"控制舆论工具的那几年里,她用虔诚的态度拜读的报纸刊物上,充塞着多少他们的"帮文",喷溅出了多少戕害青少年的毒汁啊!倘若在谢惠敏最亲近的人当中,有人及时向她点明:张春桥、姚文元那两篇号称"阐述无产阶级专政理论"的"重要文章"大可怀疑,而"梁效"、"唐晓文"之类的大块文章也绝非马列主义的"权威论著"……那该有多好啊!但是,由于种种主观和客观上的原因,没有人向她点明这一点。她的父母经常嘱咐谢惠敏及其弟妹,要听毛主席的话,要认真听广播、看报纸;要求他们遵守纪律、尊重老师;要求他们好好学功课……谢惠敏从这样的家庭教育中受益不浅,具备了强烈的无产阶级感情、劳动者后代的气质;但是,在资产阶级、修正主义的白骨精化为美女现形的斗争环境里,光有朴素的无产阶级感情就容易陷于轻信和盲从,而"白骨精"们正是拼命利用一些人的轻信与盲从以售其奸!就这样,谢惠敏正当风华正茂之年,满心满意想成为一个好的革命者,想为共产主义这个大目标而奋斗,却被"四人帮"害得眼界狭窄、是非模糊。岂止《牛虻》这本书她会认为是毒草,我们这段故事发生的时候,《青春之歌》已经进行再版了,但谢惠敏还保持着"四人帮"揪出前形成的习惯——把那些热衷于传播"文艺消息",什么又会有某个新电影上演啦,电台又播了个什么新歌呀这样的同学们,看成是"沾染了资产阶级思想"。就在前几天,她发现石红在自习课上看一本厚厚的小说,下课她便给没收了。那是一九五九年出版的《青春之歌》,她随便翻检了几页,把自己弄得心跳神乱——断定是本"黄书",正想拿来上交给张老师,石红笑嘻嘻地一把抢了回去,还拍着封面说:"可带劲啦! 你也看看吧!"结果两人争吵了一场;后来她忙着去团委开会,倒忘记向张老师反映了,没想到今天张老师竟比石红还要石红——亲口否认这本外国"黄书"不黄! 在谢惠敏心中,外国的"黄书"当然一律又要比中国的"黄书"更黄了。面对着这样一位张老师,她又联想起以前的许多细琐冲突来。于是,往常毕竟占据支配地位的尊敬之感,顿然减少了许多。她微微噘起嘴,飞走的眉毛落回来拧成了个死疙瘩。

这时候,石红写完"号角诗",正准备给张老师和谢惠敏朗诵,忽然听到张老师说:"这本《牛虻》可不能说成是黄书……"她这才知道那本破书原来就是《牛虻》,赶忙凑拢谢惠敏身边去看。谢惠敏大声质问张老师的话刚一出口,她便热情地晃动着谢惠敏胳膊说:"别这么说! 我听爸爸妈妈讲过,《牛虻》这本书值得一读! 这两天我正读《钢铁是怎样炼成的》,里头的保尔·柯察金是个无产阶级英雄,可他就特别佩服'牛虻'……"石红早就想找本《牛虻》来看,一直没有借到,所以她从谢惠敏手中拿过书来翻动时,心里翻腾着强烈的求知欲:这本书写的是什么时代的事儿? 故事发生在什么地方? "牛虻"究竟是个啥样的人? 真的有值得佩服的地方吗? ……当她把破书还到张老师手上时,不禁问道:"读这本书,该注意些啥? 学习些啥?"谢惠敏咬住嘴唇,眯起眼睛,不满地望着石红,心里怦怦直跳。

张老师翻动着那本饱经沧桑的《牛虻》。他本想耐心地对谢惠敏解释为什么不能把它算作"黄书",但是这本书是从宋宝琦那儿抄出来的,并且,瞧,插图上,凡有女主角琼玛出现,一律野蛮地给她添上了八字胡须。又焉知宋宝琦他们不是把它当成"黄书"来看的呢? 生活现象是复杂的。这本《牛虻》的遭遇也够光怪陆离了。对谢惠敏这样实际上还很幼稚的孩子,分析过于复杂的生活现象和精华糟粕并存的文艺作品,需要充裕的时间和适宜的场合。

想到这些,我们的张老师便把破旧的《牛虻》放入书包,和蔼地对谢惠敏说:"关于这本书的事儿,咱们改天再谈吧。看,快五点了,咱们赶紧听听石红写的'号角诗'吧,听完分头按计划行动。"

石红念的诗,谢惠敏一句也没装进脑子里去。她痛苦而惶惑地望着映在课桌上的那些斑驳的树影。她非常、非常愿意尊敬张老师,可张老师对这样一本书的古怪态度,又让她不能不在心里嘀咕:"还是老师呢,怎么会这样啊?! ……"

(选自《人民文学》1977 年第 11 期)

导读：

今天我们重读《班主任》，发现这是一部充满矛盾和悖论的文本。小说完成于1977年11月，而若从文中的叙述看，小说的叙述时间则应该是1977年春天，文中有三次出现"一九七七年的春天"的字样，一次是第三节，另两次是第六节，由此看来，时间不仅对叙述者而言十分重要，对小说故事的进展也是关键的标志。但也恰恰是这个特殊的年份——"四人帮"被打倒，"文革"并没有就此结束，使得小说矛盾重重：一方面叙述者是在肯定"文革"，另一方面叙述者又迫不及待地高举起启蒙的大旗（文中多次强调1977年春天即是暗示叙述者按捺不住的激动），"文革"话语和启蒙话语在小说中互相纠结排斥，这就必然造成一种分裂，小说也因此呈现出某种特定历史的"症候"。

我们重读小说也可以从这个角度入手。

很明显，小说主要呈现是一套启蒙话语，这从题名"班主任"即可看出，而班主任张俊石老师也是这样要求自己的，他要把对"四人帮"的"汹涌的感情波涛，能集中到理智的闸门"，"来执行自己这班主任的职责"。这是一种典型的启蒙立场，对理智（理性）的推崇是其一贯主张（但理智并不代表就能发现问题），张老师也是在这种理智之下对"四人帮"进行批判和反思，这张老师被比作"播种机"和"大笤帚"可以看出，他接受宋宝琦也正是想扫走"四人帮"在他身上留下的"灰尘"，播下"革命思想和知识的种子"，他认为宋的堕落也正是由于"什么书也不读而堕落于无知的深渊"以致"充斥着空虚与愚蠢"；同样，他对谢惠敏那种"正直的品格"与僵化的思想的奇异结合感到痛心，也是因为谢惠敏的盲从和缺少对知识的渴求而造成的"是非模糊"，在张老师的眼里，只有知识，也只能是知识才是解决这一切问题的关键所在，而当他想到"他所培养的，不要说只是一些学生，一些花朵，那分明就是祖国的未来"时，他就会产生"一种不容任何人凌辱、戏弄祖国，不容任何人扼杀、窒息祖国未来的强烈感情！"按照康德看来，所谓"启蒙"就是人从加诸自己身上的那种不成熟情境中脱离出来，呈现出他个人的独立判断力以及理性运作的境界。"启蒙"在《班主任》中显然被赋予了民族国家富强的重要使命，启蒙不仅意味个人的蒙昧和不成熟的"脱离"，更意味着国家的未来。如果说现代文学自"五四"以来是"救亡"（或民族国家）话语逐渐压倒了"启蒙"（个人）话语，新中国成立后的"十七年"乃至"文革"时期是"救亡"话语独占鳌头的话，那么可以说，新时期则是"启蒙"话语和"救亡"话语互相融合、互为前提，这从《班主任》中可以明显看出。

同时,小说中还有另一套话语,即"文革"话语。这种话语不仅表现为一种思维方式,如阶级斗争思维,如对小流氓的审讯被叙述者说成是"无产阶级专政的强大威力与政策感召",接纳他也是要"团结起来同他做斗争",而当谢惠敏说同宋宝琦之间是"阶级斗争"时,张老师更是"心头一热"。同样,这种"文革"话语也表现为"文革"语汇的使用,如"白骨精化为美女现形""香花""毒草"等。而更为关键还在对"文革"的暧昧的态度上,小说的写成时间是1977年11月,当时虽然"四人帮"被打倒了,"文革"其实并没有结束,"两个凡是"仍旧是当时的主导话语,在这种情况下,小说《班主任》也呈现出一种过渡色彩和态度暧昧之处,一方面是竭力批判"四人帮",似乎每一件事都能在张老师的眼中与"四人帮"的罪恶扯上关系;但另一方面,小说又从来不曾怀疑"文革",于是就出现这种情况,凡是"文革"中的过失全部都被算在了"四人帮"的头上,这其实是把"四人帮"从"文革"中剥离出来,"文革"仍旧是一个缺席的"在场"在起作用。而据我们今天看来,"文革"和"四人帮"之间的内在联系已成为一个不争的事实。

　　这样一来,问题就不再是为什么小说中会同时出现两套话语,而是这两套话语是否融合以及如何融合的问题。《班主任》之所以在新时期获得殊荣,自然与小说中率先张扬起启蒙的旗帜有关,但文学史家往往也忽略了一个问题,即这两种话语果真相安无事吗? 显然,这里存在着某种不可弥补的裂痕。这仍旧可以从启蒙话语中去寻找答案。从启蒙谢惠敏和宋宝琦使用的话语来看,张老师并不拥有自己的话语(知识分子话语),他使用的还是所谓的"马列主义、毛泽东思想",而且更为重要的是,当时(1977年)对毛泽东思想的看法与今天并非一致,换句话说,小说中张老师当时使用的毛泽东思想资源与我们今天谈论的毛泽东思想是不尽一致的,其中部分包含着"文革"话语;在这种情况下,如何启蒙以及启蒙的限度是颇值得怀疑的。这种矛盾集中表现在张老师对宋宝琦和谢惠敏的不同的态度上。如当被问及是否怕宋宝琦时,谢惠敏的一句"这是阶级斗争!"令"张老师心里一热",这"一热"不也正与张老师的心里所想有暗合吗? 由此可见,在张老师对宋宝琦的态度混合着启蒙和"文革"双重话语,一方面是"只有团结起来同他斗争";另一方面是要对他"进行教育",似乎这是并行不悖的,对阶级敌人(阶级斗争的对象宋宝琦)也要进行教育。而张老师对谢惠敏的前后不同的态度也见出这种矛盾之处,他一方面是肯定她"身上"的"可贵的闪光品质"("决不能让贫下中农损失一粒麦子"的信念);另一方面又"同谢惠敏之间显露出某种似乎解释不清的矛盾",这似乎是源于谢惠敏的僵硬的作风,又似乎是因为她与"四人帮"之间有着某种联系,但问题是谢惠敏不让带走麦穗不也是僵硬的表现吗?为什么当时张老师没有发现这个问题呢?之前对谢惠敏是"心里一热",而到了后来却感到"震惊"而"皱起眉头"。张老师为什么会出现前后不一致之处?从叙述的角度来看,问题显然不在张老师,而在于叙述者(或者作者)。

小说存在两重叙述视角,一个是"我们"或"我"的视角,另一个是张老师的视角。在小说的开始,这两重视角是重叠的,张老师在"我"("我们")的视角下呈现:"张老师是个什么样的人呢?/趁他顶着春天的风沙,骑车去公安局了解宋宝琦情况的当口,我们可以仔细观察他一番",因而"我们"("我")就成为一个高高在上的全能的观察者,但随着小说故事情节的进展,"我"("我们")的视角渐渐隐退,重叠在张老师的视角之内,张老师也似乎变成了代"我们"观察立言的启蒙者,他一句"救救被'四人帮'坑害的孩子!"的口号其实也正反映了叙述者甚至刘心武的启蒙立场,张老师在一定程度上就只是叙述者启蒙立场表达的工具和符号而已。这里虽然存在着不可弥补的矛盾,但矛盾的背后却是一个的焦虑的启蒙者的登场。

我们知道,"文革"对知识和文化的否定,直接的后果是知识分子的历史地位遭到了唾弃,并一度成为被启蒙和被改造的对象,而小说选择"班主任"对两个"文革"期间曾经作为革命主体的学生进行再启蒙,不也意味着知识者历史地位重新获得后的焦虑和想象性的解决?在这满目疮痍的废墟中,走出的是一个大写的知识分子的形象,对这个知识分子而言,如何启蒙以及结果如何并不重要,小说也没有告诉我们这两个孩子的将来,重要的是知识分子重又站在了历史的中心地位。但从我们今天的解读看来,其中却充满了重重矛盾。

第七章　80 年代文学

第一节　文学思潮

"80 年代文学"这一概念既脱胎于"新时期文学"概念,又与其有着紧密联系,两者充满重叠与交互。作为本文学史的时间分期,将 1985 年发生的众多文学事件作为标志,认为是新时期以来文学新变和裂变的标志。至此,80 年代中期文坛出现的"文化热""文学寻根""85 新潮"等,作为文学界的革新力量,将"四人帮"被打倒以来至八九十年代转折期的文学一分而为前后两段。以 1985 年前后作为分水岭,其后的文学我们称为"80 年代文学",以示区别于自 1976 年 10 月开始的"新时期文学"。

对 80 年代文学艺术演变产生了重大影响的,莫过于 80 年代初期便已初露端倪的"现代派"文学。此时,中国的文学创作者在汲汲地吸取着西方现代文学的灵感和创作经验中,从写作手法到艺术观念进行着热烈地变革。像"新时期文学"时期出现在作品中意识流、荒诞派等现代派写作手法,直接促动了"十七年"文学以来的现实主义传统情节模式的转变,引起了文坛的关注。比如,依靠意识流结构文本的方式打破了阶级斗争式的正反对立思维方式,荒诞派的表现技巧改变了政治意识形态所规约的现实主义逻辑。从而,80 年代文学,从最初现代派写作技法的运用中走出了单向度的现实主义创作模式,及至一些年轻的作家,在作品中通过意识流或打破线性故事结构的方式传达内心世界的苦闷和对世界的认知,启动了中国新潮小说和新诗的变革力量。这些作品的代表作,就包括 1985 年发表的刘索拉的《你别无选择》《蓝天绿海》,徐星的《无主题变奏》。有评论家说:"现代派的高潮直到 1985 年才来,刘索拉的《你别无选择》和徐星的《无主题变奏》被认为标志着中国真正的'现代派'横空出世。"[1]这些作品之所以被认为是"真正的现代派",一方面与其叙述形式与西方现代派作品的相似有关。比如,《你别无选择》模仿了美国现代作家约瑟夫·海勒的《第二十二条军规》,《无主题变奏》模仿了美国作家赛林格的《麦田里的守望者》等。另一方面,这些作品普遍表达了80年代年轻人渴望塑造自我的一种生存状态,表达了青年人内心的焦躁及对世俗规则的挑战,作品传达的生存的困惑充满了"现代感"。

　　一定程度上,对"现代派"或"现代主义"的追慕是整个80年代文学的一个重要维度,这时期中国语境中的"现代派"或"现代主义",并不是西方文学中严格意义上的现代主义文学流派,而是包括了19世纪到20世纪的各种流派,包括象征主义、表现主义、未来主义、意识流文学、超现实主义、存在主义、新小说派、荒诞派戏剧、黑色幽默、魔幻现实主义等等。80年代这种渴求现代主义的热潮的形成,与作家们借助其对抗长期以来僵化的现实主义文学规范有关,并且,以此为创作水平的追赶目标,渴望中国文学融入世界文学。现代主义在80年代的存在也不仅仅是一个文学界的问题,更多的是与意识形态联系在一起。早在新时期文学时期,现代主义的问题就产生了激烈的大讨论,围绕着它是资本主义还是社会主义的性质进行了话语间的对话,将它与中国社会建设的现代化问题联系在了一起,甚至在1983年的"清除精神污染"运动中,被列入了资产阶级"精神污染"名单之列。所以,一方面是在艺术创作技巧上的追慕热潮,一方面是政治意识形态上的不可立足。现代派在80年代自然而然地形成了自身独特的气质,这种气质大多数时候表现为作家们吸收了现代派的表现技巧去书写现实主义主题。这也使得像1985年出现的刘索拉、徐星等人的作品显得与众不同和有创新性。

　　1985年也发生了众多文学事件,使这一年份成为众多作家、批评家眼中转变的"标志",有一些人称其为"85新潮",在文艺学上也称为"方法年"。在这一年中,出现了与"新时期文学"潮流中的"伤痕""反思""改革"小说的艺术形态完全不同的作品。比如,除了刘索拉、徐星的作品,还有,张辛欣与桑晔的《北京人》、马原的《冈底斯的诱惑》、残雪的《山上的小屋》、莫言的《透明的红萝卜》、韩少功的《爸爸爸》等。这些作品从语言的表述方式到作品的主题都迥异于之前的现实主义文学传统,在批评界和理论界掀起了巨大波澜,并且,开始了影响到今后文学艺术发展流向的艺术变革的酝酿。

　　在文学潮流上,先是有了"寻根文学"。据这股潮流的推动者回忆,"寻

195

---

[1]　陈晓明:《表意的焦虑:历史祛魅与当代文学变革》,中央编译出版社2002年版,第74页。

根"口号的提出,一方面,源自于当时对"伤痕文学""反思文学"和"改革文学"的反省和不满;另一方面,因为当时大家既普遍接受了西方现代主义的影响,又试图对抗"西方中心论"的复杂思想[1]。加上,当时一些充满民族文化特征和民族审美方式的外来文学在全世界范围产生了重要的影响力。比如,拉美的魔幻现实主义作家马尔克斯、阿斯图里亚斯充满拉美特色的书写及对印第安古老文化的阐释,苏联作家艾特玛托夫、阿斯塔菲耶夫充满异域风情的描写,以及日本作家川端康成对独具风韵的日本文化的展示等,大大地刺激了中国作家,看到了现代意识与传统民族文化相融合的文学发展力量。1984年12月,在杭州召开的"新时期文学:回顾与预测"会议上,就提到了文化这一主题,并对如何将中国传统文化纳入文学创作资源的话题展开了讨论。1985年,阿城的《文化制约着人类》、郑义的《跨越文化断裂带》、韩少功《文学的"根"》、李杭育的《理一理我们的"根"》、郑万隆的《我的根》等文章纷纷发表,成为"寻根文学"的理论标杆。在这些文章中,阿城和郑义都痛心于自"五四"以来动荡的 20 世纪社会传统文化被"遗忘"的处境,阿城认为民族文化的断裂延续至今,认为"中国文学尚没有建立在一个广泛深厚的文化开掘之中。没有一个强大的、独特的文化限制,大约是不好达到文学先进水平这种自由的,同样也是与世界文化对不起话的。"[2]从阿城的话语中,我们明显可见他有感于文化断裂及如何走向世界的文学焦虑。郑义也对"五四"运动中的"打倒孔家店"的反传统文化运动以及 1949 年以后破坏传统文化的行为做出了反思,明确提出正是这样使得"发现无论怎样使劲回忆,竟寻不出我们这一代人受过系统的民族文化教育的踪迹"[3],于是,他郑重地提出要"跨越文化断裂带"[4]。韩少功、李杭育、郑万隆等人则侧重于从哪里寻找文化根源的角度对问题展开讨论。韩少功以"绚丽的楚文化流到哪里去了"为问题,认为:"文学有根,文学之根应深植于民族传统文化的土壤里,根不深,则叶难茂。"[5]李杭育则说:"我以为我们民族文化之精华,更多地保留在中原规范之外。规范的、传统的'根',大都枯死了……规范之外的,才是我们需要的'根',因为它们分布在广阔的大地,深植于民间的沃土。"[6]郑万隆则将笔触伸向自己从小长大的地方——黑龙江边上:"一个汉族淘金者和鄂伦春猎人

---

[1] 可参见蔡翔的《有关"杭州会议"的前后》(《当代作家评论》2000 年第 6 期)和韩少功的《杭州会议前后》(《上海文学》2001 年第 2 期)等文章。
[2] 阿城:《文化制约着人类》,1985 年 7 月 6 日《文艺报》。
[3][4] 郑义:《跨越文化断裂带》,1985 年 7 月 13 日《文艺报》。
[5] 韩少功:《文学的"根"》,《作家》1985 年第 4 期。
[6] 李杭育:《理一理我们的"根"》,《作家》1985 年第 9 期。

杂居的山村……那个地方对我来说是温暖的,充满欲望和人情,也充满了生机和憧憬。"[1]创作上,一大批有明显"文化倾向"的作品也成为气势,比如:阿城的《棋王》(1984年)、《树王》(1985年)、《孩子王》(1985年),韩少功的《爸爸爸》(1985年)、《女女女》(1986年)、《归去来》(1985年),李杭育的《最后一个渔佬儿》(1983年)、《沙灶遗风》(1983年),王安忆的《小鲍庄》(1985年)、《大刘庄》(1985年),张承志的《北方的河》(1983年)等小说;杨炼的包括《诺日朗》《半坡》《敦煌》等在内的大型组诗《礼魂》(1982—1984年)等,以及贾平凹的散文《商州初录》(1983年)、《商州又录》(1985年)、《商州三录》(1988年)等。在电影界,陈凯歌的《黄土地》(1984年)、张艺谋的《红高粱》(1987年)等作品也体现了文化反思的主题,这些存在都标示着"寻根话语"成为文学事件的可能性。以此,"文化寻根"成为了一股热潮。

80年代中后期,与"寻根"口号几乎是同时形成热门话题的是"回到文学自身"的口号。经历了注重作品主题、内容、社会责任、意识形态等要素的"十七年"文学和"新时期文学",80年代的文学对此进行了反省,更注重艺术形式的变革,视"形式""语言"为艺术"本体"的看法影响力渐大。同时,在文学理论和文学批评方法上,欧美的"新批评"、俄国的"形式主义"理论引入中国,产生了很大的影响力,特别是1984年韦勒克、沃伦的《文学理论》中译本的出版,使中国的学界进一步关注起艺术形式的问题。文学研究从侧重文学与政治意识形态、社会关系的"外部研究"转向了侧重于各要素之间的关系及文学作品本身的审美特点的"内部研究"。在小说创作上,有批评家直接提出了注重"怎么写"而不是"写什么",认为:"因为正如人是一个自足的自主体一样,文学作品是一个自我生成的自足体……形式不仅仅是内容的荷载体,它本身就意味着内容。在写什么和怎么写之间,很难把前者绝对地确定为文学家们的最终创作目的。"[2]这样的认知也代表了80年代在艺术革新上对语言表述方式的认同,诗歌上出现了"诗到语言"为止的说法,小说上出现了语言实验文本探索,小说艺术表达的可能性,形成了"先锋文学"潮流。

从时间上看,1987年无疑是"先锋小说"摆出强大阵容集体亮相的年代。在这一年里,《人民文学》的第1—2期合刊上,集体推出了孙甘露的《我是少年酒坛子》、北村的《谐振》、叶曙明的《环食·空城》等作品。《收获》的第5、6期则集体推出了苏童的《一九三四年的逃亡》、余华的《四月三日事件》和《一

---

[1] 郑万隆:《我的根》,《上海文学》1985年第5期。
[2] 李劼:《试论文学形式的本体意味》,《上海文学》1987年第3期。

九八六》、孙甘露的《信使之函》、格非的《迷舟》等作品。这些作品以鲜明的话语意识和形式实验掀起了一股热潮。一定意义上，也正是当时的批评家、编辑和作家的共同作用，推出了这样一股潮流。因此，一批年轻的作家，如马原、洪峰、莫言、残雪、余华、苏童、格非、叶兆言、孙甘露、北村、叶曙明等人及作品，被文学史命名为"先锋文学"走上了文坛，不仅成为80年代文学史上不容忽视的文学现象，其在艺术创作手法及艺术观念上的探索和变革，也成为真正改变中国小说艺术观念的重要变革力量。然而，1989年左右，"先锋小说"却快速地消退了下去，当普通读者还在为无法理解作品的叙述方式而困惑时，作家们自己却纷纷降低了语言形式实验的力度，至90年代初期，已基本形成了更能为一般读者接受的叙述风格，甚至有一些作家走向了与商业文化相结合的创作之路。这种探索精神的锐减，既有商业文化时代对作家生存的挤压的因素，也无疑为中国先锋精神的探索留下了精神锐度不够的遗憾。

80年代文学与当代注重社会政治问题的传统出现了分裂的另一股文学潮流，则属于"新写实主义小说"，更确切地说，关于"日常生活"的叙事进入了公众的视野，人们更热衷于关注事关生存的世俗生活了。这股文学潮流的形成同样离不开文学批评家和编辑家们的推动。在1988年10月，《钟山》杂志与《文学评论》杂志联合召开的"现实主义与先锋派文学"的讨论会上，大家普遍表达了这样一种情绪："先锋小说"已处于困顿期，中国文学的发展需要寻找新的生长点，而现在文坛上出现的一些"现实主义"作品是具有重要意义的[1]。这些"现实主义作品"便是一些以一种极为客观的叙述语气去书写普通人的日常生活的作品。《钟山》杂志从1989年第3期开始，专门开辟了"新写实小说大联展"的专栏，并在其"卷首语"中对其概念进行了界定，认为："不同于历史上已有的现实主义，也不同于现代主义'先锋派'文学"，"这些新写实小说的创作方法仍是以写实为主要特征，但特别注重现实生活原生形态的还原，真诚直面现实、直面人生。"[2]尽管"大联展"推出的作品的风格并不十分统一，但是，作为一股文学思潮，"新写实小说"成为了80年代后期及至90年代的重要文学现象。像池莉的《烦恼人生》(1987年)、《不谈爱情》(1988年)、《你是一条河》(1991年)，方方的《风景》(1987年)、《黑洞》(1988年)、《纸婚年》(1991年)，李晓的《继续操练》(1986年)、《关于行规的闲话》(1988

---

[1] 李兆忠：《旋转的舞台——现实主义与先锋派文学研讨会纪要》，《文学评论》1989年第1期。
[2] 《新写实小说大联展·卷首语》，《钟山》1989年第3期。

年),刘恒的《狗日的粮食》(1986年)、《伏羲伏羲》(1988年),刘震云《塔铺》(1987年)、《新兵连》(1988年)、《单位》(1988年)、《一地鸡毛》(1990年),叶兆言的《艳歌》(1989年)、《关于厕所》(1990年)等被视为"新写实小说"的代表作。

第二节　诗　歌

80年代的诗歌是热烈而又多元的,堪称诗人的"黄金时代"。当"朦胧诗"方兴未艾之时,便有一批年轻的诗人喊着"北岛PASS"的口号,组建了一个又一个的诗歌社团,大胆地表白诗歌主张并自主创办发行一本本诗歌刊物。对这群诗人的亮相来讲,1986年是一个重要的年份,这一年的10月,《深圳青年报》和安徽《诗歌报》推出"中国诗坛1986'现代诗群体大展",展出了"朦胧诗"后自称的"诗派"60余家,而且,到了1989年,这两家单位再次推出一批"诗派",也有60余家。有评论家这样说过:"1986——在这个被称为'无法拒绝的年代',全国2 000多家诗社和十倍百倍于此数字的自谓诗人,以成千上万的诗集、诗报、诗刊与传统实行着断裂,将80年代中期的新诗推向了弥漫的新空间,也将艺术探索与公众准则的反差推向了一个新的潮头。至1986年7月,全国已出的非正式打印诗集达905种,不定期的打印诗刊70种,非正式发行的铅印诗刊和诗报22种。其中,以四川'非非主义'为代表的诗歌探索群体,已向体系化、流派化方向发展。1986年9月在兰州召开的'全国诗歌理论讨论会'上,无论是自囿于沉寂原序的中老年批评家,还是呈挑战者姿态的青年理论者,都对纷纭庞大的诗坛现断面,发出了驾驭的困惑。"[1]更重要的是,这次诗群"大联展"的进行,不仅仅是因为民间诗歌数量的暴涨,而是他们对诗歌的发展报以坚定的信念和具有重大价值和意义的理想,这是90年代以后中国的诗歌再也无法找到的情怀。

评论者和诗人们,普遍地要从刚刚过去的"朦胧诗派"的论争中,去突围权威,寻找出新的艺术生长点,树立新的诗歌自我的热情。一时间,文坛出现了诗歌流派林立的局面,其中,像"非非主义""整体主义""他们文学社""大学生诗派""新传统主义""莽汉主义""撒娇派"等是有较大的影响力且有鲜明的

---

[1] 徐敬亚:《中国诗坛1986'现代诗群体大展》,1986年9月30日《深圳青年报》。引自徐敬亚等编:《中国现代主义诗群大观1986—1988》,同济大学出版社1988年版,第560页。

诗歌主张的派别。周伦佑、蓝马、杨黎、敬晓东、刘涛、何小竹、尚仲敏、李亚伟、于坚、韩东、陆忆敏、朱文、朱朱、万夏、马松、胡冬等诗人活跃于文坛。这些流派和诗人，在文学史上被称为"第三代诗""新生代诗歌"，诗人们或倡导"感觉还原""意识还原""语言还原"[1]，或主张诗歌是"回到诗歌本身""回到个人"，或追求诗的语言的"口语化"[2]。普遍追求诗是对充满"世俗味"的日常生活的描述，以一种反理想、反崇高的姿态，在语言和语言的运用中去感受生命和生活的色彩。比如，于坚的诗歌《那时我正骑车回家》（1986年）将秋的情景定格为骑车回家时，遇到秋天的一场大风，秋风吹乱了大街上的人和东西，吹得"我"和沙粒一起滚动，吹落了树叶。于是，秋天的到来仅存在于我感受到风的那瞬间，而这种感受早已经没有了传统意义上悲秋的伤感，仅仅是一个秋天到来的事实而已。

　　"女性诗歌"也以中国现当代文学史上从未有过的规模和姿态呈现了出来。从1985年到1989年，《诗刊》《人民文学》《诗歌报》先后以大幅版面刊出翟永明、伊蕾、唐亚平、海男等人的作品。这批诗人及诗作的出现，进一步促动了80年代后期中国文坛上女性发出的对抗和消解男权意识的话语的弥漫。私人化的经验在笔尖流淌，激情与神秘的意象在言语间交缠。

　　与80年代初期女性诗歌中表达的真善美、人的尊严、平等诸主题相比，这一浪潮中显示出的女性意识则展示出了一种非理性、反崇高、反优美的色彩。诗歌在主题意象上往往专注于表达女性个体对生活及自我身体的感性体验，执着地暴露个体生命之于生活和生存的困惑、不安与玄秘，甚至通过性的体验等私密性体验来张扬女性的知与感，将对女性生命个体的探索推向一种新的极致。翟永明的《女人（组诗）》（1986年）便是较早完成了展示鲜明的女性立场的作品，明确地展示了女性的自我世界：一个女人处处洋溢着身体的力量，奋不顾身地奔向自己追求的目标，在世界中，颤抖而又坚决的生存。即诗歌给我们展示出一个在尖锐而又焦灼情绪中塑造自我的女性形象，这种感性化的语言也正是作者所要表达的女性世界。伊蕾的组诗《独身女人的卧室》（1987年），更大胆地展示了女性之于身体、之于性的感知和渴望，以此来呈现"女性"。其中《自画像》这首诗围绕着自画像来书写自我，用坚定而又重复的语气执着地表达着对自我的确认，包括点滴的爱恋情绪，通过身体的展

---

[1]　参见周伦佑、蓝马：《非非主义宣言（1986）》，徐敬亚等编《中国现代主义诗群大观1986—1988》，同济大学出版社1988年版，第33—35页。

[2]　参见韩东的《艺术自释》，徐敬亚等编：《中国现代主义诗群大观1986—1988》，同济大学出版社1988年版，第52页。

示将作为女性的自我展现其最大能量。

这些女性诗歌中,诗人们特别钟情于"黑色""黑夜"等意象。诗歌的标题上便可见一斑,如翟永明的《黑房间》(1986年),而唐亚平的长诗《黑色沙漠》(1986年)中的小诗都以黑色的意象为题,从《黑夜》《黑色沼泽》《黑色眼泪》,到《黑色犹豫》《黑色睡裙》等,正像她自己在标题下所言:"我的眼睛不由自主地流出黑夜,流出黑夜使我无家可归。"[1]黑色成为这些女诗人诗作的底色,黑夜意识在诗歌行文间的流淌,指向的不仅是"女性诗歌"在意象表达上与之前作家的差异,更重要的是,她们借助于这样一种书写,以一种锐利的方式呈现女性内心深处的世界,并实现着反抗、自我拯救或者是逃离。她们不仅热衷于书写黑夜,而且,积极地创造着黑夜,似乎在黑夜或黑色中的自白才能找到最有力量和最真实的自我。黑夜显然成为了表达女性意识的意向选择,在黑夜中她们伸展自我的身体、情感和思想,触摸着世界的冷峻与清冷,更在黑夜中探秘自我的心灵,解放着自我的情绪,寻找存在的真实感,打开了现代女性的精神之门,并创造出独特的诗意诗情。这也代表了中国女性主义意识的表达进入了一个新的时期。

此时,在追求诗的口语化、感觉的平面化的诗歌潮中,也有以海子、骆一禾为代表的一些年轻诗人,主张为诗寻找一个可以寄托自己理想的家园,诗歌中表现得最明显的是厚重的生命意识、传统诗学的延承、对精神神圣性的追求等。比如,海子的诗歌《亚洲铜》(1985年),借助于这一具文化隐喻的物象,连接出千年历史绵延的厚重感,创造了一种史诗般的感觉。他的《太阳·土地篇》(1987年)则借助于"土"和"火"这样充满抽象感、象征性和凝练性"元素"来建构贯穿全诗的精神内涵。骆一禾诗歌体现出的对生命、自然的深思和广度不亚于海子。有评论家曾将海子、骆一禾的创作称之为"诗歌先知运动"[2]。骆一禾诗中体现出的强烈的审思人类的精神气质和灵魂归宿的思想,成就了诗的人文精神,也成就了诗意的厚重感。比如,他的诗歌《为美而想》(1988年)中,诗人选择了大地鲜花盛开、万物生长的五月这一季节来承载其对美的想象和礼赞,从河流、岩石、雷电、地衣、青苔、工蜂等诸多的自然之物中,导向沉思之美。这样的深思和精神追求,在其他第三代诗人那里,显得格格不入,然而,细细品读,海子和骆一禾诗中传达出来的一代人的精神

[1] 唐亚平:《黑夜(序诗)》,谢冕主编:《中国新诗总系7·1979—1989》,人民文学出版社2010年版,第404页。
[2] 朱大可:《先知之门——海子与骆一禾论纲》,崔卫平编:《不死的海子》,中国文联出版公司1999年版,第127页。

困境和诗意渴望,与那些用口语化的语言来表达"此在感"的诗作有着共通的精神诉求,只是一个以沉重的前行的姿态进行,一个以谐趣的调侃的姿态进行;在寻找人活着的意义和知觉上,一个最终靠近了哲学的思辨和宗教的启示,一个不断地靠向世俗中的日常生活。

或许是一种巧合,或许是一种象征,我想更多的是一种精神气质的相通性,一种诗歌理想崩塌的暗示,1989年海子和骆一禾离世之后,第三代诗歌的浪潮也面临着落潮的命运。在90年代的经济浪潮中,曾经聚集得热热闹闹的诗派走向了解体,诗人们或出国、或下海、或停笔、或改写小说、或从事影视行业、或另谋他职等等。当然,90年代的诗坛也响起了"知识分子"写作和"民间"写作的声响,然而,无论从诗人的情感,还是诗作的诗情来看,90年代的诗歌没有了80年代的混乱和繁荣,躁动和激情了。

第三节 小 说

80年代的小说浪潮迭起,经历了"寻根文学""先锋小说""新写实小说",几乎在每一次的文学潮流的起伏中,小说的创作都以其作品数量众多、影响力广泛而处于重要的位置,特别是一批年轻的小说家,以积极探索的姿态走向文坛,给小说艺术变革带来了新的气象。

阿城、韩少功、王安忆等人的"寻根小说",以寻找中国传统文化的命题走向文坛,却在面对传统文化的不同姿态中,调动了文学语言想象的力量,最初营造了80年代文坛文学实验的气氛。比如,阿城的《棋王》(1984年)塑造了王一生这一形象,他只钟情于两件事情:"吃"和"下棋"。王一生身形孱弱,吃起东西来一丝不苟,仿佛只沉静于自我的世界中,下起棋来内力鹊起,仿佛与茫茫宇宙之气息相互贯通。阿城将王一生的这种沉静和脱俗,与知青上山下乡热潮的嘈杂相互对立来展示,力图表现传统文化中的道家文化思想。韩少功的《爸爸爸》通过描写湘山鄂水间一个偏远、封闭的小山寨中充满象征意味的历史变迁故事,隐喻了一种封闭、愚昧、落后,却支撑着生命的延续的民族文化形态。故事中的丙崽,只会嘟哝"爸爸爸"和"×妈妈"两句话,却因着几番的"不死"被村里人神化并最终成为依然活下去的人之一。小说展示了一种难以根除的愚昧时,也探索了生存的艰难和生命存在的方式。丙崽的那两句话,不仅仅指向了愚昧的文化的理性批判,也指向了生命延续的无理性的隐喻,小说意味绵长,给人无限的思考空间。

"先锋小说"的集体演绎,无论从当时还是今后的影响力来讲,都是中国小说艺术演变史上最重要的事件。"马原的叙述圈套"[1]因一位不断从故事情节中跳出来说话的叙述者,打乱了真实完整的故事情节,制造了真真假假混合不清的各种事件,直接地向读者呈现了小说是虚构的艺术观念。残雪、余华、苏童等人关于死亡、暴力的冷静客观的描述,表明随着西方现代主义文学的引进和影响,小说中的现代意识越来越强烈。比如,残雪的《山上的小屋》(1985年)给人独特的审美体验。叙述者"我"对周围的世界无比恐惧,特别是他的亲人们也充满着威胁。"父亲每天夜里变为狼群中的一只,绕着这栋房子奔跑,发出凄厉的嗥叫","妈妈老在暗中和我作对","小妹的目光永远是直勾勾的,刺得我脖子上长出红色的小疹子来"[2]。在种种噩梦般的印象中,充满了变异错乱的感觉。总之,残雪的小说以极端化的故事情节,展示了内心体验的阴暗面,以此来透视人性的黑暗和丑陋,人与人之间的残酷。莫言小说中的充满色彩感的叙述,将小说语言的感性色彩充分呈现,将故事指向对人的生命力及生命感的展示。其他作家,如格非、孙甘露等人在小说故事时间上的处理技巧,体现了"先锋小说"打破线性叙事时间结构的特征,呈现了存在的不确定性。总之,"先锋小说"以一种文学实验的姿态,突破了长期以来现实主义的创作理念和方法,将艺术真实的定义从现实主义方法中解放了出来,极尽展示了小说虚构之能,以达到更深层次的对世界的感觉的真实。余华就说过:"当我发现以往那种就事论事的态度只能导致表面的真实以后,我就必须去寻找新的表达方式。寻找的结果使我不再忠诚所描绘事物的形态,我开始用一种虚伪的形式。这种形式背离了现状世界提供给我的秩序和逻辑,然而却使我自由地接近了真实。"[3]

　　"新写实小说"的作品中,叙述者以冷静客观的姿态记录日常生活的点点滴滴,展示普通人的生存状态。方方《风景》(1987年)的叙述者是一个死后被埋在自家窗台下的婴孩。小说通过这一视角,将一个缺乏温情的家庭以及七哥的生存法则作了淋漓尽致的展现。七哥从小就生活在一个猪狗不如的环境中,家中充满了暴力和冷漠,这样环境下成长起来的人的内心是异化的,心灵世界是冷漠的,所以,他对除了自己利益之外的世间一切都毫不在乎,甚至对于所谓的清廉、财富乃至死亡的认知,也充满了利益化的眼光。小说正是通过七哥这位人物,达到了展示武汉长江边上的棚户区人们的生存现状的

[1] 吴亮:《马原的叙述圈套》,《当代作家评论》1987年第3期。
[2] 残雪:《山上的小屋》,《人民文学》1985年第8期。
[3] 余华:《虚伪的作品》,《上海文论》1989年第5期。

目的。池莉的《烦恼人生》(1987年)完全按照物理时间结构叙述时间,写了工人印家厚一天的生活:起床、洗漱、渡江、上班、吃午饭、接儿子、回家、睡觉等等。整个人就处于这样无休无止的日常琐事中,小说在展示他的烦恼时,却也给了一个光明的结局,让夜晚躺在床上的印家厚感受到了生活的温情。总之,"新写实小说"将笔触向普通人的日常生活,指向跟人的生存最相关的日常事件。像刘恒的《狗日的粮食》(1986年)、《伏羲伏羲》(1988年)这样的作品,虽然客观记录日常生活的特色不那么明显,但在主题上清晰地指向了事关生存的最基本的食与性主题。

除了各大文学潮流中的作家,80年代的小说气象更新,时不时有新的艺术元素展示出来。比如,王朔以《空中小姐》(1984年)、《浮出海面》(1985年)、《一半是火焰,一半是海水》(1986年)、《顽主》(1987年)等作品引起人们的注意。小说充满调侃意味的语言以及玩世不恭的主人公形象,体现了拒绝崇高、消解神圣、反对权威的精神意旨,在一片反讽的声调中,营造了一股畅快的情绪,击破了人文知识分子惯常的清高、神圣感和使命感。并且,王朔善于从政治语言、英雄形象、庄重场合的调侃中去制造一种现实生活的错位感,以此形成一种对抗现实社会的语言策略,迎合了普通读者调侃现实的兴趣。

他的作品也成了80年代末期以来与影视成功合作的典范,举起了商业化创作的大旗。路遥的《人生》(1982年)、《平凡的世界》(1986—1989年)代表了80年代现实主义创作路向的坚守,小说努力将客观写实主义手法与主观的心理展示相结合,反映了改革开放后引起的中国农村社会的震荡。《平凡的世界》通过塑造孙少安、孙少平两兄弟的个人奋斗史,展示了新旧交替时代,农村文化和城市文化的冲突以及对人的精神的洗涤。兄弟俩的励志精神,激荡了90年代甚至今天众多青年的心灵。张炜的《古船》(1986年)可归于"改革文学"范畴,但无论是人物形象还是现实社会的深广度都有了巨大的超越。小说围绕着洼狸镇粉丝厂及相关农民的命运,展示了洼狸镇近40年的血泪史,成功塑造了隋抱朴这一农民知识分子形象,他既是苦难的承担者,又是改革浪潮中勇于行动者,他的孤寂、自省乃至"原罪感"使他成为一个富有文化象征性的人物。小说也通过象征、魔幻等手法的运用,突破了传统现实主义的写法。

80年代的小说创作处于一种不断创新的良好氛围之中,从理论批评的情况来看,那些充满艺术实验感的作品更受关注,然而,在市场已渐渐主导了作家的生活条件的时代,现实主义创作手法的文本也倍受大众读者的欢迎。

第四节　散　文

整个 80 年代的散文作为"新时期文学"话语资源的重要组成部分,同其他文学体裁一样,一直努力着突破"十七年"以来的散文创作模式。从拒绝"以小见大""托物言志"的主题和结构模式,到摆脱杨朔、刘白羽、秦牧等人的散文范例,到"文体自觉"口号下进行的"美文""艺术散文""抒情散文"等相关散文概念的重新界定,此时期的老一代作家和新一代作家们,以他们不同的人生经历为基础,呈现了风格各异的散文作品。80 年代中期,一些理论探索开始显山露水,对散文的概念、文体自觉都提出了新的要求,散文开始出现创作的丰富性和文体创新上的突破性。国内发表散文的刊物也有所增加,原来只有《随笔》和《散文》两个全国重要刊物,又增加了《散文世界》《杂文报》《散文报》和《散文选刊》等有较大影响力的刊物。中国散文学会也正式成立了。不过,相对于小说、诗歌、戏剧等体裁而言,80 年代的散文整体上处于文坛的边缘地位,其在文体上的变革行进在一条寂寞的道路上。散文界不仅鲜有大家出现,也未能吸引评论家、大众的热情。换言之,相对于"十七年"时期散文受制于国家意识形态关注而产生的"被繁荣"景象、90 年代以来市场经济话语影响下的"散文热"而言,80 年代的散文处于摆脱历史因袭与走向文体蜕变的转型期。

80 年代中期是散文发展的重要时段,此时,越来越多的作家不满足于以往陈旧的表达方式,在作品的主题及写作技巧方面都作了积极的探索,同时,随着理论界对散文概念及散文性质的探索,散文的艺术性越来越强了。这其中不乏是一些老作者重出文坛,提笔创作之后,呈现了一批艺术价值较高的作品。像汪曾祺这样的作家,就给文坛以极大的冲击力。更重要的是,一些中年作家,经过艰难而微妙的审美调整[1],也有了新的进展。刘绍棠、刘成章、冯骥才、陆文夫、田野、李佩芝、李天芳、季红真、周涛、贾平凹、赵丽宏、曹

---

[1] 佘树森、陈旭光在《中国当代散文报告文学发展史》中写道:"在新时期文学发展变革的大背景下,中年散文作家的散文创作,无论从观念上或形式上看,都正处在一个比较艰难而微妙的审美调整阶段。可以说,他们几乎没有一个不曾饱受五六十年代散文美学氛围的熏陶,其中有些人恐怕就是由酷爱并模拟杨朔等人的散文而开始写作的。因此,五六十年代散文的审美观念和风范,对于他们来说就构成一种比较深刻的传统力量和审美定势,而变革,就意味着对这一传统或定势的超越和打破。这就历史地规定了他们不能像一些青年作家那样,一出手便显示出变革的锐气和灵气。"(北京大学出版社 1996 年版,第 160 页。)

明华、叶梦、唐敏、王英琦、斯妤等一大批中、青年作家,积极建构自己的审美范式,创作了一批特色作品。比如,贾平凹的《商州初录》《商州又录》等作品是影响力较大的,作者通过展示商州、静虚村、关中等地的自然、文化风景以及生活情态,营造了一种书写当地文化的散文风韵,并且,将人们的生活变动与传统的朴素道德观念结合在一起,去表现商州人的文化传承。周涛的散文以新疆的自然、人文景观为写作对象,融议论、抒情和叙事于一体的风格中,展示了作者对西部自然山水、人物性情的深切关怀等等。

80年代,一批女性散文家以群体出场的方式介入创作领域,格外引人注目,并出现了"女性散文"的概念。这批女作家有季红真、王英琦、唐敏、韩小惠、李佩芝、叶梦、苏叶、斯妤、马丽华、黄茵等。她们善于从日常生活的细微中发现诗意,往往通过书写日常生活来展示新时期女性对于女性身份的理解和建构,并在对自我心理、情绪的敏感捕捉中,营造一种细腻的感性情调。从游记、生活见闻中来表达她们的女性观,或直击男权社会对女性的有色眼光,或表达自己的女性主张,代表了本时期众多女性主义者带着点激进色彩的女性主义观。相较于以往的女性散文家,她们往往更侧重于书写女性的个体体验来表达女性的特征,甚至产生了一些特别注重书写女性独特的生活方式、生活感受的"小女人散文",这样的散文在90年代曾一度风靡文坛。比如,李佩芝、斯妤等人,家长里短、衣食琐事都成了她们叙写的对象,建构女性世界的淡雅人生。

当时王英琦创作颇丰,并以直接、大胆地裸露个性和对男性世界的感言为特色。像《没工夫闲愁》(1990年)、《我遗失了什么》(1986年)、《写不出自传的人》(1986年)、《大唐的太阳,你沉沦了吗?》(1985年)、《被"造成"的女人》(1989年)等作品,充分体现了她所坚持的女性意识,字里行间流露出来的"义正辞严"的坚决感,以及女性角色定位的矛盾性,体现出作者的坦诚、强烈的批判性、躁动不安乃至决绝感。比如《写不出自传的人》一文,以自己的身世为叙述对象。记叙了自己是一个私生女的经历和情感。自小就被养父母收养,从小就有种动荡不安的无"根"感,长大后,离家出走,四处闯荡,曾经一人独闯大西北,生活落脚点也不断变化,先是从安徽到河南,又从河南到安徽,从城市到郊区,又从郊区到城市,在漂泊的人生中,感受着世态炎凉、流言蜚语,内心充满怨愤、困惑和恐惧,又在坦露艰难和倾诉内心困倦中,塑造出充满粗犷豪爽的阳刚之气的女子形象。行笔的直白和坦露,让人震惊。在王英琦作品中,她寻找的女性形象是超越于传统贤妻良母定义上的形象。这些文字显然充满了说理的自信,在女性角色的定位中,作家更侧重于思辨、说理的方式从观念层面批判现有的女性观,而不是从女性独特的身体体验的层面书写女性独特的情感。一定程度上,王英琦作品中所表现的女性意识并不成熟,无论是她对传统贤妻良母形象的不满,还是对女性爱美心态的批判,都显得振振有词有余而思想性不足。

曹明华,她的散文所呈现的美学形态与当时所有散文几乎都有鲜明的区别。曹明华于 1980 年考入大学便在校园期刊上发表散文,1986 年结集为《一个女大学生的手记》出版,销售总量达到 150 多万册,在当时引起巨大轰动,后来,又出版了《一个现代女性的灵魂自白》(1988 年)等作品。作为一名女大学生,曹明华敏感地捕捉到了当时青年们的一种情绪,用一种自然而又舒缓的语言表现出了青春期的女孩对世界的感悟,她的散文也被称为"曹明华体"或"手记体"。

在 80 年代的女性散文中,我们频频地看到了一个个充满批判眼光的、要对家庭和社会中的男女角色进行重新定位的知识女性,在作者及当时众多女性文学的拥护者中,这样的女性显然被赋予了社会主义新人的想象。从理论上讲,将女性自我的确立建立于人的主体性的解放之上,有助于女性更好地明确自我的生存状态,然而,细细感受之后,我们不难发现,其核心不是"女性的",而是"时代的""社会的"。如果回到现实生活中,这样的想象或努力缺乏生存的自由、安宁和柔婉,而这些正是一个拥有幸福生活的女性所必不可少的条件,这代表了 80 年代女性散文的精神缺失。然而,不管怎么说,女性散文家以群体的方式的出现,代表了女性生命"自我"的追寻达到了自觉化的高度,这也是 80 年代彰显人性解放的重要标志。

第五节　戏　剧

80 年代戏剧(话剧)的兴起源自"文化大革命"结束之后的 70 年代末期,此时,中国话剧结束了长期迟滞不前的状态,在剧本的创作数量及演出次数上首先开创了一个较蓬勃的局面,新老剧作家纷纷开始自己的创作,短短几年间就涌现出了一大批剧作。不过,剧作家很快意识到了过分关注社会问题的戏剧,在故事情节上对政治主题过于切近以及在表现手法上相对单一。同时,随着 80 年代向西方现代派借鉴的浪潮席卷而至,话剧在主题以及表现手法上都积极寻找新的支点。在戏剧理论界和创作界也形成了一次较大规模的"戏剧观"问题的大讨论。至 1985 年左右,新的"戏剧观"产生了较大的影响力,当时就有研究者作过这样的总结:"从对'以情动人'的崇拜到强调诉诸理智,是当代戏剧观重要变化之一。……当前戏剧观的第二个变化是,历来戏剧家重情节,现在有些戏剧作品出现了从重情节向重情绪的转化,也就在描写对象上发生了较大的变化。……当前戏剧观的第三个变化,是戏剧正从规则的艺术向不规则的艺术转化。……当前戏剧观还有一个变化,就是戏剧艺术正从外延分明的艺术向外延不太分明的艺术转化,这和戏剧从规则向不规则转化是相联系的。"[1]至80年代中期,"实验戏剧"(又称"探索戏剧""先锋戏剧")成为了一股独立的浪潮,以大胆反叛传统的艺术创新精神,充满着批判性和尖锐性的锋芒,带动着中国的戏剧走向。在西方现代主义艺术的辐射下,话剧发展呈现出了开放的、多元的态势,无论是戏剧观念还是戏剧展示方式,都走向了更加广阔的空间,在短短的几年间,中国的话剧似乎急于弥补数十年的不足,纷纷在艺术手法和审美思维方式上创新。中国戏剧舞台上产生了大量有影响力的剧本,主要包括:刘树纲的《十五桩离婚案的调查剖析》(1983年)、《一个死者对生者的访问》(1985年),陶骏、王哲东等人编的《魔方》(1985年),王贵等人编的《WM(我们)》(1985年),吴保和等人编的《山祭》(1985年),锦云的《狗儿爷涅槃》(1986年),陈子度等人的《桑树坪纪事》(1988年),沙叶新的《耶稣·孔子·披头士列侬》(1988年)等。这些作品无论在艺术展示形式还是内涵的传达上,都极具创新意识,成为代表80年中国戏剧发展成就的重要作品。

《魔方》被认为是1985年中国实验戏剧的代表作之一,它集中反映了"探索戏剧"在结构设置上的现代性思维框架。作品借用魔方有多解的喻义,将戏剧情节设置为9个互不相关、体裁样式不同、主旨各异的模块,只是通过节目主持人的串说将它们联系在一起,自命为"马戏晚会式"的编剧法,整个结构没有什么明显的戏剧线索,也不讲究情节的高潮起伏和因果相联性,几个模块之间只是一些互不相干的戏剧小品拼成的大拼盘。按照作品开创的这种结构,观众完全可以相信,这个"拼盘"可以无休止地组合下去。这样的组合也引发了多主题、无主题、泛主题的特征。比如,在《黑洞》这一模块中,人物坦露的心迹本来就模糊不清,加上情节的戛然而止,留给观众的更是真假难辨的疑问。《绕道而行》只因一块"绕道而行"的牌子,展示人们的不同表现,似乎作者有意识地跟观众开了个玩笑。可以说,《魔方》中的各个模块完全像一个旋转的现实生活舞台,人们只是在同一时空中上演着各自的人生,

---

[1] 陈恭敏:《当代戏剧观的新变化》,《戏剧艺术》1985年第3期。

这种将生活揉碎的、夸张的方式,也打破了生活的客观性和理性的色彩,变得荒诞离奇。剧作也以此充满了浓厚的哲理思辨色彩,世界就像"魔方"一样变幻无穷,人们可以根据自己的感受、思考、理解、领悟去作出判断。实际上,结构方式的变化意味着剧作者看待世界方式的变化,当各类戏剧突破单一的、封闭式的现实结构,而展示出多元的、开放式的结构方式时,意味着剧作家们不再将世界看作是非此即彼的二元对立空间了,并且,在认识人物的性格、心理及事件发展上,更多的取向于对多层面的内心及事件的多向可能性的发现。

锦云的《狗儿爷涅槃》是一部反映中国农民以土地为命根子的思想的剧作。它在结构上也突破了单一的时空观,通过设置多维时空的方式,让生者与亡魂对话,以此让人物的心理得到了充分的展示。在农民狗儿爷与地主祁永年的亡魂对话中,充分地展现了狗儿爷内心的冲突,展示了狗儿爷实际上一直想成为祁永年那样拥有大量土地的地主的渴望。换言之,通过对人物的内心心理的揭示,展示了有着几千年文化和心理积淀的中国农民的形象。地主祁永年一会儿出现在狗儿爷的回忆中,这是一个真实的地主形象,一会儿又出现在狗儿爷神志不清的幻觉中,这是一个鬼魂的形象。他时而介入狗儿爷的生活,与他发生生活上的冲突,又时而作为人物心态的对立面,站出来嘲弄几句,暴露人物内心的隐秘心思。剧作者将祁永年设置为鬼魂其实也暗示着中国农民内心深处的那种无法摆脱的心思,而这种穿越"现实空间"的设置,无疑为揭示人物的内心隐秘心理提供了很好的途径。人物意识的流动和转移贯穿全剧,并借助于幻影的处理等手法来进一步展示人物心理变化和推进故事情节。全剧运用了荒诞、意识流、魔幻等诸多现代主义表现手法,完成了对中国农民在历史变动面前的身份及心理变化过程的展示,使现实主题有了更深刻的表达。

无论是结构方式的变化,还是象征、荒诞、意识流、魔幻等手法的广泛使用都是实验戏剧的鲜明标示,其体现的是戏剧观念发生了重大的改变,舞台展示手法趋向综合化。戏剧表现手段的丰富化,也代表了对以思想内容表达为核心的"戏剧观"的突破,代表了艺术对人的情感传达的丰富化。80 年代进行的轰轰烈烈的"实验戏剧"到了 90 年代依然遇到了市场需求的冲击、探索的热情度和力度减弱等问题,不过,以牟森、孟京辉、张广天为代表的"先锋戏剧"的创作者们依然进行着不断的探索。

作品选读

你别无选择(节选)

刘索拉

一

李鸣已经不止一次想过退学这件事了。

有才能,有气质,富于乐感。这是一位老师对他的评语。可他就是想退学。

上午来上课的讲师精神饱满,滔滔不绝,黑板上画满了音符。所有的人都神志紧张,生怕听漏掉一句。这位女讲师还有一手厉害的招数就是突然提问。如果你走神了,她准会突然说:"李鸣,你回答一下。"

李鸣站起来。

"请你说一下,这道题的十七度三重对位怎么做?"

"……"

"你没听讲,好,马力你说吧。"

于是李鸣站着,等马力结巴着回答完了,在一片莫名其妙的肃静中,李鸣带着满脸歉意坐下了。他仔细注意过女讲师的眼睛,她边讲课边不停地注意每个人的表情。一旦出现了走神的人,她无一漏网地会叫你站起来坐不下去。

有时李鸣真想走走神,可有点儿怕她。所有的讲师教授中,他最怕她。他只有在听她的课和做她布置的习题时才认真点儿。因为他在做习题时时常会想起她那对眼睛。结果,他这门功课学得最扎实。马力也是。他旷所有人的课,可唯独这门课他不敢不来。

自从李鸣打定主意退学后,他索性常躲在宿舍里画画,或者拿上速写本在课堂上画几位先生的面孔。画面孔这事很有趣,每位先生的面孔都有好多"事情"。画了这位的一二三四,再凭想象添上五六七八。不到几天,每位先生都画遍了,唯独没画上女讲师。然后,他开始画同学。同学的脸远没先生的生动,全那么年轻,光光的,连五六七八都想象不出来。最后他想出办法,只用单线画一张脸两个鼻孔,就贴在教室学术讨论专栏上,让大家互相猜吧。

马力干的事更没意思,他总是爱把所有买的书籍都登上书号,还认真地画上个马力私人藏书的印章,像学校图书馆一样还附着借书卡。为了这件事,他每天得花上两个钟头,他不停地购买书籍,还打了个书柜,一个写字台,把琴房布置得像过家家。可每次上课他都睡觉,他有这样的本事,拿着讲义好像在读,头一动不动,竟然一会儿就能鼾声大作。

宿舍里夜晚十二点以前是没有人回来的。全在琴房里用功。等十二点过后,大家陆陆续续回到宿舍,就开始了一天最轻松的时间。可马力一到这时早已进入梦乡。他不喜欢熬夜,即使屋里人喊破天,他还是照睡不误。李鸣老觉得他会突然睡死掉。所以在十二点钟以后老把他推醒。

"马力!马力!"

马力腾地一下坐起,眼睛还没睁开。李鸣松了口气,扔下他和别人聊天去了。

"今天的题你做完了吗?"

"没有。太多了。"

"见鬼了,留那么多作业要了咱们老命了。"

"又要期中考试了。"

"十三门。"

"我已经得了腱鞘炎。"同屋的小个子把手一伸,垂下手背,手背上鼓出一个大包。

马力对什么都无动于衷,他从不开口,除了他的本科——作曲得八十分,别的科目都是"中"。

李鸣跑到王教授那儿请教关于退学问题的头天晚上,突然发生了地震。全宿舍楼的人都跑出站在操场上。有人穿着裤衩,有人披着毛巾被。女生们躲在一个黑角落里叽叽喳喳,生怕被男生看见,可又生怕人家不知道她们在这里。据说声乐系有两个女生到现在还在宿舍里找合适的衣服,说是死也要个体面。站在操场上的人都等再震一下,可站了半天,什么事也没发生。后来才知道,根本没地震,不知是谁看见窗外红光一闪,就高喊了一声地震,于是大家都跑了出来。

第二天,李鸣就到王教授那儿向他请教是否可以退学。王教授是全院公认的"神经病",他精通几国语言,搞了几百项发明,涉及十几门学问,一口气兼了无数个部门的职称。他给五线谱多加了一根线,把钢琴键重新排了一次队,把每个音都用开平方证实了。这种发明把所有人都能气疯。李鸣最崇拜的就算王教授了。尽管听不懂他说的话,也还是爱听。

"嗯。"

"我不学了。我得承认我不是这份材料。"

"嗯。"

"就这样,我得退学。"

"嗯。"

"别人以为自己是什么就是什么,我以为我不行。"

"嗯。"

"也许我干别的更合适。"

"嗯。"

"我去打报告。"

"嗯。"

李鸣站起来,王教授也站起来:

"你老老实实学习去吧,傻瓜。你别无选择,只有作曲。"

（选自《人民文学》1985年第3期）

导读:

《你别无选择》是80年代受西方现代派影响而创作的重要作品,曾被视为中国真正的"现代派"。作者刘索拉身兼音乐人与作家两重身份,小说便以作者在音乐界的生活为素材,塑造了音乐学院一批性格各异的学生与老师,特别展示了一群年轻的音乐人的叛逆、失落、迷惘和理想追求。小说没有明确的思想主题,小说的语言集夸张、幽默、嘲弄为一体,形成一种类似"黑色幽默"的笔法,音乐般的节奏与年轻人纷杂的思绪融为一体,有了种无理性的荒诞效果。然而,小说却在一种"无主题"的叙述中,以最真实的方式展示了当代青年人的生活处境。

虚构(节选)

马　原

各种神祇都同样地盲目自信,它们惟我独尊的意识就是这么建立起来的。它们以为惟有自己不同凡响,其实它们彼此极其相似;比如创世传说,它们各自的方法论如出一辙,这个方法就是重复虚构。

——《佛陀法乘外经》

1

我就是那个叫马原的汉人,我写小说。我喜欢天马行空,我的故事多多少少都有那么一点耸人听闻。我用汉语讲故事;汉字据说是所有语言中最难接近语言本身的文字,我为我用汉字写作而得意。全世界的好作家都做不到这一点,只有我是个例外。

我的潜台词大概是想说我是个好作家,大概还想说用汉字写作的好作家只有我一个。这么一来我好像自信得过了头。自负?谁知道!

这么自信的人好像应该说些表现自信方面的话,好像应该对自己的小说充满同样信心。比如绝对不必像我这样画蛇添足硬要在现在强迫我的读者听我自报写过些什么东西。

我现在就要告诉你我写了些什么了,原因是我深信你没有(或者极少)读过这些东西。别为我感到悲哀(更别替我不好意思),顺便告诉你,我心安理得泰然自若着呢。

有人说我是为了写小说到西藏去的。我现在不想在这里讨论这种说法是否确切。我到西藏是个事实。另外一些事实是我写了十几万字有关西藏的小说。用汉字汉语。我到西藏好像有许多时间了,我不会讲一句那里的话;我讲的只是那里的人,讲那里的环境,讲那个环境里可能有的故事。细心的读者不会不发现我用了一个模棱两可的汉语词汇,可能。我想这一部分读者也许不会发现我为什么没有用另外一个汉语动词,发生。我在别人用发生的位置上,用了一个单音汉语词,有。

我不讲语言学教程,这个话题到此为止。

我写了一个阴性的神祇,拉萨河女神。我没有说明我在选择神祇性别时的良苦用心。我写了几个男人几个女人,但我有意不写男人女人干的那档子事。我写了一些褐鹰一些秃鹫一些纸鹞;写了一些熊一些狼一些豹子一些诸如此类的其他凶恶的动物;写了一些小动物(有凶恶的)如蝎子,(有温顺的)如羊羔,(也有不那么温顺也不那么凶恶的)如狐狸旱獭。

我当然还写了一些我的同类的生生死死,写了一些生的方式和死的方法。我当然是用我的方法想当然地构造这一切。大概我这样做是为了证明我是个不同凡响的作家。谁知道呢?

我其实与别的作家没有本质不同,我也需要像别的作家一样去观察点什么,然后借助这些观察结果去杜撰。天马行空,前提总得有马有天空。

比如这一次我为了杜撰这个故事,把脑袋掖在腰里钻了七天玛曲村。做一点补充说明,这是个关于麻风病人的故事,玛曲村是国家指定的病区,麻风村。

毫无疑问,我只是要借助这个住满病人的小村庄做背景。我需要使用这七天时间里得到的观察结果,然后我再去编排一个耸人听闻的故事。我敢断言,许多苦于找不到突破性题材的作家(包括那些想当作家的人)肯定会因此羡慕我的好运气。这篇小说的读者中间有这样的人吗?请来信告诉我。我就叫马原,真名。我用过笔名,这篇东西不用。

当然肯定也有另一些人宁可不当作家也决不会铤而走险走我这一步。不走就对了。羡慕的不必羡慕。

实话说,我现在住在一家叫安定医院的医院里;安定医院是对外名称,所有知情的人都知道这是一家精神病院。我住在这里写作。我周围是些老人,这是老人病房。房间里很干净。大约是个二十平方米的房间,有六张病床。

实话说,我当初不知道麻风病的潜伏期最长可达二十年以上。我刚刚出来三个月,现在我还没有呈现任何病兆。

我开始完全抱了浪漫的想法,我相信我的非凡的想象力,我认定我就此可以创造出一部真正可以传诸后世的杰作。

(请注意上面的最后一个分句。我在一个分句中使用了两个——可以。)

我不是个满足于"想一想不是也很好吗"的海明威式的可以自己宽解愁肠的男人。我想了就一定得干,我干了。海明威是个美国佬。

我不敢夸口我是唯一敢这么干的人。因为我进玛曲村认识的第一个人就是另一个这么干的。他说他也不是第一个。

2

你看我有多大年龄。说你第一眼时的直观判断。不要怜悯我。不要说那些想使我高兴一点的话。不。我说了别这样。

这里有镜子。有水。我每天都能看到我。可是我不知道我是否显得衰老。我不知道别人到我这个年龄时的样子。你告诉我实话。你应该知道这没有关系的。我早就从你们的世界里退出来了。那个世界是你们的。

有三十年了。也许四十年。我没去计算时间。时间没法计算。昨天跟今天一个样。今天跟明天一个样。你记不住重复了许多次的早上或晚上。山绿了又黄。我是记不住了。

我是个哑巴。这里人都当我是哑巴。我到这里就再没说过话。我怕我早把汉话忘了。跟你说这些话的时候我敢肯定我还记着。有些事会了就忘不了。游泳就是这样。我七岁那年学会游泳。那好像是一百年以前的事了。不是地道汉族。我爸亲是个做生意的印度人。

我不说话。后来也没人跟我说话了。就不要问这个了。叫什么名字有什么关系呢。这么多年我没有名字一样活着。他们都不叫我。没有人知道我叫什么。他们当我是个聋子。

你真有眼力。这里没有人看出我读过书。我爸亲有钱。是我自己不想再读下去了。

你要吃东西吗。你有再好不过了。我至少几十年没吃过点心了。好吃。我们再不回去就错过吃午饭了。那好。我们就往沟沟里走。

我一直不想这些事。这些事现在想起来好像跟我没有关系了。也许不是关于我的。其实我的别人的又有什么关系呢。

你肯定不信我有一支枪。二十响盒子。我们一会就会看到了。有七发。这么多时间了不知道是不是还能打响。没一点锈。我放的地方雨淋不到。没人知道。没有人往山上爬。我爬山他们都当我是傻瓜。从这儿往上去。

从到这的第一天我就爬山。这条路就是我踩出来的。这种地方没人来。你累了就歇歇。上面的路还远。我尽可能走得远一点。我不放心那支枪。走吧。一会儿累了再歇。

（选自《收获》1986 年第 5 期）

导读：

作者马原，80 年代先锋小说代表作家，"马原的叙述圈套"成为其标志性的叙述方式，并影响了许多作家的写作。《虚构》是其代表作，在故事的叙述过程中，叙述者时不时地出来说话，以表述自己的叙述意图，或对故事叙述行为本身进行评述，以扰乱故事情节的完整性和条理的清晰性，这种被称为"元小说"的叙述方式，成为了"先锋小说"颠覆传统现实主义叙述方式的标志，也为中国小说的发展提供了宝贵的经验。小说中的故事时间也充满了不确定性乃至混乱感，打破了人们在小说中寻找故事情节的连续性和现实感的阅读体验，不断地在人们试图寻找故事情节的发展方向时，告诉人们这只是一种虚构。以此，在小说的世界中，作者沉浸于文字的想象和叙述的力量，在假事真说、真事假说的事件中，陷入自己构置的圈套，更让读者走向故事之外的某种生活体验，以此传达了这样的艺术观念：小说是用虚构来书写真实的艺术。

透明的红萝卜（节选）

莫　言

一

秋天的一个早晨，潮气很重，杂草上，瓦片上都凝结着一层透明的露水。槐树上已经有了浅黄色的叶片，挂在槐树上的红锈斑斑的铁钟也被露水打得湿漉漉的。队长披着夹袄，一手里拃着一块高粱面饼子，一手里捏着一棵剥皮的大葱，慢吞吞地朝着钟下走。走到钟下时，手里的东西全没了，只有两个腮帮子像秋田里搬运粮草的老田鼠一样饱满地鼓着。他拉动钟绳,钟锤撞击钟壁,"喤喤喤"响成一片。老老少少的人从胡同里涌出来,汇集到钟下,眼巴巴地望着队长,像一群木偶。队长用力把食物吞咽下去,抬起袖子擦擦被络腮胡子包围着的嘴。人们一齐瞅着队长的嘴,只听到那张嘴一张开——那张嘴一张开就骂:"他娘的腿!公社里这些狗娘养的,今日抽两个瓦工,明日调两个木工,几个劳力全被他们给零打碎敲了。小石匠,公社要加宽村后的滞洪闸,每个生产队里抽调一个石匠,一个小工,只好你去了。"队长对着一个高个子宽肩膀的小伙子说。

小石匠长得很潇洒,眉毛黑黑的,牙齿是白的,一白一黑,衬托得满面英姿。他把脑袋轻轻摇了一下,一绺滑到额头上的头发轻轻地甩上去。他稍微有点口吃地问队长去当小工的人是谁,队长怕冷似地把膀子抱起来,双眼像风车一样旋转着,嘴里嘈嘈地说:"按说去个妇女好,可妇女要拾棉花。去个男劳力又屈了料。"最后,他的目光停在墙角上。墙角上站着一个十岁左右的男孩子。孩子赤着脚,光着脊梁,穿一条又肥又长的白底带绿条条的大裤头子,裤头上染着一块块的污渍,有的像青草的汁液,有的像干结的鼻血。裤头的下沿齐着膝盖。孩子的小腿上布满了闪亮的小疤点。

"黑孩儿,你这个小狗日的还活着?"队长看着孩子那凸起的瘦胸脯,说:"我寻思着你该去见阎王了。打摆子好了吗?"

孩子不说话,只是把两只又黑又亮的眼睛直盯着队长看。他的头很大,脖子细长,挑着这样一个大脑袋显得随时都有压折的危险。

孩子慢慢地蹭到小石匠身边,扯扯小石匠的衣角。小石匠友好地拍拍他的光葫芦头,说:"回家跟你后娘要把锤子,我在桥头上等你。"

黑孩提着那把羊角铁锤,焉儿古唧地走上滞洪闸。滞洪闸有一百米长,十几米高,闸的北面是一个和闸身等长的方槽,方槽里还残留着夏天的雨水。孩子站在闸上,把着石栏杆,望着水底下的石头,几条黑色的瘦鱼在石缝里笨拙地游动。滞洪闸两头连结着高高的河堤,河堤也就是通往县城的道路。闸身有五米宽,两边各有一道半米高的石栏杆。前几年,有几个骑自行车的人被马车搡到闸下,有的摔断了腿,有的摔折了腰,有的摔死了。那时候他比现在当然还小,但比现在身上肉多,那时候父亲还没去关东,后娘也不喝酒。他跑到闸上来看热闹,他来得晚了点,摔到闸下的人已被拉走了,只有闸下的水槽里还有几团发红发浑的地方。他的鼻子很灵,嗅到了水里飘上来的血腥味……

他的手扶住冰凉的白石栏杆,羊角锤在栏杆上敲了一下,栏杆和锤子一齐响起来。倾听着羊角铁锤和白石栏杆的声音,往事便从眼前消散了。太阳很亮地照着闸外大片的黄麻,他看到那些薄雾匆匆忙忙地在黄麻里钻来钻去。黄麻太密了,下半部似乎还有间隙,上半部的枝叶挤在一起,湿漉漉,油亮亮。他继续往西看,看到黄麻地西边有一块地瓜地,地瓜叶子紫勾勾地亮。黑孩知道这种地瓜是新品种,蔓儿短,结瓜多,面大味道甜,白皮红瓤儿,煮熟了就爆炸。地瓜地的北边是一片菜园,社员的自留地统统归了公,队里只好种菜园。黑孩知道这块菜园和地瓜都是五里外的一个村庄的,这个村子挺富。菜园里有白菜,似乎还有萝卜。萝卜缨儿绿得发黑,长得很旺。菜园子中间有两间孤独的房屋,住着一个孤独的老头,孩子都知道。菜园的北边是一望无际的黄麻。菜园的西边又是一望无际的黄麻。三面黄麻一面堤,使地瓜地和菜地变成一个方方的大井。孩子想着,想着,那些紫色的叶片,绿色的叶片,在一瞬间变成井中水,紧跟着黄麻也变成了水,几只在黄麻梢头飞蹿的麻雀变成了绿色的翠鸟,在水面上捕食鱼虾……

刘副主任的话,黑孩一句也没听到。他的两根细胳膊拐在石栏杆上,双手夹住羊角锤。他听到黄麻地里响着鸟叫般的音乐和音乐般的秋虫鸣唱。逃逸的雾气碰撞着黄麻叶子和深红或是淡绿的茎杆,发出震耳欲聋的声响。蚂蚱剪动翅羽的声音像火车过铁桥。他在梦中见过一次火车,那是一个独眼的怪物,趴着跑,比马还快,要是站着跑呢?那次梦中,火车刚站起来,他就被后娘的扫炕条帚打醒了。后娘让他去河里挑水。条帚打在他屁股上,不痛,只有热乎乎的感觉。打屁股的声音好像在很远的地方有人用棍子抽一麻袋棉花。他把扁担钩儿挽上去一扣,水桶刚刚离开地皮。担着满满两桶水,他听到自己的骨头"咯崩咯崩"地响。肋条跟胯骨连在了一起。爬陡峭的河堤时,他双手扶着扁担,摇摇晃晃。上堤的小路被一棵棵柳树扭得弯弯曲曲。柳树干上像装了磁铁,把铁皮水桶吸得摇摇摆摆。树撞了桶,桶把水撒在小路上,很滑,他一脚踏上去,像踩着一块西瓜皮。不知道用什么姿势他趴下了,水像瀑布一样把他浇湿了。他的脸碰破了路,鼻子尖成了一个平面,一根草梗在平面上印了一个小沟沟。几滴鼻血流到嘴里,他吐了一口,咽了一口。铁桶一路欢唱着滚到河里去了。他爬起来,去追赶铁桶。两个桶一个歪在河边的水草里,一个被河水载着向前漂。他沿着水边追上去,脚下长满了四个棱的他和一班孩子们称之为"狗蛋子"的野草。尽管他用脚指头使劲扒着草根,还是滑到了河里。河水温暖,没到了他的肚脐。裤头湿了,漂起来,围在他的腰间,像一团海蜇皮。

217

(选自《中国作家》1985年第2期)

导读：

　　作者莫言，2012年诺贝尔文学奖获得者，《透明的红萝卜》是体现出其初期创作风格的重要作品。小说以一个备受欺侮、缺少关爱、发育不良的黑孩为主人公，通过他的视角感受着某个特殊时期的社会生活。小说渗透了作家自己童年时期关于孤独与饥饿的体验，以透明的红萝卜赋予了属于那个特殊年代的一抹独特而又神秘的欢乐色彩。作者有意淡化了政治背景和故事情节的连贯性，却以滔滔不绝的语言、奇特的故事场景，充满神秘化、感觉化、体验化的叙事方式带领读者随着感觉的流动，进入一个带点虚幻感的世界中。这种感觉化的叙事，既成为了莫言的一个标志，也代表了80年代中期小说艺术表达方式的更新。

爸爸爸（节选）
韩少功

一

　　他生下来时，闭着眼睛睡了两天两夜，不吃不喝，一个死人相，把亲人们吓坏了，直到第三天才哇地哭出一声来。能在地上爬来爬去的时候，就被寨子里的人逗来逗去，学着怎样做人。很快学会了两句话，一是"爸爸"，二是"×妈妈"。后一句粗野，但出自儿童，并无实在意义，完全可以把它当作一个符号，比方当作"×吗吗"也是可以的。三、五年过去了，七、八年也过去了，他还是只能说这两句话，而且眼目无神，行动呆滞，畸形的脑袋倒很大，像个倒竖的青皮葫芦，以脑袋自居，装着些古怪的物质。吃饱了的时候，他嘴角沾着一两颗残饭，胸前油水光光的一片，摇摇晃晃地四处访问，见人不分男女老幼，亲切地喊一声"爸爸"。要是你冲他瞪一眼，他也懂，朝你头顶上的某个位置眼皮一轮，翻上一个慢腾腾的白眼，咕噜一声"×吗吗"，调头颠颠地跑开去。他轮眼皮是很费力的，似乎要靠胸腹和颈脖的充分准备，才能翻上一个白眼。调头也很费力，软软的颈脖上，脑袋像个胡椒碾捶晃来晃去，须沿着一个大大的弧度，才能成功地把头稳稳地旋过去。跑起来更费力，深一脚浅一脚找不到重心，靠头和上身尽量前倾才能划开步子，目光扛着眉毛尽量往上顶，才能看清方向。一步步跨度很大，像在赛跑中慢慢地作最后冲线。

　　都需要一个名字，上红帖或墓碑。于是他就成了"丙崽"。

　　丙崽有很多"爸爸"，却没见过真实的爸爸。据说父亲不满意婆娘的丑陋，不满意她生下了这个孽障，很早就贩鸦片出山，再也没有回来。有人说他已经被土匪"裁"掉了，有人说他在岳州开了个豆腐坊，有人则说他拈花惹草，把几个钱都嫖光了，曾看见他在辰州街上讨饭。他是否存在，说不清楚，成了个不太重要的谜。

丙崽他娘种菜喂鸡，还是个接生婆。常有些妇女上门来，叽叽咕咕一阵，然后她带上剪刀什么的，跟着来人交头接耳地出门去。那把剪刀剪鞋样，剪酸菜，剪指甲，也剪出山寨一代人，一个未来。她剪下了不少活脱脱的生命，自己身上落下的这团肉却长不成个人样。她遍访草医，求神拜佛，对着木人或泥人磕头，还是没有使儿子学会第三句话。有人悄悄传说，多年前，有一次她在灶房里码柴，弄死了一只蜘蛛。蜘蛛绿眼赤身，有瓦罐大，织的网如一匹布，拿到火塘里一烧，臭满一山，三日不绝。那当然是蜘蛛精了，冒犯神明，现世报应，有什么奇怪的呢？

不知她听说过这些没有，反正她发过一次疯病，被人灌了一嘴大粪。病好了，还胖了些，胖得像个禾场滚子，腰间一轮轮肉往下垂。只是像儿子一样，间或也翻一个白眼。

母子住在寨口边一栋孤零零的木屋里，同别的人家一样，木柱木板都毫无必要地粗大厚重——这里的树很不值钱。门前常晾晒一些红红绿绿的小孩衣裤及被褥，上面有荷叶般的尿痕，当然是丙崽的成果了。丙崽在门前戳蚯蚓，搓鸡粪，玩腻了，就挂着鼻涕打望人影。碰到一些后生倒树归来或上山去"赶肉"，被那些红扑扑的脸所感动，就会友好地喊一声"爸爸——"

哄然大笑。被他眼睛盯住了的后生，往往会红着脸，气呼呼地上前来，骂几句粗话，对他晃拳头。要不然，干脆在他的葫芦脑袋上敲一丁公。

有时，后生们也互相逗耍。某个后生上来笑嘻嘻地拉住他，指着另一位，哄着说："喊爸爸，快喊爸爸。"见他犹疑，或许还会塞一把红薯片子或炒板栗。当他照办之后，照例会有一阵开心的大笑，照例要挨丁公或耳光。如果愤怒地回敬一句"×吗吗"，昏天黑地中，头上和脸上就火辣辣地更痛了。

两句话似乎是有不同意义的，可对于他来说，效果都一样。

他会哭，哭起来了。

妈妈赶来，横眉横眼地把他拉走，有时还拍着巴掌，拍着大腿，蓬头散发地破口大骂。骂一句，在大腿弯子里抹一下，据说这样就能增强语言的恶毒。"黑天良的，遭瘟病的，要砍脑壳的！渠是一个宝（蠢）崽，你们欺侮一个宝崽，几多毒辣呀！老天爷你长眼呀，你视呀，要不是吾，这些家伙何事会从娘肚子里拱出来？他们吃谷米，还没长成个人样，就烂肝烂肺，欺侮吾娘崽呀！……"

她是山外嫁进来的，口音古怪，有点好笑。只要她不咒"背时鸟"——据说这是绝后的意思，后生们一般不会怎么计较，笑一阵，散开。

骂着,哭着,哭着又骂着,日子还热闹,似乎还值得边发牢骚边过下去。后生们一个个冒胡桩了,背也慢慢弯了,又一批挂鼻涕的奶崽长成后生了。丙崽还是只有背篓高,仍然穿着开裆的红花裤。母亲总说他只有"十三岁",说了好几年,但他的相明显地老了,额上隐隐有了皱纹。

夜晚,她常常关起门来,把他稳在火塘边,坐在自己的膝下,膝抵膝地对他喃喃说话。说的词语,说的腔调,甚至说话时悠悠然摇晃着竹椅的模样,都像其他母亲对待自己的孩子:"你这个奶崽,往后有什么用啊?你不听话啰,你教不变啰,吃饭吃得多,又不学好样啰。养你还不如养条狗,狗还可以守屋。养你还不如养头猪,猪还可以杀肉咧。呵呵呵,你这个奶崽,有什么用哪,眦眦大的用也没有,长了个鸡鸡,往后哪个媳妇愿意上门罗?……"

丙崽望着这个颇像妈妈的妈妈,望着那死鱼般眼睛里的光辉,舔舔嘴唇,觉得这些嗡嗡的声音一点也不新鲜,兴冲冲地顶撞:"×吗吗。"

母亲也习惯了,不计较,还是悠悠然地前后摇着身子,竹椅吱吱呀呀地呻吟。

"你收了亲以后,还记得娘么?"

"×吗吗。"

"你生了娃崽以后,还记得娘么?"

"×吗吗。"

"你当了官以后,会把娘当狗屎嫌吧?"

"×吗吗。"

"一张嘴只晓得骂人,好厉害咧。"

丙崽娘笑了,眼小脖子粗。对于她来说,这种关起门来的模仿,是一种谁也无权夺去的享受。

(选自《人民文学》1985年第6期)

导读:

《爸爸爸》是"寻根文学"的代表作品之一。小说的主人公丙崽来历不明、外形怪异丑陋,总也长不大,唯一会说的两句话就是"爸爸"和"×妈妈",在鸡头寨中受尽了村民的侮辱,然而在鸡头寨衰亡之时,丙崽却依然顽强地活了下来,并因着几番的"不死"被村民神化。作者通过淡化故事背景、描摹怪异的人事和引入神话传说等,给作品蒙上了一层神秘的色彩,在神秘的背后隐藏着高度的象征性、寓言性,展示了一种落后、愚昧、封闭的文化形态。同时,小说探索了生存的艰难和生命存在的方式。丙崽的那两句话,不仅仅指向了愚昧的文化的理性批判,也指向了生命延续的无理性的隐喻,小说意味绵长,给人无限的思考空间。

浮躁(节选)

——州河纪事

贾平凹

1

州河流至两岔镇,两岸多山;山曲水亦曲,曲到极处,便窝出了一块不大不小的盆地。镇街在河的北岸,长虫的尻子,没深没浅的,长,且七折八折全乱了规矩。屋舍皆高瘦,却讲究黑漆门面,吊两柄铁打的门环,二道接檐,滚槽瓦档,脊顶耸起白灰勾勒而两角斜斜飞翘,俨然是翼于水上的形势。沿山的那面街房,后墙就蹬在石坎上,低于前墙一丈两丈,甚至就没有了墙,门嵌在石壁上,凿穴而居。那铁爪草、爬壁藤就缘门脑繁衍,如同雕饰。山崖的某一处,清水沁出,聚坑为潭,镇民们就以打通节关的长竹接流,直穿墙到达锅上,用时将竹竿向里捅捅,不用则抽抽,是山地用自来水最早的地方。背河的这面街房,却故意不连贯,三家五家了隔有一巷,黑幽幽的,将一阶石级直垂河边,日里月里水的波光闪现其上,恍忽间如是铁的环链。在街上走,州河就时显时断,景随步移,如看连环画一样使任何生人来这里都留下无限的新鲜。这好,漫不经心地从一个小巷透视,便显而易见河南岸的不静岗。岗上有寺塔,不可无一,不可有二,直上而成高;三户五户人家错落左右,每一户人家左是一片竹林,右是苍榆,门前有粗壮的木头栽起的篱笆,篱笆上生就无数的木耳,家来宾客了便用铲子随铲随洗入锅煎炒,屋后则是层层叠叠的墓堆,白灰搪着墓楼,日影里白得生硬,这便是这户人家的列宗列祖了。岗下是一条沟,涌着竹、柳、杨、榆、青桐梧桐的绿,深而不可叵测神秘得你不知道那里边的世界。但看得见绿荫之中,浮现着隐约的屋顶,是三角的是长方的是斜面的是一组不则不规的几何图形。鸡犬在其间鸣叫,炊烟在那里细长,这就是仙游川,州河上下最大的一处村落。但它的出口却小得出奇,相对的两个石崖,夹出一个石台,直上直下,挂一帘水,终日里风扯得匀匀的,你说是纱也好,你说是雾也好,总是亮亮的,白!州河上的阴阳师戴着一副石头镜揣着一个罗盘,踏勘了方圆百十里地面,后来曾说:仙游川沟口两个石崖,左是青龙,右是白虎,中间石台为门槛;本来是出天子的地方,只可惜处在河南不在河北,若在河北面南那就是"圣地"无疑了。阴阳师的学说或许是对的或许是不对,但仙游川的不同凡响,却是每一个人能感觉到的,他们崇拜着沟口的两个石崖,谁也不敢动那上面的一草一石,以致是野枣刺也长得粗若一握了。静夜子时,墨气沉重,远远的沟脑处的巫岭主峰似乎一直移压河面,流水也粘糊一片,那两个石崖之间的石台上就要常出现两团红光。这是灯笼,忽高忽低往复游动如磷火,前呼一声"回来了——?"后应一声"回来了——!"招领魂魄,乞求幸运,声声森然可惧。接着就是狗咬,声巨如豹,彼起此伏,久而不息。这其实不是狗咬,是山上的一种鸟叫;州河上下千百里,这鸟叫"看山狗",别的地方没有,单这儿有,便被视若熊猫一样珍贵又比熊猫神圣,作各种图案画在门脑上,屋脊上,"天地神君亲"牌位的左右。

金狗,不静岗的土著,在州河里独立撑排时十六岁,将三张排用葛条连了过青泥涡滩飘忽如蛟龙。其祖天彪,清末白石寨船帮会馆主,因与朝廷驻寨厘金局作对,被五马分尸在两岔镇。自此代代不在州河弄船。金狗母身孕时,在州河板桥上淘米,传说被水鬼拉入水中,村人闻讯赶来,母已死,米筛里有一婴儿,随母尸在桥墩下回水区漂浮;人将婴儿捞起,母尸沉,打捞四十里未见踪影。

金狗生世奇特,其父以为有鬼祟,欲送寺里做佛徒,一生赎罪修行。韩文举跑来,察看婴儿前胸有一青痣,形如他胸前墨针的"看山狗"图案,遂大叫此生命是"看山狗"所变,自有抗邪之气,不必送到寺里,又提议孩子起名一定要用"狗"字。结果查阅家谱,这一辈是金字号,便从此叫了金狗。

12

金狗背着行李一直往前走,热闹和美丽扑面而来,因为州河并不再上涨,水不会冲进来毁掉这个边城,城中的市民在几天的惶恐之后又心安理得了。从老城到新城,每一家商店的门口都有录音机在鸣放流行歌曲,鸣放着急躁的迪斯科,那坐店的女子要么白脸红嘴冷若冰霜呆坐如木,要么细腰硕臀随音乐而摇摆不已。隔七家八家过去,那墙上就张贴了各式各样的广告,武打片电视录像的内容介绍写得血淋淋,触目惊心。而骑着三轮车、推着自行车兜售的书报摊上,充斥了凶杀侦探和色情。州城人有州城人的审美,金狗身处其中,只感到新鲜惊奇和冲动,当他站在那里询问一群男女:州城报社在什么地方,这些男女一起看着他,突然放声大笑走散了。金狗先是面红耳赤,但立即他更大声地发笑,他在强烈的自卑中建立起自己的自尊:州城难道就是你们的州城吗?我金狗现在来了,瞧着吧!

三个月后,金狗被调到了记者部。记者部更是热闹的部门,那些年轻的记者,上衣口袋里总装着记者证,且偏外露出一指红的颜色,在街上惹每一个人注意。金狗跟着老记者,学会了采访,学会了处理各种复杂局面,学会了应酬各类人,也学会了做记者的派头。他努力在克服着农民意识,要把势扎起来。一想到自己是记者,什么也不胆怯了。他现在真正明白到,记者的权力说没有,什么也没有,说有,什么都有! 每天,送给记者部的请柬很多,邀请的电话也不断,某某企业要开张了,某某公司开座谈会,记者是被请坐上席的。吃饭,鱿鱼海参银耳蘑菇七碟子八碗摆满桌子,白酒甜酒啤酒汽水五颜六色整框端上,题言,留影,末了再送一包礼品,小是电热杯电熨斗电饭锅一应电器家什,大到床单毛毯毛料皮箱高档用品。于是,第二天的报上就登出了某某企业某某公司的消息,产品用不着刊广告了,采购员大放其心地前去订货,既省钱又扬名又推销了货! 金狗简直大吃一惊,没想到报纸的作用这么大,而报社内部竟有这么多奇奇怪怪的事!

(选自《收获》1987 年第 1 期)

导读:

　　《浮躁》是贾平凹以敏锐的洞察力感应时事之作。小说通过主人公金狗务农、参军、复员回乡、州河弄船、做报社记者、被诬陷关押、辞职跑河上运输的人生经历,写出了在改革浪潮中金狗所代表的农民身上的浮躁与不安,真实地反映了改革这一时局给农村生活带来的动荡与变化,并将社会现实的笔触深向了历史文化层面,展示了上个世纪十余年间一幅真实的社会画面。作者在小说后半部分刻意安排了离开农村在外奋斗多年的主人公金狗最终还是选择回到了家乡的情节,其中不管是改革中躁动不安的社会因素还是不安于现实人生的个人因素,都体现了作者感悟复杂的社会环境和宁静的乡土人生的思考。回乡后的金狗是否真正平复了浮躁的情绪呢? 这更是一个值得深思的问题。

烦恼人生(节选)

池　莉

　　早晨是从半夜开始的。

　　昏濛濛的半夜里"咕咚"一声惊天动地,紧接着是一声恐怖的嚎叫。印家厚一个惊悸,醒了,全身绷得硬直,一时间竟以为是在恶梦里。待他反应过来,知道是儿子掉到了地上时,他老婆已经赤着脚窜下了床,颤颤地唤着儿子。母子俩在窄狭拥塞的空间撞翻了几件家什,跌跌撞撞扑成一团。

他该做的本能的第一件事是开灯,他知道。一个家庭里半夜发生意外,丈夫应该保持镇定。可是灯绳却怎么也摸不着!印家厚哧哧喘着粗气,一双胳膊在墙上大幅度摸来摸去。老婆恨恨地咬了一个字:"灯!"便哭出声来。急火攻心,印家厚跳起身,踩在床头柜上,一把捉住灯绳的根部用劲一扯:灯亮了,灯绳却也断了。印家厚将掌中的断绳一把甩了出去,负疚地对着儿子,叫道:"雷雷!"

儿子打着干哕,小绿豆眼瞪得溜圆,十分陌生地望着他。他伸开臂膀,心虚地说:"怎么啦?雷雷,我是爸爸哟!"老婆挡开了他,说:"呸!"

儿子忽然说:"我出血了。"

儿子的左腿有一处擦伤,血从伤口不断沁出。夫妻俩见了血,都发怔了。总算印家厚先摆脱了怔忡状态,从抽屉里找来了碘酒、棉签和消炎粉。老婆却还在发怔,眼里蓄了一包泪。印家厚利索地给儿子包扎伤口,摸了摸儿子的头,说:"好了。快睡觉。"

"不行,雷雷得洗一洗。"老婆口气犟直。

"洗醒了还能睡吗?"印家厚软声地说。

"孩子早给摔醒了!"老婆终于能流畅地说话了,"请你走出去访一访,看哪个工作了十七年还没有分到房子。这是人住的地方?猪狗窝!这猪狗窝还是我给你搞来的!是男子汉,要老婆儿子,就该有个地方养老婆儿子!窝囊巴叽的,八棍子打不出一个屁来,算什么男人!"

印家厚头一垂,怀着一腔辛酸,呆呆地坐在床沿上。

其实房子和儿子摔下床有什么联系呢?老婆不过是借机发泄罢了。谈恋爱时的印家厚就是厂里够资格分房的工人之一,当初他的确对老婆说过只要结了婚,就会分到房子的。他夸下的海口,现在只好让她任意鄙薄。其实当初是厂长答应了他的,他才敢夸那海口。如今她可以任意鄙薄他,他却不能同样去对付厂长。

曙色已朦胧地透过窗帘;大街上已有忽隆隆开过的公共汽车。印家厚异常清楚地看到,所谓家,就是一架平衡木,他和老婆摇摇晃晃在平衡木上保持平衡。你首先下地抱住了儿子,可我为儿子包扎了伤口。我扯断了开关我修理,你借的房子你骄傲。印家厚异常地酸楚,又壮起胆子去瞅起子。后来天大亮了,印家厚觉得自己做过一个关于家庭的梦,但内容却实在记不得了。

还是起得晚了一点。

八点上班,印家厚必须赶上六点五十分的那班轮渡才不会迟到。而坐轮渡之前还要乘四站公共汽车,上车之前下车之后还有各走十分钟的路程。万一车不顺利呢？万一车顺利人却挤不上呢？不带儿子当然就不存在挤不上车的问题，可今天轮到他带儿子。印家厚打了一个短短的呵欠后，一边飞快地穿衣服一边用脚摇动儿子。

"雷雷，不能睡了。爸爸要迟到了，爸爸还要给你煮牛奶。"印家厚急了。

公共的卫生间有两个水池，十户人家共用。早晨是最紧张的时刻，大家排着队按顺序洗漱。印家厚一眼就量出自己前面有五、六个人，估计去一趟厕所回来正好轮到。他对前面的妇女说："小金，我的脸盆在你后边，我去一下就来。"小金表情淡漠地点了点头，然后用脚勾住地上的脸盆，准备随时往前移。

厕所又是满员。四个蹲位蹲了四个退休的老头。他们都点着烟，合着眼皮悠着。印家厚鼻孔里呼出的气一声比一声粗。

返回卫生间，印家厚的脸盆刚好轮到，但后边一位已经跨过他的脸盆在刷牙了。印家厚不顾一切地挤到水池前洗漱起来。他没工夫讲谦让了。被挤在一边的妇女含着满口牙膏泡沫瞅了印家厚一眼，然后在他离开卫生间时扬声说："这种人，好没教养！"

印家厚听见了，可他希望他老婆没听见，他老婆听见了可不饶人，她准会认为这是一句恶毒的骂人话。

儿子说："妈妈再见。"

老婆说："雷雷再见！"

儿子挥动小手，老婆也扬起了手。印家厚头也不回，大步流星汇入了滚滚的人流之中。他背后不长眼睛，但却知道，那排破旧老朽的平房窗户前，有个烫了鸡窝般发式的女人，她披了件衣服，没穿袜子，趿着鞋，憔悴的脸上雾一样灰暗。她在目送他们父子。这就是他的老婆。你遗憾老婆为什么不鲜亮一点吗？然而这世界上就只她一个人在送你和等你回来。

机会还算不错。印家厚父子刚赶到车站，公共汽车就来了。

这辆车笨拙得像头老牛，老远就开始哼哼叽叽。车停了，但人多得开不了门。顿时车里车外一起发作，要下车的捶门，要上车的踢门。印家厚把拎包挂在胸前，连儿子带包一齐抱紧。他像擂台上的拳击家不停地跳跃挪动，观察着哪个门好上车，哪一堆人群是容易冲破的薄弱环节。

"哗啦"一下车门全开，车上的人带着参加了某个密谋的诡笑冲下车来；等车的人们呐喊着愤怒地冲上前去。印家厚是跑月票的老手了，他早看破了公共汽车的把戏，他一直跟着车小跑。车上有张男人的胖脸在嘲弄印家厚。胖脸上噘起嘴，做着唤牲口的表情。印家厚牢牢地盯着这张脸，所有的气恼和委屈一起膨胀在他胸里头。他看准了胖脸要在中门下,他候在中门。好极了! 胖脸怕挤,最后一个下车,慢吞吞好像是他自己的车。印家厚从侧面抓住车门把手,一步蹭上车,用厚重的背把那胖脸抵在车门上一挤然后又一揉,胖脸啊呀呀叫唤起来,上车的人不耐烦地将他扒开,扒得他在马路上团团转。印家厚缓缓地长长地舒了一口气。

车下的一切甩开了,抬头便要迎接车上的一切。印家厚抱着孩子,虽没有人让坐但有人让出了站的位置,这就够令人满意了。印家厚一手抓扶手,一手抱儿子,面对车窗,目光散淡。车窗外一刻比一刻灿烂,朝霞的颜色抹亮了一爿爿商店。朝朝夕夕,老是这些商店。印家厚说不出为什么,一种厌烦,一种焦灼却总是不近不远地伴随着他。此刻他只希望车别出毛病,快快到达江边。

车拐弯时,几个姑娘一下子全倒过来。印家厚护着儿子,不得不弯腰拱肩,用力往后撑。一个姑娘尖叫起来:呀——流氓! 印家厚大感不解,扭头问:"我怎么你了?"不知哪里插话说:"摸了。"

一车人都开了心。都笑。姑娘破口大骂,针对印家厚,唾沫喷到了他的后颈脖上。一看姑娘俏丽的粉脸,印家厚握紧的拳头又松开了。父亲想干没干的事,儿子倒干了。儿子从印家厚两腿之间伸过手去朝姑娘一阵拳击,嘴里还念念有词:"你骂! 你骂!"

"雷雷!"印家厚赶快抱起儿子,但儿子还是挨了一脚。这一脚正踢在儿子的伤口上。只听雷雷半哀半怒叫了一声,头发竖起,耳朵一动一动,扑在印家厚的肩上,啪地给了那姑娘一记清脆的耳光。众目睽睽之下,姑娘怔了一会儿,突然嘤嘤地哭了。

父子俩获得全胜下车。儿子非常高兴,挺胸收腹,小屁股鼓鼓的,一蹦三跳。印家厚奔头奔脑,他不知为什么不能和儿子同样高兴。

(选自《上海文学》1987 年第 8 期)

导读:

池莉的《烦恼人生》是"新写实小说"的代表作品。小说通过印家厚一天的生活经历,详尽展现了当代民众普遍的生活困境和心理压力,狭小的生存空间,有限的公共资源,印家厚挣扎于其中,既怀着对生活难以言说的无奈,又在儿子身上寄予了希冀和渴望,最后交织成一股复杂的情绪——烦恼。小说的整个故事按照物理时间顺序展开,看不到重大事件和宏观视角,只有日常生活中的细微琐事。小说以平易通俗的语言和生活流式的叙述形态,还原了现实中的世态人情。

顽主(节选)

王　朔

节选一

在一条繁华商业街的十字路口,杨重正满面春风地大步向站在警察岗楼下的一个他从未见过面的姑娘走去。

"对不起我来晚了,我紧赶慢赶还是迟到了,你等半天了吧?"

"没关系,你用不着道歉。"刘美萍好奇地看着杨重,"反正我也不是等你,你不来也没关系。"

"你就是等我,不过你自己不知道就是了。今天除了我没别人再来了。"

"是吗? 你比我还知道我在干吗——别跟我打岔儿,警察可就在旁边。"

"难道我认错人了?"杨重仍然满脸堆笑,一点也不尴尬。"你不是叫刘美萍吗? 是百货公司手绢柜台组长,在等肛门科大夫王明水,到底咱俩谁搞错了?"

"可王明水鼻子旁有两个痦子呀。"

"噢,他那两个痦子还在。今天早晨他被人从家里接去出急诊了,有个领导流血不止,因而匆匆给我公司打了个电话,委托我公司派员代他赴约,他不忍让你扫兴。我叫杨重,是'三T'公司的业务员,这是名片。"

"'三T'公司?"刘美萍犹疑地接过杨重递过来的名片,扫了一眼。"那是什么? 听名儿像卖杀虫剂的。"

"'三T'是替人解难替人解闷替人受过的简称。"

"居然有这种事,你们都是什么人? 厚颜无耻的闲人?"

"我们是正派的生意人,目的是在社会服务方面补遗拾缺。您不觉得今天要没我您会多没趣儿吗?"

"可我不习惯,本来是在等自己的男朋友,却来了一个亲热的替身,让我和这个替身谈情说爱……像真的一样?"

"您完全不必移情,我们的职业道德也不允许我往那方面引诱您,我们对顾客是起了誓的。大概这么说您更好懂点,我只是要像王明水那样照料您一天,陪您一天。"

"您有他那么温存体贴、善解人意吗?"

"不敢说丝毫不走样——那就乱了——我尽量遵循人之常情吧。你们今天原打算上哪儿玩?"

两个人并肩往街里走。

"他答应今天给我去买皮大衣的。"

"哦,这个他可没让我代劳。"

"我说不会一样嘛,我们明水历来都是慷慨大方的。"

节选二

"你这个不要脸的还回来干吗?接着和你那帮哥们儿'砍'去呀!"

一个年轻的少妇在自己的公寓里横眉立目地臭骂马青。

"别回家了,和老婆在一起多枯燥,你就整宿地和哥们儿神'砍'没准还能'砍'晕个把眼睛水汪汪的女学生就像当初'砍'晕我一样卑鄙的东西!你说你是什么鸟变的?人家有酒瘾棋瘾大烟瘾,什么瘾都说得过去,没听说像你这样有'砍'瘾的,往哪儿一坐就屁股发沉眼儿发光,抽水马桶似的一拉就哗哗喷水,也不管认识不认识听过没听过,早知道有这特长,中苏谈判请你去得了。外头跟个八哥似的,回家见我就没词儿,跟你多说一句话就烦。"

"我改。"

"改屁!你这辈子改过什么?除了尿炕改了生来什么模样现在还是什么模样。"少妇哭闹起来,"不过了,坚决不过了,没法过了,结婚前还见得着面儿,结婚后整个成了小寡妇。"

少妇一抬手把桌上的杯子扫到地上,接着把一托盘茶杯挨个摔在地上。马青也抓起烟灰缸摔在地上,接着端起电视机:"不过就不过!"

"别价。"少妇尖叫着扑过来按住他的手,"这个不能摔——你是来让我出气的还是来气我的?"

"你说过你丈夫急了逮什么摔什么。"马青理直气壮地说,"你又要求我必须像他。"

"可我丈夫急也不摔贵重物品,你这是随意发挥。"

"你没交代清楚。"

"这是不言而喻的。"

"好吧,把电视机放回去。下边该什么词儿了?"

"真差劲,看来你们公司没经过良好的职业培训就把你派来了。下边是我爱……"

"我爱你。"

马青和少妇愣愣地互相看着。

"我爱你。"马青重复了一遍,看到少妇仍没反应,十分别扭地又说:"别闹了,宝贝儿。"

少妇笑了起来。

马青涨红脸为自己辩解:"我没法再学得更像了,这词儿扎人。"

"好好,我不苛求你。"少妇笑着摆摆手,"意思到了就行。"

"其实我是心里对你好,嘴上不说。"

"你最好还是心里对我不好,嘴上说。"

"现在不是提倡默默的奉献吗?"马青的样子就像被武林高手攥住了裤裆,"你生起气来真好看。"

"好啦好啦,到此为止吧,别再折磨你了。"

少妇笑得直打嗝地说,"真难为你了。"

"难为我没什么,只要您满意。"

"满意满意。"少妇拿出钱包给马青钞票,"整治我丈夫也没这么有意思,下回有事还找你。"

(选自《收获》1987年第6期)

导读:

《顽主》主要叙述了于观、马青、杨重三个青年组成了一个旨在"替人解难替人解闷替人受过"的"三T"公司,围绕着这一公司发生了系列充满荒诞感、让人哭笑不得的事件。如为所谓的"作家"宝康组织一场看似隆重实则虚假的文学颁奖大会、替肛门科大夫与女友约会、替丈夫挨妇人的痛骂等。小说用狂欢式的语言、反讽的腔调,向读者呈现了一群处于社会边缘的人极尽无聊、空虚而又虚伪的生活现状,并用"做替身"的方式消解着生活中的凡庸。小说感知时代变化与商业因素,呈现的顽主们的社会价值观与主流价值观形成了鲜明的对比,却赢得了读者的喜爱。

女人(组诗)(节选)

翟永明

第一辑
预 感

穿黑裙的女人黄夜而来

她秘密的一瞥使我精疲力竭

我突然想起这个季节鱼都会死去

而每条路正在穿越飞鸟的痕迹

貌似尸体的山峦被黑暗拖曳
附近灌木的心跳隐约可闻
那些巨大的鸟从空中向我俯视
带着人类的眼神
在一种秘而不宣的野蛮空气中
冬天起伏着残酷的雄性意识

我一向有着不同寻常的平静
犹如盲者，因此我在白天看见黑夜
婴儿般直率，我的指纹
已没有更多的悲哀可提供
脚步！正在变老的声音
梦显得若有所知，从自己的眼睛里
我看到了忘记开花的时辰
给黄昏施加压力

鲜苔含在口中，他们所恳求的意义
把微笑会心地折入怀中
夜晚似有似无地痉挛，像一声咳嗽
憋在喉咙，我已离开这个死洞

臆　想

太阳，我在怀疑，黑色风景与天鹅
被泡沫溢满的躯体半开半闭
一个斜视之眼的注目使空气
变得晦涩，如此而已

梦在何处繁殖？出现灵魂预言者
首先，我是否正在消失？橡树是什么？
本爻主吉，因此有星在脚下巡视
但请问是怎样的目光吸收我
在那被废黜的，稠密的云墙后

月亮恰在此时升起它的处女光晕
我将怎样瞭望一朵蔷薇？
在它粉红色的眼睛里
我是一粒沙，在我之上和
在我之下，岁月正在屠杀
人类的秩序

一串发荧光的葡萄
一只广大无垠的沙漠之兽
一株匕首似的老树干
化为空荡荡的墙
整个宇宙充满我的眼睛

现在，我换另一个角度
心惊肉跳地倾听蟋蟀的抱怨声
空气中有青铜色马的咳嗽声
洪水般涌来黑蜘蛛
在骨色的不孕之地，
最后的一只手还在冷静地等待

瞬　间

站在这里，站着
与咯血的黄昏结为一体
并为我取回染成黑色的太阳
死亡一样耐心的是这块石头
出神，于是知道天空已远去
星星在最后的时刻撤退，直到
夜被遗弃，我变得沉默为止

所有的岁月劫持这一瞬间
在我脸上布置斗换星移
默默冷笑，承受鞭打似的
承受这片天空，比肉体更光滑
比金属更冰冷，唯有我

在濒临破晓时听到了滴答声

片到之欢无可比拟,态度冷淡

像对空气怀有疑问,一度是露水

一度是夜,直到我对今晚置之不理

直到我变得沉默为止

站在这里,站着

面对这块冷漠的石头

于是在这瞬间,我痛楚地感受到

它那不为人知的神性

在另一个黑夜

我漠然地成为它的赝品

荒　屋

那里有深紫色台阶

那里植物是红色的太阳鸟

那里石头长出人脸

我常常从那里走过

以各种紧张的姿态

我一向在黄昏时软弱

而那里荒屋闭紧眼睛

我站在此地观望

看着白昼痛苦的光从它身上流走

念念有词,而心忐忑

脚步绕着圈,从我大脑中走过

房顶射出传染性的无名悲痛

像一个名字高不可攀

像一件礼物孤芳自赏和一幅画

像一块散发着高贵品质的玻璃死气沉沉

那里一切有如谣言

那里有害热病的灯提供阴谋

那里后来被证明:无物可寻

我来了　我靠近　我侵入
怀着从不敞开的脾气
活得像一个灰瓮

它的傲慢日子仍然尘封未动
就像它是荒屋
我是我自己

渴　望

今晚所有的光只为你照亮
今晚你是一小块殖民地
久久停留，忧郁从你身体内
渗出，带着细腻的水滴

月亮像一团光洁芬芳的肉体
酣睡，发出诱人的气息
两个白昼夹着一个夜晚
在它们之间，你的黑色眼圈
保持着欣喜

怎样的喧嚣堆积成我的身体
无法安慰，感到有某种物体将形成
梦中的墙壁发黑
使你看见三角形泛滥的影子
全身每个毛孔都张开
不可捉摸的意义
星星在夜空毫无人性地闪耀
而你的眼睛装满
来自远古的悲哀和快意

带着心满意足的创痛
你优美的注视中，有着恶魔的力量
使这一刻，成为无法抹掉的记忆

（选自《翟永明的诗》，人民文学出版社 2012 年版）

导读：

　　作者翟永明是中国当代诗坛最具"女性意识"的女诗人之一，其诗作是20世纪80年代"女性诗歌"潮流的重要组成部分。《女人》组诗以"黑夜"的意象、直白式的言语，表达了女人作为女性独有的身体感觉和意识。特别是诸多与"黑夜"或"黑色"相关的意象的表述，营造了一种在黑夜中进行女性的突围和自我实现的氛围，以一种锐利的姿态，表达来自女性身体和心灵深处的身体经验和社会经验，凸显了女性的个体独立性与自主性，并一定程度上体现出反叛男权的意识。诗中对身体的感性化描述，也成为80年代中后期以来，特别是90年代，中国女性文学的重要的表述方式。

面朝大海，春暖花开

海　子

从明天起，做一个幸福的人
喂马，劈柴，周游世界
从明天起，关心粮食和蔬菜
我有一所房子，面朝大海，春暖花开

从明天起，和每一个亲人通信
告诉他们我的幸福
那幸福的闪电告诉我的
我将告诉每一个人

给每一条河每一座山取一个温暖的名字
陌生人，我也为你祝福
愿你有一个灿烂的前程
愿你有情人终成眷属
愿你在尘世获得幸福
我只愿面朝大海，春暖花开

（选自《海子诗全集》，作家出版社2009年版）

导读：

　　作者海子，原名查海生，15岁时考入北京大学法律系，18岁开始诗歌创作，25岁时写下此诗，两个多月之后在山海关卧轨自杀。这是海子最被人熟知的一首抒情诗,诗中勾勒了他心中美好生活的蓝图,抒发了诗人对幸福的向往,表达了一种充满理想的生活态度;而在理想生活的背后,诗中还透露出作者的孤独和凄凉的心境,因为这毕竟只是诗人的一种美好的愿望,从侧面也反映出诗人此刻的孤独,而在诗歌的最后,诗人向"陌生人"送上了"在尘世活得幸福"的祝福,却将自己隔绝在了尘世之外,这似乎也隐隐地透露出了诗人自杀的原因。

235

第八章　90年代文学

第一节　重识90年代文学

当我们讨论90年代文学时,也许应该把思考的目光投射得更久远和宽广一些。时间的拉长、视阈的扩大,会使一些被遮蔽、掩埋、忽略的问题和意义自然地浮现出来,随着新材料、新理论的出现,我们有可能不断完善相关的学术判断。

相对于80年代文学和新世纪文学研究,90年代文学在文学史分期、转型意义、文学成就等方面的研究仍有待于深入开掘。90年代文学在走向边缘化、多元化、商业化的过程中同样有着经典化的特征。"90年代文学转型"是学界公认的事实,90年代长篇小说的繁荣也是当代文学客观的成就。作为一个特定的历史时段,90年代文学表现了许多未曾有过的品质与特征。然而十年的断代截取,却使它的文学史意义和成就在"80年代文学"与"新世纪文学"研究的夹缝中来不及充分展开就被历史一带而过,尚存着许多需要重新评估与定位的学术空间。

如果说80年代是"文化热",90年代以后中国社会可以概括为"经济热"。这种"热源"的转变,从根本上影响着中国90年代以后的文化(文学)走向。从"文化"到"经济",90年代似乎是一个追逐利益、淡化理想和精神追求、欲望浓重、道德与人生价值混乱的"经济人时代"[1]。当一个民族国家的重心由之前的政治意识形态转向"以经济建设为中心"时,建立于"经济基础"之上的上层建筑自然也会发生一系列的变化。这就为90年代文学的"转型"和

---

[1]　"文化/经济人时代"参见甘阳:《八十年代文化意识》,上海人民出版社2006年版,"再版前言"。

"独特内涵"提供了其他年代无法比拟的历史背景。

90 年代文学(文化)的变化和特点体现在多个方面。其中最明显的变化就是多元化时代的到来。多元化的表现虽然丰富,但整体而言正如有些学者的概括:大致形成了精英文学、大众通俗文学、主流意识形态文学三种大格局[1]。相对于之前文学艺术作为国家政治权力的宣传工具,作家和艺术家都是作为国家干部编制人员的写作而言,90 年代以后公开发表的作品中少了很多"国家意志"的体现,"个体化"的意识在精英文学、大众通俗文学里表现得更加充分。多元化一方面是政治意识形态控制和引导下的转变,更主要的则是市场经济的自然分化结果。

政治意识形态、国家政策对于 90 年代文学潜在的影响主要表现在文化(文学)体制的改革方面。90 年代起开始减少各级作家协会"专业作家"的人数,国家对文学刊物、出版社的经济资助也不同程度的削减,促使一些期刊和出版社进入市场自负盈亏。只是国家并没有完全放开对文化(文学)的控制——出版社、报刊这些核心的公共媒体平台仍由国家控制、管理。在这样一种整体性的"意识形态/市场经济"政策规划下,90 年代文学呈现出更加灵活、自由、多元、个体化、市场化的种种特点,似乎有了更多选择的可能性;同时也面临着来自市场及其背后意识形态更为复杂的制约。

在市场经济和意识形态的双重主导下,中国当代文学迅速发生一系列的变化。从文学体制、机构、期刊、报纸杂志的到作家思想的分化、写作方式的改变,再到各类作品、创作现象的争议,体现出某种明显地"转型"表征:90 年代再次出现了以王小波为代表的"自由撰稿人"的身份;作家"下海"经商更是成了当时一个重要现象;影视改编、通俗小说等具有流行和商业价值的"亚文学"开始兴盛。图书出版机构与作家合谋进行图书产品的策划与营销等,文化市场正在按照功利目的制造、推出和生产自己的"名家""名作"。"大众文学"的再度繁荣应该是市场经济刺激文学最明显的一个标志,表现为各种流行读物的兴起。90 年代以后的各类流行读物最突出的特色应该是"休闲性"。比如对周作人、张爱玲、林语堂、梁实秋、钱锺书、苏青等现代名家的"再版";再如以余秋雨、张中行、季羡林、金克木等为代表的历史或文化散文。

1990 年的文坛其实是在表面的平静与实际的焦灼之间开始的。对于刚刚经历了一场风波的中国来说,在"稳定"基础上继续发展是 90 年代初媒体宣传的核心要义。《文艺报》在这一年最初几个月内主要突出报道了各地学

---

[1] 参见吴秀明:《中国当代文学史写真》,北京大学出版社 2010 年版,第 413 页。

习《邓小平论文艺》的情况。当然也有相关批判文章,比如马午阳《从"知识精英"到"暴乱先锋"——苏晓康"大胆地"走向何方》(《中流》创刊号 1990 年 3 月 10 日);陈志昂《〈心中的日出〉及其殒灭——关于〈河殇〉的"续集"》(1990 年 4 月 7 日)等。可以感觉到在一种平静的氛围中,文艺界的思想统一行动与宣传工作其实在有序进行,只是表现得没有从前那么激烈罢了。文学作品相对来说,不会像评论这样迅速发生变化,基本保持着原来的姿态,没有明显的"动荡"之感。

1990 年的文学界并非像文学作品那样保持相对"稳定"的运行姿态。比如由林默涵、魏巍任主编、1990 年 1 月创刊的《中流》(2001 年停刊),从一个角度非常完整地记录 90 年代中国社会、文学的历程。在"创刊词"里详细说明了该刊的创办理由和性质:1988 年下半年开始酝酿,当时并未奢望通过一个小小刊物,就能从根本上打破、扭转资产阶级自由化思潮的恶性泛滥和垄断文艺、思想主要阵地的极不正常局面。想通过它为那些坚持马克思主义信念的同志,提供一块能够自由发出声音的阵地。然而却遭到种种压力,终于未能实现。接下来一段讲得非常清楚:"《中流》是为对抗资产阶级自由化思潮而提议创办的,它本身就是同这股思潮斗争的产儿。这就决定了它的根本性质和使命。"

1993 年可以算作整个 90 年代文学的拐点。张志忠在《1993:世纪末的喧哗》一书中对 90 年代文学的许多重要现象进行了精要的论述。比如王朔现象、女性文学、"陕军东征"、"留学生—打工文学"以及"梁凤仪旋风"、文化激进主义与保守主义的思考、顾城之死与《废都》的比较、人文精神讨论及文坛争论等。诗人公刘在杂文《九三年》一文中:批评了当时已经出现的各种文学、文化现象,如"快餐文化"行世,良莠不齐的白话版经典新译、世界名著缩写和泥沙俱下的爱情诗选、散文选、情书选等。记载了 1993 年发生在文艺界的种种新闻,如中央乐团已有 35% 的人员出国;北京演出莎翁名剧《李耳王》,扮演国王的演员发现台下的观众与台上的演员均为 37 人,他老泪纵横地当众跪倒。公刘称中国的 1993 年是"消费打败文化",是"文化大崩溃"的年头[1]。不论如何评论市场经济之于文学的影响,一个基本的事实是,90 年代文学确实受到了市场经济和意识形态的双重挤压,出现了新的变化和风貌,百年中国文学正站在新的转折点上。这种转折产生的强大"扭力",让包括作家在内的中国知识分子在精神深处强烈地感受到了某种历史的错位与

---

[1] 公刘:《九三年》,《不能缺钙》,宁夏人民出版社 1995 年版,第 349—354 页。

困惑。

应该如何在文学史上定位 90 年代文学？我们愿意把鸦片战争以来的中国文学称为"现代民族国家文学"，相应的这段文学史中表现出来的基本民族心态模式就是——"焦虑与缓冲"。从"民族焦虑"角度来看，这种差距首先表现为与外来文明的差距，目前就整体而言，我们仍然处于"内外"交困的复杂状态。近代以来中国历史中的民族焦虑主要表现在民族国家的主权、生产力、文化焦虑三个方面。在社会的实际运作过程中，以上三种焦虑当然是始终纠缠在一起，不可分割、互相影响的，但就缓和的顺序来讲却并不一样。当中外整体的文化焦虑经过爆发、转向得到一定程度的缓和后，民族国家内部的文化焦虑开始上升为主要表现形式。

我们认为 1840—1990 年是现代民族国家对外焦虑的积累、震荡、缓和期，从 90 年代起民族焦虑开始步入"对外缓和、多元内化"时期。这一变化将会极大地影响之后文学对民族国家的文化想象方式。如果我们在传统中国与现代世界的体系中，从现代民族国家的角度出发，结合近代以来现代民族国家文化想象的"焦虑—缓冲"模式来理解 90 年代文学，那么这次转型的意义甚至超过了 1919 年或 1949 年的社会、政治转型，这是因为它是前两次走向"现代化"的综合成果，汇聚了 100 多年的集体奋斗资源。此时的中国，民族国家主权的焦虑和生产力的焦虑都依次得到了有效地释放和缓减，文化的焦虑渐渐浮现出来。这三个方面及其内部的不平衡性、未完成性将继续共同演绎中国社会历史的纷乱现象，这也正是 90 年代文学呈现出来的文学史意义。

第二节　90 年代文学思潮与现象

90 年代文学在市场化、多元化的转型过程中，出现了许多重要的文学事件与现象，不仅关系到作品自身，也会由此引申出更丰富的问题，折射出这一时期复杂的文化冲突。90 年代的文学事件与现象包罗万象，比如对王朔小说的争议、王小波和顾城之死、女作家的"私人写作"、"马桥词典"事件以及散文热等。我们这里着重讨论一些 90 年代特有、影响广泛、前后有联系的事件与现象。通过这些典型的文化事件与现象，我们会发现它们虽然发轫于 90 年代初，却与前后文学现象有着深刻的内在关联，在单一集中的表象背后总有着复杂多面的背景原因，启发我们在具体感受风云变化的 90 年代文学同时,反思其中蕴含的丰富意味。

"新写实"小说作为 80 年代文学浪潮的余波,在 90 年代和其他各种以"新"命名的文学创作现象,经历了短暂的"回光返照"式的挣扎后,在市场经济的分化下,一起宣告了文学"共名"时代的结束。《钟山》在推出"新写实小说大联展"专栏的卷首语中,对这种小说的概括是:特别注重现实生活原生态的还原,真诚直面现实、真面人生。它与传统现实主义文学的区别简单地说,就是不同于历史上已有的现实主义,也不同于现代主义"先锋派"文学,而是近几年小说创作低谷中出现的一种新的文学倾向。比如池莉《不谈爱情》《烦恼人生》、刘震云《一地鸡毛》《单位》、方方《风景》、刘恒《狗日的粮食》《伏羲伏羲》《苍河白日梦》等。"新写实"小说可能象征了当代文学的一个重要拐点。它是 80 年代文学走向终结的一个标志,其发生正好横跨八九十年代前后,体现了当代文学创作的某种"告别"的勇气与"开创"的努力。一代知识分子关于"民族国家"的集体想象开始失落,文学不再像 80 年代那样纯真而热情地追逐意识形态。在更深层次上反映了当代文学试图突破现实生活的某种"开创",但这种努力又无法完全挣脱传统现实主义的强大引力与束缚,因此,新写实到 90 年代中期很快就因为出现重复而无法继续,迅速分化。

"现实主义冲击波"最初指 90 年代中期刘醒龙、谈歌、何申、关仁山等作家关注现实的一批作品出现的效应。后来扩大指称 90 年代后期大量出现的以"现实主义"方法表现当前乡镇、工厂、城市现实生活和经济生活为核心的社会矛盾的小说在文学界产生的影响。这些小说侧重对现实困窘的描述,关注社会底层、普通劳工、农民以及城镇居民的日常生活,体现出一种平民情感。除了表现乡村市政结构发生激烈变动以外,还以全景式的方式书写 90 年代以来的经济变革、政治改革过程中所面临的问题与冲突。这类作品也不乏对官场和遍布社会各个角落的腐败现象进行揭发和抨击,甚至有"反腐败小说"的意味。主要代表作品如谈歌《大厂》《官道》《天下荒年》《激情岁月》;关仁山《大雪无痕》《九月还乡》;何申《信访办主任》《村民组长》《乡镇干部》《年前年后》。其他还有刘醒龙《分享艰难》《支书》《凤凰琴》等。"现实主义冲击波"和主旋律现实主义作品相比较更具批判性,同时也因为"有限"的批判性不能冲破更加强烈的"解释"功能,这种"批而不破"的写作悖论让他们的作品在底层立场和主流话语之间摇摆不定,表现出一种暧昧的写作姿态来。

女性写作的发展是 90 年代突出的文学现象。90 年代女性自我意识充分大胆地"浮出地表"——不是个别的,而是整体性的。一般认为,80 年代翟永明的大型组诗《女人》宣示了女性自觉写作的开始,其他女诗人如唐亚平的组诗《黑色沙漠》、伊蕾组诗《独身女人的卧室》等。小说方面则主要体现在 90 年代确立地位的一些女作家，如陈染的长篇小说《私人生活》、林白的长篇小说《一个人的战争》《说吧，房间》以及徐坤的小说等。

"陕军东征"的说法应该源自 1993 年 5 月 25 日，新闻记者、散文作家韩小蕙在《光明日报》刊发《文坛盛赞——陕军东征》一文。具体指贾平凹的《废都》、陈忠实的《白鹿原》、高建群的《最后一个匈奴》、京夫的《八里情仇》，四部作品的出版在文学界反响巨大，受到好评，当然也有引发争议，并专门举行过作品讨论会，很受普通读者欢迎，发行量也一涨再涨。在"文学失去了轰动效应""边缘化"的 90 年代，在商业化浪潮的冲击下，在快餐式的消费文化开始横行的 90 年代，这样的成绩无疑令严肃文学从业者心头大快，欢欣鼓舞之意自然流露出来。正当文坛为"陕军东征"欢欣鼓舞、大加好评时，另一股更强烈、尖锐的"批评"意见迅速形成话题，引发更加激烈的讨论，这就是"人文精神的危机"。

《上海文学》1993 年第 6 期刊登了王晓明主持的《旷野上的废墟——文学和人文精神的危机》，引起了这场有关人文精神失落与重建的论争[1]。"人文精神"大讨论是整个 90 年代文学最重要的精神事件，其意义贯穿了整个 90 年代甚至之前、之后的时代。由于"意识形态/市场经济"的双重错位，90 年代的知识分子（尤其是人文知识分子）显然没有了 80 年代那种辉煌的"中心"感，最难过的可能并不是他们的社会激情和人文理想被历史的"门槛"绊了一跤，而是爬起来后发现周围的世界已经突然改变了。失去了统一追求和动力的知识分子，由于启蒙话语遭到质疑，开始意识到自身浮躁膨胀的缺陷，在市场经济的分化之下，出现个体化的多元文学选择，并站在时代之中反省自身及整个社会。如果说贾平凹《废都》反映了当时知识分子的精神颓败，那么王晓明《旷野上的废墟——文学和人文精神的危机》一文则直接呼应和批判了这种现象。《废都》表现出来的知识分子精神，也许正是王晓明等所担忧的"人文精神危机"的直接表征——中国当代文学给中国当代学术进行了一个非常形象、有力的注脚。反之，中国当代学术也极其敏感地发现了中国当代文学的精神危机。

网络文学是 90 年代最为独特的文学新质。它是指以互联网为载体和传播媒介，借助于超文本链接和多媒体演绎等手段来表现的文学作品、类文学文本及含有一部分文学成分的网络艺术品，以网络原创作品为主。创作主体

---

[1] 相关重要文章，参见王晓明主编《人文精神寻思录》，文汇出版社 1996 年版。

通常是网络作家、网络写手。形式包括类似传统文学的小说、诗歌、散文等，也可以是博文、帖子、日志等新形式或基于网络技术的"超文本"等。和传统文学相比，网络文学最突出的特点是表现自由、平等，每个人可以是作者，也可以是读者，在充分体现网络自由平等主旨的同时也表现出混乱杂芜，多样性、互动性、传播便捷、知识产权保护困难等其他特点。网络文学与传统文学不是对立的两极，而是互相渗透的有机体系。如果从一个更宏大的时空体系中来看网络文学，就会发现整个 90 年代是中国文学开始走向"古典传统与现代科技"相结合的时代。

第三节　90 年代文学创作

一、小　说

"长篇小说热"是能代表 90 年代文学成就最突出的一个创作现象。90 年代众多的长篇小说中，一些作品已经在文学史或历史的沉淀中以某种经典化的形式固定下来。比如张承志的《心灵史》、张炜的《九月寓言》《家族》、莫言的《酒国》《丰乳肥臀》、王安忆的《纪实与虚构》《长恨歌》、贾平凹的《废都》《白夜》、陈忠实的《白鹿原》、余华的《活着》《许三观卖血记》、苏童的《我的帝王生涯》、格非的《敌人》《欲望的旗帜》、李锐的《旧址》《无风之树》、史铁生的《务虚笔记》、陈染的《私人生活》、韩少功的《马桥词典》、叶兆言的《一九三七年的爱情》、林白的《说吧，房间》、王小波的《黄金时代》、铁凝的《大浴女》、阿来的《尘埃落定》、霍达的《穆斯林的葬礼》、阎连科的《日光流年》以及王蒙的"季节系列"、刘震云的"故乡"系列等。我们对 90 年代一些重要的作家作品简介如下。

莫言获得 2012 年诺贝尔文学奖毫无疑问奠定了他的经典地位，同时也成为中国当代文学史上一个重要而伟大的标志作家。90 年代莫言创作了两部很重要的长篇小说：《酒国》和《丰乳肥臀》。1992 年的《酒国》是一部集先锋性与批判性于一体、但一直被批评界和文学史低估的小说。其先锋性首先表现在文体结构方面，小说共十章，前九章每章都由三部分组成，第一部分是"莫言"创作的小说，写高级侦察员丁钩儿到酒国破案的经历，第二部分是李一斗与"莫言"的通信，第三部分是李一斗的九篇小说，第十章是"莫言"出发到酒国见到了李一斗和其他小说中的人物。小说叙事在先锋和传统之间自由穿越，主旨则上接鲁迅的启蒙思想，下启 20 世纪 90 年代之后知识分子的命运,思想容量极为丰富,是一部很有解读难度的作品。《酒国》看似荒诞不经的酒之欲望、红烧婴儿餐、高价出售孩儿等酒国"奇观"虽不是现实实有,但文本有着揭示现代人"欲望疯狂病"的批判意识与思索深度[1]。

1995 年的《丰乳肥臀》已经被证明是一部"新历史主义小说的扛鼎之作"和"总结性作品"[2]。上官金童饱受争议的恋母和恋乳情结,张清华强调了他作为 20 世纪中国知识分子化身的象征意义,邓晓芒则指出作家揭开了一个骇人的真理:"国民内在的灵魂、特别是男人内在的灵魂中,往往都有一个上官金童,一个永远长不大的婴儿,在渴望着母亲的拥抱和安抚,在向往着不负责任的'自由'和解脱。"[3]《丰乳肥臀》是莫言最为厚重也是他自己最为看重的一部作品,莫言说如果《酒国》是他美丽刁蛮的情人,那么《丰乳肥臀》则是宽厚沉稳的祖母。"你可以不看我所有的作品,但你如果要了解我,应该看我的《丰乳肥臀》。"[4]

余华 90 年代的写作出现了明显的变化。1991 年的《在细雨中呼喊》是余华第一部长篇小说,被认为是一部绝望的心理自传,某种程度上是对当时小说革命的一次全面总结,标志着一个时期的结束[5]。该作可以视为余华由"先锋"文学向现实主义"温情"写作转变的一个重要过渡。1992 年完成的《活着》其实讲述的却是一个关于"死亡"的故事:地主少爷福贵在解放前把全部家产输给了早就算计好的龙二,气死了父亲,病死了母亲,经历了各种苦难后眼看一双儿女渐渐长大,真正的悲剧却刚刚开始。小说以平静、温和的笔调讲述了福贵的故事,在极简化的艺术表达中渗透了普遍的人类情感和生死体验,其中大量的细节描写更是直抵人心最为柔软的部分。《活着》在 90 年代经历了一个由争议到经典的过程,小说整体上回归传统现实主义的方法让注重"创新"和"特别"的批评家们产生了犹疑,简洁之中蕴含的丰富性也很难一下子从相似的文学表达中脱颖而出。

1995 年出版的《许三观卖血记》以幽默、简洁、富有音乐性的方式讲述了许三观多次依靠卖血渡过人生难关的故事,博大宽容的温情渗透在众多细腻

---

[1] 刘再复:《"现代化"刺激下的欲望疯狂病——〈酒国〉〈受活〉〈兄弟〉三部小说的批判指向》,《当代作家评论》2011 年第 6 期。

[2] 张清华:《莫言与新历史主义文学思潮——以〈红高粱家族〉〈丰乳肥臀〉〈檀香刑〉为例》,《海南师范学院学报》2005 年第 2 期。

[3] 邓晓芒:《恋乳的痴狂》,《灵魂之旅——九十年代文学的生存境界》,湖北人民出版社 1998 年版,第 137—150 页。

[4] 莫言、王尧:《从〈红高粱〉到〈檀香刑〉》,《当代作家评论》2002 年第 1 期。

[5] 陈晓明:《胜过父法:绝望的心理自传——评余华〈呼喊与细雨〉》,《当代作家评论》1992 年第 4 期。

真实的人生苦难中,以简洁的笔调写出精深的内涵。《许三观卖血记》在叙事方面非常明显的标志是重复和对话的大量使用。比如同样面对许一乐的生父是谁的质疑时,许玉兰对两个男人都只说了一句简单的"天地良心啊",结合小说情境就会产生令人拍案叫绝的叙事效果。《活着》和《许三观卖血记》都以极简化的方式,把生活的悲惨和人性的温暖表达得简单有力,充分深刻。如果说阅读莫言的作品犹如"暴风雨",有一种泥沙俱下的丰富感受;那么阅读余华的作品则犹如面对一面"城墙",有一种具体的坚硬和无法绕过的质感。

贾平凹作品以描写农村见长,但也喜欢刻画知识分子。"农民"和"知识分子"是贾平凹小说创作的两大人物体系,在中国当代作家中系统、及时地反映中国当代农民与知识分子作品,贾平凹无疑是最重要的作家之一。1993年出版的《废都》是贾平凹第一部城市题材之作,反映了急剧变革的中国社会现实,由于其独特而大胆的态度以及出位的性描写,引起社会各界的广泛关注。作品以作家庄之蝶和几个女性的关系为核心故事,表现了包括画家、书法家、商人、政客等社会各阶层人物的心态沉浮。语言方面力求吸收明清白话小说的特点,形成含蓄而富有内在韵味的小说格调,表达有关世纪末知识分子感受到的悲凉"废都"意识,被作者自称为安妥自己灵魂的作品。该作因为"夹杂淫秽色情内容,低级庸俗,有害于青少年身心健康"于1994年被禁,2009年在对内容稍作修改后由作家出版社重新出版。《废都》也渐渐地被认为是一部敏感于时代之先的经典作品。

王安忆是一位能在多种题材和领域内都能较大创造力的女作家。90年代发表的《长恨歌》写出了上海市民一个时代精神的整体隐喻,在叙述方式、语言感觉以及人性的深刻等方面都做出精细的探索。小说以40年代中学生王琦瑶被选为"上海小姐"为起点,讲述了她在风云变幻的上海弄堂里命运多舛的一生:做过国民政府大员的"金丝雀",上海解放后成为普通百姓,与几个姐妹和数个男人的复杂情感关系,直到80年代,进入晚年的王琦瑶与女儿的男同学发生畸恋后被失手杀死。王安忆在这部作品中充分地展示了一位女作家的细腻与物感,以一种很"慢"的笔调将这个人生故事写得哀婉动人,其中对女性心理的刻画与上海市井生活的理解令人印象深刻。《长恨歌》的写作笔调舒缓苍凉,表现出一种阅尽沧桑,淡然远观的优雅风度,是中国城市文学与女性写作的一个巨大收获。

苏童90年代的主要长篇小说有《米》《我的帝王生涯》《城北地带》《武则天》。《米》是苏童的第一个长篇小说,写了一个人具有轮回意义的一生,是一个关于欲望、痛苦、生存和毁灭的故事,在作品中思考和面对人及人的命运中黑暗的一面。《我的帝王生涯》以第一人称讲述了一个名叫端白的王子,在老太后权力欲望的操纵下成了蒙国的傀儡国王,经历过战乱的端白最后做了一个普普通通的老百姓,走上了一直向往的江湖艺人生涯。一个没有野心、不该做也没有能力做好皇帝的人却当了皇帝,整篇小说充满了挽歌式的感伤凄美气息。《我的帝王生涯》和《米》被认为是最具寓言性的新历史主义小说,而前者更是运用新历史主义小说手法的典范。

格非在90年代的小说主要有《敌人》《边缘》《欲望的旗帜》等。1994年《欲望的旗帜》写了一次重要的全国性哲学会议被迫由三个欲望事件推迟或中断的故事:学术巨擘贾兰坡之死;商人邹元标被捕;作家宋子衿发疯。贾兰坡之死一直以一个扑朔迷离的谜题贯穿小说的始终,且最终作者也没有公布答案。这种模糊性与不确定性恰恰给故事的发展创造了无限生发的可能性。小说首先面临的是90年代以来历史的巨大空场与精神废墟,作家在后记中说明了他的写作目的:"事实上,它只是一把刻度尺。我想用它来测量一下废墟的规模,看看它溃败到了什么程度……"格非是一个敏感而富有责任感的思想者,他不断试图碰撞处于人类生存核心地带的矛盾,痛苦于时代与社会的堕落。

张承志的《心灵史》是90年代文学的一个重要收获。作者有感于90年代已经出现的转型社会经济对人们精神的冲击与腐蚀,试图通过强烈的个人宗教体验来追问或昭示终极的人生价值与生命意义。《心灵史》共分为七门,每一门叙述一代圣徒的传教故事,它写的是教史,呈现的却是哲合忍耶为了保卫信仰而浴血奋战的心灵历程,涉及许多宗教人物和事件,史料与民间典籍,把深刻的哲理思辨和热情的宗教情感、令人惊颤的故事情节杂糅在一起。《心灵史》以一种历史的眼光、审美的情趣表达了人生价值的哲思,体现出一种奇异神圣的牺牲与信仰之美。虽然个别观点略显偏激,但对于90年代以后精神日益涣散的中国人来说,这种异质性的写作充满了某种重塑和构建的力量。

张炜90年代的小说创作和知识分子的精神状态密切相关,比如《九月寓言》《家族》《柏慧》。《九月寓言》是90年代一部非常有力度的长篇小说,正如题目所称,小说讲述了一个叫挺鲅小村在土地上不断迁徙和定居的故事来表达浓重的寓言色彩。"道德理想主义"与诗意生活的想象是张炜作品的一个显著标志,因此也构成了其作品与现实社会之间某种强烈的紧张甚至对抗关系。比如《家族》《柏慧》中的"我"与"葡萄园"表达了作者对精神家园、道德生命的守护而不得的惶惑。90 年代张炜的写作依然继承了 80 年代《古船》里就开始的那种人类生存价值意义的追索,表达了一种强烈的社会文化现实批判立场,并试图构建一种理想的人文道德精神"大地"。正因如此,在 90 年代人文精神危机的争论中,他和张承志以笔为旗,写下了许多批判世俗堕落的随笔。

陈忠实在写《白鹿原》之前已经有了十多年的创作经历,长期的中短篇小说写作训练为长篇创作积累了丰厚的经验。1993 年出版的《白鹿原》是他迄今最重要、最成功的作品。小说通过白、鹿两个家族两代人的复杂纠葛,反映了从国民革命到全国解放时期中国农村的广阔面貌和社会生活。其中对"史诗性"的自觉追求和对中国农业文明的家族史、中国社会现代史全景、透视式的描写令人震撼。评论界对它的评价颇高,视之为当代文学的"扛鼎之作",对民族文化与现代历史有独到思考,代表着现实主义艺术高度的史诗式作品,是一部既有可读性又有审美价值的好作品,也是茅盾文学奖获奖作品。

史铁生是一位用残缺的身体写出了健全而丰满的思想,以文学的精神照亮了我们幽暗内心的作家。90 年代创作的《务虚笔记》是史铁生最重要的一部长篇小说。小说的主要人物都以英文字母代替,这种符号化的人物和距离感的叙述方式让小说阅读变得复杂和困难起来。因此也是一部广受好评却很少有人能真正把它从头到尾都读完的作品。

韩少功《马桥词典》对民间文化和方言的呈现,对小说文体的创新再次体现了作家的努力,尽管后来引发"笔墨官司",仍然是 90 年代不可忽略的重要作品。

刘震云在 90 年代的文学力量主要集中于表现乡村生活的系列长篇上,先后出版了《故乡天下黄花》《故乡相处流传》《故乡面和花朵》,只是比起新世纪后各类"触电"作品,这些带有艺术探索的小说似乎没有获得期待的反响。

阎连科在 90 年代中国当代文坛正式崛起,尤其是长篇小说《日光流年》受到好评。小说描绘了豫中山区三姓村人如何挣脱活不过 40 岁的命运故事,对乡土底层的生存状况与"苦难"极力渲染,在惨烈的情节设计中体现了作家的焦灼与批判精神,由此也拉开了阎连科新世纪以后小说创作的"爆发"大幕。

毕飞宇的代表作《青衣》发表于世纪之交,也是一位在 90 年代末崛起、在新世纪后迅速发展的作家,其创作别有风味,成绩斐然,值得持续关注。

二、诗　歌

(一) 90 年代诗歌概况

90 年代诗歌发表和出版的状况有了新的变化。专门的诗歌刊物《诗刊》《星星》《诗选刊》仍然继续出版，综合性文学刊物如《人民文学》《山花》《上海文学》等发表诗歌的热情却已锐减。"民刊"成为诗人赖以存在、诗歌的思想艺术探索得以展开的主要阵地。此外，因正常出版渠道难度加大，个人自印诗集成为普遍现象。

90 年代，虽然诗歌在整个社会的文学生活中成为边缘，可是诗界内部却仍然热闹。在诗的传播上，90 年代后期，一些诗人在城市的书店、咖啡馆、茶室等场所，举办小型诗歌朗诵会。一些大学定期举办诗歌节。随着互联网进入中国，"网络诗歌"的兴起成为划时代事件。

90 年代诗歌，"个人化""个人写作"成为最重要的诗歌征象。90 年代诗歌的"个人写作"，不单指写作的个性和风格，更不是私人化写作的代名词。它是新诗发展到一个新的阶段，在特定的文化语境下，诗人对现实生活的介入方式与对题材处理策略的重大调整，是诗人以独立身份和个人立场，对生命存在体验的独特言说取径。

女性诗歌写作也是 90 年代诗歌中一道亮丽而不可遗漏的风景。女性诗歌其实是 80 年代中期后兴起的，指包括"女性作者""女性意识""性别特征"在内的诗歌写作，一般认为以翟永明、唐亚平等为其中的代表。90 年代女性诗歌的转型与发展，突出表现在女性整体意识的淡化和个人化的加强。

叙事也是 90 年代诗歌的一个重要关键词，一副重要面孔。它不同于新诗中"叙事诗"的文类划分，而是指诗与现实的关系的修正，新的诗歌建构手段。它根植于八九十年代中国社会语境的深刻转变，是对 80 年代单向度的抒情性的"青春期写作"的补正。

贯穿 90 年代诗歌界的一个主要话题是"知识分子写作"与"民间写作"之争。欧阳江河的《'89 后国内写作：本土气质、中年特征与知识分子身份》，闵正道、沙光主编的《中国诗选》，王家新的《"理想主义"与知识分子精神》等文章先后表述了知识分子写作的某些观念。1997 年前后"坚守现在书系"（门马主编，改革出版社 1997 年版，收欧阳江河、翟永明、西川、萧开愚、陈东东、孙文波个人诗集）、"20 世纪中国诗人自选集"丛书（湖南文艺出版社 1997 年版，收西川、欧阳江河、陈东东、王家新个人诗集）和"90 年代中国诗歌"丛书

（洪子诚主编，文化艺术出版社 1998 年版）等，都比较偏向于后来被称为"知识分子写作"的诗人。这引起了一些被遗漏的诗人强烈的不满，开始发出批评之声，指出 1998 年 3 月北京作协等召开的"后新诗潮研讨会"是"仅以'知识分子写作群体'作为'后新诗潮诗歌的指认'"，而"排除了'他们''非非'以及其他坚持民间写作立场的诗歌成就"[1]，是对诗歌历史真相的严重遮蔽与歪曲。为了呈现历史真相，"民间写作"的诗人开始行动。1998 年，小海、杨克编选的《他们——10 年诗选》同年，于坚、韩东、杨克等在广州策划《1998 中国新诗年鉴》，确定下民间写作的策略。同年，于坚在中国作协于江苏张家港召开的"全国新诗座谈会"上发言，抨击"可耻的殖民化'知识分子写作'"[2]。两派的争论文章开始多起来。1999 年北京市平谷县盘峰宾馆召开"世纪之交：中国诗歌创作态势与理论建设研讨会"，展开了尖锐的诗歌论争。同年，唐晓渡主编的《1998 现代汉诗年鉴》与杨克主编的《1998 中国新诗年鉴》都出版了，也是双方争论的一个高潮。今天回过头去看这场论争，它的确提出了很多有价值的话题，值得诗界各方深入思考探索，例如诗人的身份，诗歌与现实、与当代生活的关系，汉语写作与全球化语境，语言和写作行为的权力特征，文学经典与文化传统等等。扩大来看，论争也隐含着知识分子在 90 年代分化的"症候"。但这种论争方式本身也有值得检讨之处，建立高度意识形态化立场，简化历史复杂性，随人站队，非黑即白，以"本质主义"想象加深分歧，这对诗歌精神或许会造成戕害。

（二）90 年代重要诗人诗作

90 年代的重要诗人，既包括还保持着创造活力并不断有新开拓的"老一辈"诗人如郑敏、牛汉、昌耀、蔡其矫等；也包括 80 年代初已初步确立写作风格，并产生了一定影响的"新诗潮"作者，如翟永明、于坚、韩东、王家新、西川、王小妮、欧阳江河等；还包括虽然 80 年代已经开始发表作品，但主要创作成就的取得在 90 年代的张曙光、孙文波、臧棣、伊沙、西渡等。

西川翻译过庞德、博尔赫斯等人的作品，也写过诗论和随笔。他写诗始于大学时代，80 年代作品带有古典主义的特征，1989 年后给他的精神和写作带来深刻的影响，认为自此之后，"语言的大门必须打开"，诗应是"人道的诗歌、容留的诗歌、不洁的诗歌，是偏离诗歌的诗歌"。进入 90 年代以后，西川的写作更开阔、更深厚，诗歌中涉及的材料也更为广泛芜杂，他将目光朝向历

---

[1] 洪子诚：《中国当代新诗史》，北京大学出版社 2005 年版，第 274 页。
[2] 会议综述及于坚发言摘要见《诗刊》1999 年第 2 期。

史与宇宙更深远处,用哲学的眼光来思考问题,通过想象性的体验来构建他的诗性世界。前期的"语言炼金术"对他的益处于此得以显现,他能从容地将各种抒情、叙事、戏剧等因素综合而使之熔于一炉而不至于混乱,显示出过人的综合能力。《厄运》《远景和就近景》《致敬》等都能打破诗歌旧有建构方式而成为典型的综合创作文本。

王家新在 90 年代发表了《瓦雷金诺叙事曲》《帕斯捷尔纳克》等作品。命运、时代、灵魂、承担是他的诗的情感、观念支架,他将自己的文学目标定位在对时代、历史的反思与批判的基点上。他在诗中形成一种来自内心的沉重、隐痛的讲述基调,并通常以他与心仪的作家的沟通、对话来展开:

> 这就是你,从一次次劫难里你找到我
> 检验我,使我的生命骤然疼痛
> 从雪到雪,我在北京的轰响泥泞的
> 公共汽车上读你的诗,我在心中
>
> 呼唤那些高贵的名字
> 那些放逐、牺牲、见证,那些
> 在弥撒曲的震颤中相逢的灵魂
> 那些死亡中的闪耀⋯⋯
>
> ——《帕斯捷尔纳克》

孙文波在 90 年代参与了多种诗歌"民刊"的创办,《红旗》《九十年代》《小杂志》都身与其役。他的写作路向是从身边的事物中发现需要的诗句。他的诗具有平易、亲切和坚实的道德感等可信赖的性质。他的重要作品《在无名的小镇上》《聊天》《散步》《铁路新村》等最主要的元素就是当代社会诸方面的日常情境与细节,因而也被称为"风俗诗"。但孙文波不是"日常经验"的崇拜者,他强烈而执着的历史关怀和人文视角,对生活与自我的严格审视,提升了"日常经验"的诗意质量。有人称他是 90 年代知识分子诗人中最擅长于叙事也是叙事实验中最有成就的一位。其《在无名的小镇上》:

> 忠诚的小职员俯身在一叠叠数字的报表里
> 大脑像马达飞旋着乘算加减除
> 他始终在心底培养幻想;优异的工作

梦寐中的广场、皇家城楼、大会堂，

黑色轿车在宽阔的大道上无声地驶过，

戏法般消失在深不堪测的大门里。

"我多想见一见那些大人物，或者他们的遗骸。"

……

80 年代中期，张枣赴德国求学，并在那里的大学任职。他的"抒情方式"趋向复杂，主要一点，是以"对话式"来取代独白式的抒情。诗中常漂浮着某些隐秘的信息，它的传递得到一些读者会心的领悟与参与，但因时空际遇的不同，和对想象方法的陌生，对于另外的读者而言却是某种阻隔。张枣的诗数量并不多，除 80 年代初的名作《镜中》《何人斯》，重要作品还有《楚王梦雨》《灯心绒幸福的舞蹈》《秋天的戏剧》《云》《跟茨维塔耶娃的对话》等。

张曙光大学时期开始写作，受到注意则要迟至 90 年代初。相对而言，他的诗没有复杂的技巧，某个场景，某一回忆，一些言论，靠联想、思索和语调加以组接。诗意连贯、自然、注重深思、冥想氛围的营造。《岁月的遗照》《尤利西斯》《边缘的人》《这场雪》等，无不让人体会到个体存在的沉痛感、荒谬感、毁灭感。

臧棣曾强调与中国新诗"宏大"的主流格调偏离的专注于小、从容于精的向度。臧棣的诗，具有清晰、简洁的形态，表现他对现代汉语在声音、词义、句法上的"可能性"发现的敏感。臧棣的诗歌道路自有其风险，受到的评价褒贬不一。《戈麦》一诗很值得一读：

席间，只有韩毓海穿着消闲的

短裤，使夏天准确地服务于人体

并使我的回忆有根有据……你的死亡使我震惊，但却

教育不了我；你的献身使我们

共同的朋友西渡震惊而悲伤

……

作为民间写作的一员主将，伊沙在 90 年代初《饿死诗人》中发出了惊世骇俗的宣言，充分显示了他的先锋性。《结结巴巴》则把诗推向了非诗的绝境，无论是从内容还是语言上，都显示出了自由狂欢的姿态，肆意反叛他所认为的一切传统诗意和诗美。

结结巴巴我的嘴

二二二等残废

咬不住我狂狂狂奔的思维

还有我的腿

······

　　90 年代的优秀诗人诗作难以一一列尽。面对 90 年代诗歌,我们心存感激,在这一个"非诗"的年代,在虽然摆脱了"左"倾政治的高压却又面临物质、金钱、市场化多重打击的诗歌生存环境里,老中青三代诗人坚守阵地,孜孜以求地创作与探索,发出心声,这样的激情与虔诚是可贵的,也是文学的希望与命脉所系。或许它还没有出产伟大的作品,但在诗歌题材的开掘,诗歌自由精神之张扬,诗歌艺术表现形式的创新等方面仍然达到了一个新的高度。诗虽是古老的技艺,仍亟待年轻而常新的春天。

三、散　文

　　散文热是 90 年代文学景观中最引人注目的文学现象之一。随着大众文化的兴盛,报业的迅速发展,"晚报""周末"类报纸几乎都开始辟出散文、随笔专栏。其次,小说家、诗人,乃至评论家、学者的加盟,使 90 年代的散文创作队伍空前鼎盛。再次,读者对于散文的消费欲望高涨。随着市场经济的环境中人们的生存压力逐渐增加,他们需要在最短的时间内,用最为经济的方式处理个人的情感体验,因此篇幅短小、容易进入的散文成了人们的首选。90年代散文的繁荣,不仅仅体现在创作者与读者的人数众多,还体现在强化了审美性娱乐性、可读性及结构模式、文体形态呈现多样化的趋势,并形成了各具特色的各种流派。

（一）以余秋雨为代表的文化大散文,又被人称为"学者散文"

　　余秋雨、季羡林、林非、萧乾、雷达、宗璞、杨绛、谢冕、张中行、黄秋耘等就是其中翘楚。关于文化散文的内容,有研究者做过如下概括:第一,书写传统文化精神,从文化古迹或人文风情中,寻求中国文化的内涵和文化人格的构成;第二是当代的文化意识,站在时代思想的高度,表现当代人的审美意趣、文化心理,以及对于生命、宇宙、人类的文化感悟;第三是作者的文化品格,作者以自己的人生体验融入文化思考之中,表现出鲜明的精神个性与文化品格[1]。

---

[1]　张振金:《中国当代散文史》,人民文学出版社 2003 年版。

学者型作家加盟散文大军,使 90 年代的散文呈现出前所未有的文化厚度与学术品位。如余秋雨的散文集《文化苦旅》《山居笔记》《文明的碎片》《霜冷长河》等,便堪称其间代表。

(二) 以张承志、史铁生等为代表的体现人文关怀的散文

90 年代散文创作的一大亮点是大批小说家、诗人、艺术家加入散文创作行列,散文创作队伍空前壮大,兼治散文的"双栖作家""多栖作家"明显越来越多。铁凝、张抗抗、史铁生、张伟、陈忠实、汪曾祺、李国文、高晓声、王蒙、张承志、刘心武、冯骥才、贾平凹、何士光、梁晓声、韩少功、邓刚等都写出了不少有影响的散文佳作。

史铁生的作品最为震撼读者的地方,在于他从个人特殊的生命体验出发,思索生命的困境,艰难地探索人生的意义与价值。身患残疾的他,曾多次"渴望过死,祈求过死"。作为一个有着不幸经历的个体,他没有回避苦难,但又绝没有沉溺于苦难,而是依凭自己对于痛苦深切的体验,寻找到了一条可以触摸生命本质的道路。《我与地坛》引来文坛诸多好评,这篇散文代表作写他的双腿残疾之后,每天摇着轮椅去地坛,"去它的老树下或荒草边或颓墙旁,去默坐,去呆想,去推开耳边的嘈杂理一理纷乱的思绪,去窥看自己的心魂。"[1]张承志成名于小说创作,散文集有《绿风土》《荒芜英雄路》《洁净的精神》等。张承志的散文创作中表现出一种生存理想和生存精神,惯于从历史文化的视角来探索人生与社会。在当代散文的多元格局中,张承志的散文个性格外突出,显示出一种独立不羁、庄严深邃、冷峻热烈的审美品格。

(三) 林贤治、王小波、筱敏等人的思想随笔

在 90 年代,有大批有思想、有批判意识的新老学者、人文社会科学家等开始了散文创作,钱理群、王小波、林贤治、筱敏、严秀、王充闾、李锐、徐无鬼、徐友渔、潘旭澜、王学泰、蓝英年、余杰都堪称其间翘楚。他们的文字,洋溢着深厚的人文精神,闪烁着犀利的理性智慧,为散文阵地注入了蓬勃的生命活力。

王小波以小说见长,但他的散文同样出色,可以在幽默的言说中蕴藏深刻的思想见解,嬉笑怒骂皆成文章。林贤治是诗人、散文家,同时是以研究鲁迅见长的学者,他的《人间鲁迅》深得鲁迅研究界的认可与赞赏。林贤治的散文创作,无疑深受鲁迅的影响,他的文笔犀利冷峻,继续着批判国民灵魂的工作。从历史到文人,林贤治对奴性文化给国人带来的深重戕害,有着深刻的

---

[1] 张振金:《中国当代散文史》,人民文学出版社 2003 年版,第 248 页。

剖析与批判。《平民的信使》《胡风集团案：二十世纪中国的政治事件和精神事件》《五四之死》《娜拉：出走或归来》等思想散文集，将一切批判泛道德化可能是林贤志散文的问题所在，思想的深刻性和尖锐性也使其独树一帜。女作家筱敏，则是思想随笔写作群体中的另一名佼佼者。她的散文集《成人礼》，以深刻的思想洞见、沉稳的理性智慧而为人称道，有人认为她的文字和思想在当今中国女散文家中堪称独一无二，人称"精神贵族"。

（四）以素素、黄爱东西为代表的女性散文的发展

90年代，随着女性文学的进一步发展，女性散文也逐渐成为一股不可忽视的潮流，斯好的《心灵速写》，素素的《女人书简》，筱敏的《西睡五题》《家》《规矩》，张抗抗的《牡丹的拒绝》，苏叶的《车辚辚马萧萧》等，都是当时颇有代表性的女性散文佳作。因为这些优秀女性散文作者的出现，现代女性散文也得以跻身20世纪文学景观，成为90年代散文园地当中的一朵奇葩。

（五）新生代散文的出现与发展

新生代亦称晚生代，是指出生于50年代末、60年代和70年代初，而在90年代产生影响的一批散文家。他们大多数有大学本科学历，有的还是硕士、博士，有良好的文化素养，创作起点高。祝勇、原野、田晓菲、老愚、叶依、南妮、彭程、瘦谷、于君、止庵、摩罗、冯秋子、苇岸、王开林、戴露、潘向黎、邓浩、洪烛、周晓枫等，都堪称其间代表。

综观90年代的散文创作，可以说那是一个百花竞艳的时代，90年代的"散文热"构成了"世纪末的狂欢"。名家辈出、流派迭起，比起80年代的散文创作，90年代的散文不仅显得更丰富多彩，而且走向博大、厚重与深刻，呈现出多元发展的景观，并且触发了对于中国社会、文化发展命题的深沉思考。

作品选读

酒国(节选)

三

烹饪课

[……]

早就听说我的丈母娘技艺超群,是烹饪学院的一颗明星,但我一直未见过她上课时的模样。李一斗决定去听丈母娘讲课,去看丈母娘的英姿。

我穿过酿造大学的小后门进入烹饪学院校园。酒香犹在,肉香又扑鼻而来。院子里栽种着许多奇异花木,在植物面前酒博士浅薄无知,它们骄傲地斜视着我,用眼睛似的叶片。十几个身穿深蓝色制服的校警在院子里懒洋洋的活动着,看到我时都像发现猎物的猎狗一样抖擞起了精神,薄饼状的耳朵耸立起来,鼻孔里喷出粗重的气息。但是我不怕他们。我知道只要说出我丈母娘的名字他们立刻就会恢复懒散。校园结构复杂,与苏州的拙政园相仿。一块巨大的猪肝色巨石莫名其妙地矗立在道路中央,石上黄漆漆着"秀石指天"字样。我征得了校警同意迂回曲折地找到特食研究中心,穿过道道铁栅栏,把饲养肉孩的精巧建筑甩在一边,把假山和喷水池甩在一边,把珍禽异兽驯化室甩在一边,进入一个幽暗山洞,盘旋而下,至灯火辉煌处。这里已是闲人免进的地方。一位小姐送给我一套工作服让我换上。她说你们台的人正在给副教授录像。她错把我当成了市电视台的记者。我戴上那顶圆筒状白色工作帽时,嗅到了一股清新的肥皂味儿。这时小姐也认出了我。她说我跟你家袁美丽大姐是中学时同学,那时我的学习成绩比她好得多,可是,人家成了大记者,我却成了看门人,她沮丧地说,并用仇恨的目光看着我,好像是我毁了她的锦绣前程一样。我抱歉地向她点头,她立即把沮丧的脸变成了洋洋得意的脸,耀武扬威地说:我有两个儿子,都聪明绝顶。我狠毒地说:你不打算把他们卖给特食部吗?她的脸飞快地涨成紫红色。我可再也不愿看紫红色的女人脸,大步向实习室走去,我听到她在后边咬牙切齿地说:总有一天会有人出来收拾你们这些吃人的野兽。

女守门人的话让我的心灵感到一阵震颤,谁是吃人的野兽?难道我也是吃人野兽队伍中的一员吗?酒国市政府要员们在那道著名大菜上席时的话涌上我的心头：我们吃的不是人，我们吃的是一种经过特殊工艺制成的美食。这美食的发明者就是我的美人岳母。她此刻正在那间宽敞、明亮的实习教室里教授着她的学生们，她站在讲台上，被明亮的灯光照耀着，我已经看到了她那张像瓷花瓶一样光洁明亮的圆月大脸。

果然有市电视台的记者在录像，其中一个尖嘴猴腮的姓钱，是专题部主任，我曾跟他在一个桌上喝过酒。他扛着摄像机在课堂里转悠，他的副手，一个小白胖子，举着强光灯，拖着黑电线，遵照着他的命令，把白炽的灯光忽而打在我岳母的脸上，忽而打在我岳母面前的案板上，忽而还打在聚精会神听讲的学生堆里。我选择了一个空位坐下来，我感觉到我岳母那双灰褐色大眼睛里的慈爱光芒在我脸上停留了两秒钟，我有些怕羞地低垂下头颅。

用刀子深深地刻在课桌上的四个字跳进我的眼睛：我想操你。宛若四块石头投进了我的脑海，激起了飞溅的浪花。我周身酥麻，像被微弱的电流刺激着的雄性青蛙一样四肢颤抖，中间一点，十分不安……我岳母的不紧不忙的悦耳话语像潮水一样，由远而近地涌上来，使我的身体包裹在巨大的暖流里，一阵阵的快感在脊髓里迅跑，迅跑……亲爱的同学们，你们想过没有，随着四个现代化的迅猛发展，随着人民生活水平的不断提高，吃，已经不仅仅是为了饱腹，而是一种艺术欣赏。因此，烹调已不仅仅是一门技术同时还是一门高深的艺术，一个合格的烹调家，应该有一双比外科医生还要准确、敏感的手，有比画家还要敏锐的对于色彩的感受，有比警犬还要灵敏的鼻子，有比蛇还要灵活的舌头。烹调家是诸家之综合。与此同时，美食家的水平也愈来愈高，他们口味高贵，喜新厌旧，朝秦暮楚，让他们吃得满意并不容易。但是，我们必须刻苦钻研，翻新花样，尽量满足他们的要求。这关系到我们酒国市的繁荣昌盛，当然也关系到你们各位的远大前程。在今天的正课之前，我先推荐给你们一个珍馐——她捏起电子笔，在磁性黑板上写上了五个龙飞凤舞的大字：清炖鸭嘴兽。她写字时侧脸对着学员，礼貌待人，风姿绰约。她扔下笔，按了一下教桌下的电钮，墙上便有一块幕布缓缓拉开，好像将军揿按电钮闪出作战地图一样。幕布后边原来是一个很大的水柜，几只皮毛油滑、四肢生蹼的扁嘴小兽在水中焦虑不安地游动着。她说，下边我把配料及具体的制作方法告诉你们，你们可以做笔记。这种貌不惊人的小兽，曾经使无产阶级的伟大导师、博学多才的恩格斯陷入尴尬境地，它是生物进化史上的一个特异现象，它是现在能够知道的地球上唯一的产卵的哺乳动物。鸭嘴兽是货真价实的珍稀动物，所以我们烹调时应格外小心，万不能因为我们的操作错误而暴殄了天物。所以，我建议大家在做鸭嘴兽前，多做些甲鱼，以便获得感觉。下面我介绍具体做法：

　　取鸭嘴兽一只,宰杀后倒挂起来,用半个小时左右把血控干。注意,宰杀时应用银刀,从嘴下刺进,要使刀口尽量小。控净血后,用 75℃ 左右的热水褪毛,然后,小心翼翼地取出内脏,肝脏、心脏、蛋(如果有的话),取肝脏时要格外小心,不要把苦胆弄破,否则这只兽就变成了难以入口的废料。把肠子掏出来,翻过来用碱水漂干净。用滚水冲烫嘴和四趾,搓掉嘴上的硬壳和趾上的粗皮,注意要特别保护趾间的蹼膜完整无缺。冲洗干净后,把内脏放在滚油里过一下,塞入腹腔,然后加上盐、大蒜、姜丝、辣椒、小磨香油等调料——切记不要加味精——放在微火上清炖,直到变成暗红色并散发出一种奇特的香味为止。一般情况下,蛋与内脏同时过油填入腹中,如果有较大较多的成形蛋,则可单独做成一道佳肴,具体操作方法可仿照红烧乌龟王八蛋的方法。

　　介绍完了鸭嘴兽的烹调方法,她扰了扰头发,像要宣布一件重大决定的首长一样,注视着学员们,每一个学员都感到她亲切的目光在抚摸着自己的脸,我感到我的岳母在抚摸着我的灵魂。她一板一眼地说:下面,我们开始讲授红烧婴儿的烹调方法。我感到仿佛有一根生满铁锈的锥子在我心脏上戳了一个眼,一股股冰凉的液体流到我的胸腔中潴存起来,压迫得我内脏紧张,惶惶不安。手心里涌出了又粘又冷的汗水。我岳母的学生们一个个涨红了脸,兴奋的情绪加速了他们的心脏跳动,就像一群医学院的学生第一次参加解剖人体生殖器官,他们尽量装作无所谓的样子,但欲盖弥彰,几分惶乱几分激动的心情通过那些抽动的腮部肌肉,通过那些不自然的咳嗽声,淋漓尽致地表现出来。我岳母说:这是我们烹饪学院的压轴好戏,由于货源奇缺,价格昂贵,所以不可能让每个人都得到动手的机会,我仔细操作,你们认真看,回去后可用猴子或乳猪作为练习的代用品。

　　她首先特别明确地强调,厨师是铁打的心肠,不允许滥用感情。我们即将宰杀、烹制的婴儿其实并不是人,它们仅仅是一些根据严格的、两厢情愿的合同,为满足发展经济、繁荣酒国的特殊需要而生产出来的人形小兽。它们在本质上与这些游弋在水柜里待宰的鸭嘴兽是一样的,大家请放宽心,不要胡思乱想,你们要在心里一千遍、一万遍地念叨着:它们不是人,它们是人形小兽。她很潇洒地抓起藤条教鞭敲了敲水柜的边缘,又一次重复着:它们在本质上与鸭嘴兽没有区别。

　　她抓起挂在墙上的电话,对着话筒发布命令。她放下电话,对学生们说:这当然是一道总有一天会震惊世界的名菜,所以我们的制作过程中的每一个环节都来不得半点马虎。一般说来,家畜遭杀前精神上的巨大压力会影响肉中糖原的含量,由代谢差造成成品后的香气差。因此,有经验的屠夫总是喜欢采用闪电般的动作结束动物的生命,借以提高动物尸体的质量。肉孩较之一般家畜,是智慧更高一些的动物,因此,为了保证这道大菜的原料高质量,必须想办法使他们保持精神愉快。传统的方式是采用一棍打昏的方法,但这样势必造成原料的软组织淤血甚至骨头破碎,严重影响成品的外观。近年来,一棍打昏的方法被逐渐淘汰,代之以乙醇麻醉。酿造大学新近研究出一种味道甜美不辣、酒精含量却奇高的新型酒浆,为我们创造了条件。经验证明,用酒精麻醉后宰杀的肉孩,由于酒精分子渗入细胞组织,有效地减弱了过去肉孩烹制过程中最令人头痛的奶腥味,而且经过化验证明,采用酒精麻醉后宰杀的肉孩所含营养价值也大幅度提高。她又一次摘下墙上的话筒,说:

送来吧!

我岳母对着话筒轻描淡写地说了一句,五分钟后,就有两位身穿雪白大褂、头戴雪白四角帽的年轻女子用一副特制的小担架把一个赤裸裸的肉孩抬进教室。两个女人的模样都还算秀丽,但她们惨白的脸却让我感到很不舒服。女人把担架放在案板上,就垂着手退到一边去。我岳母俯首看看那粉红的肉孩,用纤嫩的食指戳了戳他的胸脯,满意地点了点头。她直起腰,再一次严肃地提醒:你们千万不要忘记,这只是个人形的小兽,她的话犹未尽,担架上的人形小兽就打了一个滚,学员们发出一声压抑的惊呼,他们,包括我在内,都以为这小家伙要爬起来呢。但幸好他没有爬起来,他仅仅是打了一个滚就把香甜的小呼噜均匀地播满了教室。他的圆圆的,胖嘟嘟的、红扑扑的小脸正好侧对着学员们。自然也侧对着我。我们分明看到这是一个美丽、健康的小男孩。他的头发乌黑,睫毛长长,蒜头小鼻子,粉红的小嘴。粉红的小嘴巴嗒着,仿佛正在梦中吃糖果。我跟我老婆结婚三年还没有孩子,我很喜欢孩子,我真想跑到教室前头的案板上去抱起这个小家伙,亲亲他的脸,亲亲他的肚脐,摸摸他的小鸡巴,咬咬他的小脚丫。他的脚胖胖的,腿脚相接处胖出了几圈罗纹。从学员们,尤其是那些女学员们如痴如醉的眼神里,我猜测到她们的心中此刻也正在荡漾着温暖的爱情,对小人儿的爱。于是我岳母突然变得冷冰冰的声音又在教室里回响起来,压住了小家伙均匀的鼾声。我明确地告诉你们,一定要把心中的不健康的感情清除干净,否则我们这课就上不下去了。她扯住他的胳膊,把他的身体翻转了一百八十度,让他的脸朝向了玻璃柜中的鸭嘴兽,让他的两瓣屁股对着学员们的脸。我岳母戳着他的屁股说:他不是人,不是。

小家伙却像对她的话提抗议一样,放出了一个与他的身体不相称的大屁,学员们怔了怔,互相观望着,十几秒钟后,教室里突然爆发了一阵大笑。

我的岳母紧绷着脸,终于绷不住,也咧开嘴陪伴着学生笑起来。

她敲敲桌子,努力平息了众人的笑声。她说:这小东西,什么本事都会哩。学生们又要笑,遭到了她的制止。她说不许再笑了,这是你们四年学校生活中最重要的一课,只要掌握了肉孩的烹调方法,走遍天下都不怕。你们不是盼着出国吗?只要掌握了这道超水平大菜,你们就等于领到了永久签证,你们就能征服洋人,无论是美国佬、德国佬还是别的什么佬。

她的话看起来击中了学员们的要害,他们重新聚精会神,一手拿笔,一手按本子,双眼望着我的岳母。她说,在这种幸福的休眠状态中,无论我们干什么,肉孩都不会知晓,更不能提出反抗,他始终沉醉在幸福中。她招了一下手,让那两位站在教室的边角上等候吩咐的白衣女人过来,帮助她,把肉孩抬进一个特制的、鸟笼形状的架子上,架子上端有一个挂钩,可以与操作案板上方的吊环相连。在两个白衣女的帮助下笼架子悬空了,肉孩在笼中,身体被禁锢着,只有一只又白又胖的小脚,从笼架下伸出来,显得格外可爱。我岳母说,第一步,是放血。有必要说明,在一段时期内,个别同志认为不放血会使肉孩的肉味更加鲜美、营养价值更高,他们的主要理论根据是高丽人烹食狗时从不动刀放血。经过反复的试验、比较,我们觉得,放血后的肉孩,比不放血的肉孩,味道要鲜美的多。这一步的目的很简单:放出肉孩体内的血,放得越干净、肉的色泽愈好。放血不彻底的肉孩,制成成品后,色泽晦暗,腥味较重。所以大家不要轻视这一步。我岳母伸刀攥住了肉孩的小脚,肉孩在笼架上嘟嘟哝哝地说了一句什么话,学员们都竖起耳朵,辨别着那句话的内容。我岳母说,选择切口的位置,是为了保持肉孩的完整性,一般采用从脚底切口,暴露出动脉血管,然后切断引流。她说着,手里便出现一柄银光闪闪的柳叶刀,对着肉孩的小脚……我慌忙闭上了眼睛,我似乎听到那小家伙在笼架中大声啼哭,教室里的桌椅噼噼啪啪乱响,学员们好像都嚎叫着蹿了出去。睁开眼睛后,我才知道方才的一切都是幻觉,肉孩不哭也不叫,刀口已切开,一线宝石一样艳丽的红血,美丽异常地悬挂下来,与他脚下的那只玻璃缸联系在一起。教室里也安静异常,男生和女生们都睁着圆溜溜的眼睛,盯着肉孩那只脚,脚下那线血。市电视台的摄像机也盯着那只脚,脚下那线血,强光照耀,那线血晶莹极了。渐渐地我听到了学员们的呼吸声如同沉闷的潮汐声,血流注到玻璃缸中的声音清脆悦耳,宛若深涧中的溪流。我岳母说,大概一个半小时后,肉孩的血被控干,第二步,要尽可能完整地取出内脏;第三步,用 70 ℃的水,屠戮掉他的毛发……

我实在懒得再去描述我岳母无聊的、令人恶心的烹饪课了,我想在夜幕降临的时候,酒博士奇想联翩的大脑,应该在酒精的刺激下,去构思一部题名《采燕》的小说,他不应该在吃人的宴席上浪费才华。

(选自上海文艺出版社 2012 年版)

导读:

　　和一般先锋小说的晦涩难懂不同,《酒国》仍然保持着很强的可读性,这和它在先锋手法和传统叙事手法之间自由穿越很有关系。既上接鲁迅的启蒙思想,又对中国某一时期构成了巨大的隐喻,还预言了 20 世纪 90 年代之后知识分子的命运,思想容量极为丰富,是一部有解读难度的作品。

　　莫言在《酒国》中塑造了"莫言"这一人物形象,这个"莫言"不但在创作暂名为《酒国》的小说,而且通过和酒国酿造大学的酒博士李一斗的通信谈论小说创作及当时文坛状况,最后禁不住金钱和美酒的诱惑还亲自到酒国去参加第一届"猿酒节"盛会,和李一斗以及自己小说中的人物金刚钻、余一尺等人见面。通过这样的叙述,造成了一种真实性的效果。不仅如此,在《酒国》中,作者也使用了"分身术":李一斗是"莫言"的分身,丁钩儿也是"莫言"的分身,特别是在小说最后一章"莫言"在酒国的经历,其实是丁钩儿在酒国经历的一种映照,一种现场化、真实化。除此之外,作者还使用了"元小说"的手法——即在小说中叙述关于小说创作过程,在"莫言"到达酒国火车站穿越隧道时,认为"丁钩儿在酒国的经历,必须与这铁路隧道联系在一起。这儿应该是一个秘密的肉孩交易场所"……这些叙事手法的运用很容易让人把《酒国》贴上先锋小说的标签。

　　小说共十章,前九章每章都由三部分组成,第一部分是"莫言"创作的小说,写高级侦察员丁钩儿到酒国破案的经历,第二部分是李一斗与"莫言"的通信,第三部分是李一斗的九篇小说,第十章是"莫言"出发到酒国见到了李一斗和其他小说中的人物。《酒国》存在十分复杂的文本嵌套关系,比如李一斗的小说从一开始就暗中介入了"莫言"的小说,特别是到了第八、九章,内容开始变成第二部分二人通信在前,第三部分李一斗的小说居中,"莫言"的小说变成了第三部分,李一斗的小说完全参与到"莫言"的小说中,甚至改变了"莫言"小说的结局。这种结构你中有我,我中有你,虚实相间,也虚实难辨,造成一种扑朔迷离的感觉。

　　王德威认为"《酒国》应是莫言自《红高粱家族》以来创作的又一高潮",莫言也不止一次说过,"《酒国》是我迄今为止最完美的长篇"。

活着(节选)

那天傍晚收工前,邻村的一个孩子,是有庆的同学急冲冲跑过来,他一跑到我们跟前就扯着嗓子喊:

"哪个是徐有庆的爹?"

我一听心就乱跳,正担心着有庆会不会出事,那孩子又喊:

"哪个是她娘?"

我赶紧说:"我是有庆的爹。"

孩子看看我,擦着鼻子说:

"对,是你,你到我们教室里来过。"

我心都要跳出来了,他这才说:

"徐有庆快死啦,在医院里。"

我眼前马上黑了一下,我问那孩子:

"你说什么?"

他说:"你快去医院,徐有庆要死啦。"

我扔下锄头就往城里跑,心里乱成一团。想想中午分开时有庆还好好的,现在说他快要死了。我脑袋里嗡嗡乱叫着跑到城里医院,见到第一个医生我就拦住他,问他:

"我儿子呢?"

医生看看我,笑着说:

"我怎么知道你儿子?"

我听后一怔,心想是不是弄错了,要是弄错可就太好了。我说:

"他们说我儿子快死了,要我到医院来。"

准备走开的医生站住脚看着我问:

"你儿子叫什么名字?"

我说:"叫有庆。"

他伸手指指走道尽头的房间说:

"你到那里去问问。"

我赶紧跑到那间屋子,一个医生坐在里面正写些什么,我心里咚咚跳着走过去问:

"医生,我儿子还活着吗?"

医生抬起头来看了我很久,才问:

"你是说徐有庆?"

我急忙点点头,医生又问:

"你有几个儿子?"

我的腿马上就软了,站在那里哆嗦起来,我说:

"我只有一个儿子,求你行行好,救活他吧。"

医生点点头,表示知道了,可他又说:

"你为什么只生一个儿子?"

这叫我怎么回答呢? 我急了,问他:

"我儿子还活着吗?"

他摇摇头说:"死了。"

我一下子就看不到医生了,脑袋里黑乎乎一片,只有眼泪哗哗地掉出来,我问医生:

"我儿子在哪里?"

有庆一个人躺在一间小屋子里,那张床是用砖头搭成的。我进去时天还没黑,看到有庆的小身体躺在上面,又瘦又小,身上穿的是家珍最后给他做的衣服。我儿子闭着眼睛,嘴巴也闭得很紧。我有庆有庆叫了好几声,有庆一动不动,我就知道他真死了,一把抱住了儿子,有庆的身体都硬了。中午他还躲在树后面偷偷看他爹,到了晚上他就硬了。我怎么想都是想不通,这怎么也应该是两个人,我看看有庆,摸摸他的瘦肩膀,又真是我的儿子。我哭了又哭,都不知道有庆的体育教师也来了。他看到有庆也哭了,一遍遍对我说:

"想不到,想不到。"

体育老师在我边上坐下,我们两个人对着哭,我摸摸有庆的脸,他也摸摸。过了很久,我突然想起来,自己还不知道儿子是怎么死的。我问体育老师,这才知道有庆是抽血被抽死的。当时我就想杀人了,我把儿子一放就冲了出去,冲到病房看到一个医生就抓就住他,也不管他是谁,对准他的脸就是一拳,医生摔到地上乱叫起来,我朝他吼道:

"你杀了我儿子。"

吼完抬脚去踢他,有人抱住了我,回头一看是体育老师,我就说:

"你放开我。"

体育老师说:"你不要乱来。"

我说:"我要杀了他。"

体育老师抱住我,我脱不开身,就哭着求他:

"我知道你对有庆好,你就放开我吧。"

体育老师还是死死抱住我,我只好用胳膊肘拼命撞他,他也不松开。让

那个医生爬起来跑走了,很多的人围了过来,我看到里面有两个是医生,我对体育老师说:

"求你放开我。"

体育老师力气大,抱住我我就动不了,我用胳膊肘撞他,他也不怕疼,一遍遍地说:

"你不要乱来。"

这时有个穿中山服的男人走了过来,他让体育老师放开我,问我:

"你是徐有庆同学的父亲?"

我没理他,体育老师一放开我,我就朝一个医生扑过去,那医生一转身就逃。我听到有人叫穿中山服的男人县长,我一想原来他就是县长,就是他女人夺了我儿子的命,我抬腿就朝县长肚子上蹬了一脚,县长哼了一声坐到了地上。体育老师又抱住了我,对我喊:

"那是刘县长。"

我说:"我要杀的就是县长。"

抬起腿再去蹬,县长突然问我:

"你是不是福贵?"

我说:"我今天非宰了你。"

县长站起来,对我叫道:

"福贵,我是春生。"

他这么一叫,我就傻了。我朝他看了半晌,越看越像,就说:

"你真是春生。"

春生走上前来也把我看了又看,他说:

"你是福贵。"

看到春生我怒气消了很多,我哭着对他说:

"春生你长高长胖了。"

春生眼睛也红了,说道:

"福贵,我还以为你死了。"

我摇摇头说:"没死。"

春生又说:"我还以为你和老全一样死了。"

一说到老全,我们两个都呜呜地哭上了。哭了一阵我问春生:

"你找到烧饼了吗?"

春生擦擦眼睛说:"没有,你还记得? 我走过去就被俘虏了。"

我问他:"你吃到馒头了吗?"

他说:"吃到的。"

我说:"我也吃到了。"

说着我们两个人都笑了,笑着笑着我想起了死去的儿子,我抹着眼睛又哭了,春生的手在我肩上摸着,我说:

"春生,我儿子死了,我只有一个儿子。"

春生叹口气说:"怎么会是你的儿子?"

我想到有庆还一个人躺在那间小屋里,心里疼得受不了,我对春生说:

"我要去看儿子了。"

我也不想再杀什么人了,谁料到春生会突然冒出来,我走了几步回过头去对春生说:

"春生,你欠了我一条命,你下辈子再还给我吧。"

那天晚上我抱着有庆往家走,走走停停,停停走走,抱累了就把儿子放到背脊上,一放到背脊上心里就发慌,又把他重新抱到了前面,我不能不看着儿子。眼看着走到了村口,我就越走越难,想想怎么去对家珍说呢? 有庆一死,家珍也活不长,家珍已经病成这样了。我在村口的田埂上坐下来,把有庆放在腿上,一看儿子我就忍不住哭,哭了一阵又想家珍怎么办? 想来想去还是先瞒着家珍好。我把有庆放在田埂上,回到家里偷偷拿了把锄头,再抱起有庆走到我娘和我爹的坟前,挖了一个坑。

要埋有庆了,我又舍不得。我坐在爹娘的坟前,把儿子抱着不肯松手,我让他的脸贴在我脖子上,有庆的脸像是冻坏了,冷冰冰地压在我脖子上。夜里的风把头顶的树叶吹得哗啦哗啦响,有庆的身体也被露水打湿了。我一遍遍想着他中午还躲在树后看我,我对死去的儿子说:

"有庆,我知道你是在心里和爹亲。"

想到有庆再不会说话,再不会拿着鞋子跑去,我心里是一阵阵绞痛,痛得我都哭不出来。我那么坐着,眼看着天要亮了,不埋不行了,我就脱下衣服,把袖管撕下来蒙住他的脸,用衣服把他包上,放到了坑里。我对爹娘的坟说:

"有庆要来了,你们待他好一点,他活着时我对他不好,你们就替我多疼疼他。"

有庆躺在坑里,越看越小,不像是活了十三年死了,倒像是家珍才把他生出来。我用手把土盖上去,把小石子都捡出来,我怕石子硌得他身体疼。埋掉了有庆,天蒙蒙亮了,我慢慢往家里走,走几步就要回头看看,走到家门口一想到再也看不到儿子,忍不住哭出了声音,又怕家珍听到,就捂住嘴巴蹲下来,蹲了很久,都听到出工的吆喝声了,才站起来走进屋去。凤霞站在门旁眙

圆了眼睛看我,她还不知道弟弟死了。邻村那个孩子来报信时,她也在,可她听不到。家珍在床上叫了我一声,我走过去对她说:

"有庆出事了,在医院里躺着。"

家珍像是信了我的话,她问我:

"出了什么事?"

我说:"我也说不清楚,有庆上课时突然昏倒了,被送到医院,医生说这种病治起来要有些日子。"

家珍的脸伤心起来,泪水从眼角淌出,她说:

"是累的,是我拖累有庆的。"

我说:"不是,累也不会累成这样。"

家珍看了看我又说:

"你眼睛都肿了。"

我点点头:"是啊,一夜没睡。"

说完我赶紧走出门去,有庆才被埋到土里,尸骨未冷啊,再和家珍说下去我就稳不住自己了。

接下去的日子,白天我在田里干活,到了晚上我对家珍说进城去看看有庆好些了没有。我慢慢往城里走,走到天黑了,再走回来,到有庆坟前坐下。夜里黑乎乎的,风吹在我脸上,我和死去的儿子说说话,声音飘来飘去都不像是我的。坐到半夜我才回到家中,起先的几天,家珍都是睁着眼睛等我回来,问我有庆好些了吗?我就随便编些话去骗她。过了几天我回去时,家珍已经睡着了,她闭着眼睛躺在那里。我也知道老这么骗下去不是办法,可我只能这样,骗一天是一天,只要家珍觉得有庆还活着就好。

有天晚上我离开有庆的坟,回到家里在家珍身旁躺下来后,睡着的家珍突然说:

"福贵,我的日子不长了。"

我心里一沉,去摸她的脸,脸上都是泪,家珍又说:

"你要照看好凤霞,我最不放心的就是她了。"

家珍都没提有庆,我当时心里马上乱了,想说些宽慰她的话也说不出来。

第二天傍晚,我还和往常一样对家珍说进城去看有庆,家珍让我别去了,她要我背着她去村里走走。我让凤霞把她娘抱起来,抱到我背脊上。家珍的身体越来越轻了,瘦得身上全是骨头。一出家门,家珍就说:

"我想到村西去看看。"

那地方埋着有庆,我嘴里说好,腿脚怎么也不肯往那地方去,走着走着走到了东边村口，家珍这时轻声说：

"福贵，你别骗我了，我知道有庆死了。"

她这么一说，我站在那里动不了，腿也开始发软。我的脖子上越来越湿，我知道那是家珍的眼泪，家珍说：

"让我去看看有庆吧。"

我知道骗不下去了，就背着家珍往村西走，家珍低声告诉我：

"我夜夜听着你从村西走过来，我就知道有庆死了。"

走到了有庆坟前，家珍要我把她放下去，她扑在了有庆坟上，眼泪哗哗地流，两只手在坟上像是要摸有庆，可她一点力气都没有，只有几根指头稍稍动着。我看着家珍这副样子，心里难受得要被堵住了，我真不该把有庆偷偷埋掉，让家珍最后一眼都没见着。

家珍一直扑到天黑，我怕夜露伤着她，硬把她背到身后，家珍让我再背她到村口去看看，到了村口，我的衣领都湿透了，家珍哭着说：

"有庆不会在这条路上跑来了。"

我看着那条弯曲着通向城里的小路，听不到我儿子赤脚跑来的声音，月光照在路上，像是撒满了盐。

过了两天，家珍也死了。家珍死去的那个晚上，说要侧身躺着，要看着我。我把她身体侧过来，让她脸对着我，家珍叫我别熄灯。我女人那晚上把我看了又看，对我说：

"福贵，你对我真是好。"

说完她笑了笑，闭上了眼睛。过了一会儿，家珍又睁开眼睛问我：

"凤霞睡得好吗？"

我起身看看凤霞，对她说：

"凤霞睡着了。"

家珍又闭上了眼睛，我捏着她的手，以为她睡着了。没过多久，家珍的手慢慢凉了，我赶紧去摸她的身体，身体也凉了。

家珍死后，我打了两桶井水烧热了给她洗身子，凤霞就坐在一旁，把脸贴在家珍身上哭，我几次把她扶开，她马上又过来了，我想就让她多贴一会吧，以后她再也见不着家珍了。家珍瘦的身上只剩下一张皮，她的样子比有庆还可怜。

家珍死后，家里只剩下我和凤霞了。凤霞那时才知道他弟弟也死了，最初的几天，凤霞活也不干，饭也不吃，就是呆呆地站在家珍和有庆坟前，我把她拉回到家里，没多久她又去了。直到我病倒后，凤霞才回到了原先的样子，

265

她忙里忙外服侍我。过了几天我看看凤霞实在是太累，就拖着个病身体下田去干活，村里人见了我都吃了一惊，说：

"福贵，你头发全白了。"

我笑笑说："以前就白了。"

他们说："以前还有一半是黑的呢，就这么几天你的头发全白了。"

就那么几天，我老了许多，我以前的力气再也没有回来，干活时腰也酸了背也疼了，干得猛一些身上到处淌虚汗。有时想想自己也快去了，我一点也不难受，人到了那一步都得去，不过是早几天晚几天。可一看到凤霞，我实在是放心不下，凤霞又聋又哑，她一个人在这世上怎么办呢？

家珍和有庆死后，春生来过两次。春生不叫春生了，他叫刘解放。别人见了春生都叫他刘县长，我还是叫他春生。春生第一次来时还带来他两岁的儿子，春生的儿子吃的白白胖胖，春生让他叫我一声大伯，那小家伙看了我半天就是不肯开口，我就对春生说：

"算啦，别让他叫了。"

春生告诉我，他被俘虏后就当上了解放军，一直打到福建，后来又到朝鲜去打仗。春生命大，打来打去都没被打死。朝鲜的仗打完了，他转业到邻近一个县，有庆死的那年他才来到我们县。春生走的时候，我送他到村口，我对春生说：

"你以后别来了，别带这孩子来，一见到他，我心里就难受，就想起我的有庆。"

春生后来还是来了一次，那时候城里在闹"文化革命"，春生来时都深更半夜，我和凤霞已经睡了，敲门把我敲醒，我打开门借着月光一看是春生，春生的脸都被打肿了，春生说：

"福贵，你出来一下。"

春生的模样让我吓了一跳，赶紧披上衣服走出去，春生走在前面，我在后面问他：

"到底出了什么事？"

春生也不答话，他一直走到这口池塘旁边，站在了这里，才回过头来说：

"福贵，我是来和你告别的。"

我问："你要去哪里？"

他咬着牙齿狠狠地说：

"我不想活了。"

我吃了一惊,急忙拉住春生的胳膊说:

"春生,你别糊涂,你还有女人和儿子呢。"

一听这话,春生哭了,他说:

"福贵,我每天都被他们吊起来打。"

说着他把手伸过来:

"你摸摸我的手。"

我一摸,那手像是煮熟了一样,烫得吓人,我问他:

"疼不疼?"

他摇摇头:"不觉得了。"

我把他的肩膀往下按,说道:

"春生,你先坐下。"

我对他说:"你千万别糊涂,死人都想活过来,你一个大活人可不能去死。"

我又说:"你的命是爹娘给的,你不要命了也得先去问问他们。"

春生抹了抹眼泪说:

"我爹娘早死了。"

我说:"那你更该好好活着,你想想,你走南闯北打了那么多仗,你活下来容易吗?"

那天我和春生说了很多话,到天快亮了,春生像是有些想通,他站起来说要走了,我送他到村口,他说:

"福贵,你站住吧。"

我就站住了,看着春生走去,春生都被打瘸了,他低着头走得很吃力。我又放心不下,对他喊:

"春生,你要答应我别死。"

春生走了几步回过头来说:

"我答应你。"

春生后来还是没有答应我,一个多月后,我听说城里刘县长投井死了。一个人命再大,要是自己想死,那就怎么也活不了。

(选自《收获》1992 年第 6 期)

导读:

《活着》和《许三观卖血记》是余华 20 世纪 90 年代最重要的小说,但批评界的反映却明显不同:《活着》刚出版时,国内批评反映并非一致叫好,甚至有许多批判的声音。有人认为这是一种先锋精神的倒退,似乎又回到了现实主义的套路上去。直到 1998 年后,《活着》获得国外大奖,才迅速成为余华最著名的小说。

这种现象和余华其他几部长篇小说的批评反应形成了鲜明的对比。《在细雨中呼喊》《许三观卖血记》以及新世纪后的《兄弟》《第七天》在出版以后,批评界都及时发表了有分量的针对性评论文章,如 1991 年《在细雨中呼喊》出版后,很快就有陈晓明、韩毓海、潘凯雄三人的专辑讨论以及之后吴义勤等人的文章。1995 年《许三观卖血记》出版后,马上也有余弦、张柠、张闳等人的专文讨论。

可能的解释是:《活着》没有《在细雨中呼喊》和《许三观卖血记》那么清晰易见的批评标志。《在细雨中呼喊》的批评标志是由"先锋"向"现实"的转型过渡,很容易识别和感受到,而《许三观卖血记》的重复、对话等叙事问题是整部小说非常显著的批评标志。相对而言,《活着》就没有明显的批评标志,整体上回归传统现实主义的方法让注重"创新"和"特别"的批评家们产生了犹疑。

《活着》被公认为是余华成功的转型之作,也是获得批评家和读者充分肯定的经典之作。《活着》对余华个人写作转型意味着巨大的成功,但从整个中国当代文学的创作观念来讲并不算是创新性的写作,只是回到并接续了传统的现实主义。但余华的成功或者说贡献在于,那是一种开放的现实主义,在整体的现实主义创作格局中加入了非常个人化的"先锋"艺术探索。因此从主题内涵到艺术形式,《活着》和《许三观卖血记》既克服了传统现实主义过分凝重的启蒙训导,又避免了"先锋艺术"脱离现实、过于超前的自娱自乐,淡化了"小众"和"大众"阅读之间的隔阂,带给读者一种直接易懂但又保持适度审美距离的阅读感受,所以这两部作品引发的争议也最小。

第九章　新世纪文学

　　随着 20 世纪末临近和新世纪到来,中国社会悄然发生着各种深刻的变化,文学也在以我们不易察觉的方式发生着种种裂变。特别是网络等新媒体的日益发达,及其作为人们日常生活的一部分,正影响并改变着传统意义上的文学之生产、创作、传播和接受等各个环节,文学面临着格局重组和体制更新的新的考验,业已裂变为彼此异质的三个场域的文学——主流文学、消费文学和独立文学。新世纪文学虽说只有短短十余年的发展,其还"正在进行着",但其彰显出的新质,却是不可忽视也不能无睹的。在新世纪主流文学场域中,代表性作家有刘震云、毕飞宇、阎连科等;"底层文学"思潮及其创作现象是最引人注目的。

第一节　综合性介绍

一、新世纪文学的发生

　　新世纪文学的发生与中国的文学制度重组、媒介传播发展和消费文化兴起这三个因素密切相关。

　　(一)中国的文学制度产生于中国特定的政治、经济和文化环境,影响了当代文学的生产方式,推动了当代文学的发生,20 世纪 90 年代末期,中国政治、经济和文化环境都发生了巨大的改变,文学制度也相应作出调整和重组,进而激发了新世纪文学的发生。第六次文代会于 1996 年 12 月召开,会议强调文艺"为人民服务"的大方向,对"让文艺回到自身"的观念予以反思,对以自我为中心、以形式为中心的文艺作品和文艺理论予以批判。第七次文代会于 2001 年 12 月召开,号召当代中国的文艺工作者在全球化的背景下应该遵循先进文化的前进方向,自觉投身改革开放和现代化建设的伟大实践,努力创作有利于群众性文艺活动蓬勃开展的优秀作品。这两次文代会把文学放在经济全球化背景下进行考察,强调群众标准的重要性,"将文艺的政治功能逐渐引向了式微,使那些曾经惊心动魄的当代文学运动成为历史记忆的同时,也将文代会自身从思想意识形态场域的中心位置撤至边缘"[1]。这一时期,市场的力量逐渐增长,图书出版的需求更多地倾向于市场,数量众多的长篇小说和规模巨大的丛书频频出版,这是因为市场呕须,对图书数量的需求超过了文学质量,对娱乐性的需求超过了思想性和艺术性。在激情扩张的出版业面前,文学写作者被迫接受了一轮"适者生存"的竞争角逐,这场竞争中的赢家大都具有旺盛的精力和高产的能力,如贾平凹、莫言、张炜、刘醒龙、阎连科等。同样的"生存竞争"也发生在不同的文学文体之间,由于诗歌和短篇小说更重视艺术性,学术论著更重视思想性,皆被市场冷落,市场最为青睐的文学文体是长篇小说和散文随笔——前者最具娱乐性,后者则最易生产并被复制。这说明"出版的影响力已经深入到作家的创作节奏与文体选择","图书市场的法则,是出版短篇小说集就意味着商业利润的死亡"[2],"全球化、族群矛盾、跨国资本、信息化、小资生活、底层社会等等术语,正在取代苦难、伤痕、人道主义、先锋性、人文精神、知识分子、使命感等等"[3],经济至上的新的文学意识形态逐渐形成。再加上 80 年代前的政治至上观念在文学制度内的部分遗留,和 80 年代的艺术至上观念在一些个体创作中的悄然延续,三种文学意识或明或暗交织并存,共同形成了新世纪文学复杂的历史风貌。

（二）作为媒介的互联网络,不仅传播着作为信息的文学,也必然会参与塑造我们对于文学的意识形态,并进而影响到文学的创作、接受、传播、批评、生产等各个层面。中国新世纪文学的发展实践,可以说是"媒介决定论"的有力验证。中文文学与网络的结合,最早始自 1991 年,留美大学生王笑飞创办了海外"中文诗歌通讯网"。1995 年 3 月,诗阳、鲁鸣等人创办中文网络文学刊物《橄榄树》;1996 年,几位女性作者创办了一份网络女性文学刊物《花招》;1995 年 8 月,清华大学建立中国大陆第一个互联网上的 BBS 站"水木清华",之后各个高校相继成立校园 BBS 站,各站均有专属文学版块;1997 年,

---

［1］ 邓小琴:《文代会制度的生成及演变初探》,《中共福建省委党校学报》2011 年第 11 期。
［2］ 龚海燕:《出版还能继续引领新世纪文学吗?》,《文艺争鸣》2009 年第 8 期。
［3］ 程光炜:《新世纪文学"建构"所隐含的诸多问题》,《文艺争鸣》2007 年第 2 期。

网易免费提供个人主页空间,发表在网络上的原创文学迅速增多;同年"榕树下"文学网站成立,一大批写作者和读者迅速聚集,使其成为一个大型文学社区,在此发表的文学作品被首次称为"网络原创文学",被大众迅速接受并广泛传播,"榕树下"也因之成为新世纪以网络为传播载体的通俗文学的发源地和畅销网络作家的"摇篮"。网络和文学的结合令人心血沸腾,"网络原创文学"使人趋之若鹜,这与基于网络技术而产生的新型的网络文化特征密不可分。相较于传统的农业文化、工业文化,网络文化在思想性、实践性和时代性方面有其独特之处:网络文化的实践特征可以概括为信息海量、传播快捷、交流互动和形式多样;网络文化的思想特征主要表现在知识共享、情感分享、多元开放和去中心化;网络文化的时代特征则体现于个性张扬、商品主导和娱乐至上[1]。这些鲜明、新奇的特征激发了无数文学写作者和读者的热情,使他们共同投身于网络文化生活中去,各自参与并推动了新世纪文学的发生、发展。

（三）在消费社会中,"为了生产方式自身的生产与再生产,社会就要不断地刺激消费,使大规模消费成为社会的基本生活方式"[2],消费不再是单纯的经济行为,而是一种符号消费的文化行为,不断向审美领域扩张,讲故事可以作为一种说服消费的手段。大众通过文化产品的消费确立了对物质产品的消费的口味,文化消费可以深入渗透到物质消费中去,可以带动物质消费,其而引领大范围的物质消费大潮。重视品牌和形式而轻视质量和内容的消费文化特征对文学观念、审美范式和文学评价体系形成了巨大冲击,改变了文学生产的方式:文学作品作为消费品被广泛生产。消费文化之于新世纪文学的发展是一把双刃剑,在消费文化影响下发生的新世纪文学因而具有双重性。一方面,它具有大众性、民主性,适应了现代社会大众的消遣娱乐需要,推动了大众审美意识的提高;另一方面,它又具有消费性和低俗性,可能消解人们的自我意识,尤其是在大众传媒的深度介入之下,人们甚至很难在独立追求与媒介影响之间划出清晰的界限。因此,我们的时代也需要这样一些更加独立的文学写作者:他们在消费社会具备失败者的自省精神,有能力开展对于消费文化的独立思考,不妨以平庸、世俗的日常生活为写作对象,但同时需要发挥文学的超越性和批判性功能,打破消费文化所营造的美轮美奂的幻象,从而恢复人的独立自我意识,使人们能够重新体验、反思自己的生

---

[1] 纪红:《试论网络文化的特征》,2008年2月2日《光明日报》。
[2] 陈晰:《救赎与消费:当代中国日常生活中的消费主义》,山东文艺出版社2001年版,第65页。

活,获得艺术的享受和精神的解放。他们拥有不多的读者、微薄的收入和微不足道的声名,但是他们的独立创作包孕着文学发展的丰富可能性。

二、新世纪文学的三个场域

"场域"(field)是布尔迪厄(Pierre Bourdieu)的文化社会学理论中的一个核心概念,它被如此定义:"从分析的角度来看,一个场域可以被定义为在各种位置之间存在的客观关系的一个网络,或一个架构。"[1]场域中的权力、资本的分配结构,决定着这些位置的处境和占据位置的行动者的特征,决定着位置与位置之间的关系(如支配关系、屈从关系或结构上的对应关系)[2]。不同场域有各自占主导地位的资本,就中国社会而言,政治场域以社会资本为主导,经济场域以经济资本为主导,而文学场域则以文化资本为主导;不同场域有各自参与权力斗争的场域行动者,他们具有不同的"惯习"(habitus)和文化资本;不同场域有各自支配场域运作的"游戏"规则,即不同场域"自身特有的逻辑和必然性",游戏规则的形成得益于场域的独立自主性,但是这种自主性是相对的、不彻底的,一个场域分化形成后仍难以避免其他场域的影响,而场域内部也会发生分裂,甚至还会部分融入其他场域中去,因而游戏规则在场域运动中不是一成不变的,而是在各种力量的竞争之下不断发生着动态的变化。基于这一理论视角进行考察,新世纪的文学场一分为三,包括三个文学亚场:主流文学、消费文学与独立文学。其中,主流文学占有最多的社会资本,拥有较多的名声、地位、出版资源、媒介宣传、学院派的关注和文学史的位置,其规则由文学制度而定;消费文学与主流文学有一定对抗和分歧,学院派的关注较少,文学史的位置较为边缘,但占有最多的经济资本,也拥有较多的名声、地位、出版资源和媒介宣传,其规则由消费市场而定;独立文学的社会资本和经济资本都十分匮乏,并不拥有名声、地位、出版资源、媒介宣传和学院派的关注,其规则由"为艺术而艺术"的艺术法则而定。

20世纪90年代末,文学制度的变化使体制内的主流文学发生了相应变化。为了适应经济全球化的大环境,文学机构、作者身份、读者构成和出版机

---

[1] 布尔迪厄、华康德:《实践与反思——反思社会学导引》,中央编译出版社 2004 年版,第 133—134 页。

[2] 张意:《文化与符号权力——布尔迪厄的文化社会学导论》,中国社会科学出版社 2005 年版,第 273 页。

制发生了重大变化,各地作协实行多种多样的作家合同制,作协中的作家拥有更多的创作自由,读者构成呈现出"受众细分"的状况,图书出版成为不断吸金的生产机器……所有这些使得主流文学场的规则由政治主导逐渐转向经济主导,衡量作家地位和作品价值的标准,除了政治性嘉奖、学院派认同之外,还需获得消费市场的认可。主流文学场域中纯文学的信仰空间不断缩小,超越功利的纯粹审美或为政治服务的创作方向逐渐被对发行量、版税、读者数量等一系列经济数字指标的追求所取代,主流文学场域的游戏规则不断向经济场规则转化,文学创作活动由艺术审美为中心转变为社会交往为中心,主流文学的写作策略也相应发生转向:80年代登上文坛的先锋文学作家的写作纷纷发生变化,追求文学形式创新和内容深度的"先锋性"渐次消退,文学作品的通俗性逐渐增强。

与此同时,消费文化的蓬勃兴起改变了文学生产的方式,使文学作为消费品被大量生产,经济逻辑无孔不入地渗透到文学的各个领域,文学艺术的神秘光晕被不断消解冲蚀,纯文学和通俗文学的界限正变得模糊不清,作品的发行量和读者的数量成为文学上成功的标志。作者的写作策略发生了相应的变化——作者不复作为纯文学的守护者和创造者而存在,而是被包装成"明星偶像"粉墨登场(以韩寒、郭敬明为代表),作品也不再以艺术标准为衡量尺度,而是以娱乐性为最高标准(以穿越、宫斗、玄幻等网络类型文学为代表)。

在主流文学和消费文学之外,由于网络媒介的飞速发展,增加了作品发表的机会和文学传播的途径,使得一批远离文学制度和市场中心的独立写作者得以从事文学创作,独立文学场域也自主形成。这些独立写作者来自各行各业,大多地位平常、收入寒微、缺乏各类社会资源和话语权,由于以"纯粹眼光"热爱文学或者无法实现个人理想和社会价值而投入文学创作中来,他们身边是无处不在的权力统治和金钱操控,因而产生了失败者的意识和文学的自省精神。一方面,主流文学界作家保守、制度化的写作和传统文学期刊保守、制度化的审美让他们感到窒息;另一方面,消费文学界忽视文学的艺术价值而唯利是图的功利目的也让他们产生鄙薄情绪,因而他们可以充分发挥文学的现实批判功能,对主流文学和消费文学进行双重决裂和双重批判,从而保持自己的独立者身份,并以对文学纯粹审美价值的不懈追求来确立起"为艺术而艺术"的场域规则,从而成为文学的自觉者,实质上也是纯文学的守护者和传承者(以"诗生活""文学自由坛""黑蓝文学网"等纯文学网站为代表)。

三、"底层文学"现象

新世纪主流文学场域的许多作家依然保持着旺盛的创作力,作品依然丰富多样。一些作家仍坚实地立足乡土,展开乡土叙述,讲述世纪之交中国的乡土故事,以莫言、贾平凹为代表,取得丰硕成果,其中莫言更以其带有魔幻现实主义风格的中国乡土叙述获得 2012 年诺贝尔文学奖,圆了中国作家的百年诺贝尔文学奖之梦。一些作家则聚焦于世纪之交动荡变化中的城乡生活,其中尤以底层民众的生活为表达核心的"底层写作"引起广泛关注,如刘醒龙的《天行者》、毕飞宇的《推拿》、刘庆邦的《卧底》、陈然的《我是许仙》、刘继明的《我们夫妇之间》、曹征路的《那儿》、陈应松的《太平狗》、孙惠芬的《民工》等;在城市生活的叙述中,折射出作家的世界性眼光,如孙颙的《漂移者》和彭名燕的《倾斜至深处》均涉及全球化的话题。历史题材领域的文学创作在新世纪呈现出更加复杂的风貌,作家们以个人视角切入宏大历史,还原、解构或者重塑了丰富的、多元的、个性化的历史,其中韩东以知青下乡为素材创作的《扎根》《知青变形记》和严歌苓以革命历史为素材创作的一系列长篇小说《第九个寡妇》《一个女人的史诗》《小姨多鹤》较具代表性。一些先锋作家在新世纪也不断有新作问世,如格非的长篇三部曲《人面桃花》《山河入梦》《春尽江南》,马原的《牛鬼蛇神》,余华的《兄弟》《第七天》,洪峰的《梭哈》,残雪的《边疆》《最后的情人》《吕芳诗小姐》等。"新写实"作家刘震云写出了中国的"百年孤独"《一句顶一万句》,阎连科则写出了"寻求超越主义的现实"的作品《受活》……

在新世纪文学纷纭复杂的创作风貌中,最受文艺界重视的文学现象是"底层文学"的兴起和发展,以李云雷为代表的一批底层文学研究的批评家应运而生,他们从理论上梳理了底层文学与左翼文学传统的继承关系和在当下的先锋性。在当下全球化的背景下,经济发展不均衡,个人收入差异巨大,农村的城市化进程加快,生活方式日新月异,物价上涨,许多人被固化在底层的群体中,许多人有随时沦为底层的危机感,因而关注和书写底层,成为新世纪主流文学场域中的最主要的叙事策略,在消费文学和独立文学场域中,底层书写也有各自不同的表达呈现。

(一)主流文学:为底层代言

在主流文学中,多采用知识分子为底层代言的写作策略,实际呈现的是"知识分子的底层"而非"底层者的底层"。比如:刘醒龙的长篇小说《天行者》旨在为身处底层的乡村小学民办教师代言;毕飞宇的《推拿》旨在为身处底层的从事推拿的盲人代言;阎连科的《受活》旨在为身处底层的残疾人代言,同时也揭示了底层权力的运行逻辑;刘震云的《一句顶一万句》则试图为身处底层的万千孤独个体代言,同时也倾听了底层百姓的内心声音。林白的《妇女闲聊录》则是主流文学中的异数,原本沉溺于自我的内心世界、"只热爱纸上的生活"的林白,在新世纪的某一天,"会听见别人的声音,人世的一切会从这个声音中汹涌而来,带着世俗生活的全部声色和热闹,它把我席卷而去,把我带到一个辽阔光明的世界,使我重新感到山河日月,千湖浩荡……我愿意多向民间语言学习。更愿意向生活学习"(《妇女闲聊录》)。于是,文本直接记录了农村妇女的"民间语言",并运用它讲述了"一个辽阔而光明的世界"。新世纪的独立文学场域中,这种让底层自己说话的方式渐次出现,引起越来越多的关注。

(二) 独立文学:让底层说话

新世纪兴起的"打工文学"有对过往文学叙事的自觉革新,也有对个人生活的个性表达和对人生失败经验的写实记录,叙事者身份往往是在底层打拼生活的民工。2014 年有两位"底层"诗人爆红网络,一位是自杀的富士康工人许立志,一位是农村残障女诗人余秀华。2014 年 7 月 31 日许立志因其"自杀"引起媒体和受众的关注,随即引发关于工人诗歌的热议。同年 12 月,患有脑瘫的诗人余秀华因其诗歌《穿过大半个中国去睡你》而"走红",随即引发社会对其诗歌价值、女性身份、残障的热议。新世纪以来,诗歌走入公众视野往往不是因为诗歌本身而是因为热点事件,许立志和余秀华的"走红"似乎也不脱这一模式,更借助于微信新媒体的推波助澜而影响力倍增。但喧嚣之后,有更多的评论家和读者开始关注其诗歌本身。许立志的遗著《新的一天》通过众筹方式出版,编者秦晓宇认为许立志的诗歌价值在于诗歌本身而并非是"富士康""90 后""诗人"等标签;余秀华的诗作接连在全国知名诗刊发表,多部诗集也陆续问世。早在 2013 年 6 月,评论家秦晓宇参加第 44 届鹿特丹国际诗歌节,连续多天推出一些不为人知的中国底层诗人的作品,后在《读书》发表《共此诗歌时刻》一文,银天下集团总裁吴晓波读此文后颇有感触,遂与秦晓宇一起构想出版《我的诗篇——当代工人诗典》一书,此书于 2015 年出版,迅速引起轰动效应。与此相伴,一部"记录当代中国工人生存境遇与精神世界"的同名纪录片以众筹方式随之产生,获得第 18 届上海国际电影节最佳纪录片金爵奖和 2015 中国纪录片学院奖"最佳纪录电影奖",并在全国范围内以众筹方式观影,引起全国各地持续而热烈的关注。秦晓宇认为这是在延续已被遗忘的诗歌传统,践行海子"为底层的生存作证"的诗歌理想,因此在现实深处采撷诗歌，让底层诗人自己发声，并为底层群众"演奏"[1]。

（三）消费文学：逆袭的幻想

在消费文学场域，"底层的生存"状况在作品中并不直接出现，作品多以架空的情节来讲述底层群体渴望逆袭成功的幻想。在接受《南都娱乐》采访时出版人路金波直言：

> 郭妮纯粹就是 14 岁粉红色的梦想，完全跟生活逻辑没关系的幻想，大团圆结局，因为十三四岁没有谈过恋爱，她们的世界是粉红色的；饶雪漫写给 17 岁比较成熟的女生看，她们懂得青春的疼痛，知道生活的真谛，是被人甩过的丑女孩[2]。

当记者问怎么就是丑女孩时，路金波毫不犹疑地回答："看（这类）书的都是丑女孩。"穿越、官场、玄幻、修真等网络通俗类型文学也大抵呈现底层群体对财富、权力、能力和幸福生活的幻想。当然，这一类逆袭的幻想与真正的时代夹缝中的痛楚，与灵魂深处复杂的矛盾纠结或痛苦的挣扎有着遥远的距离，掩盖在一系列青春情怀、浪漫奇想、社会批判和青年人奋斗史假面下的恰恰是资本无所不能的颂歌。本雅明认为，艺术史通常用于表现艺术作品的膜拜价值（Kultuert）和展示价值（Ausstellungswert）的两级运动[3]。"前者把艺术视为神性般的存在，人们从中得到的是一种高贵的殊荣，后者认为艺术是人的创造物，是被审视的对象，是仅供观赏和娱乐的人的副产品"，"现代复制艺术使艺术品的展示价值取代了膜拜价值"[4]，艺术膜拜传统逐渐被大规模的机械复制艺术所取代，着重表现为艺术的展示价值。这一状况在新世纪的消费文学场域中得到了强化，快餐化的消费文学容易制造出被众人当作偶像崇拜的"明星作家"（以韩寒、郭敬明为代表），却难以产生精雕细琢、个性化、艺术性高的作品。

第二节　重要作家介绍

新世纪主流文学场域中的重要作家有刘震云、毕飞宇和阎连科。

［1］李昶伟：《秦晓宇：在现实深处采撷诗歌》，2015 年 2 月 14 日《新京报》。
［2］困困：《路金波：是他"炮制"了韩寒》，2011 年 10 月 5 日《都市快报》。
［3］瓦尔特·本雅明：《机械复制时代的艺术作品》，中国城市出版社 2002 年版，第 19 页。
［4］欧阳友权：《互联网对文学性的技术祛魅》，《吉首大学学报》2004 年第 3 期。

一、刘震云

刘震云是主流文学场域中一位多产且风格多变的作家,他的创作迄今为止大体可分为四个阶段,第一阶段是"新写实"时期(1987—1990年),代表作为《单位》《一地鸡毛》,题材多为现实民生问题,风格多为写实主义;第二阶段是"故乡"时期(1991—1998年),代表作为故乡系列小说,包括《故乡天下黄花》(1991年)、《故乡相处流传》(1993年)、《故乡面和花朵》(1998年),题材多为历史问题,风格相较于之前的写实主义更多体现出"精神创造和想象"的一面;第三阶段是"影视"时期,代表作为《手机》《我叫刘跃进》,均被改编成电影播出,题材多为当代背景下的传奇故事,风格仍多属写实主义,但更多采用电影化叙事手法;第四阶段是"对话"时期(2006年至今),代表作为《一句顶一万句》,题材包罗万象囊括古今,风格借鉴古典主义,回归文学本位,探究人类精神,为天下苍生而歌。

(一)《故乡面和花朵》:为了"精神创造和想象"而创作

刘震云早期小说的核心主题是:什么是人不该度过又不得不度过的生活? 以及人是如何被这种无处不在又令人无处可逃的生活所吞噬的? 当刘震云把眼光放在更宽阔、更久远的历史上时,他发现人在五千年的历史中的生存状况和稍纵即逝的当下并无不同,5%的"官"的日常生活和95%的"民"并无不同,官员在官场的策略上或许与村子里妇女寻找丢失的鸡的策略并无不同……这样权力斗争就被刘震云极度简化并予以解构了,他精心打造了一个封闭的圈子,一切都在其中往复运行,这就是《故乡相处流传》和《故乡天下黄花》所呈现出的历史观和文学观。他说1991年之后开始觉悟到:"人们在洗脸刷牙时飞升的思绪、农民在锄草时对邻居女儿的遐思以及夜晚颠覆了时空顺序人际关系的梦境……所有这些,也是支撑我们活下来的一个很重要的支点——精神创造和想象",《故乡面和花朵》就是刘震云为了"精神创造和想象"而努力的结晶。从题材上来看,刘震云通过描写现代、后现代的城市和乡土中国的重叠交错来构成隐喻,"把乡土中国强行引入后现代的消费现场,就这一点而言,刘震云是开创性的,他第一次用后现代手法书写了乡土中国,也是他第一次把后现代与乡土中国联系在一起"[1]。从文本结构方式上来看,这部小说保持着先锋派的艺术特征和后现代的思想因素,把一个被命名为

---

[1] 陈晓明:《故乡面与后现代的恶之花》,《解放军艺术学院学报》2004年第3期。

"故乡"的乡村的打麦场(象征当下乡土中国)和一个未被命名的城市中的时代广场(象征未来后现代的中国)这两个时空并置,以荒诞手法同时解构历史与未来,创造出了一种具有"后寓言品格"的内在结构,借此来表达对中国知识分子精神缺陷和社会现实问题的批判[1]。

虽然引起学界的少量关注,但这一为了"精神创造和想象"历经六年创作而出的鸿篇巨制却未能赢得市场的青睐、成为的读者的宠儿。继后创作的长篇小说《一腔废话》,进一步淡化情节,把整部小说变成了形形色色话语的交汇与狂欢,这部实验性的作品既未得到评论界的认可,也未受到读者的喜欢,被看作是刘震云的失败之作。

(二)《手机》:为了"电影化"而创作

与其他作家的小说被改编成电影剧本这种"先小说而后电影"的模式不同,《手机》是先有电影剧本而后有小说的,可以说是电影《手机》的衍生产品,也可以说是一本专为"电影化"而创作的小说。继《手机》之后刘震云创作的长篇小说《我叫刘跃进》,也是同时作为电影故事而写的,据此改编的同名电影几乎和小说同步问世,一道进入传播渠道,甚而被中影集团董事长韩三平称为"中国作家电影的第一炮"[2]。由于和电影的密切联系,《我叫刘跃进》延续小说《手机》的创作经验,也采用了大量电影化叙事的手法,技巧更娴熟,故事更曲折,艺术成就也更高。但《手机》是刘震云第一部运用电影化叙事来讲述故事的小说,具有"转型"的历史意义,对评论界的研究型受众而言,《手机》展示了新型的电影化叙事的特征,对于普通受众而言,《手机》讲述了一个和人人必备的手机相关的滑稽故事,亲切而带有黑色幽默的意味,指向每个人的生存窘境,予以讥讽又给予情绪上的抚慰,无论在评论界还是在读者群中,《手机》都有更大的影响力,在出现电视剧版《手机》之后愈发如此。《手机》的电影化叙事特征主要体现在以下四个方面:

1. 蒙太奇叙事与主题呈现

蒙太奇来自法文动词 monter,原为"升高、爬上或装配"之义,在电影叙事中意指"一个镜头置于另一个镜头之后的方式"[3],也有的电影理论著作将蒙太奇泛指为电影剪接。蒙太奇叙事的重要特征是将两个或两个以上的镜头(可以互不相关,甚至相互冲突)并置连接,以展开情节并产生意义,从一个镜头到另一个镜头的一次切换,就完成了一次时空的瞬间转换。将蒙太奇

---

[1] 宫东红:《反思与突围——读刘震云〈故乡面和花朵〉》,《当代文坛》2000年第2期。

[2] 柳治:《刘震云:创作可遇不可求》,2008年1月30日《南国早报》。

[3] 布鲁斯·F.卡温:《解读电影(上册)》,广西师范大学出版社2003年版,第117页。

手法运用于小说叙事,主要表现在多重时空之间的快速转换。《手机》全书的结构即以蒙太奇手法联结而成,共分三章,分属三个不同时空——1969年、2000年和1920年,三个时空的人物、故事各自不同,电影《手机》的故事内容只是小说《手机》的第二章内容,讲述严守一与三个女性围绕手机发生的爱恨纠葛。另两个故事与此并不相干,第一章讲述吕桂花给丈夫牛三斤打电话,第三章讲述严守一的奶奶因为捎口信而结婚。但是如爱森斯坦所说:"把无论两个什么镜头对列在一起,它们就必然会联结成一种从这个队列中作为新的质而产生出来的新的表象。"这三个故事并置起来,在读者想象和思考的参与下,新的主题得以生成——"捎口信、电话、手机都是信息传递的手段,作品使用蒙太奇的手法把它们拉入到同一场景之中,通过对比深刻地反映了20世纪初期、中期和晚期的时代变迁。这比平白的叙述要显得更加深刻、更加震撼。"[1]

2. 时间的空间化处理

电影基于自身的特性,更多运用视觉空间的构建和连接来展现时间,电影化叙事经常用空间化方式来处理时间,有时也会根据情节发展或氛围渲染的需要打破线性时序关系,有时还通过时间的空间化处理来产生因果关系。例如小说《手机》的第二章,由于从电影剧本改写而成,基本由不同视觉空间的连接来发展情节并展示时间的流动,十分类似于电影剧本中场的转换。

3. 麦高芬(MacGuffin)的运用

麦高芬是电影导演希区柯克自创的一个电影术语,意指电影中能够推动剧情发展的人、物或目标。希区柯克举例说:"在惊悚片中麦高芬通常是锁链;在间谍片中麦高芬通常是文件。"在刘震云的《手机》中,不同年代的通讯工具就是整部小说推动情节展开的麦高芬,在第一章中是电话,第二章中是手机,第三章中是口信,分别指涉不同时代人的存在状况与面临的现实问题。麦高芬的运用在第二章中尤其显著,每一次情节的发生、发展、逆转和高潮都基于手机这一作为信息化社会的文化符码的现代通讯工具,人物之间的爱恨纠葛、情欲冲突均围绕手机紧锣密鼓地铺展开来。在小说《我叫刘跃进》中,麦高芬则是一个存有关键信息的USB闪存盘,小说中一干大小人物的命运全系于此,更是所有人不懈寻找乃至疯狂抢夺的目标物。麦高芬的有效运用,使小说故事充满悬念,引人入胜,这也是运用电影化叙事的小说赢得许多

[1] 王坤:《刘震云新世纪小说形式的影视化倾向——以〈手机〉〈我叫刘跃进〉为例》,《新乡学院学报》2011年第12期。

读者青睐的原因之一。

4. 情节传奇化、对话口语化、人物媚俗化

《手机》中的情节发展并不依赖于缜密的因果关系,而是更倚重于巧合,"无巧不成书"历来是传奇故事的标志之一,情节的传奇化,一定程度上就是情节的套路化。为了适应电影对白的需要,小说《手机》中的对话尽可能选用日常语言和口语方式,易于演员表演,也易于读者阅读甚至倾听。在人物塑造上和刘震云的早期创作有一定差异,在《单位》《一地鸡毛》中深陷于凡俗生活泥淖的小林们还心有不甘,内心深处还会间或闪过一线反抗的微光,而《手机》中的大小人物则与凡俗生活无缝对接以至于完全融入了,他们自身构成了他们所置身于期间的凡俗生活,尤其对其中知识分子形象的刻画流于公式化和脸谱化,从中似乎"看到了在一个具有仇智倾向的社会里,流行了半个多世纪的对知识分子的充满敌意的妖魔化狂欢"[1]。

(三)《一句顶一万句》:为了"孤独"而创作

2009 年刘震云的长篇小说《一句顶一万句》刚在《人民文学》上发表,就迎来一片赞誉之声,获得当年度"人民文学奖"的长篇小说奖,2011 年获得"茅盾文学奖",至 2011 年 8 月已经第 13 次印刷,赢得评论界和读者的双重肯定。这是刘震云由影视而回归文学之作,是一部不再大量使用电影化叙事手法而坚守文学本位的作品,是一部将传统文学技巧和先锋艺术形式精妙结合的作品,它彰显了属于文学的独特之美,体现出文学区别于电影的独立与自足,将其改编为电影而无损于艺术几不可能。小说在艺术上最具特色的是:"顶针式"串联结构。顶针作为一种修辞格,原意是指:由若干短句组成文字,每句末字与下句首字相同。小说当然不是严格按照顶针修辞的要求铺排句子,而是借鉴这一修辞来串联结构。具体而言,小说前句提及某一人物,下句的叙述即转换为该人物视点,讲述此人的相关故事,直至提及另一人物,人物视点再度迁移,讲述另一人物的相关故事。例如,小说第一章第一节中是这样进行人物转换的:

1. 杨百顺他爹是个卖豆腐的。
2. 别人叫他卖豆腐的老杨。
3. 老杨除了卖豆腐,入夏还卖凉粉。
4. 卖豆腐的老杨,和马家庄赶大车的老马是好朋友。

---

[1] 李建军:《尴尬的跟班与小说的末路——刘震云及其〈手机〉批判》,《小说评论》2004 年第 2 期。

5.两人本不该成为朋友,因老马常常欺负老杨。

6.欺负老杨并不是打过老杨或骂过老杨,或在钱财上占过老杨的便宜,而是从心底看不起老杨。[1]

句1至句5聚焦于老杨,句5和句6是一个严格的顶针修辞,通过重复使用"欺负老杨"这一短语转换至老马视点,进入老马内心世界——"从心底看不起老杨"。此法偶一为之,不足形成艺术特点,然而小说全文30余万字,跨越百年历史,此法贯穿始终,勾联全篇,各人故事依次娓娓道来,如此绵绵不绝,全书大小人物近百人,一一出场,且情节相互呼应,互为因果,编织成网络结构,既是情节脉络,又是人物关系网,既有意识流手法的自由联想、意识迁移之妙,又有民间拟话文体即兴发挥、信马由缰之趣。此外,小说擅用短句铺排情节,擅用白描写人状物。小说的主题是人的"孤独"。因为孤独,每个人都想要倾诉心里话,因为生活在以伦理关系为基础、重视现实功利和尊卑秩序的社群组织(人人社会)之中,每个人都难以找到倾诉的对象,也说不出心里话,因而愈加孤独,愈加想说话。"话,一旦成了人与人唯一沟通的东西,寻找和孤独便伴随一生。心灵的疲惫和生命的颓废,以及无边无际的茫然和累,便如影随形地产生了。"[2]

二、毕飞宇

毕飞宇在20世纪90年代初开始发表作品,起初被评论界视为追随先锋文学潮流的"晚生代"作家,热衷于形式上的创新和对历史的个人化表达。1995年至新世纪以来,由先锋转向现实,运用日常生活化的表达,描写底层生活,关注底层命运,这一时期的作品引起越来越多的关注,代表作有《青衣》《玉米》《平原》《推拿》等,其中关注盲人生活与命运的《推拿》获得第八届茅盾文学奖,由此改编的同名电影(娄烨执导)也广受好评。

毕飞宇转向现实题材的创作之后,其小说整体呈现出三个艺术特色:一是多采用女性视角,主人公多为女性,对女性心理的描摹十分细致,对女性情绪的把握也较为精准,作品常反映出当下女性的生活处境和社会境况;二是多表达"疼痛"母题,在这一母题下,刻画了一系列悲剧性的底层人物形象,展示

[1] 刘震云:《一句顶一万句》,长江文艺出版社2009年版,第3页。
[2] 安波舜:《一句胜过千年》,参见刘震云《一句顶一万句》"编者荐言",长江文艺出版社2009年版。

人物的性格命运之外,也揭示了造成其命运的社会根源;三是在朴素的写实主义手法之外灵活运用多种叙事技巧,如在《玉米》中运用了叙述人称的置换,在《推拿》中运用了叙议结合、视点转换等多种技巧。

《推拿》一书共二十一章,每章都以人物命名:第一章"王大夫";第二章"沙复明";第三章"小马";第四章"都红";第五章"小孔";第六章"金嫣和泰来";第七章"沙复明";第八章"小马";第九章"金嫣";第十章"王大夫";第十一章"金嫣";第十二章"高唯";第十三章"张宗琪";第十四章"张一光";第十五章"金嫣、小孔和泰来";第十六章"王大夫";第十七章"沙复明和张宗琪";第十八章"小马";第十九章"都红";第二十章"沙复明、王大夫和小孔";第二十一章"王大夫"。全书主要塑造了十位形色各异的盲人形象,两位是推拿中心的老板,八位是打工者,四名男性,四名女性。每个盲人,遭际命运不同、性格特征不同、梦想追求不同,连眼盲的原因与程度也不相同,而相同的是他们所共有的精神向度,即"都具有强烈的尊严意识,都渴望有一份'人'的尊严","所有盲人的性格表现,又都围绕同一个轴心,即对尊严的捍卫"[1]。小说既是对残疾人与健全人两种身份、两重世界的联系与冲突的逼真描摹,又可看作对底层人与非底层人之间相互依存又隔膜歧视的关系的一种映射。

三、阎连科

阎连科在 20 世纪 90 年代初开始引起文坛的关注。在 1991—1994 年,他多创作乡土题材和军旅题材的作品,以写实主义风格为主,夹带少许现代主义因子。1995—2000 年,他的创作风格更加多样,对小说的结构营建与叙事技巧格外用心,代表作是倒序结构的《日光流年》。2000 年以后,他以"狂欢化"的叙述与后现代的文体去重现重大的历史事件和底层的苦难生活,《坚硬如水》通过对"红色语言"的戏仿来批判风行这种语言的时代;《受活》以荒诞、寓言化的风格描画了时代洪流中被侮辱与被损害的底层群体"受活人"。阎连科于 2014 年获卡夫卡文学奖,是首位获得此奖的中国作家。

《受活》的主要情节并不复杂:柳县长计划筹集资金到俄罗斯把列宁遗体购买过来,成立一个"列宁纪念堂"以促进旅游业发展,进而促进全县经济发展,让人民过上好日子,同时自己也能一圆建功立业、永垂青史的美梦。而为了筹集资金,他组织受活庄的残疾人成立了绝术表演团到处演出。这事起初

---

[1] 王彬彬:《论〈推拿〉》,《中国现代文学研究丛刊》2013 年第 2 期。

受到受活村德高望重的茅枝婆的阻挠，继而得到其支持，代价是在事成之后让受活村退社，成为天不管地不管、自生自灭的"桃花源"。处处受人欢迎的绝术表演，最终没有给受活人带来财富和美好的生活，却带来了圆全人（健康人）对受活人（残疾人）的残酷掠夺与粗暴凌辱，柳县长的美梦当然也在惨剧中破灭了。

《受活》的特色主要在于文体风格、时空设置、人物设计的独特性。在文体风格方面，《受活》采用了双重文体交叉叙述，正文部分讲述上述主干情节，絮言部分则对正文中的专有名词（诸如"铁灾""大劫年""黑灾、红难、黑罪、红罪"等）及其相关历史进行解释与回顾，既是正文内容的有效补充与延伸，又是颇具新意的文体创新。在时空设置方面，让故事发生在受活庄，"受活"在小说中是流行于耙楼山脉的一个方言词语，即享乐、享受、快活，同时也含有苦中之乐、苦中作乐之意，受活庄出现于明朝洪武至永乐年间，长期以来繁衍生息，成为自给自足、遗世独立的世外桃源，而故事展开的时间从 20 世纪 50 年代开始，暗合真实历史上各个时期的政治运动及其相关事件。在人物设计方面，有两类特别的群体形象，一类是身患各类残疾的受活人；另一类是身体健康手脚健全的圆全人，这样的时空设置和人物设计，使得小说具有明显的寓言化风格、讽喻性色彩：受活人象征着自食其力又境遇悲惨的底层群众，圆全人象征着境遇更好又贪得无厌的中产阶级，受活人的悲喜哀乐，被裹挟在了滚滚向前的时代洪流中，底层人内心的卑微而又美好的梦想，被撕碎在外部世界的金钱与权力的汹涌巨浪中。阎连科在小说中采用了大量方言土语，使小说具有乡土小说的表面特征，但究其实质，小说更多地讲述了乡土传统的不复存在，体现出了对现代化意识形态的质疑与反思。

作品选读

一句顶一万句(节选)

刘震云

　　老汪教学之余,有一个癖好,每个月两次,阴历十五和阴历三十,中午时分,爱一个人四处乱走。甩开大步,一路走去,见人也不打招呼。有时顺着大路,有时在野地里。野地里本来没路,也让他走出来一条路。夏天走出一头汗,冬天也走出一头汗。大家一开始觉得他是乱走,但月月如此,年年如此,也就不是乱走了。十五或三十,偶尔刮大风下大雨不能走了,老汪会被憋得满头青筋。东家老范初看他乱走没在意,几年下来就有些在意了。一天中午,老范从各村收租子回来,老汪身披褂子正要出门,两人在门口碰上了。老范从马上跳下来,想起今天是阴历十五,老汪又要乱走,便拦住老汪问:

　　"老汪。这一年一年的,到底走个啥呢?"

　　老汪:

　　"东家,没法给你说,说也说不清。"

　　没法说老范也就不再问。这年端午节,老范招待老汪吃饭。吃着吃着。旧事重提,又说到走上,老汪喝多了,趴到桌角上哭着说:

　　"总想一个人。半个月积得憋得慌,走走散散,也就好了。"

　　这下老范明白了,问:

　　"活人还是死人?怕不是你爹吧,当年供你上学不容易。"

　　老汪哭着摇头:

　　"不会是他。是他我也不走了。"

　　老范:

　　"如果是活着的人,想谁,找谁一趟不就完了?"

　　老汪摇头:

　　"找不得,找不得,当年就是因为个找,我差点丢了命。"

　　老范心里一惊,不再问了,只是说:

　　"我只是担心,大中午的,野地里不干净,别碰着无常。"

　　老汪摇头:

　　"缘溪行,忘路之远近。"

又说：

"碰到无常我也不怕，他要让我走，我就跟他走了。"

明显是喝醉了，老范摇摇头，不再说话。但老汪走也不是白走，走过的路全记得，还查着步数。如问从镇上到小铺多少里，他答一千八百五十二步；从镇上到胡家庄多少里，他答一万六千三十六步；从镇上到冯班枣多少里，他答十二万四千二十二步……

老汪的老婆叫银瓶。银瓶不识字，但跟老汪一起张罗着私塾，每天查查学生的人头，发发笔墨纸砚。老汪嘴笨，银瓶嘴却能说。但她说的不是学堂的事，尽是些东邻西舍的闲话。她在学堂也存不住身，老汪一上讲堂，她就出去串门，见到人，嘴像刮风似的，想起什么说什么。来镇上两个月，镇上的人被她说了个遍；来镇上三个月。镇上一多半人被她得罪了。人劝老汪：

"老汪，你是个有学问的人，你老婆那个嘴，你也劝劝她。"

老汪一声叹息：

"一个人说正经话，说得不对可以劝他；一个人在胡言乱语，何劝之有？"

老汪对银瓶不管不问，任她说去。平日在家里，银瓶说什么，老汪不听，也不答。两人各干各的，倒也相安无事。银瓶除了嘴能说，与人共事，还爱占人便宜。占了便宜正好，不占便宜就觉得吃亏。逛一趟集市，买人几棵葱，非拿人两头蒜；买人二尺布，非搭两绺线。夏秋两季，还爱到地里拾庄稼。拾庄稼应到收过庄稼的地亩，但她碰到谁家还没收的庄稼，也顺手牵羊掳上两把，塞到裤裆里。从学堂出南门离东家老范的地亩最近。所以掳拿老范的庄稼最多。一次老范到后院新盖的牲口棚看牲口，管家老季跟了过来，在驴马之间说：

"东家，把老汪辞了吧。"

老范：

"为啥？"

老季：

"老汪教书，娃儿们都听不懂。"

老范：

"不懂才教，懂还教个啥？"

老季：

"不为老汪。"

老范：

"为啥？"

老季：

"为他老婆,爱偷庄稼,是个贼。"

老范挥挥手：

"娘们家,有啥正性。"

又说：

"贼就贼吧,我五十顷地,还养不起一个贼?"

这话被喂牲口的老宋听到了。喂牲口的老宋也有一个娃跟着老汪学《论语》,老宋便把这话又学给了老汪。没想到老汪潸然泪下：

"啥叫有朋自远方来呢? 这就叫有朋自远方来。"

但杨百顺学《论语》到十五岁,老汪离开了老范家,私塾也停了。老汪离开私塾并不是老范辞了他,或是徒儿们一批批不懂,老汪烦了,或是老汪的老婆偷东西败坏了他的名声。待不下去了,而是因为老汪的孩子出了事。老汪和银瓶共生了四个孩子,三个男孩,一个女孩。老汪有学问,但给孩子起的都是俗名,大儿子叫大货,二儿子叫二货,三儿子叫三货,一个小女儿叫灯盏。大货二货三货都生性老实,唯一个灯盏调皮过人。别的孩子调皮是扒房上树,灯盏不扒房,也不上树,一个女娃家,爱玩畜牲。而且不玩小猫小狗,一上手就是大牲口。一个六岁的孩子,爱跟骡子马打交道。喂牲口的老宋不怕别人,就怕这个灯盏。晚上他正铡草或淘草,突然回头,发现灯盏骑在牲口圈里的马背上,边骑边打牲口：

"驾哟,带你去姥姥家找你妈!"

马在圈里嘶叫着踢蹬,她也不怕。大货二货三货没让老汪费什么心,大不了跟别人一样,课堂上听不懂《论语》,一个女娃却让老汪大伤脑筋。为灯盏玩牲口,老宋三天两头向老汪告状,老汪：

"老宋,不说了,你就当她也是头小牲口。"

这年阴历八月。喂牲口的老宋淘草时不小心,挑钢叉用力过猛,将淘草缸给打破了。这个淘草缸用了十五年,也该破了。老宋如实向东家讲了,老范也没埋怨老宋,又让他买了一口新缸。范家新添了几头牲口,这淘草缸便买得大,一丈见圆。新缸买回来,灯盏看到缸新缸大,又来玩缸。溜边溜沿的水,她踩着缸沿支叉着双手在转圈。老宋被她气惯了,摇头叹息,不再理她,套上牲口到地里耙地。等他傍晚收工,发现灯盏掉进水缸里,水缸里的水溜边溜沿,灯盏在上边漂着。等把灯盏捞出来,她肚子已经撑圆,死了。老宋抄起钢叉,又将新缸打破,坐到驴墩上哭了。老汪银瓶闻讯赶来,银瓶看了看孩子,没说别的,抄起叉子就要扎老宋。老汪拉住老婆,看着地上的死孩子,说了句公平话：

"不怪老宋，怪孩子。"

又说：

"家里数她淘，烦死了，死了正好。"

杨百顺十五岁的时候，各家孩子都多。死个孩子不算什么。银瓶又跟老宋闹了两天，老宋赔了她两斗米，这件事也就过去了。一个月过去。赶上天下雨，老汪有二十多个学生，这天只来了五六个，老汪打住新课，让徒儿们自己作文开篇，题目是"不患人之不己知，患不知人也"，自己对着窗外的雨丝发呆。又想着下午不能让徒儿们再开篇了，也不能开新课，应该描红。出去找银瓶，银瓶不在，不知又跑到哪里说闲话去了，便自己回家去拿红模子。红模子找着了，在银瓶的针线筐下压着；拿到红模子，又去窗台上拿自己的砚台，想趁徒儿们描红时候，自己默写一段司马长卿的《长门赋》。老汪喜欢《长门赋》中的两句话："日黄昏而望绝兮，怅独托于空堂。"去窗台上拿砚台时，突然发现窗台上有一块剩下的月饼，还是一个月前，阴历八月十五，死去的灯盏吃剩的。月饼上，留着她小口的牙痕。这月饼是老汪去县城进课本，捎带买来的。同样的价钱，县城的月饼，比镇上的月饼青红丝多。当时刚买回。灯盏就来偷吃，被老汪逮住，打了一顿。灯盏死时老汪没有伤心，现在看到这一牙月饼，不禁悲从中来，心里像刀剜一样疼。放下砚台，信步走向牲口棚。喂牲口的老宋，戴着斗笠在雨中铡草。一个月过去，老宋也把灯盏给忘了，以为老汪是来说他孩子在学堂捣蛋的事。老宋的孩子叫狗剩，在学堂也属不可雕的朽木。谁知老汪没说狗剩，来到再一次新换的水缸前，突然大放悲声。一哭起来没收住，整整哭了三个时辰，把所有的伙计和东家老范都惊动了。

哭过之后，老汪又像往常一样，该在学堂讲《论语》，还在学堂讲《论语》；该回家吃饭，还回家吃饭；该默写《长门赋》，还默写《长门赋》；只是从此话更少了。徒儿们读书时，他一个人望着窗外，眼睛容易发直。三个月后，天下雪了。雪停这天晚上，老汪去找东家老范。老范正在屋里洗脚，看老汪进来，神色有些不对。忙问：

"老汪，咋了？"

老汪：

"东家，想走。"

老范吃了一惊，忙将洗了一半的脚从盆里拔出来：

"要走？啥不合适？"

老汪：

"啥都合适,就是我不合适,想灯盏。"

老范明白了,劝他:

"算了,都过去小半年了。"

老汪:

"东家,我也想算了,可心不由人呀。娃在时我也烦她,打她,现在她不在了,天天想她,光想见她。白天见不着,夜里天天梦她。梦里娃不淘了,站在床前,老说:'爹,天冷了,我给你掖掖被窝。'"

老范明白了,又劝:

"老汪,再忍忍。"

老汪:

"我也想忍,可不行啊东家,心里像火燎一样,再忍就疯了。"

老范:

"再到牲口棚哭一场。"

老汪:

"我偷偷试过了,哭不出来。"

老范突然想起什么:

"到野地里走走。走走散散,也就好了。"

老汪:

"走过。过去半个月走一次,现在天天走,没用。"

老范点头明白,又叹息一声:

"可你去哪儿呢?早年你爹打官司。也没给你留个房屋,这里就是你的家呀。这么多年,我没拿你当外人。"

老汪:

"东家,我也拿这当家。可三个月了,我老想死。"

老范吃了一惊,不再拦老汪:

"走也行啊,可我替你发愁,拖家带口的,你去哪儿呀?"

老汪:

"梦里娃告诉我,让我往西。"

老范:

"往西你也找不到娃呀。"

老汪:

"不为找娃,走到哪儿不想娃,就在哪儿落脚。"

第二天一早,老汪带着银瓶和三个孩子,离开了老范家。三个月没哭了,走时看到东家老范家门口有两株榆树，六年前来时，还是两棵小苗，现在已经碗口粗了。看着这树，老汪哭了。

杨百顺听人说，老汪离开老范家，带着妻小，一直往西走。走走停停，到了一个地方，感到伤心，再走。从延津到新乡，从新乡到焦作，从焦作到洛阳，从洛阳到三门峡，还是伤心。三个月后，出了河南界，沿着陇海线到了陕西宝鸡，突然心情开朗，不伤心了，便在宝鸡落下脚。在宝鸡不再教书，也没人让他教书；老汪也没有拾起他爹的手艺给人箍盆箍桶，而在街上给人吹糖人。老汪教书嘴笨，吹糖人嘴不笨，糖人吹得惟妙惟肖。吹公鸡像公鸡，吹老鼠像老鼠，有时天好，没风没火，还拉开架势。能吹出个花果山。花果山上都是猴子，有张臂上树够果子的，有挥拳打架的，有扳过别人的头捉虱子的，还有伸手向人讨吃的。如果哪天老汪喝醉了，还会吹人。一口气下去，能吹出一个花容月貌的女孩。这女孩十八九岁，瘦身，大胸，但没笑，似低头在哭。人逗老汪：

"老汪，这人是个姑娘吧？"

老汪摇头：

"不，是个小媳妇。"

人逗老汪：

"哪儿的小媳妇？"

老汪：

"开封。"

人：

"这人咋不笑呢，好像在哭，有点晦气。"

老汪：

"她是得哭呀，不哭就憋死了。"

明显是醉了。老汪这时身胖不说，头也开始秃顶。不过老汪不常喝酒，一辈子没吹几次人。但满宝鸡的人，皆知骡马市朱雀门的河南老汪，会吹"开封小媳妇"。

（选自长江文艺出版社 2009 年版）

导读：

刘震云有着自己独特的写作观——"写作并不是写作本身，而是要通过写作，交到一个特别不同的朋友。"通过写作《一地鸡毛》，刘震云结交了小林，小林告诉他"他们家一块豆腐馊了,是一个很重要的事";通过写作《手机》,刘震云结交了严守一,严守一告诉他"支撑我们二十四小时每一分每一秒的是谎言,个人的谎言,甚至会是一个民族的谎言或者人类共同的谎言";通过写作《我叫刘跃进》,刘震云结交了刘跃进,刘跃进告诉他"我在首蓿地看到一只羊在吃狼,羊是食草动物,但是羊多啊,每只羊一口唾沫就能把狼淹死";而通过写作《一句顶一万句》,刘震云结交了两个"杀人犯"(在心里说一句"去死吧",就意味着在心里杀了人),"其中一个想找到另外一个,找他的目的非常简单,就是说一句知心的话",他们告诉他"在一个人人(而非人神)社会里,你如果有忏悔、痛苦、忧愁的话,你得在人中找到一个知心的朋友,才能告诉他"。这就是《一句顶一万句》的中心内容:寻找一个知心人,说一句知心话。小说中的近百人物,莫不如此,苦苦追寻,或一无所获,或失之交臂,或偶有所得,或得而复失,但无一放弃,百折不回。何以如此呢? 刘震云给出的答案即为每一个人的无处倾诉的"孤独":

> 当朋友发生变化的时候,你告诉他的知心话如刀子扎到你的心脏里。所以在人人社会里面,朋友是危险的,知心话是凶险的。这就是中国的生活及文化生态所带来的孤独。孤独在这个人人社会是无处倾诉的。这种孤独和西方的不同,更原始、更弥漫[1]。

因为孤独,每个人都开始不懈地寻找,千里之距,百年之遥,都不能阻止人们试图打破孤独的渴望与努力,小说中最动人的一些情节由是而生:私塾先生老汪因为"总想一个人",而"爱一个人四处乱走",在女儿不慎淹死之后,出延津,"带着妻小,一直往西走。走走停停,到了一个地方,感到伤心,再走,从延津到新乡,从新乡到焦作,从焦作到洛阳,从洛阳到三门峡,还是伤心。三个月后,出了河南界,沿着陇海线到了陕西宝鸡,突然心情开朗,不伤心了,便在宝鸡落下脚"——这就是所谓心安即是归处。老汪在宝鸡街上"给人吹糖人……如果哪天老汪喝醉了,还会吹人,一口气下去,能吹出一个花容月貌的女孩。这女孩十八九岁,瘦身,大胸,但没笑,却低头在哭"——这就是老汪总想的那个知心人,因求而不得,才反复奔走,"缘溪行,忘路之远近",失却了心中的"桃花源",生命便无可留恋。而小说开始不久插叙的这一段老汪的故事,几乎就是整部小说情节的缩写,讲述的都是因孤独而虚无、因虚无而寻找

---

[1] 刘震云:《从〈手机〉到〈一句顶一万句〉》,《名作欣赏》2011年第13期。

的历程。无论是主人公杨百顺、牛爱国,还是大小配角们,终其一生,都在失去与获得、离开与返回、放弃与抗争之间逡巡。尽管小说不无残酷地揭开了伦理亲情的温情脉脉的假面,告知我们亲情的束缚牵掣、友情的阴差阳错和爱情的瞬息万变,但在那些最黑暗的角落,仍然有来自人性"桃花源"的"仿佛若有光"微微闪耀……小说之外,作者刘震云和他笔下的人物一样感受着无处不在的孤独,而写作正是为了打破这种孤独,"作为一个写作者,就有一个最大的好处,他可以在书中找自己的知心朋友。在《一句顶一万句》里面,我找到了杨百顺、意大利传教士、剃头的老曾这样的知心朋友。并不是我在告诉他们,而是他们告诉我。这是我写作的最大的动机和目的。写作并不是写作,而是倾听"[1]。由此我们可以说,《一句顶一万句》的写作,是为了孤独而写作,更是为了孤独而倾听。

推拿(节选)

毕飞宇

都红学推拿不能算是专业,顶多只能算是半路出家。还在青岛盲校的时候,她的大部分精力一直都花在音乐上了。如果都红当初听从了老师的教导,她现在的人生也许就在舞台上了。老师们都说,都红在音乐方面有天分,尤其是音乐的记忆上面。一般来说,当事人永远也不可能知道自己在某个方面的才能,当这种才能展露出来的时候,他能知道的只有一点——做起来特别的简单。

音乐相对于都红来说正是这样了。都红是怎么学起音乐来的呢?这话说起来远了,一直可以追溯到都红的小学五年级。那一天都红她们学校包场去"看"电影,电影是好莱坞的,所描绘的是未来的宇宙,从头到尾就听见很尖锐的声音在那里乱窜。音乐就更乱了,很不着调,又空洞又刺耳,这就是所谓的太空音乐了吧。一个星期之后,都红的音乐老师到卫生间里小解,听到有人在一边哼,耳熟,却不知道是什么。一想,想起来了,可不是好莱坞的太空音乐么?老师洗过手,就站在那里等,最后等出来的却是都红。老师就问,这么乱哄哄的乐曲你也能记得住?都红很不解,笑了,反过来问她的老师:"音乐又不是课文,需要记么?"这句话听上去大了。如果这句话是一个健全人说出来的,多多少少都有点自信得过了头的意思。盲人没有这样的自信。即使有,他们的表达也不是这种样子。所以,这句很"大"的话在都红的嘴里只有

[1] 刘震云:《从〈手机〉到〈一句顶一万句〉》,《名作欣赏》2011年第13期。

一个意思,是一句实话。

老师便把都红拉到了办公室,当着所有老师的面,给都红弹奏了一段勃拉姆斯。四句。弹完了,老师把双手放在膝盖上,等着都红视唱。都红站在钢琴的旁边,两只胳膊挂在那儿,怎么说都不出声。老师知道了,她这是不好意思。就用表情示意其他老师"都出去"。老师们都离开了,都红站在那里,还是不肯。躲在窗外的老师们最终失去了耐心,散了。等他们真的散了,都红开始了她的视唱。她视唱的是右手部分,也就是旋律。音程和音高都很准。老师还没有来得及赞叹,令人惊奇的事情发生了,都红把左手的和声伴奏也视唱出来了。这太难了。太难了。只有极少数的天才才能够做到。老师惊呆了,双手扶着都红的肩膀,向左拨了一下,又向右拨了一下,用力地看。这孩子是都红么?是那个数学考试总是四十多分的小姑娘么?

这孩子是都红。学数学,她不灵。学语文,她不灵。学体育,她也不灵。音乐却不用学,一听就灵。怎么就没发现呢?可现在发现也不晚哪,她才五年级。老师当机立断,抓她的钢琴。都红却不感兴趣,老师说,你究竟对什么感兴趣?都红说,我喜欢唱歌。老师坐在了琴凳上,急了,不停地用巴掌拍打自己的大腿,用的是进行曲的节拍——

都红,你不懂事啊,不懂事!你一个盲人,唱歌能有什么出息?你一不聋,二不哑巴,能唱出什么来?什么是特殊教育,啊?你懂么?说了你也不懂。特殊教育一定要给自己找麻烦,做自己不能做的事情。比方说,聋哑人唱歌,比方说,肢体残疾的人跳舞,比方说,有智力障碍的人搞发明,这才能体现出学校与教育的神奇。一句话,一个残疾人,只有通过千辛万苦,上刀山、下火海,做——并做好——他不方便、不能做的事情,才具备直指人心、感动时代、震撼社会的力量。你一个盲人,唱歌有什么稀奇?嘴巴一张就来了嘛。可弹钢琴难哪。盲人最困难的是弹、钢、琴——你懂不懂?你多好的条件啊,怎么就不知道珍惜?你这是懒!——把你的家长喊过来!

都红没有喊家长。妥协了。钢琴老师像一个木匠,她把都红打成了一条凳子,放在了钢琴的前面。都红的进步可以用神速去形容,仅用了三年的工夫,她的钢琴考试达到了八级。都红创造了一个奇迹。

初中二年级,都红的奇迹突然中断了。是她自行了断的。都红说什么也不肯坐到钢琴的面前去了。

这一切都因为一次演出,是一台向残疾人"献爱心"的大型慈善晚会。晚会上来了许多大腕,都是过气的影视明星和当红的流行歌手。作为一名特约演员,都红穿着一身喇叭状的拖地长裙,参加这台晚会来了。都红即将演奏的是巴赫的三部创意曲。这是一部复调作品,特别强调左右手的对位。很难。要说把握,都红对二部创意曲的把握更大些。但是,老师鼓励她了,要上就上难的。这是都红第一次正式的演出,一上台都红就觉得不对劲。她的手紧张。尤其是无名指,突然失去了往昔的自主性,僵硬了,一直都没有呈现出欲罢不能的好局面。要是往细处追究一下的话,"无名指无力"是都红的一个老问题了,都红花过很大的功夫,似乎已经好了。但是,就在这样一个隆重的场合,她"无名指无力"这个老问题再一次出现了。为了增加无名指的力量,都红唯一可做的事情就是发力,她借助于手腕的力董,把无名指往琴键上砸,这一来都红手指上的节奏就乱了,都红自己都不敢听了。这哪里是巴赫?这哪里还是巴赫?

都红是唯美的。她唯一想做的事情就是停下来。停下来,从头开始,重来一遍。可是,这不是练琴,这是公开演出。都红只能顺着旋律把她的演奏半死不活地往下拖。都红的心情严重地变形了。很不甘。她像吃了一大堆苍蝇。手上却又出错了。她的演奏效果连练琴时的一半都没有达到。都红只有破罐子破摔。心中充满了说不出的懊丧。

都红好几次都想哭了,还好,都红没有。都红都不知道自己是怎么弹完的。最后一个音符即将来临,都红伴随着极大的委屈,提起胳膊,悬腕,张开了她的手指。仿佛了却一个心思一样,都红屏住呼吸,把她所有的指头一股脑儿摁在了琴键上。她在等。等弹完最后一个节拍,都红吸气,提腕,做了一个收势。总算完了。第三创意曲丑陋不堪。太丢人了,太失败了。这个时候的都红终于有些憋不住了,想哭。掌声却响了起来,特别的热烈,是那种热烈的、经久不息的掌声。都红就百感交集。站起来,鞠躬。再鞠躬。女主持人就在这个时候出现了。女主持人开始赞美都红的演奏,她一连串用了五六个形容词,后面还加上了一大堆的排比句。一句话,都红的演奏简直就完美无缺。都红想哭的心思没有了,心却一点一点地凉下去。是苍凉。都红知道了,她到底是一个盲人,永远是一个盲人。她这样的人来到这个世界只为了一件事,供健全人宽容,供健全人同情。她这样的人能把钢琴弹出声音来就已经很了不起了。

女主持人抓住都红的手,把她向前拉,一直拉到舞台的最前沿。女主持人说:"镜头,给个镜头。"都红这才知道了,她这会儿在电视上。全省,也许是全国人民都在看着她。都红一时就不知道怎么才好了。女主持人说:"告诉大家,你叫什么名字?"都红说:"都红。"女主持人说:"大声一点好么?"都红大声地说:"都——红。"女主持人说:"现在高兴么?"都红想了想,说:"高兴。"女主持人说:"再大声一点好么?"都红的脖子都拉长了,呐喊着说:"高——兴!""为什么高兴?"女主持人问。为什么高兴?这算什么问题?这算什么问题呢?这个问题把都红难住了。女主持人说:"这么说吧,你现在最想说的话是什么?"都红的嘴巴动了动,想起了"自强不息",想起了"我要扼住命运的咽喉",这些都是现成的成语和格言,都红一时却没能组织得起来。好在音乐响起来了,是小提琴,一点一点地,由远及近,由低及高,抒情极了,如泣如诉的。女主持人没有等待都红,她在音乐的伴奏下已经讲起都红的故事了。所用的语调差不多就是配乐诗朗诵。她说"可怜的都红"一出生就"什么都看不见",她说"可怜的都红"如此这般才鼓起了"活下去的勇气"。都红不高兴了。都红最恨人家说她"可怜",最恨人家说她"什么都看不见"。都红站在那里,脸已经拉下了。但女主持人的情感早已酝酿起来了,现在正是水到渠成的时候。她声情并茂地问了一个大问题,"都红为什么要再今天为大家演奏呢?"是啊,为什么呢?都红自己也想听一听。台下鸦雀无声。女主持人的自问自答催人泪下了,"可怜的都红"是为了"报答全社会——每一个爷爷奶奶、每一个叔叔阿姨、每一个哥哥姐姐、每一个弟弟妹妹——对她的关爱"! 小提琴的旋律刚才还是背景的,现在,伴随着女主持人的声音,推出来了,回响在整个大厅,回响在"全社会"的每一片大地。这是哀痛欲绝的旋律,像挽歌,直往人伤心的地方钻。女主持人突然一阵哽咽,再说下去极有可能泣不成声。"报答",这是都红没有想到的,她只是弹了一段巴赫。她想弹好,却没有能够。为什么是报答?报答谁呢?她欠谁了?她什么时候亏欠的?还是"全社会"。都红的血在往脸上涌。她说了一句什么,她清清楚楚地知道自己说了一句什么,然而,话筒不在她的手上,说了也等于没说。小提琴的旋律已经被推到了高潮,戛然而止。在戛然而止的同时,女主持人的话刚好画上了句号。女主持人搂住了都红的肩膀,扶着她,试探性地往下走。都红一直不喜欢别人搀扶她。这是她内心极度的虚荣。她能走。即使她"什么都看不见",她坚信自己一定可以回到后台去。"全社会"都看着她呢。都红想把女主持人的手推开,但是,爱的力量是决绝的,女主持人没有撒手。都红就这样被女主持人小心翼翼地搀下了舞台。她知道了,她来到这里和音乐无关,是为了烘托别人的爱,是为了还债。这笔债都红是还不尽的,小提琴动人的旋律就帮着她说情。人们会哭的,别人一哭她的债就抵消了。——行行好,你就可怜可怜我吧!都红的手都颤抖了,女主持人让她恶心。音乐也让她恶心。都红仰起脸来,骄傲地伸出了她的下巴——音乐原来就是这么一个东西。贱。

都红的老师站在后台,她用她的怀抱接住了都红。她悲喜交加。都红不能理解她的老师哪里来的那么多的喜悦与悲伤，不知道该做怎样的应答。她只是在感受老师的鼻息，炙热的，已经发烫了。

都红似乎是被老师的鼻息烫伤了，再也没有走进钢琴课的课堂。老师一直追到都红的宿舍，问她为什么不去。都红把宿舍里的同学打发干净，说："老师，钢琴我不学了，你教我学二胡吧。"

老师纳闷了："什么意思？"

都红说："哪一天到大街上去卖唱，二胡带起来方便。"

都红的这席话说得突兀了。口吻里头包含了与她的年纪极不相称的刻毒。但都红所说的却是实情，她也不小了，得为自己的未来打算。总不能一天到晚到舞台上去还债吧？她要还到哪一天？

（选自人民文学出版社 2008 年版）

导读：

小说《推拿》通过对一组盲人角色的形象塑造，逼真地摹写了当代社会中底层盲人的真实生活状况，揭示了身为残疾人和底层人这两重边缘身份的盲人推拿师们内心的梦想和欲望，尤其重要的是，小说生动地展现了底层盲人对"人的尊严"的渴求，从这个意义上说，《推拿》既可以说是底层盲人群体的无告无望生活的一曲哀歌，又可以说是对人的尊严的价值和为尊严而战的人性力量的一曲赞歌。

小说中盲人都红的两次对"关爱"的逃离，是尊严之歌的最强音。一次发生在都红的初中二年级时，虽然自幼眼盲，但都红有一定的音乐天赋，喜欢唱歌，在特殊教育的"做自己不能做的事情"的要求下，偏去学钢琴。三年习琴，都红把钢琴弹到八级，已经有能力去靠钢琴自食其力，但是都红的第一次演出却让她感受到了正常人对残疾人的居高临下的"关爱"：由于精神紧张、曲目难度大和"无名指无力"的老毛病，都红演奏得一塌糊涂，但是出人意料地赢得了满场掌声，主持人问了许多令都红难堪的问题，煽了许多令都红羞耻的情，还充满"爱心"地说"可怜的都红"……所有这一切伤害以"关爱""同情""慈善""感动"为名，取消了都红作为一个习琴者的努力的价值，漠视了都红作为一个个体的才华，剥夺了都红作为一个盲人的自尊。都红从主流社会的"慈善"与"关爱"中感受不到自己作为一个人、一个和一切人平等的个体所应得到的认可和尊重，"都红想哭的心思没有了，心却一点一点地凉下去。是苍凉。都红知道了，她到底是一个盲人，永远是一个盲人。她这样的人来到这个世界只为了一件事,供健全人宽容,供健全人同情。她这样的人能把钢琴弹出声音来就已经很了不起了。"所以她选择了放弃钢琴,宁愿去做一个盲人按摩师。

第一次逃离是第二次逃离的前奏。第二次逃离发生在都红的右手拇指被意外砸断伤、失去了作为一个按摩师所必备的身体条件之后,其他人对她寄予无限的同情,发起了"募捐运动",其中投入最多的金嫣最像当年高高在上的女主持人,也说"可怜的都红""她什么也干不了了""我们不能再冷漠下去了",在他们把善款交给都红时,"金嫣在等。小孔也在等。所有的人都在等。她们在等待最为激动人心的那一刻。她们不需要都红感激。她们不需要。但是,这究竟是一个温暖而又动人的场景,少不了激情与拥抱,少不了滚烫的、四处纷飞的泪。小说里是这样,电影里是这样,电视上也是这样,现实生活就不可能不是这样",但是他们只等到了都红平静和礼貌的致谢,等到了平淡和无趣。因为,都红在这一刻,已经决定要进行第二次更彻底的逃离,逃离推拿中心,逃离这充满歧视的世界。

受活(节选)

阎连科

绝术表演是演了许多事情呢。瘸子和常人赛跑是老古了的节目了。断腿猴和一个叫牛子的小伙子,他们并排在场子边通往梁上的一个处地上,有人唤了一声"跑!"也便箭离弦儿了。不消说,小伙子是跑得飞了的快,可今年刚挂二十三岁的断腿猴,他借了一根紫檀木的红拐杖,那拐杖不仅是光滑,结实里还藏含了十足的弹性儿。只消拐脚根儿一落地,它就微微地弓卷着;断腿猴把身子往拐上一靠一用力,那长长的拐杖就弓得似要折了断了呢。以为要断了,断腿猴要摔跌在脚地了,谁知那拐杖借着断腿猴的一跃却又绷直了,把他送到半空了。他就跃着身子跳高跳远那样朝前奔去了。谁能想到哟,大半里的路,断腿猴先是落在那小伙的身后里,到末了,到末了在一山野都是围者的加油声威里,断腿猴竟就跑到那小伙子的前面了。

柳县长当众奖了断腿猴一张百元大票儿,还答应把救灾的小麦多发给他家二百斤。还有,那去年捻根线头,能一下子穿认五根针的单眼儿,今年竟能一下穿纫八到十个针眼了。那瘫子媳妇不仅能在粗纸烂布上绣出猪、狗和猫儿,还能在树叶上绣出那两面一模一样的猫狗儿。庄子后的马聋子,因为他的聋,他敢让鞭炮挂在他的耳朵上放,只在脸面上相隔一张薄薄的板,防设那鞭炮不炸在他的脸上就行了。还有菊梅家的老大桐花儿,满村人都知晓她原本是个全盲人。十七年了她不知晓树叶是绿的，云彩是白的，铁锨、锄上的锈是红颜色。不知晓辰时的霞光是金黄，不明了落日时的霞光是呈血红色。四妹蛾儿说："红的就是和血一样的颜色呀。"她说："那血是啥儿颜色呢？"蛾儿说："血就是过年贴的对子那个颜色呀。"她说："那对子是啥儿颜色呢？"蛾儿说："对子色就是九月间柿树叶的颜色呀。"她说："那柿树叶是啥儿颜色呢？"蛾儿说："你这个瞎子呀，柿树叶就是和柿树叶一个颜色嘛。"

蛾儿就走了，不和她再有啰嗦了。

桐花就眼前一片茫茫黑黑的立在黑色里，日头却是黑光烈烈地照在她的周围呢。她从出生那天起，眼前一老辈都是茫黑哩。白日是黑色，夜里也是黑色呢。日头是黑色，月亮也是黑色哩。啥儿和啥儿，十七年间都是黑得一成儿不变哩。这十七年间里，她从五岁开始，就拿一根枣木拐杖儿，东敲敲，西碰碰；从家里，到家外，自门口，到庄头，就那么敲敲碰碰的。她碰碰敲敲已经过了十几年。那枣木拐杖就是她的一双眼睛呢。在往年，在往年的受活庆的出演里，她都是拿着拐杖和娘一道躲在场子一边的处地儿，一心地听那耙楼调、祥符调，还有曲剧、坠子啥儿哩，到了绝术出演她就不看了。让娘去看了。她看也看不见，眼前一茫茫的黑。可是今年哩，菊梅说忙得不能出门儿，她对娘说人家说了呢，谁去出演县长都要发给谁一张百元大票子，娘却长默一会儿，像想了几个年月样，到末了，还是说不能出门儿，桐花就待槐花、榆花、蛾儿们出门后，独自到门口立站一会儿，听了听庄子街上的脚步声和庄头场子上的吵闹声，敲敲碰碰着，独自到了场子旁，立站在人群边，有头有尾地听那绝术出演了，就听见了黑烈烈的人们的大喊声，听见了黑红红的人们的大笑声，听见了人们拍巴掌时那云白黑黑的掌声在半空里飞来舞去着，还看见县长在为断腿猴儿鼓掌时，喊着"加油！加油！你赢了我奖给你一百块！"听见县长的喊话在她眼前、耳边像黑翅膀一样飞来又飞去；看见县长奖给猴跳儿一张大票时，猴跳儿朝县长磕头感谢，把头磕得黑亮亮的响；县长一激动，就又给他奖了一张五十块的钱。听见瘫子媳妇在一张桐树叶上绣了一只黑彩花花的双面雀，去领县长给的奖钱时，县长看着那桐叶说："你在杨树叶上能绣吗？"她说"杨树叶太小哩，只能绣一只蚂蚱、蝴蝶儿。"县长说："你在槐树叶上能绣吗？"她说："槐叶更小哩，只能绣些娃娃脸。"县长就握着她的手，把不知多少的奖钱塞到她的手里了，说："巧手呀，巧手呀——我走前一定给你题一幅字，写上'天下第一巧'。"还有，还有绝术表演时，好像满山野都是了人，挤拥声、吵闹声，又黑又稠一大片，如了满天下都在下那黑淋淋的飘泼雨。待县长给人数着奖钱时，那黑淋淋的雨声就停了，人群一冷猛地哑然了，谧静得脚地上掉根针,就能把树叶震落下来哩。可是哟,待县长发了奖钱后,领钱的人向县长磕头鞠躬时,那又黑又烈的掌声就如了黑淋淋的雨水了,把山脉、村庄、树木、房屋都淹得不见了,如了蚊子飞进了黑夜里面了。

全盲的桐花是第一次清清楚楚听见了庄落的受活庆,茫白亮亮地听见了庄里人的绝术表演了。断腿赛跑,聋子放炮,独眼纫针,瘫媳妇刺绣,两个都只有一只手的人比着断臂掰手腕,还有庄后木匠家的侄娃儿,虫儿一样小,只有十几岁,他自小得了小儿麻痹症,一条腿细得如了麻秆呢,脚也小儒得如着一只鸟头儿,可他竟能把他那鸟头样的脚一缩一缩伸进一个瓶口里,能把那瓶子当成鞋子穿,能穿着瓶子在脚地走路呢。

县长是在受活庄的绝术表演里开了眼界了,全盲的桐花清清白白听见县长一连迭儿鼓掌呢,一晌儿鼓下来,他双手就鼓得黑红了;听见他发奖、讲话、说笑,把他的嗓子都变成黑哑了,使他的每一句话都如木匠的黑锯条样黑光亮亮,又搓搓绊绊了。到了末儿里,日头要落了,天也由炎热转凉了,许多外庄人说说笑笑准备结着伴儿回庄了,县长就立在台上黑茫茫着嗓子唤:

"谁还有绝术表演哩?再不演就没了机会了。明儿我和秘书就走了,你们再演也没有奖钱啦!"

就是这时候,桐花从台子一边爬到台上了,用她的枣木拐杖敲敲碰碰到了台子中央呢。到了那只有绝术表演的人才能站的那一块处地儿。她直直地立在那,惊得她的妹们都齐声叫着"桐花!桐花!"就都到了台前了,到了人们的前面了。日头是黑红暖暖,从西山梁的那边照来的。风是黑爽凉凉地从台子后边吹来的。她穿了一件粉红的的确良翻口布衫子,蓝裤儿,方口鞋,人在风中像是一棵只动枝叶不动身的苗树儿,那裤和布衫都在风里一摆一摆地响。因为她是女孩娃,因为她还是全盲人,眼却又黑又亮,水水灵灵如蒙了雾的葡萄呢,整个人儿素素洁洁,尘埃儿不染,虽没有老二槐花那样扎人眼的小巧和好看,可也满身都是灵秀的齐整漂亮呢。所以哟,所以那台下的人群就从一片嘈杂中立马安静下来了。她的妹妹们,槐花、榆花、蛾儿也都不再唤她了,也都让冷猛到来的沉静淹着了,都在等着县长问她啥儿呢,她答县长啥儿呢。

那时节,可真是一世界都陷在了静安里。县长望着她就像望见炎炎的日光不见了,月亮出来了,一世界的日色转眼间变得水月溶溶了。

她在黑静里立站着,听见县长是站在台子当央靠南一点儿,是在她的左手边,听见县长的秘书是站在县长的身后哩,听见了挣多了奖钱的断腿猴跳儿,是立站在她的右边的。台上和台下,那一捆儿一束的黑目光,像一片黑草样都在朝她倒靠着。她听见那目光都有些惊异色,如晚秋时的树叶样,黑瓦瓦地朝她身上落下来。听见她的几个妹们看她的目光,从台下飞上来,像窗子缝的风样吹在她脸上。

县长说:"你叫啥?"

她说:"叫桐花。"

县长问:"多大啦?"

她说:"十七啦。"

县长说:"你是谁家姑女哩?"

她说:"我娘叫菊梅,我婆叫茅枝。"

县长的脸一下就白了,可一个瞬眼间,县长就又回到了他常时的模样了。

他问她:"你有啥绝术?"

她说:"我啥都看不见,可我啥都能听得见。"

县长说:"你能听见啥?"

她说:"我能听见鸡毛儿从半空落下来,就像树叶扑嗒一下从树上掉下来。"

县长就让人从场子边上找来了一枝麻雀毛,灰黑色,毛根那儿是雪雪的白。他把麻雀的毛紧紧地握藏在手里边,把拳头举到她眼前,摇摇晃晃说:"我手里有根芦花公鸡毛,你说这是啥颜色?"

她说:"黑色哩。"

县长又取出一根白杆钢笔在他眼前晃了晃:

"这是啥?"

"啥也没有哩。"

"这是一杆笔,它是啥颜色?"

"黑颜色。"

县长就把那雀毛从他手缝展露出来了,从一只手换到另一只手,举在她的脑后边,说你听着,看这鸡毛会落到哪儿哩。桐花把她的眼睛睁大了,黑眼上雾丝丝的模糊也都没有了,眼就亮得如了假的一样了,动人诱人得没法儿细说了。场子上这时厚了一片奇静哩,原本要走的外庄人,也都又折回身子了。坐在凳上的人,也都站到了凳上了。坐到砖上的人,也都立站到了砖上了。从树上下来的孩娃们,又爬到树上去看了。那些瘫子、瘸子和瞎子们,他们看不见,就在台上或台下一动不动儿,等着边上的人给他们说着结局了。一世界就都沉静下来了,落日的声音隔着山脉也都有了响动了。所有的眼睛呢,也都盯在了台上县长那拿了雀毛的手上了。

县长手里的雀毛就从他松开的手里落下来,打了几个旋,飘到桐花的右脚边儿了。

县长问:"落到哪儿了?"

桐花没有答,她弯下腰,抬着头,一摸就摸到她脚边的羽雀毛儿了。

台上台下便一片黑嘘嘘的惊异了。榆花的脸上是一片红亮了,四蛾儿的脸上也是一片红亮了,可那槐花的脸,惊异着,挂了热红的羡色儿,那羡色不仅是红亮,且红亮里还闪着黄金白银的光。县长呢,他在那一片的唏嘘中,盯着桐花的眼,从她手里要过羽雀毛,又在她眼前晃了晃,看她那双黑大的眼珠依是漂漂亮亮地木然着,就把它递给秘书了,暗谕他把那羽毛从半空丢到台子下。

秘书就把那羽毛丢到台下了,像把一口气轻轻吹到了台下样。

县长问:"丢到哪儿了?"

桐花说:"丢到我前边的一个坑里了。"

让人把那羽毛捡上来,县长把羽毛举在半空没丢,他问她:"这回丢到哪儿了?"

桐花想了好半天,便一脸失神地摇摇头:"这回我啥也没听见。"县长就过来站在她面前好久一阵子,给她手里塞了三张百元大票子说:"你听了我三次丢这雀毛儿,给你三百块的奖钱吧。"看桐花接了钱,一脸喜色地在摸着那新哗哗的百元的票,像摸着啥儿时,县长立在她对面,盯着她的脸儿问:"你还能听见啥?"桐花她就把那钱收叠起来装在口袋里,问:"还给奖钱吗?"

他说:"不是听的,是别的绝术我还给你钱。"

她就笑着说:"我用拐杖敲敲树,能辨出哪是桐树、哪是柳树、哪是槐树或者榆树和椿树。"他就领着她到场子边上敲了榆树、楝树和两棵老槐树,她也就果真都听辨出了哪是榆树、哪是槐树、楝树了,他就又给了她一张一百元的钱。让人搬来一块石头一块砖,还有一段青石板,让她接着用那拐杖敲,也竟都敲出了一个分别了,就又给了她一张百元的奖钱了。到了这时候,台上台下就一片乱乱嗡嗡了,看见桐花转眼间挣了五张簇新百元票,就都到处是感叹了、说论了。二妹子槐花,也就第一个忙不迭儿爬到台上去拉桐花的双手,去扯她的胳膊了,声声口口说:"姐,姐,明儿天我牵着你到镇上去赶集,想要啥我都给你买。"

日头是终将落过西山了,一抹红色在受活也淡得似了烟尘了。那些想表演啥儿的,也不能表演了。外庄人也都从惊异感叹中抽着身子回家了。庄子当央间为受活庆做大锅饭的人也来唤着让人们回去吃白菜熬肉了,喝大米煮汤了。就是这当儿,县长心里那个最初不明不白的一丝芽草儿,在一冷猛的瞬眼间,清清楚楚、明明白白、轰轰隆隆长成了一棵参了天的摇钱大树了。

他决定要在受活组建一个绝术团,到世界上的四野八面去出演,那出演的门票钱,也就正好是集凑购买列宁遗体的一笔巨大款项了。

（选自北京十月文艺出版社 2009 年版）

导读：

《受活》是一部荒诞的演出,无论是柳县长购买列宁遗体振兴经济的狂想,还是茅枝婆让受活庄退社重回世外桃源的渴望,无论是"圆全人"对"受活人"绝术表演的趋之若鹜,还是"受活人"对"圆全人"的世俗生活的钦羡向往,无论是列宁纪念堂建成庆典的狂欢,还是随后圆全人对受活人的监禁、勒索、掠夺和凌辱……整个世界就是一个无告无望的人间地狱,让这个世界终结的不是哀歌一曲,而是一个荒唐的玩笑、一个残酷的冷嘲。

对受活人一次次绝术表演的细致描绘,是作者想象力恣肆挥霍的结果,如果说对残疾人的绝术表演过多的铺陈渲染和言说时津津乐道的语调,使得小说稍有玩味残疾人的痛苦并以此哗众取宠的嫌疑,如果说作者把受活人和圆全人两相对立并得出残疾人更圆全而圆全人更残疾,传统的更文明而现代的更野蛮的结论,也有以偏概全的嫌疑,但当受活人的绝术表演第一次在小说中出现时,的确是一个令人震惊的既有生之绚烂又有死之静美的时刻：

> ……桐花把她的眼睛睁大了,黑眼上雾丝丝的模糊也都没有了,眼就亮得如了假的一样了,动人诱人得没法儿细说了。场子上这时厚了一片奇静哩,原本要走的外庄人,也都又折回身子了。坐在凳上的人,也都站到了凳上了。坐到砖上的人,也都立站到了砖上了。从树上下来的孩娃们,又爬到树上去看了。那些瘫子、瘸子和瞎子们,他们看不见,就在台上或台下一动不动儿,等着边上的人给他们说着结局了。一世界就都沉静下来了,落日的声音隔着山脉也都有了响动了。所有的眼睛呢,也都盯在了台上县长那拿了雀毛的手上了。

这是一个连浮士德都会说出"你真美啊,请你停留"的时刻,尤其当小说临近结尾时,也是绝术表演走到尽头的时刻,柳县长的计划落空,圆全人的贪欲爆发,受活人的美梦破灭,这时再回顾绝术表演初现的惊艳瞬间,更可体会鲁迅在《再论雷峰塔的倒掉》一文中对悲剧的洞见——"悲剧是将人生有价值的东西毁灭给人看"。

第十章　旧体诗词

清末民初,古典诗词依然十分繁盛。"诗界革命"派旗手黄遵宪、丘逢甲、梁启超及稍后柳亚子创建的"南社",王鹏运、朱祖谋、文廷式、王国维等著名词人,共同为近代诗词留下了辉煌的结尾。"五四"新文化运动狂飙突起,揭开了现代文学光辉的序幕。表面上看,语体新诗逐渐成为诗坛主流,古典诗词退居二线,成为旧体诗词,但实际上,传统诗人词家结社唱酬,书局报刊时有揭载,即使新文学家中亦不乏"勒马回缰作旧诗"的两栖诗人。所以,旧体诗词并没有衰亡,其中尤不乏可以传诵之作。中国现当代诗坛,实际上一半是新诗的天地,一半是旧体诗词的世界。只有以开放多元的眼光,对新旧诗坛给予同样的关注,才可能完整呈现出近百年诗坛的全貌,对文学的未来发展,更为有益。

在新文学创始初期,其主流位置没有得到确立之际,为了将"文学革命"毕其功于一役,各路新文学猛将对"旧文学"(旧体诗词)进行批判,有其历史合理性。但在将近一个世纪的发展历程之后,对客观存在且成就斐然的古典诗词加以漠视,就显得是文学史的某种缺失了。对旧体诗词的研究并不必然意味着否定"五四"新文学、现代性,而是超越于二元对立思维的多元文化取向,融合古今,传统与现代交融撞击下的重新审视文学精神。

第一节　现代时期的旧体诗词

自 1919 年至 20 世纪 30 年代初,近代诗坛元老纷纷辞别,青年诗词家群体在悄悄崛起。经过短期过渡,1931 年"九一八"事变引发抗战的怒吼,1937 年"七七"事变后日军全面侵华,更使诗人词家深哀剧痛,慷慨悲歌。直至 1945

年驱除日寇,国土光复,前后十四五年间,爱国诗词大量涌现,达到了一个创作高峰。解放战争期间,诗词创作依然波澜壮阔,指斥国民党政权腐败,哀痛民生,渴望和平,反对分裂。这一时期,旧体诗词有着强烈地渴望民主自由的精神追求,悲悯人生,忧患天下。霍松林认为:"'五四'以来之所以产生超越前人的诗词杰作,当然不是偶然的,而是有许多客观条件的",霍先生提到"五四"以来的爱国精神和新文化运动的科学、民主精神,为诗词创作注入了新鲜血液[1]。

"五四"以来诗人词家的群体构成颇为丰富。有旧民主革命者如黄兴、廖仲恺、黄炎培、于右任、李叔同、柳亚子、林庚白等,也有新文学创始人及健将如陈独秀、胡适、鲁迅、郭沫若、郁达夫、叶圣陶、朱自清、田汉、老舍、聂绀弩等,还有专家学者如马一浮、吴梅、谢无量、黄侃、陈寅恪、俞平伯、顾随等人,此外如书画家潘天寿、林散之、张大千、沙孟海、刘海粟等。因诗词家的身份、职业、经历、个性和艺术宗尚、审美情趣的不同,从而构成异彩纷呈的艺术风格。一般而言,革命家的诗词风格雄健,气势磅礴;新文学家的作品或清新明畅,或质朴自然;专家学者则熔铸经史百家,精严博雅。政治家、将帅之诗以毛泽东为代表,现代文学家之诗以鲁迅、郁达夫为代表,学者之诗以马一浮等为代表。在诗词的格律、音韵方面,专家学者多恪守前任法度,政治家、新文学家则有突破。在语言运用方面,学者喜用典故,崇尚雅言,政治家、新文学家则多用新词俗语。在诗词群体的人数构成上,其中以专家学者比例上所占最多,应当引起注意。在封建时代,诗词是士大夫即上层知识分子的专利品,诗词被讥讽为"贵族文学"。但随着社会制度的变更,现代教育、科研体系的形成,大批知识分子进入单位成为普通劳动者,其命运有时较一般民众更为惨痛。另一方面,他们既有深厚的国学基础,又有专门的研究时间与创作的余暇。有的人从海外留学归来,贯通中西古今。所以他们的诗既有传统的纯雅,又有现代生活气息。

一、新文学家写作旧体诗词的情况

现代文学时期,新诗人回头写旧体诗的现象比较普遍,值得注意。沈尹默最早响应文学革命运动,曾在《新青年》上发表过白话新诗20余首。但在1929年却在北新书局出版了旧体诗词集《秋明集》。王统照作为"文学研究

---

[1] 霍松林:《全国第十四届中国诗词研讨会闭幕词》,2001年6月广州《诗词》报。

会"的发起者之一,写过不少有影响的白话小说、散文、诗歌,但在 1924 年前后,开始写作旧体诗,1927 年写了一个以《丁卯集》为总题的系列诗。胡适的《贺叔永莎菲生女》:

> 重上湖楼看晚霞,湖山依旧正繁华。
>
> 去年湖上人都健,添得新枝姐妹花。

从语言、立意到写作动机(应酬性)都完全是旧体诗意味了。

无独有偶,鲁迅也为自己的短篇小说集《彷徨》题写过纯粹的旧体诗:

> 寂寞新文苑,平安旧战场。
>
> 两间余一卒,荷戟独彷徨。

值得指出的是,新文学家当时写旧体诗大多是录于日记,或在私人相好的人群中流传,一般不会公开发表,至多是在公开发表的文字中作为段落或序跋,不愿作为正文付梓。这体现了他们对自己文学理念的一贯性,也体现出其文化心态,仍然是视旧体诗为没落不适宜的。但有时候不得不写,正如郭沫若说的:"进入中年以后,我每每作一些旧体诗,这倒不是出于'骸骨的迷恋',而是当诗的浪潮在我心中冲击的时候,我苦于找不到合适的形式把意境表现出来。诗的灵魂在空中游荡着,迫不得已只好寄居在畸形的'铁拐李'的躯壳里。"[1]这些新文学家投身旧体诗写作,并不是认为白话新诗失败,更不是提倡复古,而更多地是为了遣怀,表达某瞬间的思绪、情怀、感受,反映的更多的是个人感情世界的一个角落,而不是想让旧体诗来担负更广大的社会功用。当然,在今天,它们经常起到提供诗人的传记材料之用,以及客观的社会文献史料价值,有着丰富的文化意义。

当然,这其中还是有不少杰作。胡适是倡导文学革命、白话新诗的主将,《尝试集》是第一本白话新诗集,但附录《去国集》专收旧体诗。胡适的旧体诗中也有一些清新可读之作。例如《沁园春·二十五岁生日自寿》:

> 弃我去者,二十五年,不可重来。看江明雪霁,吾当寿我,且须高咏,
> 不用衔杯。种种从前,都成今我,莫更思量更莫哀。从今后,要那么收

---

[1] 郭沫若:《新潮·后叙》,收入《新潮》,中国文联出版公司 1992 年版。

果,先那么栽。

宵来一梦奇哉。似天上诸仙采药回。有丹能却老,鞭能缩地,芝能点石,触处金堆。我笑诸仙,诸仙笑我,敬谢诸仙我不才。葫芦里,也有些微物,试与君猜。

鲁迅写有旧体诗约 60 余首,大部分辑入《鲁迅诗稿》,郭沫若说他虽"无心作诗人",但"偶有所作,每臻绝唱"。鲁迅诗作中七律、七绝更为高超,在艺术师承方面,鲁迅明确表示不满宋诗,尤其是黄山谷[1]。鲁迅的诗风格更近晚唐诸家。《阻郁达夫移家杭州》:

> 钱王登假仍如在,伍相随波不可寻。
> 平楚日和憎健翮,小山香满蔽高岑。
> 坟坛冷落将军岳,梅鹤凄凉处士林。
> 何似举家游旷远,风波浩荡足行吟。

从这首诗看,稍有用典较多而有的典故过于冷僻的情况。最可称道的一首《惯于长夜》:

> 惯于长夜过春时,挈妇将雏鬓有丝。
> 梦里依稀慈母泪,城头变幻大王旗。
> 忍看朋辈成新鬼,怒向刀丛觅小诗。
> 吟罢低眉无写处,月光如水照缁衣。

全诗几乎不用典故,但真切的情感表露得相当充分。鲁迅的七律诗有很多可传诵的名句,例如《自嘲》中的"横眉冷对千夫指,俯首甘为孺子牛"等。七绝则颇得唐人风韵,如《自题小像》,此外如《悼杨铨》:

> 岂有豪情似旧时,花开花落两由之。
> 何其泪洒江南雨,又为斯民哭健儿。

郁达夫的大部分旧体诗被辑入《郁达夫诗词抄》,由浙江人民出版社 1982

---

[1] 参见刘大杰:《鲁迅谈古典文学》,《文艺报》1956 年第 19 号。

年出版,另有佚诗辑为《郁达夫早期诗作三十首》等。他童年时受过诗学训练,九岁即能赋诗,1915 年在日本即有诗作发表。他的诗也比较类似晚唐李商隐等人的风格,如《春闺》:

> 梦来啼笑醒来羞,红似相似绿似愁。
> 中酒情怀春作恶,落花庭院月如钩。
> 妙年碧玉瓜初破,子夜铜屏影欲流。
> 懒卷珠帘听燕语,泥他风度太温柔。

许多语言和诗歌意象,都明显从李商隐诗中借来。而他的词,则接近晚唐温飞卿。当然,郁达夫的旧体诗中也有若干思想较为昂扬的作品,如《离乱杂诗》之二:

> 千里驰驱自觉痴,苦无灵药慰相思。
> 归来海角求凰日,却似隆中抱膝时。
> 一死何难仇未复,百身可赎我奚辞。
> 会当立马扶桑顶,扫穴犁庭再誓师。

田汉以戏剧著称,但《田汉文集》的第 12、13 卷是诗歌,其中旧体诗占 90%。他的诗因受白话文运动影响,语言力求浅近通晓,少用典故,几无古董气息。加上他精通声律,诗中不会用破格现象。他的诗中思想性与艺术性结合得比较好的有《嘉定军次》:

> 敌机镇日绕城飞,虎帐新成破阵诗。
> 十万健儿齐肉搏,东南此战决安危。

郭沫若一生的文学观包括诗学观多有变化,其旧体诗在 1949 年前后亦不相同,在题材选择和艺术技巧上都差异明显。前一段中,他的诗作情感真挚,笔力凝重,颇有风骨,如写于抗战时的《铭刀》:

> 刀征壮士魂,铁见丈夫节。
> 蘸血叱龙蛇,草檄何须笔。

此时作者还是诗人本色，但在 1949 年后，随着政治身份的变化，其诗人之心就日益淡化了。

二、传统文人与学者写作旧体诗词的情况

（一）旧诗群体

在现代文学时期，早有诗名的老一代旧体诗家，以及社会名流，还会出版一些旧体诗集。其中比较有影响的有王国维《观堂长短句》，沈钧儒《寥寥集》，柳亚子《磨剑室诗词集》，于右任《右任诗存》，黄节《蒹葭楼诗》等。

当时凡属新闻性报纸大抵有副刊，综合性杂志依照"五四"前的旧例，也有"艺苑"之类的专栏，有许多是登载旧体诗词的。甚至部分共产党创办的报刊，也发表旧体诗词，其中有些是统战的考虑，尽可能多地团结一些知识分子。有些则以旧体诗词作为某种政治表态，例如《新华日报》上发表的旧体诗词，就有这种功利作用，"皖南事变"发生后，周恩来曾题词：

> 千古奇冤，江南一叶。
> 同室操戈，相煎何急。

就形式而言，这可以看作一首典型的四言古诗。据统计，《新华日报》自创刊到终刊（1938 年 1 月—1947 年 2 月），共发表 300 余首旧体诗词，以其内容可大致分类为：祝寿诗，如为进步人士郭沫若等贺生辰；纪念报纸创刊多少周年诗；政治表态诗；唱和诗[1]。而《学衡》一类杂志，大量刊登旧体诗词，就是另外一种意义了。该刊从 1922 年至 1935 年，凡出版 79 期总共发表旧体诗词 2 800 多首，另有 200 多首旧体诗形式的译诗。这一专栏由胡先骕主持，他除了大量发表自己的作品外，又因为自己是江西人，所以也大量发表江西人模拟"江西诗派"的作品，后来也拉来不少名家助阵，如吴宓、王国维等。

此时也还有一些诗词结社活动。"南社"在"五四"之后发生分裂，至 1923 年又有"新南社"的成立，起初会员 153 人，1924 年发展到 200 多人。原来的"南社"成员傅纯根也于 1924 年发起"南社湘集"于长沙，自任社长，此后有陈巢南、高天梅等人加入，拥有会员 100 余名。这是"五四"以来有经常性活动的旧体诗团体。此外比较著名或有一定影响力的还有：潜社，由吴梅在东南

---

[1]　朱文华：《风骚余韵论——中国现代文学背景下的旧体诗》，复旦大学出版社 1998 年版，第 84 页。

大学发起,有唐圭璋、王季思、张世禄等人;之江诗社,夏承焘在杭州之江大学执教时发起成立。还有一些是共产党人发起的诗社,如怀安诗社等,在这个章节里不详论。

此时还有一些旧体诗词的理论研究工作在进行着。如胡适编选的《词选》,于1927年在商务印书馆出版,还有被称为"同光体"的领袖人物陈衍编选的《近代诗钞》。

细而分之,这个旧诗家群体,又可以分为三类人:

第一种是早有诗名的前辈旧诗人,大致出生于晚清,系旧式士大夫出身,曾以科举入仕途,本擅长吟诗填词,民国以后,他们或继续在政界,或赋闲,或进入教育文化界,代表人物有林纾、严复、朱祖谋、康有为、冒广生、于右任、王国维、黄侃、柳亚子等。他们的旧体诗的功底是无可置疑的,但基本倾向是"拟古""复古",从内容到形式,鲜有创新的气息。他们的感时遣怀之作,有的触及了社会变革和转型时期的社会状况和心理景观,以及某些人生况味,有的还以痛哭流涕叹息不已的语调,表达作者对于现实社会动荡的不安和忧虑,虽有可取一面,但有时又落入俗套,甚至有点遗老心情。王国维的《罗雪堂参事六十寿诗》:

> 事到艰危誓致身,云雷屯处见经纶。
> 庭墙雀立难存楚,关塞鸡鸣已脱秦。
> 独赞至尊成勇决,可知高庙有威神。
> 百年知遇君无负,惭愧同为侍从臣。

诗人对于辛亥革命总有敌对情绪,根本的政治倾向是不可取的。旧诗家多风花雪月、醇酒妇人之作,像蒋智由早年曾写过《卢骚》:

> 世人皆欲杀,法国一卢骚。
> 民约倡新义,君威扫旧骄。
> 力填平等路,血灌自由苗。
> 文字收功日,全球革命潮。

然而当他晚年自编诗稿时,竟然把这样的"新派诗"全部删除,可见晚作,只能是颓废自娱的文字游戏了。

第二种是新进的旧诗家,文化活动多在"五四"之后。他们早年接受过比较完整的传统的旧式教育,又受到新文化运动的冲击洗礼,可能形成积极进步的社会政治倾向,但对旧体诗词的热情却不稍减。这方面的代表人物有夏承焘、唐圭璋、缪钺、王季思、钱仲联、沈祖棻、程千帆、霍松林等。他们的作品较少无病呻吟之弊,思想倾向比较积极,许多人是专攻古代文学的专家,留下过许多理论研究成果,作品造诣也相对较高,尤以词作取胜。

陈寅恪(1890—1969年),江西义宁(今修水)人。陈寅恪是"同光体"著名诗人陈三立之子,幼承家学,钻研经籍,又从西席学数学、英语以及音乐和绘画,几度赴日、德、法、美等大学留学,1925年归国后,受聘为清华研究院导师。一生多有旧体诗作,《陈寅恪文集》第一卷《寒柳堂集》附收《寅恪先生诗存》,有179首,1993年清华大学出版社出版的《陈寅恪诗集》有诗329首,较为完备。

陈寅恪倡导"自由之思想,独立之精神",其作诗,也特别注重真实思想的流露,而他的真实思想,或曰情感主题,有论者认为是"家国旧情"和"兴亡遗恨"[1]。《乙巳冬日读清史后妃传有感于珍妃事为赋一律》比较典型:

> 昔日曾传班氏贤,如今沧海已桑田。
> 伤心太液波翻句,回首甘陵党锢年。
> 家国旧情迷纸上,兴亡遗恨照灯前。
> 开元鹤发凋零尽,谁补两京外戚篇。

从这首诗来看,几乎每一句都采用了典故,或语词,或史实。这是陈寅恪旧体诗的一大特点,与同时代的其他诗家相比,也显得十分突出。因其大量用典,不少作品的意思非常曲折隐晦,难以索解,所以当代学人对陈寅恪的诗的理解往往先得做释证。这方面,陈寅恪的旧体诗显得是继承了乃父衣钵,属于宋诗派中的赣派,有着"以理入诗"的意味。

第三种是社会各界的名流士绅,例如齐白石、廖仲恺、章士钊、邵力子、赵朴初等人。

柳亚子(1887—1958年),初名慰高,字安如,更名人权,字亚庐,又更字亚子,还因慕辛弃疾而以弃疾名,复字稼轩。江苏吴江人。早年接受反清革命思想,入同盟会、光复会,1909年与陈去病等人在苏州发起成立南社,民元时曾任南京临时政府秘书,1924年加入国民党,1949年后曾任全国人大常委会委员。一生诗词不辍,有《磨剑室诗词集》,通行的有《柳亚子诗词集》,人民

---

[1] 刘梦溪:《陈寅恪的"家国旧情"和"兴亡遗恨"》,1993年9月11日《光明日报》。

文学出版社 1959 年版。

柳亚子的诗主要学唐人,也有学陆游的痕迹,词则仿辛弃疾和陈亮。他的不少作品留下了对几十年来中国政治风云变幻的若干重大历史事件的及时记载,少数优秀之作,较为真切地反映了诗人坚持进步、渴求民主、主张抗日爱国,以及在道义上支持人民革命斗争的思想情感。例如 1929 年写的《存殁口号五首》,其一是咏颂孙中山和毛泽东:

> 神烈峰头墓草青,湘南赤帜正纵横。
>
> 人间毁誉原休问,并世支那两列宁。

柳亚子有"落魄书生戴二天"之句,处世与诗学观都庶几近之。

(二) 词的创作概况

词是格律要求较严、音乐性最强、语言极为精美的体式。清末明初,词坛以饱含血泪之笔,写沧海桑田之变,发黍离麦秀之哀,其中王鹏运、朱祖谋、况周颐、郑文焯最为有名,黄遵宪、王国维、柳亚子、文廷式等人亦成就不凡。"五四"之后,词并非被摧毁无遗,而是顽强生长。南北各大城市仍有词社,定期集会,分题吟咏,结集刊行。高等学府文学院系,也多开设词学课程,如南京中央大学吴梅、北京大学俞平伯、燕京大学顾随、中山大学陈洵等,都为词的薪火传承尽心竭力。1933 年,龙榆生在上海创办《词学季刊》,连续刊载多位词学家的理论文章,在现代词学史上具有重要意义。一批新词人纷纷崛起,汪东、张伯驹、夏承焘、唐圭璋、沈祖棻、叶嘉莹等,逐渐成长为 20 世纪词坛的中坚,有些人后来更成为现当代词学界的宗师。他们继承传统的爱国主义精神,为江山战伐而忧,为黎民遭难而哭,摒除了封建士大夫忠君、游戏等诸多不合时宜的糟粕,使词的品格大为提高,意境更为丰富多彩。

与旧体诗相比,词的门径较窄,学古的痕迹较重,其发展更为不易。以上词人中,有王国维著《人间词话》,极力推崇五代、北宋词,而贬斥白石、梦窗、玉田诸家;有文廷式的弘扬苏东坡、辛弃疾豪放词风;也有沈曾植这样不依宗派、独成标格的词家。值得注意的是,胡适也曾编选《词选》,将唐宋至元初的词作分为三类,即"歌者的词,诗人的词,词匠的词"。他推崇东坡、稼轩,贬抑梦窗、白石,与王国维有异曲同工之处,但更为极端,力求词的语言明白,意境平实。施议对在《今词达变》一书中,举胡适为"当代词坛解放派的首领"。后人有以为胡适是 80 年代大陆"老干部体"的渊源所自,其实非也。胡适词作,抒写现代人情感,语言清晓通畅,活脱朴质,不受传统清规戒律的束缚,虽云解放,但大致遵守平仄、押韵等规范,仍有一定的词味。

值得注意的是,现代词坛各家,大多数都兼有学人身份,继承清代以来的学术传统,融入现代科学方法,深入开拓。他们或是编纂、校勘、笺注古典词籍,或是研究图谱、声调、用韵、乐律,或是鉴赏批评,写成词论、词史。其中夏承焘、唐圭璋、龙榆生、詹安泰等,都以毕生精力治词,极少旁骛。他们以独到眼光,标举其审美宗旨,形成各自的理论体系,部分学者更结合本人体验,谈作词的门径、技艺,指导创作。唐圭璋论词的作法,提出"雅、婉、厚、亮"四条原则(《词学论丛》),缪钺论词之有别于诗,不仅在于外形之句调韵律,而尤其在于内质之情味意境,词之特征为"文小、质轻、径狭、境隐",虽豪壮激昂之情,亦须出之以沉绵深挚(《诗词散论》)。

夏承焘(1900—1987 年),字瞿禅,浙江温州人。夏承焘一生专治词学,主要著述有《唐宋词人年谱》《唐宋词论丛》《姜白石词编年笺校》等,有在《瞿髯词》油印本基础上扩编的《夏承焘词集》和《天风阁词集》。

夏承焘少年学诗,旋又学词,晚年亦是以宋词的豪放派为宗法对象。与同时代词家相比,夏氏词的创新意味的特色有二。首先是看似大量连缀组合婉约派词家的常用的词汇、意象,实则体现了豪放派词的雄浑遒劲的气势,但从中带着悲壮的情调,所以具有另一种意境。典型的如《长亭怨慢》:

> 忍阁定,泪珠相觑。绝世芳华,尽情风雨。阅劫楼台,沉沉笳语燕无语。关山心事,算只有,鹃啼苦。辛苦劝春归,可自信,欲归无路。
>
> 归去。任飘江浮海,难过河干淮浦。流红旧水,有波底蛟腾龙怒。是旧识,垂柳垂杨,也能作,漫天风絮。剩一寸乡心,便把鹃魂怎诉?

其次,他敢于以词史上的变调为正鹄,由此创作更具有音乐美的作品。例如《满江红》词调,在《乐章集》《清真集》中并入"仙吕调",宋以来多以柳永格为准,凡 93 字。但姜夔认为《满江红》旧调用仄韵,多不协律,由此改作平韵。夏承焘认定姜夔说的变调的可能性,晚年时期也大量填写平韵的《满江红》,词调因而变得更为深沉凝重,更为有音乐感。如下面这首:

> 百尺龙潭,近清明、夜夜雨风。祠前地、几行瘿柏,桃杏羞红。掣电合翻皮岛浪,题门欲起石斋翁。恨当年、不见此霜髯,台谏中。
>
> 肝待剖,头未童。行万里,鉴孤忠。痛长城自坏,休问辽东。冤愤永怜三字狱,头颅传照九边烽。怕游人、脚底一声雷,惊睡龙。

综合来说,他可谓从理论和实践的结合上对于传统的旧体诗艺有所承继和一定程度的革新。此外,夏承焘的山水词数量庞大,占他个人词作比例约有 1/4,非但描绘祖国山河之壮丽多彩,且融入词人在不同时代之深广情怀,其意境之超妙,成就之杰特,于 20 世纪百年词坛高树丰碑。

沈祖棻(1909—1977 年),女,字子苾,别署紫曼,浙江海盐人,生于苏州。1934 年和 1936 年分别毕业于南京中央大学中文系和金陵大学国学研究班,1937 年适程千帆。曾在金陵大学、武汉大学等高校工作。早年曾写有新诗集《微波辞》,词著有《涉江词》和《涉江诗》,另有论著《唐人七绝诗浅释》《宋词赏析》等。

《涉江词》五卷,所收录的作品,起讫于 1933 年春至 1948 年春,凡 389首。以艺术师承而论,沈氏曾学词于"南社"的汪东。在友人圈子里,沈祖棻也以词名为重。从词作的内容看,较之丁宁不同的是,虽然也以描绘和反映自己的心灵活动为主,但是,词中大量抒发的因饱尝战乱之苦油然而生的种种思乡念远和离愁别恨的情感,却蕴含了比较深广的社会内容。诚如有的学者所指出的,这种内容情感"不是千百年来词人笔下摆弄了无数遍的那种离愁,是在民族抗战中一位女词人梦里的呼号,它们是有千钧的力量的"。换言之,女词人生活在一个大时代里,她无法摆脱时代现实的震撼、感染,以致面对传统的题材,她却以灵秀之笔,写出了完全不同流俗的句子。试看《蝶恋花》:

楼外重云遮碧树。山上鹃啼,山下流人住。别泪蒙蒙知几许,夜来寒雨朝来雾。

漫问荒烟家在否?犹望生还,重别江南路。飞尽杨花春又暮,沉吟忍信归期误。

以这样的情感内容,加上作者对于古典诗词艺术技巧手法的娴熟的把握运用,使得沈祖棻的词作具有类似于李清照的力量。沈祖棻的旧体诗词原先只在友人中流传。至"文革"结束,其作品正式出版之后,才受到知识文化界的广泛好评。由此,人们列举"五四"以来尤其是当代旧体诗创作的成绩,几乎无不列举《涉江词》。1949 年之后,沈祖棻几乎不再写词,专力教学。"文革"中,夫妇分居,饱经患难。"四人帮"覆灭以后,为人题桃花画幅,不料竟成绝笔:

灼灼秾芳雨露稠,十分春色占枝头。赚将阮肇迷仙境,却累刘郎谪远洲。

梅自避,李难俦,菜花依旧遍田畴。残红乱落无人惜,一晌繁华逐水流。

第二节　当代时期的旧体诗词

一、50—70 年代旧体诗词创作情况

50—70 年代被认为是 20 世纪旧体诗词创作的第二个高峰[1]。这一时期的旧体诗坛可谓名家林立,以社会身份而言,也大致可分为四类,即政治人物、新文学家、学者和书画家。

毛泽东在 1949 年后写了不少旧体诗词,其中一些反映了他的晚年心境,带有特殊的历史印痕。在毛泽东的周围,中共领导人朱德、董必武、陈毅、叶剑英、胡乔木、陆定一等也是一支重要力量。其诗词作品主要是颂诗和赞歌,是新中国成立后"新台阁体"诗词的主力军[2]。1979 年中国青年出版社出版《十老诗选》,收录了朱德、董必武、林伯渠、续范亭、李木庵、熊瑾玎、钱来苏、吴玉章、谢觉哉等被视为政坛耆老的诗作。80 年代末辽宁人民出版社出版过《将帅诗词选》及《续集》,其中主要作品写于 50—70 年代。1983 年,人民文学出版社出过一本《中国国民党革命委员会爱国老人诗词选》,收录了李济深、何香凝、程潜、柳亚子、陈铭枢等 50 余人的旧体诗词,别是一种风味。

新文学家写旧体诗词是这一时期的一大景观,当然他们有时候也兼有不同的身份,如郭沫若同时是政治领导人,沈从文是文物专家,叶圣陶是教育家,聂绀弩是古典文学专家等。但是他们都深谙新诗和旧体诗词的内中真味,形式是传统的,但骨子里注入了新的现代的因素,一些佳作,能够如黄遵宪说的"我手写我口,古岂能拘牵",或如梁启超说的:"熔铸新理想以入旧风格""以旧风格含新意境"[3]。他们的旧体诗词与许多固守近体诗词格律的学者诗词一味"仿古"和"贩古"是不同的。他们大多自幼有深厚的旧学功底,又接触西方现代文化,经历一个否定之否定的过程之后,再写

旧诗,实则有着对传统诗学进行创造性转化的努力。在这一时期的旧体诗坛,学者诗词和书画家的诗词也占有很重要的地位,这也是现代时期延伸过来的现象。章士钊、陈寅恪、吴宓、俞平伯、胡先骕等名家仍在写作旧体诗词。

综观 50—70 年代,旧体诗词也是在曲折中向前延伸和发展。1949—1956 年是转折期,1957—1965 年是兴盛期,"文革"期间则是潜伏期,至 1976 年的天安门诗歌运动则是一次总爆发。

1949 年,因着政权的更迭,曾在抗战时期非常兴盛的旧体诗词,其合法性遭到质疑。11 月 25 日,《文艺报》第 1 卷第 5 期以《关于学习旧文学的话》为题,发表读者来信,讨论是否可以学习中国旧文学,尤其是旧体诗词方面的问题。1950 年,《文艺报》又专门刊登了郭沫若的一封谈写旧体诗词的信,公开答复人们的质疑:"为什么在'五四'前后顶大胆写新诗的人又转到写旧诗来?"这说明在新中国成立初年,旧体诗词的生存继"五四"新文化运动后又遇到了严峻的挑战。在第一次文代会上,郭沫若、茅盾和周扬的报告都肯定了"五四"新文学传统的正统地位,旧体诗词与武侠言情小说等,自然会受到质疑。丁玲曾在 1950 年的《文艺报》上撰文谈知识分子的"旧兴趣"和读者的"旧的文学阅读趣味",希望他们能够转变文学趣味,关系工农兵文艺的成长,"跨到新时代来"[1]。在此期间的历次有关诗歌形式问题的讨论中,虽然论题是为新诗,但总会牵涉旧体诗词上来。1950 年初《文艺报》刊登萧三、田间、冯至、马凡陀、林庚等人的新诗笔谈文章,有人表达对新诗不满意,认为"自由诗自由到完全不像诗了",主张效仿古典诗的形式,多写五言和七言的新诗,但还不敢为旧体诗词的合法性辩护,至多是谈及建立新格律诗的问题。1953 年底和 1954 年初,中国作协创作委员会诗歌组继续就新诗形式问题讨论,仍然有着格律诗和自由诗的争论。1956 年,《光明日报》等报刊又展开讨论,朱光潜发表过《新诗从旧诗能学习得些什么?》,沙鸥发表《新诗不容抹杀——读朱光潜文有感》表示反对,郭沫若的《郭沫若谈诗歌问题》中则表达了折中的意见,喊出了"好的旧诗万岁,好的新诗也万岁"的口号。但总的来说,这时期的新文学家,写作和发表旧体诗的数量都不多。而一些专家学者和旧派文人,则不受折中合法性危机的影响,一如既往地吟咏性情,并没有刻意减少写作数量。

---

[1] 丁玲:《跨到新时代来——谈知识分子的旧兴趣与工农兵文艺》,《文艺报》1950 年第 2 卷第 11 期。

1957年1月25日,《诗刊》创刊号发表了毛泽东致《诗刊》主编臧克家和编辑部的一封信,并同期发表了毛泽东诗词十八首,以此为开端,旧体诗词开始获得社会的承认,政治人物、新文学家开始大写旧体诗词,并可以公开发表。毛泽东在信中说:"这些东西,我历来不愿意正式发表,因为是旧体,怕谬种流传,贻误青年;再则诗味不多,没有什么特色"。又说:"《诗刊》出版,很好,祝它成长发展。诗当然以新诗为主体,旧诗可以写一些,但不宜在青年中提倡,因为这种题材束缚思想,又不易学。"虽然毛泽东在信中仍然肯定新诗,但他能将自己的旧体诗词大规模公开发表,无疑还是承认了它的生存权利,在社会上引起了强烈的反响,尤其影响了知识分子的态度。郭沫若、臧克家与毛泽东的诗词因缘更是为文坛瞩目。以前只是私下写作的文人墨客如今也敢于公开发表了。

此外,毛泽东在1957年后多次批评新诗,无形中也提高了旧体诗词的地位。1958年,毛泽东曾说:"我看中国诗的出路恐怕是两条:第一条是民歌,第二条是古典,这两面都要提倡学习。"[1]1965年,毛泽东在给陈毅的信中干脆说:"用白话写诗,几十年来,迄无成功。"[2]毛泽东对新诗的批评在今天看来可以商榷,但在当年却产生了毋庸置疑的重大影响。毛泽东并非否定新诗,但他对新诗的现状不满意。对旧体诗词,毛泽东也并非一味肯定,他希望旧体诗词也能在改革中发展。他的诗学观念对五六十年代之交当代旧体诗词的繁荣起到了很大的推动作用。报刊上开始竞相发表旧体诗词,《人民日报》《光明日报》《文艺报》《人民文学》以及其他中央和省市报刊上都有登载,成为一种引人注目的文学景观。其中《光明日报》创办的《东风》副刊,更是有冯友兰、田汉、叶圣陶、叶剑英、陈毅等在上面发表诗作。

1966年"文革"爆发后,当代旧体诗词进入了潜伏期。1966年7月后,全国除了《解放军文艺》外,所有的文学期刊都被勒令停刊。在公开的刊物上,仅能在《人民日报》《解放军报》《红旗》和《光明日报》上,偶尔看到毛泽东、郭沫若、冯友兰、赵朴初等少数人的旧体诗词作品。此外的旧体诗词创作,差不多都转入了"地下",成为秘密的私人行为,这方面的资料还有待进一步的发掘搜集。一些受到政治排斥或打压的文学家、专家、学者甚或政治人物,还会吟咏一些作品。还有些避居一隅的"文化逸民",如施蛰存、陈声聪、高仁偶、陈琴趣等,曾在沪上组织过"茂南小沙龙",交流旧体诗词。此外,许多青年人

［1］ 毛泽东:《建国以来毛泽东文稿》第7册,中央文献出版社1993年版,第124页。
［2］ 毛泽东:《毛泽东书信选集》,人民出版社1984年版,第608页。

在这个特殊时期也喜欢旧体诗词,郝海彦曾主编过《中国知青诗抄》,其中就收录了一部分知青的旧体诗词作品,不过有理由相信,那还只是冰山一角而已。

1976年4月5日爆发的天安门诗歌运动,是"文革"中旧体诗词从"潜流"走向"激流"的重要标志。天安门诗歌运动中,旧体诗词显得比新诗更为突出,影响更大,如"欲悲闻鬼叫,我哭豺狼笑。洒泪祭雄杰,扬眉剑出鞘"这样的名作广为流传。《天安门诗抄》的前言中说:"'愤怒出诗人'。愤怒的人民以诗词为武器,向'四人帮'呼啸着发起冲锋,无情地揭露了这些政治流氓、江湖骗子的丑恶嘴脸,同时沉痛悼念和尽情歌颂忠于祖国、热爱人民的周总理以及老一辈无产阶级革命家。"[1]这场诗歌运动继承和发扬了中国古典诗歌积极反映时政的现实主义精神,表现出了强烈的正义和良知之心,是20世纪旧体诗词史上的一页华章。

这一时期重要的旧体诗词作家仍需要稍作介绍。人民出版社1986年出版的《毛泽东诗词》,共收作品57首,是比较完备和权威的本子。对于毛泽东诗词,几十年来,各种内部或公开发表的注释讲解性的小册子不计其数,还有许多研究性的论文或专著,可谓"前人之述备矣"。毛泽东的诗词写作可分为1949年之前和之后两个阶段,数量虽大致相当,但前期多为词作,后期则多诗作。1949年以后的作品,含有丰富深刻的社会政治内容,也在某种程度上流露(反映)了他的一些比较具体的政治思想观点,有些又与当时国内外的政治形势以及党内斗争的情况有所联系。从现在的眼光看,这些作品的政治历史的史料文献价值是无可置疑的。毛泽东有深厚的古典文学修养,也有独特的审美倾向。他虽然喜欢读唐人作品和豪放派的词作,但却没有明确的师承对象。某种程度上,倒是可以从他的诗词的白话程度很高,看到他所受的"五四"文学革命初期一些白话诗、"白话词"的影响。毛泽东的诗词作品大都能遵从旧体诗的基本格律,1949年以来,在公开发表旧体诗之前,他除了自己对作品的若干字句进行润色修改,还请有关专家学者如郭沫若等人提意见并作润饰,从中可以看出他的重视程度。他以特殊的政治地位身份和相应的情感,借助于旧体诗的形式,艺术化地再现了波澜壮阔的中国革命的某些典型场景,同时也传达出个人独特的社会政治经验和人生体验。由此,以内容题材和思想情感的特殊性,在"五四"以来的旧体诗创作中自成一家,独树一帜,深刻影响了其后的某些诗词家。

---

[1] 童怀周编:《天安门诗抄》,人民文学出版社1978年版,第2页。

1949 年之后，老舍忙于话剧创作，几乎放弃了旧体诗的写作，直到在 1958 年"大跃进"的新民歌运动中，老舍才重新拿起了诗笔。不过，此时的老舍诗作，已不复以前的忧患意味，而成了安乐之诗。他在 1946 年写的一首七律《白云寺》值得一读：

> 万里愁思草不芳，青山碧血两茫茫。
>
> 离家已感游僧似，报国何容野鹤翔？
>
> 年月有碑仍帝宋，诗歌愤世岂师唐？
>
> 松花欲坠白云杳，一点佛心判贼王。

这首诗中，老舍在尊南宋与师盛唐之间，选择了更倾向于说难书愤、报国杀敌的尊南宋。而 1949 年之后却有所变化。早期的忧伤沉郁消失了，代之以革命英雄的豪情。如《歌舞演员水晶花》与《那达慕大会》：

> 陈旗少女水晶花，妙舞轻歌四座夸。
>
> 碧野飞驰枣色马，扬鞭未落到娘家。

> 少女如花马上飞，山光林影一鞭挥！
>
> 锦标夺得欢呼里，含笑安然理翠衣。

这两首绝句都是写内蒙少女的飒爽英姿，前者以夸张取胜，后者以白描见功力，既豪放又含蓄。这种豪放而不粗疏的诗风颇近盛唐人境界。不过随着政治形势的变迁，老舍曾说的"我无党无派，但我有一派，就是'歌德派'，歌共产党之德的派"[1]的色彩越来越明显。1958 年，老舍在"大跃进"中重新开始写诗，第一组诗《元旦试笔》就是歌颂"昂头迎晓日，风物美无边"。1965 年，老舍在含冤死去的前夕，依然在《诗二首》中真诚地实践着自己当"歌德派"的诺言。这两首诗，再鲜明不过地体现了老舍旧体诗意蕴的变化：

> 我昔生忧患，愁长记忆新：童年习冻饿，壮岁饱酸辛。
>
> 滚滚横流水，茫茫末世人。倘无共产党，荒野鬼为邻。

---

[1] 老舍：《老舍文集》第 15 卷，人民文学出版社 1990 年版，第 135 页。

晚年逢盛世，日夕百无忧；儿女竞劳动，工农共戚休。

诗吟新事物，笔扫旧风流。莫笑行扶杖，昂昂争上游。

　　沈从文也是从青少年时期就写旧体诗，一生存留下来的作品有 70 多首。1961 年，沈从文开始重新大量写旧诗，这时他已是一个饱经沧桑、年近六旬的老人。1949 年后他的新文学创作受挫，一度精神失常，甚至到了自戕的地步。不久，失去北大教席的沈从文调入了中国历史博物馆，从此终日与古董文物为伍。他将被压抑的情思，放到旧体诗词的写作当中，是很好理解的。1961 年，他到庐山游玩了一趟，写下一首五古《庐山"花径"白居易作诗处》，诗中有"时遇共寂寞，生涯同苦辛。两贤不并世，各保千秋名"之句，借诗中的三个诗人身影，尤其是白居易的遭贬谪流放和陶渊明的弃官隐居，实则是寄寓自己在 1949 年之后的命运感，同时在称誉"两贤不并世，各保千秋名"的时候，也隐含了对自己的文学成就堪与前贤比肩的自信。与怀古诗的间接咏怀不同，沈从文还写过直接的咏怀之作，《七二年冬过北海后门感事》就是这样一首颇有魏晋风度的作品：

依依宫墙柳，默默识废兴，不语明得失，摇落感秋深。

日月转双丸，倏忽万千巡，盈亏寻常事，惊飏徒自惊。

　　在湖北咸宁"五七干校"双溪农场劳动期间，是沈从文另一个大量写古体诗的时期。在《喜新晴》中，尽管诗人在修改中，于末尾添上"独轮车虽小，不倒永向前"的强作豪语，但并没有去除诗中的萧瑟和寂寞感，反而使得诗中的人生艰辛和孤独无力感增强了。

　　沈从文因为个人处境的关系，在诗作中固然难免流露一些退隐疲倦的情思，但他醉心的"物质文化史"研究，也还是会给他的诗作增添一些独特质地。他创造性地把诗与学术结合，写出一系列"文化史诗抄"，如《文字书法发展——社会影响和工艺、艺术相互关系试探》《西周及东周——上层文化的形成》《书少虞剑》等。这些诗作有的从题目上根本看不出是诗，而完全是一些标准的文化史的学术论题，但沈从文却写出了一首首规模宏大、体制壮观的旧体诗。此外，沈从文的一些诗作中还体现出强烈的批判精神，包括历史文化批判和知识分子批判两面，颇有陶渊明的另一面——"刑天舞干戚，猛志固常在"的气概。

二、新时期以来的旧体诗词创作情况

"四人帮"垮台以后,作家兼诗人姚雪垠写了不少政治抒情诗,其中有些直接批判和讽刺"四人帮"的,如讽刺江青"本应好莱坞里见,偏生梦入帝王图",但这些诗歌稍显一览无余,诗味不足,在当时众多的政治诗中显示不出个性。倒是1977年的一组七律《咏怀杂诗》,却显得比较成功。它不仅保持了姚雪垠旧体诗一贯的用典深切和格律精工的艺术特点,而且贯穿了深刻的历史反思意识。该组诗视野宏阔,反思了从反右到"文革"的20年来的历史事件,堪称一部具体而微的当代历史反思性史诗,可以说超越了当时的"伤痕文学"的浪潮。这组诗虽有史诗的品格,但其间也凝结了姚雪垠个人的人生遭际和生命体验,有痛切心髓的感觉,而这恰好是黏合剂,把个人命运的反思与民族历史的反思结合了起来,超越了纯粹公共政治话语的范畴。如其中的第二首:

> 日自东升地自转,人才踏尽有谁怜。
> 上纲远过张汤术,畏祸如居洪武年。
> 盛世躬逢文字狱,孤魂自绝艳阳天。
> 平生謇愕成顽癖,痛苦多言堕九渊。

姚雪垠生性耿介,好辩诘,他也因此付出了沉痛的政治代价。这首诗可以说恰如其分地写出了个人和时代的遭际。

在"文革"结束后的最初几年里,旧体诗的创作是很活跃的。这一时期的普遍现象是大范围的平反冤假错案,随之而来的是为很多冤魂举行悼念或追怀仪式,所以这一时期,用旧体形式所写的"悼亡"诗词非常之多。其中当然有一些情真意切、文情并茂之作,但大多数是礼仪应酬的平庸之作,甚至有些谬托知己、表白自己的作品。然而,这毕竟促进了社会对旧体诗词的热情。更后来,各种庆典活动日渐频繁,旧体诗词也是少不了的伴客。为了适应政治宣传(如"拨乱反正""统战政策""民族文化"等)的需要,本时期的出版界也大量整理出版了一些老革命家、社会各界知名人士和上层统战对象、文化界名人的旧体诗词集,如潘光旦的《铁螺山房诗草》、僧人明旸法师的《明旸诗选》、张大千的《张大千诗文集系年》等。

新时期,依法申请建立各种文学社团并开展相应活动,得到了支持。自80年代以来,各种诗社(词社)纷纷组建,不仅省市区一级有,地区、县一级也有,甚至很多基层单位都有,总数犹如过江之鲫。据中华诗词学会在1994年的统计,它的团体会员就已经有120个。诗社建立之后,就有相应的活动,或雅集,或比赛,或开研讨会,等等。最具广泛影响的,却还是编辑出版旧体诗专门报刊,或公开或内部,或定期或不定期。相对来说,比较有影响力的旧体诗刊物有:《中华诗词》,中华诗词学会主办;《江南诗词》,江苏文联和江苏诗词学会联合主办;《上海诗词》,上海古籍出版社主办;《当代诗词》,花城出版社和广州诗社联合主办;《诗词集刊》,广州师范学院主办。此外还有《诗词报》《岭南诗词》(广州),《黄河诗词》(河南)等。

在这一时期,尽管旧体诗的发展呈现新势头,但从公开发表的旧体诗作品来看,整体上却是相当芜杂的,比之以往的几个时期,也可以说是显出更明显的平庸化。这一点,连一些此中作者也是承认的。在1987年"全国第一次当代诗词研讨会"上,有代表认为:"当代诗词的致命弱点,在于时代性不强。历史因袭的沉重负担,是笼罩在诗词作家头顶上的乌云","而时代性不强,不仅表现在题材上,手法上,尤其表现在思想感情的深度上","这种形式毕竟和千变万化的现代社会不能彻底适应,包括情感,审美要求,结构,语言等方面,而且相去会越来越远"。而仔细分析起来,他则认为,平庸的具体表现有"立意不高""题材狭窄",应景酬答的多,感时伤事的少,形式单调,艺术手法贫乏,语言粗糙等等[1]。

这个时期的优秀之作(至少是颇为不俗)当然也有,它们大致有三种题材类型:一是类似于古典诗词中的讽喻诗,其中对社会不良现象的揭露有一定的艺术力量;二是类似于古典诗词中的"杂事诗"或曰民间"竹枝词"之类,对于社会现实风情民俗的新气象方面的描绘也有一定的艺术情趣;三是类似于古典诗词中的"咏史"性作品,由于所咏对象结合了对于距现实最近的历史的反思,所以也有比较深沉的艺术感染力。这个时期也出现了一些比较好的旧体诗选本,例如叶元章等编的《中国当代诗词选》(江苏文艺出版社1986年版),毛谷风编的《当代八百家诗词选》(浙江大学出版社1990年版)等。

词的情况也很相近。看起来几代词人济济一堂,老词人有徐行恭、陈兼与、沈轶刘、钟敬文、缪钺、吕贞白、钱仲联、启功等人,四五十年代出生的中青年词人有陈永正、曹长河、侯慧萍、蔡淑萍、刘斯奋等,六七十年代出生的新秀如周燕婷、钱之江、苏俊、程滨等,人才梯队似乎很喜人。但是,八九十年代,词的发展还是复杂的。从创作方面来说,像清末民初那样专力填词者已不多见,更多是诗词兼作。词作者看起来也有成千上万,报刊上发表的作品汗牛充栋,远超前

---

[1] 丁国成:《当代诗词这朵花》,《诗刊》1987年第7期。

代。但人数最多的,却还是离退休老同志,他们在组织活动、筹资办刊方面,有得天独厚的优势,为诗词复兴有所贡献。但从词作质量看,却是平庸之作多而精品少。词的题材内容多为应时应景,形式则时有格律错谬,语言粗劣,丧失了词特有的艺术魅力。社会风气普遍急功近利,诗词界侈谈改革创新,却很少有人甘于寂寞,在继承传统、探求词艺方面下艰苦的功夫。后起的词人不愿加深学养,多不从事理论探讨,治词学的新一代专家又不填词,也不关心当下的词作,只注目于古代,创作与研究两下断裂,互相隔膜,造成词界的元气受伤。较好的还是有功底的词人词作,例如施蛰存的《鹧鸪天·赋赠叶嘉莹女史》:

> 风雨神州万籁哀,阳春雅奏落蒿莱。岂期浩劫惊心过,便有清商洗耳来。
>
> 怀故国,感天涯,白头喜见易安才。黄花俊句窥余绪,玉尺评量具鉴裁。

叶嘉莹集学者、词人于一身,其直抒报国丹忱之《鹊踏枝》颇可一读:

> 爱向高楼凝望眼,海阔天遥,一片沧波远。仿佛神山如可见,孤帆便拟追寻遍。
>
> 明月多情来枕畔,九畹滋兰,难忘芳菲愿。消息故园春意晚,花期日日心头算。

香港为民国以来词人荟萃之地。1949年以后,在香港的词人结社集会,创作唱和,逐渐成为继上海、南京、北京、天津之后的又一词业重镇。诸如黎国廉、廖恩焘、刘景堂、郑水心、赵尊岳、饶宗颐、罗忼烈等皆为著名词家。其中饶宗颐先生曾协助叶恭绰编《全清词钞》,与赵尊岳共编《全明词》,功绩甚伟;并著有《词乐丛刊》《人间词话平议》《词集考》等书,于目录版本与乐律之学,研究深湛。1949年以后长居海外的华人中,工词者有李祁、周策纵、叶嘉莹、张充和等人,李祁学识渊博,以英文译《近代中国词选》;叶嘉莹先生论词专著有多种,并与缪钺教授合作撰写《灵豀词说》《词学古今谈》,晚年在大陆南北各大学讲词并培养研究生,贡献十分突出。

时至当下,古典诗词创作仍代不乏人,新起者如徐晋如等,也值得研究。互联网上也有一些古典诗词网站,不过渐渐成为同道中人的内部交流天地,其历史价值,还有待时间检验。

作品选读

和斠玄兄赠诗原韵

陈独秀

暮色薄大地,憔悴苦斯民。

豺狼骋郊邑,兼之惩尘频。

悠悠道途上,白发污红尘。

沧溟何辽阔,龙性岂易驯。

（选自中山大学中文系编：《现代十家旧体诗精萃》,花城出版社 2011 年版）

导读：

此诗作于 1937 年 8 月 23 日。斠玄,即陈中凡(陈钟凡),江苏建湖人。陈独秀出狱后,寓居于其弟子陈中凡家中达半月之久。陈中凡有诗赠他："荒荒人海里,眊目几天民？侠骨霜筠健,豪情风雨频。人方厌狂士,世岂识清尘？且凭鸾凤逝,高翔不可驯。"陈独秀诗即是依陈中凡此诗原韵而作。

诗人出狱后,在诗中没有抱怨个人受到的种种磨难,而是悲悯中原大地上艰辛度日的百姓。既有对现实的关切,又有对人生的感慨。人生路途,漫漫修远,有太多的悲欢离合,足以使人憔悴白头。末两句,笔调荡开,转合有度。诗人以龙性倔强难驯自喻,不因物喜,不为己忧,不因时局和磨难而改变自己的追求。

自题小像

鲁 迅

灵台无计逃神矢,风雨如磐暗故园。

寄意寒星荃不察,我以我血荐轩辕。

（选自《鲁迅全集》第 7 卷,人民文学出版社 2005 年版）

导读：

受到革命思潮的强烈影响，1903年春，鲁迅毅然剪去辫子，并照相留念。清朝明文规定"留头不留发，留发不留头"。鲁迅此举志在表明与清政府彻底决裂，打算为革命而献身。此诗便是写于断发后不久，题于送给好友许寿裳的一张相片上面。此诗原无题，许寿裳为它取名"自题小像"。

第三句"寄意寒星荃不察"寓意是，他对革命一片素心，本意旨在启蒙国民，救亡中国，但是国民民智未开，无法明白。另一说是，他的心意乃在于为中国谋虑未来的出路，但是他母亲并不理解他的抱负和追求。两说皆通。鲁迅后来还是依从他母亲的意思，娶了朱安。他曾向许寿裳等人表示，自己的屈从是因为母亲孤苦无依，需要有人留在家中照顾，鲁迅自己则可以毫无牵挂地全力投入革命活动之中。末句是表明心志。写此诗时鲁迅才二十一岁，心中有何等远大的抱负，愿意为国家和民族的未来，不惜献出自己的生命和热血。

钓台题壁

郁达夫

不是尊前爱惜身，伴狂难免假成真。
曾因酒醉鞭名马，生怕情多累美人。
劫数东南天作孽，鸡鸣风雨海扬尘。
悲歌痛哭终何补，义士纷纷说帝秦。

（选自中山大学中文系编：《现代十家旧体诗精萃》，花城出版社2011年版）

导读：

此诗首句逆笔而起，破空而来，第二句至第四句是叙说，旨在说明戒酒的原因，乃在于诗人恃才纵情，因而失去珍贵的东西，辜负美人的厚望。"伴狂"是借用阮籍装酒疯的典故，反过来说明自己本性纯良，害怕假戏成真。颈联另起一笔，转写现实中时局动荡。中国多年来军阀混战，国内外局势都很不稳定。第五句是写大劫将至，喻指家国将有大难。第六句则指历经大难后，有沧桑之悟。可惜在风雨如晦的中国，再多的悲歌痛哭也无补于事，皆因当权者卖国已投诚于外邦。

又是一诗成谶！郁氏写此诗时，并没有发生诗中所述之事，但后来却一一应验。颔联可以是郁氏与王映霞离婚一事的最好注脚。颈联可指抗日战争期间，中华民族屡历大劫。末联又可借以斥骂三四十年代的一些卖国者。

阅报戏作二绝(其一)

陈寅恪

弦箭文章苦未休,权门奔走喘吴牛。

自由共道文人笔,最是文人不自由。

(选自《陈寅恪诗集》,清华大学出版社1993年版)

导读:

此诗作于1930年秋,原题为两绝句,此处选其中一首。此诗原是陈寅恪早年的一时哀叹,也是后来竟然成为他一生不幸遭遇的谶语。陈氏早年在《王观堂先生纪念碑铭》中,曾提出学者应该要有"独立之精神,自由之思想"。这也是他一生的信念。

诗人认为学问(文章)关乎天意、真理,因而比政治和现世更具永恒的价值,所以如同箭在弦上、不得不发一样,必须将文章写出来。次句写坚持这种信念的艰辛。最后两句貌似牢骚,实属无奈。

挽雪峰(其一)

聂绀弩

狂热浩歌中中寒,复于天上见深渊。

文章信口雌黄易,思想锥心坦白难。

一夕尊前娄尾酒,千年局外烂柯山。

从今不买简简菜,免忆朝歌老比干。

(选自《聂绀弩旧体诗全编》,武汉出版社2005年版)

导读:

冯雪峰和聂绀弩是至交,两人的杂文文风相近,都是模仿鲁迅晚年的杂文。聂诗经常化用鲁迅的诗文入诗,此诗前两句即是一例。虽然是化用,但还是很贴切地反映了当时的社会氛围。颔联切合时事,高度概括了当时知识分子的遭遇。末联借比干的典故,一方面表明冯雪峰的无辜,另一方面怨刺政治。聂氏个人的经历与冯雪峰非常相似,物伤其类,其言也哀。其中所牵涉到的历史,足令后来读者掩卷深思。

第十一章　少数民族文学

第一节　现代时期中国少数民族文学

作为一个统一的多民族社会主义国家,50 多个少数民族世世代代生活在占我国幅员 60%左右的土地上,其中有 20 多个民族创造了属于自己民族的文字,少数民族文学与文化是中华民族文化中辉煌灿烂、不可分割的部分。中国少数民族文学是相对汉族文学而言的,其间包括民间口头文学和作家书面文学两部分。"少数民族文学"这一概念的出现实际上相当地晚近,可以说是一个当代出现的概念。茅盾在 1949 年 10 月为新创的《人民文学》写的发刊词里,提出要"开展国内各少数民族的文学运动,使新民主主义的内容与少数民族的文学形式相结合",以此倡导少数民族的文学运动。老舍在他一份著名的关于少数民族文学的报告中说:"我国各少数民族文学是祖国文学不可分割的一部分。但是,过去在反动统治阶级的压迫下,少数民族文学是没有地位的。解放以后,这情况才发生了根本变化。"正如有研究者指出:这样的划分其实隐含了一个重要的命题,那就是少数民族文学在当代发生了重要的转变,其转变的实质和结果是产生了我们称之为中国当代少数民族文学的话语体系及知识谱系[1]。虽然说"少数民族文学"是一个当代概念,可是其所指涉的对象很早就存在了,并处于不断的发展变化中。这一概念所指涉的对象一般被认为包括两大板块:其一包括当代作家的书面作品,其二指古代少数民族书面或口头的创作。这种把少数民族文学切割成两个部分的划分,应该是中国大多数关于少数民族文学史的论著常用的做法[2]。一个重要的

---

[1][2]　参见陈祖君:《论中国少数民族文学的现代转型》,《宁夏社会科学》2009 年第 6 期。

文学及文化现实是,在现代文学史上,少数民族作家并没有形成有组织的统一队伍,虽然各民族基本上都曾诞生过一批数量可观的、富于才华的作家,其中就有大名鼎鼎的满族作家老舍及来自湘西凤凰的"小苗子"沈从文。此外还有满族的舒群、端木蕻良、马加、李辉英、金剑啸,蒙古族作家萧乾、纳赛音朝克图、仁钦豪尔乐,回族作家沙蕾、木斧、马瑞麟、穆青,维吾尔族作家阿·维吾尔、黎·穆塔里尖尼米希依提、铁依甫江·艾里耶夫,哈萨克族的唐加力克·卓力得拜,乌孜别克族的阿不都秀库尔·亚勒昆,壮族作家陆地、华山、韦杰三、白族作家马子华、杨明、张子斋,纳西族作家李寒谷,彝族作家李乔、李纳,侗族作家苗延秀等,他们的创作活动和作品在全国或本民族中曾产生过广泛的影响。

现代中国少数民族文学经历了"五四"文学、左翼文学、国统区文学或解放区文学等各个阶段,逐渐完成其自身的现代转型,并在新中国成立后汇入中国当代文学发展的潮流。中国现代文学在它 30 多年的发展历程中不乏优秀的少数民族作家,如老舍、沈从文、端木蕻良等,但是他们的少数民族身份在当时并没有得到彰显,亦没有组成属于少数民族文学的独立自足的知识谱系,亦没有作为一个独立的分支构成中国现代文学整体中的组成部分。那些著名的少数民族作家,如老舍、沈从文,通常是作为现代文学(主流汉族文学)的大师而受到尊崇,从而在中国现代文学发展中占有重要地位。满族的老舍因为高超的语言艺术及对市民文化的深刻批判而成为文学大师,同是满族的端木蕻良则因"表现封建的生活方式的能力"而在新文学的历史上占有一席之地,苗族的沈从文因其"乡下人"的审美理想及供奉在希腊神庙中的"人性"而备受推崇,蒙古族的萧乾则因善于描摹"皇城根下"的平民生活而为人所称道。这些现代文学史上的大师们都不仅仅是因为其少数民族身份而受到关注,相反在他们成名的时代很少有人会故意彰显他们的少数民族身份。所以现代文学史上的这些拥有少数民族身份的作家,不管是否进入中国现代文学史的叙述,都没有产生作为一个共同体的认同感与自觉的民族意识。他们之所以进入少数民族文学史,成为少数民族作家队伍中的成员,成为民族文化及文学的代表人物,源自于事后有意识的叙述与建构[1]。

少数民族文学的现代转型主要体现在与主流文学精神的高度契合这一点中,这也使现代文学史上的少数民族文学具备了如下特点:即中国现代少数民族文学从一开始就接受"普罗"文学运动的影响,自觉发挥进步文学的战

---

[1] 参见陈祖君:《论中国少数民族文学的现代转型》,《宁夏社会科学》2009 年第 6 期。

斗传统,加入彼时中国人民的反帝反封建、争自由争民主的斗争。此时文学的政治介入意识很强,且作家的热情与真诚不容置疑,因为现代少数民族作家的大多数,都亲自参加了反帝反封建的诸多战争。其中如壮族的韦杰三,维吾尔族的阿·维吾尔、黎·穆塔里甫,满族的金剑啸、关沫南、马加,维吾尔族的铁依甫江·艾里耶夫、尼米希依提、艾里喀木,回族的穆青,壮族的陆地、华山,彝族的李纳等,他们的身份不仅仅是作者与文学家,更是拥有八路军、解放军指战员或是地下工作者的特殊身份,不仅仅用文字更是用生命参与中华民族的现代转型与民族独立之战。抗日战争和解放战争是对于中华各民族的总动员,文化动员则是其中必不可少的环节。在此期间,少数民族的小说创作迅速成熟,出现了一批优秀的小说作家,如维吾尔族祖农·哈迪尔、赛福鼎,朝鲜族的金昌杰、李汉龙,壮族的陆地、华山,回族的穆青,侗族的苗延秀等。一个值得注意的现象是,现代少数民族文学中即使是那些以描写边远民族地区自然风光和特定历史背景下少数民族人民的生活为主题的作品,也自觉贯穿着为那些"被侮辱与损害"的弱者发声的政治意图。如沈从文的小说勾勒了湘西苗族、土家族的风情及风俗画,但仍然不乏以牧歌式的情调反映当地少数民族日常生活的篇章,其对少数民族底层人民苦难的人生遭际的书写仍然透露出时代的氛围与气息。老舍的"京味"小说向来为人所称道,但其最擅长的是对老北平底层人民生活境遇的书写,尤其是那些拉黄包车的、妓女等被压在社会最底层的可怜人。老舍的中篇小说《月牙儿》就以鲜明的人物形象和巨大的艺术魅力,深刻地揭示了卖淫现象的社会根源。小说通过母女两人相继沦为暗娼的悲惨经历清楚地揭示了在那"损不足以奉有余"的黑暗社会,贫穷和饥饿怎样"逼良为娼"地一次次将两个孤苦无依的女子逼入非人的绝境,除了出卖自己可怜的身体与色相,她们别无选择。除了老舍与沈从文,现代少数民族文学尤其是小说创作中其实不乏以城市下层各民族劳动人民和贫穷知识分子作为书写对象的作品。蒙古族作家萧乾,满族作家关沫南,回族作家木斧等,都曾塑造了许多悲苦无望的、生活在小城镇中的灰色小人物形象,细腻地刻画了下层劳动者的窘迫生活及所遭受的各种不公与剥夺。如关沫南的小说集《蹉跎》,以相当的篇幅反映了下层知识分子的生活命运,其中在《在夜店中》作者把知识分子的悲剧放在黑暗动荡的大背景下进行描摹刻画,具有较强的现实意义,通过人物的生活和精神面貌的变化侧面地曲折地揭示了社会的黑暗与腐朽[1]。

---

[1] 参见吴重阳:《现代少数民族文学简论》,《海南师院学报》1992 年第 2 期。

第二节　当代时期中国少数民族文学

中华人民共和国成立后的 50 多年是少数民族文学研究的发展期。1949 年以前，用汉语写作的作家个体的民族身份其实并不十分明确。老舍作为满族作家、沈从文作为苗族作家，其民族身份在当时并不广为人知。在作家主体方面，老舍个人还有比较明确的满族旗人意识，沈从文的苗族意识就不那么明确。而在读者接受方面，则很少有人将老舍作为满族作家、沈从文作为苗族作家对待。在汉语文学体系中，基本上不存在一个少数民族文学支系。1949 年中华人民共和国成立后，新中国效仿苏联在全国各地组织了"民族识别"工作。"民族识别"的结果不仅是为国家识别出了 56 个民族，更重要的是，从此以后，每个中国人都有了一个"民族身份"。具体到中国作家，由于他的身份有了明确的民族归属，他的作家身份也就有相应的民族归属。这个既成事实成为今日研究中国当代少数民族文学的逻辑起点。因为，中国当代少数民族文学的一个重要研究对象是中国当代少数民族作家文学，那么，少数民族作家身份的确认，是少数民族作家文学研究的基本前提。因此，可以说作家少数民族身份的"识别"，开创了中国少数民族文学的新时代[1]。

1979 年 6 月，在北京成立了中国少数民族文学学会，为国家一级学会。随后又相继成立了中国少数民族作家学会、中国少数民族比较文学研究会和中国当代少数民族文学学会等群众性学术团体，部分省区还建立了相应的分支机构。少数民族文学的研究逐渐形成了有组织、有领导的群体优势。20 世纪 50 年代，政府在财政紧张的情况下，还拨出专款组织大规模的少数民族民间文学搜集工作。在各方面政策的有力支持下，少数民族作家的书面文学起步相对较晚，但新中国建立后以不可阻挡之势迅猛发展，涌现出了一批批优秀的少数民族作家，创作出一大批优秀的文学作品。如 20 世纪五六十年代与新中国一起成长的蒙古族作家玛拉沁夫，"文革"后成长起来的回族作家张承志，鄂温克族作家乌热尔图，藏族作家扎西达娃、阿来，彝族诗人吉狄马加，白族的景宜，土家族作家叶梅、张建忠等。这些少数民族作家中的大多数都对本民族文化传统保持着深刻的认同感，其中一些甚至远离浮躁喧嚣的日常

---

[1]　参见李咏梅、黄伟林：《当代少数民族文学叙事模式的流变及原因》，《民族文学研究》2012 年第 2 期。

生活,选择一种完全不一样的生活方式,如鄂温克族的乌热尔图及回族的张承志等。他们深入民族文化传统的深层,默默地关注本民族的历史文化、生存现状以及心灵世界,背负着保护和传承本民族文化的使命。边地的生活不仅没有封闭他们的眼界、禁锢他们的思想,反而给了他们眺望整个世界的视野、胆量与信心,使他们成为当之无愧的民族文化的优秀代言人。

我国当代文学中的少数民族文学经历了两个繁荣时期,涌现了大批优秀的作家作品:50年代产生了第一批少数民族作家,如蒙古族的玛拉沁夫的《茫茫的草原》,扎拉嘎胡的《红路》《草原的早晨》,壮族陆地的《美丽的南方》《瀑布》,彝族李乔的《欢笑的金沙江》,回族胡奇的《五彩路》等。在"文革"期间,少数民族文学的发展同样受到了抑制,许多新中国成立前就已成名的少数民族作家受到不同程度的迫害。十一届三中全会之后,少数民族文学与汉族文学一道迈上了全速发展的道路。"文革"结束后,又涌现出一批中青年少数民族作家,如藏族的益西旦增(《幸存的人》),降边嘉措(《格桑梅朵》),女作家益西卓玛(《清晨》)等。据统计,党的十二大以前,中国作家协会会员中有少数民族作家150多人,加上各地作协分会中的少数民族会员,少数民族作家约有近千人。十一届三中全会之后,文艺界为促进少数民族文学的发展与繁荣做了很多卓有成效的工作,如召开全国少数民族文学创作会议,创办全国性的少数民族文学月刊《民族文学》,中国作协文学讲习班开始创办少数民族作者班,举行全国少数民族文学创作评奖活动等。蒙古族文学在长篇小说上有很大收获。玛拉沁夫作为党和新中国培养的第一批蒙古族作家,50年代初就创作了《科尔沁草原的人们》,随后又出版了长篇小说《茫茫的草原》上部,"文革"结束后,第二部也在内蒙古大型文艺丛刊上发表了。

新中国成立后的少数民族文学取得的成就,与当时的社会环境、文化生态是分不开的。可以说初生的新中国为少数民族作家的成长和队伍的壮大创造了良好的环境,而那些善于利用外部环境与内部民族传统文化资源的、有着高度责任感与创作热情的少数民族作家们,在极短的时间内获得了很高的艺术成就,使我国的少数民族文学迅速走向初步繁荣。从20世纪50年代中期至60年代中期大约十年的时间,少数民族文学创作尤其是小说创作逐渐形成规模,涌现出大量优秀的作家作品,在题材与体裁上也逐渐完备。当时的少数民族文学创作队伍,包括:满族作家老舍、端木蕻良、舒群、马加、关沫南,蒙古族作家玛拉沁夫、乌兰巴干、敖德斯尔、拉扎嘎呼、安柯钦夫、彭斯克、李準,朝鲜族作家李根全,彝族作家李乔、李纳、普飞、苏晓星,壮族作家陆地,白族作家杨苏,土家族作家孙建忠,苗族作家陈靖、伍略,回族作家胡奇、哈宽贵等等,其间老舍更是作为优秀的人民艺术家蜚声海内外,他的《正红旗下》,描绘了众多满族、汉族、回族等不同族别的人物形象,艺术地再现了清末错综复杂的社会矛盾和民族关系,深刻反映了当时的社会生活与历史情境,不仅是当代少数民族文学史上的典范,更被誉为"传世之作"。

在"文革"时期,少数民族文学也同样陷入了一段沉寂的时期,许多少数民族优秀的文学作品被打成"反党反社会主义的毒草",尤其是那些歌颂老一代无产阶级革命家的诗歌、小说、回忆录、散文、话剧和电影等。如土家族作家张二牧因写过歌颂老一辈无产阶级革命家贺龙的散文,被打成"贺龙的吹鼓手";满族作家关守中因创作歌颂刘少奇的话剧《登高望远》(后改为《松涛曲》),而被定罪为"为刘少奇树碑立传"等。不仅如此,自"五四"新文学以来包括"十七年"文学时期产生的许多优秀作品都不同程度地受到批判。包括长篇小说《正红旗下》《欢笑的金沙江》《美丽的南方》《茫茫的草原》,戏剧电影《龙须沟》《金鹰》《刘三姐》《冰山上的来客》《苗家儿女》《回民支队》《南岛风云》《鄂尔多斯风暴》等,都遭到了贬斥与批判。随着许多作品被打成"毒草",少数民族作家队伍中的很多人受到了不同程度的迫害,被关进"牛棚",赶到"干校",甚至被投入监狱。"文革"也夺去了很多优秀的少数民族作家的生命,如我国著名的人民艺术家、满族作家老舍,赫哲族作家乌·白辛,蒙古族著名诗人纳·赛音朝克图等。

在"文革"后期,各地文学期刊相继复刊,出现了一些质量较高的文学作品。此时少数民族文学创作也开始逐渐复苏。如蒙古族的诗歌《沙漠苏醒》、小说《骑骆驼的人》;回族的小说《源远流长》、剧本《一篇墙报纸》;壮族的长篇小说《金色的航程》;彝族的诗集《镜里的春天》;苗族的小说《收获的日子》,电影剧本《高路入云端》;维吾尔族的小说《阿依汗的新故事》;仡佬族的诗集《在天河两岸》;满族的小说《生命》、话剧《山村新人》、长诗《关成富》;电影剧本《烽火少年》等等。随着"文革"的结束,尤其是1979年12月党的十一届三中全会召开后,少数民族文学再度飞速发展,迎来了有一个繁荣期。一大批少数民族作家、作者在新变革时期,在时代精神的感召下,创作出很多具有时代气息和民族特色的作品。这些作者生活在本民族人民之中,经历过"文革"的痛苦、磨难,又和各族人民共同为党的政策带来的新生活而欢欣鼓舞。他们把切身的感受和激情倾注笔端,既反映民族的过去,又表现和揭示了民族的今天和明天。社会主义新时期的少数民族作家们,把民族文学创作推向了空前繁荣的新阶段。

随着新时期的到来,少数民族文学创作在政治历史反思题层面不断深化发展，与时代保持着紧密的联系，但此时他们的民族意识较之"十七年"时期，则有了进一步的发展。少数民族文学逐渐以对民族生活的挖掘、对民俗风情的审美描述，及对人生意义的揭示、对社会问题的探究为当代中国文学作出了独特的贡献。著名的土家族作家孙健忠的创作以较大的历史跨度显示出少数民族作家的社会历史及文化诉求，从歌颂新生活的《娜珠》到悲剧题材的《五台山传奇》，从"伤痕小说"《乡愁》到政治反思小说《甜甜的刺莓》，从反映锐意改革的《醉乡》到具有民族文化反思色彩的《舍巴日》，孙健忠的创作几乎无一例外地受到中国当代社会政治变迁的影响。孙健忠善于把历史反思熔铸于对现实人生的观照之中，而苗族作家伍略的《麻粟沟》、藏族多杰才旦的《齐毛太》则意在揭示阶级斗争扩大化这一政治错误对人的基本权利的粗暴践踏，从而造成人间惨剧这一血的事实。白族作家杨苏的《路啊，漫长的路》，藏族作家朵藏才旦《哦，我的阿爸》，朝鲜族郑世峰《压在心底的话》，壮族韦一凡《姆姥韦黄氏》在表现人物的悲剧命运的同时，着力突出了"文革"时期的极"左"思潮如何破坏普通人的家庭生活，使人伦血缘之情在政治压力下分崩离析，造成主人公难以愈合的心灵创伤。伴随着作家民族意识的强化，文化价值取向的民族本位意识渗透在小说创作之中。由于许多少数民族的社会发展阶段在解放前尚处于前现代社会，古老的乡村、牧区尚保留着古朴的道德和独特的风俗，因此，当作家开始批判十年动乱带来的道德及人性上的戕害时，这种民族质朴纯真的美德便显示出珍贵的价值。这一民族性的文学探索在特定的历史条件下无疑具有积极意义。祖尔东·沙比尔《刀朗青年》，较有力地展示了极"左"思潮对人性的扭曲，极力维护本民族文化中美好珍贵的东西。《刀朗青年》中的凯山，受极"左"思想侵蚀，将自己的"革命化"建立在否定本民族一切精神文明、传统美德的基础上。乌热尔图的《森林里的歌声》《琥珀色的篝火》，艾克拜尔·米吉提《努尔受老汉和猎狗巴力斯》，苏晓星《人始终是可爱的》，张承志早期作品《骑手为什么歌唱母亲》和《黑骏马》等，大批褒扬少数民族人性美的小说应运而生。其中最突出的是鄂温克作家乌热尔图，他的一系列带有森林气息的小说抒发了自己对本民族深厚的情感，他所极力渲染并表现的是处于较原始生存条件中人性道德的原生状态和纯美的人伦道德。但在现代文明的入侵下，这些优美的天性却脆弱得令人伤感，随着历史的推移，这些纯美的道德意识必将逐渐失落。玛拉沁夫《爱，在夏夜里燃烧》描写蒙古族人情之美的同时，最终把人物的情感归于道德的自我完善，他所歌颂的显然也是民族传统美德。藏族作家扎西达娃《没有星光的夜》，大胆触及了藏族地区残存的血亲复仇题材，作品中渲染的族人对野蛮习俗的固守心态令人感受到民族传统的巨大惰性。罗吉万《青紫色的锁链》突出表现了宗法制家族传统对于妇女的束缚：布依女子不读书，唯一的人生道路是"纺织缝绣，订婚盘酒，坐家生娃"，青紫色的嫁妆本来象征着幸福的色彩，然而它却像一条青紫色的锁链一代一代永远捆锁着她们的命运。戈阿干《燃烧的杜鹃花》中的吉美和雅诺为自主自由的婚恋毅然冲破祖辈遗留的世代怨仇，身陷劫难而在所不惜。蔡测海《远处的伐木声》里的村姑阳春，终于按捺不住青春的躁动，离家出走，暗示了中国少数民族地区的家族本位意识也在新生活激变中解体，新的、变革的时代已是呼之欲出。蓝怀昌《布鲁伯牛掉下了眼泪》、韦一凡《对面人家》、陈川《盘枯寨轶事》、鲍义志《水磨沟里的最后一盘水磨》以及白族作家景宜的《骑鱼的女人》《谁有美丽的红指甲》《是哪姑娘的小红船》等都表现了对民族风俗当中陈旧习俗批判的文化意图[1]。相较之其他省份，云南省的少数民族作家人数相当可观，其间女性写作群体也有着不俗的表现与贡献，因为"云南的大部分少数民族居住在深山老林，经济、文化、交通等都比较落后，属于'弱势群体'，女性更是弱势中的弱势。各少数民族的风俗习惯、思想意识有一定的差异，男人对女人的支配却是共同的⋯⋯这种支配不一定赤裸裸地表现出来，很多时候是通过多种具体的民族风俗、传统观念来体现"[2]。云南少数民族女作家的创作则成为对于这些内在于习俗、传统中的男权中心意识的发现、质疑、批判与反思。除了段海珍，从事这项文学实践工作的还有哈尼族的黄雁、拉祜族的杨金焕、纳西族的和晓梅等[3]。而其中段海珍与黄雁的作品对民族传统女性悲剧命运的揭示与渲染极具力度与强度，其间男权文化与势力借助于各种习俗、仪式与传统，施之于女性的压迫管控、甚至折磨虐待简直到了令人发指的地步。在新时期，涌现出了一批少数民族女性写作者，如白族的景宜、土家族的叶梅、回族的霍达等，有评论者在研究新时期这些秉持"新启蒙"精神，加入批判民族传统文化中落后因素的少数民族女作家时指出："新时期崛起的少数民族女性作家，更是站在边缘立场，⋯⋯以鲜明女性意识反省和思考民族传统中的非人道因素，发出了启蒙最强音，如佤族女作家董秀英的《马桑部落的三代女人》、白族女作家景宜的《谁有美丽的红指甲》⋯⋯壮族女作家岑献青的《逝月》、纳西族

---

[1] 参见尹虎彬：《从文化的归属到文化的超越》，《民族文学研究》1987 年第 6 期。

[2] 袁美华：《云南少数民族女作家笔下的少数民族女性形象》，《滇池》2004 年第 3 期。

[3] 云南地区的哈尼族黄雁的短篇小说《樱花泉》《胯门》，拉祜族杨金焕的短篇小说《狗闹花》《厥厥草》，纳西族和晓梅的中篇小说《深深古井巷》《女人是"蜜"》《水之城》中都对本民族传统文化中的负面因素及父权/男权中心主义对于本民族女性的压迫及造成的女性命运悲剧作出了批判与揭示。

女作家和晓梅的《女人是"蜜"》……上述文本以种种隐喻或象征性书写从不同侧面、不同角度以新时期启蒙精神批判了传统文化中的落后或消极成分。正是有了批判性启蒙意识在场,催生出一批足以与汉族作家比肩而立的民族作家群。"[1]

随着现代性及全球化进程的加剧,关于现代性与全球化进程中民族传统如何存续的问题,逐渐成为少数民族作家文学创作中的重要主题,而当这一主题存在于当代少数民族作家的文本实践时,则呈现出不尽相同的文本样态。随着现代性及全球化进程的全面开启,古老的地平线已然沉没,新的契机与可能无疑随着古老世界的倾圮而缓缓打开,但未必便会允诺一个更为明朗开阔的未来。相应地,此时少数民族作家的创作,在呼唤着现代化进程所可能带来的希冀与拯救的同时,又始终为一份"乡愁"般的怀旧感所缠绕,表达了对于逐渐消逝的民族文化、传统与习俗的某种深切痛楚的怀恋与怅惘之情。在怀念那份渐行渐远的、属于民族传统内在组成部分的久远宁谧的过往的同时,他们的创作试图在民族的历史/记忆中寻找批判现代性后果的记忆,寻找内在于民族文化中的另类历史想象。对于民族过往历史及神话的眷顾、迷恋,对于前现代的民族生存的田园牧歌式的书写,虽然这种浪漫派式的构想无疑暗含着对于现代性的批评,一种对于日益冷漠机械的现代社会的抵抗与抗衡,但这样将民族传统全然浪漫化的方式也有其自身的保守性与局限。

随着中国全面介入全球化进程,即使是边远的少数民族地区也逐渐被卷入这一势不可当的世界潮流,各个民族之间,各个民族国家之间的交流已经渗透到各个领域,似乎不再有纯粹的属于少数民族的具有"原初"性质的经验。民族经验与民族身份认同有其自身的历史性与社会性,在新的文化语境之中,它们已不在最初生成的范式中起作用。进入 21 世纪,面对全球化时代多元混杂的文化语境,民族身份认同已体现出日益多元化的趋势。少数民族主体的经验一定程度上已经散布到各种全新的文化经验与体验当中,而需要在现代/传统、全球/本土、阶级、性别等坐标轴上重新定位,民族身份认同、民族共同的经验将要在散布、融合的过程中重组与更新。在这样的文化社会情境之下,面对全球化语境中日益混杂的经验,面对相互竞争的意识形态和生活方式与不断滑动、交叠与重塑的界限,少数民族创作主体需要发掘潜藏的、属于特殊集体与族群的记忆资源,作为主体抗拒当下历史与记忆的危机之时

[1] 李长中:《当代民族文学启蒙叙事的现代性迷思》,《北方民族大学学报·哲学社科版》2011 年第 2 期。

所可以仰赖、挪用的有力的抗拒资源，以应对扑面而来的历史情境。更为重要的是面对全球化时代来自民族文化内部的挑战及与异质文化的接触愈发频繁这一当下情境，不同民族之间的文化交流之重要性也日益凸显。在日益全球化的文化背景中，各民族如何在文化交流的过程中重新界定并重构，如何在与他者文化的接触过程中在不同层面消解、重建、拓展与僭越自我文化的边界，对于各个民族来说，都将是不可回避的问题。

在文化全球化的语境中，身份问题逐渐被发现与书写，作为本民族文化代言人的少数民族作家，他们新世纪的创作中就反映了对自我民族文化身份的新思考。早在1984年，中国文坛兴起"寻根文学"思潮之时，少数民族作家积极响应、厕身其间。对于汉族作家而言，文化寻根或许只是中国文学试图获得世界文坛认同的一种手段，而对于少数民族作家而言，文化寻根则成为民族意识重新唤醒的一个机缘。对于当代少数民族文学而言，寻根文学不仅用文化叙事取代了政治叙事，将文学从单一的政治叙事中解脱出来，更是将少数民族文学引导向民族认同的契机。通过文学与书写的方式，寻找到其民族文化根源，传达其民族意识，实现其民族认同，将族别文学从文化共名状态中分离出来[1]。进入新世纪，少数民族文学中传达出的族属意识与文化寻根的意图更为热切。如普米族鲁若迪基的《我曾经属于原始的苍茫》、佤族聂勒的《心灵牧歌》，土家族吴投文的《土地的家谱》等新世纪出版的诗集，不约而同地反映了少数民族作家的"身份迷失"。如聂勒的诗《牧人的眼睛》：

> 在城市宽广的街道上
> 在密密匝匝的人群里
> 我寻找着牧人的眼睛
> 我寻找着忧伤和欢乐的渊泉
> 当一辆辆漂亮的车流
> 从身边匆促而过
> 像一群发怒的野马群
> 孤独便从心底流淌
> 我泪水盈盈　可以告诉你
> 我是一个农牧民的儿子

---

[1] 参见李咏梅、黄伟林：《当代少数民族文学叙事模式的流变及原因》，《民族文学研究》2012年第2期。

打从森林来到这座城市

我就注定属于一种孤独的边缘

　　诗中农牧民的儿子"我"在城市中迷失而陷入"孤独的边缘",可以说正是众多少数民族作家在现代文明中陷入民族文化"身份迷失"的一种隐喻。而早在 90 年代,彝族诗人吉狄马加的《追念》等诗就敏锐地表露了少数民族诗人的"身份迷失",新世纪"身份"的思考出现在多个少数民族作家笔下,则集中显示了少数民族作家对自我民族"身份意识"的自觉[1]。

　　在一个日益全球化的空间里,本土性问题开始被关注并逐渐提上日程,当面对现代性与全球化进程中民族文化生存空间的萎缩甚至消失的困境,藏族作家阿来、梅卓的一系列以藏区都市作为背景的作品,试图向民族传统与过往寻求历史记忆与文化资源,以立足本土的写作作为抵抗全球化的反抗空间,以一种独特且充满想象力的方式为藏民族传统在都市语境中重新被发现、记忆与重写另辟蹊径,写出了都市藏族人在应对不可遏抑的全球化进程时,如何试图借助、调用民族传统与个人记忆作资源以整合个人化的本土经验,显示出民族主体在一个迅速改变的环境中维护与重构身份的努力,为我们思索全球化时代民族生存空间及文化传统的保存与拓展提供一种不同的视阈与可能的路径。在梅卓的《幸福就是珍宝海》《麝香之爱》等作品中,那些体现藏族传统与古老技艺(记忆)的文化载体——如唐卡所遭遇的某种无可挽回的"异变"与意义流失,更为痛切而触目地呈现出现代性及全球化进程的无孔不入,现代商业及资本主义逻辑的强大渗透力,及都市之中藏民族传统生存空间的萎缩甚至消失。当代藏族作家创作的一系列充满"乡愁"的作品,显示了如何在一个迅速改变的环境中维护与重构身份,并为藏民族传统在今日都市中的重现、重忆与重写,提供某种独特且极具想象力的方式。黔北仡佬族作家赵剑平、王华分别在《困豹》《桥溪庄》中思考现代化进程中传统仡佬族山村的生态及人伦冲突;四川凉山彝族诗人吉狄马加的《被埋葬的词》《守望毕摩》对彝人文化地理空间遭受外来文化侵蚀、逐渐步向消亡表达出忧虑。他们清醒地意识到商业化、现代化及工业化的进程对民族文化及宗教传统极具破坏力与威胁性的改写甚至是涂抹,因而开始关注在现代化进程中日益被边缘化的本民族记忆、历史、文化与生存状态。

---

[1] 参见杨建军、陈芬:《论新世纪少数民族文学》,《北方民族大学学报·哲学社科版》2012 年第 5 期。

少数民族身份及本民族独特的历史、文化、宗教传统所赋予少数民族作家特殊的经验,使他们的文本呈现出与主流汉族作家不同的风貌,比如出于本民族的宗教信仰而对于生态问题产生的近乎"天然"的关注。藏族阿来的小说《达瑟和达戈》中,猎人达戈为给爱人色嫫换取一台电唱机,向猴群开枪,乡村生态平衡打破了,猎人达戈最终与熊同归于尽,人与自然和谐关系的破坏导致了人类自身的毁灭。土家族李传峰的小说《红豺》中,野生动物红豺曾经帮助山民,而为了钱,山民去猎杀红豺,人与红豺间产生的人性与兽性的冲突,实际上也就是人与自然的冲突[1]。这一系列生态主题小说的创作,一方面是少数民族作家对新世纪世界文坛生态文学兴盛的呼应,更重要的一方面则是少数民族作家从本民族生存经验出发对人类生存问题的思考。蒙古族与"三少"作家在这方面的成就尤其突出,产生出一大批优秀的作品,如乌兰的《滩狼》,萨娜的《达勒玛的神树》《拉布林达》《兔斑,跑吧》《巴尔虎草原》《诺敏河》,苏莉的《达斡尔女人》,苏华的《今夕何夕》《母牛莫库沁的故事》《偷猎》,昳岚的《霍日里河啊,霍日里山》《太阳雪》《母亲的家族》,安娜的《静谧的原野》,阿凤的《猎村悠悠》《胎动》,包建美的《生灵》,敖蓉的《阿尔塔姨妈》《一个家族的故事》,杜梅的《银白的山带》《那尼罕的后裔》等。蒙古族作家额特鲁·珊丹的中篇小说《遥远的额济纳》,以叙事长诗的笔调,讲述了生长在额济纳草原上的传奇女子珠拉跌宕起伏的一生,其间自然——曾经美丽丰饶的沙漠绿洲额济纳草原在文本中不是背景化的存在,而是有血有肉的生命。文本中珠拉成为额济纳草原的人性化及女性化化身。美丽、勇敢、智慧的珠拉与曾经无比丰饶的额济纳草原共同经历了青春、衰老,经历了漫长的等待与绝望的反抗,最终如一对相依为命的伴侣共同走向预知的死亡,并希望在另一重现实或者梦境中再度获得青春、活力与生命。达斡尔族女作家萨娜的《金色牧场》《巴尔虎草原》《兔斑,跑吧》《诺敏河》等一系列作品成为对蒙古草原及其孕育的草原文化精神的深情礼赞,以满溢着诗情与忧郁的笔调,讲述着生命、生育与死亡的故事。在草原这样生命吸引、寻找、渴求生命的地方,自然同时成为不可抗拒的神力,受到所有人的敬畏与膜拜。《诺敏河》中草原妇女与自然无比优美诗意地交融在一起,成为草原上一道最美的风景。她们是母亲,是生命最初的养育者与守护者,她们是温情与诗意的,同时也是强壮与智慧的。其间女性与自然的联系,不是源自其自身受制于自然的匮乏状

---

[1] 参见杨建军、陈芬:《论新世纪少数民族文学》,《北方民族大学学报·哲学社科版》2012 年第 5 期。

态,而是通过梅斯这个坚强美丽的达斡尔女人的形象,让我们看到一个自主命运的女人,如何如同选择自己的前途与命运一般选择与自然交融,打开曾经被封死的生命之门,并用生生不息的生命奉养、报答、回馈自然。《兔斑,跑吧》有着与阿云嘎的《黑马奔向狼山》相似的主题,以一匹渴望奔跑而不得的骏马的遭遇带出整个草原传统生活方式的改变及整个草原生态的危机。更为令人感动的是贯穿全文的情感线索,一个男人与一匹马之间隐秘而温馨神圣的情感交流。《巴尔虎草原》中也正是动物——似乎从天而降的灰马成为人与自然之间的中介与向导,成为长生天派来的使者,为一对身陷丧子之痛而无法自拔的夫妇带来生命的信息。在故事的结尾处,当男性与女性如此完美地融合之时,当两性自身的理想性格都得到健康、自然的孕育与成长之时,同时圆融无间的还有人与自然、人与草原之间的关联。

从"五四"新文化运动至今,中国的少数民族文学经历了百年发展,经历了艰难的现代转型,逐渐汇入当代文学的发展潮流。回顾百年历史,从与主流汉族文学合流到逐渐具备自觉的民族意识与强烈的民族认同感,今日的少数民族文学无论在审美性还是在思想性上,都逐渐走向一个全新的高度。在这个日益全球化的时代,少数民族文学作为本土写作中有力且充满活力的一翼,在全世界范围内日益显示出重要性并受到广泛的认可及赞誉,其自身所具备的巨大潜力将不可遏抑地喷薄而出。

作品选读

大阪（存目）

张承志

导读：

有着中亚—蒙古学学者身份的张承志，足迹几乎踏遍广袤雄奇的中亚腹地，从写作《北方的河》起，他的文学书写对象与他的学术考察对象之间便存在着某种重叠，相应地作为他学术考察重心的三块北方大陆——内蒙草原、新疆腹地与黄土高原——同时也构成其丰富的写作资源。相较之大名鼎鼎的《北方的河》及《金牧场》，《大阪》似乎并没有那么引人注目，但无疑是一篇非常具有症候性的作品。正如有研究者指出，如果说曾经影响了一代人的《北方的河》讲述了一个与当时的主流意识形态颇为契合的、向西方学习的个人—民族主体的故事，那么《大阪》"则是 80 年代中国知识分子追赶和超越西方的诉求的寓言化表达"[1]。

早在 1980 年，通过对敦煌卷子中被称为"他地道"的古代天山通道的现场勘探，使彼时已在文坛成名的张承志成为了翻越那座高寒大阪的第一个中国历史学者，并借此完成了学者生涯中最重要的学术论文《王延德北庭高昌路径考》，他的成就甚至引起了日本突厥学名宿护雅夫的关注[2]。但是博学广识的张承志不可能不意识到早在近一个世纪之前，这条冰封高寒的大阪就已经被《腹地亚洲》的作者斯坦因征服过了。在"他地道"上，在整个中亚—蒙古腹地上几乎遍布西方探险家的足迹，他们是普热瓦尔斯基、斯坦因、斯文赫定、科兹洛夫……面对由那群极具冒险精神的西方探险家、同时是殖民者的身形投射下的巨大阴影，张承志在《错开的花》中曾这样表达了他的痛恨与不甘：

> 我厌恶他们，十九世纪的探险家们。他们走尽了我的路。但是我崇拜他们，崇拜了那么久。拉铁摩尔挎着老婆，一路风流地纵断了蒙古，汽车到处国民党列队欢迎。而我长久地潜心读他的著作。我恨死了他们，我

---

[1] 刘岩：《换下边缘叙述与新时期文化》，知识产权出版社 2011 年版，第 90 页。
[2] 张承志：《心火》，《绿土风》，作家出版社 1989 年版，第 242—243 页。

精通他们的身世,研读过他们的著作,我在具备了资格之后刻骨地仇恨他们。……——我因为没有人一块儿恨,所以恨透了他们,这些嫖客。[1]

可以说"影响的焦虑"时刻挤压着张承志,使其不堪重压,而这样几乎令人窒息的压迫感、焦虑感与挫败感在《大阪》这篇篇幅不长的作品中得到淋漓尽致地体现。到写作《金牧场》的时候,通过对身在日本的主人公的国际化学术生涯的描绘,张承志更为清晰地指明了中亚研究这一兴起于殖民时代的国际显学至今仍然依托的话语网络与权力体制[2]。

对于张承志而言,跨大陆、跨文明的视域使他的"反现代性"写作不同于迟子建、范稳、刘亮程及其他一些重要的边疆书写者,他的"反现代性"与其说是对现代性的逃离与反叛,不如说是始终在寻找与发现其他别样现代性的根源——那些被现代性霸权所压制的别样的历史轨迹,从而对欧洲中心主义的现代性提出质疑。而张承志之所以能够拥有这样的能力与气魄,在于他与西欧相对立的欧亚视角。按照德里克的说法,随着世界知识集中到欧洲人手中,欧洲人获得的最为重要的优势之一是掌握了全球视野,于是世界上的其他人与地区从此只有在根据欧洲的想象与权力设计出的世界地图中重新发现"自我",从此被迫卷入资本主义世界体系[3]。那么,今天其他地方与区域的民族与人民如果想要从全球化的进程中、从他人掌控的历史与未来中"脱钩"(Decoupling Theory,弗兰克·贡德),首先需要的也许正是"全球视野"的获取。也许这就是张承志的意义所在。随着西方文化、政治、经济的强势介入并参与第三世界民族的现实与文学,"西方中心"的理论及批评话语逐渐形成一种压抑性的力量,而对于身处后发现代化国家的人民及研究者而言,第三世界视域的重新引入,无疑可以有效地拓宽视野,从而更新人们观察与思考方式,创造性地抗拒与消解第一世界权威性的知识/权力话语。

马车夫
——《空山》人物素描之三
阿 来

通常的乡村图景中,马车与马车夫都是古老的意象。但在机村,情形并

[1] 张承志:《错开的花——张承志新诗集》,北京师范大学出版社 1993 年版,第 104 页。
[2] 参见刘岩:《换下边缘叙述与新时期文化》,知识产权出版社 2011 年版,第 93 页。
[3] 参见阿里夫·德里克著,胡大平、付清松译:《全球现代性:全球资本主义时代的现代性》,南京大学出版社 2012 年版,第 147 页。

不是如此。

车的关键是轮子。但在机村不可考的漫长历史上,轮子是有的,但可能是没有宽阔大道的缘故吧,很有历史的轮子只与宗教相关。手摇的、水冲的,甚至被风吹动的轮子里面,填满了整卷整卷写满简短,不断重复的祝诵的经文。还有一种轮子固定不动,装置在寺院最高的顶上,金光闪闪。

一直到了50年代,外面是柔韧的黑色橡胶,里面由坚固的钢圈形成支撑,用于使物体移动的轮子才来到了机村。最不可思议的是,在轮子里外之间的那个空间,只是充满了经过压缩的空气——橡胶与钢结合时,产生了一种特别的魔法,使虚无缥缈的空气也变得无比坚硬了。

从古到今,轮子就是奇妙的东西。就说那些经轮吧,不管是用什么方式推动,一旦转动起来,大的经轮隆隆作响仿佛雷霆滚过,小的经轮嗡嗡出声仿佛蜜蜂飞翔。就这样,里面那些经文,不是一字一字,一句一句读诵出来,轮子转动一周,里面全部的经文就被整体地呈现一次,同时,也被上天的什么神灵笼统地领受了。

就是说,轮子转动的时候,上天的神就已经听见了。那么多的字符紧巴巴地挤在一起,嗡一声就飞上天去,神都能逐字听见,仅此一点,也可知其神通绝非一般。

但是,人没有听见。踟蹰于尘世中的人感觉早已被区隔,只能领受一字一字,一词一词的祝诵了。谁也听不见那么多轮子嗡然一声转动起来一瞬之间释放出来的字符与声音。依照佛在佛经中所说,正是这种浩大无边的无声之声才能称之为"大声音",只有大声音才能上达天庭。而辗转于尘世中的人们早已失去了天听,他们只能听到轮子转动的声音。

所以,当轮子以车辆部件的形式出现时,人们感到了一种很新鲜的刺激,轮子提供的价值不再过于缥缈虚无了。当第一辆马车由崭新的车轮支撑着出现在人们眼中,还不等它运动起来,人们就意会到一种能够更快、更多地运送物品的运载工具已经出现了。

这个工具叫做"车"。

古歌里出现过这个词。古歌里车的驭手是战神。现在,车出现在凡世,凡夫们谁又能成为它的驾驭者?因为这车与马相关,所有人立即就想到了最好的骑手。

骑手的形象与通常的想象大相径庭。这个人身材瘦小,脸上还布满了天花留下的斑斑印迹。但他就是机村最好的骑手。机村人认为,这样的人用马眼看去,会有非常特别的地方。怎么样的特别法呢?人生不出马眼,所以无从知道。这跟各种轮子的诵经声凡人的耳朵不得听闻大概是相同的道理。试驾马车那一天,麻子一副事不关己的模样。人们扎成一圈,看村里的男子汉们费尽力气想把青鬃马塞进两根车辕之间,用那些复杂的绊索使它就范。这时,麻子骑着一匹马徘徊在热闹的圈子外边。这个人骑在马上,就跟长在马背一样自在稳当。折腾了很长时间,他们也没有能给青鬃马套上那些复杂的绊索。青鬃马又踢又咬,让好几个想当车夫的冒失鬼都受了点小伤。人们这才把眼光转向了勒马站在圈子之外的麻子。在众人的注视下,他脸上那些麻坑一个个红了。他抬腿下了马背,慢慢走到青鬃马跟前。他说:"吁——"青鬃马竖起的尾巴就慢慢垂下了。他伸出手。轻拍一下青鬃马的脖子,挠了挠正呼出滚烫气息的鼻翼,牲口就安静下来了。这个家伙,脸上带着沉溺进了某种奇异梦境的浅浅笑容,开始嘀嘀咕咕地对马说话。马就定了身站在两根结实的车辕中间。任随麻子给他套上肩轭和复杂的绊索。中辕驾好了,两匹边辕也驾好了,人群安静下来。麻子牵着青鬃马迈开了最初的两步。这两步,只是把套在马身上那些复杂的绊索绷紧了。麻子又领着三匹马迈出了小小的一步。这回,马车的车轮缓缓地转动了一点。但是,当麻子停下了步子,轮子又转回到了原来的地方。"走啊,麻子!"人们着急了。麻子笑了,细眼里放出锐利的亮光,他连着走了几步。轮子就转了大半圈。轮箍和轮轴互相摩擦,发出了旋转着的轮子必然会发出的声音:——叽——像一只鸟有点胆怯又有点兴奋地要初试啼声,刚叫出半声就停住了。马也竖起了耳朵,谛听身后那陌生的声音。他又引领着马迈开了步子。三匹马,青鬃马居中,两匹黑马分行两边,牵引着马车继续向前。转动的车轮终于发出了完整的声音:

——叽——吭!

前半声小心翼翼,后半声理直气壮。那声音如此令人振奋,三匹马不再要驭手引领,就伸长脖颈,耸起肩胛,奋力前行了。轮子连贯地转动,那声音也就响成了一串:

——叽——吭!

——叽——吭! ——叽——吭! ——叽——吭!

麻子从车头前闪开,在车侧紧跑几步,腾身而起,安坐在了驭手座上,取过竖在车辕上的鞭子,凌空一抽,马车就窜出了广场,向着村外的大道飞驰起来。从此,一直蜗行于机村的时间也像给装上了飞快旋转的车轮,转眼之间就快得像是射出的箭矢一样了。这不,马车开动那一天的情景好像还在眼前,那些年里麻子一脸坑洼里得意的红光还在闪烁,马车又要成为淘汰的事物了。因为拖拉机出现了。拖拉机不但比马车多出了四只轮子,更重要的是,一台机器代替了马匹。拖拉机手得意地拍拍机器,对围观的人说:"四十四马力。什么意思,就是相当于四十四马。"

人群里发出一声赞叹。拖拉机手还说:"你们去问问麻子,他能不能把四十四马一起套在马车前面?"其实,拖拉机手早就看见麻子勒着手里的缰绳,骑在他心爱的青鬃马上,呆在人圈外面,那情形,颇像是第一次给马车套马时的情形。但他故意要把这话让麻子听见。麻子也不得不承认,拖拉机手确实够格在自己面前威风。不要说那机器里憋着四十四马的劲头。光看那红光闪闪的夺目油漆,看那比马车轮大上两三倍的轮子,他心里就有些可怜自己那矮小的马车了。拖拉机电门一开,机器的确就像憋着很大劲头一样怒吼起来。它高竖在车身前的烟筒里突突地喷射一股股浓烟。那得意劲就像这些年里麻子坐在行驶的马车上,手摇着鞭子,嘴里叼着烟头喷着一口口青烟时样子。看着力大无穷的拖拉机发动起来,麻子知道马车这个新事物在机村还没有运行十年,就已经是被淘汰的旧物了。麻子转过身细心地套好了他的马车。他要驾着马车让所有想坐他马车的孩子们都坐上来,在路上去跑上一趟。过去,可不是随便哪个人都能坐上他的马车。他是一个不太喜欢孩子与女人的家伙。加上那时能坐马车也是一种身份的象征,所以很多人特别是很多孩子都没有坐过他的马车。但他驾着马车在村里转了两三圈,马车上还是空空荡荡的。那些平常只能爬到停着的马车上蹭蹭屁股的孩子们,这会儿都一溜烟地跟着拖拉机跑了。拖拉机正在人们面前尽情地展示它巨大的能耐。村外的田野里,拖拉机手指挥着人们摘掉了挂在车头后面的车厢,从车厢里卸下一挂有六只铁铧的犁头。熄了一会儿火的拖拉机又突突地喷出了烟圈,拖着那副犁头在地里开了几个来回,就干下来两头牛拉一套犁要一天才能干完的活路了。村里人跟在拖拉机后面,发出了阵阵惊叹。只有麻子坐在村中空荡荡的广场上,点燃了他的烟斗。过去,他是太看重,太爱惜他的马车了。要早知道这马车并不会使用百年千年,就要"退出历史舞台",那他真的就用不着这么珍重了。明白了一点时世进步道理的他,铁了心要让孩子们坐坐他的马车。第一天拖拉机从外面开回来时,天已经黑了。第二天一早,他就把马套上了。人们还是围着拖拉机热热闹闹。他勒着上了套的马,一动不动地端坐在马车之上。人们一直围着拖拉机转了两三个钟头,才有人意识到他和马车就在旁边。"看,麻子还套着马车呢!""嗨,麻子,你不晓得马车再也没有用处了吗?""麻子,你没看见拖拉机吗?"麻子也不搭腔,他坐在车辕上,点燃了烟斗。这时,拖拉机发动起来了,昨天就已经预告过了,拖拉机要装上自己拉来的那个巨大的铁铲,一铲子下去,够十几个人干上整整一天。拖拉机的吸引力真是太大了,麻子想补偿一下村里孩子们,让他们坐一趟马车的心愿都不能实现了。他卸了马,把马轭和那些复杂的绊索收好,骑着青骢马上山去了。这一上山,就再也没有下山。还是生产队的干部上山去看他。领导说:"麻子还是下山吧,马已经没有什么用处了。"他反问:"马怎么就没有用处了?"

"有拖拉机了,有汽车了。""那这些马怎么办?"算上拉过马车的马,生产队一共有十多匹马。"不是还要人放着吗? 那就是我了。"第一个马车夫成了机村最后的牧马人了。机村人对于那些马,对于麻子都是有感情的。他们专门划出一片牧场,还相帮着在一处泉眼旁边的大树下盖起了一座小屋,那就是牧马人的居所了。时间加快了节奏飞快向前。新人新事不断涌现。同时,牧马人这样的人物就带一点悲情,隐没于这样的山间了。隔一段时间,麻子从山上下来,领一点粮,买一点盐,看到一个人,他那些僵死的麻子之间那些活泛的肌肉上浮起一点笑意,细眼里闪烁着锐利的光,就算是打过招呼了。当马车被风吹雨淋显出一副破败之相的时候,他赶着他的马群下山了。每匹马背上都驮上了一些木料。他给马车搭了一个遮风挡雨的窝棚。机村终于在短短时间里,把马车和马车夫变成了一个过去,属于过去的形象。这个形象,不在记忆深处,马车还停在广场边一个角落里,连拉过马车的马都在,由马车夫自己精心地看护着。马和马车夫住在山上划定的那一小块牧场上,游走在现实开始消失,记忆开始生动的那个边缘。拖拉机的漆水还很鲜亮,那些马就开始老去了。一匹马到了二十岁左右,就相当于人的六七十岁,所以马是不如人经老的。第一匹马快要咽气的时候,睁着一双水汪汪的大眼。麻子坐在马头旁边,看见马眼中映出晚霞烧红西天,当彤红的霞光消失,星星一颗颗跳上天幕时,他听见马的喉咙里像马车上的绊索断掉一样的声响,然后,马的眼睛闭上了,把满天的星星和整个世界关在了它脑子的外边。麻子没有抬头看天,麻子就地挖了一个深坑,半夜里,坑挖好了。他坐下来,抽起了烟斗。尽管身边闪烁着这明明灭灭的光芒,马的眼睛再没有睁开。他熄灭了烟斗,听见在这清冷的夜里,树上草上所起的浓重露水,正一颗颗顺着那些叶脉勾画的路线上滴落在地上,融入了深厚而温暖的土里。深厚的土融入了黑夜,比黑夜更幽暗,那些湿漉漉的叶片却颤动着微微的光亮。他又抽了一斗烟,然后,起身把马尸掀进了深坑,天亮的时候,他已经把地面平整好了。薄雾散尽,红日破空而出,那些伫立在寒夜中的马又开始走动,掀动着鼻翼发出轻轻的嘶鸣。麻子下山去向生产队报告这匹马的死讯。"你用什么证明马真的死了?"他遇到了这样一个从来没有想到的问题。"埋了? 马是集体财产,你凭什么随便处置？皮子，肉，都可以变成钱！"他当然不能说是凭一个骑手，一个车夫对马的疼爱。他却因此受了这么深重的委屈。但他什么都不说，就转身上山去了。其实，领导的意思是要先报告了再埋掉。但领导不会直接把这意思说出来，领导也是机村人，不会真拿一匹死马的皮子去买几个小钱。但领导不说几句狠话，人家都不会以为他像个领导。但麻子这个死心眼却深受委屈，一小半是为了自己，一多半还是为了死去的马和将死的马。从此，再有马死去，他也不下山来报告。除了有好心人悄悄上山给他送些日常用度，他自己再也不肯下山来了。

这也是一种宿命，在机器成为了新生与强大的象征物时，马，马车成了注定退出历史舞台的那些力量的符号，而麻子自己，不知不觉间，就成功扮演了最后骑手与马车夫，最后一个牧马人的形象。他还活着呆在牧场上，就已经成为一个传说。从村子里望上去，总能看到马匹们四散在牧场上的隐约影子。那些影子一年年减少，十年不到，就只剩下三匹马了。最后的那一年冬天，雪下得特别大。一入冬就大雪不断。马找不到吃的，又有两匹马倒下了。那一天，麻子为马车搭建的窝棚被雪压塌了。当年最年轻力壮的青鬃马跑下山来，在广场上咴咴嘶鸣。全村人都知道，麻子死了。青鬃马是报告消息来了。人们上山去，发现他果然已经死去了。他安坐在棚屋里，细细的眼睛仍然隙着一道小缝，但里面已经没有了锥子一样锐利的光。

草草处理完麻子的后事，人们再去理会青鬃马时，它却不见了踪迹。直到冬去春来，在夏天，村里有人声称在某处山野里碰见了它。它死了还是活着？活着？它在饮水还是吃草？答案就有些离奇了：它快得像一道光一样，没有看清楚就过去了。那你怎么知道就是青鬃马？我也不知道，但我就是知道。就这样，神秘的青鬃马在人们口中又活了好多个年头，到了"文化大革命"运动一来，反封建迷信的声势那么浩大，那匹变成传说的马，也就慢慢被人们忘记了。

（选自《上海文学》2007年第3期）

导读：

阿来是一个民族意识鲜明的藏族作家，新世纪以来，面对现代性与全球化进程中民族文化生存空间萎缩的困境，他的作品试图向藏民族传统与记忆中寻求历史与文化资源，以立足本土的写作作为抵抗全球化的反抗空间，以立足藏民族传统文化的立场批判现代性，正如陈晓明指出——"在文明与蒙昧冲突的现实场景中,阿来试图颠倒习惯性的解释,他要确认的价值取向显然倾向于对现代性的批判"[1]。这样的情感倾向性在三卷本的《空山》中是一以贯之的主题。在他的笔下,藏民那种与神话难以区分的生存、思考方式,即使蒙昧、落后,但有着浑然天成的自在与自得,可一旦卷入现代性的历史、政治话语,便丧失了所有的美感与天真。因此被现代性侵入并改变的生存形态始终是作者悲悼伤怀的对象。但不同于长篇小说"空山"系列,在"空山"人物素描与事物笔记这批妙趣横生又意味深长的小说中,阿来对于藏区的现代性进行了更为复杂的呈现。现代性与其说是毁掉了藏区悠久传统与自足生活的"洪水猛兽",而毋宁说是"润物细无声"地缓缓渗透到藏民的日常生活中来,并且始终与一些或令人好笑或令人伤感的凡人琐事纠缠不清。在阿来笔下,现代性进入这些古老、封闭的藏族乡村的过程,无论是曾经神气一时又迅速被拖拉机取代的"马车",还是改变了次仁错这个藏族姑娘一家的"喇叭",莫不如此。但在这并不复杂的人事变迁的背后,是作者面对一日千里的现代性进程所产生的无力、无奈及挫败感,无论是麻子的"马车"还是次仁错的"喇叭",都只在机村经历了短暂的"风光",它们带来的新奇感确实曾经改变了机村,但如白驹过隙,一眨眼间它们就被其他的更为"现代"的物事取代了。但作者更为关注的是那些随着被取代的旧物一起老去的、过时的人们,被时代与人们遗忘的他们会经历怎样的心灵波折? 如果说对于麻子而言,"马车"在藏区的悲剧命运无疑也是他的个人悲剧,落寞的他只能自我放逐,在与世隔绝的荒山上终老,陪伴身边的只有同样被时代淘汰的青骢马。

从《尘埃落定》到《空山》三部曲,再到这些同样命名为"空山"的笔记小品式的文字,藏民族的历史、文化、习俗、传统,在两种叙事方式中获得完全相异的表述,也许重要的是写作者需要从回溯、重现及阐释这段历史的行为、实践中获得什么,他的位置在哪里? 通过重复的写作实践,把过去作为一系列特殊的可能性中的一种去加以选择、解读与阐释,也许就是阿来写出两种截然不同的"空山"的文化意图。透过这些看似简单的小故事,阿来对于现代性与藏民族之间剪不断、理还乱的关系进行了更为深入的思考,其间藏民族的历史文化传统并非只是承受作者怀旧式乡愁的浪漫投射,而是成为诸多文化、社会、意识形态力量的辐辏点。

---

[1] 陈晓明:《小说的心理特权与历史化的紧张关系》,《当代文坛》2008 年第 5 期。

第十二章　台港文学

台湾文学、香港文学都是中国文学流脉的分支，由于特殊的地理位置和历史进程，它们的发展都有异于大陆母体文学，呈现出了各自的独特个性。台港文学展现了中华文化在不同的政治和社会环境下发展的另外的可能性，它们的历史走向受到外来文化的影响和制约，却始终立足于中华文化的土壤。

第一节　台湾文学

19 世纪末期以来，台湾文学大致可分为日据时期（1895—1945 年）及战后时期（1945 年至今）。1895 年《马关条约》签订后，台湾沦为日本殖民地。在极度的震惊和悲愤下，以"哭台"为母题的诗词迅速形成一股创作热潮，开启了日据时期的文学时代。这一时期的文学成就主要出于旧体文学，文坛主流为格律诗、击钵吟、诗钟、记游文等。活跃于台湾诗坛的诗人主要有洪弃生、丘逢甲、连横、林痴仙、许南英等，他们的诗词既有感时抒愤，悲壮激昂的正气之歌，也有国土沦丧的悲怆之音，主要作品有洪弃生的《披晞集》《枯烂集》，连横的《剑花室诗集》，林痴仙的《无闷草堂诗存》，许南英的《窥园留章》以及"诗界革命一巨子"丘逢甲的《岭云海日楼诗抄》等。这一时期的台湾爱国诗人以其血泪诗词和毁家纾难的行动奠定了日据时期台湾文学的基调，高扬爱国主义精神，铸就了台湾文学史上的一座丰碑。

20 世纪初，随着日本殖民者的残酷镇压和爱国诗人抗日行动的失败，爱国诗词的创作高峰逐渐低落。但是为了抵制日本殖民政府的皇民化运动，保卫中华文化，全岛兴起了"私塾热"和结社联吟活动，汉学运动自此绵延，一时诗社、文社纷立，至 1920 年左右则先后有栎社、台南南社、台北瀛社等大小诗社约 60 余家[1],其创作题材虽然远离政治,却仍然体现了台湾知识分子抵御异族文化入侵的民族气节,具有不可估量的深远意义。但由于殖民政府日渐严酷的限制和腐蚀拉拢,诗社活动中也逐渐出现了媚日倾向,1920 年后,旧体文学日渐变质,文坛风气败坏,汉学运动走向了末路。

20 世纪 20 年代初,受大陆"五四"新文化运动的影响,台湾新文学运动作为新文化运动的重要部分在台湾取得了划时代的胜利。1920 年 1 月 11 日,留日青年蔡惠如、林呈禄等在东京组织文化政治团体"新民会",创办《台湾青年》(后扩大并改名为《台湾》)杂志,进行新思想新文化的宣传并发起反对殖民专制统治、唤起民族意识的政治运动,成为台湾新文化运动的发端。1921 年 10 月蒋渭水等成立"台湾文化协会","谋合台湾文化之向上",发行会报、文化丛书和《台湾民报》,举办演讲、组织剧团演出以启发民智,灌输民族思想,建立新道德观念以摆脱异族殖民统治,一时声势浩大,将新文化运动推向高潮。《台湾》杂志较为关注文学问题,刊载文学作品和评论较多。1923 年该杂志发表黄呈聪的《论普及白话文的新使命》和黄朝琴的《汉文改革论》二文,被视为台湾新文学运动的先声。《台湾民报》采用白话文办刊,特辟文艺专栏,深受知识青年的欢迎,对新文学运动起到了重要的推动作用,被称为"台湾新文学运动的摇篮"。1924—1926 年,以张我军为代表的文学青年以《台湾民报》为阵地和以连雅堂为代表以《台湾日日新报》《台湾新闻》和《台南新报》为阵地的旧文人展开了关于新旧文学的激烈论争。张我军的《致台湾青年的一封信》《糟糕的台湾文学界》对台湾旧文学界的恶劣文风、文品进行强烈抨击。蔡孝乾、赖和、杨云萍、苏维霖、许乃昌、张梗、张维贤、陈满盈等先后撰文声援张我军,批判旧文学,介绍祖国大陆新文化运动的情况。在新旧文学的论争中,新文学的建设工作逐步开展;大陆文学革命与新思潮的发展状况被详尽介绍,胡适、鲁迅、冰心、郭沫若等作家作品被转载,建设新文体和台湾特色文化的理论得以提出,台湾新文学运动就此与大陆的新文化运动和文学革命声息相通、血脉相连,甚至"更可以说是五四运动的台湾版"[2]。

20 世纪 20 年代是台湾的新文学萌发期,1925 年后,新文学运动经历了先期的理论宣扬,造就了一批具有影响力的新作家和经典文学作品。这一时期的文学创作大多采用现实主义手法,反映社会现实生活尤其是被压迫者的悲惨际遇,抨击殖民专制统治,反对封建主义,展现了完全不同于旧文学的文

[1] 据连雅堂《台湾诗社记》。
[2] 叶荣钟:《台湾民族运动史》,台湾自立晚报社 1990 年版,第 544 页。

学样式,形成了鲜活质朴、亲切纯真的文风。小说方面,重要的作品有赖和的《斗闹热》《一杆"称仔"》,杨云萍的《光临》《黄昏的蔗园》《秋菊的半生》,张我军的《买彩票》《白太太的哀史》,一村的《无处申冤》,太平洋的《夜声》,杨守愚的《凶年不免于死亡》,柳裳君的《犬羊祸》,涵虚的《郑秀才的客厅》。新诗方面的代表作则有杨云萍的《桔子开花》《这是什么声》,郑岭秋的《我手早软了》,纵横的《乞孩》,赖和的《觉悟下的牺牲》,张我军的《乱都之恋》,肖梅的《唐棣梅》,泽生的《思念郎》,梨生的《小疑》,杨华的《小诗》《黑潮集》,虚谷的《卖花》等。另外散文、戏剧等也竞相在语言和形式上进行革新。但由于新文学尚处于萌发时期,这一时期的作品数量不多,规模不大,作品水平也参差不齐,艺术上也失于简单粗糙。

赖和(1894—1943年)是台湾新文学的奠基者。他原名赖河,笔名懒云、甫三、走街先、安都生、灰等,在文学创作、培养后进等方面都有历史性的贡献。赖和热心社会活动,积极倡导新文化运动,长期主持和编辑多种新文学刊物,扶掖文学青年,曾因"治警事件"和"思想问题"两度入狱,有《赖和先生全集》(李南衡编)。其创作主要成就是小说和诗歌,代表作有《斗闹热》《一杆"秤仔"》《不如意的过年》《蛇先生》《可怜她死了》等。赖和长于讽刺和白描手法,注重故事性与戏剧性,善于运用口语化的台湾方言写作,作品具有浓郁的乡土情调。他的作品抨击殖民当局的政治压迫与经济剥削,同情强权凌虐下的弱者却又怒其不争,批判部分知识分子的精神空虚和堕落自私,力图唤醒民族意识,反对逃避妥协,开创并确立了台湾新文学的现实主义传统,被称为"培养了台湾新文学的父亲或母亲"[1]。

张我军(1902—1955年),本名张清荣,1922年只身赴北京求学,接受了新文化运动的洗礼,1924年返台任《台湾民报》汉文栏编辑,连续发表评论抨击旧文学,提倡新文学,引发新旧文学之争,在理论和创作两方面为新文学的建设作出了卓越的贡献。他的新诗集《乱都之恋》是台湾新文学史上第一部新诗集,小说《买彩票》等风格清新朴实,围绕社会现实问题抨击旧制度的不公,具有一定的文学史意义。

20世纪30年代开始,台湾新文学进入了以推行文艺大众化为主体的发展阶段,文学创作逐渐走向繁荣。1934年,台湾文艺联盟成立,来自全台的83名抗日爱国作家会聚台中,召开全岛性文艺大会,出版机关刊物《台湾文艺》。1935年12月,《台湾新文学》月刊(杨逵、叶陶主办)出版,是为新文学运

---

[1] 王锦江:《赖懒云论》,1936年8月《台湾新民报》第201号。

动的又一重要阵地。随着新文学运动逐渐走向高潮，作家队伍不断扩大，涌现了一批有影响力的作家，开辟了丰富多样的创作道路：大多数作家坚持现实主义创作道路，杨逵、朱点人、王锦江、王白渊等人在揭露社会黑暗的同时强调积极奋进的人生状态；愁洞、秋生、吴希圣等人侧重反映底层人民的悲剧命运，作品呈现出强烈的批判性；以郭水潭、吴新荣、徐清吉等为核心的"盐分地带诗人群"则以浓厚的乡土色彩和纯朴乡情描写为乡土文学之先驱；翁闹、巫永福、吴天赏、尚未央、陈华培等人的作品则已开始探索人类内心世界，渐显现代主义的萌芽；杨炽昌、林永修、李张瑞、张良典等风车诗社成员公开打出"超现实主义"的旗号，注重对潜意识的挖掘，为台湾新诗开辟了新的创作路向。1937 年后，台湾新文学运动在"皇民化"与反"皇民化"运动中艰难前行，这一时期的新文学创作延续反殖民反封建主题的同时，具有鲜明的乡土色彩。吴希圣的《豚》、杨逵的《送报夫》、吕赫若的《牛车》、杨华的《一个劳动者的死》、赖和的《丰作》、龙瑛宗的《植有木瓜的小镇》、吴浊流的《亚细亚的孤儿》、王白渊的诗集《荆棘之道》等都是这一时期的重要作品。

1945 年，台湾光复，日据时期结束，台湾文学出现了短暂的复苏。受尽欺凌的台湾作家积极投入文学活动，欢呼抗日的胜利。许寿裳、李鹤林、台静农、黎烈文、李霁野等大陆作家纷纷赴台参与文化的建设，传播大陆进步文艺思想。两岸作家以新出版的报纸杂志为阵地，对于台湾战后文学的发展方向问题展开了热烈的讨论，杨云萍的《夺还我们的语言》《如何建设台湾新文学》、范泉的《论台湾文学》、赖明泓的《重见祖国之日》、杨逵的《台湾新文学停顿的检讨》等文章相继发表，使得台湾作家在理论上找到了台湾文学复兴的方向。但"二二八"事变后，由于国民党的高压统治，台湾文坛又陷入了低迷期。

20 世纪 50 年代开始，台湾文坛与大陆母体文学经历了长达 30 年的隔绝。1949 年 12 月国民党退据台湾，在思想文化领域采取了一系列严酷的控制措施。梁实秋、杜衡、谢冰莹、胡秋原、陈纪滢、刘心皇、钟鼎文、葛贤宁等随国民党赴台的作家一方面充实了台湾文坛的力量；另一方面很多人也成为"反共文学"和"战斗文艺"的主力。由于国民党政府的大力提倡，思想内容概念化、艺术表现模式化、歪曲历史和生活的"反共文学"一时喧嚣其上，充斥文坛。

与此同时，着力表现思想怀旧主题的怀乡文学成为一种较为突出的文学现象，主要作品有张秀亚的散文集《三色堇》、谢冰莹的散文集《爱晚亭》、林海音的小说集《城南旧事》、余光中的诗集《舟子的悲歌》等。进行怀乡写作的主要是大陆籍作家,"乡愁"也在此后成为台湾文学作品的重要母题之一。钟理和、钟肇政、廖清秀、许炳成、叶石涛、林钟隆等台籍作家则承续了赖和、杨逵、吴浊流等人开辟的乡土主题,表现台湾农村的历史现实,反映底层人民的生活际遇和对日本殖民暴政的控诉,作品具有较强的反帝反封建色彩,重要作品有钟理和的长篇小说《笠山农场》、中篇《故乡》,文心的短篇小说集《千岁桧》、长篇小说《泥路》,廖清秀的长篇小说《恩仇血泪记》,钟肇政的《老人与猪》等。而孟瑶的《美虹》《心园》,郭良蕙的《银梦》《禁果》等则描写男女间的情爱婚姻,开启了言情小说的先河。

现代主义思潮也在此时悄悄复兴。纪弦于1953年2月创办了现代诗社及《现代诗》季刊,又于1956年1月在台北发起召开第一届现代诗人大会,宣布成立"现代派","领导新诗再革命,推行新诗的现代化"。1954年,覃子豪、余光中、钟鼎文等成立蓝星诗社,创办《蓝星周刊》,又有张默、洛夫、痖弦等人在台湾南部成立"创世纪"诗社,出版《创世纪》诗刊。这三大诗社是现代派诗人的主要阵营。余光中(1928—2017年)是现代派代表诗人之一。其文学创作横跨诗歌、散文、评论和翻译诸领域,著述颇丰,尤以新诗和散文创作见长。已出版的作品主要有诗集《舟子的悲歌》《蓝色的羽毛》《钟乳石》《万圣节》《莲的联想》《五陵少年》《天国的夜市》《敲打乐》《在冷战的年代》《白玉苦瓜》《天狼星》《与永恒拔河》,散文集《左手的缪思》《听听那冷雨》《记忆像铁轨一样长》《凭一张地图》《望乡的牧神》《焚鹤人》和译著《梵古传》《老人和大海》《英美现代诗选》等。

在现代派诗人的推动下,现代主义思潮开始在台湾复苏,在60年代席卷了台湾文坛。尽管台湾现代主义文学以诗歌为滥觞,但它的全盛则有赖于现代派小说的繁荣。1960年,白先勇、王文兴、陈若曦、欧阳子、叶维廉、李欧梵、刘绍铭等台大外文系学生创办《现代文学》杂志,形成了"现代派"小说作者群。《现代文学》大量译介了西方现代文学思潮及其作家作品,发表了大量现代派作品,并探索新的艺术形式和风格。现代主义文学家们深受精神分析学、存在主义、超现实主义、意识流等西方现代文艺思潮的影响,注重表现人类的精神世界,深入挖掘人的潜意识,热心探索小说技巧,产生了风格多样的作品。这一时期现代主义文学的重要成果有王文兴的《家变》、白先勇的《玉卿嫂》、陈若曦的《灰眼黑猫》、欧阳子的《魔女》等。白先勇(1937—)是60年代台湾现代派小说成就最高者,有短篇小说集《寂寞的十七岁》《谪仙记》《纽约客》《台北人》等,长篇小说《孽子》,散文集《蓦然回首》等,剧本《游园惊梦》《金大班的最后一夜》等。他的早期代表作《玉卿嫂》以儿童视角写年轻寡妇玉卿嫂变态的爱情心理,小说集《纽约客》关注留学生的际遇,描写"无根的一代"在两种文化冲突中的悲剧命运。《台北人》描写从大陆赴台的上流社会人物的没落故事,揭示了"一种繁华、一种兴盛的没落,一种身份的消失,一种文化的无从挽回,一种宇宙的万古愁"[1]。70年代创作的长篇小说《孽子》是台湾文学中较早的同性恋题材的小说,此类小说还有2000年后问世的《Danny Boy》《Tea for Two》等。白先勇的小说创作在使用现代主义技巧的同时具有极强的中国气息,是60年代台湾最具影响力的作家之一。

台湾现代主义文学的出现是对50年代"反共"八股的反拨,它使台湾文学摆脱了政治的束缚,进行形而上的思考,扩大了文学的表现领域,无论是从思想内涵还是艺术表现手法上都对台湾文学的发展具有深远的积极意义,但是也有些作品是西方现代文学简单地横向移植,以致晦涩难懂,拒斥了读者,遭到了传统文学观念的批判。70年代初,关杰明、唐文标等人对现代诗的全面批判[2]和70年代后期的现代文学与乡土文学之争[3]是较大的两次论争,这些论争使得现代派作家进一步对现代主义文学创作理论进行审视,也引发了现实主义诗潮的勃兴和乡土文学在70年代的崛起,进一步推动了现代主义的本土化和台湾文学的多元化发展。

乡土文学自日据时期以来一直未绝其脉。1964年,吴浊流创办了战后第一个台籍作家主办的杂志《台湾文艺》,主张文学反映人生,注重作品的乡土色彩,提出要扎根于台湾本土的文化土壤进行创作,围绕该刊团结了杨逵、张文环、龙瑛宗、黄得时、王诗琅等日据时期的老作家和钟肇政、郑清文、李乔、黄春明等战后作家。随后,吴瀛涛、陈千武、白荻、赵天仪等12人发起成立笠诗社并出版《笠》诗刊,提倡现实人生的批评和乡土精神的维护,成果有《华丽岛诗集》《美丽岛诗集》等。1966年,陈映真、黄春明等创办《文学季刊》,坚持乡土文学写作道路,批判现代主义逃避现实的倾向。70年代龙族诗社、主流诗社、大地诗社、草根诗社以及《阳光小集》为代表的新世代诗人对现代诗进行审视、总结和修正,关怀现实生活,重建民族诗风。70年代乡土

---

[1] 叶维廉:《激流怎能为倒影造像?》,《叶维廉文集》第一卷,安徽教育出版社2002年版,第284页。

[2] 1972—1973年,台湾文坛爆发了激烈的现代诗论争。唐文标发表《诗的没落》《僵死的现代诗》等文,认为现代诗已走向末路,引发了现代派和乡土派的激烈论证,被称为"唐文标事件",经过这次论争,"回归乡土"成为台湾文坛共识。

[3] 1977—1978年的乡土文学论战以文学问题为突破口,涉及政治、经济、思想、文化诸领域。以官方势力联合现代派作家对峙在野的乡土派作家,在诸多重大问题上展开了激烈论争,这场论争清理了1949年后官方文学与民间文学两种文学发展路线,为乡土文学在文坛取得了合法地位。但是部分作家对台湾意识和立场的片面强调也为日后的分裂埋下了隐患。

小说的成果包括陈映真的《将军族》《唐倩的喜剧》，黄春明的《儿子的大玩偶》《我爱玛莉》，王祯和的《嫁妆一牛车》，杨青矗的《在室男》《工厂人》，李乔的《寒夜三部曲》、洪醒夫的《黑面庆仔》、宋泽莱的《打牛湳村》《变迁的牛眺湾》等。六七十年代的台湾乡土文学既继承了大陆以沈从文为代表的乡土文学传统，也发展和丰富了台湾赖和、吴浊流以降的乡土文学典范，并在都市背景、现代派技巧的糅合以及批判对象方面展开了新的探索，使得乡土文学呈现了多元的美学风貌。

陈映真（1937—2016 年），台北人，本名陈永善，笔名陈映真、许南村，代表作有小说《将军族》《夜行货车》《华盛顿大楼》《山路》《归乡》等。他的思想和创作在台湾文坛影响广泛，被称为当代台湾的鲁迅。其早期作品《面摊》《我的弟弟康雄》《乡村的教师》等深受现代主义思潮影响，表现"市镇小知识分子的浓重的感伤的情绪"[1]。从《将军族》开始，陈映真的创作转向现实主义，与其后的《唐倩的喜剧》《第一件差事》等中期作品一起以强烈的批判精神取代了早期"惨绿的色调"，表现出强烈的民族意识和社会责任感。1968 年陈映真因组织聚读左翼书籍获罪，入狱八年。1975 年复出文坛后，陈映真的《夜行货车》《上班族的一日》《万商帝君》等小说继续了中期创作的主题并具有强烈的时代意识，深刻表现了国际资本入侵下台湾工商社会的动荡与变迁；《铃铛花》《山路》《赵南栋》等政治小说则对恐怖年代的政治活动和革命者的斗争历程进行了深刻反思。作为一位具有强烈现实主义批判精神的作家，陈映真把现实主义创作原则与现代主义表现技巧有机结合，开创了小说创作的新路向。

乡土文学的另一健将黄春明（1939—　　）则被誉为小人物的代言人。其早期作品《玩火》《男人与小刀》等亦受现代派影响。1967 年开始，其创作向乡土写实主义靠拢，《青番公的故事》《看海的日子》《儿子的大玩偶》《锣》等作品大都以宜兰为故事背景，展现了社会转型时期现代文明与传统文化之间的强烈冲突以及台湾农民生活方式和价值观念的转变，反映新时代背景下人们精神上的迷茫、失落和生存困境，塑造了一系列乡土小人物的形象。70 年代初，黄春明的关注点从乡土转向都市，《莎哟娜拉·再见》《小寡妇》《我爱玛莉》等作品提出了台湾社会被全盘西化的"新殖民地问题"，批判了崇洋媚外等社会病症，揭示了现实社会潜伏的危机，表现出强烈的民族意识和爱国主义情感。其后期作品《放生》《瞎子阿木》等小说高度关注被

---

[1] 许南村：《试论陈映真》，《陈映真文选》，生活·读书·新知三联书店 2009 年版，第 3 页。

现代文明侵蚀的农村社会和乡村弱势群体的生存处境,体现出强烈的社会责任感。

六七十年代,台湾散文进入了艺术成熟期,名家辈出。林语堂的幽默小品、许达然的《含泪的微笑》《远方》,杨牧的《叶珊散文集》、罗兰的《罗兰小语》、简媜的《只缘身在此山中》等都是一时之佳作。琦君的《烟愁》《三更有梦当书枕》更是形成了"发纤秾于简古,寄至味于淡泊"的文字风格,成为闺秀文学和怀乡文学的杰出代表。王鼎钧的"人生三书"小品结构严谨,格调高雅,富于哲思,散文集《碎琉璃》《情人眼》既具有古典主义色彩又糅合了现代主义手法,开创了乡土散文的新风貌。张晓风的散文笔触细腻自然而题材广泛,从"小我"的抒写转向社会世态的描绘,婀娜而又不失刚健。柏杨与李敖的杂文批判传统文化弊端和国民性弱点,以杂文体写历史,嬉笑怒骂,自成风格。这一时期的散文创作呈现出知性与感性的完美交融、知识性与哲理性并重,艺术表现手法多样,与香港的"学者散文"互为呼应。

这一时期颇为引人瞩目的留学生文学是台湾 60 年代留学风潮的产物,作品大多描写台湾留学生在异国他乡的际遇以及处于文化夹缝下尴尬、困惑、焦灼的苦闷人生,抒发流落他乡的"无根情结"、离散意识,形成了华文文学在海外的流衍,代表作家有於梨华、聂华苓、白先勇、陈若曦、刘大任、张系国、李黎、郭松棻等。在此阶段,通俗文学也开始得到发展,高阳的历史小说、琼瑶的言情小说、古龙的武侠小说以及黄海的科幻小说等满足了台湾民众的精神娱乐和文化消费需求。

80 年代以来,台湾文坛呈现出了众声喧哗、多元共生的局面。一方面,此前的写作传统得到延续:"重认传统",关怀现实的精神得以在"政治文学"和"生态文学"中得以承继,现代主义也在王文兴、郭松棻、李渝、舞鹤等人的写作中得到了再次复兴。另一方面,随着思想的解禁,西方的各种思潮纷纷登陆台湾,引发了前所未有的颠覆与变革。女性主义文学、原住民文学、同性—酷儿写作、旅行文学、后现代文学等纷纷登场,他们颠覆了既有的价值观念,开掘边缘题材,解构中心话语,使台湾文坛呈现出崭新的文学生态结构。

新型政治文学是 80 年代台湾最强劲的文学思潮之一,它以突破当局长期以来的政治禁忌为主要特征,以现实批判精神向政治题材领域挺进。"牢狱文学""二二八文学""人权文学"等分别是不同题材领域政治文学的深化。80 年代最重要的作家之一黄凡(1950—   )的最初作品如短篇小说集《赖索》等都细致描写了台湾的社会政治生活,批判了政治的虚伪和无常,有力地推动了政治文学的发展。其主要作品有《大时代》《零》《自由斗士》《反对者》《伤心城》等，80年代中期，他的写作兴趣逐渐转向都市题材，在叙述技巧方面逐渐摆脱现实主义的影响，重视小说的趣味性和娱乐性，并试图解构"真实"世界，开启了后现代小说之先河，其后现代作品有《都市生活》《东区连环炮》等。此外，施明正的《渴死者》、杨青矗的《给台湾的情书》、陈映真的《赵南栋》、林双不的《黄素小编年》、郭松棻的《月印》、李渝的《夜琴》、宋泽莱的《抗暴的打猫市》、吴锦发的《消失的男性》、王丽华的诗作《这是自由的国度》等均为新型政治文学突出的作品。

女性主义文学和同性—酷儿写作开掘了惊世骇俗的性别话题，具有另类的价值观。女性主义文学强调女性的独立自主，反对男性话语霸权，李昂的《杀夫》《迷园》，袁琼琼的《自己的天空》，苏伟贞的《世间女子》，廖辉英的《油麻菜籽》《不归路》等是其中的佼佼者。朱天文的《荒人手记》、邱妙津的《鳄鱼手记》、苏伟贞的《沉默之岛》、陈雪的《恶女书》等酷儿书写则进一步挑战传统道德规范，大胆书写女同性恋者的隐秘世界。

这一时期后现代文学以强调叙事技巧和反现实主义崭露头角并逐渐席卷文坛。后现代文学在内容上表现为对后现代现象的反映及省思，诗学观念上主要是后设理念及解构理念的广泛运用，拼贴、组合等艺术手法的大量运用是其显著特征。后设小说、后现代诗歌及实验戏剧构成了台湾后现代文学的基本风貌。罗青、蔡源煌、林燿德等为后现代文学提供了理论支撑。张大春的小说《将军碑》《最后的先知》，林燿德的诗集《都市之甍》《文明几何》、散文集《迷宫零件》，王幼华的小说《恶徒》《超人阿A》，钟明德的戏剧《马哈台北》，赖声川的戏剧《那一夜，我们说相声》等则是其重要成果。张大春（1957—　）是继黄凡之后又一位重要的后现代作家，著有《鸡翎图》《公寓导游》《四喜忧国》《大说谎家》《病变》《刺马》《大云游手》《欢喜贼》等长短篇小说。他的创作成就突出显示在后设小说、魔幻写实小说、历史传奇小说和新侦探小说等方面，注重艺术和语言实验，创作手法不断创新。

第二节　香港文学

由于独特的地理位置、特殊的历史发展、复杂的人口构成，以及长期游离于祖国政治文化中心的边缘等复杂的因素，相对于内地母体文学，香港文学具备了独特的文学气质和形态。由于历史上不断的人口迁移和各种外来势力的交替,香港社会形成了包容广泛的移民文化和多元开放的海洋文化,而以商业贸易活动为主的社会经济特征又决定了香港的文化主体不同于内地的儒家文化和精英文化主体,而是形成了以市井平民为文化主体的市民文化和世俗文化。

香港文学的起点可以追溯到 1874 年江苏吴县人氏王韬创办的《循环日报》副刊,该刊发表各类诗词、散文、小说、粤讴等文学作品,为香港文学发展提供了新的土壤,其后,各大报纸纷纷开辟副刊,对促进香港文学的发展起到了极大的作用。

19 世纪末期至 20 世纪 20 年代,香港文坛的主要创作成就出自旧体文学。旧体雅文学主要作者为避居香港的外来文人,大都受过严格的传统学术训练。他们感时哀世,形诸吟咏,组织诗社雅集,创办书楼讲堂,整理地方文献,力图复兴文化,在一定程度上促进了香港文教事业的发展,构筑成香港早期文学的重心。其代表人物主要有姚筠、苏泽东、林鹤年、张其淦、梁济、陈伯陶、张学华、赖际熙、汪兆镛、吴道镕、丁仁长、伍铨萃、何藻翔、桂坫、罗濂、黄佛颐、章行严、章太炎、郑孝胥、林琴南等,这一时期也因此被称为“隐逸派人士的怀古时期”[1]。他们大多有个人的诗集传世,并有唱和集《宋台秋唱》。当时活跃的诗社主要有绣诗楼、正声吟社、千春社、硕果社、坚社、沧海楼等,作品成就较高者有陈步墀(1870—1934,编刊《绣诗楼丛书》三十六种)、刘景堂(1887—1963,《沧海楼词》《心影词》)、黎国廉(1874—1950,《玉蕊楼词钞》《秫音集》)、吴道镕(1853—1936,编有《广东文征》)。国粹派文人在香港文学阵地主要是各种旧文学的报纸期刊如《循环日报》《中国日报》《世界公益报》《文学研究录》《文学研究社社刊》等,“五四”运动爆发后,他们强烈抵制新文学革命的激进观点,形成了一股较为庞大的力量,使得香港新文学的诞生远远落后于大陆文坛。而旧体俗文学主要以消遣主义、趣味主义的小说为主,以描写情感生活和奇闻逸事为主要内容,其中又以言情小说为大宗,因而当时的旧派文艺期刊如《新小说丛》《双声》《妙谛小说》等大都是鸳鸯蝴蝶派作家的阵地。

新文学登陆香港之后,旧体文学的活动逐渐陷入低潮,但是传统文学形式的创作仍然不绝如缕,20 世纪 60 年代仍有诗社坚持活动,当代学者饶宗颐所创“形上词”别具一格,以学思入词提高了词的境界,异于前人的创作。1923 年,赖际熙、俞叔文、李海东等设立学海书楼,迄今仍在坚持定期讲学的

---

[1] 罗香林:《香港与中西文化之交流》,中国学社 1961 年版,第 197 页。

传统。

20 世纪初,1921 年创刊的《双声》杂志刊登了黄昆仑的《毛羽》和黄天石的《碎蕊》《谁之妻》等半白话文小说。1924 年夏创刊的《英华青年》季刊,刊登了五篇白话小说和一篇方言话剧,可以视为香港新文学的萌芽。谢晨光、侣伦、张吻冰、岑卓云、张弓、刘火子、李育中、易椿年等人先后发表新文学作品,贡献了香港新文学创作的初期成果。

1927 年 2 月,鲁迅访问香港,分别于 16 日、19 日在香港青年会作了题为《无声的中国》和《老调子已唱完》的讲演,推介文学革命和白话文写作,在香港文坛引起强烈反响,有力地推动了新文学的发展。1928 年,被誉为"香港第一燕"的纯文学杂志《伴侣》创刊,它是香港第一本新文学期刊。《伴侣》停刊后,其作者群成立了香港第一个新文学社团"岛上社"并创办文学杂志《铁马》和《岛上》,对香港的新文学运动起到了极大的推动作用。这一时期香港的新文学期刊影响最大的是《红豆》月刊。

到 20 世纪 30 年代末,香港的新文学已经逐渐取代旧文学而成为香港文坛的中坚力量。鲁迅、许地山、萧红、戴望舒等人对香港新文学的诞生和初步发展产生了重要影响。1937 年抗战全面爆发后,大批内地进步文人纷纷南渡香港躲避战乱,他们的到来使得香港文坛出现了前所未有的繁荣:文艺组织如"中华全国文艺界协会香港分会""文艺通讯部""中国文化协进会"等相继成立;大批报纸杂志被南来的作家创办或复刊,《立报·言林》《星岛日报·星座》《华商报·灯塔》《文艺阵地》《耕耘》《笔谈》《时代文学》等大力传播新思想、推广新文化,沟通两地文坛,扶植文学青年,刊登优秀抗战作品,迅速提升了港岛文坛文学品位。而围绕"民族形式""通俗文艺""文学与抗战的关系"以及"抗战诗""新风花雪月"等问题相继展开的论争对于本土文艺青年的成长和香港文坛的发展则起到了积极的推动作用。这一时期南来作家成为香港文坛的创作主体,推动并形成了香港文学的第一波创作高潮,也使得香港成为抗战时期的文化重镇之一。本时期的重要作品有中长篇小说如茅盾的《第一阶段的故事》《腐蚀》,萧红的《呼兰河传》《马伯乐》,端木蕻良的《大时代》《新都花絮》,夏衍的《春寒》,许地山的《玉官》等。诗歌有戴望舒的诗集《我底记忆》《望舒草》《望舒诗稿》《灾难的岁月》,徐迟的抒情诗《太平洋序诗——动员起来,香港!》,欧外鸥的《欧外鸥诗集》,袁水拍的长诗《后街》,陈残云的诗集《铁蹄下的歌手》等,均为本时期中国文坛的经典名作。本土青年作家侣伦、李育中、彭耀芬、阿宁、夏易、舒巷城等则受到了启发和感染,在创作中关注现实,取得了一定的创作实绩。

1941年底，香港沦陷，南来的作家和文化机构大都撤离香港，香港文学的创作陷入低潮。抗战胜利后，各种报纸如《星岛日报》《大众生活》《时代文学》《光明报》《华商报》等相继复刊，文学杂志也不断问世。国共内战爆发后，大批作家南下香港，再次带来了文学的繁荣。这一时期南迁的作家队伍更为庞大，代表作家有郭沫若、茅盾、夏衍、叶圣陶、郑振铎、冯乃超、臧克家、欧阳予倩、陈残云、胡风、孟超、聂绀弩、秦牧、司马文森、廖沫沙、吴祖光、端木蕻良等。他们立志"建设新的文化"，"扫除法西斯的渣滓"，"给民众以教育"，要解除"香港精神饥荒的灾害"[1]，在香港积极开展文艺活动，创办了一批出版社、文学杂志，组织文学社团，开设训练班，培养了大批文艺骨干。这一时期他们创办的刊物影响较大的有：《青春知识》半月刊（黄秋耘等主编）、《文艺生活》月刊（司马文森等主编）、《文艺丛刊》（周钢鸣主编）、《小说》（茅盾主编）、《大众文艺丛刊》（邵荃麟主编）、《北方文艺》（周而复主编）、《野草》（秦似主编）等，《华商报》《文艺报》的副刊也是在港作家重要的文艺阵地。

战后香港文坛创作和出版了一批在中国现代文学史上有影响的优秀作品，小说方面如郭沫若的回忆体小说《洪波曲》、茅盾的《锻炼》、司马文森的《南洋淘金记》《雨季》，陈残云的《南洋伯还乡记》，聂绀弩的《天亮了》等。40年代末期，香港的诗歌运动在整个国统区和华南地区占有举足轻重的地位。国统区的著名诗人吕剑、沙鸥等均南下香港，《新诗歌》在香港复刊，"中国新诗歌工作者协会""方言诗歌工作者"等组织先后成立，诗坛活动也较为活跃。创作实绩有吕剑的诗论集《诗与斗争》、黄宁婴的长诗《溃退》、诗集《民主短简》，袁水拍的《马凡陀山歌续编》，邹荻帆的诗集《浅水湾》等。战后香港的散文作者亦以南来作家为主，较为活跃的有黄秋耘、楼栖、华嘉、杜埃、刘思慕、秦牧、叶灵凤等，主要作品有黄秋耘的散文集《沉浮》，聂绀弩的《二鸦杂文》等。这些文学作品既有对抗战生活的回忆，也有对国民党独裁、腐朽统治的抨击和对"革命文艺"的鼓吹，同时涌现了一批反映香港社会现实和香港民众生活的作品，形成了香港新文学的第二次高潮。

这一阶段，由于左右翼文艺团体的分歧，文艺作品也体现出了较浓的政治倾向。当时争论的焦点集中于两点：一、国统区内关于"人性的文学"的争论；二、胡风等人提出的文艺"主观论"。40年代后期，在华北的革命大众文艺的影响下，关于"文艺大众化"问题的讨论也在香港掀起，1947年起，香港举办了诸如"通俗文艺座谈会"，普及方言歌曲创作的活动，文协香港分会成

357

---

[1] 见戴望舒所撰《新生日报》副刊"新语"创刊词。

立了"方言文学研究会",积极推动了香港"方言文学"运动的发展,出现了一批具有民间传统文学形式和地方色彩的作品,如小说《虾球传》(黄谷柳著)、《马骝精与猪八戒》(江萍著)、《和尚会》(薛汕著)和长诗《鸳鸯子》(楼栖著)等,产生了广泛的社会影响。其中,黄谷柳(1908—1977)的《虾球传》在当时产生了较大的影响。《虾球传》是由三部中篇小说《春风秋雨》《白云珠海》和《山长水远》组合而成的现实主义小说。它以战后香港为背景,通过对贫苦少年虾球从香港流浪至内地,从黑社会马仔辗转成为游击队战士的曲折经历的描写,展现了香港中下层社会令人触目惊心的现实,塑造了一个虽然出身贫苦,遍尝人间辛酸,却始终拥有侠义之心,追求光明的忠厚少年形象。由于题材新颖,地方色彩鲜明,《虾球传》成为当时最受读者欢迎的小说,"从城市市民生活的表现中,激发了读者的不满、反抗与追求新的前途的情绪",在艺术上"打破了'五四'传统形式的限制,而力求向民族形式与大众化的方向发展"[1],有力地促进了香港文学的大众化。

这一阶段香港本土作家的杰作有侣伦(1911—1988)的《穷巷》。侣伦是香港新文学的拓荒者之一,《穷巷》是香港文学史上的重要作品。这部小说采用章回体写作,以战后香港为背景,叙述了一群挣扎在社会最底层的"卑微者"患难与共、历经磨难却始终不肯妥协的坎坷人生,令读者感受到美好人性的温暖,同时鞭挞了社会恶势力的代表如汉奸王大牛、包租婆旺记婆、雌老虎周三姑等。小说批判意识强烈,结构严谨,故事情节曲折生动,善于组织矛盾和设置悬念,引人入胜,是香港文学史上不可多得的现实主义杰作。

总体来说,20 世纪 20 年代至 40 年代,香港文学的进程是与大陆文学基本一致的。新中国成立后,由于政治制度、文化制度和社会环境的差异,香港文学逐渐与祖国文学分流,两地文坛的密切联系也随之疏离,香港文学脱离了母体文学的发展轨迹,开始了独立发展的过程。从 20 世纪 50 年代开始到 70 年代初,是香港文学的转型时期。随着资本主义工商经济与都市社会的不断发展,香港本土文学得到进一步的成长,逐渐形成了自身独特的都市文化品格和文学形态。该时期,50 年代南来的作家逐渐退出文坛,一大批香港本土作家成长为文坛的中坚,他们更多地关注香港的都市人生和社会,进一步夯实了香港文学的都市文化特征。

50 年代特殊的政治环境使香港的左右翼文化阵营都得以在香港保留自己的力量,双方在香港这块"公共空间"相互对峙、尖锐斗争,形成了左翼文化

[1] 见茅盾在第一次全国文代会上的发言,《中华全国文学艺术工作者代表大会纪念文集》。

与"绿背文化"[1]长期并峙的局面。50 年代初,南来作家的文学观念和创作意识仍是内地文学的延续,他们以"旁观者"的视角来审视香港的社会生活,艺术表现方式也大多延续三四十年代文学写实主义或浪漫主义的传统。50 年代后期,他们对香港社会有了深入了解之后,创作题材才渐渐发生转移,走向对本土现实的关注。

本时期香港大部分作家一直坚守现实主义传统,直到八九十年代,写实传统仍是香港文学发展的主流。舒巷城(1921—1999)的《太阳下山了》是香港本土作家的现实主义杰作,小说用横断面的写法向读者展示了西湾河贫民区的众生相。小说以战后的西湾河为主要背景,讲述出身贫寒的少年林江在缺失家庭关爱的境遇下受到作家张凡的帮助,在文化启迪下艰难成长的故事,围绕中心人物林江塑造了说书人、店员、小商人、卖歌人等正直老实、同甘共苦,互相扶助的香港底层人物群像。作家对底层社会小人物的人生遭遇报以深切的同情,小说中洋溢着鲜明的地方色彩和浓厚的人情味。诗歌方面,何达、舒巷城等接续了"五四"以来的写实传统。

50 年代中期,现代主义思潮在香港兴起。1955 年 8 月,王无邪、昆南、叶维廉合办诗刊《诗朵》,主要作者有杜红(蔡炎培)、卢银、蓝子(西西)等,这是香港现代主义诗人第一次带有流派性质的集结,被视为香港现代主义文学潮流的先声。1956 年 2 月,《文艺新潮》(马朗主编)问世,它译介西方现代主义文论和作品,进行理论探讨,把香港现代主义潮流推向高峰。其后,《新思潮》《好望角》《香港时报》副刊"浅水湾"等相继成为现代主义作品发表的重要园地,徐訏、刘以鬯等人的创作为香港现代主义奠定了坚实的基础,产生了深远的影响,先后影响了也斯、吴煦斌、西西、黄劲辉、潘国灵等几代作家。香港现代主义潮流的创作实绩在诗歌方面有马朗的《焚琴的浪子》《国殇祭》,王无邪的《一九五七年春,香港》,昆南的《布尔乔亚之歌》《卖梦的人》《悲怆交响曲》,戴天的《摆龙门》《花雕》《拟仿古行》,温健骝的《帝乡》等,小说方面有《江湖行》(徐訏)、《酒徒》(刘以鬯)、《我城》(西西)、《养龙人师门》(也斯)等代表作。

1950 年移居香港的文坛"鬼才"徐訏(1908—1980)赴港后保持了旺盛的

---

[1] "绿背文化"又称美元文化,是由驻港美国新闻处统一策划和推动的反华文化运动。驻港美国新闻处纠集台湾反共反华势力,在香港建立反共文化基金会和情报机构如亚洲基金会,为反共反华的文化机构和作家提供经费和反共反华的情报资料,用金钱收买、策动作家和各种文化机构,策划各种反共文学创作。受到亚洲基金会收买和拉拢的文化出版机构有自由、高原、人人、友联、正文等出版社,代表性刊物有《人人文学》《海澜》《中国学生周报》《儿童乐园》《祖国》等。详见《今日香港》第 135 页,转引自香港大学冯平山图书馆《香港文学史四十年资料汇编》:《五十年代香港文艺的发展情况》,文学史资料组编。

创作精力,创作了长篇小说《彼岸》《江湖行》《时与光》《悲惨的世纪》和中篇小说《盲恋》《痴心井》《炉火》等,此外还有《鸟语》《结局》《花束》《有后》等短篇小说集。其创作呈现出极强的现代主义特征,作品中充满了浓重的怀乡情结。《炉火》《逃亡》《彼岸》均以意识流手法结构作品,小说中时序被随意切换,在叙述者的情绪心理中呈现情节。代表作《江湖行》充满了作家个人深刻的生命体验,富有艺术魅力。《彼岸》集中了徐訏晚年对于人生、社会、宗教、文学、政治等方面的思考与探问,融诗歌、散文、故事、哲学于一体,成为一部综合性的叙事作品。徐訏的创作延续了国统区与"五四"文学精神传统,对20世纪50年代以后的香港纯文学产生了较为深刻的影响,被称为"香港第一作家"。他将现代主义主题与浪漫故事的有机结合,在传奇故事中进行人生的思索和生命的感悟,以清新、优美、通俗的语言阐述对形而上和现代主义情绪的思考,实现了"雅""俗"的有机结合,被称为"通俗的现代派"[1]。

同为香港现代主义文学奠基人的刘以鬯(1918—)先后影响了也斯、吴煦斌、西西、黄劲辉、潘国灵等几代作家。他的创作突破了现实主义文学的桎梏,追求人类精神世界的真实,主动地借鉴西方意识流小说技巧并巧妙融入中国文化传统,创作出富有中国特色的成熟的意识流小说,被誉为"都市行吟诗人"。其小说实验着重探索当代香港人空虚、孤寂和荒谬的精神现实,通过不断打破文学常规,描写物质文明高度发展的现代社会和商品文明对人性的考验和挤压,表现人的焦虑、苦闷、不安、失落的精神世界,对人的存在价值进行了深层次地思索。刘以鬯执着于小说的形式实验,大胆突破传统的现实主义小说观念和叙事模式,注重小说的形式和结构创新的现代主义叙事:《对倒》以男女主人公交替平行的内心与外在活动组成;《链》没有故事情节,只有人物言行;《吵架》《动乱》只有场景描绘而无人物出场;《打错了》提供了故事发展的多种可能性,凸显了命运的偶然性与不可捉摸;《天堂与地狱》采用了寓言体来写作,以苍蝇的视角来展示想象的结构;《黑色里的白色白色里的黑色》黑白相间的版式以及《副刊编辑的白日梦》开头与结尾正反颠倒的排版形式也颇具深意。他的"故事新编"系列小说以现代意识消解历史人物和故事,给读者以崭新的审美体验,代表作长篇小说《酒徒》被称为香港第一部意识流小说。故事中对文学颇有见地却被迫用庸俗作品去赚取可怜自尊的职业作家酒徒寂寞孤独,借酒浇愁,在半梦半醒之间进行绝望地挣扎,折射出金钱至上的社会环境对个人的异化与摧残,反映了商业社会中人的悲观绝望的情绪

---

[1] 参见吴义勤:《通俗的现代派——论徐訏的当代意义》,《当代作家评论》1999年第1期。

和虚无主义的思想。

香港现代主义潮流是香港作家对西方现代文艺批判性的主动接纳,亦是对30年代内地现代主义文学流脉的继承和延续,是香港文学走向艺术自觉和本土关怀的一个重要方面。它的发展与台湾现代主义文学有着密切联系和互相影响。

从50年代开始,香港都市文化的兴起导致了通俗文学的流行。以金庸、梁羽生为代表的新武侠小说;以亦舒等为代表的言情小说;以南宫博、董千里等为代表的历史小说,以倪匡、张君默为代表的科幻小说以及"框框"杂文等大行其道,形成了武侠言情为主、历史科幻为辅的通俗小说格局。与早期以鸳鸯蝴蝶派作品为代表的香港通俗文学相比,这一阶段的通俗文学无论是价值观念还是艺术手法都有了很大的变化和突破,新武侠小说作为香港通俗文学成就的代表更是在全球华人世界都产生了巨大的影响。

通俗小说之集大成者金庸(1923—)原名查良镛,出身于江南望族海宁查氏。1948年赴港,先后任《大公报》《新晚报》的翻译、编辑,以姚馥兰、林欢等笔名撰写过影评,在长城电影公司担任过编剧、导演,有电影剧本《绝代佳人》,1958年5月与沈宝新合作创办《明报》,1961年创办《武侠与历史》杂志。金庸的作品以武侠小说和政论文章见长,在文学界以新派武侠小说领军人物而著称。他的武侠小说创作从1955年处女作《书剑恩仇录》问世开始,一直到1972年《鹿鼎记》出版后宣布"封刀"为止,一共创作了15部作品,分别是《书剑恩仇录》《碧血剑》《雪山飞狐》《射雕英雄传》《神雕侠侣》《飞狐外传》《白马啸西风》《鸳鸯刀》《连城诀》《倚天屠龙记》《天龙八部》《侠客行》《笑傲江湖》《鹿鼎记》《越女剑》,金庸以对联"飞雪连天射白鹿,笑书神侠倚碧鸳"概括之,其作品被翻译成多国文字,演绎成各种影视作品。他的新派武侠小说雅俗共赏,受众广泛,从香港辐射到东南亚,继而席卷全球华人世界,数十年长盛不衰,形成了"金庸热"的文化现象。

此阶段重要的小说作品还有徐速的《星星·月亮·太阳》,李辉英的《人间》,侣伦的《恋曲三重奏》《婚礼进行曲》,夏易的《变》,海辛的《再来一次航海》等;梁羽生的《龙虎斗京华》开创新武侠小说之先河,《白发魔女传》《七剑下天山》等兼具历史小说之长,强调侠义和民族精神;亦舒的《玫瑰的故事》《喜宝》等借助于言情小说的形式揭示香港都市女性的生存状态;南宫博的《洛神》《梁山伯与祝英台》等以现代手法改编传统故事,表现个性解放的思想;董千里的《柔福帝姬》《马可波罗》不拘泥于历史,以情动人;倪匡的科幻小说《无名发》等想象丰富,但有一定的思想局限性。

诗歌方面也获得了多元的发展,除了前文提到的现代主义诗歌潮流外,南来诗人大都延续了"五四"以来的写实和浪漫传统,围绕《人人文学》《海澜》等刊物聚集的以力匡、李素、徐訏、徐速、夏侯无忌、赵滋蕃等为主的诗人群落和由林仁超、慕容羽军、卢干之、吴瀿陵等成立的"新雷诗坛"等是较早的诗歌团体。其成果主要有力匡的诗集《燕语》《理想》,李素的诗集《远了,伊甸》《生之颂赞》,徐訏的诗集《轮回》《时间的去处》,徐速的《去国集》,何达的《洛美十友诗集》,舒巷城的诗集《我的抒情诗》《回声集》《都市诗钞》等。

在散文方面,闲适的美学风格得到承继并延续,学者散文大行其道。成果主要有曹聚仁、徐訏等人的《五十人集》《五十又集》,叶灵凤的《能不忆江南》《晚晴杂忆》《香港方物志》,司马长风的《骊歌》《大观集》,吴其敏的《书边掇拾》《文史小札》,徐訏的《魔鬼的神话》等;报刊杂文影响较大的有金庸、梁羽生、陈凡的《三剑楼随笔》,曹聚仁的《中国学术思想史随笔》,柴娃娃、杜良媞、圆圆、小思、陆离、尹怀文、亦舒的《七好文集》等。

20 世纪 70 年代以来,随着社会的发展,香港文学的都市文化品格得以逐步建立,香港本土作家逐渐成为文坛中坚。进入 80 年代,香港文学的创作呈现出多元化的发展态势,各种思潮流派兼容并蓄,通俗文学、现实主义文学、现代主义文学思潮出现了交融发展的局面。陶然、东瑞、颜纯钩、陈娟等南渡作家立足自身的香港经验,推出了一批描写香港的作品。西西、也斯、吴煦斌、辛其氏等本土作家致力于现代主义小说的文本实验,施叔青、钟玲、梁锡华等外来作家也推出了重要的作品。香港的本土经验和都市形象前所未有地在文学作品中得到丰满;文化认同、身份追寻、怀旧寻根等日益成为文学作品探讨的主题。香港回归祖国之后,与祖国大陆的文学交流日渐密切,香港文学开始融进整体的中国文学之中,依然保持了鲜明的都市文化特色和多元的发展势头。

西西(1938—　　),女,原名张彦,又名张爱伦,广东中山人,1950 年定居香港。主要作品有《我城》《像我这样一个女子》《浮城志异》《肥土镇灰阑记》《哀悼乳房》《哨鹿》《飞毡》等。西西一直坚持文体实验,作品先锋意识强烈,颇具魔幻现实主义色彩。其代表作《我城》以"顽童体"的观察、童话般的叙述游走于九龙各地,刻画一代香港人的真实状态,记录香港社会的历史瞬间,以反讽的笔调表现城市"本身的病"和城市中"人的病",批判城市对人的异化。表现出新一代本土作家对香港本土强烈的认同意识,标志着香港文学进入了一个新阶段。

也斯(1949—　　),原名梁秉钧,广东新会人,长于香港,长期执教于大学,是有多方面成就的作家、学者,曾用笔名车不拉、山尔,主要作品有小说集《养龙人师门》《三鱼集》《岛和大陆》《布拉格的明信片》等,游记体小说《烦恼娃娃的旅程》,中篇小说《剪纸》,长篇小说《后殖民食物与爱情》《记忆的城市·虚构的城市》,诗集《雷声与蝉鸣》《博物馆》等十一卷,散文集《灰鸽早晨的话》《神话午餐》《山水人物》《山光水影》《城市笔记》等,评论集《书与城市》《城与文学》《香港文化空间与文学》等。

董启章(1967—　),生于香港,1992年起开始文学创作,其作品几乎包揽了海外华人文学的所有奖项,主要作品有《纪念册》《小东校园》《安卓珍尼》《双身》、"V城系列小说"(《地图集》《繁胜录》《梦华录》《博物志》)、《贝贝的文字冒险》、The Catalog、"自然三部曲"(《天工开物·栩栩如生》《时间繁史·哑瓷之光》《物种源始·贝贝重生之学习年代》)等。董启章关注香港边缘地带的人的存在状况,试图以小说对抗匮乏,拒绝遗忘,建造持久而且具意义的世界,他的作品重视小说的结构和叙事,致力于把小说写成"一个不像小说的小说",对多种文类的戏拟和模仿使得他的作品具有浓重的后现代气息。

西西的《我城》《哨鹿》、也斯的《剪纸》《布拉格的明信片》、董启章的"V城系列"小说和"自然史三部曲",黄碧云的《温柔与暴烈》《失城》均呈现出强烈的现代意识和后现代特征,是现代主义小说的重要成果。他们的创作坚持文体实验,对多种文类进行戏拟和模仿,对香港本土的社会生活有着自觉的关怀,强调都市与人的相互影响,批判城市对人的异化,体现出新一代本土作家对香港的强烈认同意识。

70年代以来重要的小说作品还有陶然的《与你同行》《一样的天空》,东瑞的《出洋前后》,白洛的《暝色入高楼》,陈浩泉的《香港小姐》《扶桑之恋》,陈娟的《昙花梦》,巴桐的《蜜香树》,施叔青的《香港三部曲》,梁锡华的《独立苍茫》《香港大学生》,钟晓阳的《停车暂借问》,陈少华的《魂断香江》等。在通俗小说方面,亦舒的《喜宝》《我的前半生》,李碧华的《胭脂扣》《霸王别姬》以及林燕妮、严沁、岑凯伦、梁凤仪等人的作品提供了言情小说的不同风貌;张君默的《大预言》《人妻》等科幻小说对人类未来的生存处境展开了想象;黄易的《寻秦记》《大唐双龙传》等架空历史小说,开拓了武侠小说的新版图,温瑞安的"四大名捕"系列小说翻用古代公案小说,以现代主义手法创作武侠小说,颇有新意。

80年代后的香港诗坛除了前一时期活跃于诗坛的老将羁魂、黄国彬等人外,王伟明、胡燕青、温明等本土新生代诗人大量出现。他们大都受过高等教育,有较为开阔的艺术视野,诗作也较为注重艺术实验,具有极强的前卫精神。此外还有碧沛、黄河浪、王一桃等南来诗人,他们更多地继承了写实诗歌传统,具有强烈的批判精神。来自台湾、新加坡等其他华人地区的余光中、钟灵、韩牧、原甸等也为香港诗坛作出了自己的贡献。此阶段诗歌的创作实绩主要有:羁魂的诗集《趁风未起时》《山仍匍匐》,黄国彬的诗集《翡冷翠的冬天》《临江仙》,也斯的《诗与摄影》《游离的诗》,西西的《石磬》,陈德锦的《书架传奇》《如果时间可以》,钟伟民的《捕鲸之旅》《蝴蝶不哭泣》,蔡炎培的诗集《变种红豆》等。

80 年代以来,香港的散文有了长足的发展。学者散文的写作发展到了高潮阶段。董桥(1942—)的散文创作深受中国明清小品和英国随笔的影响,幽雅闲适,情趣盎然,是集中英文化之长的散文家,著有散文集《英华沉浮录》《双城杂笔》《这一代的事》《乡愁的理念》等。思果(1918—2004),原名蔡濯堂,江苏镇江人,是集散文家和翻译家于一体的学者型作家,力倡简洁、通畅、亲切的中文,作品有《香港之秋》《林居笔话》《橡溪杂拾》《浮世管窥》等,另有《翻译研究》《翻译新究》等学术著作。被誉为"岭南才子"的梁锡华(1933—)擅于从庸常现象中攫取深邃的哲思,作品有散文集《挥袖话爱情》《八仙之恋》《我为山狂》等。此外,余光中、梁锡华、小思、黄维樑、黄国彬、也斯等人的散文重视个人的生命与情感体验,不重功利、不重政治倾向,保持独立的地位和文明而温和的批判,继承了中国学者散文的诚实传统。

与此同时,称为"文化快餐""框框文学"的专栏散文得以迅速发展,《快报》的"快活林""快人快语""快趣""快餐",《东方日报》的"龙门阵""青春家庭""开心坊",《星岛日报》的"星辰""星象",《星岛日报》的"星晚""港谭",《新报》的"海天",《大公报》的"大公园"等均为有影响的专栏,拥有庞大而稳定的读者群。专栏散文大多关注政情世事民风,拒绝深奥,迎合世俗心理,谋求与市场的共振效应,形成了市民广泛参与的"公众空间",起到了一定的普及与启蒙作用。专栏散文作者人数众多,文风各异,曾敏之、石人、徐东滨、简而清、胡菊人、张五常、也斯、潘铭燊、黄霑、李碧华等均为有影响的专栏作家。

作品选读

天龙八部(存目)

金 庸

导读:

借由武侠的舞台演绎人生的悲喜剧,是"新武侠小说"与旧武侠小说的本质区别,也是金庸侠义叙事的核心。金庸的武侠小说创作一改此前旧武侠小说简单僵化的落后观念,在传统章回体的外衣下张扬现代意识,在塑造人物时注重内心世界的呈现,其笔下的人物形象立体,性格饱满,个性鲜明而又复杂多变。作者笔下的人性丰富而复杂,正道领袖如岳不群却野心勃勃、伤天害理;阴狠狡诈的阿紫对待爱情却专一深沉;与中原武林为敌的蒙古郡主赵敏可以改邪归正;无恶不作的叶二娘在生命的最后也闪烁着人性的光辉。小说的想象力极为丰富,武艺套路设计构思精奇,武打场面扣人心弦,光怪陆离的武侠人物令人目不暇接,情节布局巧妙,善于运用悬疑、倒叙等电影戏剧的手法来组织和叙述场景。

金庸善于在历史变迁、朝代更迭的宏大背景下展开人物跌宕起伏的心路历程,书写动荡背景下人的情感、欲望与挣扎。其作品涉及宋、元、明、清四个朝代的背景,这与金庸书写"一部编年史""一本部落之书""一部有关风俗与传统的重要汇录"的叙事企图有关。如果说金庸的早期作品如《书剑恩仇录》还有汉民族中心主义的思想痕迹的话,到了《天龙八部》之后,身为契丹人的萧峰无法坐视辽军南侵,中原生灵涂炭,却又因为背弃了兄弟、同胞而难以自处,只好自戕以全两义;《鹿鼎记》中韦小宝以义气为立身之本,既不愿背弃朋友康熙皇帝,也不愿对反清的天地会兄弟赶尽杀绝,最后甚至连自身的民族身份都已经模糊不清,说明金庸已经跳出了狭隘的民族主义,在写作中进行富有人文精神的思考,不再简单地局限于"夷夏之辩",更多地倾向于和平主义及民族的和睦与团结。

作为接受过传统教育的知识分子,金庸具有深厚的传统文学底蕴,在他的作品中,处处可见中华传统文化的氛围和意象,具有强烈的中国性。故事中的诗词歌赋、琴棋书画、典章文物、历史掌故、医卜星相、渔樵耕读、人文地理、山川史话等博大精深,令人悠然神往,拍案惊奇。《射雕英雄传》《笑傲江

365

湖》《天龙八部》等作品中更是以武侠传奇的形式生动阐释了儒、道、佛的精义。他的小说语言则接续了明清话本以来的白话文传统,具有地道的中国特色,没有僵化的欧化句式及语汇,创造了"不失时代韵味而又深具中国风格和气派的白话文"[1];从而将武侠小说传统引入了一个全新的境界。对于现代中国人尤其是接受了欧风美雨洗礼的港台及海外华人来说,读金庸小说如同进入了一个洋溢着传统审美神韵的世界。"五四"以来"传统"与"现代"之间的裂隙在金庸手中以一种文学的方式得到接续与弥合。项庄曾指出:"千千万万人(按主要指海外华人)通过新派武侠小说建立对中华文化的认同,对锦绣河山的向往,对人物情意的赞美。"许多海外华人将金庸的武侠小说作为传承文化的途径,这也是金庸作品在全球华人世界形成热潮的原因之一。

　　总而言之,金庸运用中国传统文学样式、借鉴西方现代文学和中国新文学的经验创作武侠小说,使得武侠小说脱离了低俗趣味,提高了文化品格,呈现出雅俗合流的美学风貌。他的创作具有高度的自由精神,钱理群教授称其对武侠小说现代化所作的贡献"可与鲁迅之于现代小说的贡献相媲美"。

白玉苦瓜

余光中

似醒似睡,缓缓的柔光里

似悠悠醒自千年的大寐

一只瓜从从容容在成熟

一只苦瓜,不再是涩苦

日磨月磋琢出深孕的清莹

看茎须缭绕,叶掌抚抱

哪一年的丰收像一口要吸尽

古中国喂了又喂的乳浆

完满的圆腻啊酣然而饱

那触觉,不断向外膨胀

充实每一粒酪白的葡萄

直到瓜尖,仍翘着当日的新鲜

茫茫九州只缩成一张舆图

---

[1] 林建发主编:《华语文学印象》,辽宁人民出版社 2014 年版,第 1 页。

小时候不知道将它叠起

一任摊开那无穷无尽

硕大似记忆母亲，她的胸脯

你便向那片肥沃匍匐

用蒂用根索她的恩液

苦心的悲慈苦苦哺出

不幸呢还是大幸这婴孩

钟整个大陆的爱在一只苦瓜

皮靴踩过，马蹄踩过，

重吨战车的履带踩过

一丝伤痕也不曾留下

只留下隔玻璃这奇迹难信

犹带着后土依依的祝福

在时光以外奇异的光中

熟着，一个自足的宇宙

饱满而不虞腐烂，一只仙果

不产生在仙山，产在人间

久朽了，你的前身，唉，久朽

为你换胎的那手，那巧腕

千眄万睐巧将你引渡

笑对灵魂在白玉里流转

一首歌，咏生命曾经是瓜而苦

被永恒引渡，成果而甘

（选自《余光中诗选》，中国青年出版社 2000 年版）

导读：

余光中是台湾诗坛的代表性诗人之一。他的初期创作以"现代派"诗歌为主。以他为首的"蓝星诗社"诸子虽然服膺于西方现代主义诗学理论，却并不完全遵循纪弦所提倡的对西洋现代诗的横的移植，而是强调诗歌的抒情性以及诗歌创作的"注视人生""重视现实"，提倡尊重民族诗歌传统。1958 年赴美求学之后，余光中的民族意识得到大大提升，70 年代初的"唐文标事件"

所引发的"现代"与"乡土"之争更是促进了他对创作道路的思考。经过这场论争,余光中的创作思想进行了调整,写于 1974 年 2 月 11 日的《白玉苦瓜》正是其文学思想转变后的名作,发表后引起了台湾诗坛的轰动,被誉为"不朽的盛事"。

这首诗歌分为三小节,每节十二行,全诗体式整齐,结构严谨,具有整饬而古典的美。首节描绘了诗人所见的白玉苦瓜的状态——在漫长岁月的日磨月磋中逐渐"成熟"却又保持了"当日的新鲜";第二小节回顾它孕育成长的历史——茫茫九州的"恩液"通过"蒂"和"根"哺育了苦瓜,"钟整个大陆的爱于一只苦瓜",经历了重重苦难也未曾留下"一丝伤痕";第三小节咏叹白玉苦瓜千年不朽的奇迹,之所以依然。

作者撷取白玉苦瓜为歌咏对象,立意高远,构思巧妙。面对白玉苦瓜,诗人悠然神往,展开了丰富的联想。白玉苦瓜这一意象具有多重象征意义,既可视之为《诗经》以降的诗歌传统本身,也可将它扩展为华夏文化传统或中华民族精神的隐喻。诗人将笔触伸回祖国大陆,蘸取"汨罗的悲涛,易水的寒波",以华夏传统文化的精魂书写诗行。白玉苦瓜之所以历经千年依然饱满圆润,光华流转,是因为得到"后土的祝福"、九州的恩液和巧手所赋予的民族灵魂。这里的后土、九州都是指大陆、指中国。只有牢牢扎根于中国的土壤,接受源远流长的华夏文化的哺育,扎根民族传统,白玉苦瓜才有可能获得顽强的生命力,在历尽苦难后依然绵延千载,"成果而甘"。诗歌中"皮靴""马蹄"和"重吨战车的履带"指历史上多次外族的入侵以及日本侵华对中华传统的蹂躏,作品因此流露出极强的中国意识与民族意识,全诗充满了游子对民族文化的礼赞以及对祖国深深的怀念、眷恋和淡淡的乡愁。

该诗以现代意识观照古典意象,拓展出了崭新的诗学空间。与此前的《敲打乐》等作品相比,诗人的情感更为内敛,不落痕迹,语言艺术臻于化境。全诗在一种朦胧的氛围中展开:"似醒似睡""缓缓的柔光""千年的大寐"勾勒出苍茫深邃的历史感,末尾的"前身""换胎""引渡"等又与开头相呼应,产生了一种前世今生的恍然,充分展现了诗人内心的戏剧化,全诗对于白玉苦瓜历史的勾勒和对九州苦难的回顾又有机地融合了诗人所把握的"纵的历史感,横的地域感,纵横相交而成十字路口的现实感",为现代诗歌的创作留下了一个独特的文学样本。

第十三章　通俗小说

中国近百年通俗文学被称作为中国现当代通俗文学。它在中国近百年的文学发展中与新文学等有着密切的关系,但也逐步地形成了自我特色,自成系列。百年通俗文学虽也有拟歌谣等通俗诗歌,有专栏社评、滑稽文章等通俗散文,有时事新剧等通俗戏剧,但其主流还是通俗小说,所以在某种程度上说,通俗文学主要就是指通俗小说。

第一节　概　述

中国小说本没有什么雅俗之别。到"五四"新文学运动,鲁迅等人将外来的文化哲学思想贯穿于小说创作中,中国小说创作开始有了很强烈的文化批判和社会批判。到了这个时期,中国小说有了雅俗之分。鲁迅等人的新小说被称为精英小说,以世界的文化、文学视野观察和分析中国文化和文学是其基本特征,按照朱自清的说法就是:"在那个阶段上,我们是接受了种种外国标准,而向现代化进行着。"[1]与新小说相对应,承接着中国传统渊源的小说就被称作为通俗小说。以传统文化和传统美学为底色是其基本特征。

自从小说分雅俗之后,中国的精英小说和通俗小说就有各自的发展途径。精英小说开始承担起国民教育、社会启蒙的大任,同样按照朱自清的说法,是:"'通俗'和'自然'也让步那'欧化'的新尺度,后来并且也成了标准。用欧化的语言表现个人主义,顺带着人道主义,是这时期知识阶级向着现代化的路。"[2]在现代中国,新文化、新小说成为了主流文学。通俗小说为了生

---

[1][2]　朱自清:《文学的标准与尺度》,见《朱自清古典文学论文集》(上),上海古籍出版社1980年版,第11页。

存进入了市场,成为了现代中国的市场文学。市场的文学依靠的是大量的阅读,通俗文学自然也就成为了现代中国主要的阅读主体。更为重要的是,进入市场的通俗小说实际上成为了大众文化的组成部分。新文化是新小说的语境,现代大众文化也就成为了通俗小说的语境。

现代大众文化最为重要的特征就是媒介和传播。现代通俗小说作家是最后一批致力于科举之文人,也是最早一批新闻人。从清末民初开始,他们就是中国各大报刊、文学期刊的主编或者是专栏作家。20世纪20年代以后,电影开始流行起来,很多通俗小说作家又成为了最早的电影编剧。在当代中国,电视剧逐步成为家庭主要的娱乐种类,网络成为了社会信息主要传播途径,通俗小说作家都是其中主要的参与者。大众媒介对通俗小说作家创作的意义和价值不仅仅是提供一个发表的阵地,而是创作取向和创作美学的深刻影响。说中国现当代通俗小说作家就是媒介作家也未尝不可。现代大众文化给予了通俗小说作家活水,通俗小说作家给予了现代大众文化活力。

作为现代中国第一批翻译外国文学的作家群体,通俗小说作家从清末民初开始就受到外国小说的影响。在之后文学市场化的过程中,通俗小说接受的影响很为广泛,特别是正在发展中的新小说对其影响更为深刻,例如张恨水的小说。不过,再怎么接受影响,通俗小说对中国传统小说的延续是根本,其特征鲜明地表现在:传统文化的道德伦理是小说人物事件是非评判的标准;类型化、题材化、模式化是小说结构布局和情节文脉的基本路径;章回体、评话体、连载体是小说文体构思和语言设计的语体系统。进入现代社会之后,通俗小说在报刊的影响下,对当代社会时尚风气、敏感的社会事件和情感情绪特别关心,有着书写"今社会"的新传统。这个新传统被当代中国通俗小说延续了下来。

夹杂着传统道德观念的大众文化及其市场机制、表现民意而又依存于大众的媒介文化和运作策略、接受外来影响却又坚守固本的传统文化和美学手法,是中国现当代通俗小说的性质。

以1894年韩邦庆的《海上花列传》正式出版为现代通俗小说的发端,现代通俗小说发展至今可以分成五个阶段。第一个阶段是清末民初时期,又被称之为通俗小说"鸳鸯蝴蝶派时期"。这是现代通俗小说的起步阶段,以社会小说和言情小说的创作为特色。第二个阶段是20世纪二三十年代,又被称之为通俗小说"市场化时期"。现代通俗小说此时走向了繁荣,社会小说、言情小说继续走红,武侠小说、侦探小说、滑稽小说、科幻小说、历史小说异彩纷呈。这个时期新小说登上文坛并且取得了文学话语主导权的地位,通俗小说与新小说双流并进。第三个阶段是 20 世纪 40 年代,代表作家是张爱玲、徐訏、无名氏、予且、梅娘等。这些作家都接受过新式教育,他们的创作将通俗小说带到了一个新的境界,所以又称作为通俗小说"新生代时期"。第四个阶段是 20 世纪 50—70 年代,这个时期大陆的通俗小说几乎没有了(只有公安法制小说还在延续),但是在台、港地区却有了新的发展,琼瑶等人的言情小说、金庸等人的武侠小说代表了这个时期中国通俗小说的成就。正因为如此,这个时期被称作为通俗小说的"台港时期"。第五个阶段是 20 世纪 90 年代之后,以中国大陆为中心的通俗小说再一次走向繁荣,被称为通俗小说创作"新时期"。这个时期,社会小说、历史小说的创作十分火爆。跨世纪以后,网络小说凭借着新的传播媒体成为当下最抢眼的通俗小说门类。

第二节　社会小说

社会小说一直被视作为通俗小说重要类型,它是侧重于描写社会、表现社会、批评社会的一种小说文体。

中国现当代通俗社会小说从清末开始。代表作有李伯元的《官场现形记》《文明小史》;吴趼人的《二十年目睹之怪现状》;刘鹗的《老残游记》;曾朴的《孽海花》等。这些小说被鲁迅称作为"谴责小说"。此时的社会小说内容繁杂,作家的思想水平也上下不一,但在揭露官场黑暗和批判官场丑恶上是相当一致,有着强烈的社会批判和时政关心。到了民国初年,社会小说的价值取向发生了变化,从对社会的批判、时政的关心逐步转移到对世俗社会的各种怪现状的暴露和展现上来了。此时在文坛上产生重大影响的社会小说是李涵秋的《广陵潮》。《广陵潮》从"移风俗、正人心"的创作题旨出发,将社会各种怪现状聚集起来表现之,暴露黑幕,不过讽刺鞭挞还是小说的基调。

通俗小说作家大都是中国的传统的文人,具有传统的爱国爱民的精神,他们对发生在身边的政治事件十分敏感也十分关心,以爱国主义为基调的小说就成了现代社会小说的主要部分。现代爱国小说由晚清的"政治小说"开先河。梁启超的《新中国未来记》、岭南羽衣女士的《东欧女豪杰》等"政治小说"把自己的政治理想编演到小说之中去,在清末民初的小说中很有影响。沿着这样思路前行的还有陆士谔的《新三国》、陈冷的《刀余生传》、叶小凤的《蒙边鸣筑记》和《如此京华》、贡少芹的《洪宪宫闱秘史》《亡国奴自豪语》等。这些小说或表现富国强民的理想,或表达共和意识,或表达对军阀统治的不满,或表现民族的屈辱、激发爱国热情,都留下了那个时代的富国强民印记。

1931 年的"九一八"事变和 1932 年的"一·二八"事变之后,通俗文学作家掀起了"国难小说"的创作热潮。所谓国难小说"就是写亡国惨痛"或"爱国事迹"的爱国小说。含凉生的《国难中的苏州》、郑逸梅的《沪变写真》等一批小说以纪实的笔法写了上海"一·二八"事变中苏州、昆山、太仓的社会状况,写了日本侵略者在上海的烧杀抢掠。王天恨的《失落》、徐卓呆的《食指短》等则写了难民潮。这些触目惊心的亡国惨痛给人留下了深刻的印象。写"爱国事迹"的小说比较引人注目的作品有邓启炘的《抵抗日记》、程瞻庐的《不可思议》、顾明道的《国难家仇》等。特别值得一提的是张恨水的抗战小说创作。自 1931 年以后,张恨水创作了大量的抗战小说,成为了中国现代抗战小说的代表作家,代表作品有《弯弓集》《虎贲万岁》《大江东去》等。张恨水的抗战小说将国难小说的悲切提升到对抗战事迹的歌颂,展现了中国人在外敌压迫之下奋起反抗的顽强精神。

上海都市的迅猛发展给都市小说提供了丰富的题材。既承认并享受西方的物质文明带来了中国物质生活的进步,又担心西方物质文明的进入会引发社会风气的变化,是都市小说基本的价值取向。陈冷的《新西游记》写了唐僧师徒四人来到都市后,被都市的物质文明所异化了。贡少芹的《傻儿游沪记》把一个傻气十足的人放到正在快速发展的都市中去,当然行为可笑,看似是一部滑稽小说,却提出了中国人如何才能适应都市化的问题。此时还有一些都市小说以揭露都市黑幕为基本思路,这些小说揭露有余,批判不足,被新文学作家称作为"黑幕小说",代表作品有包天笑的《上海春秋》、程瞻庐的《快活神仙传》、江红蕉的《交易所现形记》等。

与都市小说同样繁荣的是市民小说。通俗小说中的市民小说基本上有两大类型:一是写市民的心态,都市里的小市民生活在贫困线下,却又有患得患失、猜忌狭隘的心态,市民小说对此作了生动地描述,代表作有汪仲贤的《角先生》、陈亮的《小裁缝》等;另一类是写市民生活的困苦,如陆律西的《生活难》、白悠的《倒运汉走单帮》、徐卓呆的《乡下客人》等。在 20 世纪 40 年代,市民小说最引人注目的是徐卓呆的《李阿毛外传》和张恨水《八十一梦》。《李阿毛外传》的主题十分明白,即:生活在当今社会,人怎样才能活下去。张恨水的《八十一梦》之如此取名,用张恨水的话说:"有这么一句话'九九八十一,穷人没饭吃',人生大事莫过于吃饭,更莫过于穷人吃饭。"[1]写穷人吃饭

---

[1] 张恨水:《八十一梦·楔子》,四川人民出版社 1980 年版。

之艰难和穷人为什么吃不上饭的原因也就是《八十一梦》所要表现的思想。由于揭露了社会的丑恶，表达了一定的民意，这类小说成为了当时最受读者欢迎的小说。

知识分子一直是通俗文学的表现对象，通俗社会小说与新小说不同，它不是写知识分子自我价值实现的苦闷和彷徨，而是写知识分子在谋利中的形态和表现，因此小说所表现的不是文化的批判，而是行为的讽刺。科举制度废除之后，各类新式学校纷纷建立，新旧交替之时，教育界一片混乱，吴双热的《笑之教育史》、程瞻庐的《茶寮小史》对此现象进行了讽刺。到了20世纪二三十年代，小说创作成为了一种谋生的手段，抄袭、卖字等各种现象泛滥起来，徐卓呆专门写了《洋装的抄袭家》讽刺这种现象。徐卓呆的小说的故事情节世俗性也很强，但他又不愿意停留在一般的故事情节的描述上，他对知识分子的批判总喜欢在故事之中表现出一点哲理来。他的《如此佳妙》《浴堂里的哲学家》等小说都有这样的特色。

中国大陆的当代社会小说起步于1991年8月出版的曹桂林的域外小说《北京人在纽约》，这部小说在中国大陆走红并引发了一系列的移民小说创作。1992年出版的周励的《曼哈顿的中国女人》席卷京城，从而把域外小说创作推向了一个新高峰。域外小说对中国人在国外的打拼经历，对他们的生活、情感、工作状况进行了细致的描叙，并且对多种不同文化碰撞时个体的心路历程和精神归宿作了深刻反映与探究。除了以上两部作品，域外小说代表作还有王周生的《陪读夫人》、王小平的《刮痧》、骁麒的《重返伊甸园》等。

90年代中后期出现的写官场生活的官场小说，在图书市场上畅销一时，所谓"官场小说"就是描写官场生活和揭露官场腐败现象的小说的总称，大致有三种类型：第一种类型表现的是官场中的现实生活与人的本性、善良道德的冲突及其主人公内心世界的痛苦和挣扎。王跃文的《国画》《梅次故事》《苍黄》、阎真的《沧浪之水》和王晓方的《驻京办主任》等都属此类。第二种类型表现的是官场中权与法的较量。这一类型的反腐小说往往以侦破案件为贯穿全文的主线索，围绕案件的侦破来逐步展示权力与法律的正面交锋。代表作有张平《苍天在上》、陆天明《大雪无痕》。第三种类型表现的是对官场体制的思考与探讨。腐败的本质说到底就是权力的腐败。在描写腐败与反腐败的过程中，作家们开始对官场体制进行认真思考。周梅森的《人间正道》《中国制造》和田东照的《跑官》《买官》《卖官》是其中的经典之作。可以说，官场反腐小说占据了90年代社会小说的主导地位。

90年代后期出现的社会纪实小说也蔚为壮观，纪实小说作家们直接面对现实生活、关注当下社会问题,并表现出强烈的社会使命感。此时的纪实小说中农村纪实小说写得最有深度。它在反映改革开放政策下农村的新气象、新变化的同时,还探讨了农村改革的新走向、新问题。代表作是冯治的《中国三大村》。

第三节 言情小说

自从有了文学作品以来,写情就是永恒的主题。把故事情节建立在人类的感情之上是通俗小说最基本美学特征之一,言情小说也就成了通俗小说重要的小说类型。

中国现代以后的言情小说大致上可分为三个时期。清末民初的言情小说热是第一个时期,此时的言情小说大致分为两种类型,一种是"鸳鸯蝴蝶"式的言情小说;另一种是海派狭邪小说。1907年吴趼人将他的小说《恨海》《劫余灰》《情变》三部小说,分别标为"写情小说""苦情小说"和"奇情小说",拉开了现代言情小说的大幕。民初,文坛上的写情之风开始炙热起来,不下百余种言情小说一下子涌上了文坛。这些言情小说大致可以分成三类,第一类是怨情小说,这类小说认为情是可怕的,人一旦堕入情网,将受难无穷,其代表作是徐枕亚的《玉梨魂》;第二类是痴情小说,这类小说认为情是可爱、可亲的,那些阻碍情的发展的一切束缚都是可恶、可憎的,它们对情的追求达到了痴迷的程度,其代表作是吴双热的《孽冤镜》;第三类是哀情小说,这类小说把情推向到极致,为情而死是其特色,周瘦鹃的言情小说基本属于这一类。言情小说在民初形成创作热潮,很大一个原因是随着共和国的建立,人们的共和意识逐步加强,前一段时间严复、梁启超等人鼓吹的民主、人权、法制的思想自然成为了共和意识的主要内容。但是对年轻人来说,最关系到切身利益的还有什么比恋爱婚姻更为敏感呢? 在中国这个以家庭制度为基础的社会里,婚姻问题首先就要受到冲击,对婚姻不自主的反抗和在婚姻上受到压迫的苦闷都作为新的思想意识被表现了出来。此时文坛上流行的还有海派狭邪小说,所谓的狭邪小说是以妓院艳事为题材的小说,鲁迅在《中国小说史略》中将这些小说称之为"狭邪小说"。狭邪小说不是言情,而是调情和玩情,这是言情小说中的一种特殊的文学现象。清末民初的狭邪小说主要有韩邦庆的《海上花列传》、孙玉声的《海上繁华梦》、张春帆的《九尾龟》等。

1930年张恨水的《啼笑姻缘》出现在文坛,标志着社会言情小说的出现。

这是现代言情小说的第二个时期。社会言情小说不再是纯粹写情,而是以写情为经,以写社会为纬,因此小说社会批判的意义明显加强。除了张恨水的《啼笑姻缘》外。之后出现的秦瘦鸥的《秋海棠》、刘云若的《春风回梦记》、王小逸的《春水微波》等也是社会言情小说的代表之作。

第三个时期是指 20 世纪 40 年代的现代言情小说。这类新型的言情小说虽然也写社会生活,但不再是强调社会和言情的冲突,而是强调主人公的情感世界在社会中的实现。作者更注意主人公的情爱心理的表现和挖掘,言情小说从外向的社会批判转向了内向的人物形象的塑造,情感的起伏和变化完全来自主人公的个性,属于一种都市伤感小说。这类作家的代表非张爱玲莫属。张爱玲的小说是女性婚恋小说,但创作视角不仅是为女性寻找生活中的位置,还对女性的情爱心理提出了疑问和批判。代表作品如《沉香屑·第一炉香》《沉香屑·第二炉香》《金锁记》《倾城之恋》《十八春》等。除张爱玲外,这类言情小说的代表作家作品还有苏青的《结婚十年》和《续结婚十年》,梅娘的《小姐集》以及被称为"东吴系女作家群体"的施济美、汤雪华等人的作品。

1949 年以后中国大陆在相当长时期内并没有纯粹的言情小说,言情小说在台湾地区和香港地区继续发展着。台湾地区的言情小说在 60 年代之后出现了创作高潮,出现了一批女性作家创作群,六七十年代主要有琼瑶、玄小佛等人,80 年代之后,萧丽红、三毛、廖辉英等人继续走红文坛。进入 90 年代以后,台湾地区又出现了一批年轻的言情小说家,席绢、于晴、林晓筠、沈亚被认为是写作界的"四小名旦"。这四位作家中以席绢在大陆的影响最大。琼瑶的小说描述的是纯情,这一纯情又往往来自感情的磨难。"四小名旦"的小说也写纯情,却抽去了感情的磨难,她们的小说就像一块蛋糕一样,香喷喷、甜蜜蜜,没有丑恶,没有压抑,只有美好生活的憧憬和令人陶醉的情感关怀,所以她们的小说是纯真中的纯情。香港地区的言情小说也有感情磨难,但香港地区言情小说的感情磨难不仅仅停留在情感层面上,而是触及婚姻以及人生命运,常常以批判感情的姿态出现。所以,琼瑶塑造出来的女主人公往往是受过磨难的"白雪公主",而香港地区言情小说塑造出来的女主人公往往是在磨难中成型的"女强人"。香港地区言情小说的代表作家是岑凯伦、亦舒、梁凤仪等人,她们的小说见证了香港言情小说"女强人"模式的发展轨迹。90 年代后期,由于李碧华的《青蛇》《霸王别姬》等小说的出现,香港的言情小说再次受到人们的关注。李碧华的小说不同于那些都市言情小说,她善于在历史的变迁中(个人成长史或者社会变动史)写凄美的爱情,男女不分、人戏不分、神鬼不分、生死不分，爱情在她那里不仅是一种境界，而且是生存的动力。

20世纪八九十年代中国大陆虽然有些模仿台港言情小说的作品，例如"雪米莉"的系列小说等，但大陆的言情小说基本上不成规模。直到新世纪之初，棉棉的《糖》、九丹的《乌鸦》、春树的《北京娃娃》等小说在社会上广为流传，但是这些小说多写女主人公的感官感觉，所以评价不高。

第四节　武侠小说

武侠小说是中国的国粹，它立足中国传统的侠义精神和中华武功。那些写具有侠义精神的人和事的作品被称为是武侠小说。武侠小说古已有之，不过武侠小说真正地走向繁荣，还是到了清末民初。中国民间一直就有浓厚的"尚武精神"。这种"尚武精神"到了清末被推向了极致。义和团在帝国主义列强的枪炮中，刀枪不入的神话破灭了，但各种故事已作为一种传说留存于民间。精武门、国学馆在民国初年纷纷建立，霍元甲等武术师击败外国大力士，无论消息是否真实，此举被作为扬国威、振民气看待，举国欢庆。从这样的视角出发，武侠小说可以看作一种时代的文学。

清末民初的武侠小说作品大致分为两类，一类是根据历代野史、笔记整理、编撰成的武侠人物和侠义故事汇编，比较有影响的作品有林纾的《技击余闻》；钱基博的《技击余闻补》；姜侠魂的《雍正一百零八侠》《女子武侠大观》；陆士谔的《古今百侠英雄传》；许慕羲的《历代剑侠大观》等。另一类则是武侠小说的创作。叶小凤、陆士谔、张恂子、李定夷、姜侠魂、孙玉声等作家都有一些作品。此时武侠小说成就不高，小说基本上是延续着传统武侠小说的思路进行创作，主题还是反清复明。

中国武侠小说的创作理念在20世纪20年代发生变化。1923年，南方的向恺然发表《江湖奇侠传》，北方的赵焕亭发表《精忠奇侠传》，两部小说的出现标志着中国武侠小说由追求江山意识的政治理想取向转向了进入江湖、归入民间。进入江湖、民间的武侠小说，看似离社会远了，但是武侠人物真正成为了小说的主人公，武侠人物有了自己的活动空间，无论是人物形象，还是情节故事都有了生动的表现。

30年代之后，现代武侠小说进入了创作繁荣期。在众多的武侠小说作家作品中，逐步地形成了四大流派。李寿民（还珠楼主）是现代武侠小说剑仙派的开创者，他的代表作是《蜀山剑侠传》。《蜀山剑侠传》写的是神魔的故事,小说中的其人其技以及他们的争斗写得既神奇又怪异,想象力极为丰富,读之令人惊奇而至瞠目。王度庐是现代武侠小说侠情派的代表作家。代表作有《鹤惊昆仑》《宝剑金钗》《剑气珠光》《卧虎藏龙》《铁骑银瓶》,又称"鹤—铁系列"。王度庐武侠小说的特色在于:他不仅写生活与感情的冲突,而且写理智与感情的冲突,把矛盾引向人物的内心世界,以造成爱恨交织、生死两难的情感效果。在注重人性的刻画的同时,写武功技击的各种招式,此时写得较为出色者还有白羽和郑证因。白羽的代表作是《十二金钱镖》《联镖记》,郑证因的代表作是《鹰爪王》。他们被称为现代武侠小说的技击派。到了40年代后期,朱贞木创作了《七杀碑》等小说,将历史故事与武侠传奇结合起来写,开创了现代武侠小说历史派的先河。

自1952年梁羽生创作了《龙虎斗京华》之后,港、台地区掀起了一股武侠小说创作热,出现了武侠小说作家群,他们的作品被称之为新派武侠小说。新派武侠小说香港地区作家主要有金庸、梁羽生、温瑞安、黄易等,台湾地区的作家主要有古龙、卧龙生、诸葛青云、柳残阳等。新派武侠小说之所以被称为"新",最主要的是它的思想和表现形式上与旧派武侠小说的不同。新派武侠小说善于从纷繁复杂的江湖世界之中折射出现代社会生活;善于从武林人士的恩恩怨怨之中写出现代人思想感情和生活感悟;善于在荒诞不经的情节之中表现出人生的真谛,小说与读者的思想感情得到了前所未有的沟通。在表现形式上,传统的小说表现形式继续存在,但融进了更多的新的表现手段,特别值得一提的是现代影视手法的借用,使得新派武侠小说面貌一新。这些新特色在梁羽生、金庸、古龙身上表现得最为充分。

从1952年至1984年,梁羽生创作了30多部武侠小说,从唐代一直写到近代义和团运动,几乎涵盖大半个中国文明史。梁羽生的小说有着明确的历史观:国家为上、汉族中心。他小说中的矛盾大致上归纳为三种:"江湖—庙堂"冲突、民族冲突、正邪冲突。他演绎的矛盾冲突的基本思路是:当江湖的与庙堂发生冲突时,江湖利益服从国家利益。梁羽生十分强调武者以侠为宗,宁可无武,不可无侠。真正的侠客一定是重情重义、道德完善。梁羽生的中国传统文化修养相当高,语言古朴、文采飞扬,有浓郁的书卷气,特别是他常用古典诗词写人物命运和概括故事情节,沉郁而有余韵。梁羽生的小说端庄古秀,他有"武林长者"的美称。

迄今为止,武侠小说影响最大者是金庸,金庸有"武林霸主"之称,一共创作了15部武侠小说:《飞狐外传》《雪山飞狐》《连城诀》《天龙八部》《射雕英雄传》《白马啸西风》《鹿鼎记》《笑傲江湖》《书剑恩仇录》《神雕侠侣》《侠客行》

《倚天屠龙记》《碧血剑》《鸳鸯刀》《越女剑》。金庸的小说是"文化武侠小说"。金庸小说中的英雄不管如何个性张扬，只要被看作英雄，他就一定是个君子。因此金庸小说中的英雄都是英雄和君子的结合体。依此类推，金庸小说正是以这样的文化为标准来区分小说人物的正邪是非，反过来，也正是通过对这些人物的褒贬来弘扬道德文化。表现和宣扬传统文化是武侠小说的基本特色，没有这样的特色，也就没有了武侠小说，金庸小说也不例外。金庸小说独特的贡献在于，他将中国传统的文化、中国"五四"以来的新文化以及世界流行文化融合起来构成小说的文化价值取向。因此，金庸小说实际上解决了现代文学长期困惑的一个问题，即中国的传统文化与人的价值的实现是否矛盾？中国的传统文化是否束缚人的价值实现？"五四"以来的新小说理论一直持肯定的态度。金庸小说告诉我们并非如此，关键是如何看待人的价值的内涵。如果将人的价值的实现看成是完全解除一切束缚的个性的自我实现，中国的传统文化显然是格格不入的，如果将人的价值的实现看成是道德的自我完善，中国的传统文化就是最好的标准。金庸小说中人的价值的实现就是人的道德的完善，人的道德的完善并不抹杀人物的个性，相反，它使人的个性得到更合理的张扬；人的道德完善并不是不表现人的欲望，而是使人的欲望更富有理性。

台湾作家古龙被视为武侠小说的改革者，大约创作了 60 多部作品。古龙把世界文化之中的现代意识和现代情绪引进了武侠小说，从而大大拓展了中国武侠小说的文化空间。没有什么历史背景，古龙无须为是否违背历史的真实而拘束；没有道德束缚，古龙无须为他的人物担负什么国家大业、民族复兴的重任。他的人物有着很强的个性，介入江湖纠纷相当程度上是由于自我的兴趣，随兴所至，显得特别潇洒；伴随着这种个性的是人物的孤独感和寂寞感，同时裹挟着苍凉感。在他的小说中，女性只是一个符号，代表了情欲和淫欲，甚至只是男性享受生活的一个侧面。古龙小说在情节推理和神秘恐怖描述上颇显特色，他将日本推理小说、欧美的"硬汉派小说"的一些美学要素引入武侠小说中来，形成了一种"古龙结构"。与这样层层推进的故事情节和讲究速度的武功招式相合拍的是小说语言，推理并尽量哲理化，短句并尽量连环化，是古龙小说语言的特色。延续着古龙小说创新之路的还有香港作家温瑞安和黄易。

1990 年以后中国大陆开始出现了一些新的作家，他们围绕着《今古传奇》等刊物进行创作，这些作家主要有沧月、王晴川、凤歌、小椴、步非烟、沈璎璎、红猪侠、时未寒、李亮等。他们以其大量的作品在中国建立了比较稳定的创作阅读圈,成为新时期武侠小说重要的主力军。与港、台地区的作家作品相对应,他们被称为"大陆新武侠"。

第五节　侦探小说—公安法制小说

侦探小说是清末民初从西方引进的小说形式,是以侦破刑事犯罪作为故事情节,以设谜—破谜—说谜为故事结构,以私人侦探作为主人公的小说类型。清末民初之际在中国流行的主要是西方侦探小说翻译作品。这些译作之中,影响最大的是柯南·道尔的《福尔摩斯探案》和勒白朗的《亚森·罗频奇案》。

中国作家的侦探小说创作从 20 世纪 20 年代以后开始,代表作家是程小青和孙了红。从 1914 年开始,程小青一直致力于《霍桑探案》的创作。1946 年,世界书局陆续出版了《霍桑探案全集袖珍丛刊》,共计 30 种。程小青的侦探小说的故事基本上发生在上海中下层社会,在价值判断上除了法律之外,还常常将中国的道德标准穿插其中。作为柯南·道尔的《福尔摩斯探案集》中译本主要翻译者之一,程小青的侦探小说受柯南·道尔的小说影响很深。和程小青走"福尔摩斯—华生"的路不同,孙了红学习的是法国作家勒白朗的《亚森·罗频奇案》的创作模式,塑造了一个东方侠盗:鲁平。孙了红最初涉足文坛大概是 1925 年左右,此时,他参加了大东书局出版的《亚森·罗频案全集》的白话翻译。孙了红的小说真正成熟,并自成一家,是在 20 世纪 40 年代《万象》时期。他在《万象》上发表了《血纸人》《三十三号屋》《鬼手》《蓝色响尾蛇》《窃齿记》等小说。此时他的小说几乎篇篇都是精品,使得他跻身于中国侦探小说一流作家的行列。别人以侦探为主体,他是以侠盗为主体;侦探破案为了正义,侠盗破案却常揩油沾光;侦探破案正大光明,侠盗窥情却不择手段。所以说孙了红的小说又可以称之为"反侦探小说"。孙了红小说的贡献是将中国的传统文化写进了侦探小说之中,显示出中国侦探小说本土化的努力。

1949 年以后,侦探小说中私人侦探、官方侦探和罪犯之间的三角关系没有了,只有政府公安法制机关与罪犯之间的斗智斗勇,因此,此时的侦探小说被称为公安法制小说。

中国公安法制小说有着强烈的政治意识。1949 年到"文化大革命"时期,中国公安法制小说的主题是:"肃反""反特"。"肃反"要求国内的政治安全,"反特"要求国家的政治安全,代表作品有白桦的《山间铃响马帮来》《无铃的马帮》;公刘的《国境一条街》《祝你一路平安》;史超的《擒匪记》《黑眼圈女人》等。到了"文革"十年,中国公安法制小说的主题是"反敌""反苏"。"反敌"要求擒获那些破坏"文化大革命"成果的敌人,这些敌人既有隐藏很深的阶级敌人,也有刚刚被打倒的"走资派",例如伍兵的小说《严峻的日子》。"反苏"提醒人们苏联对我们国家的破坏,特别是1971年"珍宝岛事件"之后,"反苏"小说出现了一股创作热潮,代表作有尚方的《斗熊》等。

到了20世纪70年代末80年代初,王亚平连续出版了《神圣的使命》《刑警队长》等小说。从小说的主题上说是"拨乱反正","拨乱"要求对"文化大革命"的乱象进行整顿,"反正"要求对历史错案进行正本清源。从公安法制小说的角度看,这两部小说具有转折性的意义。其中有三点特别值得一说:小说中对抗的双方不再是两个阵营中的阶级敌人,而是同一个阵营中共产党内部的政治集团;情节中心不再是国家和人民财产的安全,而是个人的冤假错案;小说的结局并不是胜利的欢呼,而是更残酷的斗争的开始。《神圣的使命》中王公伯在与帮派势力的坚韧斗争中终于揭开了省委书记秘书毒死案的原委,可是他也被撞成了昏迷,看来斗争还在继续。

80年代中后期中国文学开始摆脱政治性思维,向人性化拓展。同时,封闭式小说模式也被打破,融入世界文学的潮流成为了中国文学创作的发展方向。中国的公安法制小说开始向两个路向发展:一是"去政治化,重生活化";二是"去英雄化,重情节化"。

"去政治化,重生活化"主要是写民警的生活。代表作品当属1986年张卫华、张策出版的《警察生活录》。特点是将创作触角伸向了民警丰富的情感世界和复杂心态之中,努力写出民警们真实的生活状态。"去英雄化,重情节化"主要写刑警的生活。作家有钟源与魏人,其中又以魏人的《刑警队长与杀人犯的内心独白》《刑警队长的誓言》最具代表性。魏人这两部小说中的刑警队长都是普通的人,普通人的性格和脾气渗透到了他们的个人生活和工作中去,造成了他们生活和工作上的双重紧张,加强了小说情节的生动和惊险。

80年代后,中国的公安法制小说创作影响最大的作家是海岩。海岩的小说创作可以分为前后两期。1985年他创作的《便衣警察》在当时众多的公安法制小说中相当突出。《便衣警察》将写人与重大的时事政治问题结合在一起思考,在重大事件中塑造了平凡英雄周志明形象。从写案转为写人,是中国公安法制小说创作的重要变化。海岩搁笔将近十年。90年代中期开始,他陆续推出了《一场风花雪月的事》《永不瞑目》《玉观音》《拿什么拯救你,我的爱人》《河流如血》《五星大饭店》等,并与电视剧联袂而行,几乎每一部作品都产生了广泛的影响。海岩90年代的小说风格发生了根本性改变。他的小说的理想主义色彩明显下降,有了更多的爱情故事的描述,可以视作为披着公安法制故事之皮的爱情小说。

第六节　历史小说

1902年梁启超创办的《新小说》提倡历史小说创作。梁启超认为中国人读正史觉得很厌烦,读演义却很有兴趣,所以他要把历史小说作为民众启蒙教育的手段,他说:"专在借小说家言,以发起国民政治思想,激励其爱国精神"。[1] 当时的历史小说中最符合梁启超小说观念的作品是吴趼人的《痛史》,这部发表在1902—1906年《新小说》上的小说写的是南宋灭亡的过程,以此影射当时中国的社会现实。梁启超对于历史小说的观念和吴趼人的这部小说的创作方式实际上为20世纪历史小说确立了一条重要的创作理念:"贵虚",即以历史作为素材创作于现实社会相关的"历史小说"。吴趼人的《痛史》还没连载完,他就受到了很多批评,人们指责他不应该虚构历史。于是,1906年,他开始写第二部历史小说《两晋演义》。在序言中他就提出"历史小说不能虚构"的主张,"以《通鉴》为线索,以《晋书》《十六国春秋》为材料,一归于正"[2]。历史有什么就写什么,即遵循"贵真"的创作原则,反映历史的真实。由此,从晚清吴趼人开始,现代历史小说便出现了两条不同的创作路径:"贵真"和"贵虚"。围绕着这两条路径,现代历史小说20世纪的历史小说家和评论家们一边创作不止,一边又争论不休。

最能代表"贵真"历史小说创作路径成就的当数蔡东藩的《历朝通俗演义》。1916年他撰写的《清史通俗演义》出版,受到了好评。在出版商和读者的促进下,他开始了《历朝通俗演义》的撰写。到1926年,他依次出版了《西太后演义》《元史通俗演义》《明史通俗演义》《民国通俗演义》《宋史通俗演义》《唐史通俗演义》《五代史通俗演义》《南北朝史通俗演义》《两晋通俗演义》《前汉通俗演义》《后汉通俗演义》,共计12本,从秦始皇一直写到民国,共2 166

---

[1]　梁启超:《中国唯一之文学报新小说》,1902年7月15日《新民丛报》。
[2]　我佛山人:《两晋演义自序》,1906年9月《月月小说》第1号。

年的中国历史。全书1 040回,651万字。这部大型的通俗演义的特色正如前面广告所言,是:"历史的眼光,文学的笔调,小说的趣味,教育的价值。"

与严谨的"贵真"历史小说相比,"贵虚"的历史小说的写作要轻松很多。"贵虚"的历史小说也就是借历史事件和历史人物写作者的思想理念。作者的思想理念要吸引人,出新至关重要,于是翻案之风在这一类小说中大行其道。代表作家作品有张恂子的《红羊豪侠传》、黄小配的《洪秀全演义》、李宝昌的《永昌演义》、杨尘因的《新华春梦记》、濯缨的《新新外史》等。

无论是"贵真",还是"贵虚",历史小说的创作均是"有所为",作品的风格还是偏于严肃。20世纪20年代之后,在通俗文学走向市场化的影响下,历史宫闱小说开始风靡文坛。代表性作品有:许啸天的《唐宫二十朝演义》《宋宫十八朝演义》《元宫十四朝演义》《明宫十六朝演义》《清宫十三朝演义》;张恂子的《隋宫秘史》;徐哲身的《汉宫二十八朝演义》;张有斐的《列国宫闱秘史》;孙静庵的《清宫秘史》;苏负红的《隋炀帝风月演义》等。这些宫闱小说基本上是"大同小异",即依据一点历史背景和历史人物写宫廷的情爱事件。

在现代文坛颇为流行的还有历史掌故小说。这类小说在掌故和考据中描述历史事件和历史人物的野谈趣闻。代表作家是许指严,代表作品有《南巡秘记》《清代十叶野闻》。

新中国成立到80年代,中国文坛上影响最大历史小说是姚雪垠的《李自成》。这部共分五卷的小说,第一卷出版于1963年,第五卷直到1999年姚雪垠去世时才出版。此时中国社会思想意识形态发生着重要变化,这些变化对这部小说产生了影响。

1985年之后,中国历史小说创作进入了繁荣期。这些历史小说大致上分为四种类型,一种类型是以帝王宫闱争斗为题材的作品,代表作品有凌力的《少年天子》《倾国倾城》《晨钟暮鼓》,它们合称为"百年辉煌"系列。二月河(凌解放)的《康熙大帝》《雍正皇帝》《乾隆皇帝》,它们合称为"落霞三部曲"。这类小说遵循着"帝王之道",即国家安定是核心,国泰民安是王道。小说主要写皇室背后的历史和悲欢离合,神秘性和传奇性是特点。第二种类型是在重大的社会历史转型中挖掘人性的复杂性,是一种历史文化小说,最有代表性的作品有唐浩明的《曾国藩》和刘斯奋的《白门柳》。第三类作品称为"改革历史小说",代表作是熊召政的《张居正》。这部小说共分四部,它们是《木兰歌》《水龙吟》《金缕曲》《火凤凰》。小说写的是明万历年间张居正改革的始末。作者强调的不是"居安",不是"盛世",而是"思危"和"危言"。更多的从两面性上做出深入的思考。第四类小说是商贾历史小说,代表作家作品是台湾地区高阳的《胡雪岩》。

第七节　科幻小说

在欧美,科学小说与幻想小说有着明显的区分,他们认为科学小说就是以科学为依据展开想象的小说,而幻想小说则是与科学没有关系的纯粹幻想小说。科学幻想小说(Science-fantastic Fiction)是中国对科学小说(Science Fiction)的称呼。中国传统文学中没有科幻小说,只有神话故事、怪异小说等幻想小说,所以说,科幻小说是外国引进的小说类型。

中国大量引进科学小说的时期是晚清时期。最早被引进的科幻小说作家是法国作家儒勒·凡尔纳。他最早的中译本,是卢籍东译的《海底旅行》,发表于 1882 年。之后,一股凡尔纳科幻小说的翻译热很快就兴起了。据现有资料,从 1902 年到 1914 年,同一原著的重译本不计在内,凡尔纳的作品在中国共翻译出版了 14 种。

外国科幻小说的翻译热潮很快就带动了中国科幻小说的创作。1904 年荒江钓叟创作了中国第一部科幻小说《月界殖民地》。如果说这部小说还仅仅是借用了凡尔纳小说中的道具演绎故事,1905 年徐念慈创作的灵魂出窍、上天入地的《新法螺先生谭》就显得相当成熟了。1908 年吴趼人的《新石头记》、1909 年陆士谔的《新野叟曝言》等小说的出版更是将中国科幻小说的创作提高到一个新的境界。进入 20 世纪 20 年代以后,中国的科幻小说创作没有清末那么集中,但是一些重要的作家作品仍延续着科幻小说的发展,主要有叶劲风 1923 年创作的《十年后的中国》、徐卓呆 1924 年创作的《万能术》和顾均正 1940 年创作的科幻小说集《和平的梦》。

1949 年以后中国大陆的科学幻想小说大致可分为三个阶段。第一阶段是 1949 年以后到 70 年代末期,这一阶段可分为"少儿科普期",代表作有叶永烈的《小灵通漫游未来》;第二阶段是 70 年代末期到 80 年代后期,这一阶段可称为"爱国强国期",代表作有童恩正的《珊瑚岛上的死光》;第三阶段是 80 年代后期到现在,这一阶段可称为"人性探索期"。代表作家主要有刘慈欣、王晋康、韩松等人。

刘慈欣迄今为止最重要的作品是"三体"三部曲(原名"地球往事"三部曲),2015 年获得第 73 届世界科幻小说"雨果奖"。"三体"三部曲由三部小说组成:《三体》《三体Ⅱ·黑暗森林》《三体Ⅲ·死神永生》。"三体"三部曲以宇宙为背景,完成人类在与三体文明之间从未知到对抗,到人类几乎灭亡这样一个宏大的叙事。作者在这部小说中勾画了一个"宇宙社会学"的系统。"宇宙社会学"建立的基础是将宇宙看成是一个既相互依存又相互竞争的社会。这样观念就打破了中国科幻小说长期以来一直秉持的"科学春天说"。小说中的"宇宙社会学"有两个原理:一是"猜疑链",即宇宙各文明之间无法进行及时有效的交流沟通,任何一个文明都不可能完全信任别的文明,因此宇宙中是零道德。二是种族存续。刘慈欣认为在宇宙竞争中,种族存续最重要。文明需要生存及不断扩张,在高级文明面前,人类文明不应该把自己暴露给对方,免得付出毁灭文明的代价。在科技与人性之间,小说没有走向科技至上或是反科学这两个极端,而是更多的思考人文价值和意义。小说从中国的"文革"开始写起,这与作者年轻时所经历的生活相关,却给他的小说带来本土化的特色。小说的主要情节是写了三体文明与人类文明的对抗,并以此叙述故事,于是小说就演变成争斗与争斗、计谋与计谋对抗的叙述,情节自然就很紧张和紧凑。这显然借鉴了武侠小说的"争霸模式"。

王晋康的科幻小说较多,代表作有《蚁生》《生命之歌》《逃出母宇宙》等。当下的科幻小说家都对科学抱着警惕的心态,甚至认为没有节制的科技开发是损害人类的一种存在,是"恶"而不是善。这样的观念在王晋康的小说中表现得最为深刻。他的小说几乎都呼唤一个问题:让不完善的人类社会自行发展,不要受到那些看似完美的科学文明干扰。韩松可以看作为当下科幻小说中"现代派作家"。他的代表作《高铁》《地铁》,写的是人类在一个箱体里在高空或地下穿行所带来精神裂变,提醒着人们注意高科技发展过程中的人类基因的变异和人类生存空间的变形。

台湾地区的科幻小说也有着较高的成就。一般认为1968年9月张晓风在《征信新闻》上发表的《潘渡娜》是台湾科幻小说的起点。之后,1968年10月,张系国的《超人列传》发表。黄海1969年出版了他的科幻小说集《一〇〇一年》。这些作品开辟了台湾科幻小说创作的新天地。

香港地区是一个商业气氛十分浓厚的社会,出现在其中的科幻小说发生了基因变异。一种追求商业价值的科幻小说在这里诞生了,那就是奇幻型的科幻小说。说其是"奇幻型"是指小说中的幻想达到了离奇的状态;称其为"科幻小说"是因为它还披着一件"科学"的外衣。香港奇幻型科幻小说的代表作家是倪匡。倪匡的科幻小说分为三个系列:"卫斯理"系列、"原振侠"系列、其他人物系列,其中以"卫斯理"系列最有名。

第八节 当下中国通俗小说与网络小说

进入 21 世纪以后,中国通俗小说创作发生了很大变化,突出地表现在两个方面:一是一些传统的类型小说逐渐地淡化退出通俗小说的创作主流,新型的类型小说逐步地成为通俗小说的创作主体,其中军旅小说、生态小说、青春小说、婚恋小说最引人注目。跟随着时代变化和社会热点转型不断地调整创作取向是通俗小说市场意识的表现,这些流行的通俗小说最直接地体现了当下中国的社会关注度,迎合了当下中国阅读市场的需求;二是作为大众文化重要的组成部分,通俗小说与影视艺术和各种新媒体有着更多地交融,通俗小说的美学特征有着明显地变化。

当代军旅小说作家作品较多,代表作家作品有梁都的《亮剑》、石钟山的《父亲进城》、徐贵祥的《历史的天空》、麦加的《风声》《暗算》等。军旅小说在历史的大变动中讲传奇事件,既有浓厚的理想主义色彩,也有生动曲折的传奇故事;在特殊的环境中写人物,既写人物的成长变化,也有个性的鲜活形象;在英雄之情的描述、英雄之性的歌颂中夹杂着浓浓的怀旧风。

随着环境保护理念的深入,生态问题越来越被人们所重视,当下中国通俗小说出现了一种新的类型小说:生态小说。生态小说披露了人类对动物的屠杀、对自然资源的掠夺和破坏的行径,要求人们在经济建设与环境保护的矛盾冲突中保护生态,宣扬一种人兽和谐、天人合一的文化观念。生态小说中最有代表性的作品是姜戎的《狼图腾》和杨志军的《藏獒》。

新世纪以来,一批年轻作家登上文坛,他们写校园、写职场、写婚恋,这些小说散发着青春的气息,被称为青春小说。这些作家们一时成为了当代青年人追逐的偶像,其小说自然在青年人中成为了最为畅销的作品。这些小说没有训诫,只有呈现;不思深刻,只有生活;不分高低,只有倾诉。他们是当代中国社会青年人的情感的宣泄之处和润滑之处。当代中国青春小说的代表作家作品有韩寒的《三重门》、郭敬明的《幻城》、张悦然的《樱桃之远》、春树的《北京娃娃》、李傻傻的《红×》等。其中韩寒最具有代表性。他的小说《三重门》对应试教育进行了自己的思考。小说中的叛逆情绪受到很多青年学生的追捧。

与青春小说一样,当下中国很为流行的通俗小说还有家庭婚恋小说。男女和家庭是当代女性婚恋小说关键词,情感和纠缠是当代婚恋小说的流行色。当代女性婚恋小说极多,被改编成影视剧作品也极多,占据当下中国影视剧市场半边天下。当代女性婚恋小说的代表作家作品有虹影的《K》等、王海鸥的《牵手》《中国式离婚》《新结婚时代》等、六六的《王贵与安娜》《双面胶》《蜗居》《心术》等。

21 世纪以后,网络小说流行了起来。网络小说是指在网络上进行原创的小说。一般认为少君 1991 年 4 月在北美中文网站"华夏文摘"上发表的《奋斗与平等》是全球第一篇中文网络小说。1999 年台湾作家蔡恒智(痞子蔡)的《第一次的亲密接触》在中国大陆产生了较大影响。这部小说以全新的美学情趣和表达方式吸引了读者,也引发了大陆的网络小说的创作。

网络小说发展至今,逐步形成了自有类型,其中玄幻小说、悬疑小说、穿越小说、盗墓小说、后宫小说影响最大。

玄幻小说构造了两个世界,一个是现实世界;另一个是超现实的修真世界,代表作有萧潜的《飘渺之旅》、萧鼎的《诛仙》。玄幻小说常常是让主人公在现实世界受挫,到修真世界得到真修,再到现实世界展示超人的本领。写的是一个虚构的故事,却充分体现了创作者那种社会的征服心、支配心,而读者也在获得社会成功感的焦点上与小说产生了共鸣。玄幻小说结构上有着李寿民《蜀山剑侠传》的痕迹,奇山异景之中飘忽着一批亦人亦仙的修真者;也有着西方一些经典作品和流行电视剧的影响,例如《荷马史诗》《越狱》等。

香港作家黄易的《寻秦记》曾被众多青年读者所热捧。这部小说时空穿越的构思被网络小说接手,形成了网络小说的一个类型:"穿越小说"。大陆的穿越小说代表作有金子的《梦回大清》、桐华的《步步惊心》等。穿越小说能够得到众多网民的青睐,根本原因在于创作者和阅读者在现实层面的失落和心理层面的争胜形成的巨大反差,小说创作和阅读的过程就是一次弥补这种反差的精神愉悦之旅。凭着现代人的智慧和技能回到古代社会去随意地实现自我渴望的一切,虽然有些阿 Q 的意味,却能够调剂当代人生活和精神的单调和枯燥。由于有了穿越时空的构思,穿越小说常常将现代生活思维和历史文化理念、现代人的语言与古人的行为举止穿插交织,在反差之中制造新奇、生动,是现代人过于聪明,还是古代人过于愚笨,小说情节和语言常常令人忍俊不禁。

盗墓小说的代表作天下霸唱的《鬼吹灯》和南派三叔的《盗墓笔记》。从美学上说,盗墓小说是玄幻小说的发展,玄幻小说故事发生的环境是"天上",盗墓小说故事发生的环境是"地下"。天上说"仙",地下只能说"鬼"。盗墓小说就是以盗墓为线索将读者带到鬼的世界,在这个世界中有活动着的鬼怪,有硕大的尸虫,还有奇异的生物植物。盗墓小说以盗墓探险为线索将这个鬼世界中的各种形态呈现在读者面前,就像游历一个恐怖博物馆一样,让读者在应接不暇、前所未闻的恐怖事物面前始终惊悚不安。盗墓小说将网络小说"情节化"的特点发挥到极致,极大地满足了读者的窥私、猎奇和寻求刺激的心态。

后宫小说的代表作是流潋紫的《后宫·甄嬛传》。这部小说由电视剧的热播而走红。虽然是写雍正年间发生在后宫的故事,其故事情节却与现代社会的职场竞争联系在一起。无古不成今,小说既有清代的传奇故事,也有当代职场的思考,很受读者欢迎。

网络小说的出现打破了传统纸质小说一统天下的局面,也打破了长期以来的小说创作的准入制度,其创作美学和创作过程均对中国的小说创作产生了深远的影响。当下中国网络小说最值得重视的问题是如何在泥沙俱下的状态下寻找经典。

作品选读

啼笑因缘(节选)

张恨水

[……]只在这静默的时间,沉寂阴凉的空气里,却夹着一阵很浓厚的鸦片烟气味。用鼻子去嗅那烟味传来的地方,却在楼下。沈大娘曾说过,刘将军会抽鸦片烟的。在上房里,这样夜深能抽出这样的烟气味来,这当然不是别人所干的事。(关寿峰)便向下看了一下地势,约莫相距两丈高,于是盘到树梢,让横干向下沉着,然后一放手,轻轻的落在地上。顺着墙向右转,是一道附墙的围廊。只刚到这里,便听身后有脚步声,这可不能大意,连忙向走廊顶上一跳,平躺在上面。果然有两个人说着话过来。人由走廊下经过,带着一阵油酱气味,这大概是送晚餐过去了。等人过去,寿峰一昂头,却见楼墙上有一个透气眼透出光来,站在这走廊顶上,正好张望。这眼是古钱式的格子,里头小玻璃掩扇却搁在一边,在外只看到正面半截床,果然是一个人横躺在那里抽烟,刚才送过去的晚餐,却不见放在这屋子里。一会,进来一个三十上下的女仆,床上那人,一个翻身向上一爬,右手上拿了烟枪,直插在大腿上,左手撅了胡子尖,笑问道:"她吃了没有?"女仆道:"她在吃呢。将军不去吃吗?"那人笑道:"让她吃得饱饱的吧。我去了,她又得碍于面子,不好意思吃。她吃完了,你再给我来一个信,我就去。"女仆答应去了。

寿峰听了纳闷得很,一回身,快刀周正在廊下张望。连忙向下一跳,扯他到僻静处问道:"你怎么也跑来了?"快刀周道:"我刚才爬在那红纱窗外看的,正是关在那屋子里的,可是那姑娘自自在在的在那儿吃面,这不怪吗?"寿峰埋怨道:"你怎么如此大意!你伏在窗子上看,让屋子里人看见,可不是玩的。"快刀周道:"师傅你怎么啦?纱窗这种东西就是为了暗处可以看明处,晚上屋子里有电灯,我们在窗子外,正好向里面看。"寿峰"哦"了一声:"我倒一时愣住了。我想这边屋子有通气眼的,那边一定也有通气眼的,我们到那边去看看。听那姓刘的说话,还不定什么时候睡觉。咱们可别胡乱动手。"

当下二人伏着走过两重屋脊,再到长槐树的那边院子,沿着靠楼的墙走来。这边墙和楼之间,并无矮墙,只有一条小夹道。这边墙上没有透气眼,却有一扇小窗。寿峰估量了一番,拿窗子离屋檐约莫有一人低,他点了头,复爬上大槐树，由槐树渡到屋顶上，然后走到左边侧面，两脚勾了屋檐，一个"金钩倒挂"式，人倒垂下来，恰是不高不低，刚刚头伸过窗子，两手反转来，一手扶着一面，推开百扇窗，看得屋子里清清楚楚。对着窗户，便是一张红皮的沙发软椅子，一个很清秀的女子双手抱着右膝盖，斜坐在上面，那正是凤喜无疑了。看她的脸色，并不怎么恐惧，头正对了这窗子，眼珠也不转一转，似乎在想什么。先前在楼下看到的那个女仆，拿了一个手巾把，送到她手上，笑道："你还擦一把，要不要扑一点粉呢？"凤喜接过手巾，在嘴唇上抹了一抹，懒懒的将手巾向女仆手上一抛，女仆含笑接过去。一会儿，却拿了一个粉膏盒，一个粉缸，一面小镜子，一起送到凤喜面前。凤喜果然接过粉缸，取出粉扑朝着镜子扑了两扑。女仆笑道："这是外国来的香粉膏，不用一点吗？"凤喜将粉扑向粉缸里一掷，摇了一摇头。女仆随手将镜子、粉扑放到窗下桌上。看那桌上时，大大小小摆了十几个锦盒。盒子也有揭开的，也有关上的。看那盒子里时，亮晶晶的，也有珍珠，也有钻石。这些盒子旁，另外还有两本很厚的账簿，一小堆中外钥匙。

寿峰在外看见，心里有一点明白了。接着，只听一阵步履声，坐在沙发上的凤喜，突然将身子掉了转去。原来是刘将军进来了。他笑向凤喜道："沈小姐！我叫他们告诉你的话，你都听见了吗？"凤喜依然背着身子不理会他，刘将军将手指着桌上的东西道："只要你乐意，这大概值二十万，都是你的了。你跟着我，虽不能说要什么有什么，可是准能保你这一辈子都享福。我昨天的事，做得是有点对你不起，只要你答应我，我准给你把面子挽回来。"凤喜突然向上一站，板着脸问道："我的脸都丢尽了，还有什么法子挽回来？你把人家姑娘关在家里，还不是爱怎样办就怎样办吗？"刘将军笑着向她连作两个揖，笑道："得！都是我的不是。只要你乐意，我们这一场喜事，大大的铺张一下。"凤喜依然坐下，背过脸去。刘将军道："我以前呢，的确是想把你当一位姨太太，关在家里就得了。这两天，我看你为人很有骨格，也很懂事，足可以当我的太太，我就正式把你续弦吧。我既然正式讨你，就要讲个门当户对，我有个朋友沈旅长，也是本京人，就让他认你做远方的妹妹，然后嫁过来。你看这面子够不够？"凤喜也不答应，也不拒绝，依然背身坐着。刘将军一回头，对女仆一努嘴，女仆笑着走了。刘将军掩了房门，将桌上的两本账簿捧在手里，向凤喜面前走过来。凤喜向上一站，喝问道："你干嘛？"刘将军笑道："我说了，你是有志气的人，我敢胡来吗？这两本账簿，还有账簿上摆着的银行折子和图章，是我送你小小的一份人情，请你亲手收下。"凤喜向后退了一退，用手推着道："我没有这大的福气。"刘将军向下一跪，将账簿高举起来道："你若今天不接过去,我就跪一宿不起来。"凤喜靠了沙发的围靠,倒愣住了。停了一停,因道:"有话你只管起来说,你一个将军,这成什么样子?"刘将军道:"你不接过去,我是不起来的。"凤喜道:"唉!真是腻死我了!我就接过去。"说着不觉嫣然一笑。

(选自人民文学出版社 2009 年版)

导读:

　　张恨水(1895—1967),原籍安徽潜山,1895 年 5 月 18 日出生在江西广信的一个小官吏家庭。原名张心远,1914 年投稿时,从南唐李后主《乌夜啼》词"自是人生长恨水长东"句中截取"恨水"二字为笔名。1918 年任安徽芜湖《皖江日报》总编辑,开始了前后 30 年的报人生涯。"五四"运动后,受新思想影响到北京求学,但苦于生活压力,1924 年入《世界晚报》,并开始了真正的文学创作。张恨水的小说主要分成三类:一类是社会言情小说,代表作品有《春明外史》《金粉世家》《啼笑因缘》等;一类是抗战小说,代表作品有《大江东去》《弯弓集》《虎贲万岁》;一类是社会讽刺小说,代表作品有《八十一梦》《五子登科》等。张恨水不仅小说数量多,还对中国传统章回小说作了现代化改造,可称为中国现代通俗文学大师。新中国成立后,张恨水被聘为文化部顾问,继续创作作品。1967 年因脑溢血发作而与世长辞。

　　作为中国现代通俗文学大师,张恨水的小说在文化观念和艺术追求上都具有很强的代表性。对张恨水小说的了解可以基本上掌握现代通俗小说的形态。

　　《啼笑因缘》连载于 1930 年 3 月 17 日至 11 月 30 日的上海《新闻报》副刊《快活林》,同年 12 月由上海三友书社出版单行本,接着又陆续被改编成话剧、电影、各种地方戏曲和连环画,等等。

　　《啼笑因缘》的故事情节大致如下:在北京求学的青年樊家树,因偶然机会在天桥先后结识了侠客关寿峰父女和唱大鼓词的姑娘沈凤喜。樊家树对沈凤喜一见倾心,关寿峰的女儿秀姑爱上了樊家树,而樊家树的表兄嫂却一心撮合他与豪门千金何丽娜的婚事。于是,樊家树陷入了与沈凤喜、关秀姑、何丽娜三人之间的多角恋爱网中。樊家树南下探母回京后,沈凤喜经不住军阀刘国柱的诱骗,成了刘府太太。秀姑为了成全樊家树能见上沈凤喜一面的心愿,去刘府做帮工,促成樊、沈约会。樊、沈两人虽再度寻盟旧地,但情感的裂痕却再也无法弥合。刘国柱得知樊、沈约会,便愤怒地将凤喜毒打成疯。

刘见秀姑青春美貌,想占为己有。秀姑将计就计,洞房花烛夜,刺杀了刘国柱后逃之夭夭。刘被刺,北京城风声鹤唳,樊家树为暂避风声,去天津探望叔父,奇遇何丽娜。叔父力劝樊、何婚事,樊家树不答应,何丽娜负气出走,隐居西山别墅,学佛吃素。樊家树想重新回到学校生活,途中遇暴徒绑票,关寿峰、关秀姑及时赶到,解救了他。最后在关氏父女的精心策划下,樊家树与何丽娜终结百年好合。

作为现代中国的一部具有广泛影响的小说,《啼笑因缘》的吸引力首先就在于它提供了一个现代爱情模式和勾画了一个"三角恋爱"的情节。樊家树与沈凤喜相爱是一见钟情。一见钟情式的相爱似乎没有传统的"媒妁之言,父母之命"那样稳重,但它的基础是男女双方的感情,是男女双方的不计社会地位和经济地位的两情相悦,恋爱和婚姻的主动权在青年男女自己的手中。这样的恋爱模式对30年代初的中国人来说还是相当"现代"的。小说以樊、沈为中心,还设计了樊家树与何丽娜、樊家树和关秀姑两条感情线索。樊、沈之爱是书生与民间女子之爱;樊、何之爱是书生与富家女子之爱;樊、关之爱是书生与侠女之爱。三位女性的社会地位和角色的不同,构成了三个情感表现的艺术空间:沈凤喜纯真而懦弱,何丽娜貌美而达理,关秀姑侠义而内蕴,三种不同的性格使得三个情感表现空间各有不同的韵味。"三角恋爱"实际上就是写了三组不同的恋爱故事。当这三组各有特色的恋爱故事又互相纠葛在一起的时候,就能制造出很多悬念和伏笔,制造出很多情感的风波,这样的小说怎么能不吸引人呢?值得指出的是,现代中国小说常见的"三角恋爱"的模式就首创于《啼笑因缘》。写青年男女爱情悲剧的言情小说古已有之,清末民初的"鸳鸯蝴蝶派"时期更盛,但是,不管感情写得多么的缠绵,结局写得多么的凄惨,男女主人公都是"一对鸳鸯"或者是"一对蝴蝶"。张恨水的《啼笑因缘》是"多对鸳鸯"和"多对蝴蝶",这无疑开拓了言情小说的表现空间,对后来的小说影响极大。

张恨水在写《啼笑因缘》之前写过《春明外史》和《金粉世家》等小说,前两部小说写的是官宦人家,追求的是史诗的效果。《啼笑因缘》是一部平民小说,追求的是平民精神。小说中的平民精神首先在樊家树身上表现出来。他不选择何丽娜,是何丽娜身上有"浮华气";他与关秀姑没有缘,是他的性格不适合"十三妹";他爱上沈凤喜就因为她的本色,而且是刻骨铭心的爱,即使沈凤喜失身,他也不在乎。他不仅爱上沈凤喜,还出资供沈凤喜上学,努力将其培养成一个知识女性。虽然是富家子弟,是大少爷,但其意识和行为均充满了平民精神,因此,樊家树可称为"平民大少爷"。小说的平民精神还表现在对军阀残暴的批判上。一场美满的婚姻硬是给军阀巧取豪夺地破坏了,男女主人公一个逼疯,一个出走,被棒打各一方。这种毫不讲理地依仗强势对平民百姓的欺压,是广大平民最为愤怒的事情。欺压平民百姓的人也绝没有好下场,军阀刘国柱暴尸荒野,小说情节的设计带有一定的理想性,给广大平民一种心理上的慰藉。值得一提的是,这部作品站在平民立场上说话的时候,还对平民中的自私自利、患得患失的狭隘心态进行了批判。樊、沈的婚姻悲剧固然是军阀巧取豪夺造成的,但与沈凤喜家人的推波助澜也有很大的关系。他们开始同意樊、沈的交往是因为樊家树有钱,他们后来又要沈凤喜嫁给刘国柱,是因为刘国柱比樊家树更有钱,而且还有势。小说重点刻画了沈凤喜的叔叔沈三玄,此人是一个钻营投机的势利小人,他一手将沈凤喜推进了火坑。有了这一层认识,说明张恨水对社会、对人生的见解要比其他通俗小说作家更深刻。

张恨水后来回忆说,他写《啼笑因缘》要有意识地赶上时代,"当然,我所谓赶上时代,只不过我觉得应该反映时代和写人民就是了"。他的这种意识给他的小说带来了新的气象,即言情小说不再是单纯地写男女之情,而是将男女之情与时代精神、社会批判结合起来,是言情和社会的结合。这样的小说被称为"社会言情小说"。

《啼笑因缘》的另一个贡献是它的小说结构的革新。相当长的一段时间内,通俗小说都是以写事取胜,小说结构的散漫是一个通病。张恨水是20世纪流行小说作家中第一位认真思考小说结构,并改革得卓有成效的人。这样的创作观念在《春明外史》中已经表现出来,到了《啼笑因缘》中趋于完善。小说中人物众多,但主次分明,性格各异;事情频出,但主线突出,而且都围绕着人物的性格和感情展开,社会和言情交融在一起。结构严谨,情节紧凑,这样的通俗小说在当时是不多见的,自然会使读者的阅读趣味浓厚。

鸳鸯蝴蝶派的言情小说在"五四"时期受到了新文学的批判,言情小说相当一段时间沉寂于文坛。《啼笑因缘》的出现说明了言情小说在文坛上再一次勃兴,再一次勃兴的言情小说有着新的面貌。新的面貌来自新文学的影响,来自通俗小说作家努力使自己的创作跟上时代前进的步伐。从文学史意义上说,张恨水有着重要的贡献。

张恨水的《啼笑因缘》是现代中国第一部因为版权问题而引发电影公司打官司并被改编成多种表演形式的小说。1931年,明星电影公司和大华电影公司为了争夺小说版权开始打官司。官司整整打了一年半,最后由大律师章士钊出面调停,才算平息。这是30年代中国文化界有名的"啼笑官司"。

官司归官司,拍摄归拍摄,从打官司之日起到 60 年代,这部小说被改编成电影,就有六个版本。至于改编成评书、弹词、大鼓词等戏曲剧本,至今还长盛不衰。"啼笑官司"以及被多种剧种改编使得这部小说被广泛关注,也使这部小说更为流行于世。

这里节选的是作品的第十三回"沽酒迎宾甘为知己死,越墙窥影空替美人怜"的结尾部分:沈凤喜被刘将军强留府中,关寿峰及其徒弟前去刘府搭救。但此时沈凤喜禁不住军阀刘国柱的诱骗,半推半就地答应了刘将军,成为刘府太太。沈凤喜的贪图富贵、爱慕虚荣;刘国柱的老奸巨猾、狡诈阴险都在作品中被一一呈现出来。

蜀山剑侠传(节选)
李寿民

[……]

一句话将二人提醒,猛忆前事,好不内愧。暗中摸索,刚将衣衫整好,倏地眼前一亮,落在当地。面前站定一人,正是神驼乙休。知已被救,连忙翻身拜倒,叩谢救命之恩。因知适才好合,已失真元,好不惶急羞愧,现于容色。神驼乙休道:"你二人先不要谢,都是我因事耽搁,迟到一天,累你二人丧失真元。若再来迟一步,事前没有我给的灵丹护体,恐怕早已形神一齐消灭。我素来专信人定胜天,偏不信什么缘孽劫数注定不能避免。这里事完,你夫妻姊妹三人便须赶往东海,助宝相夫人超劫之后,即返峨眉,参拜开山盛典。等一切就绪,我自会随时寻来,助你夫妻成道,虽不一定霞举飞升,也成散仙一流,你二人只管忧急则甚?"寒萼、司徒平闻言,知道仙人不打诳语,心头才略微放宽了些,重又跪谢一番。并问紫玲有无妨害,吉凶如何?神驼乙休道:"这里是黄山始信峰腰,离紫玲谷已有百十里路,你二人目力自难看见。秦紫玲根基较厚,毅力坚定,早已心超尘孽,悟彻凡因。既有乃母弥尘幡,又新借了金姥姥的纳芥环护体,虽然同样被困七日,并未遭受损害。此时已由齐灵云从青螺峪请来怪叫花凌浑相助脱险,用不着我去救她。如果当时你姊妹不闹闲气,你二人何致有此一失?不过这一来也好使各道友看看我到底有无回天之力,倒是一件佳事。如今凌花子正拿九天元阳尺在和矮鬼厮拼,到了两下里都势穷力竭之时,我再带你二人前去解围便了。"

寒萼、司徒平闻言,往四外一看,果然身在黄山始信峰半腰之上。再往紫玲谷那面一看,正当满山云起,一片浑茫。近岭遥山,全被白云遮没,像是竹笋参差排列,微露角尖,时隐时现,看不出一丝征兆。神驼乙休笑道:"你二人想看他们比斗么?"寒萼还未及答言,神驼乙休忽然将口一张,吹出一口罡气,只见碧森森一道二三丈粗细的青芒,比箭还直,射向前面云层之中。那云便如波浪冲破一般,滚滚翻腾,疾若奔马,往两旁分散开去。转眼之间,便现出一条丈许宽的笔直云巷。寒萼、司徒平朝云孔中望去,仅仅看出相近紫玲谷上空,有一些光影闪动,云空中青冥氤氲,仍是不见什么。正在瞻辨,又听神驼乙休口中念动真言,左手掐住神诀,一放一收,右手戟指前面,道一声:"疾!"便觉眼底一亮,紫玲谷景物如在目前。果然一个形如花子的人,坐在当地,正与藏灵子斗法,金花红霞满天飞舞。紫玲身上围着一圈青荧荧光华,手持弥尘幡,站在花子身后,不见动作。知道神驼乙休用的是缩天透影之法,所以看得这般清楚。定睛一看,藏灵子的离合神光已被金花紫气逼住,好似十分情急,将手朝那花子连连搓放,手一扬处,便有一团红火朝花子打去。那花子也是将手一扬,便有一团金光飞起敌住,一经交触,立时粉碎,洒了一天金星红雨,纷纷下落。只双方飞剑,却都未见使用。正斗得难解难分之际,忽见一幢彩云,起自花子身后。寒萼见紫玲展动弥尘幡,暗想:难道她还是藏灵子对手?凌真人不会要她相助。及见云幢飞起,仍在原处,并未移动,正不明是什作用,耳听司徒平"咦"了一声。再往战场仔细一看,不知何时藏灵子与凌浑虽然身坐当地未动,两方元神已同时离窍飞起,俱与本人形状一般无二,只是要小得多。尤其是藏灵子的元神,更是小若婴童。各持一柄晶光四射的小剑,一个剑尖上射出一道红光,一个剑尖上射出一朵金霞,竟在空中上下搏刺起来。真是霞光激滟,烛耀云衢,彩气缤纷,目迷五色。

　　斗有个把时辰,正看不出谁胜谁败,忽见极南方遥天深处,似有一个暗红影子移动。起初疑是战场上人在弄玄虚,又似有些不像。顷刻之间,那红影由暗而显,疾如电飞,到了战场,直往凌浑身坐处头上飞去,眼看就要当头落下。这时凌浑的元神被藏灵子元神绊住,不及回去救援。身后站定的秦紫玲好似看出不妙,正将彩云往前移动,待要救护凌浑的躯壳。忽然又是一片红霞,从凌浑身侧飞起,恰好将那一片暗赤光华敌住。两下才一交接,便双双现出身来:一个是红发披拂的苗僧,那一个正是助自己脱难的神驼乙休。忙回身一看,身后神驼乙休已然不知去向。二人还想再看下去,见神驼乙休朝那僧人口说手比了一阵,又朝紫玲说了几句,便见紫玲离开战场,驾了云幡,往自己这面飞来。面前云巷忽见收合,依旧满眼云烟,遮住视线。二人谈没几句,紫玲已经驾了云幢飞到。说道:"寒妹、平兄,乙真人相召,快随我去。"说罢,双方都不及详说细底,同驾弥尘幡,不一会飞到紫玲谷崖上。落下一看,神驼乙休、藏灵子、怪叫花凌浑,连那最后来的红发苗僧,俱已罢战收兵。除神驼乙休和怪叫花凌浑仍是笑嘻嘻的外,那红发苗僧与藏灵子俱都面带不怂之色,似在那里争论什么。

（选自作家出版社 2012 年版）

导读:

20 世纪 30 年代以后,中国文化市场上就始终摆放着一部书,一印再印,印量不知其数,这就是李寿民的《蜀山剑侠传》。1989 年以后,《蜀山剑侠传》被重新印行,其销量同样火爆。90 年代以后,小说的部分情节被改变成电影、游戏软件,小说更为流行。

李寿民(1902—1961),原名李善基,笔名还珠楼主,四川长寿人。主要作品是《蜀山剑侠传》(正传五十集,后传五集,共三百二十九回)。围绕着《蜀山剑侠传》,还有别传《青城十九侠》《青门十四侠》等共 30 多部武侠小说。这些武侠小说被称为"蜀山系列"。

这部小说如此流行,其原因就是:谈玄说异。

小说的主干故事非常简单,写峨眉山以剑侠为首的正派与其他邪派争斗的过程,但情节的构造却相当神奇。

它构造了一个半人半仙的剑仙世界和半人半魔的魔幻世界。半人半仙是正派的人物形象,他们过着凡人的生活,却长生不老,因为肉身可以消灭,"元真"是生命的永恒,肉身只不过是"元真"的附体而已。他们的武功各异,但都有翻山覆水、填海缩地的超现实的能力。这些正派人物组成了一个似人似仙的剑仙世界,为了维护武林的安定和群仙的安全,他们御剑乘云、踩波踏浪,到处与邪派人物争斗。半人半魔是邪派人物形象,这些人的长相都很诡异,只不过有一个人形而已。小说是这样描述邪派人物绿袍老祖的:"小半截身躯和一个栲栳大的脑袋,头发胡须绞成一团,好似乱草窝一般,两只眼睛发出碧绿的光芒,头颈下面虽有小半截身子,却是细得可怜,与那脑袋太不匀称,左手只剩有半截臂膀,右手却像个鸡爪,倒还完全。咧着一张阔嘴,似笑非笑,神气狰狞,难看已极。"小说有时用美丑对照的方法写这些人物形象。例如,写万载寒(蚯)的形象,刚出场时,她是一个美女:"粉弯雪股,嫩乳酥胸,宛如雾里看花,更增妖艳。尤其是玉腿圆润,柔肌光滑,白足如霜,胫趾丰妍,底平趾敛,春葱易折,容易引人情思。"然而,她的本身是相当丑陋的:"体如蜗牛,具有六首九身四十八足。头作如意形,当中两头特大,头颈特长,脚也较多,一张扁平的大口,宛如血盆,没有牙齿。全身长达数十丈,除当中两首三身盘踞在宝塔之上，下余散爬在地，玉台儿被它占据大半。"先是"美女"形象，后是"蜗牛"形象，十分怪异。这些邪派人物的武功也很怪异，但每个人都有绝招，或是吐烟，或是放盅，或是摇幡，或是念咒。为了达到控制武林和满足自己私欲的目的，他们互相利用，也互相帮忙，联成了一个魔幻世界，与正派人物在各种怪异的环境中展开了一次次的争斗。

它构造了神秘莫测的武打场面。向恺然的《江湖奇侠传》中红姑等人虽然已是驭气而行，但是武功还是中华武功，武器还是刀枪剑戟等中华武器。到了李寿民的《蜀山剑侠传》将中华武功与神妖斗法、民间传说结合起来，武器也从传统的中华武器扩展到神奇的宝物以及飞鸟走兽、昆虫草木，因此打斗的场面显得十分离奇、怪异。向恺然写武功点到为止，李寿民则一招一式详细地描绘，很多场面被他描绘得达到令人瞠目结舌的程度：

> 岩上成千累万的小洞穴中，一阵吱吱乱叫，似万朵金花散放一般，由洞中飞出无数量的金蚕，长才寸许，形如蜜蜂，只身略长，飞将起来，比剑还疾……断臂妖人刚往岩前落下，一部分千百个金蚕，忽然蜂拥上来，围着断臂妖人，周身乱咬……

一招胜一招，一物降一物，像这样匪夷所思、稀奇古怪的打斗场面在小说中一波接一波地出现，层出不穷。

它构造了优美和离奇的环境。这些环境是剑仙和神魔生活的场所、练功的地点和打斗的地方，大段大段地穿插在情节的叙述之中：

> 云雾都在脚下；碧空如拭，上下光明，近身树林，繁荫铺地，因风闪乱，远近峰峦岩岫，都晖映成紫色。下面又是白云舒卷，绕山如带，自在升沉。月光照在上面，如泛银霞……

这样的文字就如一篇篇优美的写景散文。这些地方当然都是剑仙们时常出没的地方。至于那些神魔们出没的地方则是洞穴、深潭、海岛或幽谷。这些地方在作者的笔下被写得腥气熏天、森气逼人、鸟迹不至或瘴气弥漫。生动的环境描写有力地烘托了这部小说的神幻气氛，与剑仙们和神魔们一起构成了一个超现实的魔幻世界。

武侠小说的特点就在于它超乎寻常的想象力。这部小说将这种想象力发挥得淋漓尽致。小说构造的神魔世界和神奇的人物形象、打斗场面与作家的文学修养、生活经历、创作方法也有很大的关系。作家显然接受了中国传统的"述异"文学的影响,《山海经》《封神榜》《西游记》《镜花缘》等文学作品的影子在这部小说中比比皆是。李寿民是四川人,曾经"三上峨眉,四登青城"。他游历的经历不仅给他的小说提供了素材,更给他提供了一个超现实的想象空间。在这样的想象空间中,他自由翱翔,也随意发挥。他的创作方法更为奇特,后人曾作了这样的介绍:

> 这种栩栩如生的奇特描写,原型来自哪里呢?已故老报人吴云心先生曾谈及此事:30 年代吴云心在天津电话局与还珠楼主共事时,有一次问及书中那些怪兽是怎样想出来的。还珠答:"容易得很,取任何昆虫,如蝗虫、椿象、青蛙、蚯蚓、螳螂等,放大若干倍而描写之,其凶猛诡异之状便可以想象。"此外,作者本人也曾于 50 年代中期在报纸上披露过他当年写作的情况,大意是说,用高倍放大镜去观察各种昆虫,通过高度夸张,再添上别的动物的爪、牙、角、尾,便描绘出世间没有的怪物了。以蚂蚁为例,若把它扩大一万倍,再加上大象的鼻子、犀牛的尖角和鳄鱼的尾巴,就可以写出恐怖的怪物了。由此可见,书中的妖邪也有其"模特儿"的。妖邪之外,该书对各种"天劫"的描写也是如此。40 多年前许国桢曾有如下概括:关于自然现象者,海可煮之沸,地可掀之翻,山可役之走,人可化为兽,天可隐灭无迹,陆可沉落无形;风霜水雪冰,日月星气云,金木水火土,雷电声光磁,都有精灵可以收摄,练成各种凶杀利器,相生相克,以攻为守,藏可以纳之怀,发而威力大到不可思议。这些绘声绘色的笔法,分明是作者向壁虚构,却如耳闻目睹之真。许国桢将其归结为"物理的玄理化,玄理的物理化",可谓慧眼所识,一语中的。

小说中的很多描写都荒诞不经,但仔细想想,似乎都有一些道理,原因就在于这些描写都有生物根据或者物理根据,有那么一点"理"。

《蜀山剑侠传》综合性地传达出中国的文化思想。儒家思想体现在价值判断之中,小说正邪分明,邪不压正;佛家思想体现在因果关系上,事事有因,因果相环;道家思想体现在人物的修炼上,"元真"附体,长生不老。这些文化思想具有很强的中国民间世俗性,因此小说很容易得到中国民众的文化呼应。李寿民的《蜀山剑侠传》对后来武侠小说创作模式的影响很大。它首创了武侠小说人物的成长模式。小说隐隐约约的发展线索是峨眉派新人李英琼、余英男、严人英、齐灵云、周轻云(号称"三英二云")的成长过程。他们成长过程中的各种坎坷也就构成了小说的主要情节。齐漱溟、晓月禅师、胖和尚以及神雕、神猿、参秘籍、看秘图等,这些小说中的人物名称、奇禽、奇技,甚至是一些细节在后来的武侠小说中更是常见。

小说的缺点是明显的。由于基本上是以事作为情节发展的主干,小说就一事接着一事,一事未完就又生出一事地写下去。从 1932 年在天津《天风报》上开始连载,到 1948 年已出版了 50 集,还未写完。这样的小说结构显得相当的散漫和拖沓。对整部小说进行比较,前面几集写得比后面好。小说出现这样的状况,除了作家的创作观念之外,市场的需求和读者阅读口味是重要的原因。

曾国藩(节选)

唐浩明

[……]因徐有壬的到来,曾国藩想起一件大事,赶紧叫荆七到提督衙门去请塔齐布来。曾国藩对当初推出塔齐布的决策深为满意。倘若塔齐布不是满人,何能如此快地得到朝廷的绝对信任! 绿营在塔齐布的手里,也就在自己的手里。

塔齐布招之即来。曾国藩问:"塔提督,湖南绿营,你将如何统率?"

"绿营腐败已甚,当今之务,首在严加整顿。"塔齐布不加思索地回答。曾国藩微微摇头,说:"严加整顿,固是必行之事,但今日首务,却不在此。"

"为什么?"塔齐布感到奇怪,曾国藩不是常常说绿营已烂,必须下狠心割去烂肉吗?

"塔提督,论资历,你比得上鲍起豹吗?"

塔齐布摇摇头说:"远不及。"

"去年镇筸兵哗变,冲进你的宅院要杀你,还记得吗?"

"这仇恨永世不忘。"

"智亭兄,你资历不及鲍起豹,军中不服者必多;你记下镇筸兵的仇恨,又必然引起镇筸兵的害怕。这一个不服,一个害怕,绿营军心能稳吗?"

塔齐布感到事情严重了,他望着曾国藩,以祈求的口吻说:"大人,我是你老一手提拔上来的。我只有一句话,从今以后,死心塌地跟着大人。听大人分析,我才知我这个提督位子尚在动摇之中。请大人明示,塔齐布一定照办。"

"智亭兄,今日治绿营,当首在收抚人心,其手段只有一个字。"曾国藩伸出一只手,清脆地吐出一个字来:"赏!"

塔齐布按曾国藩的指示,遍赏绿营将士,得六品军功者,多达三千人。火宫殿闹事的那几个镇筸兵,也都在赏赐之列,于是绿营皆大欢喜。塔齐布又特地请来邓绍良一道喝酒,邓绍良很受感动。绿营将士知曾国藩和新提督宽宏大量，不记旧怨，军心立即稳定下来。

与遍赏绿营相反，对湘勇，曾国藩却实行塔齐布所提出的"严加整顿"的方针。

第一个拿来开刀的便是曾国葆的贞字营。这个营在靖港战役中最先溃逃，除开五十余名跟着曾国藩败退的勇丁外，包括曾国葆在内，一律开缺回籍。曾国葆不服气，听了大哥"正人先正己"的一番大道理后，勉强服从了。曾国藩把满弟叫到书房，密谈了大半夜，最后叮嘱国葆，要国华、国荃各招募五百壮丁，用心操练，五百勇丁都当什长训练，到时便可由五百立即变成五千。

由于贞字营先被撤掉，曾国葆带头回原籍，其他各营的整顿都很顺利，共裁掉团丁三千余人。岳州、靖港战场上逃走的人，有的又想回来，曾国藩命令一个不收。他又乘着这个大好时机，将湘勇扩大一倍，建陆师二十营；水师二十营；又水陆二师分别设统领二人。陆师由塔齐布、罗泽南充当，一人管十营；水师由彭玉麟、杨载福充当，也是一人管十营。塔、罗、彭、杨均听调于曾国藩。湘勇建制更显得健全了。鲍超、申名标在湘潭战场上打得勇敢，都被提拔当了营官。

每天，南门外操场由塔、罗负责训练陆师，江面上由彭、杨负责训练水师。曾国藩再忙，每天也要到操场、江边去看看，训训话。曾国藩又吸取戚继光用军歌教育士卒的经验，用心编了几支通俗易懂的歌，又由精通乐理的郭嵩焘谱成曲，早晚教习。这些歌词七字一句，将行军打仗安营扎寨等要点都包括了进去。陆勇唱《陆军得胜歌》，水勇唱《水师得胜歌》。

几天唱下来，从官到勇，个个都唱得流畅，记得烂熟了。每天上操下操路上，湘勇们高声唱着军歌，虽不动听，但合着步伐，也还显得整齐、威武，长沙城里的百姓觉得十分新鲜。

湘勇的再次兴旺给曾国藩带来喜悦，他想到，幸而没有死成，否则哪能看到今天的气象！他很感激救他性命的康福和左宗棠，思量报答他们。左宗棠是大才，今后可以大事相委托，眼下不着急。康福有统领之才，但曾国藩不想让他离开自己身边，他极需要康福这样的保镖。若让他领统领的薪水，别人会说是因救自己而得到额外好处，也或许会有人说：当初自己投水是做样子的假死，不然，何以对救者这样重报呢？曾国藩想来想去，想不出一个如何报答康福的好办法。一次，他偶尔翻阅野史，上载鳌拜厚报塾师的故事。他觉得这个方法好。于是暗地叫荆七到沅江去，以康福的名义买下一座大宅院和三百亩水田，迁一户老实人住进宅院，每年代康福收这三百亩水田的租。不久,康福知道了这事,十分感激曾国藩的厚赐,对曾国藩更加忠心耿耿。康福有救主帅之恩,又并没有加薪晋官,湘勇上下也都称赞曾国藩不以官禄报私恩的品德。

这时,天天都有西征军围攻武昌的消息传到长沙,曾国藩与大家日夜商议,准备救援鄂省。

（选自人民文学出版社 2002 年版）

导读:

唐浩明(1946—),湖南衡阳人。主要作品有《曾国藩》《旷代异才》等。

《曾国藩》,唐浩明所著长篇历史小说。这部长篇小说以丰富的历史及人物史料为基础,以史与诗的交融,在广阔的晚清历史背景上刻画了曾国藩这一晚清重臣和文化名士的历史形象。小说将曾国藩置于晚清政权平定太平天国的战争、晚清政治社会的剧变,以及中西文化的冲突等历史旋涡中,通过曾国藩在时代激流中的起伏浮沉、忧乐荣枯,展示了这一历史人物的心灵历程。小说从《曾国藩》因母丧返乡开始,详尽述说了他充满传奇色彩的人生道路。小说分三部分:血祭、野坟、黑雨。本书既写曾国藩的文韬武略,也写他的待人处世与生活态度;既写他的困厄与成功,也写他的得宠与失宠。曾国藩制胜的兵法、治军行政的方针,他独特的人生观,处世哲学,他的文化素养和人格品位等,都在书中得到精彩的体现。小说同时还塑造了左宗棠、李鸿章、李秀成等一批具有鲜明个性的艺术形象。小说气魄雄伟、典雅宏阔,融历史风情、典章文物与诗情史实于一体,堪称当代文学一部重要的史诗性作品。

《曾国藩》中有两件事写得相当的令人寻味。第一件事是王闿运与曾国藩论《讨粤匪檄》。王闿运认为从煽动人心上说,曾国藩亲自起草的《讨粤匪檄》不如洪杨的《奉天讨胡檄》。因为,洪杨的《奉天讨胡檄》提出的"用夏变夷""誓扫胡尘",将战争的性质定为民族战争;而曾国藩的《讨粤匪檄》故意回避这一问题,只在"维护君臣人伦,孔孟礼义"上做文章,将战争的性质定位为卫道之战、护教之战。第二件事是曾国藩破金陵后与彭玉麟到焦山还愿。刚到焦山,曾国藩感到"佛法广大,宇宙无垠,他一个苦海中的俗人,好比大千世界里的一粒灰尘,漠漠天河中的一颗水珠",然而与芥航法师的一番交谈之后,他突然振奋起来。作为佛的象征人物的芥航法师不仅为他指明了水师改制的途径,还说出了这样的话:"老衲吃的农夫所种的稻米,穿的村妇所织的袈裟,要说完全脱离红尘,岂非自欺欺人。"两件事发生的时间不同,第一件事是曾国藩誓师出兵、满怀建功立业的豪情之时；第二件事是曾国藩裁军韬晦、意兴阑珊之时。这两件事面对的对象不同，一是民族问题，一是宗教问题。但是无论是时间的不同，还是对象的不同，其实质就是一个，即什么事情该做，什么事情不该做。王闿运自以为聪明，却难得曾国藩的心，他的那一番满汉不分的言论是有损于做人的"大节"的，是不符合曾国藩做人的原则的。还是芥航法师聪明，他知道眼前这个人是不会遁入虚无、信服前世来生那一套的，尽管他一时挫折，尽管受到佛法的震撼，但他相信的还是现世。

《曾国藩》最引人注目的地方不在于多少战争传奇和人物传奇，而在于写了一个深谙程朱理学的中国知识分子的心灵历程。这位知识分子就是具有中兴之臣之称的曾国藩。

小说中的曾国藩实际上在三条战线上作战：

第一条战线是与太平军作战。从军事才能说，曾国藩是不如他的对手的。咸丰四年靖港之败、咸丰五年鄱阳湖之败、咸丰六年南昌之败、咸丰十年祁门之败。这四败都曾把曾国藩逼进了死地。然而，每一次进入死地的曾国藩都被救了回来，原因是每一次他失败的同时，他的部将却打胜了仗。这就说明曾国藩虽然军事才能不济，但是他善于用人。曾国藩用人讲究才能，不论出身，他身边的文臣武将几乎都是一些小人物，但都成为了他克敌的能人强将。他用人还有一个标准，那就是中国传统的做人的伦理道德。小说侧重写了曾国藩起用了三个人。一个是康福。曾国藩将其收为贴身保镖，不仅因为他的武功高强，还在于他"孝母爱悌，正直诚实""家风纯良，祖德深厚"。一个是彭玉麟。曾国藩将水师交付于他，不仅因为他有治军才能，还在于他是一个重情重义的"奇男子"。一个是李鸿章。曾国藩竭力扶持他，是因为与他患难与共多年的李元度改换门庭，而遭到疏远的李鸿章忠心不改。曾国藩看中他既为他的才情所动，更为他的忠心所感。任才而用，是历来统帅的成功之道；德才兼备，是重理学的曾国藩的选人标准。既是名将，也是君子，这样的军队打败了太平军就不仅是军事上的胜利，还有文化上的胜利。

第二条战线是与朝廷、官场作战。身为汉人的曾国藩深知手握兵权的危害性，他明白："朝廷对于长毛的起事，对于吏治的腐败，对于民生的凋敝，对于洋人的欺凌，都是软弱无能、束手无策的话，对汉人的防范，尤其是对于有重兵的汉人的防范，却是老谋深算、戒备森严的。"为了达到自己施展政治抱负的目的，他既要取得朝廷的信任，又要避免朝廷的嫌疑，他精打细算、小心谨慎，生怕踏错一步。他从不为来自皇帝、太后的嘉奖而喜，相反，任何一句来自朝廷的言语，他都要琢磨几天，甚至"从头到脚一身冷汗"。对于官场，曾国藩运用起来就得心应手得多了。他作了这样的总结："世事纷杂，人心不一，官场复杂，尤为微妙，识见固要闳深，行事更需委婉，曲曲折折，迂回而进，当行则行，当止则止，万不可逞才使气，只求一时痛快。""行"就是进，就是要进攻；"止"就是要忍，就是要韬晦；无论"进"，还是"忍"。都需要"识见"。曾国藩就因为看准了自己的位置，看准了自己的作用，从招募团练的时候起就与那些汉官满将周旋在一起，"进"时，他找准机会将那些仕途的敌人一个个扳倒，即使是多年的朋友也不顾，冷酷无情；"忍"时，他可以将自己的数十万军队全部解散，即使是身边的亲兵也不留，做得彻底。他是一个深谙程朱理学的知识分子，一个手握重兵的汉将，也是一个谙熟中国官场之道的老手。他身上的三种成分决定了他特有的人生理念和处世手段。

第三条战线是与他身上的欲望作战。放在曾国藩面前的最大的诱惑是东南的半壁江山。这个欲望从他手握兵权之时就已存在，随着战事的进展，病重权重，战功卓著，这一欲望表现得越来越强烈。再加上他先后五次受到了身边的好友、战将的鼓励和诱惑，其欲望之火终于在心中升腾起来。曾国藩的过人之处突出地表现在他战胜了自我的欲望。他冷静地分析了朝廷的态度、同僚的态度、自己兄弟的态度以及自己的出身、自己的信念，最后得出了结论："时机，对于他来说，这一辈子都没有成熟的可能性。这一点，他比所有劝他问鼎的人都清醒得多。"他的结论一旦得出，就毫不犹豫地落实下来。军事上的胜利和官场上的胜利还是外在的，对自我欲望的胜利是内在的。通过这条战线的描写，作家将曾国藩的人格形象推到了一个新的境界。

第十四章　儿童文学

萌蘖于晚清社会的中国儿童文学在 20 世纪初逐渐走向自觉。新文化运动时期,随着《稻草人》的出版,《儿童世界》《小朋友》等专门刊物的创办,儿童本位论的倡导,中国儿童文学完成了绚烂的登场。此后,在整体文学发展的大潮中,儿童文学汲取传统文化资源,借鉴域外优秀儿童文学经典,在童话、小说、散文、童话、图画书等文类创作上都取得了丰硕成绩。

第一节　晚清儿童文学

中国儿童文学的历史起源,即中国古代有没有儿童文学,中国儿童文学是否"古已有之",是儿童文学基础理论建设和学科建设上的重大问题,也是儿童文学史书写不可规避的重要问题之一。中国古代文学蕴藏了丰富的适宜于儿童阅读和接受的作品,如《世说新语》《西游记》《搜神记》《聊斋志异》等。《三字经》《千字文》《幼学琼林》等古代蒙学读物,以及历代口耳相传的谣谚、民间故事、传说等都是滋养儿童成长的重要精神食粮。

随着晚清社会的巨变和救亡图存的需要,儿童作为未来国民被赋予了重要性,儿童的文学需求被重视。梁启超等爱国志士从事儿童的启蒙与爱国教育,试图通过报刊这一新兴的大众传媒实现更广泛的传播和影响。1901 年创刊的《杭州白话报》就十分注重儿童文学,经常刊发与儿童、儿童文学相关的文论,如在该刊第二年第 13 期发表的《儿童教育》:"儿童譬如花木,儿童智识初开的时候,就譬如花木萌芽初发的时候,花儿匠栽培花木,就譬如训蒙师教导儿童……儿童幼时知识,至老不忘。教师最好把些爱国的故事,为人的箴言,替儿童演说,就可以养成儿童爱国心,陶铸儿童天良性。"再如《启蒙画报》对外国寓言、童话的翻译,《中国白话报》刊载的歌谣、《杭州白话报》刊发的适合儿童吟诵的歌谣体诗,还有传教士报刊如《小孩月报》等都为晚清儿童文学的倡导和实践提供了丰富的平台。这其中最为突出的是梁启超创办的《童子世界》和《新小说》等。《新小说》甚至成为晚清儿童诗歌发表的重要园地,有梁启超的《少年歌》、黄遵宪的《出军歌》四章、《幼稚园上学歌》,张敬夫的《警醒歌》四章、剑公的《新少年歌》、自由斋主人的《爱祖国歌》、珠海梦余生的《劝学》等。在诗歌之外,李叔同、沈心工、曾志忞和杨度等人的"学堂乐歌"也是晚清儿童文学的重要代表。无论是诗歌还是"学堂乐歌",都有着浓郁的爱国主义色彩,其主题都指向爱国和启蒙教育,或者说儿童文学在晚清的倡导和被重视,是基于当时特定的社会文化语境的,注重的是以儿童文学为媒介承载启蒙教化、爱国教育等功能,儿童文学这一文类的艺术特性较少被关注。

1908年,徐念慈在《余之小说观》(署名东海觉我,刊于《小说林》第九、十期)中强调宜专出一种"足备学生之观摩"的儿童小说,"其旨趣则取积极的,毋取消极的,以足鼓舞儿童之兴趣,启发儿童之智识,培养儿童之德性为主"。他还对这种小说的形式、开本、体裁、文字、篇幅、插图、价格等方面,都作了具体的简要的论述,进一步为儿童小说的发展提供理论基础。只是在当时,原创的儿童小说尚处于起步阶段,仅有包天笑的《爱国幼年会》等为数不多的作品,儿童小说的倡导更多是通过域外儿童文学的译介来实现的。传教士群体在西方儿童文学的中国传播中发挥了重要作用,亮乐月就翻译了美国儿童文学家伯内特的《秘园》《小公主》等作品。同时,凡尔纳的科学小说、王尔德的童话、安徒生的童话、《天方夜谭》、格林童话等都在晚清开启了译介。林纾的《海外轩渠录》《英国诗人吟边燕语》、包天笑的《馨儿就学记》《苦儿流浪记》,周桂笙的《新庵谐译》等都是典型代表。

1909年,商务印书馆出版了孙毓修编的"童话"丛书,其中用白话编译的《无猫国》是"中国历史上第一次有儿童文学"[1]。孙毓修(1871—1922)被茅盾赞誉为"中国编辑儿童读物的第一人"[2],"中国有童话的开山祖师"[3]。在取材方面,孙毓修编辑的77种童话中来自中国历史故事的有29种,其余的48种都源于西洋民间故事和名著[4],这充分代表了晚清以降儿童文学的建设路径,即以改编和翻译为主的格局。在编排体例上,"童话"丛书以寓言、

---

[1][3] 茅盾:《商务印书馆编译所生活之一——回忆录(一)》,《新文学史料》1978年第1期。

[2] 茅盾:《关于"儿童文学"》,载《文学》月刊1935年2月第4卷第2期。

[4] 赵景深:《孙毓修童话的来源》,《大江月刊》1928年第11期。

述事、科学三种体例进行,以发展的眼光审视儿童读者的需求,"文字之浅深,卷帙之多寡,随集而异。盖随儿童之进步,以为吾书之进步焉。并加图画,以益其趣"。为了更好满足读者的接受特点,"童话"丛书采取分集出版的方式:第一集每种规定为5 000字,页数在20页上下,读者定位为七八岁的儿童;第二集字数加倍,文字也稍深,页数增至30页左右,适合于10—11岁儿童。明确的儿童受众意识,尊重和满足儿童读者接受特点的编辑理念,保证了"童话"丛书的出版品质,该丛书可谓是儿童读物出版的里程碑之作,是促成"五四"儿童文学诞生的重要事件之一,折射了现代出版之于儿童文学发生的积极意义。

第二节 民国时期的儿童文学

中华民国建立伊始颁布的《普通教育暂行办法》对事关儿童文化和儿童文学发展的教科书等进行改革。刚成立的中华书局发行了《中华教科书》,开启了儿童文学与教科书互相融合的发展轨迹。周氏兄弟早在1909年的《域外小说集》中就已有对安徒生和王尔德童话的译介尝试,此后周作人致力于儿童学的译介,儿童歌谣的征集和研究,撰写了《童话研究》和《童话略论》等理论文章,提出"童话者亦谓儿童之文学"的观点。《教育杂志》也刊载了包天笑翻译的《馨儿就学记》等教育小说,尽管有上述种种儿童文学相关的活动,但是真正意义上的现代儿童文学诞生还是在"五四"时期。中国儿童文学在现代时期可以分为"五四"前后的儿童文学和三四十年代的儿童文学两个阶段。

一、"五四"前后的儿童文学

茅盾曾说"儿童文学这名称,始于五四时代"[1]。"五四"新文化运动中,在"人"的被发现浪潮中,作为社会结构最底层的儿童也逐渐被发现。《新青年》的主编陈独秀曾明确指出:"'儿童文学'应该是'儿童问题'之一。"[2]《新青年》在儿童观的倡导、域外儿童文学的输入和儿童文学的理论探讨以及原创儿童文学的刊发方面都起到了开风气之先的作用。1918年5月的《新青

---

[1][2] 茅盾:《关于"儿童文学"》,《文学》月刊1935年2月第4卷第2期。

年》刊发了鲁迅的《狂人日记》，发出了"救救孩子"的呼号，此后《人的文学》《我们现在怎样做父亲》《儿童的文学》《儿童的书》等重要理论文章完成了对儿童本位主义的理论建构。加之西方儿童心理学、人类学思想的传播和影响，国语运动的开展，文学研究会、创造社等文学团体对儿童文学的倡导与推动；周作人、郑振铎、叶圣陶、茅盾、郭沫若等都投身于儿童文学创作与理论研讨，"五四"时期形成了颇具规模与声势的"儿童文学运动"，在诗歌、童话、儿童剧等方面全面开拓，使现代儿童文学的地位得以确立并开启了儿童文学作为独立文类的历程。

"郑振铎兄创办《儿童世界》，要我作童话，我才作童话，集拢就是题名为《稻草人》的那本。"[1]这是叶圣陶对童话创作缘起的回忆，也道出了"五四"时期《儿童世界》《小朋友》等刊物对文学创作的引导功用。《新青年》《小说月报》《妇女杂志》等一大批刊物都开辟领地为儿童文学呼号呐喊，成为儿童文学诞生的温床。如《新青年》对儿童白话诗的扶持。还有当时报纸副刊如《晨报副镌·儿童世界》、时事新报副刊《学灯》等都刊载儿童文学作品。

（一）童话创作

茅盾在1918—1920年创作了《书呆子》和《寻快乐》《一段麻》等作品，不少童话仍有着浓厚的民间故事痕迹。陈衡哲的《小雨点》在艺术上较为成熟，可谓创作童话的最早佳作。赵景深的《纸花》、郑振铎取材于民间文化的《朝露》《七星》，徐志摩的《小赌婆儿的大话》、郭沫若的"献给新时代的小朋友"的童话《一只手》、沈从文的《阿丽思中国游记》等都是童话不同面向的实践。

1921年11月15日，叶圣陶创作了第一篇童话《小白船》，此后又创作《傻子》《燕子》《一粒种子》等20多篇童话，1923年11月由上海商务印书馆结集为《稻草人》出版，这是现代第一部创作童话集。鲁迅在《〈表〉译者的话》中赞誉："十来年前，叶绍钧先生的《稻草人》是给中国的童话开了一条自己创作的路的。"《稻草人》中的童话呈现出殊异的两种风格：有诗意、唯美的表现，有理想的追求；也有冷峻、现实的描绘，更有对于苦难的控诉。《稻草人》既开启了中国诗意童话的源头，又是此后中国儿童文学发展的现实主义趋向的一种预示。

（二）小说

"五四"新文学作家不约而同将目光对准儿童，以丰富的创作投注对儿童的关怀。叶圣陶创作了《儿和影子》《阿凤》《一课》《义儿》《地动》《小蚬的回家》等小说，这些作品有对儿童的生活和精神世界的精确摹写，有对童心与儿

---

[1] 叶圣陶：《杂谈我的写作》，《叶圣陶论创作》，上海文艺出版社1982年版。

童世界寄予的希望。周作人的《对小孩的祈祷》,冰心的《离家的一年》,刘半农的《雨》等表达了对儿童的钦慕。有些作品还展示了孩子柔嫩纯洁的心灵面临着的被蹂躏和扭曲的危险。如刘半农的《饿》,王统照的《雪后》,都展现了摧残和扼杀儿童的现实。王统照更是直接以《童心》为题,抒发愤慨:"童心都被恶之华的人间,来玷污了!真诚都蒙了虚伪的面幕。……我狂妄般的咒恚人间,他们为什么将我的童心来剥夺了?"

(三)诗歌

胡适的《尝试集》中有很多充满童趣的儿童诗,可谓白话儿童文学的最早实践之一。"五四"前后在儿童诗方面作出重要探索和贡献的还有刘大白、俞平伯、吕伯攸、胡怀琛、吴研因等。刘大白的《两个田鼠抬了一个梦》,在民间童谣的基础上进行富有想象和儿童趣味的拓展,用问答体的形式,极富儿童情趣和幽默:"那老鼠刚抬了梦跑,蓦地里来了一头猫;那老鼠吓了一跳,这梦就跌得粉碎的没处找。"作者的《卖布谣》《田主来》等童谣体创作都是儿童诗的有益尝试。俞平伯的儿童诗集《忆》呈现了孩童诗意纯真的美好世界。作家以小男孩"我"的眼光和视角书写儿童稚拙可爱的童年状态。这一时期儿童诗最大的创作群体来自文学研究会,叶圣陶、郑振铎、许地山、王统照、赵景深、严既澄等都参与了儿童诗创作。冰心的《繁星》和《春水》讴歌母爱、童真,自然,清新隽永。这一时期展开的采集民歌童谣的活动对儿童诗歌发展也有着积极的意义。

(四)儿童戏剧

1919 年 11 月,郭沫若在《上海时报·学灯》发表了剧本《黎明》,开启了儿童剧创作的序幕。"五四"时期儿童剧创作首推黎锦晖。黎锦晖是中华书局创办的《小朋友》杂志的主编,该刊物以"陶冶儿童性情,增进儿童智慧"为宗旨,是儿童剧刊发的重要园地。黎锦晖的代表作有《葡萄仙子》《麻雀与小孩》等,这些作品以爱和美为主题,充满了诗意和童趣,正是儿童本位论文艺观的实践。20 年代末,黎锦晖还创作了《小小画家》这一重要剧作。

(五)儿童散文

冰心在赴美留学期间,为《晨报副镌·儿童世界》撰写了 29 篇游学的见闻和异国感受,结集为《寄小读者》出版,这些散文是对母爱、童心和大自然的表现与赞美,清丽、典雅,深受儿童读者喜爱,成为儿童散文的经典之作。刘半农、许地山、朱自清、夏丏尊等也都创作过反映儿童生活的散文。其中丰子恺的《华瞻的日记》和《给我的孩子们》,最富儿童情趣且充满大人对孩童的爱心,被朱自清誉为"蔼然仁者之言"。

（六）儿童文学理论与翻译

"五四"前后，儿童文学的发生与发展与教育有着紧密的融合。当时儿童文学俨然已成为教育界的一种时髦追求："年来最时髦，最新鲜，兴高采烈，提倡鼓吹，研究试验的，不是这个儿童文学问题么？教师教，教儿童文学，儿童读，读儿童文学，研究儿童文学，演讲儿童文学，编辑儿童文学，这种蓬蓬勃勃勇往直前的精神，令人可惊可喜。""五四"时期许多教育界的教师都身体力行地参与儿童文学的研究或投身儿童文学创作，如魏寿镛、周侯予、朱鼎元当时都是江苏第三师范附属小学的教师。正是这批默默劳作的小学教师写出了中国最早的一批系统的儿童文学理论著作。如1923年8月，商务印书馆出版的《儿童文学概论》，著者就是魏寿镛、周侯予；1924年中华书局又出版了朱鼎元的《儿童文学概论》[1]。

"五四"时期儿童文学的另一个成就是在于域外儿童文学的翻译。"一切世界各国里的儿童文学材料，如果是适合儿童的。我们都是要尽量采用的。因为他们是'外国货'而不用，这完全是蒙昧无知的话。有许多儿童的读物，都是没有国界的。"[2]秉持着为我所用的原则，大量国外儿童文学作品如安徒生童话、格林童话、《彼得潘》、《爱丽丝漫游奇境记》等经典儿童文学作品进入中国，成为本土儿童文学发展的重要资源。1924年《小说月报》开辟了儿童文学专栏，刊载外国儿童文学作品，介绍海外儿童文学信息。1925年8月安徒生诞生120周年和逝世50周年时还出版了两期"安徒生专号"。

二、三四十年代的儿童文学

在"五四"时期儿童本位论的短暂实践之后，儿童文学逐渐走出纯美的园地，在左翼文艺运动、抗战文艺中的洪流中，日渐趋向现实主义的发展。有研究者指出1923—1949年的儿童文学，走出了一条"光荣的荆棘路"，在四个方面表现了"五四"儿童文学的深入：（一）现实主义日益成为中国儿童文学的主潮；（二）革命儿童文学的兴起与发展；（三）儿童科学文艺的兴起与发展；（四）在现实主义的道路上，中国儿童文学理论建设的基础发生了重大变革，即由初期以人类学（进化论）、儿童学为基础，强调"儿童本位"的西方模式，转向了以社会学（阶级论）、教育学为基础，重视教育功能的苏联模式，为下一个时期社

---

[1] 魏寿镛、周侯予：《儿童文学概论》，商务印书馆1923年版，第1页。
[2] 郑振铎：《第三卷的本志》，《儿童世界》1922年7月1日第2卷第13期。

会主义儿童文学理论的建立奠定了深厚的学科基础[1]。

(一) 儿童文学理论

儿童文学理论研究在三四十年代有重要收获,继涌现了一大批理论专著,徐锡龄的《儿童阅读兴趣的研究》、陈伯吹的《儿童故事研究》、赵侣青和徐迥千的《儿童文学研究》、葛承训的《新儿童文学》、王人路的《儿童读物的研究》、仇重等人的《儿童读物的研究》等。这些论著对儿童文学的概念及其艺术特性、儿童文学与教学、儿童读者及其文学接受等问题进行深入探讨。此外,30 年代初的关于童话"鸟言兽语"的论争以及 40 年代"中国儿童读物作者联谊会"召开的"儿童读物的用字和用语问题"等研讨也极大拓展了儿童文学理论空间。

(二) 儿童剧创作

三四十年代儿童文学创作最鲜明的特点是儿童戏剧的高度发展。1923年,周作人在《自己的园地》中谈及对儿童剧的看法:"我们没有迎合社会心理,去给群众做应制诗文的任务……我很希望于儿歌童话以外,有美而健全的儿童剧本出现于中国,使他们得在院子里树阴下或唱或歌,或演或扮浪漫的故事,正当地享受他们应得的悦乐。"《葡萄仙子》《麻雀与小孩》等儿童歌舞剧开启了中国儿童剧创作的序幕,随着现实苦难和民族危机的加深,唯美的、充溢着理想色彩的儿童剧日渐为现实色彩浓烈的儿童剧所取代。周作人所不愿看到的"迎合社会心理的"戏剧却大量涌现。尤其是在抗日战争全面爆发之后,儿童剧因其适应宣传的特点,成为繁荣一时的一种文类。

叶圣陶在童话集《古代英雄的石像》之后,投注很多精力于儿童剧创作。1931 年他写了儿童历史剧《西门豹治邺》《木兰从军》,1933 年又与何朋斋合写儿童歌舞剧《蜜蜂》《风浪》。董每戡的《给我们需要的》、蒋本沂的《帝国主义底狗》、于伶的《蹄下》、陈白尘的《两个孩子》、姚时晓的《炮火中》、白兮(钟望阳)的《小毛毛的爸爸》等,大多描绘战争状态下儿童的命运与斗争,具有鲜明的现实针对性与强烈的时代气息。随着抗战现实的深入,儿童戏剧继续得到发展与繁荣。一大批儿童积极融入表演行列,出现了"孩子剧团"等很有影响的孩子剧团。作家充分重视儿童在抗战宣传中的作用。熊佛西创作了《儿童世界》,他认为这一抗战儿童剧的公演:"不是一个寻常的戏剧表演,而是一个新的教育活动,是一个革命的教育活动。……是中国儿童抗敌示威的大运动。"[2]董林

---

[1] 蒋风、韩进:《中国儿童文学史》,安徽教育出版社 1998 年版,第 175 页。
[2] 熊佛西:《〈儿童世界〉公演感言》,载《战时戏剧》1938 年 4 月 5 日第 1 卷第 3 期。

肯的《表》《小主人》，许幸之的《最后一课》《古庙钟声》，包蕾的《巨人的花园》等都是抗战之后涌现的优秀剧作。40年代中后期立化出版社推出的"立化儿童戏剧丛书"分为甲乙丙三种，囊括了多幕剧、独幕剧、小型诗歌剧和儿童演剧理论，是三四十年代儿童戏剧出版的集大成者和重要总结。

（三）儿童小说

1935年良友图书公司出版了凌叔华的小说集《小哥儿俩》，是儿童小说艺术成熟的重要标记。作者在序言中说："怀恋着童年的美梦，对一切儿童的喜乐与悲哀，都感到兴味与同情。"小说集中的《小哥儿俩》《搬家》《凤凰》等作品就是这种童年美好情愫的书写，《小英》《一件小事》等则通过儿童生活反映社会问题。

冯铿的《小阿强》、茅盾的《少年印刷工》《儿子开会去了》《大鼻子的故事》、钟望阳的《小顽童》、舒群的《没有祖国的孩子》、范泉的《五月》、张天翼的《蜜蜂》《奇遇》《失题的故事》《奇怪的地方》、老舍的《小坡的生日》、陈伯吹的《华家的儿子》《火线上的孩子们》等是这一时期重要小说。张天翼在《为孩子们写作是幸福的》中的一番话相当精确地传达了当时作家们的共同心声："总之，当时写童话也罢，小说也罢，就是想使少年儿童读者认识，了解那个黑暗的旧社会，激发他们的反抗、斗争精神，使他们感到做一个不劳而获的寄生虫，多么可耻和无聊。"这种创作意图在儿童小说中得以贯彻，除却针砭现代中国诸种人生世相，反映在苦难与死亡线上挣扎的幼小生命的创作之外，还有紧密结合社会斗争、贴近时代的作品。这体现出作家追踪时代精神的自觉意识和高度的社会责任感；把"真的人，真的世界，真的道理"告诉给年幼的一代。

柔石的《人间杂记》、胡也频的《小人儿》、沙汀的《码头上》反映的是在苦难的现实中挣扎的童年生命：无论是偷果子的小孩，牧羊的小人儿，都是作家借以揭露现实黑暗的人物，都是作家直面现实的艺术精神的体现；《大鼻子的故事》《儿子开会去了》《小阿强》《奇怪的地方》中的儿童或自觉或被动地萌发了一种斗争意识，有了自觉的行动，敢于反抗既成的现实，走向觉醒。以白韦的《游戏》为例，全文以大量篇幅描绘了孩子们游戏中的对话，既有小三的"我不做资本家"的叫嚷，阿跟的"资本家不打是不晓得厉害的"的觉悟，又有最后的"资本家，你躲到帝国主义那儿去吧！你不要出来吧！你晓得我们工人的厉害吧"的宣言。张天翼写于1936年的《失题的故事》中，小学生们玩打仗，唱抗日歌曲，贴打倒敌人的标语。随着战争形势的严峻，儿童生活也被战火所裹挟，许多儿童形象从战火中迸跳而出。华山的《鸡毛信》、萧平的《小路子》、周而复的《小英雄——晋察冀童话》、峻青的《小侦察员》、管桦的《雨来没有死》塑造了战争中成长起来的小英雄形象，这些小英雄勇敢、机智，聪明地完成了任务，但是又不失少年的调皮、率真，在艺术感觉上亲切而真实。比20年代郭沫若的《一只手》等作品中纯粹图解政策的人物要丰满真实，这也是这些作品在事过境迁之后依然富有文学吸引力的原因所在。

（四）童话创作

叶圣陶出版于1931年的《古代英雄的石像》，继承了《稻草人》"直面人生"的创作精神，以童话的形式广泛反映社会，现实主义色彩更为浓郁。诚如巴金在童话集《长生塔》序言所述："现实的生活常常闷的我透不过气来。我的手上，脚上都戴着无形的镣铐。然而在梦里我却有充分的自由……梦话常常是大胆的，没有拘束的。那些被现实生活闷煞的人倒不妨在这些小孩的梦景里呼吸的新鲜的空气。"以曲折隐射的手法对现实予以抨击的创作主张也体现在三四十年代的童话创作中。这一时期的主要作品有陈伯吹的《阿丽思小姐》《波罗乔少爷》、丁玲的《给孩子们》、贺宜的《凯旋门》、苏苏的《新木偶奇遇记》、巴金的《长生塔》、金近的《红鬼脸壳》《"好"人国》、许地山的《萤灯》、何公超的《圣诞老人的礼物》、严文井的《南南和胡子伯伯》、丰子恺的《五元的话》等。

陈伯吹的《阿丽思小姐》借阿丽思这一童话人物在中国社会的"梦游"，通过阿丽思漫游昆虫世界的梦幻情节，犀利地描绘了当时中国灾难深重的现实和人民生活情况。张天翼的《大林和小林》《金鸭帝国》，是《稻草人》之后童话艺术创作的重要收获。张天翼充分调用童话文体荒诞、夸张的艺术手法，以奇幻的故事和生动诙谐的笔调呈现了新奇有趣又融时代针砭于一体的故事。

（五）诗歌和散文

三四十年代，叶圣陶、冰心、丰子恺、朱自清、茅盾、萧红、老舍、叶灵凤、陈伯吹等在儿童散文园地留下佳作，如柔石刊发在《人间》杂志的《死所的选择》《卖笔的少年》和《六月的赐惠者》，老舍的《小麻雀》、萧红的《火烧云》等。这一时期的散文创作有一种倾向是对童年的回忆，郭风在40年代末的创作《初次的拜访》《豌豆的小床》《痴想》等描写花草和幼儿的散文，活泼亲切。翻译过《昆虫记》的董纯才致力于科学文艺，编写了《儿童科学丛书》等科普读物，还创作了《动物漫话》《凤蝶外传》等作品。

"五四"时期就从事诗歌创作的沈百英、吕伯攸、王人路、吴翰云在三四十年代继续诗歌创作。陶行知的"行知体"诗歌融合了他的教育思想，明白晓畅、寓教于乐，有《首脑相长歌》《一双手》等代表作。郭风的诗集《木偶戏》，写出孩子眼中亲切又奇幻的自然世界,在三四十年代革命诗歌占主流的创作格局中别具风格。此外,在苏区还涌现了《共产儿童团歌》《上前线去》等大量红色儿童歌谣。

(六)儿童文学翻译

对域外儿童文学的翻译和介绍在三四十年代也形成一个小高潮,中华书局推出了"世界童话丛书",开明书店出版了《世界少年文学丛刊》,儿童书局出版了徐培仁翻译的《安徒生童话全集》。重要的译介作品还有王尔德《快乐王子集》《水孩子》《杨柳风》,以及伯内特的《小英雄》、小川未明的童话等。

第三节 "十七年"和"文革"时期儿童文学

一、"十七年"儿童文学

1950 年 4 月,第一次全国少年儿童工作大会在北京召开,全国文联主席郭沫若发表了题为《为小朋友写作》的重要讲话,号召"作家们或是少年儿童工作者必需多多创作以少年儿童为对象的好的文学艺术作品","以培养他们正确的思想和高尚的情操"。《中国作家协会关于发展少年儿童文学的指示》也指出"发展儿童文学创作,是关系着 1 亿 2 000 万少年儿童的精神食粮的极其迫切的任务"。在这样的号召中,许多作家投身于儿童文学创作,50 年代初迎来了儿童文学的相对繁荣。

1955 年 9 月,《人民日报》发表《大量创作、出版和发行少年儿童读物》的社论,10 月 5 日,文化部发出了《关于少年儿童读物的出版情况和今后改进意见的请示报告》。11 月中国作家协会召开第十四次理事会主席团会议(扩大),专门讨论了发展少年儿童文学创作的问题,规定了 190 多位作家的创作任务,要求在一年内写出一些儿童文学作品或者评论。会后向全国各地的分会发出了《中国作家协会关于发展少年儿童文学的指示》:"少年儿童文学是培养年轻一代成为优秀的社会主义事业接班人的强有力的工具;发展少年儿童文学创作,是关系着 1 亿 2 000 万少年儿童精神食粮的极其迫切的任务。""为了使少年儿童文学真正担负起对年轻一代进行共产主义教育的庄严任务……各地分会应该把发展少年儿童文学的问题列入自己经常的工作日程,积极组织少年儿童文学创作,纠正许多作家轻视少年儿童文学的错误思想,组织并扩大少年儿童文学队伍,培养少年儿童文学的新生力量,并加强对少年儿童文学创作的思想指导。"[1]同时,作家自觉宣告"培养和教育少年儿童一代,使他成长为祖国未来的建设者和保卫者,是一个重大的任务。儿童文学就是我们用以完成这一任务的有力工具之一"[2]。这种自上而下的号召和作家对文学功用价值的自觉靠拢,促成了这一时期儿童文学创作的繁荣和"黄金时代",但从艺术性来说,这一时期的儿童文学整体上有着鲜明教育工具性。

(一)"十七年"的儿童小说

儿童小说在1955年到"文革"前夕将近十年的儿童文学取得不俗成就。张天翼的《罗文应的故事》《去看电影》《他们和我们》,以新中国少年儿童生活为表现对象,聚焦于儿童成长中的问题,这种现实主义小说创作模式也成为"十七年"儿童小说创作的重要模式之一。重要作品有:吴向真的《小胖和小松》、张有德的《妹妹入学》、任大星的《吕小刚和他的妹妹》、任大霖的《蟋蟀》、邱勋的《微山湖上》、萧平的《海滨的孩子》等。另一种重要模式是革命历史题材创作,有刘真的《我和小荣》《长长的流水》、郭墟的《杨司令的少先队》、刘知侠的《"铁道游击队"的小队员们》、李心田《两个小八路》等。此外,沈虎根的《小师弟》、刘坚的《"强盗"的女儿》、袁静的《朱小星的童年》、胡景芳的《苦牛》以及胡奇的《五彩路》等或反映旧社会儿童苦难生活,或反映少数民族儿童生活的作品也富有艺术价值。"十七年"影响最大的是徐光耀的《小兵张嘎》,这部作品塑造了勇敢率性,野性"嘎气"的小英雄张嘎形象。

(二)"十七年"的童话创作

1954年举办的第一届中国少年儿童文艺创作评奖(1949年10月至1953年12月)中,有多篇童话作品获奖:秦兆阳的《小燕子万里飞行记》,借用小燕子的视角,描绘了祖国正在发生变化的新气象,体现了时代对儿童性格品质的要求;严文井的《蚯蚓和蜜蜂的故事》,金近的《小鸭子学游泳》则是典型地对儿童进行共产主义思想教育的童话。这些获奖童话典型地反映了当时童话创作的格局和面貌。

"十七年"间重要的童话作家作品还有:张天翼的《不动脑筋的故事》《宝葫芦的秘密》,陈伯吹的《一只想飞的猫》,严文井的《三只骄傲的小猫》《下次开船港》《小溪流的歌》、孙幼军的《小布头奇遇记》、金近的《小鲤鱼跳龙门》、洪汛涛的《神笔马良》、包蕾的《猪八戒吃西瓜》等,很多童话都殊途同归地走

[1]《中国作家协会关于发展少年儿童文学的指示》,《文艺报》1955年第22号。
[2]贺宜:《给新中国的儿童更多更好的读物》,《人民日报》1952年6月2日。

向"教育"的道路。同时,这个阶段的低幼童话创作活跃,出现了彭文席的《小马过河》,方惠珍和盛璐德的《小蝌蚪找妈妈》,方轶群的《萝卜回来了》等经典作品。

张天翼的童话创作秉持有益和有趣的标准,聚焦少年儿童的缺点进行艺术表现,凸显童话的教育意义。《宝葫芦的秘密》连载于 1957 年《人民文学》,写了小学生王葆和宝葫芦之间一系列故事,幽默生动,在儿童现实生活描写中加入幻想的元素。严文井的《"下次开船港"》也采用类似的表现手法,这两篇童话也由此成为中国幻想小说的最初尝试。"童话虽然很多都是用散文写作的,而我却想把它算作一种诗体,一种献给儿童的特殊诗体。"[1]这正是严文井童话特色的精准概括:风格清新、语言优美诗意。《蚯蚓和蜜蜂》《三只骄傲的小猫》《小溪流的歌》等都是这一时期童话佳作。包蕾的《猪八戒新传》依据《西游记》创作,将儿童的稚拙与可爱特质注入猪八戒形象,深受儿童喜欢。洪汛涛的《神笔马良》、葛翠琳的《野葡萄》童话等汲取传统民间故事和童话的营养又体现了现代童话的魅力。

(三)"十七年"儿童剧

1949 年之后,由宋庆龄创办的儿童剧团和中国儿童艺术剧院极大地推动了儿童剧事业的发展。在民间故事基础上创作的儿童剧取得了最大的成就,主要作品有老舍的《宝船》《青蛙骑手》,任德耀的《马兰花》、张天翼的《大灰狼》、乔羽的《果园姐妹》等。现实主义题材方面有刘厚明的《星星火炬》《小雁齐飞》、任德耀的《小足球队》等。革命历史题材的儿童剧有王镇的《枪》等。

(四)"十七年"的诗歌和散文创作

艾青、郭沫若、臧克家、冰心、阮章竞、李季都投身于儿童诗创作。高士其的科学诗《我们的土壤妈妈》,如艾青的《春姑娘》充满想象而生趣十足,冰心的《雨后》对儿童游戏心态的精准描摹。圣野、任溶溶、柯岩、鲁兵、刘饶民、鲁兵等在儿童诗创作上积极探索,创作了一大批优秀的儿童诗作。这些诗作有的讴歌新中国和少年儿童的幸福生活,有的回忆旧社会的苦难与革命战争年代的生活。李季的《三边一少年》、袁鹰的《寄到汤姆斯河去的信》等都很有影响。

阮章竞的长篇童话诗《金色的海螺》取材于民间故事《田螺姑娘》,幻想与写实相结合,以三段式结构,通过生动的情节和优美的语言,塑造了勤劳善良的打鱼少年和海螺姑娘。阮章竞还创作了《牛仔王》《草原上的风雪》等儿童

414

---

[1] 严文井:《泛论童话》,《小溪流的歌》,人民文学出版社 1959 年版,第 331 页。

诗歌。

柯岩的儿童诗取材于儿童的日常生活,富有儿童情趣,充满喜剧性和节奏感,有《"小兵"的故事》《大红花》《最美的画册》等诗集。任溶溶的诗作新奇好玩,充满故事性,有诗集《小孩子懂大事情》《给巨人的书》《一个可大可小的人》。《你们说我的爸爸是干什么的》是这一时期童诗的重要收获。

冰心创作了《小桔灯》和《再寄小读者》。郭风的散文,雅致而精巧,充满真挚的情感描摹自然风物,有着清新的乡土气息和生活情趣,在中国儿童散文中有重要一席之地。这种诗意散文的形成与他的儿童诗创作有关系。如《蝴蝶·豌豆花》:"一只蝴蝶从竹篱外飞进来,豌豆花问蝴蝶道:你是一朵飞起来的花吗?"短短几十字的散文有孩子的想象力和诗意天真的发问。郭风的主要散文集有《火柴盒的火车》《轮船》《月亮的船》《搭船的鸟》《避雨的豹》等。

二、"文革"十年儿童文学

茅盾在 1961 年所指出的"政治挂了帅,艺术脱了班;故事公式化,人物概念化,文字干巴巴"等创作现象在 60 年代之后的儿童文学中非但没有改进,反而在"文革"中发展到了极致。有一首打油诗这样描绘"人物形象高大全,情节结构模式化,老师各个成活靶,坏人好抓一大把"。

有评论者指出:"相对而言,'文革'时期最好的小说是少年儿童小说,相对要离政治远些,多少有些童真童趣,所以'文革'儿童文学产生了一些经典性的作品,如《闪闪的红星》"[1]。不过从整体来说,"文革"十年的儿童文学创作相对荒芜,少有佳作出现。浩然的儿童小说《七月槐花香》《欢乐的海》《小猎手》等,徐瑛的《向阳院的故事》;杨啸的《红雨》、管桦的《我要上学》是艺术上相对有价值的作品。李心田的《闪闪的红星》反映的是革命战歌年代少年潘冬子的成长故事和战斗精神,出版之后又改编为电影,是"文革"期间艺术上有建树且影响较大的儿童文学作品之一。

第四节 新时期以来的儿童文学

"文革"结束之后的儿童文学园地十分凋敝。1977 年的儿童文学状况被

[1] 高玉主编:《中国现当代文学史》(下册),浙江大学出版社 2013 年版,第 81 页。

称为"四个二"的局面。即：全国有两亿具有阅读能力的小读者,有影响的儿童文学作家却只有 20 人,儿童读物编辑只有 200 人,每年出版少年文艺书籍只有 200 种[1]。以第二次全国少年儿童文艺评奖为例,在一等奖的获奖作品中,没有这段时间的作品。可以说"文革"结束的头两三年,不少儿童文学的作家都还处于彷徨之中,写什么,怎么写一时都成为问题。

1978 年召开的全国少年儿童出版工作会议(简称庐山会议)总结了近 30 年来儿童文学事业发展的经验和教训,分析了面临的现状和任务,会后,国家出版局等七家单位联合向国务院提交了《关于加强少年儿童读物出版工作的报告》。接着《人民日报》发表了题为《努力作好少年儿童读物的创作和出版工作》的社论,提出儿童文学创作要:"提倡题材、体裁和风格多样化,真正作到'百花齐放'"[2]。儿童文学进入全面复苏和发展新阶段。儿童文学观念的更新,创作队伍的扩大,儿童文学表现题材的拓展,主题的丰富,艺术形式的多样,实践探索的兴起,都昭示着儿童文学的蓬勃朝气。80 年代中后期之后,儿童文学的发展一日千里,进入真正的繁荣和收获期。

一、儿童小说

(一) 新时期之初的儿童小说

1977 年 11 月,刘心武的《班主任》在《人民文学》上发表,它以低沉而悲怆的格调,直接而又深刻地揭露笔法开启了伤痕文学。新时期的儿童小说也经历了伤痕小说—问题小说—新人小说—探索小说的历程。《失去旋律的琴声》(方国荣)、《小薇薇》(瞿航)、《我和小黑》(庞天舒)、《阿兔》《小船,小船》(黄蓓佳)、《弯弯的小河》(程远)、《鲁鲁和弟弟的遭遇》(郑开慧)较为典型地代表了这一阶段伤痕小说的创作情况。

问题小说创作方面,作家们将审视的目光从历史时空转向现实生活,作家的笔触从展现一代少儿在"文革"中如何饱受创伤,转移到关注带着伤痛的一代如何在新生活中面对现实境遇,如何疗治伤痛,走出黑暗的梦魇健康地成长,如柯岩的《寻找回来的世界》,任大霖的《喀戎在挣扎》,刘厚明的《绿色钱包》《黑箭》,黄蓓佳的《唱给妈妈的歌》,俞天白的《赌》等创作。同时,作家将笔触伸向更贴近现实的领域,反思历史,反思现实。罗辰生的《白脖儿》就

---

[1] 参见陈子君:《全国少年儿童文艺创作评奖有感》,《儿童文学作家作品论》,中国少年儿童出版社 1981 年版。
[2] 方卫平:《中国儿童文学理论批评史》,江苏少年儿童出版社 1993 年版,第 357 页。

少年入队问题引发了如何对待后进生的思考。刘岩的《被扭曲了的树苗》揭示了社会上的不良风气对学生的影响。罗辰生的《吃拖拉机的故事》，直接批评了一些干部损公肥私的不正之风。汪黔初的《在县委食堂打饭的孩子》，透过儿童生活批判了社会中的等级制度。这类创作再往后延伸推进，就演化为或者说是开启了后来儿童文学中的"人生化"倾向。罗辰生的《"大将"和美妞》，高春丽的《教室里面静悄悄》，康文信的《要的就是这个劲》，余通化的《勇气》，阿浓的《家在共厕》，方荣国的《彩色的梦》，铁凝的《盼》，程玮的《淡绿色的小草》等都是围绕矛盾冲突展开，经过主人公的心理斗争，同学间的团结互助，老师的引导，得以正确排解，这类创作都有淡淡的问题的痕迹，以及轻松、欢乐的戏剧效果。这些作品共同塑造了新时期儿童文学中儿童们新的素质和精神状态，是"新型少年儿童形象"。

新时期之初儿童文学的复苏与发展在经历了伤痕小说、问题小说、新人小说之后，又出现了探索小说潮，主要表现在少年小说的创新方面。常新港、曹文轩、梅子涵、刘健平、丁阿虎、秦文君、陈丹燕等一大批至今活跃于儿童文学创作圈的干将与主力在当时就朝向了儿童小说内容和形势的新探索。比如对少年儿童心灵世界的探求，有陈丹燕的《上锁的抽屉》、刘健屏的《我要我的雕刻刀》，有对儿童文学创作形式和技法的尝试，如梅子涵的《在路上》、班马的《鱼幻》等。此外程玮的《白色的塔》、常新港的《独船》、丁阿虎的《今夜月儿明》《祭蛇》，曹文轩的《古堡》《弓》等创作都曾引发儿童小说关于形象塑造、对社会生活的表现和儿童内心世界聚焦以及少年小说审美形态等诸多层面的探索与争鸣。

这一时期，农村乡土题材和革命历史小说中出现不少在艺术上较有价值的作品。任大霖的《大仙的宅邸》《掇夜人的孩子》，岑桑的《野孩子阿亭》，邱勋的《换儿姐》《雀儿妈妈和它的孩子》，金曾豪的《笠帽渡》《小巷木屐声》等。张映文的《扶我上战马的人》是革命历史题材儿童小说中较为突出的。

（二）80 年代中后期之后的儿童小说

80 年代中后期儿童小说艺术逐渐趋于成熟，尤其是在中长篇小说创作上收获颇丰，涌现出了梅子涵、班马、张之路、秦文君、曹文轩、沈石溪、杨红樱、常新港、金曾豪、黄蓓佳、薛涛、董宏猷、彭学军、殷健灵、张品成、陆梅、谢倩霓等一大批优秀创作者。

曹文轩是新时期以来儿童小说创作领域的代表人物，有《山羊不吃天堂草》《草房子》《青铜葵花》，以及《根鸟》《大王书》等幻想小说，以及合作完成的《痴鸡》《羽毛》等图画书。曹文轩认为儿童文学作家是未来民族性格的塑造者。他的作品既有以温暖诗意的笔触描写的童年与成长,有对人性和苦难的悲悯的审视,也有对幻想的磅礴大气的演绎。梅子涵是在儿童文学叙事上具有自觉探索意识和个性色彩的作家,著有《女儿的故事》《我的故事讲给你听》《戴小桥和他的哥儿们》《绿光芒》等。

张之路在 1992 年曾获得国际安徒生奖提名,有《第三军团》《小猪大侠莫跑跑》《弯弯》等作品。张之路的作品叙事流畅,故事性强。秦文君的《十六岁少女》《男生贾里》《天棠街 3 号》等系列作品,通过对都市儿童心理与成长的关怀极大拓展了新时期以来校园小说的艺术内涵和表现力。80 年代中后期以来,校园小说作为儿童小说书写的重要题材,还汇聚了韩辉光、谢华、王巨成、杨红樱、吕清温、张玉清、伍美珍、饶雪漫、韩青辰等一大批作家。杨红樱的《淘气包马小跳》《笑猫日记》成为畅销书。

沈石溪、黑鹤等作家致力于动物小说创作的探索。沈石溪被誉为动物小说大王,有《狼王梦》《斑羚飞渡》《最后一头战象》《一只猎雕的遭遇》《野犬女皇》《鸟奴》等众多作品。这些作品中的动物有着丰富的心理与情感。相对来说黑鹤的动物小说遵循着真实呈现动物生命状态的原则,有《额尔古纳河的母狼》《血驹》等作品。此外,乌热尔图、刘先平、李传峰等也在动物小说上有积累。

《下次开船港》《宝葫芦的秘密》等作品已经有幻想小说的气质,到了 90年代末,随着德国和日本幻想文学经典如《永远讲不完的故事》《晴天,有时下猪》等作品的译介,国内儿童文学创作亦形成了一股幻想大潮,彰显了儿童文学探索及打破传统单一的现实主义格局的勇气。21 世纪出版的"大幻想文学丛书"有班马的《巫师的沉船》、彭懿的《妖湖传说》、秦文君的《小人精丁宝》、韦伶的《幽秘花园》、彭学军的《终不断的琴声》、薛涛的《废墟居民》、张洁的《秘密领地》等作品。这些作品有的神话与现实交织,氤氲着诡谲之气;有的时空交错,神秘而诡异,大大扩展了儿童文学的表现领域,给原有中国儿童文学注入了新的气息和品格。《神奇邮路》《梦幻荒野》《蝉为谁鸣》《哭泣精灵》《魔塔》等更是对国内幻想小说的创作潮流的进一步推动。陈丹燕的《我的妈妈是精灵》,彭懿的《我捡到一条喷火龙》以及"夏壳壳系列"等,薛涛的"山海经新传说"等都是幻想小说的重要作品。此外,商晓娜、王勇英还致力于轻幻想小说的创作。

二、童　话

　　1977 年 5 月,《北京少年》《北京儿童》编辑部举行了一个"童话座谈会",

严文井作了《童话漫谈》的讲话,这是"文革"结束后第一次儿童文学座谈会。很快,儿童文学界就掀起了一股重视童话创作的热潮,《少年文艺》《儿童文学》出版了"童话专辑"。孙幼军在 1996 年由湖南少年儿童出版社出版的《孙幼军童话全集》自序中,总结他个人的创作走过了这样的一条道路:从放弃对"反映时代精神"的童话的创作到告别"教训型童话",到 1981 年"鼓鼓勇气,写出了《小狗的小房子》"这一篇"没有一点儿'主题先行'的情况"的童话。孙幼童话观的转变,典型地代表了新时期之初作家们的创作情况,这一阶段的童话佳作有孙幼军的《小狗的小房子》《小贝流浪记》,葛翠琳的《翻跟头的小木偶》、吴梦起的《老鼠看下棋》、诸志祥的《黑猫警长》、宗璞的《风庐童话》等。

80 年代中后期,童话创作异常活跃,在童话美学上,出现了抒情型童话和热闹派童话创作,涌现了郑渊洁、周锐、冰波、彭懿等一大批在童话新人。90 年代之后,童话创作园地百花齐放,新老作家汇聚一堂:孙幼军、金波、张弘、葛竞、肖定丽、李志伟、王蔚、汤素兰、吕丽娜、汤汤、王一梅、安武林等。

孙幼军早在 60 年代创作的《小布头奇遇记》中就显露了其童话创作的天赋与才华。新时期之后,他以欢乐、游戏的风格创作了《怪老头》《小猪稀里呼噜》等作品。郑渊洁的童话想象夸张大胆且有批判意识,他的系列童话《皮皮鲁和鲁西西》《舒克和贝塔历险记》曾风靡一时,后来他独立主持《童话大王》继续童话创作。

周锐和彭懿曾是热闹派童话的两员大将,将狂放的游戏精神和热闹的风格注入童话艺术。周锐的童话新奇幽默又富有哲理,早期创作有童话集《拿苍蝇拍的红桃王子》、《特别通行证》、"鸡毛鸭"系列等,新世纪之后有《幽默三国》《幽默水浒》以及《中国兔子德国草》等小说创作,是儿童文学幽默美学的诠释者。彭懿在 80 年代的童话有《女孩子城来了大盗贼》《五百个试管喜剧明星》等,90 年代之后转向幻想文学、图画书的译介与创作。

冰波的《窗下的树皮小屋》《蓝鲸的眼睛》被认为是抒情型童话的代表,语言优美清新,以抒情、细腻的风格见长,后来又有《狼蝙蝠》《阿笨猫全传》等作品。此外,张秋生的"小巴掌童话",汤素兰的《笨狼的故事》《阁楼上的精灵》、吕丽娜的《丁香小镇的菊奶奶》等低幼童话,汤汤的《到你的心里躲一躲》等鬼童话等都独树一帜,在童话发展历程中占有一席之地。

三、儿童散文和儿童诗歌

圣野、鲁兵等诗坛常青树在新时期之后童心依旧,创作了《娃娃的书》《芝麻花开》以及《下巴上的洞洞》《小猪奴尼》等作品。最具代表性的作品有金波的《我们去看海》、任溶溶的《我是一个可大可小的人》、高洪波的《懒的辩护》、徐鲁的《我们这个年纪的梦》、王立春的《贪吃的月光》、李姗姗的《太阳小时候是个男孩》、萧萍的《狂欢节，女王一岁了》等诗集。张继楼、薛卫民、邱易东、高凯等人都在儿童诗创作上有不俗表现。

在中国作家协会首届（1980—1985）全国优秀儿童文学奖评奖中，获奖的散文有《俺家门前的海》《十八双鞋》《醉麋》等作品。吴然的散文立足云南独特的风土人情，《歌溪》《一碗水》《小鸟在歌唱》等散文集都洋溢着自然、童趣之美。乔传藻、湘女、林彦、庞敏、徐鲁、陈丹燕、赵丽宏等在儿童散文创作上取得较高成就。

四、儿童剧

"文革"之后，儿童剧的创作复苏是从历史题材创作起步的，如林克创作的六幕儿童剧《报童》、秦培春的《童心》。主要创作者还有邵冲飞、朱漪、王正等。1982年文化部举办了首届全国儿童剧观摩演出，对新时期儿童戏剧的创作和演出发展起到了重要作品。当时获奖的剧目有欧阳逸冰的话剧《闪烁吧，繁星》，任德耀、宋捷文等的《好伙伴之歌》，王正的《喜哥》等。

新时期以来，儿童剧取得了长足的发展。在创作观念上进一步走出教育工具论的束缚，走向广阔的儿童生活，贴近儿童的生命状态和内心精神世界，通过深入浅出的艺术效果，以艺术的真善美陶冶儿童，多维度推动儿童剧艺术本体的发展，形成原创为主、改编和移植国外资源剧为辅的儿童剧创作格局。主要剧作家有任德耀、欧阳逸冰、代路、王靖等，优秀剧作既有《一二三，起步走》《宝贝儿》《柠檬黄的味道》等跻身国家舞台艺术精品工程、文华大奖的佳作，又有《迷宫》《魔山》等开拓市场，在票房斩获佳绩的新剧目。

五、图画书的兴起和发展

图画书是21世纪中国儿童文学发展的异常活跃和繁荣的艺术门类。从历史上追溯的话，早在明代的《日记故事》中，就有运用图画说明故事的形式，而且这种带有图画的书籍形态可视为图画书的雏形。到了"五四"时期，儿童文学先驱们曾相当重视儿童图画故事。郑振铎在《儿童世界》杂志上发表了《两个小猴子的冒险》《河马幼稚园》《爱迪之美》等长短不一的图画故事，通过

"以画讲故事"的形式进行连载。赵景深还专门写过《儿童图画故事论》的理论文章。而在创作实践上,也涌现出了赵景深、笑苹、林丁等专为儿童创作图画故事书的作家。当代儿童文学发展中,图画故事,或者说图画书一直作为幼儿文学的品种得到发展,杨永青、何艳荣、温泉荣、黄永毅等一大批艺术家创作了《萝卜回来了》《小马过河》等艺术精湛的优秀图画书。90年代出版的重要图画书有"黑眼睛丛书""小鳄鱼丛书""绿蝈蝈丛书"等。只是,长期以来,图画书都被视为幼儿文学的一种,而未作为一种独立的出版形式,图画书的创作和出版尚未形成热点。1988年广西人民出版社出版了"获国际安徒生奖图画故事丛书",选取1966年安徒生插画家奖设立以来十位获奖插画家的代表作,这也是安徒生奖最具系统和规模的引进。1999年,春风文艺出版社出版了德国雅诺什系列图画书,此后欧美、日本等域外优秀图画书纷纷引进,为原创图画书创作和发展提供了艺术的智慧与借鉴。

原创图画书在新世纪以来取得长足发展,有"我真棒"幼儿成长图画书系列、"关爱生命"绘本系列、"李拉尔故事系列"等图画书,设立了"丰子恺儿童图画书奖""信谊图画书奖",极大地推动原创图画书的发展。熊磊、熊亮兄弟以中国民间故事、传说等为素材,致力于中国风格的原创绘本图画书的开发和探索,出版了"绘本中国"系列,有《小石狮》《灶王爷》《家树》《泥将军》《兔儿爷》《屠龙族》《年》等。周翔根据北方童谣创作的《耗子大爷在家吗》《一园青菜成了精》以及充满江南水乡气息的原创图画书《荷花镇的早市》,还有蔡皋创作的《宝儿》《桃花源》《六月六晒龙袍》,陈致元的《咕叽咕叽》《小鱼散步》《一个不能没有礼物的日子》等。《团圆》《安的种子》《西西》《妖怪山》《老鼠娶新娘》《驿马》《躲猫猫大王》《咕叽咕叽》等都是原创图画书发展进程中重要创作。

第五节　台港澳儿童文学和华文儿童文学

新世纪之初,林文宝撰文《台湾儿童文学的建构与分期》,将1945—2000年的台湾儿童文学分为四个阶段:萌芽期(1945—1963)、成长期(1964—1979)、发展期(1980—1987)、繁荣期(1988—2000)[1]。在近半个多世纪的发展历程中,台湾儿童文学在小说、童话、诗歌、散文诸文体发展中都有不俗

[1] 林文宝:《台湾儿童文学的建构与分期》,《儿童文学学刊》2001年第5期。

表现和发展。

儿歌和童诗创作方面最为突出的有杨唤、詹冰、林焕彰、马景贤、潘人木、林武宪、谢武彰、方素珍、林芳萍等人。

杨唤(1930—1954),被林良誉为"童话诗人",他创作的儿童诗收录在《水果们的晚会》《夏夜》中。杨唤的儿童诗清新隽永,想象活泼,活泼有趣又不失温暖诗意,被认为:"几乎成为台湾这三十年来儿童诗的创作范本。"[1]詹冰(1921—2004)出版有儿童诗集《太阳蝴蝶花》,有生活篇和动物篇各30首,他的诗浅显生动,童趣自然。如《插秧》:"水田是镜子/映照着蓝天/映照着白云/映照着青山/映照着绿树。农夫在插秧/插在绿树上/插在白云上/插在蓝天上。"林焕彰认为童诗写作有三点不可忽视:"一、文学特殊技巧的运用和示范,二、优美情境的绘出和丰富想象的表现,三、富有启发的意义性的暗示。"[2]他的诗集有《童年的梦》《妹妹的红雨鞋》《鹅妈妈的宝宝》等。

林良,被誉为台湾儿童文学的常青树,在散文和诗歌、翻译和理论研究方面都有建树。著有散文集《小太阳》《小方舟》等。儿童诗集《动物和我》,儿歌集《小动物的儿歌集》《我会读》《林良的看图说话》,儿童文学论文集《浅语的艺术》,译有《和甘伯伯去游河》《狼婆婆》等经典图画书。

潘人木的儿歌有丰富的知识性,浅显可读,儿歌集有《一只猫儿叫老苏》《你的背上背个啥》《小五小六爱唱戏》《滚球滚球一个群求》等。马景贤的儿歌内容丰富,题材广泛且有很强韵律感,如《小豆子》,"小小豆子发了芽/朝着太阳向上爬/小小豆子开了花/结了豆子一大把"。林武宪创作了许多描绘动物的儿歌,质朴生动,有《鹅追鹅》等儿歌集。林芳萍的儿歌,富有诗情画意,有《谁要跟我去散步》等。

台湾儿童小说创作人才辈出。林海音的《城南旧事》以小女孩英子的视角展现老北京风情和童年生活。林钟隆《阿辉的心》是台湾地区少年小说的"经典之作",被认为是"台湾的儿童读物工作者走上创作之路的一个真正开始"[3]。李潼被誉为台湾少年小说第一人,著有《少年噶玛兰》《博士、布都与我》《顺风耳的新香炉》等小说。王淑芬写有《君伟上小学》以及特殊题材儿童小说《我是白痴》等。此外,管家琪的《珍珠奶茶的诱惑》、黄海的《流浪星空》等都是小说佳作。

[1] 林文宝:《杨唤与儿童文学》,万卷楼图书有限公司1996年版,第5页。

[2] 转引自樊发稼《林焕彰儿童诗散论》,《樊发稼三十年儿童文学评论选》,少年儿童出版社2010年版,第158页。

[3] 林良语,见《林钟隆先生作品谈论会论文集》,富春文化事业股份有限公司2001年版,第10页。

散文创作方面有冯辉岳和桂文亚的创作。冯辉岳的散文描写了童年生活和故乡的景致。如《旺伯母家的鹅》《阿公的八角风筝》等。桂文亚的散文《班长下台》以自己童年生活经历和感受为素材，清新有趣。她还创作了《美丽眼睛看世界》《思想猫游英国》等。

台湾的童话创作者有司马中原、傅林统、黄海、管家琪、孙晴峰、王淑芬、林世仁、张嘉骅、杨隆吉、王家珍、刘思源、赖晓珍、方素珍、山鹰、周姚萍、郝广才等。张嘉骅著有《怪怪书怪怪读》《怪物童话》等，他的童话搞怪幽默，经常对童话经典进行颠覆和改写，富有个性。管家琪的创作广涉童话、小说、故事、传记等，出版有《口水龙》《复制瞌睡羊》《捉拿古奇台风》等，她的童话故事性强，轻松灵动，充满趣味。

海外华文儿童文学，有几套重要的出版物，包括洪汛涛主编的《世界华文儿童文学》、李保初主编的《世界华文儿童文学作品选》、王泉根主编的《世界华文儿童文学大系》以及浙江少年儿童出版社推出的"世界华文儿童文学书系"等。2015 年出版的"纽带·海外华文儿童文学典藏"系统呈现了海外华文儿童文学的地域版图和整体风貌，囊括了木子、孙晴峰、林婷婷、阿浓、夏祖丽、程玮、王晔、江音、年红、爱薇等分别来自美国、加拿大、澳大利亚、德国、瑞典、瑞士和马来西亚等国家的儿童文学创作者。在华文儿童文学推广和研究方面，孙建江用力甚多。

作品选读

幼稚园上学歌
黄遵宪

春风来花满枝，儿手牵娘衣。儿今断乳儿不啼。娘去买枣梨，待儿读书归。上学去，莫迟迟！

儿口脱娘乳，牙牙教儿语。儿眼照娘面，娘又教字母。黑者龙，白者虎，红者羊，黄者鼠。一一图，一一谱；某某某某儿能数。去上学，上学去。

无上星，参又商。地中水，海又江。人种如何不尽黄？地球如何不成方？昨归问我娘，娘不肯语说商量。上学去，莫徜徉。

大鱼语小鱼："世间有江湖。"小鱼不肯信，自偕同队鱼，三三两两俱。可怜一尺水，一生困沟渠，大鱼化鹏鸟，小鱼饱鹈鹕。上学去，莫踟蹰。

摇钱树，乞儿婆，打鼗鼓，货郎哥。人不学，不如他。上学去，莫蹉跎。

邻儿饥，菜羹稀；邻儿饱，食肉糜——饱饥我不知。邻儿寒，衣裤单，邻儿暖，袍重茧——寒暖我不管。阿爷昨教儿，不要图饱暖。上学去，莫贪懒。

阿师抚我，抚我又怒我；阿师詈我，詈我又媚我。怒詈犹可，弃我无奈！上学去，莫游惰。

打栗凿，痛呼酱；痛呼酱，要逃学。而令先生不鞭扑，乐莫乐兮读书乐！上学去，去上学。

儿上学，娘莫愁；春风吹花开，娘好花下游。白花好靧面，红花好插头，嘱娘摘花为儿留。上学去，娘莫愁。

上学去，莫停留。明日联袂同嬉游：姊骑羊，弟跨牛；此拍板，彼藏钩。邻儿昨懒受师罚，不许同队羞羞羞！上学去，莫停留。

（选自《新小说》第 1 卷第 3 号）

导读：

人境庐主人（黄遵宪）的《幼稚园上学歌》刊载于梁启超创办的《新小说》第 1 卷第 3 号。早在 1897 年，梁启超就在《蒙学报演义报合叙》中说过："西国教科之书最盛，而出于游戏小说者尤多。故日本之变法，赖俚歌与小说之力."在近代大众传媒兴起的时代语境中,梁启超充分重视报刊媒介之于启蒙思想传播的重要性。《新小说》的创办就是这种思想的实践。对于儿童文学的诞生而言,《新小说》更是一副重要的催化剂,《新小说》刊载的翻译和创作的科学小说、冒险小说以及诗歌等,构成晚清儿童文学的重要内容。作为倡导、实践儿童诗歌创作的重要园地,《新小说》聚拢了黄遵宪、张敬夫、剑公、自由斋主人、珠海梦余生等重要作者。

致力于爱国诗歌创作的黄遵宪,提出过"我手写我口,古岂能拘迁"的口号,有《出军歌》《小学校学生相和歌》等作品。《幼稚园上学歌》可谓晚清儿童文学萌蘖期的代表作。全诗共十节,酣畅淋漓,一气呵成。以清新自然、轻浅易懂的笔调,以幼童的口吻,生动地传达了初上学堂的幼童的快乐心情,而诗中对春天的气息描摹也增添了诗歌的自然神韵。更为难得的是,这首诗彰显了创作者的儿童受众意识,是有意识地为儿童创作的作品。

无猫国

孙毓修

（郑振铎缩写）

某村有一童子,名叫大男,父母早死,家中贫穷。因为在本乡没有饭吃,就上京城,在一个富人家里做工。他工作极勤,但还常受老仆妇的打骂。他住的房子,老鼠又多,夜间总成群成阵地跑出来打扰他。新年时,主人的女儿给他一百个钱,当压岁钱。他拿这钱,买了一只猫来,养在房中。从此老鼠不敢再来。

主人有几只船,常到外国做生意。仆人们也常买些土货,托船主带去,赚些钱回来。有一次,主人问大男有什么东西要带去卖没有。大男只有这只猫,又舍不得卖。主人说,猫也可以卖。大男便把猫托了船主带去。

船到了一国,船主把带来的货物都卖完了,独有大男的猫忘了卖去。恰好国王请船主入宫赴宴。宫中老鼠极多。客人还没有吃。所有的酒菜已尽被老鼠吃净了。官人尽力驱逐老鼠,而逐了又来,总是驱逐不尽。国王甚是忧愁。船主说:"不要紧! 我有猫可以制服这些老鼠。"他便回船把猫带来。果然,猫一来,鼠便不敢放肆了。国王大喜,拿出许多金珠宝石,把猫换了去。

船回家了。主人家里的人都欢欢喜喜地来领取卖货的钱。大男的猫独独卖得了许多的金珠宝石。从此大男成富翁了。他不做苦工了。他入学读书,十分用功,后来成了一个很有学问的人。

（选自《儿童世界》第 3 卷第 1 期）

导读：

　　《无猫国》是"童话"丛书第一集第一篇。"童话"丛书由孙毓修主编，共102种。"童话"丛书的编辑出版是儿童读物出版的里程碑之作，其中用白话编译的《无猫国》是"中国历史上第一次有儿童文学"。孙毓修撰写的《童话·序》成为中国儿童文学理论重要篇章，提出了儿童读物的明确受众意识，孙毓修也由此被茅盾赞誉为"中国编辑儿童读物的第一人""中国有童话的开山祖师"。《无猫国》改编自西方民间故事，对现代文学产生很大影响，许多现代文学作家冰心、张天翼、朱湘都曾忆及童年时代对《无猫国》的喜爱。这篇郑振铎操刀的《无猫国》缩写刊载于其主编的《儿童世界》第3卷第1期，原文有将近5 000字，郑振铎的缩写保留了孙毓修原文的情节主线，但是删减了大量的细节。对于改写的目的，郑振铎曾说"使儿童们看了，引起他们想去看原书的兴趣"，"用这个方法，去增进儿童看书的欲望"。

　　《儿童世界》是商务印书馆创办的儿童文学刊物，主编为郑振铎，汇聚了叶圣陶、严既澄等一大批儿童文学创作者，是"五四"儿童文学发表的重要平台，刊发了叶圣陶《稻草人》等童话，还有图画故事、戏剧、诗歌、童谣、寓言、小说等种类。

童年时代的朋友·芦鸡
任大霖

　　有一年春末，梅花溇（流过我们村子的河）涨大水，从上游漂下来一窠小芦鸡，一共三只。

　　长发看见了它们，跑来叫我们一起去捉。我们在岸上跟着它们，用长晾竿捞，用石块赶，一直跟到周家桥边，幸亏金奎叔划着船在那里捉鱼，才围住了小芦鸡，用网把它们裹了上来。分配的结果，我一只，长发一只，灿金和王康合一只。

　　那小芦鸡的样子就跟普通的小鸡差不多，只是浑身是黑的，连嘴和脚爪也是黑的，而腿特别长，所以跑起来特别快。为了防它逃跑，我用细绳缚住它的脚，把它吊在椅子脚上，喂米给它吃。小芦鸡吃得很少，却时时刻刻想逃走，它总是向外面跑，可是绳子拉住了它的脚，它就绕着椅子脚转，跑着跑着，跑了几圈以后，绳子绕住在椅子脚上了，它还是跑，直到一只脚被吊了起来，不能动弹时，才"叽呀叽呀"地叫了起来。我以为它是在叫痛了，就去帮它松开绳，可是不一会儿，它又绕紧了绳子，吊起一只脚来，而且叫得更响了，我才知道它不是为了痛在叫，而是为了不能逃跑，才张大了黑嘴在叫唤的。——这样几次以后,小芦鸡完全发怒了,它根本不吃米,却一个劲地啄那椅子脚,好像要把这可恶的棍棒啄断才会安静下来似的。

那时候,燕子在我们的檐下做了一个窠,飞进飞出地忙着。只有当燕子在檐下"吉居吉居"地叫着的时候,小芦鸡才比较的安静,它往往循着这叫声,侧着头,停住脚,仔细听着。燕子叫过一阵飞出去了,小芦鸡却还呆呆地停在那儿好一会。——它是在回回想那广阔河边的芦苇丛,回想在浅滩草窠中的妈妈吗?

长发的那只并不比我的好些。它一粒米也不吃,只是一刻不停的跑,转,到完全累了之后,就倒在地上不起来了。让它喝水,它倒喝一点点。第三天,长发的小芦鸡死了。长发把它葬在园里,还做了一个小坟。

我知道要是老把它吊在椅子脚上,我的小芦鸡也活不长,就把它解开了,让它在天井里活动活动。不过门是关好了的。小芦鸡开始在天井里到处跑,跑了一会儿以后,忽然钻到天井角落上的水缸旁边去了,好久没出来。这时我突然想起,水缸旁边的墙上有个小小的洞,那是从前的猫洞,现在已经堵住了,它会不会钻进洞里去? 急忙移开水缸,已经晚了! 小芦鸡已经钻进了那个墙洞,塞住在里面了。要想从这洞里钻出去是不可能的,可是要退回来,也已经不行。我们想各种办法帮助它出来,最后我甚至要妈妈把墙壁敲掉;可是即使真的敲掉墙壁也没有用,小芦鸡已经活活地塞死在洞里了。

为这事我哭了一场,不是为的我失掉了小芦鸡,而是为的小芦鸡要自由却失掉了性命。我觉得这是一件极悲惨的事,而我要对它负责的。

只有灿金和王康合养的那只小芦鸡,命运比较好些。他们不光给它吃米,还到芦苇丛里去捉蚱蜢来喂它。有时候,灿金还牵着它到河边去走走,让它游游水,再牵回来,就像放牛似的。所以它活下来了。

王康家里养着一群小鸡,他们就让芦鸡跟小鸡在一起。过了半个月,就算解开了绳子,小芦鸡也不逃;它混在家鸡群里,前前后后地跑着,和别的鸡争食小虫,它比家鸡长得快些,不多久就开始换绒毛,稍稍有点赤膊了。可是,它终究是不快乐的,常常离开家鸡群,独自在一旁呆呆地站立着;而它的骨头突出在肉外,显得那么瘦。

大家都说,灿金和王康合养的小芦鸡"养熟"了,说它将会长得很大,很肥的。

可是有一天,小芦鸡终于逃走了。那时鸡群在河边的草地找虫吃,小芦鸡径直走到河边,走到河里,游过河去;对面是一带密密的芦苇,它钻进芦苇丛,就这样不见了。

第二年夏天,天旱。梅花溇的水完全干了,河底可以走人。有一天,金奎叔来敲门,告诉我说,从河对面走来了两只小芦鸡,他问我要不要去捉。我跑去一看,果然,两只小芦鸡在河旁走着,好像周围没有什么危险似的,坦然地走着。它们的样子完全跟去年我们捉到的那三只一样。

我看了看,就对金奎叔说:"不捉它们了吧,反正是养不牢的。"

金奎叔点点头说:"是啊,反正是养不牢。有些小东西,它们生来就是自由自在的,你要把它们养在家里,它们宁愿死。芦鸡就是这样的东西。"

(选自《人民文学》1956年12月号)

导读:

《芦鸡》是任大霖的散文《童年时代的朋友》中的一篇,这组散文发表在1956年12月号的《人民文学》上,有《芦鸡》《阿蓝的喜悦和烦恼》《多难的小鸭》三篇。《芦鸡》写了"我"和伙伴们抓养芦鸡,可是芦鸡一直想着逃跑的故事。尽管五六十年代曾一度出现儿童文学的"黄金时代",但在当时以"工具论"为导向的整体创作氛围中,如此清新隽永,充满乡村童年生活气息,贴近儿童心理的作品是极为少见的。半个多世纪之后,再读这篇有着小说意味的散文,依然能感受其纯正的儿童文学艺术品性。

城南旧事·冬阳·童年·骆驼队

林海音

骆驼队来了,停在我家的门前。

它们排列成一长串,沉默地站着,等候人们的安排。天气又干又冷。拉骆驼的摘下了他的毡帽,秃瓢儿上冒着热气,是一股白色的烟,融入干冷的大气中。

爸爸在和他讲价钱。双峰的驼背上,每匹都驮着两麻袋煤。我在想,麻袋里面是"南山高末"呢,还是"乌金墨玉"?我常常看见顺城街煤栈的白墙上,写着这样几个大黑字。但是拉骆驼的说,他们从门头沟来,他们和骆驼是一步一步走来的。

另外一个拉骆驼的,在招呼骆驼们吃草料。它们把前脚一屈,屁股一撅,就跪了下来。

爸爸已经和他讲好价钱了。人在卸煤,骆驼在吃草。

我站在骆驼面前,看它们吃草料咀嚼的样子:那样丑的脸,那样长的牙,那样安静的态度,它们咀嚼的时候,上牙和下牙交错的磨来磨去,大鼻孔里冒着热气,白沫子沾满在胡须上。我看得呆了,自己的牙齿也动起来。

老师教给我,要学骆驼,沉得住气的动物。看它从不着急,慢慢地走,慢慢地嚼;总会走到的,总会吃饱的。也许它们天生是该慢慢的,偶然躲避车子跑两步,姿势很难看。骆驼队伍过来时,你会知道,打头儿的那一匹,长脖子底下总会系着一个铃铛,走起来,"当、当、当"的响。

"为什么要系一个铃铛?"我不懂的事就要问一问。

爸爸告诉我,骆驼很怕狼,因为狼会咬它们,所以人类给它们戴上了铃铛,狼听见铃铛的声音,知道那是有人类在保护,就不敢侵犯了。

我的幼稚心灵中却充满了和大人不同的想法,我对爸爸说:

"不是的,爸!它们软软的脚掌走在软软的沙漠上,没有一点点声音,你不是说,它们走上三天三夜都不喝一口水,只是不声不响地咀嚼着从胃里倒出来的食物吗?一定是拉骆驼的人类,耐不住那长途寂寞的旅程,所以才给骆驼戴上了铃铛,增加一些行路的情趣。"

爸爸想了想,笑笑说:

"也许,你的想法更美些。"

冬天快过完了,春天就要来,太阳特别的暖和,暖得让人想把棉袄脱下来。可不是么?骆驼也脱掉它的旧驼绒袍子啦!它的毛皮一大块一大块地从身上掉下来,垂在肚皮底下。我真想拿把剪刀替它们剪一剪,因为那太不整齐了。拉骆驼的人也一样,他们身上那件反穿大羊皮袄,也都脱了下来,搭在驼背的小峰上。麻袋空了,"乌金墨玉"都卖了,铃铛在轻松的步伐里响得更清脆。

夏天来了,再不见骆驼的影子,我又问妈:

"夏天它们到哪里去?"

"谁?"

"骆驼呀!"

妈妈回答不上来了,她说:

"总是问,总是问,你这孩子!"

夏天过去,秋天过去,冬天又来了,骆驼队又来了,但是童年却一去不还。冬阳底下学骆驼咀嚼的傻事,我是再也不会做了。

可是,我是多么想念童年住在北京城南的那些景色和人物啊!我对自己说,把它们写下来吧,让实际的童年过去,心灵的童年永存下来。

就这样,我写了一本《城南旧事》。

我默默地想,慢慢地写。看见冬阳下的骆驼队走过来,听见缓缓悦耳的铃声,童年重临于我的心头。

（选自林海音:《城南旧事》,北京出版社 1984 年版）

导读:

林海音的《城南旧事》是台湾儿童文学的重要作品。该小说由《惠安馆》《我们看海去》《兰姨娘》《驴打滚儿》《爸爸的花儿落了,我也不再是小孩子》五个故事组成。这是一部儿童视角叙述北京童年生活的小说,写得含蓄感人。《冬阳·童年·骆驼队》是林海音为《城南旧事》写的"代序",孩童的懵懂与好奇,老北京童年生活的点滴,都在这淡然却有意味的文字中流淌而出。鲁迅的《社戏》、萧红的《呼兰河传》、端木蕻良的《混沌》等写童年经历的作品,有的被划归到儿童文学,有的则归入成人文学,事实上这些处于交叉地带的作品及其对童年本真状态的书写与探索,对于建基于童年美学的儿童文学来说有着丰富的意义。

草房子(节选)
曹文轩

春天到了。一切都在成长,露出生机勃勃的样子。但桑桑却瘦成了骨架。桑桑终于开始懵懵懂懂地想到一个他这么小年纪上的孩子很少有机会遇到的问题:突然就不能够再看到太阳了! 他居然在一天之中,能有几次想到这一点。因为,他从所有的人眼中与行为上看出了这一点:大家都已经预感到了这不可避免的一天,在怜悯着他,在加速加倍地为他做着一些事情。他常常去温幼菊那儿。他觉得那个小屋对他来说,是一个最温馨的地方,他要听温幼菊那首无词歌,默默地听。他弄不明白他为什么那样喜欢听那首歌。

他居然有点思念大家都不愿意看到的那一天。那时,他竟然一点也不感到害怕。因为,在想着这一天的情景时,他的耳畔总是飘荡着温幼菊的那首无词歌。于是,在他脑海里浮现的情景,就变得一点也不可怕了。

桑乔从内心深处无限感激温幼菊。因为是她给了他的桑桑以平静,以勇气,使儿子在最后的一段时光里,依然那样美好地去看一切,去想明天。

桑桑对谁都比以往任何时候显得更加善良。他每做一件事,哪怕是帮别人从地上捡起一块橡皮,心里都为自己而感动。

桑桑愿意为人做任何一件事情:帮细马看羊,端上一碗水送给一个饥渴的过路人……他甚至愿意为羊，为牛，为鸽子，为麻雀们做任何一件事情。

这一天，桑桑坐到河边上，想让自己好好想一些事情——他必须抓紧时间好好想一些事情。

一只黄雀站在一根刚刚露了绿芽的柳枝上。那柳枝太细弱了，不胜黄雀的站立，几次弯曲下来。黄雀不时地拍着翅膀，以减轻对柳枝的压力。

柳柳走来了。

自从桑桑被宣布有病之后，柳柳变得异常乖巧，并总是不时地望着或跟着桑桑。

她蹲在桑桑身边，歪着脸看着桑桑的脸，想知道桑桑在想些什么。

柳柳从家里出来时，又看见母亲正在向邱二妈落泪，于是问桑桑："妈妈为什么总哭?"

桑桑说："因为我要到一个很远很远的地方去。"

"就你一个人去吗?"

"就我一个人。"

"我和你一起去，你带我吗?"

"那个地方，只有我能去。"

"那你能把你的鸽子带去吗?"

"我带不走它们。"

"那你给细马哥哥了?"

"我和他已经说好了。"

"那我能去看你吗?"

"不能。"

"长大了，也不能吗?"

"长大了，也不能。"

"那个地方好吗?"

"我不知道。"

"那个地方也有城吗?"

"可能有的。"

"城是什么样子?"

"城……城也是一个地方，这地方密密麻麻地有很多很多房子，有一条一条的街，没有田野，只有房子和街……"

柳柳想象着城的样子，说："我想看到城。"

桑桑突然想起，一次他要从柳柳手里拿走一个烧熟了的玉米，对她说：

"你把玉米给我,过几天,我带你进城去玩。"柳柳望望手中的玉米,有点舍不得。他就向柳柳好好地描绘了一通城里的好玩与热闹。柳柳就把玉米给了他。他拿过玉米就啃,还没等把柳柳的玉米啃掉一半,就忘记了自己的诺言。

桑桑的脸一下子红了……

第二天,桑桑给家中留了一张纸条,带着柳柳离开了家。他要让柳柳立即看到城。

到达县城时,已是下午三点。那时,桑桑又开始发烧了。他觉得浑身发冷,四肢无力。但,他坚持着拉着柳柳的手,慢慢地走在大街上。

被春风吹拂着的县城,似乎比以往任何时候都要迷人。城市的上空,一片纯净的蓝,太阳把城市照得十分明亮。街两旁的垂柳,比乡村的垂柳绿得早,仿佛飘着一街绿烟。一些细长的枝条飘到了街的上空,不时地拂着街上行人。满街的自行车,车铃声响成密密的一片。

柳柳有点恐慌,紧紧抓住桑桑的手。

桑桑将父亲和其他人给他的那些买东西吃的钱,全都拿了出来,给柳柳买了各式各样的食品。还给她买了一个小布娃娃。他一定要让柳柳看城看得很开心。

桑桑的最后一个节目,是带柳柳去看城墙。

这是一座老城。在东南一面,还保存着一堵高高的城墙。

桑桑带着柳柳来到城墙下时,已近黄昏。桑桑仰望着这堵高得似乎要碰到了天的城墙,心里很激动。他要带着柳柳沿着台阶登到城墙顶上,但柳柳走不动了。他让柳柳坐在了台阶上,然后脱掉了柳柳脚上的鞋。他看到柳柳的脚板底打了两个豆粒大的血泡。他轻轻地揉了揉她的脚,给她穿上鞋,蹲下来,对她说:"哥哥背你上去。"

柳柳不肯。因为母亲几次对她说,哥哥病了,不能让哥哥用力气。

但桑桑硬把柳柳拉到了背上。他吃力地背起柳柳,沿着台阶,一级一级地爬上去。不一会儿,冷汗就大滴大滴地从他额上滚了下来。

柳柳用胳膊搂着哥哥的脖子,她觉得哥哥的脖子里尽是汗水,就挣扎着要下来。但桑桑紧紧地搂着她的腿不让她下来。

那首无词歌的旋律在他脑海里盘旋着,嘴一张,就流了出来:

咿呀……呀,

咿呀……呀,

咿呀……哟,

哟……

哟哟，哟哟……

咿呀咿呀哟……

登完一百多级台阶，桑桑终于将柳柳背到了城墙顶上。

往外看，是大河，是无边无际的田野；往里看，是无穷无尽的房屋，是大大小小的街。

城墙顶上有那么大的风，却吹不干桑桑的汗。他把脑袋伏在城墙的空隙里，一边让自己休息，一边望着远方：太阳正在遥远的天边一点一点地落下去……

柳柳往里看看，往外看看，看得很欢喜，可总不敢离开桑桑。

太阳终于落尽。

当桑乔和蒋一轮等老师终于在城墙顶上找到桑桑和柳柳时，桑桑已经几乎无力再从地上站起来了［……］

（选自曹文轩：《草房子》，江苏少年儿童出版社1997年版）

导读：

这是曹文轩的《草房子》第九章《药寮》的节选，写的是得了重病的桑桑对即将到来的死亡的感受与体验，以及他带着妹妹去看城的壮举，是小说中最令人感动的文字片段之一。《草房子》出版于1997年，被认为是"我国儿童文学的一个新的、重大的收获"，是当代儿童小说史上具有标志性意义和传奇色彩的作品，斩获诸多文学荣誉并创造了数字惊人的发行量，还被改编为电影、话剧等多种艺术形式。《草房子》对童年书写的深度，对叙事结构的探索，对苦难和死亡的诗意描写，以及作家的悲悯情怀与古典美学的追求等都赋予这部作品多元阐释的可能，也展现了儿童文学的气质与力度。桑桑、纸月、细马、秃鹤等生活于1962年的个性鲜明的孩子们却带给今天的儿童深刻的感动，这正如曹文轩在《追随永恒》的跋文中所述："从前"也能感动今世。在《草房子》之后，曹文轩继续抒写其悲悯与诗意的情怀，创作了《根鸟》《细米》《青铜葵花》等少年小说，以其厚重、沉郁的风格对苦难、梦想等主题进行文学的表现。

笨狼的故事·坐到屋顶上

汤素兰

笨狼有一张漂亮的小板凳，板凳长着四条结实的小腿，站在地板上显得很神气。

这凳子是小猪送给他的。

笨狼高兴地坐在凳子上，但是，凳子太矮，腿伸不直，笨狼觉得很不舒服。

笨狼见沙发比地板高出一截，心想把凳子搬到沙发上，腿就可以伸直了。

笨狼把凳子搬上沙发，自己跟着往沙发上爬。

坐到凳子上，长长地吁口气，笨狼心里很得意，觉得自己想出了一个好办法。

哎？怎么回事？腿还是伸不直，坐着还是不舒服！

餐桌比沙发高出一截儿，把凳子搬到餐桌上，该能伸直腿了吧？

笨狼就踮起脚尖，把小板凳搬到餐桌上去。笨狼先爬上沙发，再踩着沙发扶手爬上餐桌。笨狼还算灵巧，爬起来没费多少工夫。

笨狼满心以为这次该坐得舒服了，可是，他想错了，小板凳还是太矮了！

笨狼大吃一惊，他没想到自己的个子会有这么高。

除了屋顶之外，这小房子里再没有什么东西比餐桌还高出一截了。

笨狼从大黄牛家借来了一架长梯子，从聪明兔家借来了一只大口袋。他把小凳子装进大口袋，把大口袋背在背上，一步一步地爬梯子。

爬到屋顶上，笨狼累极了，只想快点坐到凳子上歇一会。

咦？怎么搞的，腿还是伸不直，坐着还是不舒服！

"我借了梯子和口袋，好不容易才爬到屋顶上，难道还要我爬到天上去吗？就算我能爬上天去，每天这么背着你爬上爬下，也太麻烦了呀！"笨狼生气地对小板凳说。

这时候，小猪和聪明兔正好来看笨狼。小猪打老远就看见笨狼坐在屋顶上，惊奇地问："你在干什么呀？"

"你送给我的凳子太矮了，我坐到沙发上，伸不直腿儿；坐到餐桌上，也伸不直腿儿；坐到屋顶上，还是伸不直腿儿。"笨狼说。

"怎么会这样呢？我在家里试过的呀，坐着挺舒服。"小猪皱皱眉头，感到很奇怪。

"不信，你来试试吧。"笨狼说。

小猪爬到屋顶上，往凳子上一坐，不高不矮，正合适。

"伸直腿了吗？"笨狼问。

"伸直了。"

"舒服吗？"

"舒服极了。"

"我再试试。"笨狼说。

笨狼又坐到了凳子上。

小猪问:"伸直腿了吗?"

"弯着呢。"

"舒服吗?"

"难受。"

这是怎么回事呢? 小猪和笨狼围着小板凳转了一圈又一圈,实在弄不明白。聪明兔站在一旁,看着这一切,笑得差点背过气去。

"你笑什么呢?"小猪问。

"你没看见你比笨狼矮一截吗?"聪明兔笑着说,"对你刚合适的凳子,笨狼坐起来,当然嫌矮喽!"

"我坐的凳子,要比屋顶还高吗? 那我吃饭怎么办呢? 餐桌比屋顶矮得多呀!"笨狼发起愁来,但他马上又眉开眼笑地说,"我可以像钓鱼一样,把餐桌上的东西钓上来呀,这真是个好主意!"

有聪明兔在,笨狼当然用不着坐比屋顶还高的凳子。聪明兔拿起小猪做的凳子,在那四条结实的小腿上钉了四块小木片,问题就解决了。

现在,笨狼坐在凳子上,能把腿儿伸得直直的,真舒服。

过了一会儿,聪明兔和小猪走了。笨狼坐在地板上,把小凳子翻过来,仔细看那四块小木片。

小木片比沙发、餐桌、屋顶矮了许多许多呀,它有什么魔法呢? 笨狼真是弄不明白。

(节选自汤素兰:《笨狼的故事》,浙江少年儿童出版社 1998 年版)

导读:

这是笨狼和他的好朋友小猪、聪明兔的欢乐故事之一。《笨狼的故事》塑造了一只笨得可爱的小狼,他乐于助人却总是闹笑话,这个有点自以为是、自作聪明,稚拙真诚的小狼差不多是童话故事中最受欢迎的狼形象了。汤素兰的《笨狼的故事》是中国幽默儿童文学创作丛书之一,可谓幽默童话的典型之作。幽默儿童文学的发展是新时期以来儿童文学的重要创作现象,幽默儿童文学一改儿童文学中凝重、深沉的状况,强调幽默、轻松、好读,吸引儿童阅读兴趣的同时注重作品的深刻寓意。1998 年浙江少年儿童出版社推出的幽默儿童文学丛书,收录了任溶溶的《我是一个可大可小的人》、孙幼军和孙迎的《漏勺号漂流记》、张之路的《足球大侠》、高洪波的《懒的辩护》、董宏猷的《胖叔叔》、梅子涵的《我的故事讲给你听》、金曾豪的《绝招》、韩辉光的《特色学校》、李建树的《校园明星孙天达》、任哥舒的《敬个礼呀笑嘻嘻》、杨红樱的《那个骑轮箱来的蜜儿》等,覆盖诗歌、童话、小说等文体,是幽默儿童文学的集中展示,显现了幽默儿童文学创作的成绩。

春雨乳牙

王立春

春雨刚长出乳牙
就在夜里来了
他把所有的东西
都尝了一遍

尝尝房檐瓦
舔舔窗上玻璃
咬墙皮　蹭了一鼻子灰
吃石头　出了一身汗
嚼马路的时候
把脚印和车辙一起
咽到了肚子里

吸溜吸溜
青枝条被春雨吮出了一排嫩牙
咕叽咕叽
花骨朵被春雨嗑开了瓣儿
大口大口啃青草时
草地被春雨流出的口水
弄湿了
一大片
又一大片

蛐蛐风

王立春

夏天的夜里
风从来不敢叫

傍晚

蛐蛐们在地上跳来跳去

到处抓风

就是不露痕迹的小风

被蛐蛐发现了

也会跳过去一把薅住

风的胳膊都被捆上了

风的嘴都被堵上了

胆敢反抗的风

被蛐蛐　揍得扁扁的

扔到树上　或是

塞到了草根下

（有时你能看到树叶轻轻摇

那是风在扭动

草尖偶尔动一下

那是风在挣扎）

天黑了

再也找不到一丝风

蛐蛐们把自己装成风

在草丛里扯着嗓子

一缕一缕

大声叫

（选自王立春文、段张取艺绘：《贪吃的月光》，湖南少年儿童出版社 2012 年版）

导读：

　　《春雨乳牙》《蛐蛐风》是王立春的诗集《贪吃的月光》中的两首。满族诗人王立春在儿童诗歌创作以新奇的想象见长，出版有《骑扁马的扁人》《写给老菜园子的信》等诗集。《贪吃的月光》中从日常生活常见之物如路灯、小路、蛐蛐、树、篱笆到睡眠、梦等，都以孩子之眼进行观照，书写了孩子瑰奇想象力之下的神秘世界，童趣好玩，完美展现了童诗的美妙，大有"无意思之意思"之趣。

到你心里躲一躲

汤 汤

那时候木零七岁。

到了被大人们派往傻路路山包取宝贝的年龄。

那二年，从年初开始，大人们就教他说四句话：

"我很冷，我全身都在发抖，我的胳膊好像都要抖下来了，我可以在你家的衣柜里躲一躲吗？"

"我很冷，我的牙齿一直在打颤，我可以在你家的火炉前呆一会儿吗？"

"我还是冷，晚上的时候，我可以钻进你的被窝吗？"

"我还是冷，我可以到你的心里躲一躲吗？"

就这四句话，木零从春天背到夏天，从夏天背到秋天，从秋天背到冬天，终于背会了。

在这个叫做底底的村庄里，木零一直是一个很不出众的孩子。

离底底村不远，有个小小的山包，那就是傻路路山包。

傻路路是什么呢？是一些很傻很傻的鬼。

傻到怎么样的程度呢？其实谁也说不清楚。

大人们有时候嫌自己小孩不够聪明，就会这样骂："简直就是傻路路一个！"

可是傻路路们那么傻，大人们却谁也不敢靠近那个小小的山包。因为，傻路路不喜欢任何一个大人，听说他们见到大人的时候，会发怒，会做出一些可怕的事情。

傻路路们只喜欢孩子，任何一个孩子！

那最神秘最珍贵的宝贝就在傻路路们的心上，大人们说，每一个傻路路的心上，都有一颗圆溜溜、亮晶晶的珠子。

那珠子，很值钱哦。

冬天里，木零要被大人们派往傻路路山包去了。临去前的头一个晚上，他显得很害怕："傻路路会吃人吗？"

"当然不会，他们只吃大萝卜。"大人们笑着说。

"可是，为什么你们自己不去呢？"

"因为，傻路路们讨厌所有的大人，喜欢所有的孩子。"大人们尽量耐心地回答。

"为什么讨厌大人，喜欢孩子呢？"

"哪有这么多为什么,讨厌就是讨厌了,喜欢就是喜欢了。"大人们有些不耐烦了。

天明了,木零还是磨磨蹭蹭地不肯走:"如果,我取不回来宝贝怎么办呢?"

"哦,绝对不会发生这样的事情。所有的孩子,都能取回来的,年年如此。"

"可是,如果我取不回来呢?"

"如果取不回来,那就只能证明,你很没用。我们,会很失望。也许,会把你送到一个很远很远的地方。"

冬天,太阳总是很懒的,迟迟不肯露面。木零在浓浓的雾气里向傻路路们的山包走去。他浑身颤抖得厉害,按照大人们的意思,他只穿了一身单衣,而且还光着脚。

木零很冷。因为哆嗦得过于厉害,骨头似乎都要散架了。

木零很怕。会被抓住吗?会被吃掉吗?

木零也好奇。傻路路们,长什么样子呢?

他哆嗦着爬上山包,哆嗦着走进傻路路的村庄,就像冬天的风一样,穿行在房屋和房屋的间隙里。

村庄里很安静,傻路路们都还在暖烘烘的被窝里吗?

他不知道应该敲响哪扇门,他迟迟疑疑地,犹犹豫豫地,在这扇门前停一停,在那扇门前顿一顿。终于,一对金色的门环吸引了他,他不由自主地走过去,伸出手摸了摸,又拍了拍。

门环发出"当当"的脆响,门"咯吱"便开了。

站在木零面前的是傻路路吗?

他长得和人差不多,比自己的爸爸还高,穿长长的灰袍子,那袍子看起来塞着满满的棉花,整个人鼓鼓囊囊的,显出几分滑稽。

啊,一点都不可怕!

并且,木零立即喜欢上了这个傻路路的眼睛。他从来没有见到过这样光芒四射的眼睛,好像远远城市里的霓虹灯一样璀璨。很明亮,含着愉快而温和的笑。

哦,光芒。木零在心里给他取了名字。

"你这个孩子,怎么穿这么少呢,呀,还光着脚,会冻坏的呀。"光芒一把抱起木零,扯开灰袍子,裹进自己的怀里。他的怀里好温暖,木零真愿意一直这样被他搂着。

可是他想起了爸爸教过的话。

"我很冷,我全身都在发抖,我的胳膊好像都要抖下来了,我可以在你家的衣柜里躲一躲吗?"

光芒笑着说:"当然可以,为什么不可以呢?"

他一把把木零送进衣柜里,衣柜里很多厚实的衣服,裹住木零冰凉的身子。木零在衣柜里过了半天。

中午,光芒给木零送了中餐,是一个小萝卜。

"你叫什么名字?"

"木零。"

"哦,木零,吃中饭了。"

吃了中饭以后,木零说:"我很冷,我的牙齿一直在打颤,我可以在你家的火炉前呆一会儿吗?"

"当然可以,为什么不可以呢?"他伸出长长的手臂,一把把木零从衣柜抱到火炉前。木零的脸一下子被烤暖了。

这个下午,他们都在火炉前坐着。他们一起在火炉前吃萝卜,光芒吃大萝卜,木零吃小萝卜,光芒发出很大的"咂吧"声,木零发出很小的"咂吧"声。

晚上,光芒困了,他离开火炉,躺到床上。木零说:"我还是冷,我可以钻进你的被窝里吗?"

"当然可以,为什么不可以呢?"光芒笑着下了床,一把把他抱到床上,塞进热烘烘的被窝里。他们睡得很香,光芒流了好大一摊口水在枕头上,木零也是。

吃了早餐以后,木零说了大人们教的第四句话:"我还是冷,我可以到你的心里躲一躲吗?"

这句话,木零说得很轻。

光芒略略犹豫了一下,眯一眯眼睛说:"当然可以,为什么不可以呢?"

他一把把木零抱到胸前,那是他心脏的位置。

"底码米拉去心里,你就进去了;底码米拉快出来,你就出来了。"他温和地对木零说。

"底码米拉去心里。"木零轻轻念道,其实这句咒语他早就知道。一瞬间,铺天盖地的柔软和温暖把他包围了。木零真的到了光芒的心里,他看到了一颗圆溜溜、亮晶晶的,像鸡蛋那么大的珠子。他用双手捧起它,说道:"底码米拉回家里。"

木零回家了,手心里捧着圆溜溜、亮晶晶的像鸡蛋那么大的珠子。

爸爸妈妈大喜过望。他们说:"好大啊! 我们小时候从来没有采到过这样大的珠子呢。木零,你真是太棒了!"

木零的心里,本来有一种说不出的闷闷的感觉,立即被骄傲替代了。

然后,爸爸妈妈拿上珠子,迫不及待、马不停蹄地去很远的地方。

那个冬天木零一个人在家里,很冷,很冷。

春天差不多来到的时候,爸爸妈妈回家了,带回很大一箱子的钱。

底底村的孩子,从七岁开始一直到十一岁,都要去傻路路山包取宝贝的。

转眼又是一个冬天,八岁的木零又被爸爸妈妈派去取傻路路心里的珠子。

木零刚走进傻路路山包的时候,就遇到了光芒。

怎么办呢? 木零一下子着了慌,他想逃跑,但是被光芒一把搂进了怀里。

"这么冷的天,你怎么穿这么少呢? 哎,还光着脚丫,会冻坏的呀。"光芒的怀里好温暖,木零真愿意一直被他抱着。

"你叫什么名字?"光芒问。

"木零。"

"哦,木零。"他说。

原来,他不认得了,压根儿不认得这个去年冬天偷了他珠子的孩子了,木零暗暗松了口气。他忍不住去看光芒的眼睛,他发现,那双眼睛里的光芒,好像减少了很多很多。

"我很冷,我全身都在发抖,我的胳膊好像都要抖下来了,我可以在你家的衣柜里躲一躲吗?"

"当然可以,为什么不可以呢?"

光芒把木零一把抱进衣柜里。

"我很冷,我的牙齿一直在打颤,我可以在你家的火炉前呆着吗?"

"当然可以,为什么不可以呢?"

他一把把他从衣柜抱到火炉前。

"我还是冷,我可以钻进你的被窝里吗?"

"当然可以,为什么不可以呢?"

他把他一把抱进被窝里。

"我还是冷,我可以到你的心里躲一躲吗?"

光芒犹豫了一下说:"这话听起来有几分耳熟。哦,当然可以,为什么不可以呢?"

"底码米拉去心里。"木零进去了,拿走他心上的珠子,然后"底码米拉回家里"了。

9岁的冬天，10岁的冬天，11岁的冬天，木零遇见的都是他。大人们说过，不要找同一个傻路路。可是木零转来转去，每一次遇见的都是他。

每一次，光芒都不认得木零。

"你叫什么名字？"

"木零。"

"哦，木零。"

每一次，他都给他吃小萝卜。

他穿着灰灰的长袍，眼睛里的光芒一年比一年少。

他心里的珠子也越来越小。

木零记得，他最后一次去他的心里，采下的珠子只有芝麻那么大了。那时，木零突然打了个寒噤，然后有一颗泪水，从他的脸上滑落下来。他想，傻路路真的很傻啊。可是为什么这么傻呢？

11岁之后，木零就不能再去傻路路那里了，这是底底村的规矩。当然会有更多的孩子去取宝贝的，祖祖辈辈，一代一代地继续着。

从那一年开始，木零的心总是冰凉冰凉的，有的时候，非得用个暖手袋焐着才舒服。

虽然一颗心总是冰凉的，但木零还是一天一天地长大了，成年了。

木零也有了自己的孩子，那孩子转眼到了七岁。

很快地，木零将派他去傻路路的山包。从年初开始，他就教他的孩子怎样和傻路路说话。

"我很冷，我全身都在发抖，我的胳膊好像都要抖下来了，我可以在你家的衣柜里躲一躲吗？"

"我很冷，我的牙齿一直在打颤，我可以在你家的火炉前呆着吗？"

"我还是冷，晚上的时候，我可以钻进你的被窝里吗？"

"我还是冷，我可以到你的心里躲一躲吗？"

就这四句话，他的孩子从春天背到夏天，从夏天背到秋天，从秋天背到冬天，终于背会了。

当然还有那句"底码米拉回家里"的咒语。

就在木零要送孩子去傻路路山包的前一个晚上，有人敲门。

一开门，木零就看见了光芒——他小时候，去过他的心上，怎么会忘记呢。

霎时间木零被深深的不安包围了。傻路路从来不会来的，是的，从来没有发生过这样的事情。他们讨厌所有的大人,怎么可能来到人住的村庄呢?

但是在这个呵口气就结成冰碴子的深夜,光芒竟然来了。他来干什么?

木零和光芒差不多高,一个在门里,一个在门外,愣愣地站了好一会儿。

光芒穿着灰灰的袍子,睁着一双很大的眼睛,眼神空洞,一点光泽都没有!好像两口已经干涸了许久的深潭,绝望而茫然。

木零想起第一次见到光芒的时候,那曾是一双多么璀璨的眼睛啊。有一两秒的时间,他的心仿佛从很尖利的东西上划过。

"你、你来干什么?"

光芒说:"我很冷,我全身都在发抖,我的胳膊好像都要抖下来了,我可以先在你家的衣柜里躲一躲吗?"

就好像小时候木零对他说的那样,几乎一字不差,这话听起来多像一个阴谋啊。

木零稍稍犹豫了一下后,点了点头。他想知道,光芒到底要干什么。

光芒进了木零的衣柜,他个子太大了,把衣柜里好多衣服都挤了出来。

很快地,衣柜里传出他的声音:"我很冷,我的牙齿一直在打颤,我可以在你家的火炉前呆会儿吗?"

木零说:"当然可以,为什么不可以?"他有点想发笑了。

他们坐在火炉前,木零家里没有萝卜,他找到一个地瓜递给光芒,光芒摆摆手。

光芒抖得不像刚才那么厉害了。他说,今天晚上,他敲了很多户人家的门,那些门,"咯吱"开了,马上,"咯吱"便关了。谁都没有让他进去。

他说,外面的风好大啊。吹得鼻涕都吸溜吸溜的,吸溜得不快,就成了冰柱子。

他说,傻路路们要搬家了。因为,小山包上的日子,不知道为什么,越过越不幸福,越来越糟糕。他们要搬到一个很远的地方去,翻过山头,越过大河,还要穿过沙漠、草原和戈壁。

木零想,傻路路们搬家了,底底村的生活会发生怎样的变化?

他说,他的心里留着一样东西,十几年了,不知道是谁留在那里的,在搬家之前,想要还给他……

夜那么深了,木零钻进了被窝。

"我还是冷,我可以钻进你的被窝里吗?"光芒说。

木零忍不住笑起来:"当然可以,为什么不可以呢?"他又说,"接下来,你会这样说吧——我还是冷,我可以到你的心里躲一躲吗?"

"是呀,你怎么知道的?我还是冷,我可以到你的心里躲一躲吗?"光芒说。

这真的越来越像一场阴谋了,和底底村的人们所擅长的一模一样!

我能让他进到我的心里吗?木零想,当然不能。可是为什么不能呢。

"我的心冰凉冰凉的,并不是取暖的好地方。"木零说。

"其实,其实我是想到你的心里去看看,可以吗?"光芒微微笑着请求。

"我的心里能躲进去一个人吗?"

"能的,我是鬼啊。"

木零想,那就躲进去看一看吧,我的心里,除了冰凉,难道还有什么宝贝吗?

"底码米拉去心里。"他念道。话音刚落,他不见了。他真的进入木零的心了吗?木零的心,顿时沉甸甸的。

木零坐在火炉前,等他出来。

他等了很多天,也没有等到。

光芒不出来了吗?

更有可能的是,他也像木零小时候那样,从他心里取走某种东西,不说一声再见便悄悄溜走了。

可是木零的心里,到底有什么呢?

大概过了七八天左右吧。木零听到一声"底码米拉快出来",光芒站在了他面前。

一双眼睛很亮很亮,像远远城市里的霓虹灯那样璀璨。

"你在我心里呆了这么久啊。"看到光芒,木零抑制不住地高兴,"我的心里有什么呢?你的眼睛看起来,光芒四射。"

"有一颗珠子,圆溜溜,亮晶晶的,有鸡蛋那么大。"

啊?木零不由得惊诧。

"那颗珠子上,充满着你的记忆,从小到大。"

记忆?木零依旧张着嘴巴,有些傻傻的样子。

"我在你心里的珠子上,看到了我。"

木零的脸"腾"地红起来。

"你叫木零吧。

"你曾经到我家里去过吧。

"你拿走了我心里的五颗珠子。一颗比一颗小,对吧。

"我抱过你,对吧。

"我还给你吃过小萝卜吧。……"

这些都在我心里存着吗？木零想，确实的，这些事情，他从来没有忘记过。他不由得埋低了他的脑袋。

"每一个鬼的心上，都有一颗珠子，你们人也是的。每一颗珠子，凝着快乐的、悲伤的、平常的、不平常的记忆。你小的时候，拿走的，就是我的记忆啊。难怪我的心里总是那么空洞，总是那么茫然。"

木零把脑袋埋得更低了。

"我看到你在心里把我叫做光芒，对吧，我喜欢这个名字，谢谢你！"

因为这一声"谢谢"，木零把脑袋略微抬起了一些："你恨我吗？"

"恨过，是你偷走我的记忆，怎么会不恨呢？"光芒说，"但是，现在，我很高兴，因为我找回了它们。更重要的是，我知道，我心里留着的东西是什么了。"

"是什么？"

"是一颗眼泪。"

"眼泪？"

"而且我知道是谁留的了。"

"谁？"

"你！你最后一次到我心里，流下过一颗眼泪。留在我心里的，就是它——你的眼泪啊。"

木零的眼里，"呼"地又涌出泪来。

"我决定不还给你了，这颗眼泪，我很喜欢。我可以带走它吗？"光芒眨着熠熠发亮的眼睛恳求道。

"可以的。"木零愉快起来，"当然可以，为什么不可以呢？"

天亮的时候，光芒走了，傻路路们的搬家行动从这个早上开始。

木零，再见！

光芒，再见！

也许，永不能再见了。

但是就在那个很冷的夜晚，木零的心找回了温暖的感觉。

（选自汤汤：《到你心里躲一躲》，中国少年儿童出版社 2010 年版）

导读：

汤汤的《到你心里躲一躲》曾荣获"第八届全国优秀儿童文学奖青年作者短篇佳作奖"。评奖语指出这部作品以鲜明的艺术风格，纯熟的表现手法，成功地塑造了一个憨厚善良的童话形象,并在揭示人性善恶、美丑的鲜明对比中,让读者感受到惊奇而深刻的阅读体验。既弥漫着浓厚的民间童话叙事韵味,又融入了多种现代艺术元素。《到你心里躲一躲》童话集分为鬼怪篇和精怪篇,除了《到你心里躲一躲》,《别去五厘米之外》也是难得的童话佳作,具有经典品质。汤汤的鬼童话独树一帜,构思巧妙,描写了一群善良、诗意的鬼,一改以往文学中狰狞、恐怖的鬼形象,在精巧新奇的故事叙事中又不乏亲切、诗意和幽默,且能引发对人性、现代生活的诸多思考。在短篇童话集《到你心里躲一躲》和长篇童话《来自鬼庄园的九九》之后,汤汤不再拘泥于鬼童话,推出了《土土土》和《睡尘湖》等新作。

后　记

本教材筹划于 2014 年,于 2015 年完成初稿,之后又经过了反复的修改、增删,2017 年上半年最后定稿。本书具体分工如下:

第一章,潘正文;

第二章,吴述桥;

第三章,吴翔宇;

第四章,首作帝;

第五章,高玉;

第六章,徐勇;

第七章,俞敏华;

第八章,刘江凯;

第九章,常立;

第十章,黄江苏;

第十一章,王冰冰;

第十二章,倪玲颖;

第十三章,胡萱、汤哲声;

第十四章,胡丽娜。

本书总的框架和总体内容由主编确定,但具体于每一章的内容以及写作思路则充分尊重作者,也文责自负。除了汤哲声教授、胡萱博士为苏州大学教研人员以外,其他作者均为浙江师范大学现当代文学学科教师,其中刘江凯老师已于 2017 年初调往北京师范大学工作。

非常感谢各位作者的支持和同心协力,特别是汤哲声先生的鼎力相助。出版的过程中,责任编辑屠毅力博士也付出了很大的辛劳,在此一并表示感谢。

高玉,2018 年 3 月于浙江师范大学

图书在版编目(CIP)数据

中国现当代文学史教程/高玉主编.—上海：上
海人民出版社，2018
ISBN 978 - 7 - 208 - 15024 - 9

Ⅰ.①中…　Ⅱ.①高…　Ⅲ.①中国文学-现代文学史
-高等学校-教材②中国文学-当代文学-文学史-高等
学校-教材　Ⅳ.①I209.6

中国版本图书馆 CIP 数据核字(2018)第 032103 号

责任编辑　屠毅力
封面设计　陈　酌

中国现当代文学史教程
高　玉　主编

出　　版　上海人 民 出 版 社
　　　　　　(200001　上海福建中路 193 号)
发　　行　上海人民出版社发行中心
印　　刷　上海商务联西印刷有限公司
开　　本　720×1000　1/16
印　　张　28.5
插　　页　3
字　　数　467,000
版　　次　2018 年 6 月第 1 版
印　　次　2018 年 6 月第 1 次印刷
ISBN 978 - 7 - 208 - 15024 - 9/I・1698
定　　价　88.00 元